JN007136

川端康成
作品研究史集成

羽鳥徹哉
林　武志
原　　善
［編］

鼎書房

はじめに

昨年生誕百二十年を迎えた川端康成は、再来年には没後五十年を迎えようとしています。十九世紀末に生まれ、二十世紀の長きに亘って作家活動を続けた川端の文学は、今世紀になっても決して古びることなくますますその意義が高く評価されています。日本人で初めてのノーベル文学賞の受賞者であることもあり、相変わらず海外からも注目されており、その評価も受賞当時のエキゾチシズム中心だった見方を脱却して彼の文学の本質的なところに目が届くようになってきているように思われます。

今後かりに文学研究が衰退していくようなことが起きたとしても、川端康成の文学は必ずや高い評価を得ながら読み続けられ、研究され続けるであろうことは、多くの現代作家たちが川端文学へのオマージュを捧げていることや、映画だけに限らずオペラや漫画といった幅広いジャンルで多くの川端作品のアダプテーション作品が国内外を問わず作られ続けていることが物語っています。

しかし川端文学研究は、川端の没後五十年近くを経て膨大な量に達していることで、あるいは若い学生や初心の研究者には、どこから手を付けていいか分からない感じを与えてしまっているかもしれません。そんな中で本書は、既存の研究者にとって研究の歴史を再検討するためのものでもありますが、初心の研究者にとっては、問題の所在を知るための有効な手がかりとなり、ナビゲーターの役割を果たしてくれるものと信じます。

半世紀に亘る川端康成の文学的な営為は全三十七巻にも及ぶ全集にまとめられており、小説作品だけでおよそ四百五十もある川端文学ですが、本書で取り上げたのはその中のわずか二十八作品のみです。これは、少数の主な作品に集中する傾向があったこれまでの研究を整理するために必要な措置だったのですが、読者諸賢におかれましては、主要作品に対する研究の過去の成果に学びながら、川端文学の研究世界に分け入り、当該作品の研究の歴史に新たな一頁を加えていただくだけでなく、これら以外の作品や作家像に関する新しい研究の沃野を耕していただけることを祈念いたします。

編　者

令和二年四月

川端康成作品研究史集成　目次

（上段・作品成立順／下段・五十音順）

凡例

一、本書は川端康成の主要作品に関する研究史と文献目録を集成したものである。

二、取り上げる作品の配列は、作品の成立順とした。

三、目次に掲げた作品名の章に、各作品の研究史と文献目録を、この順で並べた。

四、一部は、『川端康成作品論集成』（おうふう、平21・11〜平25・11）既刊分八巻から、版元の許可を得て収録した。その章の末尾に括弧に入れてそのことを示した。

五、研究史および研究文献目録の対象とする研究文献の下限は、それぞれの項目の脱稿時期までとした。

六、文献目録の掲載順序は初出の時系列（古い順）によった。同時期に発表されたものが複数あった場合、筆者名の五十音順にした。

七、文献目録は、原則として初出の文献を提示し、再録されたものがある場合、初出の文献の後の（　）内にそれを示した。

八、発表年等については元号によって示した。

「招魂祭一景」研究史

鈴木伸一

研究史を成す場合、作者自身の自作自解及び言及をいかに扱うかが課題の一つといえる。研究史は先学諸氏の見解を同時代評から丹念に跡付けていくのが第一義であろう。しかしながら、多くの評言もしくは論考の中で、作者自身の言及を引いていることも看過しえない事実である。そうした点から、本研究史では、作者の言及を整理し、同時代評〈「招魂祭一景」発表直後の大正十年四月以降に発表されたもので同作品について言及されているもの〉、印象批評的・概括的な評もしくは論〈伊藤整「解説」(『昭和文学全集9巻』角川書店、昭28・3)以降、長谷川泉「招魂祭一景」(長谷川泉編『〈近代文学研究双書〉川端康成作品研究』八木書店、昭44・3)発表前までのもの〉、独立した作品論〈上記、長谷川泉「招魂祭一景」以降現在までのもの〉の蓄積による研究現状及び先学の業績に成る研究史の果たした役割と意義を基調に研究の将来展望について記すこととしたい。

川端康成の処女作は「ちよ」、「招魂祭一景」「十六歳の日記」の三作品(それら発表以前にも習作の類は存在)とされ、従来何をもっていわゆる〃処女作〃とするかについては、諸説あるのが現状である。それは、『川端康成全集』「あとがき」(新潮社、昭23・5〜29・4、後、第三次『全集』に「独影自命—作品自解」として収載、以下「独影自命」と略記)によるところが大きく、「ちよ」から「伊豆の踊子」までが〃処女作〃の射程内ということになる。発表年次でみると、大正八年六月の「校友会雑誌」に発表された「ちよ」が最も早く、次いで同十年四月の「新思潮」発表の「招魂祭一景」、同十四年八・九月に「文芸春秋」発表の「十六歳の日記」(初出時は「十七歳の日記」「続十七歳の日記」)ということになる。しかしここで注意すべきは、大正十年二月に「ある婚約」が「新思潮」に発表されているということである。つまり上記三作品に「ある婚約」を加えた四作品で考えるのが妥当であるともいえることになる。しかし、「ある婚約」をもって〃処女作〃とする見方は存在しないといってよい。それはこの作品がその後の作者のどの刊本にも収められていないこと、評価もしくは作者自身の言及の少なさによるものなのかもしれない。次いで執筆年次で見ると、「十六歳の日記」「ちよ」「ある婚約」「招魂祭一景」の順となる。前二作品は、その成立ないし執筆時期の確定には問題が残るといわざるをえない。後二作品は発表誌の文末にそれぞれ「(十・一)」、「(十・二・六)」とあり、執筆年月と推定される。「招魂祭一景」は、発表年次においても執筆年次においても〃処女作〃とは俄かに断じがたい。ではなぜ、「招魂祭一景」が〃処女作〃的待遇を受けてきたのか。それは川端自身が「『招魂祭一景』に就いて」（「文芸時代」昭2・2）で、次にように語っている。

「招魂祭一景」は当時の同人雑誌の作品としては、相当いいものと認められたのであつた。この作品が評判になつたために、私は知己を得、原稿が売れる糸口になつたと云つてもよからう。私には記念すべき作品である。（中略）／今この作品を見て、左程自慢すべきものとは思はないし、処女作としては力作味に乏しいが、極めて楽な気持ちですらすら書いたところが、私には捨てがたい愛着のある所以である。何の野心もなく、成心もなく、理屈もなく、渋滞もなく、即興的に書いた心持が懐かしい。子供のやうに楽しく書いたのである。そして、その後の私には、こんな風に理屈のない小説が一つとして書けないのである。（「／」は原文改行を示す。）

「招魂祭一景」が、「相当いいもの」として「評判になつた」ことについて公に語った最初の文章である。「独影自命」の「招魂祭一景」発表当時の回想部分では、同作品を「私が初めて文壇の話題に上つた作品であり、原稿を売る手がかりも与へられた作品」とし、「招魂祭一景」の作者として認知され、「菊池さんの恩眷を蒙る契機となつた」ことを語っている。事実、「独影自命」に引用された大正十年四月四日の「日記」によれば、菊池寛に、「『招魂祭一景』相当いいと思ふと褒められる。初号よりずつといいとのこと」とあり、好評を博していたことがうかがえる。ここで言う「初号」は「新思潮」第一号のことであり、その号に載せた作品は「ある婚約」である。「ある婚約」と「招魂祭一景」の扱われ方は質・量ともに大きな差が認められるが、後者に対する好意的評価の内実は、語られていない。唯一、菊池の評として、四月六日付日記の「ビジユアライズの力」を評価した点のみである。この評価は、菊池が語ったものであり、公刊された文献としては残っていない。川端側からの文献としても、「処女作を書いた頃」（「新女苑」昭13・6）、「独影自命」（以上、「ビジユアリゼイションの力」とある）及び引用されている「日記」の中にしか確認できないが、その後の研究の視点として大きな役割を果たすことになる。

いわゆる同時代評の紹介は、長谷川泉「招魂祭一景」（『川端康成作品研究』八木書店、昭44・3）によるところが大きい。当該文献は、後に記す「招魂祭一景」の本格的作品論の嚆矢でもある。また、小林芳仁「招魂祭一景」をめぐる同時代評――その文壇的出世に触れて――」（川端文学研究会編『〈川端康成研究叢書3〉実存の仮象』教育出版センター、昭52・12）、林武志「『招魂祭一景』・『浅草紅団』・戦後中間小説（『東京の人』『女であること』『川のある下町の話』）研究の概観」（同前『〈川端康成研究叢書3〉実存の仮象』）があり、同時代評を丹念に読み解いている。林武志は前出の「研究の概観」をベースに補訂を施し、「『招魂祭一景』研究の概観」（『川端康成作品研究史』教育出版センター、昭59・10）と題し、独立した「招魂祭一景」研究史にまとめ、「〈川端文学の原型〉という観点からすれば、更に遡って『ちよ』（大8）をも視野に入れつつ詳細な検討がなされなければならない」と附言する。同時代評として最も早いものは、前述の「独影自命」収載の四月四日及び四月六日付日記にある菊池寛らの評価、四月九日付日記の「招魂祭一景は初号よりづば抜けて優れたり。少なくとも着眼点に感心せり。才気の勝ちたる筆上滑らば君を毒するに至るべし」という南部修太郎の来信にある評価である。しかし、これらは日記に記されたもので、川端が耳にしたものもしくは手紙として受け取ったもので、文献として記されたものではない。文献として最も早いのは「時事新報」（「隅」大10・4・8）の「今度の新思潮では川端康成氏が一番見込みあるやうだとの説がある。『招魂祭一景』などはやはり一番傑れてゐると二三の人が語つた」というまさに紙面の隅に載ったわずか数行の記事である。「万朝報」（同4・16）には「（中略）川端康成氏の『招魂祭一景』は曲馬娘の心理経過を手際よく描いたもの、筆が心持ピツタリと行つてゐる、これで作者が自重して本道を行つてくれゝば楽みだが少し怪しい、又大物でもないやうだ」とあり、「時事新報」の「同人雑誌評判小記」（同4・24）に「（中略）川端康成氏の『招魂祭一景』に一番心を引かれた。描写なんかも自由だし、或うんだやうな曲馬乗の女の心持も出てゐるが、どこかピシツと締める力が足りないやうに思つた。殊に仕舞が物足りなかつた」とある。これらの評は当時の文芸時評類の手厳しい評価の中にあって、概ね好意的に受け入れられたものと判断できる。しかし前述の長谷川、小林、林が指摘するように「自重して本道を行つてくれゝば楽みだが少し怪しい」、「どこかピシツと締める力が足りない」「殊に仕舞が物足りなかつた」といった手放しの賛辞とも言いがたいものがあるのも事実だ。私の検討したところでは、列記は避けるが、先に抜粋引用した箇所以外の記事に文壇の低調さを指摘するものや手厳しい作品批評があることを考え合わせると、「招魂祭一景」の評価は当時としては相当に高いものであると判断できる。

その評価とは裏腹に、「招魂祭一景」そのものについての言及は、「文壇出世の事情を解説しただけの外延的記述は多いが、内容に立ち入ったものは案外少ない」（前出『川端康成作品研究史』）といえる。そうしたことが起こる要因の一つに、作家の伝記的事実と作品世界の結びつきを重視し読み解こうとする評者・論者の姿勢が潜在しているものと考えられる。ここからが、研究における〝印象批評的・概括的な評もしくは論〟の時代ということになる。伊藤整が「解説」（前出『昭和文学全集9巻』）で「描く対象において川端康成的なものが最もよく現はれたのは『招魂祭一景』であるが、作家その人の精神の働きの本質を最もよく示してゐるのは『十六歳の日記』である」とするのはその典型でもあり、「描く対象において川端康成的なもの」や「作家その人の精神の働きの本質」についての分析に傾斜した研究傾向を示す端緒となった。これは、作家川端もしくはその作品を論じようとした場合、その境涯に文学的稟質を見ようとする姿勢を強くし、結果「十六歳の日記」や「伊豆の踊子」等が集中的に論じられるといった現象を招いたと考えられる。少なくとも作品の評価については、「招魂祭一景」は高く評価されているだけにそうした憾みが大きい。進藤純孝も「孤愁の挽歌—川端康成をめぐって—」において、「お光には、作者の孤愁が純粋に映り出ているようだ」といった具合に、作家論に還元した読みを展開、桜子には「悲しく狂おしいまでに冷たいもの」をその象徴とし、そこに「『非情の美』」を見出し、「彼（鈴木注、川端）はこの作で、（中略）いみじくも己が胸に宿る孤愁と非情の真実を言いあてているよう」（『反逆的作家論』現代文芸社、昭32・3）だとしている。一方、山本健吉は、「招魂祭一景」（『川端康成の人と作品』学習研究社、昭39・9）で、「文壇の話題に上った最初の作品」「文壇人が賞賛した」とした上で、「曲馬団の小景を、曲芸をする娘お光を主人公として描いた作品」との大枠を示し、「お光の『夢と現』の生活を、リアルに描いて詩情をただよわせているところに特色」を見出し、「巧みに描かれた、素朴な東京風物誌」と位置づけている。「東京風物誌」とした点は、伊藤整の示した「川端康成的なもの」や「精神の働きの本質」というある意味作家の基底を見据えようとした視点とは異なった視点を提供するが、「風物誌」とした時点で作家論的分析をも回避することとなってしまい、かえって研究の深度を増すことには結びつかなかったようである。

　前掲の長谷川泉「招魂祭一景」（前出『〈近代文学研究双書〉川端康成作品研究』）が〝独立した作品論〟の最初のものである。この論考では、それまでの「招魂祭一景」にまつわる視点、同時代評や自作自解を整理・検討し、まとまった作品分析に踏み込んでいる。「ざわめいた、華やかな靖国神社の境内と、人いきれのむんむんする雰囲気の中で、川端時間は、自在に過去と現在をつづり合わせて展開されてゆく。眼前の事象は、テンポの早い、色彩感覚のゆたかな、表現派的、構成派的な作品形成のしかたで進行してゆく」とし、「お光」と「桜子」の対照性を指摘しつつ「夢の世界、孤独の観念の世界だけが、お光の生き甲斐になって暖められている。そこには、あらゆる現実に復讐された過去を持つ川端の孤児の感情が生きてもいよう」と、前掲の進藤純孝と同様、「お光」と作家川端に底通するものを見ている。さらに長谷川泉は、前掲「招魂祭一景」（『〈近代文学研究双書〉川端康成作品研究』）を改稿し、『川端康成論考・増補版』（明治書院、昭44・6）に収載、その際「桜子」に「『林金花の憂鬱』の、（中略）飛抜けて美しい十七ぐらいの小娘のイメージがない合わされていたであろう」と新たな視点を付け加え、『川端文学の機構』（教育出版センター、昭59・5）で、さらなる改稿を施し、「『招魂祭一景』の新感覚」と改題し、その「前衛芸術の流れの中での位置」という視点を提示し、その文体を「さらに精査すべき」と指摘する。そして、「新感覚派運動が千葉亀雄によって文壇に通用した愛称を得るより以前に、早くもこの神髄に通うものを持った点で注目すべきものを持つ」と評し、後の「近代文学史における川端康成」（川端文学研究会編『川端康成の人間と芸術』教育出版センター、昭46・4）では、「表現技法上の新風」「新鮮な筆触」で書かれたものとして「招魂祭一景」の筆致の新鮮さを指摘し、後に登場する文体論的考察の足がかりを作ったが、吉田精一の「川端康成の中世と幽玄」（『現代文学と古典』至文堂、昭36・10）による異論もある。その後、「素材の面白さ、巧みな表現、斬新な文体」に注目し、「自然主義以来のリアリズムの方法を乗り越えた、新境地拓く」という点に言及した川嶋至の論（「第四章　奇術師のなげき――『招魂祭一景』から『水晶幻想』まで――」、『川端康成の世界』講談社、昭44・10）も登場、「川端康成――大正期における批評活動（上）」（「位置」昭38・6）の実証研究を経ているだけに説得力がある。瀬沼茂樹、奥野健男（『〈現代日本文学アルバム8〉川端康成』学習研究社、昭48・4）は、「招魂祭一景」が新感覚派的要素をいかんなく発揮した作品として位置づける。瀬沼は「対照という浪漫的原理を根本に据えて、夢と現実、過去と現在とを交錯させながら、第一次大戦によってもたらされた前衛芸術の手法を生かしている」との視点を示し、奥野は「曲馬団の少女は、僕たちの中にある不思議な憧れ、不幸への同情、隠されたワイセツとも言える性欲そそるものであった」とし、官能という視座を提供、「新感覚派をひらいた記念碑的作品」と位置づけている。

　独立した作品論ではないが、佐伯彰一の「招魂祭一景」における「一人称性」（「解説」『〈日本近代文学大系42〉川端康成・横光利一集』角川書店、昭47・7）の指摘は、〝語り〟の問題の足がかりとして、あるいは構造分析の端緒として、川端文学の原型を作品内から求めようとする場合の重要な視点を提供する。その後の独立した論考として、作品構造の分析を試みた酒井森之介「『招魂祭一景』の作品構造」（川端文学研究会編『〈川端康成研究叢書3〉実存の仮象』教育出版センター、昭52・12）が登場する。長谷川泉の「招魂祭一景」（『川端康成論考・増補版』（明治書院、昭44・6）以後初めての独立した論考といえる。酒井は、「この作品全体に、美事な音響制御の効果が仕組まれている」という新たな視座を提示し、「整理され、純化された感覚世界」としている点が注目されるが、「要するにこの作品は、大正期のリアリズムからの抉別を告げている」という結論がそれまでの指摘の域を出ないものとなっている。永丘智郎は「『招魂祭一景』の描写・文体論」（『〈川端康成研究叢書3〉実存の仮象』）で、「招魂祭一景」冒頭の一文「騒音がすべて真直ぐに立ちのぼつて行くやうな秋日和である。」と末尾の一文「腹を触れ合つた二頭の馬の小さいよろめきで、曲馬団の花形桜子は焔の円光諸共落馬した。」ことに「〝静〟と〝動〟の対比」関係を見、「作品全体に流れているこの運動性とそれに対置されている静寂性」に注目し、「登場人物すべてが、最初から対比をめざしたもの」であり、「自然描写と心理描写とを巧みに対比させている」という「対比」の構造に着目する。そうした指摘は、文体そのものというよりは、構造分析や解釈に示唆的なものであるといえる。他に、「招魂祭一景」に「『写生』的描写」と「短篇的発想法」の相関を見た小澤正明（『川端康成文芸の世界』、桜楓社、昭55・3）、「作品構造の流動する形態」に「空間の移動」の現出を見る大木絢子の「川端康成・その言語空間の構造―『十六歳の日記』『骨拾ひ』『招魂祭一景』―」（「国文学試論」大正大学大学院、昭52・12）、「招魂祭一景」の「魅力」を「三点」に集約し述べた太田鈴子「川端康成・第六次『新思潮』掲載作品（1）『招魂祭一景』―その魅力―」（「国文学研究稿」昭55・8）がある。

　「招魂祭一景」の作品構造の分析から、「川端文学が展開してゆく萌芽」を見た石内徹の「川端康成『招魂祭一景』論」（「碣」いしぶみの会、昭56・11）はこの期の作品論として評価されてよい。「招魂祭一景」の「鳥打帽の男」を、酒井森之介が示す「川端康成その人の戯画化」（前出「『招魂祭一景』の作品構造」）という分析を受け、「川端康成の自画像」と仮定し、「お光を分析・読解することが、そのまま、川端康成がこの作品にこめたモチーフとテーマを明らかにすることにつながる」との見通しの下、「お光」の分析を丹念に行っている。その中で注目すべき点は、「お光」の属する曲馬団の位置、そしてそこに属する「お光」自身の位置や「『属性』」、加えて「お光」に結び付けられて使用されている「『夢』」、「『疲れ果て』」、「『ぼんやり』」、「『ほうと』」から「『お光のうつけた状態』」を導出、その上で「お光」の内面に「夢」の存在を見、「お光をみることで、自分（鈴木注、「鳥打帽の男」）も自分の内面に夢をはぐくむことができたのではないか」とし、「自分の過去の招魂祭をしているのではないか」としていることである。さらに「『招魂』」の意味について言及、「鳥打帽の男」と「お光」の間には「会話」が一切ないことを指摘、また「お留」の話が「お光を無視した形で進行」する点に注目、作中対話の特性から「川端文学の対人関係の基本的構図」を看取する。論文の分量に比し、多くの視点が盛られているため、「十分な論証をなしえなかった」ものと謙辞を述べているが、その後の研究の進展に大いに有益な視点を提供したものと評価したい。岩田光子は、「川端康成の初期作品」（『星座』、昭57・12）で、「処女作としてのすべての条件を充たしているものは、『招魂祭一景』である」と「招魂祭一景」を処女作として定位し、「目のさめるような清新な作品」、「生気が躍動していて清新な感性に満ちている」「文体」から、「川端独特の感性の美の形成」を見、「『浅草紅団』（昭5）を頂点とする〝浅草物〟のはしり」であると論じている。

　原善は「川端康成作品論事典」（『国文学』昭62・12）で、「招魂祭一景」における「エロティシズムの構造」、「〈お光の心理〉」の分析が十二分になされていないことを指摘、以後の研究の方向付けをなした。森安理文は、「招魂祭一景」の描写から「遠景や近景が、また、騒がしさや静かさまでが、対照的にではなく、並置的に置かれていて、相互に交流することはない」とし、「川端が生涯を通じて憧憬した少女願望」の萌芽を見ている（「招魂祭一景——『親なき子』と『家なき子』」、『川端康成　ほろびの文学』、図書刊行会、昭64・10）。篠田智恵子に「『招魂祭一景』論——お光の『夢』について——」（『日本近代文学研究室ゼミ論集近代文学論叢』北海道教育大学旭川分校、平2・3）があり、「現実と夢の間に揺れるお光の心理に注目」しながら、「お光が夢に執着しなければならなかった」理由を考察しようとしたものであるが、論証の甘さが否めない。木幡瑞枝の「川端康成（一）——初期の作品——」（『東京女子大学紀要』平2・9）は、「招魂祭一景」を「後年の作品の芽が出そろった」「小品」とし、「プロットよりも、情景をつないで行く作風が、すでにみられる」ものとした。

　原が指摘した「招魂祭一景」における「〈お光の心理〉」（前出『国文学』）の分析は、「『招魂祭一景』論——馬上の夢・歪んだ視界——」（『解釈と鑑賞』平3・9）によって自身の手で行われることになる。この論文以降、「招魂祭一景」研究の深度が大幅に深められたといってよい。原は「招魂祭一景」の「表現技巧の新しさの実体に迫ってみたい」とし、「大人と子供の中間に位置する、両義的で不安定なお光像」を指摘、そして、「お光の心の不安定な動揺を描き、その作品表層での運動を読者に辿らせようとしている」ものとする。永丘の「〝静〟と〝動〟の対比」（前出『〈川端康成研究叢書3〉実存の仮象』）関係というより、「首尾で大きく呼応する上下の運動の中で、作品は上下の運動を繰り返す」ものとし、「夢と現を行き来する運動」と読み解き、「お光の夢現の心理の運動性に従って外界が描かれる作品」と位置づけた。そして、従来、細かな分析もなされないまま、文体の新奇さゆえ新感覚派的要素を先取りして来たという評言に対し、「心理を内面に立ち入って描写する在り方とは異なった、心理を外面から表層をもって描こうとする、感覚の新しさ」ゆえ「新感覚派的表現の魁」であるとし、川端の「『新進作家の新傾向解説』」（大14・1）」の「主体と客体とを一体化させる在り方に通じるもの」で「新感覚派理論を先取りして実践した作品」と評価した。作品内実の精密な読みと分析に基づき、感覚の新しさ、ひいては新感覚派的要素の先取りを裏付けた点、さらには読者論的な視点も先鞭をつけたという点で画期的な論考といえる。

「招魂祭一景」に新感覚派の萌芽を見ようとした研究の流れに一石を投じたのは、三川智央の「相対化する〈リアリティー〉――第六次「新思潮」の川端作品をめぐって――（上）」（「国語国文学」福井大学、平10・3）である。三川は、「招魂祭一景」に対する「『新感覚派』現象の先取り」としての解釈を、「『新感覚派』という曖昧な概念ですべての作品を一元化してしまう不毛な行為」とし、菊池寛のいう「ヴイジユアライズの力」を「〈語り〉の構造と、その〈読み〉を通しての〈リアリティー〉の在り方の問題」とする。「招魂祭一景」冒頭部分から、佐伯が提示した「お光に即した一人称性」（前出『〈日本近代文学大系42〉川端康成・横光利一集』）に疑義を提出、むしろ「『一人称性』を崩すような〈語り〉の在り方」であることを指摘し、「語り手」と「聞き手」との「伝達行為自体に語られる出来事の事実性（リアリティー）を託している」作品とした。しかし、単独の論考ではないため、「招魂祭一景」全編をとおした詳細な分析が望まれるところである。福田淳子は、「招魂祭一景」（羽鳥徹哉・原善編『川端康成全作品研究事典』勉誠出版、平10・6）で、「川端の体験の反映といった指摘はあるものの実証研究はまだであるし、モチーフの分析も残されている」と、以後の研究視点を示した。原以来の本格的論考として、奥山文幸の「『招魂祭一景』論」（田村充正・馬場重行・原善編『川端文学の世界1　その生成』勉誠出版、平11・3）が登場する。奥山は、原の「論考に呼応」して、「エロティシズムは現象としてどのように発現するのか」を念頭に、曲馬団の「作品内に封印された内実」を探り、「表現構造とビジュアリティの実質」の解明を行った。「〈ビジユアライズの力〉」の典型として、「招魂祭一景」に書き込まれた「曲馬芸」についての実証的考察は、従来指摘されてきた、「招魂祭一景」に〝官能〟や〝エロティシズム〟をみようとする解釈を、その説得力という観点で大きく前進させた。さらに先述の原論を受け、木田隆文は「川端康成「招魂祭一景」論――〈自立〉する〈女〉の物語――」（「蒼光」平12・3）で、「既存の作家像に収束されない〈読み〉の可能性を提示する」というスタンスのもと、「原氏のいう〈視界〉の中からお光が注視した〈焦点〉、つまり〈視線〉の行方」の分析を試みた。お光の視線が「選択的に向けられている」ことに注目し、「鳥打帽の学生らしいの」「獅子鼻の若者」との「視線が双方向的に結びついた」ことに着目する。そして「異性間における〈《視線》の交錯〉という物語軸」を読み取り、その「男女間の視線の結びつきが恋愛には結びつかない特殊な位相をとらざるをえない構造」とした。その上で、「お光」に「自主的に曲馬団という閉塞した〈内界〉にとどまり、内外の〈男〉から向けられる性的な〈視線〉すら逆手に利用して、自らの生き方と居場所を確立する自我が生まれた」とし、「現実的なしたたかさ」を見出し、「閉塞した空間にあえて身を投じることで、自己の存在価値を〈生産〉していくという「〈ネガティブな《自立》の物語〉」と結論付けた。この論考の基調となっているのは、「〈視線〉」「〈自立〉」「〈境界〉」というモチーフである。詳述は避けるが、先行研究において提出されている「〈視線〉」・曲馬団とそれ以外の世間尋常な世界という「〈境界〉」の分析に、「お光」の「したたかさ」・「〈自立〉」を跡付けた観点は、研究史に新たな視点を追加したといえる。「初発川端文芸の展開における位置を具体的な観点から改めて問い直す」、「テクストを再定位する」ことを念頭に論じたのが、仁平政人の「川端康成「招魂祭一景」の方法と位相」（「日本芸論稿」平15・3）である。「招魂祭一景」を、「その表題をはじめとして描写／再現という枠組みと密接に関わりつつも、同時にそこから逸脱し、離反する性格を複数の点において示していくテクスト」とし、そして『新しい表現』の模索へと踏み出していく川端の文芸上の展開とも、密接な対応を示すもの」と位置づけ、そこに新たな検討の余地があるとしている。論考末尾で仁平自ら「ひとつの端緒をひらくための試論に他ならない」と結んでいるように、内容分析によりいっそうの深化が望まれる。他に、「「招魂祭一景」単独論考ではないが、近年のものとして、太田鈴子「『黒牡丹』論」（川端文学研究会編『論集　川端康成―掌の小説』平13・3）があり、その中で「「招魂祭一景」を「生活の保障が得られる男を見つけなければ幸せになることができない女芸人の物語」とするものや、森晴雄の「『人間の足音』（掌の小説）論―魂の病気」（平16・6）における、〃足〃への着目を示すものがある。

「招魂祭一景」研究史を締めくくるに当たって、誤解を恐れずに言えば、「伊豆の踊子」「雪国」等のメインストリームにある作品に比し、「招魂祭一景」に関する本格的な論考が充足しているとはいえない状況に突き当たる。林武志が指摘する「〈川端文学の原型〉という観点からすれば、更に遡って『ちよ』（大8）をも視野に入れつつ詳細な検討がなされなければならない」（前出『川端康成作品研究史』）という点、いわゆる〃処女作〃をめぐる問題を端緒とした「招魂祭一景」発表年に近接して発表された作品群との〃質〃の差異についての本格的検討も課題として残されたままであるといってよい。この点に関しては、川端文学の原質を考える上で、重要な視点で、初発期の川端文学の特性を解明するために作業が急がれねばならない。また、川端の書き残した文芸時評を初めとした評論、随筆類と実作との関連、換言すれば理論と実践との緊密な分析も初発期の作品だけに解明されなければならない視点であるといえる。作家論的視点とそうしたものを留保した視点による作品分析の基本的なあり方の並列状況は、川端文学研究全般に波及する問題だけに、早計に言及することは注意を要するが、作家なくして作品は成立しえないというごく当たり前な事象を目の当たりにした時に、両者の立場の相違を乗り越え、相互補完的に作用させることができるのかという問題も放置されたままであるという憾も免れえない。やはり、研究の礎石としては実証研究と緻密な論証による分析が重視されなければならない。そのような前提のもと、「招魂祭一景」の内実の問題としては、菊池寛の言う「ビジュアライズの力」の解明から導出された〃視線〃や〃視点〃を巡る問題、ならびに〃官能〃〃エロス〃の問題は原論文以降、「お光」「桜子」「伊作」の関係、「お留」の登場場面の意義の分析を含めて、急激な深まりを見せたが、原の言う「大人と子供の中間に位置する、両義的で不安定なお光像」、とりわけ川端作品の重要なモチーフの一つである「大人と子供の中間」の女性像について「招魂祭一景」以外の作品との補完的な分析も望まれる。また前出の仁平論文で指摘された身体感覚の問題、佐伯彰一の提示した「一人称性」の指摘に関する語りの問題等も一層の深化が期待される問題群である。

（「川端康成作品論集成」第一巻より収録）

「招魂祭一景」研究文献目録

鈴木伸一

無署名「隅」（「時事新報」大10・4・8）

無署名「同人雑誌瞥見（上）」（「萬朝報」大10・4・16）

○○生・△△生「同人雑誌評判小記」（「時事新報」大10・4・24）

加藤武雄「（一）、最近感心した作品、（二）、最近注目する新人」（「秀才文壇」大10・5）

無署名「〈最近文壇のいろいろ〉」（「文章倶楽部」大10・6）

無署名「〈現代文士録〉」（『文芸年鑑』大12・1）

石浜金作「淋しさう」（「新潮」大13・4）

伊藤整「解説」（『昭和文学全集9巻』角川書店、昭28・3）

進藤純孝「孤愁の挽歌—川端康成をめぐって—」（『反逆的作家論』現代文芸社、昭32・3）

長谷川泉「処女作三つ」（『川端康成全集月報1』新潮社、昭36・4、後『川端文学への視界』明治書院、昭46・3）

吉田精一「川端康成の中世と幽玄」（『現代文学と古典』至文堂、昭36・10）

無署名「〈作品紹介〉招魂祭一景」（三島由紀夫編『文芸読本川端康成』河出書房新社、昭37・12）

川嶋至「川端康成——大正期における批評活動（上）」（「位置」昭38・6）

山本健吉「招魂祭一景」（『川端康成の人と作品』学習研究社、昭39・9）

長谷川泉「招魂祭一景」（長谷川泉編『〈近代文学研究双書〉川端康成作品研究』八木書店、昭44・3）

長谷川泉「招魂祭一景」（『川端康成論考・増補版』明治書院、昭44・6、後『川端康成論考・増補三訂版』明治書院、昭59・5、『〈長谷川泉著作選第五巻〉川端康成論考』明治書院、平3・11）

読売新聞文化部「第二章　文壇へのデビュー」（『実録　川端康成』読売新聞社、昭44・7）

川嶋至「第四章　奇術師のなげき——「招魂祭一景」から「水晶幻想」まで——」（『川端康成の世界』講談社、昭44・10）

長谷川泉「近代文学史における川端康成」（川端文学研究会編『川端康成の人間と芸術』教育出版センター、昭46・4）

川嶋至「大正期の川端康成」（「日本近代文学」昭47・5）

佐伯彰一「解説」（『〈日本近代文学大系42〉川端康成・横光利一集』角川書店、昭47・7）

竹内良夫「招魂祭一景」（『頽廃の美学　川端康成　その耽美な生涯と文学』日藝出版、昭47・9）

瀬沼茂樹「川端康成とその時代」（『〈現代日本文学アルバム8〉川

端康成』学習研究社、昭48・4、後『人と文学シリーズ現代日本文学アルバム　川端康成』学習研究社、昭55・10）

奥野健男「招魂祭一景」（『〈現代日本文学アルバム8〉川端康成』学習研究社、昭48・4、後『人と文学シリーズ現代日本文学アルバム　川端康成』学習研究社、昭55・10）

進藤純孝「第八章『新思潮』の頃」（『伝記・川端康成』六興出版、昭51・8）

小林芳仁「「招魂祭一景」をめぐる同時代評――その文壇的出世に触れて――」（川端文学研究会編『〈川端康成研究叢書3〉実存の仮象』教育出版センター、昭52・12、後『川端康成の世界――美と仏教と児童文学と――』双文社出版、昭60・12）

酒井森之介「「招魂祭一景」の作品構造」（川端文学研究会編『〈川端康成研究叢書3〉実存の仮象』教育出版センター、昭52・12）

永丘智郎「「招魂祭一景」の描写・文体論」（川端文学研究会編『〈川端康成研究叢書3〉実存の仮象』教育出版センター、昭52・12、後改稿、『現代文化心理学』協同出版、昭54・8）

林武志「作品研究史（三）」（川端文学研究会編『〈川端康成研究叢書3〉実存の仮象』教育出版センター、昭52・12）

羽鳥徹哉「「新思潮」創刊、その作品」（「川端文学とその背景（三）」（川端文学研究会編『〈川端康成研究叢書3〉実存の仮象』教育出版センター、昭52・12）

大木絢子「川端康成・その言語空間の構造――『十六歳の日記』『骨拾ひ』『招魂祭一景』――」（「国文学試論」大正大学大学院、昭52・12）

笹川隆平「「招魂祭一景」の世評」（「庁内報　いばらき」、昭54・5）

永丘智郎「「招魂祭一景」の描写・文体論」（『現代文化心理学』協同出版、昭54・8）

小澤正明「第四章　川端文芸に於ける短篇的発想法――「招魂祭一景」研究――」（『川端康成文芸の世界』、桜楓社、昭55・3）

太田鈴子「川端康成・第六次『新思潮』掲載作品（1）「招魂祭一景」――その魅力――」（「国文学研究稿」昭55・8）

長谷川泉「招魂祭一景」（『心象幻想――川端文学へのいざない――』アートプロデュース社、昭56・4）

石内徹「川端康成「招魂祭一景」論」（「碣」いしぶみの会、昭56・11）

岩田光子「川端康成の初期作品」（「星座」昭57・12、後『川端文学の諸相――近代の幽艶――』桜楓社、昭58・10）

大久保典夫「「招魂祭一景」の位相」（『物語現代文学史――一九二〇年代』創林社、昭59・2）

長谷川泉「「招魂祭一景」の新感覚」（『川端文学の機構』教育出版センター、昭59・5）

林武志「「招魂祭一景」研究の概観」（『川端康成作品研究史』教育出版センター、昭59・10）

原　善　川端康成作品論事典「招魂祭一景」（三好行雄編「国文学」、昭62・12）

森安理文「招魂祭一景――「親なき子」と「家なき子」」（『川端康成　ほろびの文学』森安理文、図書刊行会、昭64・10）

篠田智恵子「『招魂祭一景』論――お光の『夢』について――」（「日本近代文学研究室ゼミ論集近代文学論叢」北海道教育大学

旭川分校、平2・3）

木幡瑞枝「川端康成（一）――初期の作品――」（「東京女子大学紀要」平2・9、後『川端康成　作品論』勁草書房、平4・6）

原　善「『招魂祭一景』論――馬上の夢・歪んだ視界――」（「解釈と鑑賞」平3・9）

佐藤隆之「作品のあらすじ『招魂祭一景』」（「解釈と鑑賞」平3・9）

三川智央「相対化する〈リアリティー〉――第六次「新思潮」の川端作品をめぐって――（上）」（「国語国文学」福井大学、平10・3）

福田淳子「招魂祭一景」（羽鳥徹哉・原善編『川端康成全作品研究事典』勉誠出版、平10・6）

奥山文幸「「招魂祭一景」論」（田村充正・馬場重行・原善編『〈川端文学の世界1〉その生成』勉誠出版、平11・3）

木田隆文「川端康成「招魂祭一景」論――〈自立〉する〈女〉の物語――」（「蒼光」龍谷大学、平12・3）

太田鈴子「「黒牡丹」論」（川端文学研究会編『論集　川端康成―掌の小説』平13・3）

仁平政人「川端康成「招魂祭一景」の方法と位相」（「日本芸論稿」平15・3）

森晴雄「「人間の足音」（掌の小説）論―魂の病気」（平16・6）

（「川端康成作品論集成」第一巻より収録）

「青い海黒い海」研究史

姜　惠彬

「青い海黒い海」は、大正一四年八月「文芸時代」に発表された短編小説で、『伊豆の踊子・温泉宿』（岩波文庫、昭27・2）の「あとがき」に、川端による自作への言及が残っている。

> 「青い海黒い海」は発表の時に横光利一氏がひどくほめてくれた。それが印象に残つてゐる。その後、この作品が批評され解説されるのを、私は見かけない。自分でも説明はしにくいやうである。しかし今読み返してみると、いろいろ思ひあたる節がある。のちの「抒情歌」（昭和七年）などにも通じるところがある。

本作は川端の新感覚派時代に発表されたもので、「抒情歌」との連続性を持つ初期作品としてしばしば注目されてきた。研究史に吉田秀樹「青い海黒い海」（羽鳥徹哉・原善編『川端康成全作品研究事典』勉誠出版、平10・6）がある。ここからは吉田の成果を参照しつつ、研究の動向を整理する。

まず同時代評を見ていくと、横光利一が大正一四年九月の川端宛の書簡の中で「「青い海黒い海」は近来の傑作なり。これは君でなければ書けない作だ。論理の関節が詩で煙つてゐるので殊に良い。心理的構成派の出生。」（『定本横光利一全集』第16巻、河出書房新社、昭62・12）と述べ、数年後「文芸時評」の中で「近頃のわが国の優れた作品」（「文芸春秋」昭3・11）として高く評価している。発表直後に「川端康成氏作「青い海、黒い海」文壇不振と云ふ勿れ。心理的構成派の出現。」（「文壇派動調」「文芸時代」大14・10）と、「ある作家」による評価が寄せられており、表現上の類似性から見て横光のものと推測される。他、作者未詳「卓上文学」（「辻馬車」大14・9）が「文芸時代の「青い海黒い海」は新しい。川端氏がここまで突喊したことがしみじみと嬉しい。」と述べ、『伊豆の踊子』（金星堂、昭2・3）収録の際には、梶井基次郎が淀野隆三宛書簡（昭和二年四月二九日）の中で「君は伊豆の踊子のなかの黒い海青い海はどう思ふ　一度君の意見がきゝ度い」と興味を示していることが確認される。このように、本作は発表当時、少数の周辺作家の間で評価されるに留まったが、川端自身にとっては小説の方法論と関連して重視されていた節がある。「あとがき」の続きを引く。

> 「文芸時代」は新感覚派の文学運動の同人雑誌となつた。二十人ばかりの同人のうちで、私も新感覚派の色が強い一人であつた。しかし、私は鮮明に新感覚派の作品はほとんどできなかつたやうである。この「青い海黒い海」などは感覚的なはうかもしれない。私は多少抽象的なつもりもあつた。二十五歳の作品で、薄弱ではあらう。「青い海黒い海」のやうな書き方

を、私は今後に、もつと幻想と象徴との深さによつて生かしてゆくこともあらうかと思ふ。

新感覚派としての活動や「文芸時代」の創刊を「青い海黒い海」の背景におく川端の立場はほとんどの先行研究において参照され、本作は主に感覚的で特殊な表現形式を中心に論じられてきた。「極めて難解な」文章から「余に新感覚派的な、偏奇さの多過ぎる感じ」を難ずる片岡良一（「川端康成の文章」『日本文学研究資料叢書 川端康成』有精堂、昭48・2）、「表現主義の映画あるいはシュールの絵をそのまま文章化したような、若い気負った習作」（『作家川端の基底』教育出版センター、昭54・1）として位置づける羽鳥徹哉の評価はその代表的な例である。「青い海黒い海」は「第一の遺言」、「第二の遺言」、「作者の言葉」の三部構成になっており、遺言の前後に「私」の熱病による仮死の経験、一七才の時のきさ子との破婚、りか子との心中事件等が現実と幻想の中で複雑に絡み合っている。初期研究の段階においては、かかる読解の難解さや表現の特異性を理由に、本作と川端の代表作との差別化をはかる傾向が見受けられるが、小泉譲「川端康成論」（『現代文学 第1川端康成集』芸文書院、昭31・10）のように、「青い海黒い海」に表出される「幻想的な生命観」と『みづうみ』の作品世界との間に類似性を認め、初期作品と戦後作品との連続性を探る試みもなされている。

一方、羽鳥は前掲の論の中で、熱病にかかった「私」のところへりか子が駆けつける場面に心霊学の「精神感応現象」の痕跡を認める一方、「けれども作者は、たとへ彼が、『一茎の野菊』に恋をしてゐて、野菊の幻想の波の上に死んだとしても、この遺書は書き変へる必要がないと思ふのである。」という「作者」の言葉に着目し、そこに見られる人物と「野菊」との置換が「万物一如・輪廻転生」を志向していると指摘した。羽鳥の論は新感覚派のマニフェストでもあった川端の評論「新進作家の新傾向解説」（『文芸時代』大14・1）と実作との関連性に触れたもので、以後、評論中の「主／客」をめぐる認識論と「青い海黒い海」との関係を解釈の中心に置く図式は多数の論の中で共有されていく。例えば、安藤宏「解説」（『編年体大正文学全集 第14巻（大正14年）』ゆまに書房、平15・3）は、作中の「象徴の世界」において「私」が「生」と「死」の間を「流転」しているところに「輪廻転生」の影響を認めており、康林「『文藝時代』に見る川端文学—文学理論と実作の接点—」（『中京大学文学部紀要』平14・3）も「主客一如」や「輪廻転生」と本作との関係に触れている。更に康は、錯綜した時空間の中で「人生の断片」や記憶を「点在」させる方法が、同評論中に言及された「自由連想法」から借用されていると指摘する。

一方、川嶋至『川端康成の世界』（講談社、昭44・10）のように、「青い海黒い海」に伊藤初代との失恋経験の痕跡を読もうとするアプローチもなされている。作中において、「私」が離別したきさ子を過去にとどめておこうとすることから、川端自身、恋愛の相手を「空想の世界に生きる」存在として「具象」化していた可能性を述べ、『雪国』の島村の人物像との関連性を見出している。自殺を題材にした川端の作品を戦後に分け概観した稲村博『川端康成—芸術と病理—』（金剛出版、昭50・10）、「私」と自然物との「一体感」に川端自身の「死意識」の「克服」を読み取る金采洙『川端康成—文学作品における〈死〉の内在様式』（教育出版センター、昭59・11）、自殺というモチーフから川端につきまとう「先天的」な

「死」の「気配」を看取する高橋英夫「解説」（『水晶幻想・禽獣』講談社文芸文庫、平4・4）も、作品における川端の実生活の反映を探る点で共通している。

　このように、川端の実体験との関連や、特殊な表現形式、また「輪廻転生」といった思想体系の中で一部触れられる中、初めて個別の研究対象として取り上げられたのは永尾章曹「川端康成「青い海黒い海」の文体について」（「近代文学試論」昭41・12）によってである。永尾は、「第一の遺言」の各エピソードが最後に「戦ひを挑まれた気持がした」という「一定の主観に帰着する」作品の構図に着目し、本作を強い「主観表現」の実践として位置づける。

　永尾の論が「青い海黒い海」における文章の類型を探ることに主眼があったのに対し、原善「川端康成「青い海黒い海」論―万物の照応／統合なき世界―」（『川端康成その遠近法』大修館書店、平11・4）は本格的な作品分析を試みた最初の論考である。原の論は、従来個別に論じられてきた、作中の「比喩」や「対句的表現」、「アフォリズム的言い廻し」等の「新感覚風」の表現と、「万物一如」・「輪廻転生」との関連性を明らかにしている。原はまず、「私」の二回の蘇生の契機となっているのがいずれも「言葉」であることから、本作を「言葉の再生能力を巡っての物語」として捉える。更に、「りか子の生存の象徴の世界」に生きるために必要なのが「生と死の境界をなくすという二元論の無化」、つまり「主客一如」であり、作中における多様な喩法は「万物を自在に照応」する融合的な世界の中でなされたものであるとする。一方、一時的に訪れた世界との一体感が「戦ひを挑まれてゐるやうな気持」によって打ち切られる原因を「言葉」の中に見出し、「言葉に対する象徴（〈感じ〉）の優位性」と同時に、表現において「言葉」が不可欠であるというジレンマを前景化した作品として「青い海黒い海」を評価する。更に「主客」の合一が絶えず「相対化」されることで生じる「主体の崩壊」の問題に触れ、初期川端文学への新たな解釈の可能性を提示している。

　高瀬真理子「川端康成「青い海黒い海」考―心中から自殺へ―」（「瓔珞」平4・6）も、対象との一体感と同時に「私」が覚える違和感に着目している。高瀬は「完全な合一」を求めていた「私」とりか子との心中の失敗が、「私」の抱く「生きた女の肉体に対する嫌悪」と、「体温があるものを「生」の世界のものとして忌避」する態度に起因すると指摘し、きさ子やりか子という「他者」からも、「死」の世界からも拒まれる「孤独な世界」の表出を見出す。

　一方、小池清治「川端康成と夏目漱石―表現の系譜・『青い海黒い海』『雪国』―」（『川端文学への視界13』教育出版センター、平10・6）は、川端文学における「主客一如」の源流を探る試みである。小池は漱石の「幻影の盾」（「ホトトギス」明38・4）中の「盾はヰリアムでヰリアムは盾である」、「二つのものが純一無雑の清浄界にぴたりと合ふとき」と、「青い海黒い海」の本文「蘆の葉が私の眼の中一ぱいに拡つて来ました。私の眼は一枚の蘆の葉になつて行きました。やがて、私は一枚の蘆の葉でした。」との間に「主客一如」という共通項を見出す。また、「青い海黒い海」においては赤が「生」を、白が「死」を象徴するといった色彩の活用が見られる点、両作において時間と空間の超越が唱えられている点を踏まえ、漱石と新感覚派の文学との関連性を指摘する。

原と高瀬の論が注目した、作中における「私」と対象との一体感の揺れと、「象徴の世界」に向かうために選ばれる自殺という行為は、その後の論究においても解釈の中心に置かれていく。山下真史「川端康成の新しい読み　第4回『青い海黒い海』の世界」（『月刊国語教育』平10・2）は、「主／客」の対立の図式を疑い、意識のない状態を「生」と等価値と捉える等、「世界像」の「転換」を目指す「私」の意思に反し、「現生の秩序」の完全な否定は「象徴」の世界においてしか獲得されないとする。「自由」な「象徴」の世界を手に入れるためには「死」が前提されなければならず、「抒情歌」の中ではかかる背理が「輪廻転生」を目指す「おとぎばなし」として「仮構」されることで克服されていると述べる（「川端康成の新しい読み第5回『抒情歌』と『禽獣』」「月刊国語教育」平10・3参照）。

吉田秀樹「「青い海黒い海」論―新感覚派馴化と〈岐阜一件〉の克服―」（『川端文学の世界1その生成』勉誠出版、平11・3）は、本作と伊藤初代との失恋経験について言及した川嶋至の論をより具体的に検証している。吉田は、自殺や死について言及した川端の評論「駒込雑筆」（『文芸春秋』大13・11）や「番外波動調」（『文芸時代』大14・3）と本作との関連性に触れ、船頭と心中というモチーフが、野口雨情作詞・中山晋平作曲の「船頭小唄」の流行と、有島武郎の心中事件を想起させると指摘する。とりわけ有島の「惜しみなく愛は奪ふ」（『新潮』大6・6）が愛の対象と自己との同一性を志向している点で「新進作家の新傾向解説」に通じる一方、有島にとって心中は「自己の拡充と発展」であるのに対し、「青い海黒い海」に確認されるのは「生命として響き合わぬ孤独感」や「非在感」であると述べ、二人における自殺観の差異を確認している。

河野育子「川端康成「青い海黒い海」考」（『神女大国文』平16・3）は、対象との一体感に伴う違和感の原因を「私」の身体性に関連して論じている。「主客未分」を目指す「私」の「浮遊感」と、作中に頻出する「しかし」、「ところが」等の逆接の言葉とによって夢や幻が誘導され「時間のゆらぎ」が生じるという。「浮遊感」は「私」を自由にさせ、対象との一体化を可能にするが、心中場面でりか子の「体温に象徴された人間の持つ愛憎の流入」を感じることでりか子との合一は失敗に終わり、「象徴の世界」を目指すべく、身体を放棄する自殺という手段が選ばれるとする。

このように、多数の論が本作における「主／客」の問題に着目する中、仁平政人「川端康成「青い海黒い海」論―言葉の〈速度〉と〈遅れ〉―」（『川端康成の方法―二〇世紀モダニズムと「日本」言説の構成―』東北大学出版会、平23・9）は「青い海黒い海」を同時代のアヴァンギャルド芸術の中で検討することを試みる。仁平は、主客の二分化の克服という課題が川端文学のみならず、同時代の文学言説の中で共有された事実を述べ、本作が、そうした志向が内包するアポリアに触れていると指摘する。また、従来、「第一の遺言」→心中→蘇生→「第二の遺言」→自殺という順に解釈されてきた本作の構造について、遺言と、心中や自殺との関係が不明瞭であることから、遺言を「目的も宛先も不明の〈遺された言葉〉」と捉える必要があるとする。「象徴の世界」において「私」が経験する「自由」とは、言語や時間、空間といった「形式の拘束」からの解放であるが、それは「意識」の回復によって隔たれてしまうという。モダニズム文学が前景化するのは「現在」（即時）と「表現」

（反復）のパラドクス、「言葉」という媒体の限界であるとし、流動的な意識から「私」を遊離させる「言葉」の位相を捉えた本作の問題意識とモダニズム文学との接点を探っている。

　川勝麻里「川端康成の「主客一如」とシュルレアリスム―『バッタと鈴虫』『青い海黒い海』『馬美人』『百合の花』―」（『明海大学教養論文集　自然と文化』平24・12）も「青い海黒い海」をモダニズム文学の動向の中で位置づける論考である。川勝は、アンドレ・ブルトンの「シュルレアリスム宣言」が発表された大正一三年から川端がシュルレアリスムを受容していた可能性を提示し、「新進作家の新傾向解説」に見られる「主客融合」の概念の中にその影響を認める。更に、川端と交流があった画家の古賀春江の詩作に見られる事物の「変形」のイメージや「主客転倒」、同じ時期に活動した画家の東郷青児の詩に用いられた自動記述の技法、北園克衛の詩に確認される「主客転倒」からシュルレアリスムの影響を指摘し、川端の「主客一如」の同時代性を見出している。

　一方、青木言葉「川端康成「青い海黒い海」論―「幻想と象徴」について―」（『藝文研究』平26・12）は「主観」の概念が小説内で「混迷」をきたしている点に注目する。かかる観点は、従来自明視されてきた、川端文学における強い「主観」の表出という観点を再解釈する試みであるといえよう。「第一の遺言」の中で、「私」は自分を「からっぽ」にし、客体に「埋没」させようとしており、そこに「私」の「主観」の拡大を認めるのは困難であるという。心中においても、「私」はりか子の体温を感じることで、客体との合一が不可能であるという「決定的な孤独と断絶」を自覚するが、むしろその自覚によって「象徴の世界」が訪れることになると述べる。更に、「抒情歌」における「輪廻転生」や「おとぎばなし」の正体も尚、死の世界を「理想」として語り、「夢想」と生の世界との「落差」を背景にしている点で本作に通じるとする。

　他、今後の新たな研究の展望が垣間見える論として、長山靖生『モダニズム・ミステリの時代―探偵小説が新感覚だった頃―』（河出書房新社、令元・8）がある。長山は、死んだ父が「私」を訪れる場面において、化粧水の壜に化した「私」や「透明」なものになりかかったきさ子が希薄な存在感でありながらも生きている点に注目し、かかる、死者と生者の区別が難解な設定によって「シュール」な小説空間が形成されているとする。更に、作中に散見する幻想的な場面が、「いくつかの時空が重なり合った状態」で「相互に干渉している」ことから、相対性理論による「四次元漂流」の影響の可能性を指摘しており、川端文学とモダニズムとの接点を論じる上で新たな観点を提示してくれる。

　「青い海黒い海」は「抒情歌」との関連性の中で注目されてきたものの、川端が言及した「書き方」の継承について具体的に論じた論考はまだ見当たらない。「輪廻転生」への志向の他、川端が述べた「幻想と象徴」という方法論の行方について注目する必要があろう。また、本作を川端の初期モダニズム文学の中に位置づけるにあたって、川端文学の前衛性と戦後作品との連続性についても更なる考察が期待される。

「青い海黒い海」研究文献目録

姜　恵彬

無署名「卓上文学」（「辻馬車」大14・9）

ある作家「文壇派動調」（「文芸時代」大14・10）

横光利一「文芸時評」（「文芸春秋」昭3・11）

片岡良一「川端康成の文章」（『日本現代文章講座』第8巻、厚生閣、昭9・5、後『日本文学研究資料叢書　川端康成』有精堂、昭48・2）

小泉譲「川端康成論」（『現代文学　第1川端康成集』芸文書院、昭31・10）

永尾章曹「川端康成「青い海黒い海」の文体について」（「近代文学試論」昭41・12）

川嶋至『川端康成の世界』（講談社、昭44・10）

羽鳥徹哉「川端康成と心霊学」（「国語と国文学」昭45・5、後『作家川端の基底』教育出版センター、昭54・1）

稲村博『川端康成—芸術と病理—』（金剛出版、昭50・10）

原善「川端康成「青い海黒い海」論—万物の照応／統合なき世界」（「作新国文」平元・12、後『川端康成その遠近法』大修館書店、平11・4）

高橋英夫「解説」（『水晶幻想・禽獣』講談社文芸文庫、平4・4）

髙瀬真理子「川端康成「青い海黒い海」考—心中から自殺へ—」（「瓔珞」平4・6）

山下真史「川端康成の新しい読み　第4回『青い海黒い海』の世界」（「月刊国語教育」平10・2）

山下真史「川端康成の新しい読み　第5回『抒情歌』と『禽獣』」（「月刊国語教育」平10・3）

吉田秀樹「青い海黒い海」（羽鳥徹哉・原善編『川端康成全作品研究事典』勉誠出版、平10・6）

吉田秀樹「「青い海黒い海」論—新感覚派馴化と〈岐阜一件〉の克服—」（田村充正・馬場重行・原善編『川端文学の世界1　その生成』勉誠出版、平11・3、後『川端康成—東京のシルエット—』龍書房、平25・12）

康林「『文藝時代』に見る川端文学—文学理論と実作の接点—」（「中京大学文学部紀要」平13・3）

安藤宏「解説　大正十四（一九二五）年の文学」（安藤宏編『編年体大正文学全集　第14巻（大14年）』ゆまに書房、平15・3）

小池清治「川端康成と夏目漱石—表現の系譜・『青い海黒い海』『雪国』—」（『川端文学への視界13』教育出版センター、平10・6）

河野育子「「川端康成「青い海黒い海」考」（「神女大国文」平16・3）

仁平政人「川端康成「青い海黒い海」論―言葉の〈速度〉と〈遅れ〉―」（「文芸研究」平22・9、後『川端康成の方法―二〇世紀モダニズムと「日本」言説の構成―』東北大学出版会、平23・9）

川勝麻里「川端康成の「主客一如」とシュルレアリスム―『バッタと鈴虫』『青い海黒い海』『馬美人』『百合の花』―」（「明海大学教養論文集　自然と文化」平24・12）

青木言葉「川端康成「青い海黒い海」論―「幻想と象徴」について―」（「藝文研究」平26・12）

長山靖生「ＳＦのある文学誌〔第59回〕私の眼は赤い薔薇　川端康成の新感覚・神秘・そして科学」（「ＳＦマガジン」平30・8）

長山靖生『モダニズム・ミステリの時代―探偵小説が新感覚だった頃―』（河出書房新社、令元・8）

『伊豆の踊子』研究史

山田吉郎

序

『伊豆の踊子』研究の歴史は、ある意味で近代文学研究の方法論の変遷を濃く反映していると言える。大正十五年一月号の「文芸時代」にこの作品の前半が掲載されて以来、時評や合評会などの批評をはじめとして、各種の川端康成論の中で『伊豆の踊子』評が書きつづけられてきた。やがて戦後に至り、日本近代文学の研究領域が盛んとなり、川端文学研究の厚みが加わる中で、川端文学研究書の欠くべからざる一章として『伊豆の踊子』論が置かれるようになる。そして、その研究手法も、印象批評的なものから、この特異な作家の生い立ちや生活体験、文学体験などをふまえた作家論的な視点へと展開し、さらに川端文学の展開の中での位置づけや独特な美意識等への論及を経て、作品内部の構造分析へとひろがりを示してゆく。

とりわけ昭和三十年前後からの『伊豆の踊子』研究の進展には刮目すべきものがある。詳しくは後述するが、『伊豆の踊子』の成立に至る改稿過程や、そこに絡む恋愛体験や同性愛体験の重要性を軸に論が展開された。その後さらに作品世界の語りの徴標を綿密に分析し作品の本質に迫る論が数多くあらわれ、現在に至っていると言えようか。総じて『伊豆の踊子』研究の現在の水準は相当に高いと言える。

そうした『伊豆の踊子』研究史を展望、概括することは容易なことではない。重要文献の遺漏や不適切な評価をなすことを恐れている。先行する林武志「『伊豆の踊子』研究小史」（『〈川端康成研究叢書2〉詩魂の源流』教育出版センター、昭52・3、後『川端康成作品研究史』教育出版センター、昭59・10）や原善「解説「伊豆の踊子」研究の三学期へ」（『川端康成『伊豆の踊子』作品論集』クレス出版、平13・1）、林武志編『川端康成研究文献総覧』（二松学舎大学東洋学研究所、平13・3）、さらに羽鳥徹哉「『伊豆の踊子』について」（『成蹊大学文学部紀要』平3・12。後『作家川端の展開』教育出版センター、平5・3）などに教示を受けつつ、研究の史的動態に視点を置いて考察を試みたいと考えている。

一

『伊豆の踊子』は、必ずしもその発表直後に高い評価を受けていたわけではない。作品自体が地味であったこともあり、発表当初の批評には断片的なものが多い。が、その中で『伊豆の踊子』の雑誌掲載時（「文芸時代」大15・1〜2）における批評である鈴木彦次郎「私は読んだ　一月の創作」（「文芸時代」大15・2）と「文芸時代」の同人による「合評会第一回—川端康成氏の『続伊豆の踊子』—」（「文芸時代」大15・3）は、印象記的な側面は拭えないものの、この作品の基本的な特色を最初に捉えたものとして注目される。すでに林武志（前出作品研究史）によって指摘されているが、合評会において加宮貫一が「ある人」の言と前置きして「美しい半面だけを見てゐる所がある」と述べているのは、後の『伊豆の踊子』評価の基本的な見方を先取りしたという意味で重要な見解である。また鈴木彦次郎が『伊豆の踊子』に流露する「連想的感覚」と「精神美」に注目し、新味ある境地を拓きつつある川端を認識しているのも的確と言うべきである。

さらに、昭和二年刊行の作品集『伊豆の踊子』をめぐって書かれた武野藤介「川端康成著『伊豆の踊子』」（「東京日日新聞」昭2・5・2）は、『伊豆の踊子』のみに焦点を絞った論ではないものの、『孤児の感情』『十六歳の日記』『白い満月』『驢馬に乗る妻』等を視野におさめつつ、出発期の川端文学の輪郭を素描したものとして看過できない。

さて、美しい抒情を紡いだとする発表当時の『伊豆の踊子』評は、その後に書かれてゆく川端論によって補強され、普遍化してゆくことになる。そして、そのことはまた昭和八年のこの作品の映画化によって社会史的側面からも裏づけられるであろう。『伊豆の踊子』がもつ抒情性とある種の通俗性（この面は以後の研究史の上では比較的論じられることが少なく、追究の余地のある領域であろう）がその作品受容の背景にあろうが、併せて注目すべきは、その映画化の折りに川端自身によって書かれた「『伊豆の踊子』の映画化に際し」（「今日の文学」昭8・4）である。踊子の兄夫婦が実際には「悪い病の腫物《はれもの》」に苦しんでいるなど、踊子一行の現実の姿を自ら語った文章である。これは作者の自解なので厳密には研究文献とは言えないのであろうが、大衆的支持を受ける『伊豆の踊子』において、抒情的な美よりも醜に敏感であった作家川端の美意識の深層を語って余すところがない。

そして、如上の川端の自解をふまえる形で『伊豆の踊子』論にエポックを画したのが伊藤整「川端康成の芸術」（「文芸」昭13・2）である。「残忍な直視の眼が、醜の最後まで見落さずにゐて、その最後に行きつくまでに必ず一片の清いものを摑み、その醜に復讐せずにはやまない最近のこの作家の逞しい力が、『伊豆の踊子』の中では抒情性の一貫のために躇ひ、内部ふかく身をひそめてゐる。」とするこの論の出現によって、林武志が言うように「『踊子』ひいては川端文学の評価が大きく転換した」ことは否めない「特筆すべき論」である。これ以後、『伊豆の踊子』という作品を単に青春の抒情小説と捉えるだけでは不十分とする見方が定着し、いわば川端の冷徹な美意識や虚無的な思想をも視野におさめた上で論ずることが『伊豆の踊子』論の常道となってゆくと言えよう。この伊藤整の論から三年後、小林秀雄が「川端康成」（「文芸春秋」昭16・6）で「社会的人間より生理的人間へ」と傾斜する川端の「天稟」を認識し、「片足で『伊豆の踊子』から『雪国』に至る道を、もう一方の足で『葬式の名人』から『禽獣』に至る道を引摺つて行く」川端文学の基本構造を指摘したのもその流れにある。また、戦後に至り折口信夫が「山の音を聴きながら」（「人間」昭24・12）の中で、『雪国』の男に感じた「実に「ひやり」とする刃物の閃きと言ふやうなもの」を、既に『伊豆の踊子』の高等学校の生徒にも感じたとし、それを「「本然悪」をつきとめて行く試み」として捉えているが、この見解も前述の伊藤整が示した川端文学観の流れを受けながら、折口流の括り方をしたものであろう。

が、戦後の昭和二十年代前半においては、まだまとまった『伊豆の踊子』論は出ていないと言えよう。三島由紀夫「解説」（新潮文庫『伊豆の踊子』昭25・8）、古谷綱武「作品解説」（角川文庫『伊豆の踊子』昭26・7）、伊藤整「解説」（『〈昭和文学全集第九巻〉川端康成集』角川書店、昭28・3）、高田瑞穂「伊豆の踊子小論」（「国文」お茶の水女子大学国語国文学会、昭29・3）などが書かれる過程の中で、本格的な『伊豆の踊子』研究の基盤が整いつつあったと捉えることができようか。

昭和三十年代にはいると、『伊豆の踊子』研究はにわかに活性化する。その契機となったのが、瀬沼茂樹「伊豆の踊子―成立について」（「解釈と鑑賞」昭32・2）である。この論文の意義については前記林武志の研究史に詳しいので省筆するが、『伊豆の踊子』を論するにあたっての未定稿「湯ヶ島での思ひ出」の重要性、伊藤初代との恋愛事件との関連性、孤児根性の問題など、後に書かれてゆく『伊豆の踊子』論の基本的な視点と骨格がすでに示されているのは注目に値する。

これ以後、中村光夫「川端康成論」（「文学界」昭32・7～9）、山本健吉編『〈近代文学鑑賞講座13〉 川端康成』（角川書店、昭34・1）、山本健吉編『川端康成読本　その生涯と作品』学習研究社、昭34・10）、関良一「「伊豆の踊子」」（「国文学　言語と文芸」昭35・3）、古谷綱武『評伝川端康成〈作品と作家研究〉』（実業之日本社、昭35・12）、三枝康高『川端康成』（有信堂、昭36・1）、川嶋至「『伊豆の踊子』を彩る女性（上）（下）」（「国語国文研究」北海道大学国文学会、昭36・3、12）、三島由紀夫編『文芸読本　川端康成』（河出書房新社、昭37・12）などの単行本・論文が相次いで公刊されている。『伊豆の踊子』の抽象化された「私」を論じ、そこに近代小説としての特異性を指摘した中村論、伊藤初代との恋愛事件や清野少年・踊子との交流の相関性の中で作品成立の機微を論じた山本・三枝・川嶋論などがあるが、中でも川嶋の「四年前に出会った、記憶も薄れかけた踊子の姿を、一年前に別れて未だ印象も鮮かな「みち子」の姿で補色し」たとする考え方は、後の「群像」（昭42・9）に発表された「川端康成論―『伊豆の踊子』を手がかりに」（筆名・細川皓）へと受け継がれて大きな反響を呼ぶに至り、作者川端自身の発言をも引き出してゆくことになったのは周知のところであろう。

こうして『伊豆の踊子』研究は本格的な研究の段階へとはいったわけだが、この時期の『伊豆の踊子』研究の総合的な道標をなすものとして長谷川泉「伊豆の踊子」（「国文学」昭39・12～40・6、後『川端康成論考』明治書院、昭40・6）をあげなければならないだろう。これは、『ちよ』や「湯ヶ島での思ひ出」など『伊豆の踊子』の先駆をなす作品との関連性や恋愛体験の作品に及ぼした影響などを解明し、さらに周辺作品や川端文学に底流するモチーフなどとの関連をふまえた『伊豆の踊子』研究の総体的把握を示した長篇論文である。

やがて昭和四十三年、川端康成は日本人で初めてのノーベル文学賞を受賞する。このノーベル賞受賞前後から川端康成研究が新たな段階にはいったことは確かであろう。『伊豆の踊子』研究に関してもその成立論をはじめとしてモチーフや作品の細部に至る分析まで詳密な考察がなされるようになってゆく。いわば、川端文学について、全円的に研究の網の目がひろげられてゆくことになったのである。また、ノーベル賞受賞前後から数多くの川端作品集が刊行され、それぞれに解説や作家案内が付され、『伊豆の踊子』についての参考文献数も急速に増大してゆくことになる。

　この時期の『伊豆の踊子』研究は数多く、すべてを紹介することはできない。やや恣意的な選択に傾く点はあらかじめご寛恕いただきたいと思う。『伊豆の踊子』の表現手法上の特質を分析した村松定孝「川端康成の連歌的手法（一）―「伊豆の踊子」の主格をめぐって―」（「形成」昭43・1）および「川端康成の連歌的手法（二）―「伊豆の踊子」の運びについて―」（「形成」昭43・3）、生活・日常と反生活・反日常の二元的視点から『伊豆の踊子』の構造を論じ、作中の「私」が反生活・反日常へと作者からもぎ離されてゆく過程が描かれたとする佐藤勝「「伊豆の踊子」論―〈美学〉の誕生―」（『川端康成作品研究』八木書店、昭44・3）、老人描写の意味を孤児根性と結びつけて論じた藤森重紀「「伊豆の踊子」の再評価―老人描写を主軸にして―」（「解釈」昭44・5）、踊子と出会った川端の伊豆への旅の動機に投稿作家塚越亭生の死に触発された「早世の怯え」を指摘した林武志「川端康成と塚越亭生―一つの仮説―」（「立教大学日本文学」昭44・6）などがまずは挙げられる。この中で、佐藤論文は、作者と作中の「私」との離反する動態に触れ、のちの語り論を中心とする研究史の流れと意外に近似した関係を示している点で注目に値する。

　この時期の『伊豆の踊子』論の代表的なものとして川嶋至『川端康成の世界』（講談社、昭44・10）を挙げなければならない。その第三章「青春の傷あと―「みち子もの」と『伊豆の踊子』」は、前記の「群像」掲載論文（筆名・細川皓）をベースに『伊豆の踊子』成立の背景にある伊藤初代との恋愛体験の重要性に視点を据え、「「伊豆の踊子」は、古風な髪を結い、旅芸人姿に身をやつした、みち子（注―伊藤初代）にほかならなかったであろう」とする結論を導き出している。この論は賛否両論を含め大きな反響を呼び起こしてゆくが、作家の体験と作品表象をどう結びつけるかという根本を問うものでもあり、研究の今日的な課題にも繋がっている。

　このほか、「孤児根性」「尋常な好意」「快い涙」の三つの鍵を視点に作品構造を解明しようとした高田瑞穂「伊豆の踊子」（「国文学」昭45・2）、『伊豆の踊子』の登場人物たちに作者川端の姉や父母、祖父母など肉親たちの亡霊の影を読みとろうとする藤森重紀「新解釈「伊豆の踊子」―川端康成の文学的背景を探る―」（「解釈」昭45・5）などが注目されよう。

　以上見てきた『伊豆の踊子』研究の流れに一つの道標を築いたのが、林武志による一連の『伊豆の踊子』研究であろう。「「伊豆の踊子」論」（川端文学研究会編『川端康成の人間と芸術』教育出版センター、昭46・4、後『川端康成研究』桜楓社、昭51・5）、「「伊豆の踊子」成立考―清野少年をめぐって―」（「国文学」昭46・11）、「「伊豆の踊子」成立史考―」（「日本文学研究」大東文化大学、昭47・2、後、前掲書）などがそれである。清野少年（小笠原義人）との交流の発掘や、それが『伊豆の踊子』の成立に与えたものの大きさを論じ、さらに作中の「私」の感ずる二つのカタルシスの背景（とくに「いい人ね。」の一節に絡む深層の複雑さ）に着目しつつ作品構造を論じた論考は、この時期の『伊豆の踊子』研究の一つの到達点を示しているであろう。

　昭和四十七年四月、川端康成が急逝すると、その衝撃的な死をふまえ膨大な量の川端文学研究文献が発表される。当然のことながら『伊豆の踊子』についての論及文献も増加しているが、川嶋至（細川皓）、林武志らによる成立論が一段落したところから、『伊豆の踊子』研究は新たな段階にはいった観がある。踊子・薫像の重層性に焦点を据えた田村嘉勝「『伊豆の踊子』論―踊子・薫の二面性をめぐって―」（「言文」福島大学、昭50・10）、作中の個性的表現に着目した平山城児「川端の『ほうつと』について」（「立教大学日本文学」昭51・2）、主人公の「空想」の意味を鋭く究明した森本穫「「伊豆の踊子」小論―「空想」の解釈をめぐって―」ならびに「「伊豆の踊子」追考―ふたたび「空想」の解釈をめぐって―」（広島県高等学校教育研究会国語部会年報」昭49・3、昭51・10。後『孤児漂白―川端康成の世界―』林道舎、平2・4）など、作品の細部の分析に特色を打ち出す論考が見られるのもその一つであろう。なお、川端急逝後の文献として、鈴木彦次郎「新思潮前後」（「太陽」昭47・7）を逸することはできない。これは「特集小説」と銘打たれているが、川端の一高時代や伊豆旅行の様相を、その場に立ち会った人間として生々しく語っており、資料的価値のきわめて大きいものである。

　さて、『伊豆の踊子』研究の多角的視点が網羅されたものとして、川端文学研究会による『〈川端康成研究叢書1〉傷魂の青春』（教育出版センター、昭51・8）の刊行をあげなければならない。長谷川泉「「伊豆の踊子」の制作動機」を先頭に、小林一郎「「伊豆の踊子」論―一つの文体的考察―」、藤森重紀「『伊豆の踊子』論―回想物語の中の実在人物―」、武田勝彦「川端文学における「伊豆の踊子」の位置」、高田瑞穂「「伊豆の踊子」の文学史的意義」、森本穫「文学教材としての「伊豆の踊子」」、林武志「作品研究史（一）「十六歳（十四歳）の日記」「伊豆の踊子」研究の展望と問題点」など七篇の論文で構成されている。これらの論文は、単なる『伊豆の踊子』論の集成ではなく、成立論、作品論、文体論、川端文学や近代文学史の中での位置づけを究明する論、教材論、研究史論など、研究体系の提示を指向したものとなっている。中でも、『伊豆の踊子』の創作動機をめぐって、身辺の死や愛の体験、心霊学への傾斜、関連作品などの事項を総合的に見わたし、末尾で作中の予見や空想の意味の重要性に時間論的な視点から言及した長谷川論、川端の心霊学への傾斜と絡め『伊豆の踊子』では肉親の亡霊たちと伊藤初代の幻影の総登場が演出されていたと論ずる藤森論、『伊豆の踊子』研究の歴史と現在の問題点を解明し、研究史という領域の重要性を提起した林論などが注目されるであろう。

二

　さて、今まで見てきたように成立論、作品論、研究史論等視点の出揃った観のある『伊豆の踊子』研究の状況の中で、ある意味で研究の転回点が近づきつつあったとも言えようか。その転回を示す論文が具体的にあらわれてくるのが昭和五十年代の新たな動向である。その嚆矢は、近藤裕子の「『伊豆の踊子』論（上）―モデル捜しへの疑問―」（「東京女子大学日本文学」昭53・3）、「『伊豆の踊子』論（中）―作品論の可能性―」（同誌昭53・9）、「『伊豆の踊子』論

（下）―虚構意識の構造―」（同誌昭55・9）の三論文であろう。これらの近藤論文について原善がクレス出版刊『川端康成『伊豆の踊子』作品論集』（平13・1）の「解説」で、「謂わばモデル探しから離れた読みの自立性・作品論の可能性を、身体論などを援用することで開いた」「『伊豆の踊子』研究の一時期を画する仕事であった。」と位置づけているように、それまでの研究手法と一線を画し、緻密・犀利な分析力を駆使して『伊豆の踊子』の作品構造を解明している。今回収録した「『伊豆の踊子』論（中）」ではそうした視点から、登場人物の関係性、クライマックス・シーンの分析など、鮮やかな成果をあげている。

　この近藤論をはじめとして、読者論的視点から捉えた平山三男「『伊豆の踊子』―読者のリアリティーから―」（『川端康成　現代の美意識』明治書院、昭53・5）、この作品の清々しい読後感から語り起こし、恋愛小説ではないゆえんを解析した鶴田欣也「『伊豆の踊子』」（『川端康成の芸術―純粋と救済―』明治書院、昭56・11）など、作品の自律性を視点に作品構造を読み解く論が書かれるようになった。この傾向は基本的に現在の研究状況にまで引き継がれてきているわけだが、その過程で瞠目すべき論がいくつか発表されている。

　中山真彦「作品の中の「私」―『伊豆の踊子』とその仏訳について―」（「季刊現代文学」昭58・11）はその一つである。「もっぱら過去時制で書かれている」仏訳テキストと対照させながら、和文テキストが客体的表現と主観的表現との組み合わせからなる点に着目し、「物語る「私」は、物語られる体験が生じるその場に居合わせる。すでに完了したものとしての体験を物語るのではない。いま「私」の身に起きつつあることを物語る。そして物語るということが、体験の成就なのである。」と捉える。中山はさらにこうした両テキストの違いから、作中人物と話者を切り離す研究方法について、「作中人物と話者をそれぞれ別箇の物語機能として立てる論法は、両者が文法的にもはっきりと区別されるような言語の文学においてはじめて考案されたのではないかということである。少くとも、これをそのまま川端文学に当てはめることは、妥当であるとはいえない。」と論じ、川端文学において語りの論を適用するに際しての重大な提起を行っている。また、小森陽一「〈読む〉ことへの夢想」（「文学」昭63・4、後『文体としての物語』筑摩書房、昭63・4）は、『伊豆の踊子』第二章冒頭の風景描写を読む読者の心理に着目し、読者の身体において言葉が意味からイメージへと移行する運動の過程を分析する。読者の身体の視点から作品受容のプロセスを分析し、作品の特質を照射する手法は鮮やかである。

　なお、この時期に、歴史的に制約された中で生じた女性差別の視点から『伊豆の踊子』を読み解こうとするフェミニズム的批評があらわれてきたことも重要である。尾形明子「川端康成『伊豆の踊子』を読む」（「日本文学」昭62・5）、三枝和子「川端の傲慢」（「ユリイカ」昭63・11）、駒尺喜美「伊豆の踊子―ふれあいの構造―」（「女性空間」平1・3）などが代表的なものであり、また荻野アンナ「雪国の踊子」（「海燕」平3・3、後『私の愛毒書』福武書店、平3・9）なども書かれている。一見恋愛小説に見えるこの作品に、男性から女性へ向けて上から下への視線が認められ、その制約の中で男女の関係を捉えねばならぬことが要請されており、その視座からの分析・批評によって『伊豆の踊子』の隠された一面が鋭く剔抉されたと言える。

以上見てきたように、昭和五十年代から六十年代へかけ、『伊豆の踊子』研究は新たな段階へはいったと考えられる。昭和四十年代に主流であった成立論的研究に替わり、一個の自立した文学作品としての『伊豆の踊子』を、身体論や読者論、テクスト論、フェミニズム的批評等、多様な角度から考察する流れが形成された。

さて、こうした『伊豆の踊子』研究の潮流の中で、基本的には自立した一個の作品として『伊豆の踊子』を読み解きつつ作品表象のより精緻な分析へと重点が置かれてゆき、併せて一人称小説である「私」のありよう、すなわち主人公と語り手の相関性の問題へと切り込む論が主流をなすようになったと言えようか。そして、この問題は単に『伊豆の踊子』の作品研究のみにとどまるものではなく、大きく言えば日本近代文学における一人称小説の特質と変遷を問う手がかりにもなりうるものであり、きわめて重い課題を背負うものでもある。一見単純な旅の体験記に思われるこの作品が、多くの研究者に作品論を書かせる契機の一つはこの辺にあると言っていいだろう。

こうした創作主体と主人公の問題を視野におさめた論に目を向けると、大坪利彦「川端康成―創作主体と作中人物（一）」（「明治大学日本文学」昭63・8）、平山三男「『伊豆の踊子』―その魂の簒奪―」（「芸術至上主義文芸」昭63・12）、上田渡「『伊豆の踊子』の構造と〈私〉の二重性」（「国学院雑誌」平3・1）、門倉正二「「伊豆の踊子」について」Ⅰ・Ⅱ（「国語教室」平3・5、平3・11）、竹山雅子「『伊豆の踊子』論―「私」の主観のあり方をめぐって―」（「名古屋大学国語国文学」平3・7）、金井景子「『伊豆の踊子』―癒されることへの夢―」（「解釈と鑑賞」平3・9）などを、まずあげることができよう。作中の「私」は踊子の魂を簒奪し、飽食し、安定した「即自存在」の中にたゆたっているとした平山論、金銭感覚を軸とした階層意識の読み取りをふまえ、テクスト内の「私」とテクストを統括している「私」の二重性を鋭く分析した上田論、「『伊豆の踊子』は、一般に考えられているほど主人公と踊子の二人に求心化していくような恋物語とはなっていない」と指摘し、踊子の遠景化と旅芸人の旅情への主人公の同化を論じた門倉論、「伊豆という巨大な映画館」にやって来るという物語構造を指摘し、この物語はテクスト内の「私」の成長譚ではなく癒されることへの快楽をつづっているとした金井論など、この時期の『伊豆の踊子』研究は、作者川端の実体験と連結することを慎重に避けた上で、作品の人物形象の特質を分析し、川端小説の基本構造を解明する構造論的考察へと重点が置かれるようになってきたのである。

さらに、この傾向は『伊豆の踊子』研究の主潮流を形成する。田村充正「「伊豆の踊子」試論」（『交錯する言語』名著普及会、平4・3。後『「雪国」は小説なのか―比較文学試論―』中央公論新社、平14・6）、前田角蔵「踊子の〈闇〉への封印―「伊豆の踊子」論―」（「法政大学日本文学誌要」平4・3）、原善「「伊豆の踊子」論―批判される〈私〉―」（「文芸空間」平4・4、後『川端康成その遠近法』大修館書店、平11・4）、馬場重行「「伊豆の踊子」覚え書き」（「東京都立日野高等学校研究紀要」平5・3）、石川則夫「「伊豆の踊子」の視角―〈旅〉が隠蔽する〈私〉―」（「国学院雑誌」平6・5）、石川巧「稗史の遠近―『伊豆の踊子』」（「敍説」平8・8）、三川智央「『伊豆の踊子』論―〈語り〉の多重的構造について―」（「国語国文学」福井大学、平9・3）、石川則夫「物語の失速／小説の挫折　「伊豆の踊子」再論」（『〈新しい作品論〉へ、〈新しい教材論〉へ2』右文書院、平11・2）など、『伊豆の踊子』の「私」の語りの構造に着眼した論が相次いで発表され、あたかも『伊豆の踊子』研究の新たな山脈をなす観がある。そのすべての論には言及できないが、たとえば、田村論文は初期川端小説の語り手の人称と比較した上で、語る「私」が語られる「私」と時空間をともにするゆえんを論じ、それゆえに可能となる虚構のカタルシスを指摘する。また原論文は、後述するが羽鳥徹哉「「伊豆の踊子」について」（「成蹊大学文学部紀要」平3・12、後『作家川端の展開』教育出版センター、平5・3）の見解を批判しつつ、語り手と作中の「私」の差異に着目し、語り手の構成意識のもとに主人公「私」の感傷のありようが相対化されている枠構造を論ずる。叙上の二論のほか、「私」の意識によって「処女性」や「旅芸人としての存在の〈闇〉」に封印される踊子を捉えた前田論文、擬態としての〈浄化〉を論じつつ「清澄な抒情性の背後に潜む現実捨離の苦い認識」を指摘する馬場論文、「未分化な〈私〉」のあり方に注目し、そこに作品構造を見据えた石川則夫論文（平6発表）、踊子を「稗史的な娘」という「抽象化された一枚の「絵姿」に帰属」させようとする「私」の意識を軸に主人公「私」のありようを捉えた石川巧論文、『伊豆の踊子』にはいくつかのベクトルがあり、語りの多重性を生じて、語り手は「非人格的地位を作品構造の中で確保しつつある」とする三川論文、『伊豆の踊子』における語りの論を再検証し、その特権的な語り手の「私」から一時遠ざかって読者としての「私」の可能性を提示した石川則夫論文（平11発表）など、『伊豆の踊子』における語り研究の厚みがうかがわれ、その深化と変遷は生動感に充ちている。

なお、前掲の語り研究のうち、末尾に触れた二論文（三川・石川則夫論文）には、『伊豆の踊子』の語りの論じ方に微妙な変化が看取されるように思われる。それは、『伊豆の踊子』の作品世界を統括する語り手をひとまず相対化する考え方である。しかし一方では、作品の統括者としての語り手を想定しないとどうなるかという問題もあり、事は単純ではないものの、『伊豆の踊子』研究に新たな要素が加わったと言いうるように思われる。

三

さて、『伊豆の踊子』の語りをめぐる研究を中心に見てきたが、ここで視点を広げて概観をこころみたい。（多くの論文があり、すべてに言及することが不可能なのはご諒承いただきたい。）まず『伊豆の踊子』と関連する文学領域を対比、考究する論としては、安田保雄「比較文学ノート（六）　伊豆の踊子とミニヨン」（「成蹊国文」昭62・3）、今村潤子「『伊豆の踊子』と『草の花』―川端と福永のライトモチーフ」（「尚絅大学研究紀要」平3・2）、林武志「川端康成と日本の古典―謡曲と「伊豆の踊子」など―」（「解釈と鑑賞」平3・9）、小関和弘「解説―「伊豆の踊子」・「村の活動」（横光利一）」（『対照読解　川端康成〈ことば〉のしくみ』（蒼丘書林、平6・2）、新井哲男「文学における音―『我らの時代に』と『伊豆の踊子』をめぐって―」（「東京家政大学研究紀要」平10・2）などがある。また、映画との関連を扱ったものに原善「映像―川端康成と映画―」（『新批評近代日本文学の構造8』国書刊行会、平3・4）、西河克己「『伊豆の踊子』小説と映画」（『文藝論叢』文教大学女子短期大学部・文芸科、平4・3）、西河克己『「伊豆の踊子」物語』（フィルムアート社、平6・7）、四方田犬彦「川端康成と映画」（『国文学』平13・3）、猪熊理恵「六人の「伊豆の踊子」―小説「伊豆の踊子」とその映画化作品を考える―」（『畑有三先生退職記念論文集　日本文学研究の諸相』専修大学大学院、平16・3）などがある。『伊豆の踊子』の翻訳をめぐる論についても、先にあげた中山真彦論文をはじめとして、E・G・サイデンステッカー／安西徹雄「日本文学の英訳―川端康成の『伊豆の踊子』／―川端康成の『山の音』」（『〈スタンダード英語講座2〉　日本の翻訳』大修館書店、昭58・5）、板倉素子「『伊豆の踊子』日英比較考」（『商経論集』千葉経済短期大学、平1・3）、林顕照「「伊豆の踊子」川端康成著E・G・サイデンステッカー訳の場合」（『九州女子大学紀要』平1・3）、中野道雄「日本文学英訳の研究―川端康成『伊豆の踊子』―」（『英語教育』平3・4）、河原修一「日本語と英語の表現の違い―川端康成原作『伊豆の踊子』サイデンステッカー訳について―」（『宇大国語論究』平6・8）、アンガス・ターヴィル「日英翻訳における問題と傾向―『伊豆の踊子』の英訳分析―」（『翻訳の文化／文化の翻訳』静岡大学人文学部翻訳文化研究会、平19・3）等があげられる。

さらに、『伊豆の踊子』に出てくる「山越えの間道」をめぐって、実地調査に基づいて事実と虚構の相関性を鮮やかに提示し、その意義を論じた石川則夫「「伊豆の踊子」その〈風景〉の発見と〈旅〉の造形―「山越えの間道」の調査から―」（『川端文学への視界8』教育出版センター、平5・6）を逸することはできない。明らかにされた「山越えの間道」そのものの実相もたいへんに興味深いが、加えて川端が山越えの間道をのぼり降りした大正七年と、『伊豆の踊子』執筆のために車で街道をたどった大正十四年末の見聞のちがいがもたらした作品世界のひずみを扱った部分は、実証部分と文学形象論が結びつき、刮目すべきものとなっている。そのほか、数多くの『伊豆の踊子』論があるが、岩田光子「川端文学の特相（九）―「伊豆の踊子」小考―」（『学苑』昭58・1。後『川端文学の諸相―近代の幽艶―』桜楓社、昭58・10）、李徳純「「伊豆の踊子」を評す」（『川端康成研究叢書　補巻』教育出版センター、昭58・6）、大坪利彦「「伊豆の踊子」論―一期一会の旅―」（『明治大学日本文学』昭61・8）、今村潤子「川端康成『伊豆の踊子』の方法」（『尚絅大学研究紀要』昭62・2、後『川端康成研究』審美社、昭63・5）、高橋新太郎「『伊豆の踊子』（川端康成）」（『解釈と鑑賞』昭62・10）、藤岡武雄「「伊豆の踊子」考」（『国文学』昭62・12）、田村嘉勝「もう一度「伊豆の踊子」を読む」（『言文』福島大学教育学部国語国文学会、昭63・12）、川端俊英「「伊豆の踊子」小論―〈私〉と踊子の位置―」（『同朋大学論叢』平3・6）、竹腰幸夫「川端康成『伊豆の踊子』論―「近代文学としての性格」の視点から―」（『常葉国文』平7・11）などの諸論をその一端としてあげることができよう。

そうした『伊豆の踊子』研究の諸状況を包摂し、この作品の総体的な把握をめざした論文として羽鳥徹哉「「伊豆の踊子」について」（『成蹊大学文学部紀要』平3・12）をあげなければならない。（羽鳥にはこの論文につづいて、「「伊豆の踊子」の事実関係」（『成蹊国文』平4・3）、原善との論争にかかわる「「伊豆の踊子」、間道の場面その他」（『解釈』平4・9）なども執筆している。）この羽鳥の『伊豆の踊子』論は、作品のプロットの展開に沿ってそれぞれの場面の特質や作家川端の創作意識との関連を詳細、緻密に考察し、それをふまえ主題、構成、文学史的位置等を論じた規模の大きな作品研究である。加えて末尾には一六七項目に及ぶ詳細な『伊豆の踊子』研究文献のリストが付されている。当時研究が高まりつつあった『伊豆の踊子』の語り研究をも視野におさめた上で、作家の伝記的事実や同時代の文学とのかかわり、作品執筆のモチーフ、作品世界の事象の解釈や分析、文学史的意義や『伊豆の踊子』研究の現状など、自在に論点を切り替えつつ、『伊豆の踊子』の作品世界とその研究の現況の総体的な把握を志向したものである。その意味で、時期を画する論であったと言えよう。

さらに、川端康成生誕百年を記念して、天城湯ヶ島町（現・伊豆市）の協力のもとに制作された川端文学研究会編『伊豆と川端文学事典』（勉誠出版、平11・6）をあげなければならない。『伊豆の踊子』をはじめとする多くの伊豆作品や、川端の伊豆時代の足跡や交友のひろがり等を鳥瞰し、川端と伊豆の風土とのかかわりの体系的な把握を企図したものである。

四

今まで見てきたように『伊豆の踊子』研究の歴史は、昭和三十年代から四十年代へかけては作者川端の孤児体験や恋愛体験など伝記的事実が作品にいかに反映したかを問う研究が主流をなしていたのに対して、昭和五十年代半ばから平成にかけては作者の伝記的事実と作品内部の表象の次元とを峻別し、作品自体を統括する語りの構造を解明する研究が中心をなしたわけだが、それでは今後の『伊豆の踊子』研究の動向はどのように展開するのであろうか。

この点に関して原善は、クレス出版刊『川端康成『伊豆の踊子』作品論集』の「解説」で、『伊豆の踊子』の語りの問題に決着がついたかどうかの判断を読者に委ねた上で、新たな研究の歴史を開く視点の一つとして、高橋真理「「伊豆の踊子」考―「稗史《ものがたり》」としての旅―」（「緑聖文芸」平8・3）や石川巧「稗史の遠近―『伊豆の踊子』」などの論文が提起する「稗史」というコードを指摘し、その有効性の検討を今後の課題としている。ここでいう「稗史」とはむろん『伊豆の踊子』の冒頭に近いところで踊子の姿を記した「髪を豊かに誇張して描いた、稗史的な娘の絵姿のやうな感じだつた。」という一文によっているのだが、踊子を「稗史的な娘の絵姿」として眺める「私」のありようと表現の特性を改めて分析し、そこに新たな視点を見出そうとするものであろう。この問題は必然的に「稗史」とは何なのかという伝統的要素との関連が不可欠であるが、ただ単に伝統文芸の影響を探るといったものではなく、そうした稗史的な枠組みが近代小説である『伊豆の踊子』の構造にいかに作用しているかを分析する試みへと向かってゆくものであろう。その意味で、単に両者の影響関係を探るといった従来の研究のパターンとは異なったものであろう。

前述の原の見解をふまえつつ、最近の『伊豆の踊子』研究を眺めわたす時、先に触れた高橋真理・石川巧論文のほか、竹内清己「「伊豆の踊子」論―伝承のシステム」（『世界の中の川端文学』おうふう、平11・11。後『日本近代文学伝統論　民族／芸能／無頼』おうふう、平15・1）が視野にはいってくる。竹内論文では、『伊豆の踊子』の第一章の「表現の表層分析」をふまえ、作品全体のシステムを捉えようとする。第一高等学校の制帽をかぶった「私」のいでたちに「折口信夫のいう貴種、まれびと性の表象」を認め、天城峠の場面に「物語の発生する場」としての「舞台のせり上げ」を見るなど、物語の伝承のシステムに合流するこの作品の構造を鮮やかに分析する。『伊豆の踊子』は「おさなあそびと処女性の物語」と捉え、「隣接するのは残虐性にほかならない」という。物語を統括する語り手の「私」を設定して論じられた語り研究を一方に置く時、むしろ伝承形態への無意識的な融合を見つつ、そこに作家の独創と切り結ぶ接点を論じようとしたものである。いわば『伊豆の踊子』の構造を形成する創作主体の深層部を歴史的集団的な伝承意識と共有させ、その複合部分のありようを分析する方向と言えようか。ただ、先述のように、この研究方向が単に古典との相関性の研究という段階にとどまるものでないことは明らかで、そこには語り研究によって飛躍的な深化が図られた物語構造論への視点が重ね合わされている。今後の『伊豆の踊子』研究の方向の一端を示すものであろう。

　そうした点にも留意した上で、最新の『伊豆の踊子』論を眺めわたすと、どうであろうか。一つの分岐として原善編『川端康成『伊豆の踊子』作品論集』が刊行された平成十三年以降の論に注目すると、勝呂奏「川端康成「伊豆の踊子」論―〈伊豆〉からの視界」（「上智大学国文学論集」平13・1）、金恵妍「『伊豆の踊子』の世界―踊子の女神説―」（「日本文学研究」梅光女学院大学、平13・2）、金美廷「「私」の体験〈表現〉の間―「伊豆の踊子」を手がかりに」（「九大国文」平14・7）、張月環「川端康成の「追いかけ」から出発した『伊豆の踊子』」（「東アジア日本語教育・日本文化研究」平15・3）、金順熙「川端康成「伊豆の踊子」論―記憶される「私」の伊豆旅行―」（「解釈」平16・2）、康林「「伊豆の踊子」について」（『川端康成と東洋思想』新典社、平17・4）、北野昭彦「「伊豆の踊子」の〈物乞い旅芸人〉の背後」（「日本語文化研究」龍谷大学、平19・3）、岡本和宜「「伊豆の踊子」―成立と創作動機について―」（「近畿大学附属和歌山高校・中学校紀要」平20・1）、吉田貴子「『伊豆の踊子』論―語る〈私〉と語られる〈私〉」（「宇大国語論究」平20・3）をはじめ、『伊豆の踊子』論は書かれ、公刊されつづけている。『伊豆の踊子』の「私」に焦点を据えた論や他の文芸・思想領域との接点を論じた研究などがあるが、原善がいう新たな『伊豆の踊子』研究の気運はいまだはっきりとは見定めがたい。成立論や語り研究で『伊豆の踊子』論を書いて来た研究者の新たな論もここのところ少ない。この作品の語りの構造は解明しつくされたのかという点も含め、『伊豆の踊子』研究の今後を注視してゆきたい。

（『川端康成作品論集成』第一巻より収録）

『伊豆の踊子』研究文献目録

山田吉郎

鈴木彦次郎「私は読んだ一月の創作」（「文芸時代」大15・2）
加宮貴一・片岡鉄兵・中河与一ほか「合評会第一回―川端康成氏の『続伊豆の踊子』―」（「文芸時代」大15・3）
赤松月船「一九二六年文芸時代」（「文芸時代」大15・12）
無署名「『伊豆の踊子』川端康成著」（「手帖」昭2・4）
武野藤介「川端康成著『伊豆の踊子』」（「東京日日新聞」昭2・5・2）
林房雄「川端康成の美しさ」（「文学時代」昭4・8）
矢崎弾「川端康成論」（「三田文学」昭8・2）
神西清「川端康成氏の近業」（「鵲」昭9・4）
瀬沼茂樹「川端康成論」（「行動」昭9・6）
古谷綱武「川端康成」（『川端康成』作品社、昭11・11）
中村光夫「川端康成論」（「中央公論」昭12・12、後『《論考》川端康成』筑摩書房、昭53・4）
伊藤整「川端康成の芸術」（「文芸」昭13・2）
板垣直子「現代文学に於ける伝統的な一典型」（『現代小説論』第一書房、昭13・7）
小林秀雄「川端康成」（「文芸春秋」昭16・6）
古谷綱武「手法について」（『川端康成』三笠書房、昭17・9）
折口信夫「山の音を聴きながら―川端康成氏の近業―」（「人間」昭24・12）
伊藤整「解説」（『現代日本小説大系第43巻』河出書房、昭25・8）
三島由紀夫「解説」（『伊豆の踊子』新潮文庫、昭25・8、後『狩と獲物』要書房、昭26・6、「『伊豆の踊子』『温泉宿』他について」と改題）
福田清人「川端康成―新感覚派・大正昭和時代」（『日本文学教養講座10　近代小説』至文堂、昭25・11）
三島由紀夫「『伊豆の踊子』『温泉宿』他について」（『狩と獲物』要書房、昭26・6）
進藤純孝「川端康成―人と文学」（『伊豆の踊子』角川文庫、昭26・7）
古谷綱武「解説」（『伊豆の踊子』角川文庫、昭26・7）
臼井吉見「川端康成の文体」（「文学界」昭27・7）
伊藤整「解説」（『昭和文学全集第九巻　川端康成集』角川書店、昭28・3）
伊藤整「美と生命の文学」（「文学界」昭28・4）
伏見晁「『伊豆の踊子』」（「シナリオ」昭29・2）
高田瑞穂「『伊豆の踊子』小論」（「国文」お茶の水女子大学国語国

文学会、昭29・3）

小沢正明「川端康成作「伊豆の踊子」研究—主としてその抒情性について」（「社会体制」昭30・2）

伊藤整「川端康成の芸術」（『〈現代日本文学全集第37巻〉川端康成集』筑摩書房、昭30・11）

伊藤整「川端康成論」（『昭和の作家たちⅠ』英宝社、昭30・11）

中村光夫「解説」（『〈現代日本文学全集第37巻〉川端康成集』筑摩書房、昭30・11）

野田宇太郎「「山ざくら」と「伊豆の踊子」」（『湘南伊豆文学散歩』英宝社、昭30・12、後『野田宇太郎文学散歩第九巻　伊豆箱根文学散歩』文一総合出版、昭53・4）

中島健蔵「解説」（『少年少女日本文学選集12』あかね書房、昭31・3）

伊藤整「解説」（『現代日本小説大系第43巻　改訂版』河出書房、昭31・10）

瀬沼茂樹「伊豆の踊子—成立について」（「解釈と鑑賞」昭32・2、後　原善編『川端康成『伊豆の踊子』作品論集』クレス出版、平13・1）

進藤純孝「孤愁の挽歌—川端康成をめぐって」（『反逆的作家論』現代文芸社、昭32・3）

中村光夫「川端康成論」（「文学界」昭32・7～9。後『《論考》川端康成』筑摩書房、昭53・4）

古谷綱武「解説」（『私たちの昭和文学選』三十書房、昭32・7）

松山悦三「川端康成と「伊豆の踊子」」（『名作はこうして生まれた』アジア出版社、昭33・4）

山本健吉「解説」（『〈現代国民文学全集23〉川端康成集』角川書店、昭33・4）

村松剛「川端康成の女性像」（山本健吉編『〈近代文学鑑賞講座13〉川端康成』角川書店、昭34・1）

山本健吉「本文および作品鑑賞『伊豆の踊子』」（山本健吉編『〈近代文学鑑賞講座13〉川端康成』角川書店、昭34・1）

山本健吉「解説」（『〈日本文学全集30〉川端康成集』新潮社、昭34・7）

山本健吉「抒情の開花」（山本健吉編『川端康成読本　その生涯と作品』学習研究社、昭34・10）

三好行雄「青春を流れる旅情　川端康成「伊豆の踊子」鑑賞」（「みどり」昭34・11）

長谷川泉「川端康成の人と文学」（『近代日本文学の展望』至文堂、昭35・2）

関良一「「伊豆の踊子」」（「国文学　言語と文芸」昭35・3、後『日本文学研究資料叢書　川端康成』有精堂、昭48・2）

二反長半「解説」（『〈少年少女日本文学名作全集20〉川端康成集』東西五月社、昭35・4）

松井文雄「「伊豆の踊子」論」（「国文論叢」神戸大学国語国文学会、昭35・5）

中村万三・渋谷正民「読書指導」（『〈新日本少年少女文学全集29〉川端康成集』ポプラ社、昭35・6）

山本和夫「解説　川端康成氏とその文学」（『〈新日本少年少女文学全集29〉川端康成集』ポプラ社、昭35・6）

古谷綱武「「伊豆の踊子」」（『評伝川端康成〈作品と作家研究〉』実

業之日本社、昭35・12）

三枝康高「『伊豆の踊子』の抒情」（『川端康成』有信堂、昭36・1）

川嶋至「『伊豆の踊子』を彩る女性（上）」（「国語国文研究」北海道大学国文学会、昭36・3）

中村光夫「作品解説」（『〈日本現代文学全集66〉川端康成集』講談社、昭36・6）

長谷川泉「川端康成入門」（『〈日本現代文学全集66〉川端康成集』講談社、昭36・6）

川嶋至「『伊豆の踊子』を彩る女性（下）」（「国語国文研究」北海道大学国文学会、昭36・12）

進藤純孝「解説」（『〈昭和文学全集4〉川端康成集』角川書店、昭36・12）

磯貝英夫「鑑賞」（『鑑賞と研究　現代日本文学講座　小説6』三省堂、昭37・6）

伊藤整「川端康成論」（三島由紀夫編『文芸読本川端康成』河出書房新社、昭37・12）

小林秀雄「川端康成」（三島由紀夫編『文芸読本川端康成』河出書房新社、昭37・12）

中村光夫「川端康成」（三島由紀夫編『文芸読本川端康成』河出書房新社、昭37・12）

山本健吉「川端康成の作品」（三島由紀夫編『文芸読本川端康成』河出書房新社、昭37・12）

那須辰造「解説」（『〈少年少女日本文学全集第6巻〉佐藤春夫・室生犀星・川端康成集』講談社・昭38・2）

滑川道夫・黒沢浩「読書指導」（『〈少年少女日本文学全集第6巻〉佐藤春夫・室生犀星・川端康成集』講談社・昭38・2）

ジャン・ジャック・オリガス「『伊豆の踊子』について」（「文芸」昭38・8）

中田康治「『伊豆の踊子』研究ノート—主題を求めて—」（「国語教育研究」広島大学教育学部、昭38・12）

福永武彦「解説」（『伊豆の踊子』講談社ロマンブックス、昭39・5）

進藤純孝「母体希求序説—川端康成論（1）」（「文学界」昭39・6、後『川端康成その人・その作品』冬樹社、昭44・2）

長谷川泉「伊豆の踊子（1）～（7）」（「国文学」昭39・12～40・6、後『川端康成論考』明治書院、昭40・6）

服部千香子「川端康成の文体」（「東京女子大学日本文学」昭40・2）

長谷川泉「伊豆の踊子」（『川端康成論考』明治書院、昭40・6、増補版昭44・6、増補三訂版昭59・5）

木俣修「『伊豆の踊子』を読んだころ」（『伊豆の踊子・花のワルツ他』旺文社文庫、昭40・7）

中里恒子「旅びと」（『伊豆の踊子・花のワルツ他』旺文社文庫、昭40・7）

無署名「代表作品解題」（『伊豆の踊子・花のワルツ他』旺文社文庫、昭40・7）

山本健吉「解説」（『伊豆の踊子・花のワルツ他』旺文社文庫、昭40・7）

中島健蔵「解説　川端康成のおいたちとその作品」（『〈少年少女日

本文学選集12〉川端康成名作集』あかね書房、昭40・7）

滑川道夫「読書指導　作品の読み方」（『〈少年少女日本文学選集12〉川端康成名作集』あかね書房、昭40・7）

中村光夫「伊豆の踊子と雪国―川端康成」（『日本の近代文学―人と作品』読売新聞社、昭40・12、後『《論考》川端康成』筑摩書房、昭53・4）

秋山庄太郎「カメラ・ルポ　踊子コースと川端文学碑」（「新伊豆」新伊豆社、昭40・12）

後藤孟・五所平之助・田中絹代・吉永小百合・安藤文夫・大悟法利雄（司会）「〝伊豆の踊子〟語る」（「新伊豆」新伊豆社、昭40・12）

無署名「名作〝伊豆の踊子〟」（「新伊豆」新伊豆社、昭40・12）

無署名「ハイキング・ガイド・〝踊子〟コース」（「新伊豆」新伊豆社、昭40・12）

無署名「川端文学碑　除幕式の記」（「新伊豆」新伊豆社、昭40・12）

無署名「文学碑完成まで」（「新伊豆」新伊豆社、昭40・12）

原尾秀二「新感覚派の作家と作品」（成瀬正勝編著『昭和文学十四講』右文書院、昭41・1）

中村万三・渋谷正民「読書指導」（『〈新日本少年少女文学全集29〉川端康成集』ポプラ社、昭41・2）

山本和夫「解説　川端康成氏とその文学」（『〈新日本少年少女文学全集29〉川端康成集』ポプラ社、昭41・2）

倉持保男「川端康成『伊豆の踊子』―文体について」（「国文学」昭41・3）

長谷川泉「川端康成の人と文学」（『「雪国」他二編』旺文社文庫、昭41・3）

瀬沼茂樹「注解」（『〈現代日本文学館24〉川端康成』文芸春秋、昭41・7）

吉行淳之介「解説」（『〈現代日本文学館24〉川端康成』文芸春秋、昭41・7、後『なんのせいか』大光社、昭43・8、改題「川端康成伝断片」）

石橋万喜夫「『伊豆の踊子』讃」（「国文学」昭41・8）

大野正重・武井美子・三枝康高・草部典一「『伊豆の踊り子』をどうみるか―パネルディスカッション」（「日本文学」昭41・12）

増淵恒吉「『伊豆の踊子』の学習指導」（「東京都高等学校国語教育研究会研究紀要」昭42・2）

佐伯彰一「解説」（『〈カラー版日本文学全集22〉川端康成』河出書房、昭42・7）

保昌正夫「注釈」（『〈カラー版日本文学全集22〉川端康成』河出書房、昭42・7）

瀬沼茂樹「川端康成―人と作品」（『〈少年少女日本の文学10〉伊豆の踊子』あかね書房、昭42・7）

武井美子「川端康成批判」（「日本文学」昭42・7）

村松定孝「作者と作品について（解説）」（『ジュニア版日本文学名作選　伊豆の踊子』偕成社、昭42・8）

野上彰「川端康成の人と作品」（『伊豆の踊子〈アイドルブックス11〉』ポプラ社、昭42・9）

細川皓（川嶋至）「川端康成論―『伊豆の踊子』を手がかりに」（「群像」昭42・9、後『日本文学研究資料叢書　川端康成』有

精堂、昭48・2）
保昌正夫「『文芸時代』の作品をめぐって」（『古典と近代文学』有精堂、昭42・10）
稲垣達郎「注釈」（『〈日本文学全集16〉川端康成集』河出書房、昭42・11）
吉田健一「解説」（『〈日本文学全集16〉川端康成集』河出書房、昭42・11）
村松定孝「川端康成の連歌的手法（一）―「伊豆の踊子」の主格をめぐって―」（「形成」昭43・1）
村松定孝「川端康成の連歌的手法（二）―「伊豆の踊子」の運びについて―」（「形成」昭43・3）
村松定孝「解説」（『伊豆の踊子〈ホーム・スクール版日本の名作文学18〉』偕成社、昭43・3）
鈴木助次郎「川端康成の人と作品」（『伊豆の踊子・花のワルツ他一編』新学社文庫、昭43・6）
中山義秀「川端さんの文学について」（『伊豆の踊子・花のワルツ他一編』新学社文庫、昭43・6）
馬場正男「読書のしかた―康成「伊豆の踊子」の読解と鑑賞―」（『伊豆の踊子・花のワルツ他一編』新学社文庫、昭43・6）
羽鳥一英「前後作との関連―『伊豆の踊子』」（「国文学」昭43・7）
鈴木敬司「『伊豆の踊子』ノート―叙情の構造への一視点」（「近代文学研究」法政大学、昭43・8）
吉行淳之介「川端康成伝断片」（『なんのせいか』大光社、昭43・8）
日沼倫太郎「川端康成の人と文学」（『〈カラー版日本の文学6〉伊豆の踊子』集英社、昭43・10）
無署名「注解」（『〈カラー版日本の文学6〉伊豆の踊子』集英社、昭43・10）
稲村徳「伊豆の踊子―教材の扱い方と実践授業の展開」（宮崎健三編著『小説の教え方』右文書院、昭43・11）
福永武彦「解説」（『〈新潮日本文学15〉川端康成集』新潮社、昭43・12）
中村光夫「川端康成」（『〈現代のエスプリ〉川端康成』至文堂、昭44・1）
長谷川泉「川端康成とノーベル賞」（『〈現代のエスプリ〉川端康成』至文堂、昭44・1）
長谷川泉「『ちよ』と『伊豆の踊子』」（『〈現代のエスプリ〉川端康成』至文堂、昭44・1）
吉田精一「川端康成と中世の幽玄」（『〈現代のエスプリ〉川端康成』至文堂、昭44・1）
進藤純孝「伊豆の踊子・雪国など」（『川端康成　その人・その作品』冬樹社、昭44・2）
北条誠「踊子を見た峠」（『川端康成　心の遍歴―その愛と哀しみ』二見書房、昭44・2）
川嶋至「川端康成伝の問題点」（長谷川泉編『川端康成作品研究』八木書店、昭44・3）
佐藤勝「『伊豆の踊子』論―〈美学の誕生〉―」（長谷川泉編『川端康成作品研究』八木書店、昭44・3）
永丘智郎「川端文学の文体について」（長谷川泉編『川端康成作品

研究』八木書店、昭44・3）

五島昌平「伊豆の踊子に想う」（「児童文芸」昭44・3）

長谷川泉・武田勝彦「ヴーテノー氏の川端論をめぐって—『伊豆の踊子』『水月』『雪国』『千羽鶴』『古都』—」（長谷川泉・武田勝彦編『川端文学—海外の評価—』早稲田大学出版部、昭44・4）

伊藤整「川端康成の芸術」（三枝康高編『川端康成入門』有信堂、昭44・4）

吉行淳之介「川端康成伝断片」（三枝康高編『川端康成入門』有信堂、昭44・4）

吉田精一「川端康成と中世の幽玄」（三枝康高編『川端康成入門』有信堂、昭44・4）

山本健吉「『伊豆の踊子』」（三枝康高編『川端康成入門』有信堂、昭44・4）

三枝康高「特別レポート　川端康成の初恋」（三枝康高編『川端康成入門』有信堂、昭44・4）

草部典一「〈写真構成〉『伊豆の踊子』」（三枝康高編『川端康成入門』有信堂、昭44・4）

伊藤整「川端康成の芸術」（毎日新聞社編『川端康成展』、昭44・4）

紅野敏郎・平山城児・保昌正夫「作品解説」（毎日新聞社編『川端康成展』、昭44・4）

長谷川泉「生いたちから文壇登場まで」（毎日新聞社編『川端康成展』、昭44・4）

長谷川泉「処女作三つ」（『川端康成全集第五巻附録月報1』昭44・4）

佐藤彰「川端康成と湯ケ野（写真解説）」（「解釈」昭44・5）

為貞節穂「『伊豆の踊子』あれこれ」（「解釈」昭44・5）

藤森重紀「「伊豆の踊子」の再評価—老人描写を主軸にして—」（「解釈」昭44・5）

三浦哲郎「『伊豆の踊子』の思い出」（『川端康成全集第一巻附録月報2』昭44・5）

板垣信「愛」「出発」「伊豆の踊子」（福田清人編・板垣信著『川端康成　人と作品』清水書院、昭44・6）

林武志「川端康成と塚越亨生—一つの仮説—」（「立教大学日本文学」昭44・6、後『川端康成研究』桜楓社、昭51・5）

読売新聞文化部「第一章　生い立ち」「第二章　文壇へのデビュー」（『実録川端康成』読売新聞社、昭44・7）

伊藤整「川端康成の芸術」（毎日新聞社編『写真集　川端康成〈その人と芸術〉』昭44・8）

長谷川泉「川端康成の文壇登場まで」（毎日新聞社編『写真集　川端康成〈その人と芸術〉』昭44・8）

長谷川泉「川端康成の青春彷徨」（毎日新聞社編『写真集　川端康成〈その人と芸術〉』昭44・8）

長谷川泉「『伊豆の踊子』の考現学」（『川端康成全集第八巻附録月報5』昭44・8、後『川端文学への視点』明治書院、昭46・3）

川嶋至「第三章　青春の傷あと—「みち子もの」と「伊豆の踊子」—」（『川端康成の世界』講談社、昭44・10、後　原善編『川端康成『伊豆の踊子』作品論集』クレス出版、平13・1）

久保田晴次「青春のもだえ—『伊豆の踊子』を中心に」（『孤独の文学—川端康成の優雅な実存—』桜楓社、昭44・11）

長谷川泉「女性の裸身」(『川端康成全集第四巻附録月報9』昭44・12、後『川端文学への視点』明治書院、昭46・3)

高田瑞穂「伊豆の踊子」(「国文学」昭45・2)

中村光夫・三好行雄「対談　川端康成の人と文学」(「国文学」昭45・2)

長谷川泉「川端文学五十の知識」(「国文学」昭45・2、後『川端文学への視点』明治書院、昭46・3)

巌谷大四「「伊豆の踊子」伊豆」「川端康成・人と作品」(『名作の旅川端康成』保育社、昭45・3)

柏原真三「『伊豆の踊子』のことなど」(『川端康成全集第十二巻附録月報13』昭45・5)

川嶋至「川端康成点描③――『伊豆の踊子』校異――」(「北方文芸」昭45・5、後『美神の反逆』北洋社、昭47・10)

長谷川泉「『ちよ』のなかの踊子」(『川端文学研究会発会記念講演会パンフレット」昭45・5)

藤森重紀「新解釈『伊豆の踊子』―川端康成の文学的背景を探る―」(「解釈」昭45・5、後　原善編『川端康成『伊豆の踊子』作品論集』クレス出版、平13・1)

板垣賢一郎「南豆の文学　伊豆の踊子」(『伊豆天城路』板富書院、昭45・6)

佐藤勝「『伊豆の踊子』」(「学燈」昭45・11)

長谷川泉「『ちよ』から『伊豆の踊子』へ」(「川端文学研究」第1号、昭45・11)

坂戸正夫「『伊豆の踊子』の影」(「文学者」日本製版内文学者、昭46・2)

長谷川泉「『伊豆の踊子』の考現学」「女性の裸身」「川端文学五十の知識」「川端文学の本質」「対談(川端康成・長谷川泉)青春を語る、よき師、よき友に恵まれて」(『川端文学への視点』明治書院、昭46・3)

川嶋至「川端康成の人間像」(川端文学研究会編著『川端康成の人間と芸術』教育出版センター、昭46・4、後『美神の反逆』北洋社、昭47・10)

林武志「「伊豆の踊子」論」(川端文学研究会編著『川端康成の人間と芸術』教育出版センター、昭46・4、後『川端康成研究』桜楓社、昭51・5)

エリック・サンドストローム(武田勝彦訳)「川端文学概観―川端作品における心像と意図―」(川端文学研究会編著『川端康成の人間と芸術』教育出版センター、昭46・4)

武田勝彦「海外の川端論」(川端文学研究会編著『川端康成の人間と芸術』教育出版センター、昭46・4)

藤本正文「川端康成研究　『伊豆の踊子』から『禽獣』まで」(「近代文学試論」広島大学、昭46・8)

藤岡武雄「川端文学を探る―『伊豆の踊子』を中心に―」(「地表」昭46・9)

林武志「「伊豆の踊子」成立考―清野少年をめぐって―」(「国文学」昭46・11)

林武志「「伊豆の踊子」成立史考」(「日本文学研究」大東文化大学、昭47・2、後『川端康成研究』桜楓社、昭51・5、「「伊豆の踊子」成立考」と改題)

「きずな切れ、ただ涙―『駒子』や『踊り子』の女主人」(「日本経

済新聞（夕）」昭47・4・17）
「きずな切れ、ただ涙―『駒子』や『踊り子』の女主人」（「東京新聞（夕）」昭47・4・17）
川嶋至「大正期の川端康成」（「日本近代文学」昭47・5、後『美神の反逆』北洋社、昭47・10）
E・G・サイデンステッカー「漂泊と哀愁の文学―川端康成の世界―」（「新潮〈臨時増刊号〉川端康成読本」昭47・6）
長谷川泉「川端康成の人と文学」（『雪国他二編』旺文社文庫、昭47・6）
小林一郎「『伊豆の踊子』について―文体論的考察―」（「解釈」昭47・7、後『近代作家の精神風土』教育出版センター、昭48・8）
長谷川泉「『ちよ』から『伊豆の踊子』へ」（「解釈」昭47・7）
村松定孝「美しい手紙―『伊豆の踊子』の主格をめぐって―」（「解釈」昭47・7）
鈴木彦次郎「新思潮前後」（「太陽」昭47・7）
長谷川泉「川端文学のヒロインたち」（「太陽」昭47・7）
北條誠「伊豆の踊子・雪国・古都にふれて」（「太陽」昭47・7）
長谷川泉「伊豆の踊子注釈」（『〈日本近代文学大系42〉川端康成・横光利一集』角川書店、昭47・7）
巌谷大四「十月　青春の感傷「伊豆の踊子」／伊豆」（『川端康成の旅愁―文学散歩12ケ月』日本交通公社、昭47・8）
竹内良夫「伊豆の踊子」（『頽廃の美学　川端康成―その耽美な生涯と文学』日藝出版、昭47・9）
長谷川泉「『十六歳の日記』『伊豆の踊子』（解説）」（『川端康成展―その芸術と生涯』日本近代文学館、昭47・9）
山本健吉「川端康成」（『川端康成展―その芸術と生涯』日本近代文学館、昭47・9）
川嶋至「川端康成の人間像」（『美神の反逆』北洋社、昭47・10）
川嶋至「大正期の川端康成」（『美神の反逆』北洋社、昭47・10）
川嶋至「原体験の意味するもの―『伊豆の踊子』」（『美神の反逆』北洋社、昭47・10）
川嶋至「『伊豆の踊子』校異」（『美神の反逆』北洋社、昭47・10）
長谷川泉「解説」（『伊豆の踊子・十六歳の日記ほか三編』講談社文庫、昭47・11）
藤森重紀「『伊豆の踊子』校異」（「近代日本文学」二松学舎大学、昭47・11）
小田切秀雄「川端康成―美的デカダンス―」（『現代の作家―その意味と位置』冬樹社、昭47・12）
伊藤整「川端康成の芸術」（『〈日本文学研究資料叢書〉川端康成』有精堂、昭48・1）
関良一「伊豆の踊子」（『〈日本文学研究資料叢書〉川端康成』有精堂、昭48・1）
林武志「川端康成と塚越亨生―一つの仮説―」（『〈日本文学研究資料叢書〉川端康成』有精堂、昭48・1）
細川皓「川端康成論―『伊豆の踊子』を手がかりに―」（『〈日本文学研究資料叢書〉川端康成』有精堂、昭48・1）
北条誠「伊豆の踊子」「伊豆―『伊豆の踊子』の舞台」（『川端康成・文学の舞台』平凡社、昭48・2）
替地和人「「伊豆の踊子」―その流れについて―」（「国文学研究会報」愛媛大学、昭48・3）

無署名「写真版『伊豆の踊子』」（解釈学会編『川端康成の文学（その一）』教育出版センター、昭48・3）

永尾章曹「川端康成の文体について─初期作品群を対象として─」（解釈学会編『川端康成の文学（その一）』教育出版センター、昭48・3）

藤井了諦「川端文学の本質を求めて─『伊豆の踊子』の基礎的考察─」（解釈学会編『川端康成の文学（その一）』教育出版センター、昭48・3）

藤森重紀「新解釈『伊豆の踊子』」（解釈学会編『川端康成の文学（その一）』教育出版センター、昭48・3）

藤森重紀「『伊豆の踊子』の再評価」（解釈学会編『川端康成の文学（その一）』教育出版センター、昭48・3）

為貞節穂「『伊豆の踊子』あれこれ」（解釈学会編『川端康成の文学（その一）』教育出版センター、昭48・3）

藤森重紀「踊子は丙午うまれ」（解釈学会編『川端康成の文学（その一）』教育出版センター、昭48・3）

佐藤彰「川端康成と湯ケ島（表紙写真説明）」（解釈学会編『川端康成の文学（その一）』教育出版センター、昭48・3）

小林一郎「『伊豆の踊子』について─文体論的考察─」（解釈学会編『川端康成の文学（その二）』教育出版センター、昭48・3）

村松定孝「美しい手紙─『伊豆の踊子』の主格をめぐって─」（解釈学会編『川端康成の文学（その二）』教育出版センター、昭48・3）

吉田知子「川端康成文学紀行／夢幻へ流れる」（『〈現代日本文学アルバム8〉川端康成』学習研究社、昭48・4、後『人と文学シリーズ　川端康成　現代日本文学アルバム』学習研究社、昭55・10）

涌田佑「川端康成文学旅行ガイド」（『〈現代日本文学アルバム8〉川端康成』学習研究社、昭48・4、後『人と文学シリーズ　川端康成　現代日本文学アルバム』学習研究社、昭55・10）

瀬沼茂樹「川端康成とその時代」（『〈現代日本文学アルバム8〉川端康成』学習研究社、昭48・4、後『人と文学シリーズ　川端康成　現代日本文学アルバム』学習研究社、昭55・10）

奥野健男「川端康成・主要作品鑑賞小辞典」（『〈現代日本文学アルバム8〉川端康成』学習研究社、昭48・4、後『人と文学シリーズ　川端康成　現代日本文学アルバム』学習研究社、昭55・10）

竹西寛子「川端康成人と作品」（『伊豆の踊子』新潮文庫、昭48・6）

小林一郎「『伊豆の踊子』における動詞的概念─文体論的考察─」（『近代作家の精神風土』教育出版センター、昭48・8）

無署名「『伊豆の踊り子』キャンゼーヌ・リテレール書評」（「毎日新聞」昭48・9・25）

長谷川泉「川端文学のヒロインたち」（『川端文学の味わい方』明治書院、昭48・9）

長谷川泉「『ちよ』から『伊豆の踊子』への発展」（『川端文学の味わい方』明治書院、昭48・9）

森本穫「「伊豆の踊子」小論─「空想」の解釈をめぐって─」（「広島県高等学校教育研究会国語部会年報」昭49・3、後『孤児漂白─川端康成の世界』林道舎、平2・4）

岡田英雄「川端康成」（『ふるさとの文学静岡』文京書房、昭49・4）

沢野久雄『小説川端康成』（中央公論社、昭49・4）

登尾豊「『末期の眼』の方法化—川端康成における個性の確立」（「文学」昭50・5）

稲村博「かなしい女の主題」（『川端康成—芸術と病理—』金剛出版、昭50・10）

田村嘉勝「『伊豆の踊子』論—踊子・薫の二面性をめぐって—」（「言文」福島大学、昭50・10）

岡庭昇「末期の眼—川端康成の世界—」（「群像」昭50・11、後『末期の眼—日本文学における死の発見—』批評社、昭56・4）

倉持保男「川端康成」（『新・日本語講座7　作家と文体』汐文社、昭50・11）

平山城児「川端の『ほうつと』について」（「立教大学日本文学」昭51・2）

西島宏「『伊豆の踊子』の解釈をめぐって」（「長崎大学教育学部人文科学研究報告」昭51・3）

林武志「川端康成と塚越亨生」（『川端康成研究』桜楓社、昭51・5）

林武志「『伊豆の踊子』成立考」（『川端康成研究』桜楓社、昭51・5）

林武志「『伊豆の踊子』論」（『川端康成研究』桜楓社、昭51・5）

進藤純孝「第六章　伊豆の旅」「第十三章　『伊豆の踊子』の頃」（『伝記川端康成』六興出版、昭51・8）

長谷川泉「『伊豆の踊子』創作動機」（川端文学研究会編『〈川端康成研究叢書1〉傷魂の青春』教育出版センター、昭51・8、後『川端文学の機構』教育出版センター、昭59・5）

小林一郎「『伊豆の踊子』論—一つの文体論的考察—」（川端文学研究会編『〈川端康成研究叢書1〉傷魂の青春』教育出版センター、昭51・8、後『川端康成研究—東洋的な世界—』明治書院、昭57・9）

藤森重紀「『伊豆の踊子』論—回想物語の中の実在人物—」（川端文学研究会編『〈川端康成研究叢書1〉傷魂の青春』教育出版センター、昭51・8）

武田勝彦「川端文学における「伊豆の踊子」の位置」（川端文学研究会編『〈川端康成研究叢書1〉傷魂の青春』教育出版センター、昭51・8）

高田瑞穂「『伊豆の踊子』の文学史的意義」（川端文学研究会編『〈川端康成研究叢書1〉傷魂の青春』教育出版センター、昭51・8）

森本穫「文学教材としての「伊豆の踊子」」（川端文学研究会編『〈川端康成研究叢書1〉傷魂の青春』教育出版センター、昭51・8）

林武志「作品研究史（一）」「十六歳（十四歳）の日記」「『伊豆の踊子』研究の展望と問題点」（川端文学研究会編『〈川端康成研究叢書1〉傷魂の青春』教育出版センター、昭51・8、後「『伊豆の踊子』研究小史」と改題して『川端康成作品研究史』教育出版センター、昭59・10）

佐藤菊蔵「伊豆を歩く」（「黄蓮華」江刺文化懇話会、昭51・9）

森本穫「『伊豆の踊子』追考—ふたたび「空想」の解釈をめぐって—」（「広島県高等学校教育研究会国語部会年報」昭51・10、後『孤児漂白—川端康成の世界—』林道舎、平2・4）

臼井吉見「川端康成」(『作家論控え帳』筑摩書房、昭52・4)
奥野健男「解説」(『伊豆の踊子』集英社文庫、昭52・5)
寺尾孝之「『伊豆の踊子』について—旅情的世界と孤児根性の解放—」(「立教大学日本文学」昭52・7)
「川端康成『伊豆の踊子』時代の書簡発見!」(「週刊読売」昭52・7・9)
中村光夫「川端康成」(『文芸読本　川端康成』河出書房新社、昭52・8)
小林秀雄「川端康成」(『文芸読本　川端康成』河出書房新社、昭52・8)
山本健吉「川端康成」(『文芸読本　川端康成』河出書房新社、昭52・8)
伊藤整「川端康成の芸術」(『文芸読本　川端康成』河出書房新社、昭52・8)
吉行淳之介「川端康成論断片」(『文芸読本　川端康成』河出書房新社、昭52・8)
折口信夫「山の音を聴きながら—川端康成氏の近業—」(『文芸読本　川端康成』河出書房新社、昭52・8)
太田治子「白いブラウスと先生〈伊豆の踊子〉」(「月刊ポエム」すばる書房、昭52・9)
野間宏・竹内泰宏・土方鉄・村田拓・岡庭昇・川元祥一「座談会　差別を照射する文学」(「革」秋の号、昭52・10)
三枝康高「川端康成の青春」「意外なフィナーレ」(『川端康成・隠された真実』新有堂、昭52・12)
長谷川泉「光流れる天城路の抒情」(『近代日本文学の側溝』教育出版センター、昭53・1)
小林順子「『伊豆の踊子』論—〈鎮魂のモチーフ〉をめぐって—」(「日本文学ノート」宮城学院女子大学、昭53・2)
近藤裕子「『伊豆の踊子』論(上)—モデル捜しへの疑問—」(「東京女子大学日本文学」昭53・3)
田村嘉勝「「伊豆の踊子」の周辺　〝ちよ〟ものから得たもの」(「であい」近代文学であいの会、昭53・3)
東村昌典「川端康成「伊豆の踊子」をめぐって」(「奈良大学国文学会誌」昭53・3)
榎本隆司「川端康成『伊豆の踊子』」(「解釈と鑑賞」昭53・4)
中村光夫「生涯の輪郭」(『《論考》川端康成』筑摩書房、昭53・4)
中村光夫「川端康成の文学」(『《論考》川端康成』筑摩書房、昭53・4)
中村光夫「川端康成論Ⅰ・Ⅱ・Ⅲ」(『《論考》川端康成』筑摩書房、昭53・4)
中村光夫「『伊豆の踊子』」(『《論考》川端康成』筑摩書房、昭53・4)
中村光夫「『伊豆の踊子』と『雪国』」(『《論考》川端康成』筑摩書房、昭53・4)
長谷川泉「『伊豆の踊子』」(『川端康成—その愛と美と死』主婦の友社、昭53・4)
平山三男「『伊豆の踊子』—読者のリアリティーから—」(武田勝彦・高橋新太郎編『川端康成　現代の美意識』明治書院、昭53・5)

永塚功「川端康成と湯ケ島」（『近代作家と風土―伊豆とその文学―』笠間書院、昭53・7）

近藤裕子「『伊豆の踊子』論（中）―作品論の可能性―」（「東京女子大学日本文学」昭53・9）

土屋寛『天城路慕情―「伊豆の踊子」のモデルを訪ねて―』（新塔社、昭53・11）

大滝清雄「伊豆の旅」「伊豆湯ケ島逗留」「伊豆から東京へ」（『川端康成の肖像』宝文館出版、昭54・1）

林武志「『伊豆の踊子』考―〝訣れ〟の構造」（『〈作家・作品　シリーズ6〉川端康成』東京書籍、昭54・4）

川端香男里「川端康成の青春」（「文学界」昭54・8）

板垣賢一郎「伊豆の踊子文学碑―川端康成と湯ケ島温泉―」（『続天城路』板富書院、昭54・11）

吉村貞司「伊豆の踊子」（『妖美と純愛―川端康成作品論―』東京書籍、昭54・12）

長谷川泉「「弓浦市」と「伊豆の踊子」論」（『川端文学研究』第14号、昭55・1）

小澤正明「抒情性の展開―「伊豆の踊子」研究―」（『川端康成文芸の世界』桜楓社、昭55・3）

黒沢浩「解説『伊豆の踊子』は心の変化を素直につづった作品」（『伊豆の踊子』フォア文庫、金の星社、昭55・4）

藤田圭雄「解説　一人の旅行をつづける作家」（『伊豆の踊子』フォア文庫、金の星社、昭55・4）

長谷川泉「川端康成の人と作品」（『伊豆の踊子』ポプラ社文庫、昭55・4）

岡田英雄「伊豆の風土と文学―湯ケ島を中心に―」（『知られざる魅力　伊豆』読売新聞社、昭55・5）

長谷川泉「踊子街道をゆく」（『知られざる魅力　伊豆』読売新聞社、昭55・5）

長谷川泉「不朽の青春抒情詩『伊豆の踊子』」（『知られざる魅力　伊豆』読売新聞社、昭55・5）

兵藤正之助「川端康成論―『文芸時代』の川端康成」（『関東学院大学創立三十周年記念論文集』昭55・5）

近藤裕子「『伊豆の踊子』論（下）―虚構意識の構造―」（「東京女子大学日本文学」昭55・9）

瀬古確「文学と表現―『伊豆の踊子』をめぐって―」（『現代作家の表現―康成・辰雄・昇平を中心に―』明治書院、昭55・10）

瀬古確「『古都』鑑賞―『伊豆の踊子』『春景色』との関連において―」（『現代作家の表現―康成・辰雄・昇平を中心に―』明治書院、昭55・10）

三浦哲郎「『伊豆の踊子』の思い出」（「川端康成全集第二巻附録9」新潮社、昭55・10）

谷内六郎「伊豆の踊子のうた」（「川端康成全集第九巻附録10」新潮社、昭55・11）

鈴木芳正「川端康成・処女性の神秘「伊豆の踊子」」（『血液型でみる日本文学者』産心社、昭55・12）

山田吉郎「川端康成における〈旅〉」（「茨城キリスト教大学紀要」昭56・3）

武田勝彦編『川端文学語彙辞典』（スタジオＶＩＣ、昭56・4）

長谷川泉「川端康成」（『心象幻想―川端文学へのいざない―』アー

トプロデュース社、昭56・4）
山田道人「『伊豆の踊子』と川端康成―新感覚派とプロレタリア文学をめぐって―」（「泉州文学」昭56・4）
長谷川泉「新文学碑『伊豆の踊子』」（「川端文学研究」第21号、昭56・8）
橘正典「『伊豆の踊子』の位相と構造」（『異域からの旅人　川端康成論』河出書房新社、昭56・11、後『群像日本の作家13　川端康成』小学館、平3・7）
田村嘉勝「『伊豆の踊子』雑感」（「川端文学研究」第22号、昭56・11）
鶴田欣也「『伊豆の踊子』」（『川端康成の芸術―純粋と救済―』明治書院、昭56・11）
中村光夫「『伊豆の踊子』を中心に」（「川端康成全集第二十八巻附録25」新潮社、昭57・2）
井上靖「『伊豆の踊子』について」（「川端康成全集第二十七巻附録26」新潮社、昭57・3）
新郷久「『伊豆の踊子』の深淵と周辺」「川端康成と湯ケ島文士村」（『湯ケ島と文学』伊豆近代文学博物館、昭57・3）
栗原雅直「川端文学における白と死」（『川端康成　精神医学者による作品分析』中央公論社、昭57・4）
板垣信「伊豆の踊子―その舞台をめぐって―」（『〈現代国語研究シリーズ12〉川端康成』尚学図書、昭57・5）
近藤裕子「川端康成の〈女〉―身体性との関連から―」（『〈現代国語研究シリーズ12〉川端康成』尚学図書、昭57・5）
小林一郎「伊豆の踊子―文体論的に―」（『川端康成研究―東洋的な世界―』明治書院、昭57・9）
後藤積「青春の日の伊豆航路　川端康成の『伊豆の踊子』などから」（『交通と文学』出版協同社、昭57・10）
林武志「鑑賞（伊豆の踊子）」（林武志編著『〈鑑賞日本現代文学15〉川端康成』角川書店、昭57・11）
下河辺行輝「川端康成の手法―掌の小説と「伊豆の踊子」―」（「岡山大学文学部紀要」昭57・12）
岩田光子「川端文学の特相（九）―「伊豆の踊子」小考―」（「学苑」昭和女子大学近代文化研究所、昭58・1、後「『伊豆の踊子』」と改題して『川端文学の諸相―近代の幽艶―』桜楓社、昭58・10）
川端秀子「第一章　出会い」（『川端康成とともに』新潮社、昭58・4）
E・G・サイデンステッカー／安西徹雄「日本文学の英訳―川端康成の『伊豆の踊子』／―川端康成の『山の音』」（『〈スタンダード英語講座2〉日本の翻訳』大修館書店、昭58・5）
李徳純「『伊豆の踊子』を評す」（川端文学研究会編『〈川端康成研究叢書補巻〉総索引・作品論補説』教育出版センター、昭58・6、後『戦後日本文学管窺―中国的視点』明治書院、昭61・5）
小瀧光郎「文芸映画『伊豆の踊子』紀行」（「潮」昭58・7）
申礼淑「『伊豆の踊子』論―その二面性を中心に―」（「稿本近代文学」筑波大学、昭58・7）
岩田光子「『伊豆の踊子』」（『川端文学の諸相―近代の幽艶―』桜楓社、昭58・10）
中山真彦「作品の中の「私」―『伊豆の踊子』とその仏訳について

―」(「季刊現代文学」昭58・11)

大久保典夫「『伊豆の踊子』」(『物語現代文学史―一九二〇年代』創林社、昭59・2)

保昌正夫「評伝」(『〈新潮日本文学アルバム16〉川端康成』新潮社、昭59・3)

劉華亭「作者與作品(伊豆舞嬢)」(星光出版社、昭59・3)

鈴木貞美「伊豆の踊子」(『日本文学名作事典』三省堂、昭59・5)

長谷川泉「「ちよ」と「伊豆の踊子」」「「伊豆の踊子」の創作動機」(『川端文学の機構』教育出版センター、昭59・5)

長谷川泉「解題」(『〈近代文学名作選〉伊豆の踊子』創隆社、昭59・9)

尾形明子「川端康成『伊豆の踊子』の踊り子」(『作品の中の女たち』ドレメ出版、昭59・10)

林武志「「伊豆の踊子」研究小史」(『川端康成作品研究史』教育出版センター、昭59・10)

金采洙『川端康成　文学作品における〈死〉の内在様式』(教育出版センター、昭59・11)

林武志「『伊豆の踊子』(現代作品の造型とモデル)」(「解釈と鑑賞〈臨時増刊〉」昭59・11)

岡田喜秋「川端康成と踊子」(『旅する作家たち』牧羊社、昭59・12)

金井景子「作品集『伊豆の踊子』を読む」(「文芸と批評」文芸と批評の会、昭59・12)

無署名「伊豆の踊子・薫」(「〈別冊〉太陽」昭59・12)

岡田英雄「川端康成詩碑」(「静岡県の文学」昭60・1)

長谷川泉「作品とその背景」(『伊豆の踊子・浅草紅団』ほるぷ出版、昭60・2)

金子一郎「川端康成研究序説」(「弘学大語文」弘前学院大学、昭60・3)

無署名「温泉旅館　福田家」(『歴史と文学の宿』日本交通公社、昭60・4)

奥出健「異郷の母たち―『伊豆の踊子』と『雪国』―」(国文学研究資料館編『文学における「向う側」』明治書院、昭60・6)

鈴木貞美「湯ケ島の日々」(『〈新潮日本文学アルバム27〉梶井基次郎』新潮社、昭60・7)

平山城児「再び川端の『ほうつと』について」(「立教大学日本文学」昭60・7)

金井景子「川端康成・家族の肖像―幼少年期を素材とした作品をめぐって―」(「媒」2号、昭60・8)

斎藤庸一「踊子の声―川端康成の一通の手紙」(「季刊銀花(別冊手紙3」昭60・8)

巌谷大四「作家の青春―川端康成の場合」(「本の窓」昭60・10)

黄翠娥「『伊豆の踊子』における観照者性」(「日本文芸論叢」東北大学、昭61・3)

野末明「川端康成『ちよ』論―孤児根性と心霊学」(「日本文学論究」国学院大学、昭61・3)

安宅夏夫「春風は『踊子号』に乗って―川端康成―」(「学燈」昭61・5)

李徳純「「伊豆の踊子」私論」(『戦後日本文学管窺』明治書院、昭61・5)

岡田喜秋「日だまりの伊豆」(『四季を歩く』河出文庫、昭61・6)
大坪利彦「「伊豆の踊子」論―一期一会の旅―」(「明治大学日本文学」昭61・8)
田口茂「『伊豆の踊子』小論」(『川端文学への誘い』三弥井書店、昭61・8)
石田忠彦「「伊豆の踊子」論」(「活水日文」昭61・10)
吉行淳之介「川端康成・人と作品」(『昭和文学全集第五巻』小学館、昭61・12)
李相境「『伊豆の踊子』小考」(「国文学試論」大正大学、昭61・12)
阿奈井文彦「遙かなり、天城峠や踊子の道」(「旅」日本交通公社、昭62・2)
今村潤子「川端康成『伊豆の踊子』の方法」(「尚絅大学研究紀要」昭62・2)
井上靖「『伊豆の踊子』について」(『川端康成展』県立神奈川近代文学館、昭62・3)
小竹一男「小説翻訳の限界―「伊豆の踊子」の場合―」(「学叢」日本大学、昭62・3)
長谷川泉「「伊豆の踊子」の装幀と考現学」(「新潟大学国文学会誌」昭62・3)
安田保雄「比較文学ノート(六)―伊豆の踊子とミニヨン」(「成蹊国文」昭62・3)
吉行淳之介『紳士放浪記―男と女のにんげん術』(集英社文庫、昭62・4)
尾形明子「川端康成『伊豆の踊子』を読む」(「日本文学」昭62・5)
小田剛「『舞姫』と『伊豆の踊子』」(「国語教室」大修館書店、昭62・5)
川嶋至「事実と虚構との相克」(『文学の虚実』論創社、昭62・5)
林武志「「伊豆の踊子」」(「国文学」臨時増刊、昭62・7)
大坪利彦「「伊豆の踊子」論―自己発見の旅―」(「明治大学日本文学」昭62・8)
千葉宣一「「伊豆の踊子」の詩と真実」(「月刊国語教育」昭62・8)
森本正一・袁葉「『伊豆の踊子』の表現美について」(「広島経済大学研究論集」昭62・9)
高橋新太郎「『伊豆の踊子』(川端康成)」(「解釈と鑑賞」昭62・10)
二藤由美子「川端康成と伊豆」(「雛」昭62・10)
無署名「川端康成」(「狩野川通信」静岡新聞社、昭62・11)
長谷川泉「「伊豆の踊子」の考現学的装幀」(『川端文学への視界3』教育出版センター、昭62・12)
藤岡武雄「「伊豆の踊子」考」(「国文学」昭62・12)
三好行雄「伊豆の踊子(川端康成作品論事典)」(「国文学」昭62・12)
森晴雄「『伊豆の踊子』」(『日本文芸鑑賞事典第八巻』ぎょうせい、昭62・12)
李徳純「中国における「雪国」論争」(『川端文学への視界3』教育出版センター、昭62・12)
山田吉郎「川端康成『薫―「伊豆の踊子」の中―』について」(「波

多野城」昭63・1）

増田辰也「川端康成私論（その三）『伊豆の踊子』素描（1）」（「塔影」本郷高等学校塔影委員会、昭63・3）

小森陽一「〈読む〉ことへの夢想」（「文学」昭63・4、後『文体としての物語』筑摩書房、昭63・4）

勝呂弘「川端康成と『伊豆の踊子』他」（『伊豆の文学―その風土と作品―』長倉書店、昭63・4）

兵藤正之助「『文芸時代』の川端康成」（『川端康成論』春秋社、昭63・4）

今村潤子「『伊豆の踊子』の方法」（『川端康成研究』審美社、昭63・5）

無署名「伊豆の踊子　川端康成」（『一冊で日本の名著一〇〇冊を読む』友人社、昭63・5）

吉永小百合「伊豆の踊子」（『夢一途』主婦と生活社、昭63・6）

大坪利彦「川端康成―創作主体と作中人物（一）」（「明治大学日本文学」昭63・8）

林武志「川端康成「伊豆の踊子」」（『近代小説研究必携』学燈社、昭63・8）

小澤正明「自然観と川端康成文芸―「雪国」「伊豆の踊子」の場合―」（「八幡文学論集」昭63・9）

林鍾碩「『伊豆の踊子』の世界」（「日本学報」韓国日本学会、昭63・11）

小澤正明「『伊豆の踊子』叙景表現の効用」（『日本文芸学の体系』弘文堂、昭63・11）

辰川英俊「『伊豆の踊り子』の授業案」（「国語教室」大修館、昭63・11）

田村嘉勝「もう一度「伊豆の踊子」を読む」（「言文」福島大学教育学部国語国文学会、昭63・12）

平山三男「「伊豆の踊子」―その魂の簒奪―」（「芸術至上主義文芸」昭63・12）

無署名「文学街道　天城路」「天城路」「湯ケ島温泉」「湯ケ野温泉」（「レジャー観光」昭64・1）

奥野健男・巌谷大四・風間十郎・山本容朗「日本の伝統的美意識の結実　伊豆の踊子　川端康成」（「鳩よ！」マガジンハウス、平1・2）

板倉素子「『伊豆の踊子』日英比較考」（「商経論集」千葉経済短期大学、平1・3）

駒尺喜美「伊豆の踊子―ふれあいの構造―」（「女性空間」日仏女性資料センター、平1・3）

三枝和子「川端の傲慢」（「ユリイカ」平1・3、後『恋愛小説の陥穽』青土社、平3・1、『〈群像日本の作家13〉川端康成』小学館、平3・7）

林顕照「現代日本文学英訳における日英両語の表現比較考（2）「伊豆の踊子」川端康成著、E・G・サイデンステッカー訳の場合」（「九州女子大学紀要」平1・3）

岡田英雄「「峠」と文学―静岡県―」（「季刊静岡の文化」平1・春）

藪禎子「踊子（薫）『伊豆の踊子』」（『小説の中の女たち』北海道新聞社、平1・5）

無署名「『伊豆の踊子』などチェコ語訳相次ぐ」（「朝日新聞（夕）」

平1・7・27）
長谷川泉「川端康成の恋愛彷徨」（『嗚呼玉杯　わが一高の青春』至文堂、平1・7）
大川美友「湯ケ島の康成」（『天城七十七年の記』内田太郎商店、平1・10）
森安理文「伊豆の踊子―遇う人はみな旅人」（『川端康成　ほろびの文学』国書刊行会、平1・10）
土屋知之「日本近代文学に現れた青年像「伊豆の踊子」と旧制高校生」（『青少年問題』青少年問題研究会、平1・11）
平河内健治「『伊豆の踊子』の謎―翻訳との比較対照研究の試み」（『東北学院大学英語英文学研究所紀要』平1・11）
無署名「湯ケ島紀行　川端康成・踊子の宿に泊って」（『朝日旅行』平1・12）
原善「ひばりの踊子―あるいは映画の効用」（『国語教室』平2・2）
平敷浩邦「英語で読む『伊豆の踊子』」（『沖縄国際大学文学部紀要』平2・3）
堀ゼミ「川端康成・伊豆」（『緑聖文芸』女子聖学院短期大学国語国文学会、平2・3）
森本穫「「伊豆の踊子」小論」（『孤児漂白―川端康成の世界―』林道舎、平2・4）
森本穫「「伊豆の踊子」追考」（『孤児漂白―川端康成の世界―』林道舎、平2・4）
矢崎博司「映画を利用した授業―「伊豆の踊子」を中心に―」（『国語教室』平2・5）
林房雄「川端康成の美しさ」（羽鳥徹哉編『川端康成　日本の美学』有精堂、平2・6）
鈴村和成「風呂という場所」（『昭和文学60場面集6』中教出版、平2・7）
田中澄江「伊豆の踊子　下敷きがあった？一高生と踊子の純愛物語」（『文芸春秋』平2・7）
竹腰幸夫「静岡と文学3　川端康成と伊豆・湯ケ島」（『静岡近代文学』静岡近代文学研究会、平2・8）
叶渭渠「初秋伊豆紀行」（『散文』百花文芸出版、平2・9）
古田弘「『伊豆の踊り子』の実践記録」（『国語教室』大修館書店、平2・11）
無署名「七滝温泉」「湯ケ野温泉」「天城路」「湯ケ島温泉」「川端康成氏　伊豆の踊子執筆の宿」（『レジャー観光伊豆半島の旅』平3・1）
上田渡「『伊豆の踊子』の構造と〈私〉の二重性」（『国学院雑誌』平3・1）
今村潤子「『伊豆の踊子』と『草の花』―川端と福永のライトモチーフ―」（『尚絅大学研究紀要』平3・2）
宮本治雄「ＲＥＶＩＥＳ　名画座「伊豆の踊子」」（『アサヒグラフ』平3・2・22）
上杉省和「天城峠『伊豆の踊子』」（『近代名作のふるさと〈東日本編〉』至文堂、平3・3）
荻野アンナ「雪国の踊子」（『海燕』平3・3）
小澤晶「『伊豆の踊子』に影を落としているもの」（『日本古書通信』平3・3）

勝又浩「人と作品　川端文学の源郷」（『一草一花』講談社文芸文庫、平3・3）
増田辰也「川端康成私論（その四）—『伊豆の踊子』素描（2）—」（「塔影」本郷中学高等学校塔影委員会、平3・3）
山田吉郎「川端康成『南伊豆行』の世界—『伊豆の踊子』との関連性に触れて—」（「日本文芸論集」山梨英和短期大学日本文学会、平3・3）
明石和美「モノ語り　文豪の宿「福田屋」」（「サライ」平3・3・7）
大柴晏清「海苔巻「伊豆の踊子」」（『文学とすし』栄光出版社、平3・4）
国語I編集委員会「伊豆の踊子」（『教材エピソード集』大修館書店、平3・4）
中野道雄「日本文学英訳の研究—川端康成『伊豆の踊子』—」（「英語教育」大修館書店、平3・4）
原善「映像—川端康成と映画—」（『〈新批評・近代日本文学の構造8〉新構想・近代日本文学史（下）』国書刊行会、平3・4）
門倉正二「「伊豆の踊子」について（1）—作家と作品—」（「国語教室」大修館書店、平3・5）
羽鳥徹哉「川端康成」（『話題源現代文』東京法令出版、平3・5）
川端俊英「「伊豆の踊子」小論—〈私〉と踊子の位置—」（「同朋大学論叢」平3・6）
田久保英夫「美と犯の世界」（『〈群像日本の作家13〉川端康成』小学館、平3・7）
伊藤整「川端康成の芸術」（『〈群像日本の作家13〉川端康成』小学館、平3・7）
吉行淳之介「川端康成・人と作品」（『〈群像日本の作家13〉川端康成』小学館、平3・7）
橘正典「「伊豆の踊子」の位相と構造」（『〈群像日本の作家13〉川端康成』小学館、平3・7）
三枝和子「川端の傲慢」（『〈群像日本の作家13〉川端康成』小学館、平3・7）
渡部芳紀「川端康成文学紀行—京都・茨木　伊豆・天城街道」（『〈群像日本の作家13〉川端康成』小学館、平3・7）
香川元太郎「文学散歩地図『伊豆の踊子』」（『〈群像日本の作家13〉川端康成』小学館、平3・7）
栗原雅直「川端文学における白と死」（『〈群像日本の作家13〉川端康成』小学館、平3・7）
金井景子「『伊豆の踊子』『浅草紅団』『雪国』『山の音』『片腕』ほか」（『〈群像日本の作家13〉川端康成』小学館、平3・7）
竹山雅子「『伊豆の踊子』論—「私」の主観のあり方をめぐって—」（「名古屋大学国語国文学」平3・7）
鶴田欣也「川端文学の本質—「汚れ」と「清め」—」（『日本文学の特質』明治書院、平3・7）
金井景子「『伊豆の踊子』—癒されることへの夢—」（「解釈と鑑賞」平3・9）
林武志「川端康成と日本の古典—謡曲と「伊豆の踊子」など—」（「解釈と鑑賞」平3・9）
駒ケ嶺泰暁「作品のあらすじ『伊豆の踊子』」（「解釈と鑑賞」平3・9）

笹川隆平「若き日のはがきや手紙」（『川端康成　大阪茨木時代と青春書簡集』和泉書院、平3・9、初出『茨木の名誉市民川端康成氏と豊川―その幼少期と手紙―』昭45、私家版）

田村光司「『篝火』と『伊豆の踊子』」（『川端康成「篝火」研究』岐阜東高等学校、平3・9）

原善「『伊豆の踊子』（川端康成作中人物事典）」（「国文学」臨時増刊、平3・9）

三木秀生「『伊豆の踊子』の旅」（『川端康成「篝火」研究』岐阜東高等学校、平3・9）

門倉正二「「伊豆の踊子」についてⅡ」（「国語教室」大修館書店、平3・11）

久保昌之「「伊豆の踊り子」の授業」（「国語教室」大修館書店、平3・11）

長谷川泉「伊豆の踊子」（『〈長谷川泉著作選第五巻〉川端康成論考』明治書院、平3・11）

長谷川泉「川端文学五十の知識」（『〈長谷川泉著作選第五巻〉川端康成論考』明治書院、平3・11）

保昌正夫「日本人の美しい心と姿」（『伊豆の踊子』ぎょうせい、平3・11）

羽鳥徹哉「「伊豆の踊子」について」（「成蹊大学文学部紀要」平3・12、後『作家川端の展開』教育出版センター、平5・3）

無署名「伊豆の踊子　川端康成」（『一冊で一〇〇名作の「さわり」を読む』友人社、平4・2）

無署名「文学のふるさと　湯ケ島」（「神奈川新聞」平4・2・16）

田村充正「「伊豆の踊子」試論」（『交錯する言語』名著普及会、平4・3、後『「雪国」は小説なのか―比較文学試論―』中央公論新社、平14・6）

西河克己「『伊豆の踊子』小説と映画」（「文藝論叢」文教大学女子短期大学部・文芸科、平4・3）

羽鳥徹哉「「伊豆の踊子」の事実関係」（「成蹊国文」平4・3、後『作家川端の展開』教育出版センター、平5・3）

氷見多鶴子「『伊豆の踊子』の構造―日常から非日常そして日常へ―」（「日本文学研究年誌」金沢女子大学、平4・3）

前田角蔵「踊子の〈闇〉への封印―「伊豆の踊子」論―」（「日本文学誌要」法政大学、平4・3）

増田辰也「川端康成私論（その五）―『伊豆の踊子』素描（3）―」（「塔影」本郷中学高等学校塔影委員会、平4・3）

岸田正吉「手法面より見た「伊豆の踊子」」（「日本女子体育大学紀要」平4・4）

小林崇利「文学に現れた庇護者の問題その四―川端康成『伊豆の踊子』の場合―」（「主潮」清水文学会、平4・4）

原善「「伊豆の踊子」論―批判される〈私〉―」（「文藝空間」平4・4、後「「伊豆の踊子」―批判される〈私〉」と改題して『川端康成　その遠近法』大修館書店、平11・4）

山内静夫「「伊豆の踊子」にまつわる内緒ばなし」（「湘南文学」神奈川歯科大学・湘南短期大学、平4・4）

紅野敏郎「第二部　『伊豆の踊子』―文壇登場　解説」（『没後20年川端康成展　生涯と芸術―美しい日本の私』日本近代文学館、平4・5）

グリゴーリィ・チハルチシビリ「ハンバート・ハンバートがまだい

い人だった時―「伊豆の踊子」」（「新潮」平4・6）

木幡瑞枝「伊豆の踊子」（『川端康成　作品論』勁草書房、平4・6）

無署名「伊豆の踊子の舞台を文庫本片手に散歩」（『るるぶ伊豆箱根』JTB、平4・6）

小田切進「川端康成　伊豆の踊子」（『近代名作紀行』ぎょうせい、平4・9）

羽鳥徹哉「「伊豆の踊子」、間道の場面その他―原善氏の批判に答える―」（「解釈」平4・9）

佐藤小一郎「伊豆の踊子　そのころの下田①～⑤」（「伊豆新聞」平4・10、11、13、14、15）

曽根和志「『伊豆の踊子』における二つのモチーフ」（「国語教室」大修館書店、平4・11）

門脇照男「湯ケ島まで―川端康成、梶井基次郎、尾崎士郎ほか―」（『文学ひとり旅』武蔵野書房、平4・12）

山田吉郎「大正十四年の川端康成―随筆活動をめぐって―」（「山梨英和短期大学紀要」平4・12）

相良秋男「湯が野温泉（伊豆天城路）」（「湘南ふぁみりい」平5・1）

無署名「河津町湯ケ野温泉で14日に恒例の『踊子まつり』」（「静岡新聞」平5・3・5）

無署名「川端文学の舞台・河津町湯ケ野温泉で恒例の『踊子まつり』」（「静岡新聞」平5・3・15）

羽鳥徹哉「「伊豆の踊子」について」（『作家川端の展開』教育出版センター、平5・3）

羽鳥徹哉「「伊豆の踊子」の事実関係」（『作家川端の展開』教育出版センター、平5・3）

馬場重行「「伊豆の踊子」覚え書き」（「東京都立日野高等学校研究紀要」平5・3）

増田辰也「川端康成私論（その六）―『伊豆の踊子』素描（4）―」（「塔影」本郷中学高等学校塔影委員会、平5・3）

石川則夫「「伊豆の踊子」その〈風景〉の発見と〈旅〉の造形―「山越えの間道」の調査から」（『川端文学への視界8』教育出版センター、平5・6）

奥野健男「解説―鮮やかな感覚表現」（『伊豆の踊子』集英社文庫、平5・6）

橋本治「鑑賞―『恋の垣根』」（『伊豆の踊子』集英社文庫、平5・6）

原善「「伊豆の踊子」の感動、あるいは間道の場面―再び羽鳥徹哉氏へ」（「作新国文」平5・7）

無署名「文学の森、天城湯ケ島知ろう―昭和の森会館でセミナー始まる」（「静岡新聞」平5・9・12）

無署名「文壇・画壇　巨匠が愛した町・天城湯ケ島町　井上靖、川端康成」（「静岡新聞」平5・10・10）

山敷工女『文学に見る異文化コミュニケーション―川端康成『伊豆の踊子』の場合―』（リーベル出版、平5・11）

荻野アンナ「雪国の踊子」（『私の愛毒書』福武文庫、平6・1）

小関和弘「「解説」―「伊豆の踊子」・「村の活動」（横光利一）」（田中実・馬場重行・原善編『対照読解　川端康成〈ことば〉のしくみ』蒼丘書林、平6・2）

石上文正「神話としての「伊豆の踊子」」（「岡崎学園国際短期大学論集」平6・3）
増田辰也「川端康成私論（その七）—『伊豆の踊子』素描（5）—」（「塔影」本郷中学高等学校塔影委員会、平6・3）
山本容朗「天城を越えて—湯ヶ島・西伊豆」（『東京近郊ぶらり文学散歩』文芸春秋、平6・4）
石川則夫「『伊豆の踊子』の視角—〈旅〉が隠蔽する〈私〉—」（「国学院雑誌」平6・5）
野末明「川端康成と踊子—大正～昭和初期—」（「解釈学」平6・6、後『康成・鷗外　研究と新資料』審美社、平9・11）
山本容朗「むかし天城の麓に文士村があった」（『日本文学の散歩みち』実業之日本社、平6・6）
西河克己『「伊豆の踊子」物語』（フィルムアート社、平6・7）
無署名「伊豆の踊子　川端康成」（『一冊で日本の名著一〇〇冊を読む』友人社、平6・7）
河原修一「日本語と英語の表現の違い—川端康成原作『伊豆の踊子』サイデンステッカー訳について—」（「宇大国語論究」宇都宮大学国語教育学会、平6・8）
無署名「著者紹介　西河克己さん」（「朝日新聞」平6・8・21）
宮沢謹次「『伊豆の踊子』の表現機構」（「旭川国文」平6・9）
渥見秀夫「「伊豆の踊子」の構成意識」（「新居浜工業高等専門学校紀要」平7・1）
鈴木邦彦「川端康成と伊豆—伊豆の文学（二）」（「沼津工業高等専門学校研究報告」平7・1）
橋本治「恋の垣根—川端康成『伊豆の踊子』解説」（『春宵小論集』中央公論社、平7・1）
土井龍二「『伊豆の踊子』について」（『私の川端康成』文化書房博文社、平7・3）
増田辰也「川端康成私論（その八）—『伊豆の踊子』素描（6）—」（「塔影」本郷中学高等学校塔影委員会、平7・3）
無署名「ようこそ「伊豆」—「踊子街道」を行く」（「オレンジページ」平7・4）
関口のぞみ「西河克己『「伊豆の踊子」物語』」（川端文学研究会編『川端文学への視界10』教育出版センター、平7・6）
林武志「「伊豆の踊子」と伝統」（川端文学研究会編『川端文学への視界10』教育出版センター、平7・6）
中山高明「川端康成『伊豆温泉記』」（『天城路文学紀行』静岡新聞社、平7・7）
中山高明「湯川橋『伊豆の踊子』」（『天城路文学紀行』静岡新聞社、平7・7）
中山高明「川端康成『伊豆の踊子』」（『天城路文学紀行』静岡新聞社、平7・7）
明治書院企画編集部編「川端康成『伊豆の踊子』『禽獣』『雪国』『千羽鶴』『山の音』」（『おじさんは文学通2』明治書院、平7・10）
石川巧「疾走・擬態・化粧、そして身をかわす少女たち—川端康成論（一）」（「叙説」平7・11）
竹腰幸夫「川端康成『伊豆の踊子』論—「近代文学としての性格」の視点から—」（「常葉国文」常葉学園短期大学国文学会、平7・11）

清水俊夫「伊豆の踊子」（「茨城新聞」平7・11・10）

渥見秀夫「『伊豆の踊子』の観念性」（「愛媛国文研究」愛媛国語国文学会、平7・12）

渥見秀夫「「続伊豆の踊子」の主題意識」（「新居浜工業高等専門学校紀要」平8・1）

桐島洋子「私を感動させた憎い短編33」（「週刊ポスト」平8・1・5）

増田辰也「川端康成私論（その九）―『伊豆の踊子』（7）―」（「塔影」本郷中学高等学校塔影委員会、平8・2）

稲野雅子「待遇表現の一考察―『伊豆の踊子』を中心として―」（「盛岡大学日本文学会研究会報告」平8・3）

高橋真理「「伊豆の踊子」考―「稗史《ものがたり》」としての旅」（「緑聖文芸」女子聖学院短期大学国語国文学会、平8・3）

藤本英二「国語の授業（3）『伊豆の踊子』から教科書を考える」（「高校のひろば」平8・6）

阿部英雄「『伊豆の踊子』地理攷」（「文芸広場」文芸広場社、平8・7〜平9・1）

簗田英隆「『伊豆の踊子』のフォークロア―通過儀礼としての旅」（「立教大学日本文学」平8・7）

長谷川明久「少女の言葉『伊豆の踊子』と『富嶽百景』」（「月刊国語教育」平8・7）

石川巧「稗史の遠近―『伊豆の踊子』」（「敍説」平8・8）

米海妹「川端康成『伊豆の踊子』論」（「教育研究所紀要」文教大学、平8・11）

柳美里「言葉のレッスン　48回　申し分なさすぎる温泉宿」（「週刊朝日」平8・11・22）

無署名「伊豆の踊子の宿　湯ケ野温泉福田家」「伊豆の踊子の旅」（『伊豆半島旅紀行』レジャー出版、平9・1）

広川建司「伊豆の踊子を思いながら日だまりの天城をゆく」（「岳人」平9・2）

嵐山光三郎「川端康成　伊豆の海苔巻」（『文人悪食』マガジンハウス、平9・3）

笹井美加「川端康成『伊豆の踊子』論―踊子の少女像を中心に―」（「国文学報」尾道短期大学国文学会、平9・3）

高本條治「ただうなずいて見せたひと　川端康成「伊豆の踊子」の語用論的分析」（「上越教育大学研究紀要」、平9・3）

坪井佐奈枝「「早大日本語教科書　上級1」14課―伊豆の踊子（川端康成）の分析」（「講座日本語教育」平9・3）

羽鳥徹哉「川端文学と自然」（「成蹊国文」平9・3）

ヴィタリィ・トルストイ「「伊豆の踊子」のコンポジションと心理主義の相互依存」（「成蹊国文」平9・3）

増田辰也「川端康成私論（その十）―『伊豆の踊子』（8）―」（「塔影」本郷中学高等学校塔影委員会、平9・3）

三川智央「『伊豆の踊子』論―〈語り〉の多重的構造について―」（「国語国文学」福井大学国語国文学会、平9・3）

山中正樹「「伊豆の踊子」における〈時間〉と〈語り〉」（「豊田短期大学研究紀要」平9・3）

伊吹和子『川端康成　瞳の伝説』（ＰＨＰ研究所、平9・4）

小澤正明「川端文芸の特質」（「解釈と鑑賞」平9・4）

林武志「川端文学における美の構図」（「解釈と鑑賞」平9・4）

小林芳仁「川端文学における聖少女の系譜とその特徴」（「解釈と鑑賞」平9・4）
渡部芳紀「川端康成文学散歩（補遺編）」（「解釈と鑑賞」平9・4）
陳徳文「『伊豆の踊子』の情愛描写」（川端文学研究会編『川端文学への視界12』教育出版センター、平9・6）
曽我部恵一「伊豆の踊子　ハイキングコース」（「月刊カドカワ」平9・10）
野末明「川端康成と踊子」（『康成・鷗外　研究と資料』審美社、平9・11）
麻生健人「読解技術習得のための文学作品の指導―『伊豆の踊子』の読解指導の実践―」（「松山東雲短期大学研究論集」平9・12）
菊地由夏「川端康成『伊豆の踊子』の視線」（「福岡大学日本語日本文学」平9・12）
和田弘名「『伊豆の踊子』における文の長さの規則性」（「青須我波良」平9・12）
新井哲男「文学における音―『我らの時代に』と『伊豆の踊子』をめぐって―」（「東京家政大学研究紀要（人文社会科学）」平10・2）
三川智央「『伊豆の踊子』再考―葛藤する〈語り〉と別れの場面における主語の問題―」（「金沢大学国語国文」平10・2）
猪瀬直樹『マガジン青春譜』（小学館、平10・5）
小池清治「川端康成と夏目漱石―表現の系譜・『青い海黒い海』『雪国』『伊豆の踊子』」（川端文学研究会編『川端文学への視界13』教育出版センター、平10・6）
馬場重行「伊豆の踊子」（羽鳥徹哉・原善編『川端康成全作品研究事典』勉誠出版、平10・6）
関川夏央「映画館にいる戦後50回「いい人はいいね」」（「諸君」平10・7）
関川夏央「映画館にいる戦後51回「踊子」の影」（「諸君」平10・8）
長谷川泉「川端康成とノーベル賞」（『川端康成燦遺映』至文堂、平10・9）
長谷川泉「川端文学のヒロインたち」（『川端康成燦遺映』至文堂、平10・9）
長谷川泉「川端康成の文壇登場まで」（『川端康成燦遺映』至文堂、平10・9）
長谷川泉「川端康成の人と文学」（『川端康成燦遺映』至文堂、平10・9）
長谷川泉「川端康成の青春彷徨」（『川端康成燦遺映』至文堂、平10・9）
清水節治「川端康成『伊豆の踊子』」（「月刊国語教育」平10・10）
石川則夫「物語の失速／小説の挫折　『伊豆の踊子』再論」（『〈新しい作品論〉へ、〈新しい教材論〉へ2』右文書院、平11・2）
阿部昇「伊豆の踊子」（『〈新しい作品論〉へ、〈新しい教材論〉へ2』右文書院、平11・2）
羽鳥徹哉「二つの原体験―「孤児根性」と恋愛体験」（『伊豆の踊子・骨拾い』講談社文芸文庫、平11・3）
林武志「「伊豆の踊子」の世界―「伊豆の踊子」題名考―」（田村充正・馬場重行・原善編『川端文学の世界1　その生成』勉誠出版、

平11・3）

藤井淑禎「『天城越え』は『伊豆の踊子』をどう超えたか」（「松本清張研究」創刊準備、平11・3）

細谷博「「伊豆の踊子」の作者」論　自己を問う「作者」」（「昭和文学研究」平11・3）

羽鳥徹哉「川端康成の新感覚派時代・作品と評論」（世田谷文学館編『横光利一と川端康成展』平11・4）

原善「「伊豆の踊子」―批判される〈私〉」（『川端康成―その遠近法』大修館書店、平11・4）

田村嘉勝「金銭観」（田村充正・馬場重行・原善編『〈川端文学の世界5〉その思想』勉誠出版、平11・5）

三田英彬「自然観」（田村充正・馬場重行・原善編『〈川端文学の世界5〉その思想』勉誠出版、平11・5）

太田鈴子「身体観」（田村充正・馬場重行・原善編『〈川端文学の世界5〉その思想』勉誠出版、平11・5）

枚垣信「風土観」（田村充正・馬場重行・原善編『〈川端文学の世界5〉その思想』勉誠出版、平11・5）

飯田達夫「川端康成生誕百年祭記念　伊豆の踊子を描く　飯田達夫絵画特別展」（川端康成生誕百年祭実行委員会、平11・6）

川端文学研究会編『伊豆と川端文学事典』（勉誠出版、平11・6）

四方田犬彦「川端康成生誕百年『伊豆の踊子』を3本続けて観た」（「SPA!」平11・6・23）

山田吉郎「伊豆（中、南、西伊豆）と川端文学　随筆と小説との交響」（羽鳥徹哉編『〈解釈と鑑賞別冊〉川端康成　旅とふるさと』平11・10）

吉行理恵「「伊豆の踊子」など」（羽鳥徹哉編『〈解釈と鑑賞別冊〉川端康成　旅とふるさと』平11・10）

干刈燈子「川端映画館」（「関西文学」関西文学会、平11・10）

三谷憲正「太宰治における〈川端康成〉という補助線―断崖の鑑賞・佐渡・東京八景・畜犬談を中心として」（「京都語文」佛教大学国語国文学会、平11・10）

「お宝保存版　輝くアイドル・シネマ・ノスタルジア　アイドル徹底比較『伊豆の踊子』グラフィティー」（「週刊文春」平11・10・28）

西河克巳・恩地日出夫・佐藤利明「思い出のシネマ・アイドル「伊豆の踊子」監督対談」（「週刊文春」平11・10・28）

鶴田欣也「末期の眼と「伊豆の踊子」」（川端文学研究会編『世界の中の川端文学』おうふう、平11・11）

安藤登志子「湯ケ島―大正のころ」（川端文学研究会編『世界の中の川端文学』おうふう、平11・11）

李徳純（和志求訳）「「伊豆の踊子」論」（川端文学研究会編『世界の中の川端文学』おうふう、平11・11）

竹内清己「「伊豆の踊子」論―伝承のシステム」（川端文学研究会編『世界の中の川端文学』おうふう、平11・11、後『日本近代文学伝統論　民族／芸能／無頼』おうふう、平15・1）

王奕紅「「伊豆の踊子」と「雪国」をめぐって」（川端文学研究会編『世界の中の川端文学』おうふう、平11・11）

青山奈津子「清浄な踊り子たち」（「江古田文学（42）」江古田文学会、平11・11）

酒井香奈絵「川端康成作品に於ける女性キャラクターとその分析」

「江古田文学（42）」江古田文学会、平11・11）

鈴木邦彦「「ある期待」川端康成と伊豆」（『文士たちの伊豆漂泊』静岡新聞社、平11・12）

大河原忠蔵「川端康成『伊豆の踊子』の湯が野」（『文学的思考へのいざない』東北大学出版会、平12・1）

「名作『伊豆の踊子』の舞台天城越路を歩く（グラビア）」（「歴史と旅」平12・1）

丹尾安典「伊豆の栄吉」（「比較文学年誌（36）」早稲田大学比較文学研究室、平12・3）

村上豊「湯ケ島温泉「湯本館」川端康成編」（「文芸ポスト」平12・4）

長谷川泉「飯田達夫『伊豆の踊子を描く』序」（『続川端康成燦遺映』至文堂、平12・5）

野末明「『春景色』成立考―湯ケ島との関わりの中で―」（川端文学研究会編『川端文学への視界15』銀の鈴社、平12・6）

李芒「川端の『爛熟』説と女性像」（川端文学研究会編『川端文学への視界15』銀の鈴社、平12・6）

原善「川端の女―女性性への夢」（川端文学研究会編『川端文学への視界15』銀の鈴社、平12・6）

金春華「「伊豆の踊子」における距離」（川端文学研究会編『川端文学への視界15』銀の鈴社、平12・6）

藤田尚子「川端康成生誕百年祭に参加して」（川端文学研究会編『川端文学への視界15』銀の鈴社、平12・6）

有山大五「川端文学研究会編『世界の中の川端文学』」（川端文学研究会編『川端文学への視界15』銀の鈴社、平12・6）

竹内清己「川端文学研究会編『伊豆と川端文学事典』」（川端文学研究会編『川端文学への視界15』銀の鈴社、平12・6）

小嵐九八郎「深く、甘く、まったりとした交情とビジネスの谷間で風俗恋愛（最終回）「伊豆の踊子」にいや、芸者にほろり」（「現代」平12・8）

篠田義明「『伊豆の踊子』における翻訳のズレ」（『言葉からみた人間　その精神の諸相』鳳書房、平12・10）

鈴木邦彦「松本清張『天城越え』と川端康成『伊豆の踊子』」（「静岡近代文学」平12・11）

竹内清己「《場》としての日本文学文化研究―川端康成『伊豆の踊子』を素材として―」（「東洋」平12・11）

田崎弘章「学校と文学（1）流離する貴種の転生―川端康成著『伊豆の踊子』」（「近代文学論集」日本近代文学会九州支部、平12・11）

任健「川端康成と『伊豆の踊子』―問題点と疑問点の解明を中心に―」（「横浜商大論集」平12・12）

瀬沼茂樹「『伊豆の踊子』―成立について―」（原善編『川端康成『伊豆の踊子』作品論集』クレス出版、平13・1）

長谷川泉「伊豆の踊子（抄）」（原善編『川端康成『伊豆の踊子』作品論集』クレス出版、平13・1）

川嶋至「青春の傷あと―「みち子もの」と「伊豆の踊子」」（原善編『川端康成『伊豆の踊子』作品論集』クレス出版、平13・1）

藤森重紀「新解釈『伊豆の踊子』―川端康成の文学的背景を探る―」（原善編『川端康成『伊豆の踊子』作品論集』クレス出版、平13・1）

林武志「「伊豆の踊子」論」（原善編『川端康成『伊豆の踊子』作品論集』クレス出版、平13・1）

平山三男「「伊豆の踊子」―読者のリアリティから―」（原善編『川端康成『伊豆の踊子』作品論集』クレス出版、平13・1）

近藤裕子「『伊豆の踊子』論（下）―虚構意識の構造―」（原善編『川端康成『伊豆の踊子』作品論集』クレス出版、平13・1）

鶴田欣也「『伊豆の踊子』」（原善編『川端康成『伊豆の踊子』作品論集』クレス出版、平13・1）

中山真彦「作品の中の「私」―『伊豆の踊子』とその仏訳について―」（原善編『川端康成『伊豆の踊子』作品論集』クレス出版、平13・1）

小森陽一「意味としての言葉／イメージとしての言葉」（原善編『川端康成『伊豆の踊子』作品論集』クレス出版、平13・1）

駒尺喜美「伊豆の踊子―ふれあいの構造」（原善編『川端康成『伊豆の踊子』作品論集』クレス出版、平13・1）

上田渡「『伊豆の踊子』の構造と〈私〉の二重性」（原善編『川端康成『伊豆の踊子』作品論集』クレス出版、平13・1）

羽鳥徹哉「「伊豆の踊子」について（抄）」（原善編『川端康成『伊豆の踊子』作品論集』クレス出版、平13・1）

田村充正「「伊豆の踊子」試論―虚構のカタルシス―」（原善編『川端康成『伊豆の踊子』作品論集』クレス出版、平13・1）

前田角蔵「踊子の〈闇〉への封印―「伊豆の踊子」論―」（原善編『川端康成『伊豆の踊子』作品論集』クレス出版、平13・1）

原善「「伊豆の踊子」―批判される〈私〉」（原善編『川端康成『伊豆の踊子』作品論集』クレス出版、平13・1）

馬場重行「「伊豆の踊子」覚え書き」（原善編『川端康成『伊豆の踊子』作品論集』クレス出版、平13・1）

高橋真理「「伊豆の踊子」考―『稗史《ものがたり》』としての旅―」（原善編『川端康成『伊豆の踊子』作品論集』クレス出版、平13・1）

石川巧「稗史の遠近―『伊豆の踊子』」（原善編『川端康成『伊豆の踊子』作品論集』クレス出版、平13・1）

三川智央「『伊豆の踊子』論―〈語り〉の多重的構造について―」（原善編『川端康成『伊豆の踊子』作品論集』クレス出版、平13・1）

石川則夫「物語の失速／小説の挫折　「伊豆の踊子」再論」（原善編『川端康成『伊豆の踊子』作品論集』クレス出版、平13・1）

原善「解説「伊豆の踊子」研究の三学期へ」（原善編『川端康成『伊豆の踊子』作品論集』クレス出版、平13・1）

勝呂奏「川端康成「伊豆の踊子」論―〈伊豆〉からの視界」（「上智大学国文学論集」平13・1）

金恵妍「『伊豆の踊子』の世界―踊子の女神説―」（「日本文学研究」梅光女学院大学、平13・2）

笠羽映子「初期川端文学における音楽の相」（「国文学」平13・3）

金美廷「「伊豆の踊子」の「私」―開かれた「一人称」性」（「コンパラティオ」平13・3）

小菅健一「川端康成の表現意識の確立―文学と美術の結節点から―」（「国文学」平13・3）

高原英理「川端康成の少年領域」（「国文学」平13・3）

みわ明「ハリスも伊豆の踊子も通った下田街道天城越え」（「歴史と旅」平13・3）

四方田犬彦「川端康成と映画」（「国文学」平13・3）
金恵妍「『伊豆の踊子』の世界―〈私〉と踊子の恋心の問題」（「新樹」平13・7）
清水義範「バスの踊子　天城路に川端作品をたどる旅」（「旅」ＪＴＢ、平13・7）
張月環「追いかけることによって表れる美　『伊豆の踊子』と『みづうみ』―享受される場合と拒否される場合―」（『川端康成の美の性格』サン・エンタープライズ、平13・11）
康林「『文芸時代』に見る川端文学―文学理論と実作の接点―」（「中京大学文学部紀要」平13・12）
勝呂奏「鉄道唱歌の伊豆」（「奏」平13・12）
猪瀬直樹『マガジン青春譜　川端康成と大宅壮一』（小学館、平14・2）
古川薫「伊豆の踊子」（『花も嵐も　女優・田中絹代の生涯』文芸春秋、平14・2）
木山恭子「河津温泉郷（静岡）「伊豆の踊子」の舞台を歩く」（「潮」平14・4）
田村充正「「伊豆の踊子」―虚構のカタルシス―」（『「雪国」は小説なのか―比較文学試論―』中央公論新社、平14・6）
トーマス・ハックナー「研究動向　つづら折りの山道―ドイツにおける川端康成―」（川端文学研究会編『川端文学への視界17』銀の鈴社、平14・6）
金美廷「「私」の体験〈表現〉の間―「伊豆の踊子」を手がかりに」（「九大国文」平14・7）
片山倫太郎「初期川端康成における独我論的認識の形成と方法化―「万物一如思想」を手掛かりとして―」（「昭和文学研究」平14・9）
竹内正浩「川端康成の常宿から西村京太郎記念館まで　伊豆箱根文学散歩」（「本の話」平15・3）
張月環「川端康成「追いかけ」から出発した『伊豆の踊子』」（「東アジア日本語教育・日本文化研究」平15・3）
無署名「川端康成」（「週刊日本の街道」講談社、平15・3・11）
小松健一「天城湯ヶ島　闇の中の急流」（『カメラ紀行　文学の風景をゆく』ＰＨＰ新書、平15・6）
金順煕「川端康成「伊豆の踊子」論―記憶される「私」の伊豆旅行―」（「解釈」平16・2）
猪熊理恵「六人の「伊豆の踊子」―小説「伊豆の踊子」とその映画化作品を考える―」（『畑有三先生退職記念論文集　日本文学研究の諸相』専修大学大学院、平16・3）
三田英彬「川端康成と湯ケ島」（「大正大学研究紀要」平16・3）
大久保喬樹「第二章　作家の旅立ち」（『川端康成―美しい日本の私』ミネルヴァ書房、平16・4）
張月環「川端康成の合掌―『合掌』を視座としての展開―」（川端文学研究会編『川端文学への視界19』銀の鈴社、平16・6）
森晴雄「「人間の足音」（掌の小説）論―魂の病気―」（川端文学研究会編『川端文学への視界19』銀の鈴社、平16・6）
無署名「伊豆の踊子」（『名作のある風景』日本経済新聞社、平16・9）
川島幸希「続署名本の世界16『伊豆の踊子』江川書房版識語本」（「日本古書通信」平16・10）

十重田裕一「つくられる『日本』の作家の肖像―高度経済成長期の川端康成―」（「文学」平16・11）

車谷長吉「続・意地ッ張り文学誌12回純愛物語」（「波」平16・12）

無署名「超早わかり！ 川端作品ナビ」（『文豪ナビ 川端康成』新潮文庫、平16・12）

齋藤孝「声に出して読みたい川端康成」（『文豪ナビ 川端康成』新潮文庫、平16・12）

無署名「映画に見る川端康成」（『文豪ナビ 川端康成』新潮文庫、平16・12）

角田光代「美の信仰者」（『文豪ナビ 川端康成』新潮文庫、平16・12）

島内景二「評伝川端康成」（『文豪ナビ 川端康成』新潮文庫、平16・12）

小笠原隆夫「山口百恵主演映画のいくつかの特徴について―再び、今、なぜ百恵なのか―」（「日本大学芸術学部紀要」平17・3）

清水茂雄「伊豆の文学」（「日本語 日本文学」平17・3）

矢島裕紀彦著・高橋昌嗣写真『文士が愛した町を歩く』（日本放送出版協会、平17・3）

康林「「伊豆の踊子」について」（『川端康成と東洋思想』新典社、平17・4）

田村充正「映像化された『古都』―映画『古都』二作品―」（川端文学研究会編『川端文学への視界20』銀の鈴社、平17・6）

大黒敬太「しずかな「贅沢湯の宿」66回福田家」（「週刊大衆」平17・9・26）

高根沢紀子「川端康成」（「芸術至上主義文芸」平17・11）

村岡功「『舞姫』と『伊豆の踊子』」（「森鷗外記念会通信」平17・11）

潘陽「「伊豆の踊子」の授受表現から見た川端康成の内的世界」（「愛媛国文と教育」平17・12）

山崎良介「『ハールツ紀行』と『伊豆の踊子』との比較文学的考察」（「リュンコイス」日本大学文理学部ドイツ文研究室桜門ドイツ文学会、平17）

川島隆太監修『脳を鍛える大人の名作読本（15）伊豆の踊子・牛鍋』（くもん出版、平18・1）

川俣従道「『伊豆の踊子』と道元の愛語」（『哀愁を旅行く人 川端文学の諸相』ボロンテ、平18・2）

高杉勲「文学散歩旅行私記（その七）伊豆散歩・中伊豆コース」（「四人」平18・3）

高瀬匡雄「推定・説明・伝聞のセンス」（「ことばの科学」言語学研究会、平18・3）

町田健『大人のための国語授業―名文に宿る「美しい」日本の言葉』（主婦の友社、平18・3）

森晴雄「上林暁「天草土産」の成立―川端康成「伊豆の踊子」に触れつつ―」（「上林暁研究」平18・3）

東弘毅「私のお気に入り―文芸編 川端康成著「伊豆の踊子」」（「徳島新聞」平18・4・10）

車谷長吉「純愛物語 伊豆の踊子」（『文士の生魑魅』新潮社、平18・5）

渡辺和靖「音読による授業構成の試み（5）川端康成の『伊豆の踊子』」（「愛知教育大学教育実践総合センター紀要」平19・2）

アンガス・ターヴィル「日英翻訳における問題と傾向—『伊豆の踊子』の英訳分析—」（「翻訳の文化／文化の翻訳」静岡大学人文学部翻訳文化研究会、平19・3）

北野昭彦「「伊豆の踊子」の〈物乞い旅芸人〉の背後」（「日本言語文化研究」龍谷大学、平19・3）

進藤三雄「英語教育と日本文学の融合—『伊豆の踊子』を入り口にして—」（「アドミニストレーション」熊本県立大学、平19・3）

池内紀「ワキ役の花道（第12回）道連れ小平—川端康成「伊豆の踊子」」（「本の話」平19・4）

恩地日出夫「ぶらり1日　文豪生活　川端康成の旅」（「男の隠れ家」平19・4）

川村湊『温泉文学論』（新潮新書、平19・12）

岡本和宜「「伊豆の踊子」—成立と創作動機について—」（「近畿大学附属和歌山高校・中学校紀要」平20・1）

谷沢永一『名作の書き出しを諳じる』（幻冬舎、平20・2）

千葉一幹・芳川泰久編著『名作はこのように始まる（1）』（ミネルヴァ書房、平20・3）

吉田貴子「『伊豆の踊子』論—語る〈私〉と語られる〈私〉」（「宇大国語論究」平20・3）

丹尾安典「いはねばこそあれ男色の景色　第6章　最終回「礼装」」（「諸君」平20・6）

森本穫「魔界の住人　川端康成」（「文芸日女道」平20・9〜、連載中）

高橋真理「川端康成「南伊豆行」—「伊豆の踊子」を照り返すもの—」（「近代文学研究」Ⅱ、大東文化大学人文科学研究所、平21・3）

〈付記〉

本目録においては、文献の単行本再録に関しても煩をいとわずその都度明記した。また、川端康成を特集する単行本・雑誌などの場合、文献記載の順序を、筆者の五十音順によらず、目次の順序に従った場合があることを付記する。

（「川端康成作品論集成」第一巻より収録）

「狂つた一頁」研究史

仁平政人

川端康成の「作品研究史」という枠組みのなかに「狂つた一頁」を位置づけることには、ある困惑がつきまとう。

「新感覚派映画連盟」の第一回作品である映画『狂つた一頁』（衣笠貞之助監督、大正十五年）の製作に川端が参加し、そのシナリオが川端康成の名義で「映画時代」創刊号（大15・7）に発表されたことは、周知の通りである。この映画は、突出した実験性において同時代に喧しい議論の対象とされたのみならず、失われたと見なされていたフィルムが昭和四十五年に衣笠宅から発見されて以降、前衛映画の傑作として国内外で高い評価を得ている。そして、川端はこの映画にスタッフとして参加したというだけではなく、「「狂つた一頁」撮影日記」（「週刊朝日」大15・5・30）や「「狂つた一頁」撮影余談」（「劇と映画」大15・8）、「映画入門」（「芝居とキネマ」大15・8）など、製作中から公開後に至るまで同作に関する文章をたびたび発表しており、また、映画製作の経験を取り入れた小説を複数発表している（「婚礼と葬礼」（大15・7）、「五月の幻」（大15・12）、「笑はぬ男」（初出未詳）など）。こうしたことによって、〈川端と映画〉という問題が取り上げられる際には、『狂つた一頁』は枕詞のように言及されてきたと言ってよい。

だが、断片的な言及の範疇を超えて、川端名義のシナリオの内実、また映画『狂つた一頁』と川端との関わりについて本格的に検討する論考は多いとは言い難い。このことには、いくつかの事情が関わるだろう。第一に、初出時に附記として「このシナリオは、衣笠、犬塚、澤田等の諸氏に負ふところ多し」と記されていたように、本作は共同製作によるものであり（したがって、単純に「川端作品」として扱うことは本来できない）、製作過程や川端の関与の内実についてもなお定見を見ていないということ。第二に、映画『狂つた一頁』で注目されてきた前衛性と、シナリオの性格（特にその物語内容）とが必ずしも重なり合わず、ときに相反するもののように見なされてきたということ。象徴的な例として、映画公開時に『狂つた一頁』の前衛性を高く評価した岩崎秋良（昶）は、「先ず、川端康成を黙殺する。この映画の制作の過程に就いて知るものは、それよりもこの映画の美しさに就いて知るものは、川端康成がこの映画に対して持つ権利がほんの沿線の小駅の如きものでしかないことを感ずる」と断じつつ、他方で「川端氏のストーリーに引摺られ」たことを映画の瑕疵ともしている（「主要日本映画批評　『狂つた一頁』」「キネマ旬報」大15・10）。ここでは川端名義のシナリオが、映画の「純粋性」を損なう物語性を体現するもののように扱われているのである。

さらに問題であるのは（これは比較的近年の研究で明らかにされたことであるが）、今日映像で観られる『狂つた一頁』はフィルム発見後に衣笠によって再編集されたものであり、大正十五年当時に観客が眼にした映画を、私たちは観ることができないということだ。近藤裕子は「川端康成作品論事典　狂つた一頁」（「国文学」昭62・12）において「シナリオの成立段階、映画化の段階と二重に他者の手が入っている作品なので、作家の文学活動との関係で論ずる場合は、論者の方法論上の立場を明確にする必要がある」と指摘していたが、この問題の厄介さは今日において増幅しこそすれ、決して減じてはいないように思われる。

以下に提示するのは、映画『狂つた一頁』自体の研究史ではなく、あくまで川端名義のシナリオ（および川端と映画『狂つた一頁』との関わり）に焦点を据えた研究史の概観である。また、映画『狂つた一頁』は日本以上に海外で注目・評価されており、特に英語圏での研究は数多いが（その代表として Aaron Gerow, *A Page of Madness : Cinema and Modernity in 1920s Japan. The University of Michigan.* 2008 が挙げられる）、ここでは翻訳を含めて日本語で発表された文献に対象を絞ることをあらかじめお断りしたい。

先に触れたように、映画『狂つた一頁』は公開時に毀誉褒貶を交えて活発な論議の対象とされているが、こうした同時代評のあり方は研究史で論点とされてきた事柄でもあり、ここで整理をすることは行わない。ただ一つだけ目を向けておきたいのは、先行研究では取り上げられていないものの、川端名義のシナリオに対する管見の限り最初の踏み込んだ批評が、当時の映画脚本家・俳優の志願者向けの教本の中に示されていたことである。藤本鷗谷『映画劇々作家映画俳優を望む人々の為めに』（駿南社、昭2・2）は、「殆ど極端と云はれるまでに標準の型を破つ」た映画脚本の例として「川端康成氏の『狂つた一頁』のシナリオ」を大きく取り上げ、「全く標準的型式をそなへて居ないにもかゝはらず、立派な映画脚本と云ふことが出来、そしてまた詩的な調律を見出すことが出来る」と評し、それを「ルイ、デリユツク」の「映画詩」と同傾向のものと位置づけている。この藤本の評価は、シナリオ「狂つた一頁」の様式を同時代の表現（およびシナリオをめぐる言説）の地平において検討することが、なお課題として残されていることを示唆しているだろう。

さて、川端研究の領域でシナリオ「狂つた一頁」が議論の対象とされるようになるのは、『狂つた一頁』のフィルムが発見・上映されて大きな反響を呼んだ後の、昭和五十年代からである。昭和五十三年には川端文学研究会第五回研究発表大会（昭53・10・29）で『狂つた一頁』が上映され、あわせてシンポジウム「川端文学と映画─「狂った一頁」を手がかりに」（小林一郎、羽鳥徹哉、林武志、司会・長谷川泉）が行われている。

「狂つた一頁」を川端作品として取り上げた論考の先駆けと目せるのは、稲村博『川端康成　芸術と病理』（金剛出版、昭50・10）である。稲村はこの作品で「精神病院」、「精神病者」というテーマが取り上げられていることに注目し、その描写が「昔日の精神病院についてかなり正確」であると指摘する。その上で、「狂人」に「笑ひの仮面」を被せて物語を「浄化」しようとする終盤の着想に「不気味さ」と、「精神病の患者」を描くことへの負い目を捉えている（なお、同書では「狂つた一頁」が他の作品と並べて取り上げられており、シナリオの成り立ちの問題は視野の外に置かれる）。

飯島正『映画のなかの文学　文学のなかの映画』（白水社、昭51・10）は、シナリオを文学のコンテクストから検討するという視点のもとで、「狂つた一頁」を取り上げている。飯島は「狂つた一頁」の書法にルイ・デリュックとの類似性を捉え、「無声映画の「読むシナリオ」として（中略）文学と映画の双方を具備したモデル作品」と位置づける（この評価は、先に挙げた藤本の評価を期せずして引き継ぐものとも言える）。その上で、シナリオに「歴然と流れ」る「川端文学の視覚性」を、映画『狂つた一頁』以上に評価している。

映画製作過程の周到な把握に基づいて、川端と『狂つた一頁』の関係を問題とした研究の嚆矢と見られるのは、小林一郎「「狂った一頁」論」（『川端康成研究叢書3　実存の仮象』教育出版センター、昭52・12）である。小林はこの映画にドイツ表現主義映画の影響を指摘する議論をふまえ、同作に川端の評論「新進作家の新傾向解説」（大14・1）、特にその「表現主義的認識論」の実践という側面を見いだす。その上で、シナリオと映画の比較を交えた作品分析により、同作に「ヨーロッパの表現とは違った表現主義の世界」の構築を捉えている。映画『狂つた一頁』と川端の「表現主義的認識論」を関連づける視点は、その後の多くの議論でも踏襲されている。

中沢宣江「川端康成と「狂った一頁」」（『演劇学』昭54・3）は、川端の映画との多面的な関わりや、その「新感覚派」期の言説、また映画『狂つた一頁』の製作から公開に至る過程を概観した上で、幅広い同時代評の検討を通して同作の性格についての考察を試みている。また、川端が以降「映画の本質を見きわめることができず」映画界から遠ざかったとしつつ、晩年の小説『たんぽぽ』の設定に「狂つた一頁」からの連続性を見いだしている。

これらの先駆的な論考の後、「狂つた一頁」の研究が大きな進展を見せるのは、映画と文学の関係が文学研究において活発に問題化され始める昭和末期〜平成の初め頃からである。

鈴木貞美・関井光男・四方田犬彦・保昌正夫「シンポジウム　映画と昭和文学」（『昭和文学研究』平元・2）では、関井が「狂つた一頁」を取り上げ、そのシナリオの序盤について「映画のモンタージュの技法を巧みに用いた叙述」と評価した上で、モンタージュ的な技法を川端が小説においても用いていることを簡潔に指摘している。このシンポジウムを受けた論考である曽根博義「文学と映画―モダニズム文学への一視点―」（同前）は、「狂つた一頁」以前の小説「驢馬に乗る妻」（大14・3）の一節を「シナリオの文体」と捉え、川端の文体に「映画的、シナリオ的発想の表れ」を見出している。またこれと近い時期に、川本三郎「文士が映画に出会うとき」（『大正幻影』新潮社、平2・10）も、大正期の文学者と映画との関わりという文脈の中で川端の『狂つた一頁』への参加を位置づけている。

原善「映像―川端康成と映画―」（『新構想・近代日本文学史（下）』国書刊行会、平3・4）は、〈川端文学と映画〉という問題を検討する上で、シナリオ「狂つた一頁」そのものよりも、川端の「表現的な関心、位相の中での映画に近づくべき必然と、にも拘わらず遠のくべき必然との測定が重要」と指摘する。その上で、前者として「咲き競ふ花」（大13〜14）などに示される視覚的な表現への追求を、また後者として、「新感覚派」的な立場と関わる「共感覚的な表現」への志向を位置づけている。

他方、シナリオそのものを「川端作品」として位置づけることを試みた論考として、野末明「川端康成『狂つた一頁』論」(『解釈学』平9・7)が挙げられる。野末は映画の成立過程やそのコンテクストを詳細に整理するとともに、作中のボタン・茶碗といった「物」が「生命化されている」あり方に掌の小説との共通性を捉え、また、作中人物の設定(小使と妻・娘の関係)に「伊藤初代と父との関係」や「川端の婚約破棄」の体験が反映されていると論じている。

さて、映画『狂つた一頁』とその周辺の問題について、日本文学研究の視角から最も精力的に追求してきた論者として、十重田裕一が挙げられる。十重田の研究は横光利一を軸としたものであるが、川端名義のシナリオの問題に焦点を当てた論考として、「川端康成と映画」(『川端文学の世界4　その背景』勉誠出版、平11・5)、「文学と映画の遭遇　映画「狂つた一頁」とシナリオ」(『名作」はつくられる　川端康成とその作品』日本放送協会、平21・7)に目を向けておきたい。前者では、川端のシナリオが映画撮影後に「事後的にまとめられたテクスト」であることをふまえ、それが「映画に対する批評の側面を少なからず有していた」という可能性が指摘されている。また後者では、シナリオの第一と第二の場面を取り上げて、その表現の特性について踏み込んだ検討が行われる。具体的には、第一の場面では「極端な単文の連続」によって、短いカットの連続が生み出す効果の演出が試みられるのに対し、第二の場面では「進行形を表すテイル形」の多用および同じ語の反復を通して、「映画の連続性、運動性」が表現されていると論じられる。ここに見られるのは、シナリオの表現に、映像表現の言語への翻訳の試みを見る視点だと言えよう。

シナリオに映画に対する批評を捉える視点を本格的に展開したのは、鄭香在「新感覚派映画連盟・「狂つた一頁」と川端康成―連盟のシナリオ作家として」(『成蹊国文』平15・3)である。鄭は川端・衣笠の発言や台本に関する情報を踏まえて、まず川端の「原案」をもとに「撮影台本」と「シナリオ」が成立したと推測する。その上で、シナリオと映画の差異(映画において削除や変更・追加された箇所)の検討を通して、映画『狂つた一頁』に衣笠の「絶対映画」への志向、「表現主義的な偏向」を捉えるとともに、それと大きな差異を持つシナリオを川端が発表したという点に、映画『狂つた一頁』に対する川端の批判的立場が見いだされる。また、川端にとっての映画連盟経験の意味が随筆「映画入門」を軸として考察されているが、この点は後続する「川端康成―川端文学における映画」(『国文学』平20・12)にも引き継がれている。

同時期の映画研究・映画批評の動向にも目を向けよう。川端名義のシナリオに焦点を合わせたものではないが、映画『狂つた一頁』を取り巻く言説を分析し、以降の研究に大きな影響を与えた論考が、アーロン・ジェロー「映画の他の可能性―『狂った一頁』の受容と映像のコード化―」(『言語文化』平10・3)である。ジェローは『狂つた一頁』が公開当時において「純映画的」/「新派劇的」、非物語的/物語的、無字幕の映像/弁士の説明、といった「異なる二つの顔」を持つものとして受容されており、そのことにおいて同作をめぐる言説が、「映画というメディアの定義とそのメディアの意味生成・受容をめぐる闘争」としてあったことを論じている（その一端として、「純映画が言葉に依存しないと訴えた言説」が、「川端の『狂った一頁』への貢献」の否定に結びついていることが示される）。

四方田犬彦「川端康成と映画」（「国文学」平13・3）は、『狂つた一頁』の映画史的な意味について表現の特性を踏まえて簡潔に整理し、「川端─衣笠の試みをもって、日本に最初の前衛映画が誕生した」と論じる。また、映画中に多用される「二重露光」の手法が、小説『雪国』の表現につながるものであることが指摘される。

北野圭介「初期映画をめぐる文学的想像力─谷崎・芥川・川端」（『メディア文化の権力作用』せりか書房、平14・6）は、「「映画」という言葉」をめぐる想像力を歴史的に捉えるという視点のもとで大正末〜昭和初期の川端を俎上に上げている。北野は川端の『狂つた一頁』への参加を視野に入れつつ、特に小説「笑はぬ男」と「敵」を取り上げて、川端の映画をめぐる想像力がもっぱら「顔の表象」とそれにまつわる「実存的な不安」を問題化するものであることを指摘している。これに続く北野の論考「顔の過剰と顔の不在　日本映画における「顔」の位置」（「水声通信」平18・9）では、映画『狂つた一頁』に頻出する「意味するところを簡単には推し測れない顔」の表象への注目を起点として、一九二〇年代前後の日本の「映画における／をめぐる顔のざわめき」のありようが、川端の小説「笑はぬ男」や「化粧」なども検討対象として論じられている。

朴成培「『狂った一頁』の物語と主題」（「映画学」平17・2）は、弁士の説明によって物語の理解が映画の観客にある程度与えられていたことを前提に、映画『狂つた一頁』の実験性が物語の否定（映画の純粋性）ではなく、「観客が意味を読みとるように求め」るという「文学」的な性格にあったと位置づける。その上で、特に終盤の幻想場面に、精神病をめぐる通念や社会制度をめぐる「価値転倒」性を捉え、川端の「新進作家の新傾向解説」も参照して、そこに「新感覚派」的な意図を見いだしている。

さて、平成に入って以降（特に平成十年代から近年に至るまで）の重要な動向として挙げられるのは、シナリオの成立に関わる実証的な研究の進展である。平成元年に、衣笠貞之助が遺した膨大な資料（「衣笠貞之助生涯資料」）が反町茂雄からＮＨＫ放送文化研究所に寄贈されているが、その中から『狂つた一頁』の台本や撮影メモなどが発見される。他方、文学研究の領域では、『狂つた一頁』に関する川端の全集未収録の文章（「「狂つた一頁」撮影余談」、「映画入門」）の発見・紹介が重ねられる。もう一つ特筆されるのは、この時期から、脚本家・犬塚稔が『狂つた一頁』についての証言を繰り返し行っていることである。脚本執筆に横光利一・片岡鉄兵も加わっていたとし、発表されたシナリオを「私の執筆した検閲用台本に川端康成が推敲加筆したもの」（『映画は陽炎のごとく』草思社、平14・1）とするなど、衣笠証言と多くの点で異なる（また、衣笠と川端への強い批判を含む）犬塚の証言は、その信憑性に対する問いも含め、多くの論考で取り上げられている。

「衣笠貞之助生涯資料」の調査を通して、『狂つた一頁』に関連する資料の発見・紹介を行ったのは中谷正尚である。中谷は「衣笠資料整理余話　日本映画史を語る監督の一次資料」（「放送研究と調査」、平7・9）において、「撮影台本」「撮影メモ」「検閲台本」を含めた『狂つた一頁』関連資料を紹介するとともに、特に「撮影台本」について、その特定の過程を、衣笠・川端のシナリオ観の検討などを交えて詳細に提示している。中谷は、この「撮影台本」を、川端が衣笠に手渡したという「尻切れ蜻蛉」のシナリオと対応しているとみなし、川端の書いたシナリオが実在したことを立証するものと位置づけている。

その後、衣笠資料はＮＨＫ放送文化研究所から東京国立近代美術館フィルムセンター（現・国立映画アーカイブ）に寄贈されているが、文学研究者では川畑和成・別所誠がこの資料の調査・研究を行っている。川畑和成「衣笠資料にみるシナリオ「狂つた一頁」の成立過程」（「横光利一研究」平21・3）は、『狂つた一頁』の「撮影台本」「撮影メモ」「検閲台本」の詳細を提示した上で、①犬塚稔の証言が「検閲台本」の実態などとの食い違いが多く、その信憑性が低いこと、②従来シナリオ独自とされていたシーンは、「撮影台本」「撮影メモ」「検閲台本」のいずれかに対応した箇所があること、さらに同時代評も手掛かりに、③現在の映画本編になくシナリオと「撮影台本」のみに存在するシーンが、大正十五年の公開時には存在していたことを指摘する。これらをふまえ川畑は、川端が「当時の「映画」本編をシナリオ化した」という推測を提示している。これに続けて、川畑は論考「映画「狂つた一頁」の「撮影台本」と「シナリオ」の比較及び「撮影台本」の翻刻」（「川端文学への視界」平23・6、平24・6）で「撮影台本」の紹介および翻刻、そして川端名義のシナリオとの比較を行っている。

また、別所誠「「狂つた一頁」の周辺　横光利一と映像メディア」（「横光利一研究」平21・3）では、「検閲台本」＝「説明台本」が悲劇的で「定型」的な物語性を持つのと比較して、シナリオは物語性が薄くアヴァンギャルド的な方向性を持つと位置付けられる。

他方、従来軽視されてきた証言・資料に注目することで、シナリオの成立についての新説を提示したのは川勝麻里「映画『狂つた一頁』における代作と『最後の人』―川端康成の未発見シナリオ『狂へる聖』との断絶について」（「叙説」平23・9）である。川勝はまず『狂つた一頁』製作に片岡鉄兵が加わっていたという事実をもとに犬塚証言の信頼性を再評価し、犬塚の言に基づいてシナリオの成立・撮影の経緯について推論を交えて再構成を行う。そして、読売新聞の記事（大15・5・12）で制作中の映画が修道院を舞台とした『狂へる聖』と報じられていたことに基づいて、川端が衣笠に手渡したという「尻切れのシナリオ」とは「狂へる聖」であって、『狂つた一頁』とは断絶しており、川端名義で発表されたシナリオはあくまで「共同シナリオと検閲台本に手直ししただけ」の「代作」であったと主張する。この説は従来の研究の前提を根底から覆すものであるのみならず、川端の「「狂つた一頁」撮影日記」などから衣笠・犬塚双方の証言に至るまでの資料・証言類の信頼性への問いにつながるという点でも刺激的であり、今後にさらなる検証が求められよう。

なお、四方田犬彦の評論「衣笠貞之助『狂つた一頁』と1920年代」（「新潮」平27・11、後『署名はカリガリ　大正時代の映画と前衛主義』新潮社、平28・11）は、犬塚証言について「妻の看病で葉山を離れることができなかった横光が、果たして京都行きを決行できたか」などと疑問を呈しつつ、シナリオの成立過程について「現在では真相は、「羅生門」的な迷路に入り込んでしまっている」としている。この評論は今日までに日本語で発表された『狂つた一頁』論の中で最も詳細なものであるが、そこでは、「（日本近代における―引用者注）前衛的意志の、最初の勝利の一つ」とも評される映画『狂つた一頁』の達成は、あくまで衣笠に属するものとされている。（その点で四方田の立場は、先に挙げた論考「川端康成と映画」からいくぶん変化しているように見られる。）

他方で、映画製作への参加（シナリオへの関与）が川端にもたらした影響についての考察は、近年も重ねられている。

大久保美花「新感覚派における〈映画〉の意義―川端康成と映画『狂つた一頁』との関わりを軸に―」（『明治大学大学院情報コミュニケーション研究論集』平28・2）は、川端にとって『狂つた一頁』製作に関わったことが「既成の〈意味〉によっては掬い取れない」「存在の生々しい質感」＝「感覚」という領野の発見をもたらしたとし、そこから以後の川端が既成の小説言語とは異なる「感覚言語」の追求に向かったとする。そしてそれを前提に、「伊豆の踊子」や『雪国』などが、「映画的思考」を「映像」によってではなく「言語によって構築する」実践であったと論じられる。

同様の観点で、しかし大久保とは対照的な考察を示したのが山下研「再読「狂つた一頁」」（「新・批評家育成サイト　ゲンロン 佐々木敦 批評再生塾 第二期」平28・12）である。山下は川端の「極端な擬人化や直喩」のような表現の特性に、「映像では汲みつくすことのできない表現」への志向を捉える。そしてシナリオ序盤の「女を客観的に捉えるショット（＝三人称）」と「女の幻想（＝一人称）」が「人称転換点」なしで併置されるありように注目し、それとの対照において、川端の小説文体の特性を「主観と客観をめぐる「人称」の問題」と関わるものとして再定位している。

最後に、『狂つた一頁』を手がかりとして、〈川端（文学）と映画〉という問題を論じる枠組みそのものを問い直した、近年の論考に目を向けておこう。アーロン・ジェロー「川端と映画　「文学的」と「映画的」の近代」（『川端康成スタディーズ 21世紀に読み継ぐために』笠間書院、平28・12）は、川端と『狂つた一頁』との関わりをめぐる従来の議論が、映画を「視覚的媒体」と見なす非歴史的な前提に立っていたことを批判し、そのような前提のもとで見落とされることとして、『狂つた一頁』以後の川端における映画に関わる随筆・批評が、「映画の知識の可能性」そのものを疑い、揺るがすものであったことを指摘する。そしてそうした川端の発言の性格が、「現実と幻想、正気と狂気の間の境界を打ちこわし、認識の本質への疑問を投げかける」映画『狂つた一頁』の様式と重なり合うとしている。

以上概観してきたように、「狂つた一頁」（および映画『狂つた一頁』への川端の参加）にまつわる研究史は、単純な発展や蓄積ではなく、むしろその進展とともに議論の前提が絶えず問い直され続けるような過程としてあったとみられる。それは、本稿のはじめに確認したような諸要因によるだけではなく、映画『狂つた一頁』とそれを取り巻く言説群（もちろん、そこには川端の随筆や小説も含まれる）が、「映画」なるものを尖鋭的に問う思考の場であったということにも起因していよう。多くの問題をはらみながらも、「狂つた一頁」が川端と映画との関わりを問題化する上で特権的な対象であり続ける理由もまた、そこにあると言わねばならない。

注1　なお、本稿では便宜的に、シナリオは「狂つた一頁」、映画作品は二重鉤括弧を付して『狂つた一頁』と表記する。

2　このことに関して注目したいのは、『キネマ旬報別冊　日本映画代表シナリオ全集　第二巻』（キネマ旬報社、昭33・3）および『キネマ旬報別冊　日本映画シナリオ古典全集　第一巻』（キネマ旬報社、昭40・12）にシナリオ「狂つた一頁」が収録された際には、「脚本　川端康成　衣笠貞之助　犬塚稔　沢田晩紅」と作者名が四名連記の形で記されていることである（それとは別に、「スタッフ」として「原作　川端康成」とも記されている）。この点で、シナリオ「狂つた一頁」が〈川端作品〉として扱われるようになった背景としては、『川端康成全集』第一巻（新潮社、昭44・5）に同作が収められたことが挙げられよう。

3　例えば、衣笠と犬塚の証言は、衣笠が精神病院を舞台とした物語を構想し、それに基づいてシナリオが依頼されたという点では一致している。

「狂つた一頁」研究文献目録

仁平政人

無署名「映画界―革新のため　新感覚派映画連盟」（「報知新聞」大15・4・11）

無署名「井上を上置きに　新感覚派のプロダクシヨン」（「東京朝日新聞」大15・4・11）

無署名「新感覚派映画第一回作品川端氏作「狂へる聖」に着手」（「読売新聞」大15・5・12）

無署名「新感覚派連盟の第一回作品完成　無字幕の「狂つた頁《ママ》」」（「読売新聞」大15・5・30）

無署名「生きるために生れた　新感覚派の映画　我が映画革命に努める　井上衣笠等と文壇の人々」（「東京朝日新聞」大15・6・6）

無署名「新感覚派の映画拝見」（「東京朝日新聞」大15・6・18）

田中純一郎「表現主義の映画『狂つた一頁』を観る」（「報知新聞」大15・6・23）

小山内薫「日本映画の為に」（「東京朝日新聞」大15・6・28）

稲垣足穂、石濱金作、川端康成、加宮貴一、片岡鉄兵、横光利一、三宅幾三郎、鈴木彦次郎、福岡益雄、飯田豊二「合評会第五回」（「文芸時代」大15・7）

無署名「期待さる、問題の映画」（「東京朝日新聞」大15・7・3）

I・MY・ME、「新感覚の映画　「狂つた一頁」印象雑記」（「東京日日新聞」大15・7・3）

無署名「狂つた一頁（誌上封切）」（「サンデー毎日」大15・7・11）

片岡鉄兵「『狂る《ママ》つた一頁』に就いて」（「映画・演劇」大15・7）

佐藤雪夫「漫筆」（「映画往来」大15・8）

如月敏「六月の印象」（「映画往来」大15・8）

内田岐三雄、岩崎秋良、北村千疋男、衣笠貞之助、岡崎眞砂雄、古川緑波、佐藤雪夫、近藤経一「「狂つた一頁」合評会速記録」（「映画時代」大15・8）

丹羽信「『狂つた一頁』を観る」（「中京キネマ」大15・8）

殿島蒼人「『狂つた一頁』、その他」（「中京キネマ」大15・8）

直木三十五「反感を買ふべき数項」（「映画時代」大15・8、後『直木三十五全集　第二一巻』改造社、昭10・12）

菊池寛「映画界時事」（「映画時代」大15・8）

立石成孚「私は初めて「日本映画」の良いものを観た」（「映画往来」大15・9）

森山豊三郎「「狂つた一頁」所感」（「映画往来」大15・9）

大島十九郎「映画道漫歩」（「映画往来」大15・9）

奥家秀之「『狂つた一頁』感」（「中京キネマ」大15・9）

加藤英一「映画的な『狂つた一頁』」（「中京キネマ」大15・9）

石巻良夫「カメラの遊戯?·」（「中京キネマ」大15・9）

吉田保二「ナンセンス?·」（「中京キネマ」大15・9）

藤森成吉「「狂つた一頁」を観る」（「映画時代」大15・9）

無署名「映画評　狂つた一頁を観る」（「日刊ラヂオ新聞」大15・9・12）

無署名「新映画　新感覚派映画連盟作品「狂つた一頁」七巻」（「読売新聞」大15・9・13）

鈴木彦次郎「「存」漫談」（「文芸時代」大15・10）

加宮貴一「生きてゐるタイトル」（「文芸時代」大15・10）

岩崎秋良「主要日本映画批評『狂つた一頁』」（「キネマ旬報」大15・10、後『キネマ旬報別冊　日本映画シナリオ古典全集　第一巻』キネマ旬報社、昭40・12）

衣笠貞之助「新感覚派を選んだわけ」（「芝居とキネマ」大15・10）

無署名「名畫梗概―「狂つた一頁」」（「劇と映画」大15・10）

石濱金作「文壇雑文」（「文芸時代」大15・11）

直木三十五「新篇映画界泥話（その二）」（「映画時代」大15・11、後『直木三十五全集　第二一巻』改造社、昭10・12）

宮森菊二郎「「狂つた一頁」の地位的価値」（「映画往来」大15・12、後『海外新興芸術論叢書　新聞・雑誌篇　第六巻』ゆまに書房、平17・1）

直木三十五「新篇映画界泥話（その三）」（「映画時代」大15・12、後『直木三十五全集　第二一巻』改造社、昭10・12）

高橋信男「衣笠貞之助監督への公開状」（「キネマ旬報」昭2・1）

藤本鷗谷「八　映画脚本の異つた各様式」（『映画劇々作家映画俳優を望む人々の為めに』駿南社、昭2・2）

衣笠貞之助、横光利一、森岩雄、川口松太郎、川端康成、牛原虚彦、内由岐三雄、古川緑波「衣笠貞之助座談会」（「映画時代」昭3・8、後『定本横光利一全集　第一六巻』河出書房新社、昭62・12）

安田清夫「衣笠貞之助評伝」（「映画評論」昭8・4）

奥平英雄「衣笠貞之助と日本映画史」（「映画評論」昭8・4）

中川信夫「小市民衣笠貞之助」（「映画評論」昭8・4）

松井壽夫「狂つた五頁」（「映画評論」昭8・4）

日夏英「衣笠貞之助氏とその作品目録としての覚書」（「映画評論」昭8・4）

円谷英二「技術家として」（「映画旬報」昭16・12、後『定本　円谷英二随筆評論集成』ワイズ出版、平22・12）

筈見恒夫「第六章　映画劇の成長期（大正十二年―昭和初年）」（『映画五十年史』鱒書房、昭17・7）

筈見恒夫「第三章　大正後期・昭和初期―サイレント映画の終焉まで」（『新版　映画五十年史』鱒書房、昭22・10、後『映画五十年史』創元社、昭26・11）

衣笠貞之助「映画『日輪』その他のこと」（『文芸臨時増刊号　横光利一読本』河出書房新社、昭25・5）

井上正夫「「将門」前後」（『化け損ねた狸』右文社、昭27・9）

岸松雄、衣笠貞之助「愚問賢答第8回　衣笠さんはお講談がお嫌い」（「キネマ旬報」昭27・11、後『映画評論家　岸松雄の仕事』ワイズ出版、平27・2）

筈見恒夫「評伝衣笠貞之助」（「キネマ旬報」昭30・1）

衣笠貞之助「『十字路』以前」(「キネマ旬報」昭30・1、後「友」昭50・11)

飯島正「第三期(一九二三〔大12〕—一九三一〔昭6〕)概観　外国映画の影響」(『日本映画史　上巻』白水社、昭30・9)

川端康成、豊田四郎、岡田茉莉子「文学に先行する映画の将来性」(「キネマ旬報」昭30・12)

田中純一郎「第六章　無声映画の黄金期」(『日本映画発達史Ⅰ』中央公論社、昭32・1、後『日本映画発達史2 無声からトーキーへ』中公文庫、昭51・Ⅰ)

岡田晋「七　直木三十五と独立プロ」(『日本映画の歴史』三一書房、昭32・4、後『日本映画の歴史　その企業・技術・芸術』ダヴィット社、昭42・9)

小林勝「シナリオとその背景—収録シナリオ解説—」(『キネマ旬報別冊　日本映画代表シナリオ全集　第二巻』キネマ旬報社、昭33・3)

衣笠貞之助「衣笠映画連盟の創立」(『キネマ旬報別冊　日本映画作品大鑑4』キネマ旬報社、昭35・11)

岩崎昶「第四章　無声映画の完成」(『日本現代史大系　映画史』東洋経済新聞社、昭36・1)

無署名「実録日本映画史　16　「十字路」(その1)」(「読売新聞」、昭38・11・26)

衣笠貞之助「私の履歴書　衣笠貞之助」(「日本経済新聞」昭39・4、後『私の履歴書　第二十一集』日本経済新聞社、昭39・6)

衣笠貞之助「「狂った一頁」前後」(『キネマ旬報別冊　日本映画シナリオ古典全集　第一巻』キネマ旬報社、昭40・12)

小林勝「「狂った一頁」について」(『キネマ旬報別冊　日本映画シナリオ古典全集　第一巻』キネマ旬報社、昭40・12)

犬塚稔「忘れられない作品」(『キネマ旬報別冊　日本映画シナリオ古典全集　第一巻』キネマ旬報社、昭40・12)

無署名「実録川端康成　19　映画界にも進出」(「読売新聞」昭43・12・14、後『実録川端康成』読売新聞社、昭44・12)

長谷川泉「川端文学50の知識」(「国文学」昭45・2、後『川端文学への視点』明治書院、昭46・3、『長谷川泉著作選5 川端康成論考』明治書院、平3・11)

介「土曜の手帳　映画の保存を期待　「狂った一頁」の発見」(「朝日新聞」昭45・12・5)

無署名「[レシーバー]川端さん脚本の映画「狂った一頁」と45年ぶりの対面」(「読売新聞」昭46・5・1)

北「目と耳「狂った一頁」の教訓」(「視聴覚教育」昭46・6)

加納竜一「劇映画「狂った一頁」撮影余話」(「映画テレビ技術」昭46・7)

斎藤茂太「狂った一頁」(「小説新潮」昭46・8)

戸坂康二、車谷弘、衣笠貞之助「銀座サロン「狂った一頁」」(「銀座百点」昭47・4)

衣笠貞之助「そのころのこと」(『円谷英二　日本映画界に残した遺産』小学館、昭48・1)

猪俣勝人「狂った一頁」(『日本映画名作全史　戦前編』社会思想社、昭49・1)

竹中労「日本映画縦断(27)墓石が鼾する頃/呂九平・伊太郎の世界(1)」(「キネマ旬報」昭49・9、後『日本映画縦断2　異端

の映像』白川書院、昭50・9）
無署名「作品紹介『狂った一頁』」（「〈Iwanami Hall〉Special Number 8　衣笠貞之助監督2大作品 狂った一頁／十字路」岩波ホール、昭50・10）
岩崎昶「衣笠貞之助の青春」（同右）
衣笠貞之助「『狂った一頁』始末」（同右）
佐藤忠男「作品研究『狂った一頁』」（同右）
蜂野豊夫「井上正夫先生のこと」（同右）
淀川長治「衣笠貞之助映画」（同右）
高野悦子「『狂った一頁』のこと」（同右）
ユミ・ゴヴァース「海外での『狂った一頁』」（同右）
鈴木忠志「『狂った一頁』をみて」（同右）
パウロ・ローシャ「ポルトガルでの衣笠貞之助先生」（同右）
衣笠貞之助「監督のことば《シナリオ》狂った一頁」（同右）
岩崎昶「50年後の今なお新鮮『狂った一頁』と『十字路』」（「赤旗」昭50・10・12、後「友 Iwanami Hall」昭51・3）
稲村博『川端康成　芸術と病理』（金剛出版、昭50・10）
谷川徹三「映像表現の芸術性　五十年前の「狂った一頁」と「十字路」を見て」（「朝日新聞」昭50・10・22、後「友 Iwanami Hall」昭51・3）。
衣笠貞之助・岩崎昶「対談『狂った一頁』『十字路』をめぐって」（「友」昭50・11、後「友 Iwanami Hall」昭51・3）
大島渚「『狂った一頁』―映画による映画への反逆―」（「友」昭50・11）
ドナルド・リチー「日本最初の実験的映画」（「友」昭50・11）
無署名「『狂った一頁』海外での反響」（「友」昭50・11）
佐藤忠男「狂った一頁・十字路」（「キネマ旬報」昭50・11）
山口昌男「映像表現の精髄　力強く、自由な感受性の開発」（「読売新聞」昭50・11・20、後「友 Iwanami Hall」昭51・3、「二〇年代からのメッセージ」と改題して『仕掛けとしての文化』青土社、昭55・5、『仕掛けとしての文化』講談社学術文庫、昭63・3）
高阪進「現在に生き続ける映画 衣笠貞之助「狂った一頁」「十字路」」（「美術手帖」昭50・12）
佐々木基一「眼のあゆみ 衣笠貞之助＝監督『狂った一頁』『十字路』」（「文芸」昭50・12、後「衣笠貞之助「狂った一頁」「十字路」―現代映画への刺激剤」と改題して『映像の芸術』講談社、平5・3、『佐々木基一全集　第七巻』河出書房新社、平25・1）
無署名「外国紙の反響」（「友 Iwanami Hall」昭51・3）
無署名「紹介記事および批評欄より」（「友 Iwanami Hall」昭51・3）
岸松雄「衣笠貞之助メモランダム」（「フィルムセンター」昭51・7）
佐藤忠男「作品解説　狂った一頁」（「フィルムセンター」昭51・7）
飯島正「Ⅳ　文学者のシナリオ　川端康成」（『映画のなかの文学 文学のなかの映画』白水社、昭51・10）
衣笠貞之助「活動写真事始（第五回）青年と「狂った一頁」」（「太陽」昭51・11）
小林一郎「「狂った一頁」論」（『川端康成研究叢書3　実存の仮象』教育出版センター、昭52・12）

衣笠貞之助「『狂った一頁』の実験―新感覚派映画連盟時代」（『わが映画の青春―日本映画史の一側面』中公新書、昭52・12）

稲垣浩「下賀茂」（『日本映画の若き日々』毎日新聞社、昭53・3、後『日本映画の若き日々』中公文庫、昭58・6）

武田勝彦「映画と文学の組み合わせ　アメリカの比較文学講座から」（「読売新聞」昭53・11・17）

佐藤忠男「衣笠貞之助」（『日本映画の巨匠たち』学陽書房、昭54・1）

中沢宣江「川端康成と「狂った一頁」」（「演劇学」昭54・3）

無署名「新感覚派映画連盟」（『京都の映画80年の歩み』京都新聞社、昭55・2）

大場正敏「上映作品解説　狂った一頁」（「フィルムセンター」昭55・5）

岩崎昶「第五部　ヴィヴァ！無声映画」（『映画が若かったとき』平凡社、昭55・9）

白石裕史「衣笠貞之助氏　映画史と共に歩んだ最後の巨匠」（「毎日新聞」昭57・2・27）

犬塚稔「自由奔放に生きた一生（追悼衣笠貞之助）」（「キネマ旬報」昭57・4、後「友　Iwanami Hall」昭57・8）

登川直樹「〝青春〟を忘れなかった人（追悼衣笠貞之助）」（「キネマ旬報」昭57・4、後「友　Iwanami Hall」昭57・8）

飯島正「狂った一頁」（『キネマ旬報臨時増刊　日本映画２００』キネマ旬報社、昭57・5）

パウロ・ローシャ「偉大な芸術家・衣笠貞之助氏」（「友　Iwanami Hall」昭57・8）

飯島正「映画史上の衣笠貞之助」（「友　Iwanami Hall」昭57・8）

淀川長治「衣笠貞之助さま」（「友　Iwanami Hall」昭57・8）

山本喜久男「日本におけるドイツ表現主義映画」（『日本映画における外国映画　比較映画史的研究』早稲田大学出版部、昭58・3）

保昌正夫「新感覚派―「文芸時代」の出発」（『新潮日本文学アルバム　川端康成』新潮社、昭59・3）

山根成之「衣笠貞之助」（『日本映画を読む―パイオニアたちの遺産』ダゲレオ出版、昭59・11）

加納竜一「衣笠貞之助とその周辺」（『講座日本映画２　無声映画の完成』岩波書店、昭61・1）

佐藤忠男「映像表現の確立」（『講座日本映画２　無声映画の完成』岩波書店、昭61・1）

近藤裕子「川端康成作品論事典　狂つた一頁」（「国文学」昭62・12）

川本三郎「川端康成の映画―「狂った一頁」をめぐって」（「国文学」昭62・12）

山本喜久男「表現主義映画の衝撃」（『１９２０年代・日本展　都市と造形のモンタージュ』朝日新聞社、昭63・4）

淀川長治・蓮實重彦・山田宏一「カリガリからヒッチコックまで―異常心理映画の面白さ」（『映画千夜一夜』中央公論社、昭63・6、後『映画千夜一夜　下巻』中公文庫、平12・1）

鈴木貞美・関井光男・四方田犬彦・保昌正夫「シンポジウム　映画と昭和文学」（「昭和文学研究」平元・2）

曽根博義「文学と映画―モダニズム文学への一視点―」（「昭和文学研究」平元・2）

新藤兼人「シナリオライターが生まれた」（『日本シナリオ史 上』岩波書店、平元・10）
川本三郎「文士が映画に出会うとき」（『大正幻影』新潮社、平2・10、後『大正幻影』ちくま文庫、平9・5、『大正幻影』岩波現代文庫、平20・4）
犬塚稔、桂千穂「犬塚稔（クローズアップ・トーク）」（「シナリオ」平2・12、後『にっぽん脚本家クロニクル』ワールドマガジン社、平8・8）
原善「映像—川端康成と映画—」（『新構想・近代日本文学史（下）』国書刊行会、平3・4）
野末明「川端康成と映画・写真—新資料三編紹介」（「解釈学」平3・6、後『康成・鷗外　研究と新資料』審美社、平9・11）
佐相勉「第四章『血と霊』以後」（『1923溝口健二『血と霊』』筑摩書房、平3・12）
高野悦子「「狂った一頁」のこと」（『日本近代文学館創立30周年記念　没後20年川端康成展　生涯と芸術—「美しい日本の私」』日本近代文学館、平4・5）
那田尚史「日本個人映画の歴史 戦前篇1　衣笠貞之助という先輩」「映像実験誌 Fs」平4・5）
川西蘭「〈この一篇を読む〉脳病院の静けさ—「狂つた一頁」」（「新潮」平4・6）
十重田裕一「横光利一と映画」（「学燈」平4・11）
那田尚史「濃密な出会いの場としての『狂った一頁』」（「月刊イメージフォーラム」平4・12）
野末明「川端康成と踊子—大正～昭和初期」（「解釈学」平5・6、後『康成・鷗外　研究と新資料』審美社、平9・11）
佐藤忠男「第二章　無声映画の成熟　1924-1934」（『日本映画史　第一巻』岩波書店、平7・3、後『増補版　日本映画史』岩波書店、平18・10）
奥村賢「狂った一頁　1926　川端康成脚本による、狂気と幻想の前衛映画」（『映画100物語　日本映画篇　1921～1995』読売新聞社、平7・8）
中谷正尚「衣笠資料整理余話 日本映画史を語る監督の一次資料」（「放送研究と調査」平7・9）
犬塚稔「聞き書き　シナリオライター 犬塚稔氏」（「FB　映画研究誌」平7・12）
栗坪良樹「作家案内—川端康成」（『浅草紅団・浅草祭』講談社文芸文庫、平8・12）
野末明「『狂つた一頁』論」（「川端文学への視界」平9・6）
野末明「川端康成『狂つた一頁』論」（「解釈学」平9・7）
中谷正尚『遺されしもの　大正期の衣笠貞之助資料』（NHK放送文化研究所、平9・6）
高野悦子「「狂った一頁」と「十字路」のこと—フィルムセンターに思う—」（「図書」平9・12）
アーロン・ジェロー「映画の他の可能性—『狂った一頁』の受容と映像のコード化—」（「言語文化」平10・3）
紅野敏郎「逍遙・文学誌91　「映画時代」創刊号—川端・菊池・正宗・近藤経一・古川緑波・徳川夢声ら」（「国文学」平11・1）
十重田裕一「「新感覚派映画聯盟」と横光利一—一九二〇年代日本における芸術交流の一側面」（「国文学研究」平11・3）

十重田裕一「新感覚派映画連盟」（『川端康成生誕100年記念 横光利一と川端康成展』世田谷文学館、平11・4）

十重田裕一「川端康成と映画」（ママ『川端文学の世界4 その背景』勉誠出版、平11・5）

石川巧「川端康成と菊池寛」（ママ『川端文学の世界4 その背景』勉誠出版、平11・5）

石川巧「狂つた一頁」（ママ『川端康成全作品研究事典』勉誠出版、平11・6）

入江良郎「無声映画の映写速度：日本の場合（上）」（「NFCニューズレター」平11・11）

四方田犬彦「第二章 無声映画の成熟 1917～30」（『日本映画史100年』集英社新書、平12・3）

高田房二郎「［京都・銀幕周遊］「狂った一頁」 衣笠貞之助監督 芸術目指した映像表現」（「毎日新聞（地方版・京都）」平12・10・26）

四方田犬彦「川端康成と映画」（「国文学」平13・3）

ドナルド・リチー「2 一九二三年から一九三〇年代後期まで」（『日本の映画』梶川忠・坂本季詩雄訳、行路社、平13・7）

鈴木晰也『人生仕方ばなし 衣笠貞之助とその時代』（ワイズ出版、平13・10）

瀧田夏樹「「文芸時代」」（『川端康成と三島由紀夫をめぐる21章』風間書房、平14・1）

犬塚稔「第九章 『狂った一頁』の虚妄」（『映画は陽炎の如く』草思社、平14・1）

北野圭介「初期映画をめぐる文学的想像力―谷崎・芥川・川端」（『メディア文化の権力作用』せりか書房、平14・6）

十重田裕一「横光利一と演劇・映画」（『横光利一事典』おうふう、平14・10）

十重田裕一「新感覚派の光と影」（「文学」平14・11）

大杉順「私の一本 『狂った一頁』」（『巨匠たちの風景 みえシネマ事情 小津安二郎、衣笠貞之助、藤田敏八』伊勢文化舎、平14・12）

朴成培「『狂った一頁』における映画的実験の考察」（「映画学」平15・2）

鄭香在「新感覚派映画連盟・「狂つた一頁」と川端康成―連盟のシナリオ作家として」（「成蹊国文」平15・3）

亀山市歴史博物館編『衣笠貞之助 映画に魅せられた生涯 第25回企画展』（亀山市歴史博物館、平15・10）

森晴雄「川端康成「笑はぬ男」（掌の小説）論―「仮面」と「芸術」」（「芸術至上主義文芸」平15・11、後『川端康成『掌の小説』論―「日向」その他』龍書房、平19・12）

倉数茂「都市空間の系譜学 第2回 セルロイドのなかの革命」（「早稲田文学」平16・1、後 改稿を経て『私自身であろうとする衝動 関東大震災から大戦前夜における芸術運動とコミュニティ』以文社、平23・9）

大久保喬樹「第二章 作家への旅立ち」（『川端康成 美しい日本の私』ミネルヴァ書房、平16・4）

朴成培「『狂った一頁』の物語と主題」（「映画学」平17・2）

島村健司「アヴァンギャルド芸術」（『横光利一の文学世界』翰林書房、平18・4）

北野圭介「顔の過剰と顔の不在　日本映画における「顔」の位置」（『水声通信』平18・9）

横田洋「歌舞伎様式の摂取―大正十五年の井上正夫」（『待兼山論叢（美学篇）』平18・12）

十重田裕一「一九二六年日本、文学と映画との遭遇」（『比較文学研究』平20・11）

鄭香在「川端康成―川端文学における映画」（『国文学』平20・12）

今泉康宏「梶井基次郎―活動写真としての「檸檬」」（『国文学』平20・12）

川畑和成「衣笠資料にみるシナリオ「狂つた一頁」の成立過程」（『横光利一研究』平21・3）

別所誠「「狂つた一頁」の周辺　横光利一と映像メディア」（『横光利一研究』平21・3）

佐相勉「『血と霊』『狂った一頁』『十字路』」（『躍動する魂のきらめき　日本の表現主義』東京美術、平21・5）

四方田犬彦「第6章　ノオト1974-1976」（『歳月の鉛』作品社、平21・5）

十重田裕一「文学と映画の遭遇　映画「狂つた一頁」とシナリオ」（『「名作」はつくられる　川端康成とその作品』日本放送協会、平21・7）

檜山博士「書評　歴史に対する歴史的態度」（『ecce　映像と批評』平22・3）

北村薫「いとま申して」（『オール読物』平22・4、後『いとま申して「童話」の人びと』文芸春秋社、平23・2、『いとま申して「童話」の人びと』文春文庫、平25・8）

板倉史明「日本映画におけるトーキー初期の画面比率」（『東京国立近代美術館研究紀要』平23・3）

川畑和成「映画「狂つた一頁」の「撮影台本」と「シナリオ」の比較及び「撮影台本」の翻刻」（『川端文学への視界』平23・6）

十重田裕一「『狂つた一頁』の群像序説」（『横断する映画と文学』森話社、平23・7）

川勝麻里「映画『狂つた一頁』における代作と『最後の人』―川端康成の未発見シナリオ『狂へる聖』との断絶について」（『敍説』平23・9）

板倉史明「Aaron Gerow : A Page of Madness : Cinema and Modernity in 1920s Japan（書評）」（『映像学』平23・11）

川畑和成「映画「狂つた一頁」の「撮影台本」と「シナリオ」の比較及び「撮影台本」の翻刻（承前）」（『川端文学への視界』平24・6）

小谷野敦「第五章　結婚、湯ヶ島」（『川端康成伝　双面の人』中央公論社、平25・5）

石川偉子「『川端康成全集』未収録文―「『谷崎潤一郎集』を読む」「映画入門」、他二篇」（『芸術至上主義文芸』平25・11）

高槻真樹「第一章　アバンギャルドからの出発　「狂った一頁」」（『戦前日本ＳＦ映画創世記　ゴジラは何でできているか』河出書房新社、平26・3）

藤井素彦「偶景『狂った一頁』―日本映画と表現主義の邂逅」（『日本美術全集　第17巻　明治時代後期～大正時代　前衛とモダン』小学館、平26・6）

大塚英志「第三章　三島由紀夫とキャラクター」（『メディアミック

ス化する日本』イースト新書、平26・10）

高橋正雄「文学に見るリハビリテーション　川端康成の『狂った一頁』―精神障害の妻―」（「総合リハビリテーション」平27・3）

四方田犬彦「衣笠貞之助『狂つた一頁』と1920年代」（「新潮」平27・11、後「衣笠貞之助『狂つた一頁』1926」と改題して『署名はカリガリ　大正時代の映画と前衛主義』新潮社、平28・11）

大久保美花「新感覚派における〈映画〉の意義―川端康成と映画『狂つた一頁』との関わりを軸に―」（「明治大学大学院情報コミュニケーション研究論集」平28・2）

鈴木晃仁「精神疾患の声の歴史―近代日本の精神科臨床と文学」（『精神医学の歴史と人類学』東京大学出版会、平28・9）

山下研「再読『狂った一頁』」（「新・批評家育成サイト　ゲンロン佐々木敦　批評再生塾　第二期」第12回、平28・12、https://school.genron.co.jp/works/critics/2016/students/dada20c/1693/）

アーロン・ジェロー「川端と映画「文学的」と「映画的」の近代」（『川端康成スタディーズ　21世紀に読み継ぐために』笠間書院、平28・12）

長山靖生「SFのある文学誌　第五十一回　ファンタジー空間・浅草　堀辰雄のモダン・ファンタジー①」（「SFマガジン」平29・4、後『モダニズム・ミステリの時代　探偵小説が新感覚だった頃』河出書房新社、令元・8）

遠藤突無也『日仏映画往来』（松本工房、平29・5）

石原香絵「第四章　川喜多かしこと戦後日本の〈映画保存運動〉」（『日本におけるフィルムアーカイブ活動史』美学出版、平30・3）

福嶋亮大「第三章　文化史における円谷英二」（『ウルトラマンと戦後サブカルチャーの風景』PLANETS、平30・12）

鈴木和幸「第二部　二、『狂った一頁』の発表」（『大空への夢　特撮の神様円谷英二伝』大月書店、平31・1）

「春景色」研究史

李　雅旬

一、同時代評

「春景色」（昭2・4〜昭5・6）は新感覚派時代の代表作であるとされているものの、決して先行研究が多くない。「春景色」の成立過程について簡単に述べると、「梅の雄蘂」（「文芸時代」金星堂、昭2・4）、「柳は緑花は紅」（「文芸時代」金星堂、昭2・5）は加筆修正の上、それぞれ現行「春景色」の「一」・「二」と「三」・「四」となっている。「秋思ふ春」（「若草」昭3・10）は半分近くが「春景色」の「六」に吸収されている。現行の「春景色」は『十三人倶楽部——創作集』（新潮社、昭5・6）に初めて収録された。

まず、「春景色」の原型にあたる諸作品の評価から、確認していこう。

最も早い時期のものとして、梶井基次郎が昭和二年四月一〇日[1]と二九日に淀野隆三宛書簡において「梅の雄蘂」に対して愛着を示したことは周知のとおりである。

庄野義信は「四月の小説（寸評）」（「福岡日日新聞」昭2・4・18）において、「鬼才川端康成の久振りの美しい物語に接した。特に私は（2）を読んだ時、微笑を浮べないではをられなかつた。彼の第二短篇集『伊豆の踊子』が発行された。是非読みたいものだ」と記している。

「柳は緑花は紅」が掲載された「文芸時代」第四巻第五号（昭2・5）の編輯後記には、「「梅の雄蘂」は好評の後を受けて「柳は緑花は紅」に進展する。一段と興味深くなつて行くだらう」とある。同号の「創作一人一評（四月）」欄では、十一谷義三郎と村上泰二郎が、「梅の雄蘂」について書いている。十一谷は「未完ではあるが大変好いと思つた。一よりも二が好い。二の調子が三にも四にも続いて出て来ると愈々筆者もシメたものだ」と評価する。村上は「二」の「寝床の問題」について、「この解決の付き方は余りに平凡——と云つて悪ければ定石的である。然し其処が随分いい。変なものにしてしまはないで、簡単にして、しかもこの人の持味がよく出てゐると思ふ」と解釈し、「「寝床の問題」が嫌味を感じさせないで書けたと云ふ事は、我が鬼才川端氏が、今迄の作調から、漸く一家を成しかけて来た手頼りと、私は蔭ながら祝福した次第である」と評価している。同号掲載の飯田徳太郎「四月創作の分類的批評」は、「梅の雄蘂」を享楽派または手淫派に分類している。

また、片岡鉄兵「昭和二年の小説壇を顧る」（「新潮」昭2・12）は、川端の「梅の雄蘂」や「妻とその母」を挙げて、「これは正に文壇の異色とするに足る名品であ」ると記している。

このように、「梅の雄蘂」は発表直後に高く評価されていた。一方で、原型にあたる「柳は緑花は紅」や「秋思ふ春」、ないし現行「春景色」については、管見の限りでは、発表後に特に批評されていなかったようである。

現在に残っている形の「春景色」に関する最初の批評は中島敦によるものである。中島は「鏡花氏の文章」（『学苑』第一巻第一号、昭8・7）において、表現の奇矯という点において、泉鏡花と新感覚派の作家たちと一脈相通ずる所があると指摘し、「雑誌「文芸時代」に拠つた新感覚派は、むしろ奇矯なる表現のみを重視してゐた。事実的には、表現法に努力することによつて、逆に、そのもととなるべき感覚の尖鋭化への修練が積まれて行つたやうである」とし、その例の一つとして川端の「春景色」を挙げている。他の批評や論文と異なり、中島のこの評論は作者に迎合した調和主義に走らず、「春景色」の表現の特色を批判的に捉えている。その後長年に亘って「春景色」は取り上げられることはなかった。

二、成立の経緯

「春景色」は、「川端にあっては、「雪国」「名人」と並んで、プレオリジナルと決定稿との差が大きい、その意味で川端作品の中でもっと注目されるべき重要性を持った作品である」（原善「「春景色」論のための素描」『川端文学の世界1　その生成』勉誠出版、平11・3）と指摘されるように、「春景色」に関する本格的な研究は、その成立過程の整理から始まっていた。

長谷川泉は「春景色」（『川端文学の味わい方』明治書院、昭48・9）において、初出と定本の異同を把握し、「柳は緑花は紅」という言葉について、「本来、禅宗から出たことばであるから、その趣は『柳は緑花は紅』の初出において露出している」と指摘している。

原善は前掲「「春景色」論のための素描」において、「春景色」の成立と関連する作品を表にまとめた上で、改稿の過程を解明し、改稿の意味を自然の見方、主体と客体の距離の問題、および客体同士の距離の問題という空間の問題に求めている。原によれば、「〈感情〉から〈感覚〉へと磨きをかけることこそが、プレオリジナル段階でも、そこからの改稿の過程でも、目論まれていたのだ。作品の中では、〈感情〉でなく〈感覚〉が流れることこそが、在りうべきこととして描かれている」という。

野末明「『春景色』成立考―湯ヶ島との関わりの中で―」（『川端文学への視界15』平12・6）は、「五」の成立を初めとして「春景色」の成立過程について詳細に検討した結果、原型の三作に比べて、現行「春景色」は「写実」の一点に引き絞られ、画家「彼」は自然の写実に徹したと主張している。また、野末は原型の「秋思ふ春」は「「伊豆の踊子」の装幀その他」（『文芸時代』昭2・5）を下敷きにしたと指摘する。さらに野末は論の後半で、湯ヶ島での川端の体験を実証し、それが「春景色」の素材となったと述べている。

「春景色」の成立の経緯については、いくつかの論考を経て、ある程度明らかになっているが、他作品との比較研究に関しては、さらなる追求が必要だろう。

三、「伊豆の踊子」・伊豆との関連

戦後、「春景色」は再評価され、「伊豆の踊子」に劣らぬ名作として「春景色」を位置付ける論が次々と発表された。

伊藤整「解説」（『現代日本小説大系第43巻』河出書房、昭25・8）は、「春景色」について、「この作は清らかな色彩と情感にあふれて夢幻のやうであり、あるひは作者の一代の佳作ではないかと私は考へる」と好評している。さらに、伊藤は「「春景色」は作者の愛好した土地、伊豆を描いたものとして「伊豆の踊子」と「温泉宿」（昭和四、五年）と対をなすものである」と位置付けながら、「この作品と質的に応じながら都会を描いた重要な作品に、長篇小説「浅草紅団」がある」と指摘している。

北条誠「川端康成作『春景色』」（「文芸」昭28・3）は、「春景色」は「「伊豆の踊子」と共に伊豆で生れた作品の、二つの頂点であらう」と絶賛し、二作に流れるのは同じ詩情であると指摘している。

進藤純孝は『反逆的作家論』（現代文芸社、昭32・3）のなかで、川端は「春景色」において「冷たい非情の美の本質を描きだしている」と指摘し、のち「解説」（川端康成『温泉宿・抒情歌』角川文庫、昭36・4）では、「春景色」や「温泉宿」の出来が「伊豆の踊子」に劣らず、伊豆を舞台にした三作とも「香り高い名編」であるとしている。

伊豆半島との関係性に注目して解読したものには、巌谷大四や羽鳥徹哉によるものがある。巌谷は『川端康成の旅愁　文学散歩12カ月』（日本交通公社、昭47・8）において、「春景色」を三月の章に収め、「生きるものの喜びをひたひたと感じさせてくれるような春の匂いのただよう作品である」としつつ、自らの西伊豆の旅の経験を語っている。羽鳥は『作家川端の基底』（教育出版センター、昭54・1）において、「「春景色」には、湯ヶ島の竹林のことが美しく書かれているが、故郷の裏山の竹林が、無意識の底で、作用していなかったろうか」と川端の故郷や初恋の体験の投射を読み取っている。

四、「新感覚派的」

「春景色」を川端の新感覚派時代を代表する作品として肯定的に捉えたものは、山本健吉『川端康成　近代文学鑑賞講座第十三巻』（角川書店、昭34・1）が最初である。山本は、「春景色」の新感覚派的な方法意識や写生文的文体を指摘し、「叙景文ではあるが、写生的であると同時に、装飾的・抽象的である」と述べている。三枝康高「『春景色』と『浅草紅団』」（『川端康成』有信堂、昭36・1）は、山本の説を踏まえた上で、「春景色」は新感覚派的技法の痕跡を留めた秀作であると論述している。

佐藤公一は「新感覚派とモダニズム」（『時代別日本文学史事典　現代編』東京堂出版、平9・5）において、「春景色」は新感覚派的な作品として重要なものであるとし、「古典的美意識による近代的遠近法の破滅」や「近代化以前の空間感覚とモダンな感性の結合の空間把握」を読み取る。

森本穫は「春景色」（川端文学研究会編『伊豆と川端文学事典』勉誠出版、平11・6）において、「新感覚派らしい新鮮で感覚的な表現が随所に見られ」、「テンポのよい筆の運び、人物像のあざやかさ、自然と風俗が無理なく作品を彩っている点など、完成度の高い作品である」等と解説している。その後、『魔界の住人　川端康成上巻　その生涯と文学』（勉誠出版、平26・9）においても、「春景色」について紹介し、「しっとりと落ち着いた佳作である」と評価する。

小林芳仁『美と仏教と児童文学と—川端康成の世界—』（双文社出版、昭60・12）は、「春景色」が新感覚派的色彩の濃い作品であると指摘する。ただし、テクスト分析の重点はあくまでも「赤と白」の象徴的用法のほうに置かれている。

五、「主客一如」と描写

「春景色」についての先行研究では、「主客一如」の思想を読み取るものが多かった。

山田吉郎は、「大正十四年の川端康成—随筆活動をめぐって—」（「山梨英和短期大学紀要」第26号、平4・12）において、「春景色」冒頭の竹林描写に見える主客の一体化した捉え方は、随筆「温泉通信」（「文芸春秋」大14・5）の表現を受け継いだものであると述べ、自然と人間の境界が薄れ一元化する川端の自然観を指摘している。その後、「伊豆（中、南、西伊豆）と川端文学—随筆と小説との交響—」（「解釈と鑑賞別冊　川端康成旅とふるさと」至文堂、平11・11）では、川端の伊豆時代を二期に分けて、「春景色」は川端が実質的に伊豆湯ヶ島に滞在した第二期（大正十三年春〜昭和二年春）の終章であり、「真の意味で川端文学の伊豆時代を閉じるにふさわしい作品になりえた」と位置付けている。このように、山田は、川端の随筆と小説の関係性の観点から、川端が伊豆で執筆した随筆類が「結果的に創作ノート的な役割を果たしている」と示唆している。

原善は「解説」（田中実・馬場重行・原善編『対照読解　川端康成〈ことば〉の仕組み』蒼丘書林、平6・4）において、川端の「青い海黒い海」・「春景色」と梶井基次郎の「闇の絵巻」に共通する、共感覚などによる主客一如の思想について分析している。その後、原は「春景色」（羽鳥徹哉・原善編『川端康成全作品研究事典』勉誠出版、平10・6）において、「作品評価」や「研究展望」を執筆し、さらに「春景色」についての最初の本格的論考となる「「春景色」論のための素描」を発表している。原は、感情的な部分を取り除き、写実を維持しようとしても、結局は空間芸術だとされる絵も時間の浸食を免れないと指摘し、「遠景と近景との距離が無化されること（あるいは川端文学の用語で言えば《万物一如》）は求めている、と言えようし、彼の一番行ないたいのは、それでも実は写真のような写実ではなくて、主体が自然に吸収されてしまって、一如になった状態で物を見て描くことで、それが一番《自然》の本質が表現されたものとなる」と主張している。

野末明も、前掲「『春景色』成立考—湯ヶ島との関わりの中で—」において、「『春景色』では『柳は緑花は紅』に見られた「空間と時間とを超えて流れようとする自由」を「写実的な気持で縛りつけ」ようとしながらも「写実」を離れてしまう「画家」の葛藤は消去されるのである」と記し、現行「春景色」では画家は風景を写実的に描くことに徹したと分析している。

これらの論は、川端文学における「主客一如」の主題と結び付け、「主客一如」こそ理想の状態であると主張している。それに対して、仁平政人と姜惠彬はそれぞれ川端の「主客一如」を「主客の分節化」の無化、「主客の二分化の克服」へと発展させて解釈している。

仁平の「川端康成「春景色」論—「写実」とその解体—」（『川端

文学への視界20』平17・6）は、外界の「写実」にこだわり、風景の「見方」を模索する画家「彼」のあり方に示されているのは「川端の所謂「新感覚派理論」とも明確に対応した、主／客の分節化を無化するような「感覚」的な体験の形象化に他ならない」と主張している。そして、「「春景色」は外界の「写実」を試みる風景画家としての「彼」のありように寄り添いながら、むしろそうした立場がはらむ亀裂と困難を提示し、またその「写実」的な理念を根本から問い直すような方向性を持つテクストとして位置付けられる」と論証している。さらに、仁平は「春景色」の修辞的な特質について検討し、直喩表現の持つ「水平的」な連鎖性がテクスト全体の表現の特質として認めうると論じている。

姜は「川端康成「春景色」論―詩的小説の試み―」（『川端文学への視界30』平27・6）において、「「或る詩風」における画風と、「春景色」の画家が経験する画風の変化には、「写実」からの逸脱という類似性が見られる」と示唆している。そして、同時代的文脈を整理しつつ、川端文学ないし昭和初期の文壇や画壇における「主客の二分化の克服」の意味合いを検討している。さらに、姜は、「赤」のイメージを通じて、主客の二分化の克服という理想的な状態に憧れる画家「彼」の認識の変化をも検証している。

六、レトリック

前掲の仁平のもののほか、修辞学的観点から検討した論考はいくつかある。

瀬古確は「「古都」鑑賞―「伊豆の踊子」「春景色」との関連において―」（『現代作家の表現―康成・辰雄・昇平を中心に―』明治書院、昭55・10）において、「古都」の自然描写は「春景色」ないし「伊豆の踊子」の系譜を引くものであると述べ、「春景色」には新感覚派的な表現や、感覚的な斬新な比喩、チェーン式の手法、「特別の用語」（「古典的でささやかな舞踊」等）が用いられていることを指摘している。

そして、小松原哲太『レトリックと意味の創造性――言葉の逸脱と認知言語学』（京都大学学術出版会、平28・3）は、「大きなガラス戸をからから押し明けながら谷川の湯殿の窓敷居の上を、千代子の素足が渡つて行つた」（「春景色」六）を例に、換喩的イメージの二つのタイプ（遠視的イメージと近視的イメージ）の区分はコンテクストに依拠すると説明している。

李雅旬「言葉と絵のコラボレーション―川端康成「春景色」の再検討―」（『日本近代文学会北海道支部会報』第22号、平31・5）は、「春景色」における「異例結合」や「代換」のレトリックについて考察している。そして「竹林と杉林とのある風景」を描きながら、「象と駱駝とが通つた、梅の絵」という題名をつけるべきだという「彼」の描き続ける風景画とその題名の齟齬を、換喩と緩叙の視点から解釈している。「春景色」において、絵によって表象されていない象と駱駝と梅は、言葉（絵の題名）によって表象され、絵と題名は相互補完的な関係にあると捉えている。

七、今後の研究課題

〈絵を描くことを描くこと〉というメタフィクショナルなテーマが共通している点から、夏目漱石の「草枕」との比較検討も可能だろう。また、同時代言説における「描写」の問題を視野に入れた分析も必要と思われる。「僕は此の頃益々川端氏のものを愛すると共にますます厳しい批判をしてゆき度いと思つてゐる」（淀野隆三宛書簡、昭2・4・29）と梶井基次郎が記したように、さらなる検討が待たれる。

注1 『梶井基次郎全集第三巻』（筑摩書房、平12・1）の〔校註〕によれば、淀野隆三宛書簡の日付は四月一一日から記載の日付に改めたという。

「春景色」研究文献目録

李　雅旬

淀野隆三宛梶井基次郎書簡（昭2・4・10、29）

庄野義信「四月の小説（寸評）」（「福岡日日新聞」昭2・4・18）

飯田徳太郎「四月創作の分類的批評」（「文芸時代」第四巻第五号、昭2・5）

十一谷義三郎「川端康成作　梅の雄蘂（文芸時代）」（「創作一人一評（四月）」「文芸時代」第四巻第五号、昭2・5）

村上泰二郎「川端康成作　梅の雄蘂（文芸時代）」（「創作一人一評（四月）」「文芸時代」第四巻第五号、昭2・5）

片岡鉄兵「昭和二年の小説壇を顧る」（「新潮」昭2・12）

中島敦「鏡花氏の文章」（「学苑」第一巻第一号、昭8・7）

伊藤整「解説」（『現代日本小説大系第43巻』河出書房、昭25・8）

北条誠「川端康成作『春景色』」（「文芸」昭28・3）

進藤純孝『反逆的作家論』（現代文芸社、昭32・3）

山本健吉『川端康成　近代文学鑑賞講座第十三巻』（角川書店、昭34・1）、後『川端康成読本　その生涯と作品』（学習研究社、昭34・10）、後『川端康成の人と作品』（学習研究社、昭39・9）

三枝康高「『春景色』と『浅草紅団』」（『川端康成』有信堂、昭36・1）

進藤純孝「解説」（川端康成『温泉宿・抒情歌』角川文庫、昭36・4）

巌谷大四「生の歓喜を謳いあげた「春景色」」（『川端康成の旅愁文学散歩12カ月』（日本交通公社、昭47・8）

長谷川泉「春景色」（『川端文学の味わい方』明治書院、昭48・9）

羽鳥徹哉『作家川端の基底』（教育出版センター、昭54・1）

瀬古確「「古都」鑑賞―「伊豆の踊子」「春景色」との関連において―」（『現代作家の表現―康成・辰雄・昇平を中心に―』明治書院、昭55・10）

栗原雅直『川端康成―精神医学者による作品分析』（中央公論社、昭57・4）

小林芳仁『美と仏教と児童文学と―川端康成の世界―』（双文社出版、昭60・12）

山田吉郎「大正十四年の川端康成―随筆活動をめぐって―」（「山梨英和短期大学紀要」26、平4・12）

原善「解説」（田中実・馬場重行・原善編『対照読解　川端康成〈ことば〉の仕組み』蒼丘書林、平6・4）

佐藤公一「新感覚派とモダニズム」（『時代別日本文学史事典　現代編』東京堂出版、平9・5）

原善「春景色」（羽鳥徹哉・原善編『川端康成全作品研究事典』勉誠出版、平10・6）

長谷川泉「川端文学のヒロインたち」（『川端康成燦遺映』至文堂、

平10・9）

原善「『春景色』論のための素描」（田村充正・馬場重行・原善編『川端文学の世界1　その生成』勉誠出版、平11・3）

森本穫「春景色」（川端文学研究会編『伊豆と川端文学事典』勉誠出版、平11・6）

山田吉郎「伊豆（中、南、西伊豆）と川端文学―随筆と小説との交響―」（『解釈と鑑賞別冊　川端康成旅とふるさと』至文堂、平11・11）

野末明「『春景色』成立考―湯ヶ島との関わりの中で―」（川端文学研究会編『川端文学への視界15』グローバルメディア、平12・6）

仁平政人「川端康成『春景色』論―「写実」とその解体―」（川端康成学会編『川端文学への視界20』銀の鈴社、平17・6）

森本穫『魔界の住人　川端康成　上巻　その生涯と文学』（勉誠出版、平26・9）

姜惠彬「川端康成『春景色』論―詩的小説の試み―」（川端康成学会編『川端文学への視界30』銀の鈴社、平27・6）

小松原哲太『レトリックと意味の創造性―言葉の逸脱と認知言語学』（京都大学学術出版会、平28・3）

李雅旬「言葉と絵のコラボレーション―川端康成『春景色』の再検討―」（『日本近代文学会北海道支部会報』22、平31・5）

『浅草紅団』研究史

石川　巧

「浅草紅団」は「東京朝日新聞」夕刊（昭４・12・12〜５・２・16［全37回］）に連載されたのち、「浅草赤帯会」（「新潮」昭５・９［第38回〜第51回］）、「浅草紅団」（「改造」昭５・９）を加えて『浅草紅団』（先進社、昭５・12）として刊行された。のちに続編「浅草祭」が「文芸」（昭９・９〜11、10・１〜３）、「文学界」（昭10・３）に連載されたが未完のままとなった。

先行研究史に、林武志「『浅草紅団』研究の概況」（『川端康成作品研究史』教育出版センター、昭59・10）、原善「川端康成作品論事典　浅草紅団」（「国文学　解釈と教材の研究」昭62・12）、片山倫太郎「浅草紅団」（羽鳥徹哉・原善編『川端康成　全作品研究事典』勉誠出版、平10・６）がある。ここではその成果をふまえて研究史の流れを追う。

『浅草紅団』（前出）刊行直後に出た論評をみると、一戸務「川端康成素描」（「新文学研究　第二輯」昭６・４）が、「それは単なる見物記である」と述べたのをはじめ、おおむね失敗作との見方が強い。また、こうした『浅草紅団』否定論はのちのちまで引き継がれ、この作品は「たんなる文体の試み」に過ぎないとした中村光夫（「川端康成の文学」、『現代日本文学全集37巻』「解説」筑摩書房、昭30・11、『中村光夫作家論集（１）』大日本雄弁会講談社、昭32・１）、この時期の川端の「代表作は『虹』である」と述べて『浅草紅団』を黙殺した山本健吉（『川端康成の人と作品』学習研究社、昭39・９）の評価につながる。

昭和十年代に入ると、保田与重郎「川端康成論」（「日本浪曼派」昭10・３、４）が、「僕はこれにまして非人為の自然の力を描いて深い雰囲気を匂はせた作品は知らない」として、「事物は事物としての素樸な実在を失ひ、純粋に芸術に浄化されて、一つのあはれな感情だけが描き出される」と評価したほか、板垣直子「現代文学に於ける伝統的な一典型　川端康成氏の文学の日本的性格の分析」（『現代小説論』第一書房、昭13・７）も、「こつてりとした色彩と情緒」、「洞察力」、「組立ての技巧」などにおいて作家としての個性を飛躍的に向上させたと述べたうえで、この作品が「猟奇趣味の発達しかけた時代に適応」し、ジャーナリズムの新しい流れを促進させたことを指摘している。

そうしたなか、本格的な作品研究の端緒となったのは片岡良一「『浅草紅団』とその作者」（「説林」昭25・10、のち『近代派文学の輪郭』白楊社、昭25・11。初出にはないが、初刊稿の文末には「昭和十二年稿、“Introduction to Contemporary Japanese Literature.”」という付記がある）である。片岡は、『浅草紅団』における「映画的な変化の目まぐるしい構成や手法」、および、「ジャズ」のような「酔いと感覚的触発」に着目する。その一方、「作者」が「傍観者」の位置にとどまるため現実の浅草にあったはずの「歪みや錯乱」が描かれず、「作者の好みの詩情と生命的な感覚」に暈されていると論じたが、こうした見方は、「主人公たちの不良らしい仁義はよく主張されていても、それを人間的な真実の深さでとらえてはいない」とする杉浦明平「新感覚派の文学―川端康成」（『現代文学総説Ⅱ　大正・昭和作家篇』学燈社、昭27・10、『現代日本の作家』未来社、昭31・9）とも対応している。

昭和二十年代後半から三十年にかけて、『浅草紅団』は相次いで文庫化されるが、高見順「「浅草紅団」について」（「解説」『浅草紅団』河出書房市民文庫、昭26・2、『私の文学観』社会思想研究会出版部、昭30・10）は、「浅草乗合自動車に乗つてゐる作者の顔は、その鋭い観察の眼の中に巡礼者の心を覗かせてゐる」からこそ「朽ちないいのち」が与えられていると称賛した。吉田精一「解説」（『浅草紅団』角川文庫、昭28・11）は、作者が不良少年・少女の姿態から「鋭い、そしてこぼれやすい刃物のやうな憂鬱」（選集あとがき）を感じとっているとし、その美意識は「幽暗な「空無」の世界の中に妖しい艶を秘める能楽にも似た「幽玄」美」の伝統につながるとした。十返肇「解説」（『浅草紅団』新潮文庫、昭30・11）は、作品の構成について、「用意周到な計算」をしながら「思いつくままに書いたかのようにみせかけている手法」とし、文体についても、「すべての物語が現在進行中であることを、スピーデイな感じで表現しようとした」と述べている。

昭和三十年代のおわりになると、作品の出来不出来とは別に、その表現技法や文学史的な位置づけを問題にする論評が登場しはじめる。「マルクス主義文学反対のために結成された「芸術の十字軍」たる新興芸術派は、ほぼ二年間ほどで雲散霧消しなければならなかった。この時期に制作されたおびただしい作品も、文学史上名をとどめるに値する作品としては、川端康成の「浅草紅団」（東京朝日新聞・昭和四年十二月以降）をほとんど唯一のものとするにすぎない」（『昭和文学史』筑摩書房、昭38・12）とした平野謙がその代表である。こうした作品「解説」や文学史論の多くは、『浅草紅団』の斬新な文体に注目し、新心理主義や新興芸術派の運動とからめながら論じる傾向があるが、特に文体の問題については、『浅草紅団』の評価をめぐる重要なテーマのひとつになっているので、それに関する論考をまとめて紹介しておこう。片岡良一「川端康成の文章」（『日本現代文章講座　第八巻』厚生閣、昭9・5）は、新感覚主義時代の「偏奇さ」、「難解さ」が、より「具体性と立体性」をもつ表現に醇化したと評価する。臼井吉見「川端康成の文体」（「文学界」昭27・7、『作家論控え帳』筑摩書房、昭52・4）は、「鏡花の文体の特色」である「偏した趣味性」を「見事に模倣」していると指摘する。波多野完治「川端康成の文章」（「国文学　解釈と鑑賞」昭32・2、「現代のエスプリ」昭44・1）は、「文章の突如の変調」、故意になされる「構成の乱雑さ」と「重複」、「稲妻のような不吉な一行」を閃かせる手法などに注目する。永丘智郎「川端康成の文体について」（『川端康成作品研究』八木書店、昭44・3）は、「正義派的な意味における〈告発〉」が最高潮に達して「なりふりかまわない文体」になったと説く。月村麗子「手法上からみた「浅草紅団」」（『〈川端康成研究叢書3〉実存の仮象』教育出版センター、昭

52・12）は、語尾の「だ」止め、名詞の羅列、擬人法的表現、「対比と照応」の駆使などを指摘し、「映画のモンタージュの方法」であると同時に「連句の方法」にもつながっているとする。また、日本語研究の立場から直喩の用法を分析した論考に、木坂基「『浅草紅団』の文体」（『留学生日本語教育に関する理論的・実践的研究』広島大学教育学部、平元・3、『日本語表現法論攷』渓水社、平11・2）、同「『浅草紅団』の文体（二）―直喩の用法」（『広島大学日本語教育学科紀要』平3・3、同上）がある。

昭和四十年代になると近代文学研究者が様々な読解を試みるようになる。長谷川泉「浅草紅団」（『日本近代文学』昭41・5、『川端康成論考　増補版』明治書院、昭46・6）は、「序に代へる手紙」（『カジノフオーリー脚本集』〔扉は『カジノフォーリーレヴュー脚本集』〕内外社、昭6・9）、「『浅草紅団』続稿予告」（『文芸』昭9・7）、「『浅草紅団』について」（『文学界』昭26・5、『落花流水』新潮社、昭41・5）などの自解、あるいは、「招魂祭一景」（『新思潮』大10・4）、「林金花の憂鬱」（『文芸春秋』大12・1）、「日本人アンナ」（『東京朝日新聞』昭4・3・9）などの短篇作品と照合しながら「製作のメカニズム」を探り、『浅草紅団』の特色を、（一）作中人物である「私」と弓子の間を縫うように作者が自在に顔を出すなど、「語りものの系譜」にみられる手法がとられていること、（二）読者に「昭和の地図」を拡げさせる「カットの重ね方の見事さ」、（三）「連想の密着」が時空を越えてかけめぐる新心理主義的な手法、（四）「饒舌の手法」と「テンポの速さ」の四点に集約した。また、短評であるが、「川端文学への視点（六）――「浅草紅団」の即興詩」（『川端康成全集　第3巻』「月報」新潮社、昭44・9）には、「浅草紅団」の一部が新興芸術派十二人による『世界大都会尖端ジヤズ文学　第1　モダン・TOKIO　円舞曲』（春陽堂、昭5・5）に収載されたとき、太田三郎の挿画の図柄が書き換えられている事実、先進社版の表紙や本の装幀が隅々まで「考現学の手法」で作られていることが指摘されている。「語りものの系譜」という解釈については、のちにサミュエル・横地淑子「戯作とポストモダニズムの間で――「浅草紅団」を読む」（長谷川泉他編『世界の中の川端文学』おうふう、平11・11）が、「江戸戯作」と「ポストモダン」の両方に通じる問題として論じている。

羽鳥一英〔徹哉〕「川端康成「浅草もの」をめぐって」（『国文学　解釈と教材の研究』昭41・8、『作家川端の展開』教育出版センター、平5・3）は、昭和五年前後の文学状況や川端自身の動向を交えながら「浅草もの」の生成過程をたどり、『浅草紅団』のモチーフを、（一）「孤児の悲しみ」や「失恋の痛手」を客観視できるようになった川端が、浅草に関する文章をとりいれながら自身の「思い出」を「集大成」したこと、（二）「並々ならぬ調査」に基づいて「動的」、「多元的」、「構成的」な方法意識を実践しようとしたとき、浅草が「適切な対象」として浮上したこと、（三）プロレタリア文学への「ある種の対抗意識」として「前衛芸術的な精神」がうちだされたこと、以上の三点にまとめた。吉田秀樹「浅草と川端」（『川端文学への視界8』教育出版センター、平5・6）は、明治以降、浅草を扱った小説、随筆、雑誌特集、探訪記などを紹介し、同時代における出版界の動向を視野に収めながら、そうした「文学地図」のなかに『浅草紅団』を位置づけているし、網野義紘「浅草と川端文学」（『国文学　解釈と鑑賞』別冊・川端康成　旅とふるさと、平11・11）も、羽鳥の基礎研究を受けながら「浅草もの」一覧を作成している。鈴木晴夫「浅草紅団」（『川端康成作品研究』八木書店、昭44・3）は、昭和四年に板垣鷹穂が紹介したヴェルトフの映画眼や、今和次郎、吉田謙吉両氏による考現学（この時期、両氏による『モデル・ノロジオ「考現学」』春陽堂、昭5・7が刊行されている）の取材方法が影響を与えていることを指摘し、「浅草紅団」における短いカットの累層的構成は「映画的モンタージュに近い」と論じた。なお鈴木は、登場人物の明公を弓子の弟とみなした片岡良一の説（前出）を「誤読」と退け、当初は別人のように見えるが、第三十三回の「私の好きなのは、明公。男の弓子さん」という台詞によってはじめて「同一人物」だとわかるとした。川嶋至「奇術師のなげき」（『川端康成の世界』講談社、昭44・10）は、「私」が「好奇の眼で浅草を散策する傍観者としての立場を堅持」したことで「無責任な読者」の立場と一致することになり、読者を浅草を散策している気分に誘ったことが「人気を呼んだ」理由だとしている。

　上田真「『浅草紅団』の内在的意義」（『川端康成の人間と芸術』教育出版センター、昭46・4）は、『浅草紅団』を「メタモーフォシス（変貌）」の物語ととらえ、登場人物たちを「男性型変貌」、「女性型変貌」に分類したうえで、そこから逃れる「両性神」としての弓子を前景化し、「自己に忠実な、だからより純粋な、生きかた」をする「弓のような緊張の美しさ」と、「いつか切れるかも知れぬ自覚の悲しみ」を併せもつ弓子のなかに、「人間の生命のエネルギー」を託したと論じた。また、作品の最後に再び登場する弓子が「人を捜してゐる」と語る部分については、「それは第二の赤木をさがしているにちがいありません」と述べている。林武志「「浅草紅団」論序説——その純粋と豊潤——」（『川端康成研究』桜楓社、昭51・5）は長谷川泉論をさらに深化させる方向で、『浅草紅団』に先立つ「空に動く灯」（「我観」大13・5）や「招魂祭一景」（前出）に「部分的原型」を認め、さらに「伊豆の踊子」（「文芸時代」大15・1、2）などとの相関性を考察した。林は、登場人物の弓子と明公が「うっかりすれば別人物と誤読するほど別個の動きをしている」と注意を促したうえで、弓子が「少年的なるもの」と「おんな的なるもの」に二分されていること、および、後半に弓子が退場すると同時に春子が登場することに注目する。そして、『浅草寺縁起』（浅草寺縁起編纂会、昭3・11）に記載されている「姥宮姫宮」三話との相関性を指摘したうえで、「弁財天（女神）」となって「おんなの肉体がずり落ちてゆく」弓子と、「豊潤なおんなお春（春子）の登場」は、相互補完的な「表裏の関係」にあると論じた。岩田光子「浅草紅団—川端文学における浅草の系譜——」（「全作家」昭52・9、「浅草紅団」と改題し『川端文学の諸相—近代の幽霊—』桜楓社、昭58・10）は、当時の川端が「文芸春秋」の文芸時評欄を担当し、旺盛な批評活動をしていたことに注目し、橋爪健「当来文芸の新世界主義」（「読売新聞」）や鈴木清次郎「巷の断層」（「文芸戦線」昭4・2）などに対する「共感」が「浅草紅団」を新聞連載するきっかけになったと指摘した。吉村貞司「「浅草紅団」とその系列の精神」（『〈川端康成研究叢書3〉実存の仮象』教育出版センター、昭52・12）は、川端が求めているのは「敗者のふきだまりになり、おのずから汚れにまみれた空気がよどみ、おおよそこの世のものならぬ〈きたない美しさ〉を発揮している」ような土地なのだといい、「常識の次元の秩序と統制が無力になり果て、アナーキーな、そしてニヒルな自由」を求めているからだと主張する。吉村は、「浅草紅団」（『妖美と純愛―川端康成作品論―』東書選書、昭54・12）でも、この作品がプロレタリア文学全盛の時代に描かれたことを重くみて、川端は現実に近づき、それを忠実に描写するようにみせかけながら、実際には「外部のイデオロギーや秩序による束縛や倫理的な規約が無力に帰す」ような「無目的」で「自由」な〈偽りの夢〉を描くことが目的だったと述べている。

一九八〇年代になると、都市空間としての「浅草」に注目した論考が数多く書かれる。作品に活写された昭和初年の風俗に注目し、田中康夫『なんとなく、クリスタル』（河出書房新社、昭56・1）と同様の「カタログ小説」と説いた磯田光一「解説」（『浅草紅団』中公文庫、昭56・12、『近代の感情革命』新潮社、昭62・6）、ヴァルター・ベンヤミンやルイ・アラゴンと同じ問題意識をもって「日本のモダニズムにおける一九二〇年代と三〇年代の間の断絶の問題」を描いたと論じた海野弘「日本の一九二〇年代（二）　川端康成『浅草紅団』――都市と文学」（『海』昭57・2、『モダン都市東京―日本の一九二〇年代』中央公論社、昭58・10）などがそれである。また、都市としての浅草に注目が集まるなかで、のちの研究動向に大きな役割を果たしたのが前田愛「『浅草紅団』（上・下）」（「本の窓」昭57・3、5「劇場としての浅草」と改題し『都市空間のなかの文学』筑摩書房、昭57・12）である。前田は、「一九二〇年代の尖端を行く都市風俗」を描いたと信じられている『浅草紅団』は、その裏側に「土俗的なものをわだかまらせている二重底の世界」をもっているとし、「地下世界《アンダーワールド》の不逞な活力には、たいへん古風な世直しの幻想が託されていたかもしれない」とする。また、本文に紹介される「姥宮姫宮」の伝説について『回国雑記』の石枕伝説に寄りそって読み解いたうえで、登場人物のほとんどが「役者」として演技していると指摘し、「浅草」という街の「劇場」性を考察している。前田愛の都市空間論に触発されるかたちで登場した論考としては、「既成の秩序を支えている二項対立の関係は根本から反転し、男／女、貧／富という基本的な相互関係が逆転する」ような「カーニバル化した劇場都市」のダイナミズムこそが作品の魅力であると論じる関井光男「「浅草紅団」と浅草の都市空間」（「国文学　解釈と教材の研究」昭62・12）、先行研究の多くが踏襲する「〈散歩者〉のルポルタージュ」という評価から逸脱して、「〈感情の乞食〉・川端は、この地で、何を拾うことができたのか」という問題を設定したうえで、数々の〈塔〉、浅草観音、一銭蒸気をはじめ、「浅草紅団」では「〈近代化〉のワクから逸脱したもの、また、それ自らが〈近代化〉を拒否したもの」が発見・確認されていると論じた金井景子「『浅草紅団』の世界」（「文芸と批評」昭58・2）、同「迷宮としての都市――乱歩・川端・広津・秋声」（『講座昭和文学史　第一巻・都市と記号』有精堂、昭63・2）、「物語を集約し、秩序づけ、説明し、解釈しようとする私の行為」からはみ出す弓子のなかに「みずみずしい精神」を見いだし、「作品世界を理解し、そこに書かれていることを全的にとらえようと企図していたわれわれ読者の、特権的な地位」が動揺するところにこそ作品のダイナミズムがあると説く小関和弘「『浅草紅団』あるいは〈女〉の浅草」（「語文論叢」昭58・9）、都市論と作品読解の融合をめざし、川端康成のなかでイメージ化された「空象としての都市〈浅草〉」が「実際の浅草を構成する要素（フラグメント）に対して、様々な相対化の作業を基礎にした独特の意味を与えていく」ような「演繹的な技法」に注目する小菅健一「「浅草紅団」論――空象としての都市〈浅草〉――」（「国文学研究」昭63・10）などがあり、研究史におけるひとつの系譜となっている。なお、これらの都市空間論が蓄積してきた成果は、カジノフォーリー公演プログラムと新聞連載時の記述を照合し、東京を賑わせていた帝都復興祭への言及がほとんどない事実を明らかにし、そこから「街の裏面を覗き見しようとする」川端の「考現学」的な方法意識に迫る佐藤秀明「『浅草紅団』論――遊歩者の目と語りの目――」（『〈川端文学の世界1〉その生成』勉誠出版、平11・3）、「鳥瞰的＝地図的な浅草観による読みではなく、地表からの「等身大の眼」による、より視覚的な浅草観による読み」を提唱し、「都市」と「人物」の相関関係を明らかにしようとする篠原秀征「『浅草紅団』論〈上〉」（「中央大学大学院論究〈文学研究科篇〉」平12・3）などに継承され、今日でも主要な研究テーマのひとつとなっている。

　また、こうした表象分析と並行して研究が進められたのが作品の語りおよび語りの構造を分析する試みである。「『浅草紅団』の語り」（「学苑」昭62・1）において『浅草紅団』の語り手を、①「作者の空想中の人物達と接触する」登場人物としての「私」、②浅草案内をする「作者その人」と考えられる「私」、③「舞台の上に世界を作り出す演出家のように、弓子や赤木の心内まで見抜いて語る語り手」としての「私」に分類し、この作品では、読者に時間の経過を体感させ、過去の時間へと遡行を促すことで「読みを停滞させようとする語りの方法」がとられていると論じた太田鈴子は、「川端康成「浅草紅団」―流動から統一への恐怖―」（「蟹行」昭62・2）において、「流動しつつ、あらゆるものを渾然一体として渦巻の中に巻き込んで」いく浅草を、見世物、歌謡、カフェーなどの風俗とからめて考察し、「「浅草紅団」―かつぽれとお下げ―」（「学苑」平3・1）ではカジノ・フォーリーの舞台で踊られる「かつぽれ」に焦点をあてて、この作品における唄と踊りの役割を考察している。なお、その他、『浅草紅団』における「私」という語り手のあり方を中心に作品を読み解こうとしたものとしては、山本欣司「「浅草紅団」論」（「樟蔭女子短期大学紀要　文化研究」平11・6）、小澤萬記「切り取られた時間―川端康成『浅草紅団』」（北岡誠司・三野博司編『小説のナラトロジー　主題と変奏』（SEKAISHISO SEMINAR）世界思想社、平15・1）などがある。特に小澤論は、ジェラール・ジュネットが『物語のディスクール――方法論の試み』（花輪光・和泉涼一訳、書肆風の薔薇、昭60・9）で紹介した語りの焦点化に関する図式を援用し、この作品は弓子の物語の中心部分を「筋に不在の語り手」によって記述し、他の部分を「筋の内部の語り手」が語るようなスタイルになっていて、前者は弓子という存在を「現在から過去へ、さらには伝説の世界へとつながる」ような「女たち」のイメージの集積にいざない、後者は「意識的にこの時代の風俗に密着」することで「読者に「今」を自覚させる」とした。そして、こうした二重の語りが相互補完的に機能するところにこの作品の「奇妙な魅力の源泉」があると指摘し、太田論とは別の角度から語りの構造をとらえている。

　新しい研究の潮流とは一線を画して川端康成が典拠とした文献資料の調査を進めたのが野末明「『浅草紅団』考―引用と見聞に関す

る一考察―」（「國學院大學大学院文学研究科論集」昭61・3、後『康成・鷗外　研究と新資料』審美社、平9・11）である。野末は、川端が鈴木賀一郎『不良少年の研究』（大鐙閣、大12・4）、『浅草寺縁起』（前出）、石角春之助『乞食裏譚』（文人社、昭4・7）などを「ほぼそのまま引用し「つなぎ合せ」ている」ことに注目し、川端文学における「物語」と「写生」の問題を考察している。川端自身が言及しているように、『浅草紅団』は添田唖蟬坊、サトウハチロー、石角春之助の著作を参考にしてパッチワークのように書かれた作品だが、同氏の研究はそうした「引用と見聞」の形跡が同時代の不良少年少女研究、貧民窟のルポルタージュ、社会改良運動にかかわる調査報告書などに拡がる可能性をもっており、今後の更なる考察が期待される。

　一九八〇年代の終盤になると、一世を風靡した表象分析への揺り返しもあり、あらためて細部の描写にわけいって本文の読解を深化させようとする論考が発表される。金井二朗「生への衝動――「浅草紅団」論」（「学芸国語国文学」昭58・3）は、前田愛らの都市論的考察をふまえながら、さらに、「（赤木を）殺すか逆に好きになって自殺するかの結着をつけなければ時間が流れ出さない状況に追い込まれていた」弓子が、「生への衝動」を噴出させていく物語として読んだ。吉田熙生「浅草紅団〔川端康成〕」（『日本の近代小説Ⅱ』東京大学出版会、昭61・7）は、河合隼雄が提起した「中空均衡構造」（＝力もはたらきももたない中心が相対立する力を適当に均衡せしめているモデル）から作品を読み、それを昭和初期文学全体の問題へと敷衍した。岡庭昇「虚無を撃つ娼婦たち　川端康成の〝浅草もの〟を読む」（『性の歪みに映るもの　日本近代文学と身体の倒錯』青豹書房、昭62・9）は、現世秩序から追放された「遊芸＝売色」を例外的に認めた「悪所」としての浅草に注目し、同時代の『太陽のない街』（徳永直）や『蟹工船』（小林多喜二）とは別の道から「被差別窮民ににじり寄っていった」作品だとする。高橋真理「亜砒酸と望遠鏡――「浅草紅団」の方法――」（「日本文学」平1・4、『〈日本文学研究資料新集27〉川端康成・日本の美学』有精堂、平2・6）は、まず「「私」の言説に従って読んでいく」限り、読者は「真偽不明の曖昧性」のなかに「トリッキーな弓子像を」を描いてしまうと主張し、亜砒酸を口に含んで赤木と接吻する「弓子の物語」を焦点化する。また、「浅草紅団」連載の七ヶ月前に刊行されていた『小酒井不木全集　第3巻』（改造社、昭4・5）所収の「愚人の毒」（「改造」大15・9）や『昭和新纂国訳大蔵経』経典部第4巻（東方書院、昭3・10）の記述を援用しながら、弓子の現実の奥にある「伝説」的な空間を立ちあげ、小説のなかに二つの空間を同時的にイメージさせるための道具立てとして「望遠鏡」が重要な役割を占めていること、および、そうした数々の「仕掛け」によって「静止的、固定的でありがちな写実小説」を否定したことを論じている。

　一九九〇年代になると、アプローチの方法はより多様化し、『浅草紅団』を分析するというよりは、作品を回路としてどのような問題編成を行うことができるかを探究する研究が数多く登場する。紅野敏郎「逍遙・文学誌（1）　川端康成『浅草紅団』と太田三郎の挿絵」（「国文学　解釈と教材の研究」平3・7）は、新聞連載時にあった太田三郎の挿絵三十七点がこの作品の「内部構造とも呼応し、交響しあっている」としている。網野義紘「『浅草紅団』ノート」

（「立教大学日本文学」平3・3、『荷風文学とその周辺』翰林書房、平5・10）は、昭和四年十二月十七日新聞掲載分の挿絵（太田三郎筆）が「男装の弓子」を描いていることを根拠に、「新聞連載当時の読者」は「弓子の男装が明公である」と見当をつけられたのではないかと推察している。竹内清己「モダニズムにおけるアメリカ―川端康成による評言と構想を通して」（「昭和文学研究」平3・2）は、「ロシアニズム―プロレタリア文学とアメリカニズム―モダニズムについての裁断」がなされつつあった昭和五年前後の文学状況を検証し、それを文芸時評と創作の両面で推進していた川端が、「アメリカニズム」をどのようにとり入れたかを考察する。長谷川達哉「『浅草紅団』」（「国文学　解釈と鑑賞」平3・9）は、「私」が「弓子を主人公とする芝居」を創り上げていく過程を、ドキュメント風にとらえた物語と捉えた。片山倫太郎「『浅草紅団』論」（「国語と国文学」平4・3）は、川端文学のなかで孤立した作品として扱われることが多かった『浅草紅団』を「文業という史的な見通し」のなかに位置づけ、「『浅草紅団』におけるアヴァンギャルド小説の方法と、それにともなう結末もつけられないような過剰で流動的な反物語的性格は、そのまま作者の過剰な生と一体のものだった」と論じた。同氏はそれを「新感覚派理論への一考察―川端康成における認識論的問題―」（「岡山大学教養部紀要」平6・1）に展開し、『浅草紅団』の描写が同時代の川端の「認識」や「主観」とどのように連関していたのかを探究している。黄翠娥「川端文芸における〈鏡〉の考察―「浅草紅団」「雪国」「水月」を中心に」（「日本文芸論叢」平6・10）は、川端康成の諸作品に描かれる〈鏡〉の機能に着目し、「変身」と「再生」という視点から『浅草紅団』を読む。石川巧「疾走・擬態・化粧、そして身をかわす少女たち―川端康成論（一）」（「敍説」平7・11）は川端の初期小説にみられる少女たちの「擬態」や「疾走」する姿を追い、弓子もまた所与の「私」を超越しようとする意志をもつ少女としてその系譜に位置づけられると論じた。野村幸一郎「川端康成『浅草紅団』論」（「大阪青山短大国文」平9・3、『小林秀雄　美的モデルネの行方』和泉書院、平18・9）は、「浅草の流動性は、自己存在の単一性という神話を解体し、人間を感覚の束にしないではいられない」として、「仮装人物」を生みだす場としての浅草に注目する。中村三春「逃走するエクリチュール――『上海』『浅草紅団』のフラグメント性――」（『川端文学への視界』教育出版センター、平11・6）は、雑誌「群像」の座談会（河上徹太郎・寺田透・保昌正夫「昭和の文学　座談会　横光利一」昭50・1）における、寺田透の「ぼくは『浅草紅団』と『上海』がちょうど一対だと思うのですよ」、「『浅草紅団』は「抽象」に向かい『上海』は「総合」に向かっている」という発言に触発され、前田愛の先行研究を睨みながら、「物語の要素を含みながらも、読者がその都度テクストの表面に停滞し、新たに言葉を自分のものとして奪還することを可能にするような条件を模索した」ものと説いた。中村に先立って書かれた松寿敬「「上海」と「浅草紅団」」（「曙光」平3・12）もあわせて、横光利一『上海』と川端康成『浅草紅団』の比較研究は今後もさらに深化させていく必要があるだろう。高原英理「街で自己を多重化させる少女―川端康成『浅草紅団』一九三〇」（『少女領域』国書刊行会、平11・10）は、「断片」として生きようとする弓子の変装に注目し、「常に交換可能のものとすることが、どこにも属さない少女型意識を保持して生き延びる術なのだ」と論じた。中沢弥「帝国復興の花嫁たち」（『妊娠するロボット』平14・12、春風社）は、天皇の「復興帝都御巡幸」をはじめとした帝都復興関連のイベント、都市整備、そして人々の熱狂ぶりなどと小説の記述を対照化して、それぞれの登場人物に割り当てられた役割を考察するとともに、そうした復興によってむしろ隠蔽されていく都市の下層世界を問題化している。掛野剛史「川端康成「浅草紅団」論――分裂と統一・プロレタリア文学を光源として」（「都大論究」平15・6）は、映画という新しい視覚メディアとプロレタリア文学という「二つの敵」に挟撃された時代状況のなかで、「言葉を使って書くこと語ることを遂行し、統一された一つの物語として完成させようとする語り手と、常に逸脱し、分裂流動する語られる対象である浅草という空間との統一と分裂のせめぎあい」を描こうとした作品だと述べている。副田賢二「「浅草紅団」をめぐって――「復興の東京」と「女」たち」（「昭和文学研究」平16・3）は、「テクストの虚構性」の背後に「語り手「私」の密やかな自己顕示の欲望」を認めたうえで、この作品には震災から「復興」しつつある浅草が過去との連続／切断として描出されていると述べる。また、作品が中絶してしまった問題については、弓子や春子がどんどん「等質化」していくことを指摘し、浅草というトポスが資本社会の「絶え間ない交換と流通のサイクル」を体現していると論じている。堀切直人「孤児たちの流れ寄る巷――川端康成」（『浅草』（栞文庫、平16・7）は、「レビュー的叙述法による当世浅草風俗誌」としての側面を浮かびあがらせるとともに、浅草を「変装してうろつき回る」弓子の造型に着目し、谷崎潤一郎「秘密」から江戸川乱歩『人間豹』に至るまでの系譜があると指摘する。野崎六助「夜の放浪者たち――モダン都市小説における探偵小説未満（5）川端康成『浅草紅団』（前編）」（「ミステリマガジン」平17・5）は、弓子について、「変幻自在の探偵」であり「犯罪者」であり「娼婦」でもあるとしたうえで、その「矛盾の振幅こそが彼女の永続性を保証した」と述べている。

次に、昭和初期の映画、演劇、舞踊、音楽との関連において『浅草紅団』を論じているもの、および、作品を読解するうえで有用と思われるものを紹介する。『浅草紅団』が書かれた時代に新しいメディアとして台頭しつつあった映画に脅威を感じた川端が、「言語による新しい表現」を模索した結果うまれた作品として『浅草紅団』を捉えた十重田裕一「「浅草紅団」の映画性――一九三〇年前後の言説空間―」（「日本文学」平6・11）は、昭和五年に帝国キネマが制作した映画「浅草紅団」（監督・高見貞衛、脚色・前田孤泉）の存在を重視し、同じ時期に進行する小説のなかでこの映画に関してどのような言及がなされていたかを分析する。同論は、『浅草紅団』と映画のかかわりについて指摘した先行研究もリストアップされるなど、注解も充実している。十重田はその他にも、「映画に触発された文体の諸相―モダニズム文学の一面―」（「文体論研究」平6・3）で板垣鷹穂やシクロフスキーの映画理論が同時代の文学に与えた影響を「断截」と「連続」という観点から考察しているし、「川端康成と映画」（『〈川端文学の世界4〉その背景』勉誠出版、平11・5）では、『浅草紅団』のなかに記録映画「帝都復興」との類似性があること、「速報性と現在性を重視する「ニュース映画」を具体的に意識してこと」などを指摘している。

演劇との関係では、岩佐壮四郎「川端康成と演劇」（『〈川端文学の世界4〉その背景』勉誠出版、平11・5）が、「近代劇がめざしたものとは対極的な、祝祭の感覚」を「小説のなかに自覚的に取り込もうとした」と述べ、「ジャン・コクトーのシュールリアリズム劇「エッフェル塔の花嫁」からデザインを籍りた装置を背景にカジノ・フォーリーのショー・ガール達が脚線美を競い、半田一郎率いる「チェリ・ジャズバンド」の音色が街角に溢れ、革命劇「筑波秘録」に喝采が送られる浅草は、第一次世界大戦後に極東の島国に上陸した、アメリカとソビエト・ロシアの文化がせめぎあう祝祭の場でもあった」と指摘している。また、直接『浅草紅団』に言及したものではないが、杉山千鶴「浅草レビューの舞踊スタイル――1920年代における軽演劇の舞踊」（『早稲田大学人間科学研究』平9・3）、同「シリーズ　性を探る　浅草オペラの女優達」（『ヒューマン・サイエンス』平11・3）、同「1920年代の浅草における映画館アトラクションの舞踊」（『舞踊学』平11・11）、「関東大震災後の浅草オペラ――歌劇団の地方巡業と上演された舞踊」（『舞踊学』平15・3）、桑原和美「昭和時代前期の舞踊――川端康成を通して――」（『舞踊学』平2・3）、中野正昭「カジノ・フォーリーとモダン・エイジのアナキストたち」（『明治大学大学院文学研究論集』平13・2）は、『浅草紅団』を注釈的に読み解いていくうえで有用である。

音楽については、笠羽映子「初期川端文学における音楽の位相」（『国文学　解釈と教材の研究』平13・3）がある。笠羽は、イタリアのルイジ・ルッソロが一九一三年に初めて言及したという「騒音の芸術」が第一次世界大戦後のヨーロッパ思想に与えた影響に触れながら、作品内から聴こえてくるさまざまな騒音や猥雑な音を静観する「私」を「孤独な散歩者」と捉える。また、「和洋ジャズ合奏レビュウ」という乱調子な見世物、「拡声蓄音機の「浪花小唄」」、「当世銀座節」が「深川とかっぽれ」に変化する様子などを追い、そうした音楽が浅草の街にうごめく雑多な人々に与えていた「力」や「意味」を見いだしている。

その他、展示や図録に関しては、徳富蘆花記念文学館、徳富蘆花記念文学館編「浅草の文学展」（図録）徳富蘆花記念文学館、平8・8）、「日本近代文学館　二〇〇二年春の展示「浅草紅団」」（平14・4・6日～5・25、「「浅草紅団」について」原稿、「オール浅草レヴィウ日記」原稿、映画「浅草紅団」台本、「浅草紅団」創作メモ、浅草取材メモ、「禽獣」原稿などが出品）があるし、昭和63年10月15日～30日までシアターアプルで上演された『浅草紅団』（脚本・岸田理生、演出・神代辰巳、出演・細川俊之、倍賞千恵子、荻野目慶子、若松武、他、劇団楽天団）パンフレットには、保昌正夫「川端康成と浅草紅団」、向井爽也「「紅団」で花咲いたカジノ・フォーリー」が掲載されている。また、「座談会昭和文学史「横光利一と川端康成」」（参加者は井上ひさし・小森陽一・川端香男里・保昌正夫、「すばる」平10・1、後『座談会昭和文学史　1』集英社、平15・9）のなかで井上ひさしは、『浅草紅団』の表現を「新感覚派の表現法のお手本集、見本集のようなもの」だといいつつ、同時に、「小説としては技巧がすぎて疲れます」とも述べ、川端の文学はこうした「混沌の美しさ」を経由して「自然主義リアリズム表現法の美点である整頓と均整と簡潔へ移って」いくと指摘している。そこには、川端康成の表現スタイルのなかに、むしろ、自然主義リアリズムとの接点を見いだしている。

（「川端康成作品論集成」第二巻より収録）

『浅草紅団』研究文献目録

石川　巧

無記名「新小説　浅草研究」（明45・4）
鈴木賀一郎『不良少年の研究』（大鐙閣、大12・4）
無記名「聖潮　浅草号」（浅草寺出版部、大14・10）
無記名「月刊　浅草」（浅草社、大15・3）
石角春之助『浅草裏譚』（文芸市場社　文芸市場叢書・第一篇、昭2・9、後『下層社会記録文献集成（4）』として復刻、本の友社、平11・11）
ジャン・コクトー作／堀口大学訳「エッフェル塔の花嫁花婿」（『イプセン誕生百年祭記念出版〈近代劇全集第二十四巻〉仏蘭西語編』第一書房、昭2・10）
石角春之助『変態性的婦人犯罪考』（温故書屋、昭2・11）
河野通道『不良少年の実際』（育成館、昭3・4）
大森公亮編『浅草寺社会事業年報』（浅草寺社会部、昭3・12）
添田唖蟬坊「浅草底流記」（「改造」昭3・5）
浅草寺縁起編纂会編『浅草寺縁起』（浅草寺縁起編纂会、昭3・11）
石角春之助『乞食裏譚』（文人社出版部、昭4・7、後『乞食裏物語』丸之内出版、昭10・2）
大宅壮一「川端康成君の生活」（「新潮」昭4・11）
川端秀子「あの鋭い眼が……」（「文学時代」昭4・12）
石角春之助『楽屋裏譚』（文人社出版部、昭4・12）
徳田秋声・新居格・岡田三郎・平林初之輔・川端康成・浅原六朗・龍胆寺雄・ささきふさ・吉屋信子・中村武羅夫「新潮合評会　モダーニズム文学及び生活の批判」（「新潮」昭5・2）
今和次郎・吉田謙吉『モデル・ノロジオ「考現学」』（春陽堂、昭5・7）
石角春之助『浅草女裏譚』（文人社出版部、昭5・7）
添田唖蟬坊『浅草底流記』（近代生活社、昭5・10）
甲賀三郎、水谷準、サトウ・ハチロー、中山善三郎、平野嶺夫、下村千秋、川端康成、吉行エイスケ、武田麟太郎、佐佐木俊郎、加藤武雄「大東京暗黒街座談会」（「文学時代」昭5・9）
サトウハチロー「カジノ・フォリー裸史」（「文学時代」昭5・11）
稲田譲『浅草』（内扉の表記は「あさくさ」、文明協会、昭5・12）
一戸務「川端康成素描」（「新文学研究　第二輯」昭6・4）
佐藤八郎「浅草六区の春」（『浅草』素人社、昭6・4）
一瀬直行「『浅草文学　彼女とゴミ箱』」（交蘭社、昭6・6）
佐藤八郎『浅草悲歌』（素人社、昭6・6）
カジノ・フォーリー文芸部編『カジノフォーリー脚本集』（扉は

『カジノフォーリーレヴュー脚本集』内外社、昭6・9）

吉行エイスケ・楢崎勤・北村喜八・山田一夫・岡田三郎・川端康成・浅原六朗・雅川滉「座談会　彼女の印象」（「近代生活」昭6・10）

青山圭男・梅園龍子・榎本健一・川端康成・小倉みね子・白井鉄造・引田一郎「レヴユウ座談会」（「都新聞」昭6・10・22〜11・16〔計26回〕）

今和次郎・吉田謙吉編著『考現学採集（モデルノロヂオ）』（建設社、昭6・12）

矢崎弾「川端康成論」（「三田文学」昭8・2）

石角春之助『浅草経済学』（文人社、昭8・8）

片岡良一「川端康成の文章」（『日本現代文章講座　第八巻』厚生閣、昭9・5）

瀬沼茂樹「川端文学初論」（「行動」昭9・6、後『近代日本文学の構造Ⅱ』集英社、昭38・3）

保田与重郎「川端康成論（下）」（「日本浪漫派」昭10・4）

古谷綱武「川端康成」（『川端康成』作品社、昭11・11）

武田麟太郎「浅草紅団その他」（『〈川端康成選集　第3巻〉浅草紅団』「月報」新潮社、昭13・4）

武田麟太郎「川端康成小論」（「改造」昭13・5、後『武田麟太郎全集　第13巻』六興出版、昭24・8）

板垣直子「現代文学に於ける伝統的な一典型　川端康成氏の文学の日本的性格の分析」（『現代小説論』第一書房、昭13・7）

渡辺渡「浅草と作家」（「若草」昭15・4）

寺田透「川端康成」（『近代作家』進路社、昭23・3）

片岡良一「『浅草紅団』とその作者」（「説林」昭25・10、ただし同論文の末尾には、「昭和十二年稿“INTRODUCYION TO CONTEMPORARY JAPANESE LITERATURE”(1937)」とあり、昭和12年には書き上げられていたことがわかる。後『近代派文学の輪郭』白楊社、昭25・11）

伊藤整「新興芸術派と新心理主義文学」（「近代文学」昭25・8）

高見順「「浅草紅団」について」（『浅草紅団』「解説」河出書房市民文庫、昭26・2）

臼井吉見「川端康成の文体」（「文学界」昭27・7、後『作家論控え帳』筑摩書房、昭52・4）

杉浦明平「新感覚派の文学―川端康成」（『現代文学総説Ⅱ　大正・昭和作家篇』学燈社、昭27・10、後『現代日本の作家』未来社、昭31・9）

伊藤整「川端康成の文学」（『昭和文学全集　第9巻』「解説」角川書店、昭28・3、後『作家論』筑摩書房、昭36・12）

吉田精一「解説」（『浅草紅団』角川文庫、昭28・11）

高見順「解説」（『浅草紅団』河出文庫、昭30・10）

十返肇「解説」（『浅草紅団』新潮文庫、昭30・11）

深田久弥「川端さんのこと」（『現代日本文学全集37巻』「月報」筑摩書房、昭30・11）

石浜金作「川端君の若い頃」（『現代日本文学全集37巻』「月報」筑摩書房、昭30・11）

中村光夫「川端康成の文学」（『現代日本文学全集37巻』「解説」筑摩書房、昭30・11、後『中村光夫作家論集（1）』大日本雄弁会講談社、昭32・1）

高見順「解説」（『虹・浅草の姉妹』新潮文庫、昭30・12）

水守三郎「レヴューからバーレスクへ」（『浅草』英宝社、昭30・12、後『浅草　その黄金時代のはなし』新評社、昭53・4）

高見順「浅草の小説」（『浅草』英宝社、昭30・12、後『浅草　その黄金時代のはなし』新評社、昭53・4）

望月優子「紅団のあのころ」（『浅草』英宝社、昭30・12、後『浅草　その黄金時代のはなし』新評社、昭53・4）

榎本健一「〝浅草と僕〟——思い出すカジノ・フォーリー——」（『浅草』英宝社、昭30・12、後『浅草　その黄金時代のはなし』新評社、昭53・4）

波多野完治「川端康成の文章」（「国文学　解釈と鑑賞」昭32・2、後「現代のエスプリ」昭44・1）

三枝康高「『浅草紅団』」（「国文学　解釈と鑑賞」昭32・2、後『川端康成』有信堂、昭36・1）

望月優子『生きて愛して演技して』（平凡社［人間の記録双書］、昭32・5、後『ほるぷ自伝選集／女性の自画像8　生きて愛して演技して』ほるぷ総連合、昭55・5）

中村光夫「川端康成論　好色について」（「文学界」昭32・9、後『現代作家論』新潮社、昭33・10）

山下修平『浅草の灯は消えず』（南旺社、昭33・9）

吉田精一「川端康成論—泉鏡花との比較」（「明治大正文学研究」昭33・11、後『川端康成』日本文学研究資料叢書、昭48・2、有精堂出版）

高見順「月報」5（『川端康成全集　第3巻』新潮社、昭35・5）

高見順「川端康成—注4　浅草紅団」（『日本文学史の指導と実際』明治書院、昭35・7）

高見順「月報」9（『川端康成全集　第2巻』新潮社、昭35・11）

古谷綱武『評伝　川端康成』（実業之日本社、昭35・12）

吉田精一「川端康成と中世の幽玄」（『現代文学と古典』至文堂、昭36・10）

望月優子「浅草の川端先生」（『〈文芸読本〉川端康成』河出書房新社、昭37・12）

小田切進『昭和文学の成立』（勁草書房、昭40・7）

原尾秀二「芸術派の文学」（『昭和文学十四講』右文書院、昭41・1）

一瀬直行『随筆・浅草』（世界文庫、昭41・1）

長谷川泉「浅草紅団」（「日本近代文学」昭41・5、後『川端康成論考　増補版』明治書院、昭46・6）

羽鳥一英「川端康成「浅草もの」をめぐって」（「国文学　解釈と教材の研究」昭41・8、後『作家川端の展開』教育出版センター、平5・3）

瀬沼茂樹「新感覚派から新興芸術派へ」（「国文学　解釈と教材の研究」昭41・8）

石橋万喜夫「川端康成〈浅草もの〉をめぐって」（「国文学　解釈と教材の研究」昭41・8）

浅見淵「浅草紅団（康成）」（「国文学　解釈と教材の研究」昭41・10）

内山惣十郎「浅草レビューの開花」（『浅草オペラの生活』雄山閣出版、昭42・4）

羽鳥一英「一九三〇年代の川端康成（上）—「浅草紅団」から「雪

国」まで―」(「国語と国文学」昭42・8、後『作家川端の展開』教育出版センター、平5・3)

羽鳥一英「一九三〇年代の川端康成(下)―「浅草紅団」から「雪国」まで―」(「国語と国文学」昭42・9、後『作家川端の展開』教育出版センター、平5・3)

読売新聞文化部「実録川端康成」(「読売新聞」昭43・11・19〜44・2・27、後『実録川端康成』読売新聞社、昭44・7)

吉村貞司『川端康成・美と伝統』(学芸書林、昭43・12)

羽鳥一英「川端康成「浅草もの」をめぐって」(『現代のエスプリ　川端康成』至文堂、昭44・1、後『作家川端の展開』教育出版センター、平5・3)

北條誠「第二の故里」(『川端康成　心の遍歴』二見書房、昭44・2)

永丘智郎「川端康成の文体について」(『川端康成作品研究』八木書店、昭44・3)

鈴木晴夫「浅草紅団」(『川端康成作品研究』八木書店、昭44・3)

千葉宣一「川端康成とモダーニズム」(『川端康成作品研究』八木書店、昭44・3)

笹渕友一「川端文学とシュールレアリズム」(「世紀」昭44・4)

望月優子『生きて生きて生きて』(集団形星、昭44・5)

長谷川泉「川端文学への視点(六)――「浅草紅団」の即興詩」(『川端康成全集　第3巻』「月報」新潮社、昭44・9)

川嶋至『川端康成の世界』(講談社、昭44・10)

E・G・サイデンステッカー著/安西徹雄訳「漂泊と哀愁の文学――川端康成の世界――」(「ソフィア」昭44・11、後『異形の小説』南窓社、昭47・2)

田中直樹「「台東区(浅草方面)」」(「国文学　解釈と鑑賞」昭44・11)

長谷川泉「カジノ・フォーリー」(「国文学　解釈と教材の研究」昭45・2)

巌谷大四『〈名作の旅1〉川端康成』(保育社、昭45・3)

無署名「文芸広場　川端康成「作品集」より　浅草もの」(「浅草」昭45・4)

槌田満文「浅草」(『東京文学地図』都市出版社、昭45・8)

吉田謙吉「考現学が世に出たころ―日付のない日記から―」(『考現学　今和次郎集　第1巻』「月報」ドメス出版、昭46・1)

台東区立台東図書館編「カジノ・フォーリー　川端康成「浅草紅団」より」(『下谷・浅草の文学案内』台東区教育委員会、昭46・3)

上田真「『浅草紅団』の内在的意義」(『川端康成の人間と芸術』教育出版センター、昭46・4)

正木浅三「浅草と川端康成先生」(「浅草」昭46・4)

小田切進「注解」(『〈日本文学全集39〉川端康成集(一)』集英社、昭46・10)

無署名「浅草　特集　川端康成と浅草」(昭47・5)

北条誠「川端先生と浅草」(「浅草」特集　川端康成と浅草、昭47・5)

鈴木としお、一瀬直行、望月優子、正木健吉、秋山夏樹、野間口満也、杉浦瑠美子「座談会　ふだん着の川端康成――浅草時代をしのぶ――」(「浅草」特集　川端康成と浅草、昭47・5)

一瀬直行「あの頃の川端さん」（「浅草」特集　川端康成と浅草、昭47・5）
藤田正二「川端康成と浅草」（「浅草」特集　川端康成と浅草、昭47・5）
後藤亮「「浅草紅団」時代の浅草風景」（「ちくま」昭47・6）
望月優子「川端さんはこんな人だった」（「文芸春秋」特集・川端康成の死、昭47・6）
長谷川泉「川端康成　浅草紅団」（『特選　名著復刻全集　近代文学館——作品解題』日本近代文学館、昭46・7）
巌谷大四『川端康成の旅愁　文学散歩12カ月』（日本交通公社、昭47・8）
竹内良夫『川端康成その耽美な生涯と文学　頽廃の美学』（日芸出版、昭47・9）
関根弘「浅草コレクション」（「辺境」昭47・9）
鈴木彦次郎「若き日の川端康成」（「浅草」昭47・12、後「浅草」昭59・5に再録）
藤田正二「浅草と文学」（「浅草」昭48・1）
関根弘『浅草コレクション』（創樹社、昭48・3）
瀬沼茂樹「川端康成とその時代」（『〈現代日本文学アルバム第8巻〉川端康成』学習研究社、昭48・4）
瀬沼茂樹「浅草紅団　雪国」（『川端康成展——その芸術と生涯——』図録解説、日本近代文学館、昭48・4）
日本近代文学館編『定本図録　川端康成』（世界文化社、昭48・4）
泰輔連載対談「美しい日本に生きて　川端秀子」（「文芸」昭48・11）
沢野久雄「花火」（「暮らしの設計」昭47・11、後『小説　川端康成』中央公論社、昭49・4）
山田寿夫「カジノフォーリーと客」（「浅草」昭49・5）
岡野他家夫「浅草を書いた作家たち（上）」（「浅草」昭49・7）
河上徹太郎・寺田透・保昌正夫「昭和の文学　座談会　横光利一」（「群像」昭50・1）
北条誠「「浅草紅団」完結」（「浅草」昭50・11）
林武志「「浅草紅団」論序説——その純粋と豊潤——」（『川端康成研究』桜楓社、昭51・5）
進藤純孝『伝記　川端康成』（六興出版、昭51・8）
龍胆寺雄「お不動さまはご存じ　第一話②東京でかめろん」（「面白半分」昭51・8）
福島有光「昭和初期の川端康成——浅草耽溺と「浅草物」——」（「大阪私立短大協会研究報告集」昭52・2）
台東区役所編『上野浅草名所案内』（台東区役所、昭52・3）
無署名「艶楽書館　特集　浅草の灯よいつまでも」（艶楽書館、昭52・5）
伊東晏奈「散歩者の好奇心　浅草紅団」（「月刊ポエム」特集＝川端康成、昭52・9）
岩田光子「浅草紅団—川端文学における浅草の系譜—」（「全作家」昭52・9、後「浅草紅団」と改題し『川端文学の諸相—近代の幽霊—』桜楓社、昭58・10）
長谷川泉「川端康成における風俗と社会」（『〈川端康成研究叢書3〉実存の仮象』教育出版センター、昭52・12）

吉村貞司「「浅草紅団」とその系列の精神」（『〈川端康成研究叢書3〉実存の仮象』教育出版センター、昭52・12）

上田真「「浅草紅団」の登場人物をめぐって」（『〈川端康成研究叢書3〉実存の仮象』教育出版センター、昭52・12）

月村麗子「手法上からみた「浅草紅団」」（『〈川端康成研究叢書3〉実存の仮象』教育出版センター、昭52・12）

今東光『十二階崩壊』（中央公論社、昭53・1）

吉田謙吉「わが浅草の顔」（浅草の会二百回記念特集『浅草双紙』未央社、昭53・11）

大木絢子「川端康成・その言語形象の構造―「浅草紅団」を中心にして―」（「国文学詩論」昭53・12）

大滝清雄『川端康成の肖像』（宝文館出版、昭54・1）

高橋勇『文壇資料　浅草物語』（講談社、昭54・5）

大武正人『人間・その愛と真実　望月優子小伝』（新国民社、昭54・5）

山本茂「カジノ・フォーリーの名花　梅園龍子」（「サンデー毎日」昭54・7・15）

吉村貞司「浅草紅団」（『妖美と純愛―川端康成作品論―』東書選書、昭54・12）

鈴木としお『浅草』（創林社、昭55・1）

下田水坡「『浅草紅団』新堀橋の・コート」（「浅草」昭55・5）

川端秀子「川端康成の思い出（八）」（三十五巻本『川端康成全集』新潮社、昭55・9、後『川端康成とともに』新潮社、昭58・4）

磯川清子「文学が描く上野と浅草の地域性」（「地域研究」昭55・9）

川端秀子「川端康成の思い出（九）」（三十五巻本『川端康成全集』新潮社、昭55・10、後『川端康成とともに』新潮社、昭58・4）

神山圭介「エロ・グロ・ナンセンス文化」（『浅草の百年――神谷バーと浅草の人々――』神山商事株式会社、昭55・11）

羽鳥徹哉「川端康成伝〔八〕」（『〈川端康成研究叢書8〉哀艶の雅歌』教育出版センター、昭55・11）

色川武大「浅草」（「新日本文学」昭55・12）

佐藤碧子「浅草の踊り子」（『瀧の音　懐旧の川端康成』東京白川書院、昭55・12）

磯田光一「解説」（『浅草紅団』中公文庫、昭56・12、後『近代の感情革命　作家論集』新潮社、昭62・6）

海野弘「日本の一九二〇年代（二）　川端康成『浅草紅団』――都市と文学」（「海」昭57・2、後『モダン都市東京―日本の一九二〇年代』中央公論社、昭58・10、後 中公文庫、昭62・4）

前田愛「『浅草紅団』（上）」（「本の窓」昭57・3、後「劇場としての浅草」と改題し『都市空間のなかの文学』筑摩書房、昭57・12）

前田愛「『浅草紅団』（下）」（「本の窓」昭57・5、後「劇場としての浅草」と改題し『都市空間のなかの文学』筑摩書房、昭57・12）

林武志「川端康成の人と作品」（『鑑賞日本現代文学⑮川端康成』角川書店、昭57・11）

金井景子「『浅草紅団』の世界」（「文芸と批評」昭58・2）

金井二朗「生への衝動――「浅草紅団」論」（「学芸国語国文学」昭58・3）

南博編集・解説「現代のエスプリ　日本モダニズム　エロ・グロ・ナンセンス」（至文堂、昭58・3）

黒崎峰孝「川端康成日記考――大正十四年から昭和五年まで――」（「論究」昭58・7）

小関和弘「『浅草紅団』あるいは〈女〉の浅草」（「語文論叢」昭58・9）

羽鳥徹哉「横光利一と川端康成」（「国文学　解釈と鑑賞」昭58・10）

台東区立下町風俗資料館編『浅草六区興行史』（台東区教育委員会、昭58・11、後『改訂版　浅草六区興行史』台東区教育委員会、昭63・2）

林武志「「浅草紅団」研究の概況」（『川端康成作品研究史』教育出版センター、昭59・10）

山本茂「浅草紅団」（「国文学　解釈と鑑賞」臨時増刊・現代作品の造型とモデル、昭59・11）

雑喉潤『浅草六区《エンコ》はいつもモダンだった　オペラ・レビュー・ストリップ』朝日新聞社、昭59・12）

林家木久蔵「川端康成　浅草、陰の街の女たち」（『私的日本文学案内』ほるぷ出版、昭60・1）

長谷川泉「解説　作品とその背景」（『〈日本の文学45〉川端康成』ほるぷ出版、昭60・1）

保昌正夫「川端康成『浅草紅団』」（先進社版『浅草紅団』復刻解説、日本近代文学館、昭60・5、後『横光利一とその周辺』帳面舎、平元・3）

堀和久「浅草を舞台にした作品を多く書いた川端康成」（『浅草人名録Ⅰ　浅草の人たち、今・昔』ぱる出版、昭60・12）

竹内清巳「邂逅・堀辰雄と川端康成　浅草時代まで」（『川端文学への視界2』教育出版センター、昭61・3）

野末明「『浅草紅団』考―引用と見聞に関する一考察―」（「國學院大學大学院文学研究科論集」昭61・3、後『康成・鷗外　研究と新資料』審美社、平9・11）

吉田熙生「浅草紅団（川端康成）」（『日本の近代小説Ⅱ』東京大学出版会、昭61・7）

ポチ「天涯孤独の浅草狂い　川端康成」（『浅草ラビリンス』ペンギンカンパニー、昭61・9）

関井光男「浅草あるいは悪場所の日本モダニズム」（「現代詩手帖」昭61・10）

太田鈴子「『浅草紅団』の語り」（「学苑」昭62・1）

太田鈴子「川端康成「浅草紅団」―流動から統一への恐怖―」（「蟹行」昭62・2）

ドナルド・キーン「Donald Keene : Dawn to the West, Holt, Rinehart and Winston, New York」より四章を訳出し、『日本文学史　近代・現代篇四』（徳岡孝夫／角地幸男訳・中央公論社、昭62・2）

台東区文化財専門委員会監修「〈台東区文化財調査報告書　第五集〉「浅草六区」――興行と街の移り変り」（台東区、昭62・3）

岡庭昇「虚無を撃つ娼婦たち　川端康成の〝浅草もの〟を読む」（『性の歪みに映るもの　日本近代文学と身体の倒錯』青豹書房、昭62・9）

海野弘「川端康成の都市彷徨」（「国文学　解釈と教材の研究」昭62・12）

関井光男「「浅草紅団」と浅草の都市空間」（「国文学　解釈と教材

の研究」昭62・12）

原　善「川端康成作品論事典　浅草紅団」（「国文学　解釈と教材の研究」昭62・12）

古俣裕介「都市の解読者たち」（『〈講座昭和文学史　第1巻〉都市と記号』有精堂出版、昭63・2）

金井景子「迷宮としての都市――乱歩・川端・広津・秋声」（『〈講座昭和文学史　第1巻〉都市と記号』有精堂出版、昭63・2）

海野弘「川端康成の都市彷徨」（『東京風景史の人々』中央公論社、昭63・6）

小菅健一「「浅草紅団」論――空象としての都市〈浅草〉――」（「国文学研究」昭63・10）

保昌正夫「川端康成と浅草紅団」（「シアターアプル10月公演　浅草紅団」パンフレット、シアター・アプル、昭63・10）

向井爽也「「紅団」で花咲いたカジノ・フォーリー」（「シアターアプル10月公演　浅草紅団」パンフレット、シアター・アプル、昭63・10）

木坂基「『浅草紅団』の文体」（「留学生日本語教育に関する理論的・実践的研究」広島大学教育学部、平1・3）

高橋真理「亜砒酸と望遠鏡――「浅草紅団」の方法――」（「日本文学」平1・4、後、『〈日本文学研究資料新集27〉川端康成・日本の美学』有精堂出版、平2・6）

無署名「浅草文学散歩」（「鳩よ」マガジンハウス、平1・10）

海野弘『〈モダン都市文学1〉モダン東京案内』（平凡社、平1・11）

小木曽淑子「駆りたてる浅草」（「むさしの文学会会報」平1・11）

E・G・サイデンステッカー「東京に原っぱのあったころ―浅草」（『私の東京』富士見書房、平1・11）

鈴木としお「望月優子―日本のおかあさん」（『浅草のひと　久保田万太郎から渥美清まで』（東京新聞出版局、平1・12）

杉山千鶴「浅草オペラから浅草レヴューへの変遷――1920年代の浅草の軽演劇の流れと変遷過程に存在するもの」（「お茶の水女子大学人文科学紀要」平2・3）

桑原和美「昭和時代前期の舞踊――川端康成を通して――」（「舞踊学」平2・3）

山本茂「川端康成「浅草紅団」カジノ・フォーリーの名花」（『物語の女』中公文庫、平2・5）

無署名「浅草――川端康成の「浅草紅団」」（図録『昭和の文学展』朝日新聞社、平2・7）

小木曾淑子「タイトルから覗いた浅草文学」（「むさしの文学会会報」平2・11）

マイヤ・ゲラーシモア『美の存在――川端康成の創作における伝統と現代――』（ロシア語版、ナウカ刊、平2・11）

太田鈴子「「浅草紅団」―かつぽれとお下げ―」（「学苑」平3・1）

竹内清己「モダニズムにおけるアメリカ―川端康成による評言と構想を通して」（「昭和文学研究」平3・2）

木坂基「『浅草紅団』の文体（二）―直喩の用法」（「広島大学日本語教育学科紀要」平3・3、後『日本語表現法論攷』渓水社、平11・2）

網野義紘「『浅草紅団』ノート」（「立教大学日本文学」平3・3、

後『荷風文学とその周辺』翰林書房、平5・10)
紅野敏郎「川端康成『浅草紅団』と太田三郎の挿絵」(「国文学　解釈と教材の研究」平3・7)
金井景子「代表作ガイド『伊豆の踊子』『浅草紅団』『雪国』『山の音』『片腕』ほか」(『群像　日本の作家13　川端康成』小学館、平3・7)
長谷川達哉「『浅草紅団』」(「国文学　解釈と鑑賞」平3・9)
原　善「川端康成作中人物事典」(「国文学　解釈と教材の研究」臨時増刊号「近代文学作中人物事典」平3・9)
笹川隆平『川端康成　大阪茨木時代と青春書簡集』(和泉書院、平3・9)
湯地朝雄「『蟹工船』の小説機構――川端康成『浅草紅団』との対比」(『プロレタリア文学運動の理想と現実』晩聲社、平3・11)
松寿敬「「上海」と「浅草紅団」」(「曙光」平3・12)
関口のぞみ「「浅草紅団」考―構造上の問題における一考察」(「日本文学論集」平4・3)
片山倫太郎「『浅草紅団』論」(「国語と国文学」平4・3)
国吉由一「情緒としての震災」(「日本学」平4・5)
保昌正夫「「浅草紅団」―都市の風景」解説(『没後20年　川端康成展　生涯と芸術――「美しい日本の私」』図録、日本近代文学館、平4・5)
宇野千代「落ちついた生活をしていた川端さん」(『没後20年　川端康成展　生涯と芸術――「美しい日本の私」』図録、日本近代文学館、平4・5)
関井光男「浅草のカジノ・フォーリー」(『没後20年　川端康成展　生涯と芸術――「美しい日本の私」』図録、日本近代文学館、平4・5)
木幡瑞枝「群像二作　浅草紅団」(『川端康成　作品論』勁草書房、平4・6)
坪井秀人「十二階の風景」(「物語」平4・7)
小田切進「川端康成　浅草紅団」(『近代名作紀行』ぎょうせい、平4・9)
張国安『川端康成伝』(台湾・業強出版社、平4・12)
吉田秀樹「浅草と川端」(『川端文学への視界8』教育出版センター、平5・6)
海野弘「モダン都市浅草を求めて」(「I feel」平5・8)
松田直行「浅草界隈(川端康成)名津　寸二　文学散歩　東京編」(関西書院、平5・10)
片山倫太郎「新感覚派理論への一考察―川端康成における認識論的問題―」(「岡山大学教養部紀要」平6・1)
十重田裕一「映画に触発された文体の諸相―モダニズム文学の一面―」(「文体論研究」平6・3)
「下谷・浅草文学案内」編集委員会編『下谷・浅草文学案内――台東区ゆかりの文人たち――』(台東区立教育委員会、平6・3)
黄翠娥「川端文芸における〈鏡〉の考察―「浅草紅団」「雪国」「水月」を中心に」(「日本文芸論叢」平6・10)
十重田裕一「「浅草紅団」の映画性―一九三〇年前後の言説空間―」(「日本文学」平6・11)
保昌正夫「川端康成と浅草」(『こつう豆本　川端と横光』日本古書通信社、平7・3)

羽鳥徹哉「川端康成」（『スタイルの文学史』東京堂出版、平7・3）

石川巧「疾走・擬態・化粧、そして身をかわす少女たち―川端康成論（一）」（「敘説」平7・11）

西村謙一「川端康成「浅草紅団」考」（「愛文」平8・3）

金海曙・郭偉訳「浅草紅団」（『川端康成文集』中国社会科学出版社、平8・4）

葉渭渠『冷艶文士――川端康成伝』（平8・8）

徳富蘆花記念文学館編「浅草の文学展」（〔図録〕徳富蘆花記念文学館、平8・8）

久保田淳「川端康成――理想の不良たち」（『隅田川の文学』（岩波新書、平8・9）

増田みず子「解説　一つの浅草盛衰史」（『浅草紅団・浅草祭』講談社文芸文庫、平8・12）

栗坪良樹「作家案内」（『浅草紅団・浅草祭』講談社文芸文庫、平8・12）

野村幸一郎「川端康成『浅草紅団』論」（「大阪青山短大国文」平9・3）

杉山千鶴「浅草レビューの舞踊スタイル――1920年代における軽演劇の舞踊」（「早稲田大学人間科学研究」平9・3）

太田鈴子「『浅草紅団』」（「国文学　解釈と鑑賞」平9・4）

小林芳仁「川端文学における聖少女の系譜とその特徴」（「国文学　解釈と鑑賞」平9・4）

神田由美子「作品の舞台⑤　川端康成「虹」の浅草」（「国語展望」尚学図書、平9・11）

村田好哉「川端康成の浅草」（『〈産研叢書8〉快楽と規制〈近代における娯楽の行方〉』、平10・5）

野末明「『浅草紅団』考・補遺―「物語」と「写生」―」（「むさしの文学会会報」平10・6）

矢野誠一「1930年代の浅草」（「悲劇喜劇」平10・12）

佐藤秀明「『浅草紅団』論――遊歩者の目と語りの目――」（『〈川端文学の世界1〉その生成』平11・3）

つぐみ〔案内人〕「文豪のいる風景11川端康成の『浅草紅団』」（「宝石」平11・3）

杉山千鶴「シリーズ　性を探る　浅草オペラの女優達」（「ヒューマン・サイエンス」平11・3）

鈴木としお「浅草の文人」（東京都近代文学博物館館報「駒場野」平11・3）

岩佐壮四郎「川端康成と演劇」（『〈川端文学の世界4〉その背景』勉誠出版、平11・5）

十重田裕一「川端康成と映画」（『〈川端文学の世界4〉その背景』勉誠出版、平11・5）

山本欣司「「浅草紅団」論」（「樟蔭女子短期大学紀要　文化研究」平11・6）

中村三春「逃走するエクリチュール――『上海』『浅草紅団』のフラグメント性――」（『川端文学への視界』教育出版センター、平11・6）

高原英理「街で自己を多重化させる少女―川端康成『浅草紅団』一九三〇」（『少女領域』国書刊行会、平11・10）

サミュエル・横地淑子「戯作とポストモダニズムの間で――「浅草

紅団」を読む」（『世界の中の川端文学』平11・11）

増田みず子「川端康成と浅草」（『国文学　解釈と鑑賞』別冊・川端康成　旅とふるさと、平11・11）

網野義紘「浅草と川端文学」（『国文学　解釈と鑑賞』別冊・川端康成　旅とふるさと、平11・11）

山田太一編『浅草――土地の記憶』（岩波現代文庫、平12・1）

篠原秀征「『浅草紅団』論〔上〕」（「中央大学大学院論究（文学研究科篇）」平12・3）

小田切進・尾崎秀樹監修『ポケット日本名作事典』新版（平凡社、平12・3）

中野正昭「カジノ・フォーリーとモダン・エイジのアナキストたち」（「明治大学大学院文学研究論集」平13・2）

鈴木としお「浅草の華麗な文人」（『浅草の昭和を彩った人たち』中日新聞出版局、平13・2）

笠羽映子「初期川端文学における音楽の位相」（『国文学　解釈と教材の研究』平13・3）

板坂元「書斎の海から〔45〕十二階から眺めた東京の街々」（「潮」平13・4）

伊藤経一『大正・昭和初期の浅草芸能』（文芸社、平14・3）

網野義紘「『浅草日記』の構造」（『川端文学への視界』教育出版センター、平14・6）

日本近代文学館　二〇〇二年春の展示「浅草紅団」（平14・4・6日〜5・25、「『浅草紅団』について」原稿、「オール浅草レヴィウ日記」原稿、映画「浅草紅団」台本、「浅草紅団」創作メモ、浅草取材メモ、「禽獣」原稿などが出品）

小澤萬記「切り取られた時間―川端康成『浅草紅団』」（『小説のナラトロジー　主題と変奏』（SEKAISHISO SEMINAR）世界思想社、平15・1）

掛野剛史「川端康成「浅草紅団」論――分裂と統一・プロレタリア文学を光源として」（「都大論究」平15・6）

井上ひさし・小森陽一・川端香男里・保昌正夫「座談会昭和文学史「横光利一と川端康成」」（「すばる」平10・1、後『座談会昭和文学史　1』集英社、平15・9）

副田賢二「「浅草紅団」をめぐって――「復興の東京」と「女」たち」（「昭和文学研究」平16・3）

堀切直人「カジノ・フォーリー繁昌記」「孤児たちの流れ寄る巷――川端康成」（『浅草』（栞文庫、平16・7）

島内景二「評伝　川端康成」（『文豪ナビ　川端康成』新潮文庫、平16・12）

野崎六助「夜の放浪者たち――モダン都市小説における探偵小説未満（5）川端康成『浅草紅団』（前編）」（「ミステリマガジン」平17・5）

中沢新一『アースダイバー』（講談社、平17・5）

野崎六助「夜の放浪者たち――モダン都市小説における探偵小説未満（6）川端康成『浅草紅団』（中編）」（「ミステリマガジン」平17・6）

野崎六助「夜の放浪者たち――モダン都市小説における探偵小説未満（7）川端康成『浅草紅団』（後編）」（「ミステリマガジン」平17・7）

※インターネット上に「東京紅団」というＨＰ（http://www.tokyo-kurenaidan.com/index.htm）があり、「川端康成「浅草紅団」を歩く」が掲載されている。このＨＰの浅草地図には、作品の舞台が現在地と重ね合わされ、わかりやすく紹介されている。また、台東区立中央図書館郷土資料室所蔵の『わが歌声の高ければ「浅草関係資料」』（奥付なし）にはレビューをはじめとした興行史に関する記述が多数あり、参考になる。

（「川端康成作品論集成」第二巻より収録）

「水晶幻想」研究史——昭和四十年代以降——

吉田秀樹

《個別論の登場　ジョイス・意識の流れ・精神分析》

現在の「水晶幻想」研究に繋がる基幹的展望を本格的な個別論として戦後最初に用意したのは、磯貝英夫「水晶幻想」（『川端康成作品研究』八木書店、昭44・3）である。その後、武田勝彦の「「水晶幻想」と「聖書」」（「比較文学年誌」昭46・3）、平山城児の「「水晶幻想」前後——昭和初年代の日本におけるジョイス、フロイトの受容の実際についての一考察——」（「立教大学英米文学」昭46・3）、太田三郎の「川端康成「水晶幻想」論」（「学苑」昭47・8）が現れ、概論・概説に替わって個別論の流れができあがる。その前後までの研究史については、私見を用意してはいるが、倍以上の紙幅になるため、本稿では林武志の「「水晶幻想」研究史瞥見」（『川端康成作品研究史』教育出版センター、昭59・10）に譲ることにし、林が触れた武田、平山、太田論以降に登場してくる研究の流れについて、特に平山、太田論がジョイスや意識の流れに関する研究系統の祖として登場して以降からに照準を合わせて述べていくことにしたい。

このジョイスや意識の流れとの影響関係を見る研究領域は、平山、太田論の登場以後、三つの論文で命脈が保たれる。川端が書き分けに使ったカッコは土井光知の試訳に基づくという指摘と、「若き芸術家の肖像」におけるスティーヴンの「性の目覚め」の場面が「水晶幻想」における夫人の「水の中の美しい少年」の連想に影を落としているという指摘をした今村楯夫の「「水晶幻想」の比較文学的考察——ジョイスの影響——」（『〈川端康成研究叢書4〉非情の交感』昭53・8）、比較文学的な見地からジョイスの移入事情などを俯瞰的に整理した千葉宣一の「川端文学における西洋と東洋」（「月刊国語教育」昭62・11）、川端が影響を受けた外国文学と川端の海外での受容状況を整理した岩田光子「世界文学と川端康成」（『川端康成——後姿への独白——』ゆまに書房、平4・9）の各論である。新説というより、資料整理やその補強、事項の確認といった性格が強く、この研究分野に関してはひと段落がついた状態であった。

この状態に風を通したのが、先に「「水晶幻想」前後」を著していた平山城児である。「「水晶幻想」と『ユリシーズ』」（「大正大学研究紀要」平12・3）と題して平山がこだわったのは、意識の流れや文体の特性にかかわる構造分析的なものではなく、「ユリシーズ」自体の内容やその脈絡上のヨーロッパ文化の影響などで、これまで固定観念のようになっていたジョイスや意識の流れからのアプローチの死角を、結果的に突くことになったと言ってよい。メテンプサイコーシス＝輪廻転生やミセス・ピュアフオイの出産とピペット、教会や聖歌隊、和讃やヨーロッパ楽曲、カソリック、コキュウなど「ユリシーズ」に内包される問題が「水晶幻想」に色濃く反映していることを任意に探り出す作業ではあったが、「水晶幻想」の研究では今後継承発展させて行かなければならない具体的課題を提示した意義を持っている。

ところで、意外なことに、ジョイスや意識の流れからの研究領域は、精神分析について掛け声こそはあれ実質的な検討はなされてこなかった事実がある。混融した領域のため峻別せずとも論じ得ると見て取れるところにひとつの理由があるとも言えるが、そこを意識的に取り組んだのが小林洋介の「「象徴」による無意識表出の試み――川端康成「水晶幻想」論――」（「日本近代文学」平19・5）である。部分的には、平山城児が前出「「水晶幻想」前後」で資料提供的な作業を行っているが、「精神分析学に関する一定程度の知識を有していた同時代の読者が得ることの出来たはずの解釈を復原する」ことをねらった小林の試みは、出るべくして実は出ていなかった検証の一つである。

小林は、「水晶幻想」における幻想がフロイトの「昼の夢（タアグトロイメン）」と同様であることを踏まえた上で、「夫人によって意識された具体的事物が無意識内の何を象徴しているかが分かれば、彼女が無意識に志向しているものをある程度分析できる」という前提のもとに、語り手の「原始空想」の意識的な表出やそれに基づいた夫人の孤独感の描出、また強い性欲を抱きながら一方では純潔でありたいと願う夫人の矛盾した連想などを洗い出し、「語り手によって提示された夫人の意識の物語の奥に、読者が夫人の無意識の物語を編み上げていくことによって初めて、夫人の心理の全貌が現れるような構造になっている」と指摘した。ただし、従来夫人が発生学について博学すぎることで不自然さが指摘されてきた箇所について、小林が大島廣の『発生学汎論』との長い突き合わせを行っていながら、夫人が「気づかないうちに」発生学の知識を「自分の一部としてしまっている」、あるいは「夫人の心理に発生学の知識が浸透している事実は、実に意義深い」というだけの説明で済ませてしまっている点については、今後議論が予想されるところではある。また、同時代評者の低迷振りを考えた場合、「一定程度」の読者、あるいはその読みの事例は、きっかけ程度でも同時代のどこから引き出せるかといった問題など、まだまだ詰めていかなければならない問題は多く残されている。いずれにせよ小林論を足場に、精神分析学、心理学方面の掘り下げが行われてくることにはなるであろう。

なお、ジョイスや意識の流れからの研究系統は、直接「水晶幻想」を扱ってはいないが、メベッド・シェリフの「川端文学における「意識の流れ」：『ユリシーズ』の発表以前の二作品を巡って」（「言葉と文化」平14・2）と「昭和初期における「意識の流れ」受容を巡って：ジェムズ・ジョイスの『ユリシーズ』と川端康成の「針と硝子と霧」」（「言葉と文化」平15・3）が参考になることも付記しておく。

新感覚派

「水晶幻想」において、意識の流れを示すカッコの使い方から新感覚派時代と変わらぬ川端の特性を割り出したのは先の磯貝英夫が最初だが、続いてこの新感覚派の方面から切り込みをした論文に小澤正明「「水晶幻想」研究――川端文芸に於ける「新感覚派」的感受性」（「八幡大学論集」昭53・1）がある。小澤は「水晶幻想」が四段構成から成ることを確認の上、それを貫く「構想」に「「新感覚派」的と称ばれている譬喩と象徴による表現」があることを主張。川端の「新感覚派的表現の理論的根拠」及び「新進作家の新傾向解説」中の「ダダ主義的発想法」がまさに「構想」の根拠になっていることを、引用と解説で説き固めたものである。要は新感覚派としての方法がそのまま「水晶幻想」に当て嵌まることの確認作業と言ってよく、磯貝の見方の部分補強と捉えることができる。

同じく、新感覚派にアクセントを置くものとしては、竹山雅子「川端康成初期作品の作風変化について――『水晶幻想』を手がかりに――」（「名古屋近代文学研究」平3・12）がある。表題が示すように初期作品の作風変化の位置付けを構想したものだが、副題にあるように実質的には「水晶幻想」論である。竹山は、夫人の内白が事件や記憶を素材にしていながら原型を留めないほど解体されているのは、川端が孤児根性対象化の最終段階で掴み出した「自己を拘束する自分自身の感情からも自由になろうとする、自己解体への意志」の結果であることを解き明している。内白の心理的領野は事物の世界ではなく意識であり、夫人の意識は「脈絡づけられた言葉として語られる意識上の次元と、脈絡づけられない言葉として語られる前意識の次元と、言葉にならない無意識の三つの次元によって構成されている」。この「心理学の理論を忠実に取り込んだ」三つの次元の組み合わせと内白によって、「文体の慣用的な規則性も含めて、認識の範型を何もかも破壊することで、とりあえず実在から離れることを実践しようとした」のが、「水晶幻想」だというのである。この「実在から離れ」ようとする解釈は後述するが、小管健一の捉え方（「「水晶幻想」論――構成原理と問題意識を視座として――」昭64・5）と全く逆向きである。ただ、孤児根性対象化の問題は竹山のオリジナリティーとして光っている。しかし、「新進作家の新傾向解説」を使い新心理主義文学の理論以前から内白は先取りされていたものだとする説明は、磯貝説の更には小澤説の踏襲であることを断るべきであるし、「水晶幻想」が単に「破壊」だけでないことを「歌」を使って補足しているのは、これは断ってはいるが磯貝説である。逆に言えば、先の小澤論にとってもこの竹山論にとっても、磯貝が敷いたレールの恩恵は大きいと言わなければならない。

構造論的アプローチ

さて、磯貝説の補強に止どまりかねない小澤論にも、一つの特徴を認めることができる。それは「水晶幻想」に対しての構造論的アプローチである。特に、場面三つと構造四つとが〈ずれ〉と〈重なり〉をもって「水晶幻想」を作っているという指摘は、構造の意味規定の甘さがあるものの、忘れられがちだった作品構造への切り込みを呼び覚ます役割を果たしたと言ってよい。

過不足ない説明という点では、同じく構造に眼を向けた長谷川泉の「「水晶幻想」の構造分析」（「〈川端康成研究叢書　補巻〉総索引・作品論補説」教育出版センター、昭58・6）は、やはり安定している。「三面に映る世界によって「水晶幻想」の基本構造」を規定する三面鏡、冒頭に近い部分と終末「散らばつた小さいガラス」が意味する散乱との照応、愛の二重構造、更に夫人の心理の二重構造などを掘り下げながら、「次代の生の創造が科学と神との悪魔的調和の中で破綻を来しそうな予感」を描いた作品であることを読み解いている。「日本近代文学大系42」（角川書店、昭47・7）での「注釈」を背景にした論だが、夫の言葉に夫人の顔色が変わる箇所の解釈についてはこの論で変更された。

　構造論とはやや違うが、小管健一「「水晶幻想」論――構成原理と問題意識を視座として――」（「繍」昭64・5）は、副題で語っているように構成原理から追究する論を展開した。論証のための自己論証に迷い込むのは気になるが、川端の作者の立場としてのジョイス評価と読者としてのそれとのズレを見て、ジョイスの影響を排除したところからの検討を提言。「水晶幻想」を堅固に支えるのは〈象徴〉の意味の相対化と〈鏡〉の役割の相対化だとして、「水晶幻想」で描こうとしたのは「作品の中で認識装置として機能している〈私〉という絶対的な存在（表現主体）」であるという見解を示した。「〝他者〟という存在に代表される現実（発生学者の夫に形象化）と密接な関係を持つことを痛切に希求している〈私〉だったということに意義があるのである。」という説明が示すように、これは磯貝説の変形とも言えるし、先に挙げた竹山説とは全く正反対の取り方である。論文の仕上がりとしては、正式版手前のベータ版という観があり、もう少しその印象を払拭できれば、研究史上でより光があてられることになる考察である。

《横光、「機械」との関連》

　さて、これまで新感覚派や新心理主義などの系統に触れておきながら、なおざりにしておいた横光利一絡みの切り込みにも触れておくことにしたい。

　横光・川端の比較は早い時期から山ほどあるが、「水晶幻想」に言及したものは羽鳥の「一九三〇年代の川端康成――「浅草紅団」から「雪国」まで――」（「国語と国文学」昭42・8、9）が最初である。羽鳥には「横光利一と川端康成」（「解釈と鑑賞」昭58・10）もあるが、要は横光と川端の自我の強固性の違いという観点から、いわば自我解体の「不幸」（※この「不幸」は川端が時評で繰り返したことば）の表象とも言える「機械」をきっかけに、自我の解体などしていない川端が、「浅草紅団」のあと「針と硝子と霧」「水晶幻想」で内面の描写に移ったという見解である。川端の作家としての内的変遷を辿った整合性に優れた見解だが、羽鳥説が幾分横光のマイナス要因に比重をかけているとすれば、プラス要因に評価軸を置いたのが曽根博義「「機械」と「水晶幻想」」（『定本横光利一全集』月報5　河出書房新社、昭56・9）である。小文だが、曽根の見解も示唆に富んでいる。「機械」「水晶幻想」の文体は比較が無意味なほど異質だが、「個人としての人間を他の存在と代替可能なものにしてしまうような思想や、その思想の上に成り立っている現代文明に対する、現代日本人としての反応をいちはやく描い」た点では「共通する現代性」があるとする。「「機械」が個人としての人間と人間、あるいは人間と物との代替可能性に対する怖れを描いた作品であるとするならば、」「水晶幻想」は「人間と人間の関係を越えた詩的・宇宙的な枠組の中で、人間と生物の区別を取り払い、人間と生物が結局は同じもので代替可能だとしたらどうなるかを考えた作品」、つまり「人間を生物と同じ次元において考える考え方への同化と抵抗」がテーマの作品だという。両者は「人間を見る視点は違うが、近代個人主義あるいは人間中心主義を根本からくつがえし、人間の自立性を突き崩す力を問題にしている点」で共通するという見解である。この評価を拡大補強していけば、日本文学史上の転換点ともいうべき重要なエポックとして位置付けることもできるし、既に冠せられた現代文学の起点（これは「機械」だが）という評価を再確認することにもなるであろう。「水晶幻想」研究で不思議にも見落とされている補強していかなければならない領域の指摘である。曽根は、「「水晶幻想」の主人公の生物学主義的人間観に対する共感と反発は、川端康成の万物一如思想が近代科学の方法をその上に重ね合わせようとしたときに発した共鳴音と摩擦音だったといえる。しかし西洋の方法を棄てさえすれば、摩擦音は消え、共鳴音が東洋人の非情の美を響かせる。」と述べ、後の「モダニズム――川端康成における伝統と科学」（「国文学」平13・3）に於いても「「死体紹介人」「水晶幻想」「禽獣」などのモダニズム小説」の時代の特性として繰り返し強調している。

　こうした曽根の論に刺激されて、岩田光子が「水晶幻想再論――「機械」との関連性において――」（「学苑」平3・11）で曽根のテーマに関する考えに疑義を挟んだ。横光の「機械」には「人間を視る《心》に暖かいもの」があるのに対して「水晶幻想」にはそれがない。「人間を一個の生物として考えることに《同化》も《抵抗も》ない」そうした「水晶幻想」に「人間と生物が結局は同じもので代替可能だとしたらどうなるか」という考えを盛り込ませただろうか、つまり川端がそうしたテーマを意図したかという疑義である。岩田は、「水晶幻想」は全編に織り込まれた（幻想）の中にこそ主題があり、作品様式としての画期的な特色があるという考え方に立ち、「「水晶幻想」の主題は「生殖」（勿論結婚とか性の問題がその前提となるが）という問題を真正面から捉えない、つまり人間的に、情意的にあるいは現実的に捉えることをせずに「科学的」に考えようとしたということに、ある意味で韜晦的に、そして象徴的な手法を「意識の流れ」（連想）の新形式をもって実験してみたことにある」という考え方を取った。それを、いくつかの連想語彙と唯一固有名詞の所有者である「プレイ・ボオイ」、三面にそれぞれ別の夫人が住む三面鏡などの問題に触れ、自説へと導いてゆく体裁で説明している。科学的態度が「水晶幻想」の作品様式とどう結び付くかという課題はあるが、登場人物の匿名性を挙げた太田説（前出「川端康成「水晶幻想」論」）の虚を突くかたちになった固有名詞「プレイ・ボオイ」の指摘は、作品意図解明の一つのヒントとして注目しておく必要がある。（以上は、これと大同小異の岩田が以前書いた「『水晶幻想』」（「解釈と鑑賞」平3・9）をベースにしている。）

　羽鳥・曽根・岩田のいわば内向・離反・選択という三者の視線の違いは、総称すればモダニズムの問題に川端がどういう姿勢を示したかという解釈にも絡んでくるところだが、ただモダニズムというと必然的に範囲が広がるため、そのフィルターを用いた方面からの言及は漠としているのが現状である。

　竹内清己「モダニズムにおけるアメリカ――川端康成における評言と構想を通して――」（「昭和文学研究」平3・2）、佐伯彰一「モダニズムと伝統」（『世界の中の川端文学』おうふう、平11・11）、大久保喬樹「自意識のモダニズム――近代性から現代性へ――」（「日本近代文学」平9・10）があるが、竹内は文芸時評も書く川端がアメリカニズム導入の道筋を幾分かつけた分、実作者として生き延びる危機を乗り越えなければならなかった、その線上にある一つが「水晶幻想」だという見方をしている。佐伯は、「直輸入の描写ぶり」「時世粧の「意識の流れ」技法の試み」が「書き継いで完結させる意欲も起こさ」せなかったとし、「禽獣」の方でその試みが定着するに至ったという説明をしている。

この二者に比べると、割りと纏まった分量を割いて言及しているのが大久保である。大久保は、伊藤整の「生物祭」と比較しながら、「水晶幻想」が「自我意識も解体、希薄化して、まさに生物―自然に同化した〈脱我〉あるいは〈無我〉的」であるのは、「生物祭」が「失われた時を求めて」の主人公マルセルの影響を受けた「近代的な意識のありよう」を反映しているのに対し、「水晶幻想」は「ユリシーズ」の主人公ブルームを引きずった「現代的な意識のありよう」を反映しているからであると説明している。また、種の保存というモチーフが輪廻転生という仏教概念に転移され、結果的に「『生物祭』などの場合よりもさらに徹底して超（脱）近代的、いってみればポストモダン的な性格を帯びるように」なっているという見方を取った。これも三者三様だが、ジャーナリスティックな用語先行型の概念からのアプローチには、ある程度の限界が伴うのはやむを得ないのかもしれない。

《語彙論・文体論》

ところで、先の岩田だが、曽根への疑義を差し挟む前の「水晶幻想」に関する仕事としては、既に「川端文学の特相（六）――『水晶幻想』試論――」（「学苑」昭55・1）がある。論旨は後のものとほぼ同じだが、特徴としては言ってみれば語彙論で、語彙・文体方面からのアプローチとしては、佐伯彰一、三島由紀夫、臼井吉見など「水晶幻想」に限定していないものを除けば、この岩田と小林一郎の「「水晶幻想」の描写と文体」（『川端康成研究叢書補巻　総索引・作品論補説』教育出版センター、昭58・6）の二つしかないという現状である。

岩田は幻想・連想が全体の四割を占めることから、夫人の深層から発現する語彙の名詞を分析。約半数が性に関するもの、残りが「死」とキリスト教を主とした宗教に関するものであることを割り出し、それらが出生に係わる孤児意識という先天的理由と失恋体験という後天的理由との二つを淵源として、「性」のあり方を追及する主題を発展させる原動力になっていると説いた。渥美孝子は名詞以外の語彙にもっと目を向ける必要性を説いているが（「川端康成」『水晶幻想』論」「東北学院大学論集」昭63・3）、名詞だけとは言え、定量分析的に最初に基礎データをとった岩田の仕事は一歩進み出ている。

一方小林は、伏字の問題、地の文、会話、心理＝内的告白（※この内的告白については、小林論文の表記に基づく）、動詞にまで目配りをし、岩田を上回るデータ分析を行っている。興味深いのは地の文が「夫人を頂点にして「夫」「犬」「令嬢」が動かされ、それを客観的に写している三次元の世界として「鏡」が投入され、投入されることによって、又、夫人をふくめて、第二次元の世界が構成され、その姿が描写される」という特徴を導き出した点である。これは文体論を借りた一種の構造論であり、作品構造の解明及び三面鏡の機能解明にとっても何らかのヒントを提供する言及だと言ってよい。評価については、岩田が「水晶幻想」を一応の成功作だとしているのに対し、小林は「本来的文体を崩すことをやって見たが、深部に届くことなく失敗に終った作」という全く逆の結論を出している。なお、渥美が小林論に係わらなかったのはこの小林に作品の読みがなかったからであることを推測して付記しておく。

《女性・セクシュアリティ・エロス》

さて今名前を挙げた渥美は「「川端康成」『水晶幻想』論」（「東北学院大学論集」昭63・3）で、女性論的な立場からの言及を行っている。女性論という言い方は厳密性を欠くが、岩田が「徹底して心情表現を拒んで結婚という精神的肉体的条件を充たすべき愛の所業を、生物学乃至は医学という無味乾燥な次元に固定させることによって、女という生き物の生殖を、負の立場から照射するという、入り組んだ手法をとらせている。」と評したことへの反措定としての意味が、論旨の結末に見えてくるからである。問題は夫人の苦悩をどこまで掘り下げられるかという点にかかっているが、渥美は「徹底して心情表現を拒」むのとは逆向きの心情表現の深さを読み込んでいる。

「父に、そして夫に疎外された自己の存在の寒さが、夫人の脳裏において過去と現在とを共存の相の下に引き出す」「魚」の暗示的幻影を引き金に、直線的には辿れぬ夫人の苦悩を「内にかかえる空虚とそれをふり切るような」思いにひそむ「裏返しの欲望との葛藤」に見ていこうとするものである。

渥美の視線は先ず、夫人の少女時代への郷愁が「令嬢への好感を誘い出す」動きになることを確認する。それが「たちまちのうちに羨望から嫉妬へと変じ」「自分の否認の声として」意識され、「現在の生活を虚偽だと告発するように夫人の意識に働きかけ」てくる圧力になることを押さえる。今度は「そうした告発から身を閉ざそうとする夫人の抵抗」が生じ、お嬢さんの「ロマンティック・ラブの夢想を」打ち砕く方向に旋回していくことを確認。夢想を打ち砕くとは、具体的には犬をお嬢さんの目の前で「交尾させ」ることであり、そうすることでしか「今の自分を守る」ことができない「夫人の孤独な生」であることを引き出していく。

「こうした夫人の孤独な生の反映として、未来もまた下降のイメージと自己悲哀感のうちに形象化され」ていく錯綜した過程を渥美は忍耐強く辿るのだが、特に、夫人の連想の多くが雌雄同体で「対」を必要としないものであるという指摘、「とりわけ、「女王蜂が結婚をもとめて飛ぶ」ナプシャル・フライトの連想を呼ぶ蜜蜂には「対」に拘束されぬ関係への屈折した思いが込められている。」という指摘は、「「対」の思想に対する夫人の絶望感の深さ」を十分に言い当てている点で注目に値する。渥美は加えて、「夫人は夫を裏切りたいのではなく、裏切りを指向する自分自身を意識することによって、欲望の主体としての自分を主張したいのである。それは夫人の転倒した愛の表現なのだ。」という見方も打ち出す。根拠に確認の余地はあるが、これまでにない新たな夫人論、「水晶幻想」論の出現だと言っても過言ではない。結末の言葉に向かう作品の意図を「個々の死を前提とした人間の生において生殖とは何か。そうした問いが、顧みられない半身としての夫人の呪詛とともに、この作品の基底を流れている。」と整理し、「水晶幻想」は「生殖と死という生命の円環のなかにおける人間の性の悲しさを描いたもの」で、

「それは存在の根源を見つめることにつながっていく」ものだと結論づけている。渥美の考察は、これまで「幻想する」「連想する」ということがどういう方向性を持つかということばかりに関心が向けられていた研究状況に、どういう深さと連関する内実を持つかという視座を用意し風穴をあけたという点で評価してよいものである。また、シンボル依存の傾向が強い内的独白のどこにアクセントを置くかによって作品の見え方が違ってくることを、例えば野口武彦の「抒情する人工水晶体――「水晶幻想」のロマネスク」（「国文学」昭62・12）を引き合いに指摘するなど、「水晶幻想」研究が陥りやすい盲点を明らかにした点でも注目する必要はあると言える。

　ところで、今挙げた野口の論が軽視されないものであることは、断っておく必要がある。「八犬伝」「ソドミイ」の暗示的な解釈から「世にも奇怪なエロスの形姿を」読み取ろうとする窓口を開いたという点は、まるで別の読みではあるが、後の中村三春論の出現の余地を残した意味を持つ。特に、夫の「無機物化する視線」に対する夫人の「有機体的な性愛のロマネスク」という対比には、ロマネスクの内実を検証する行く末に中村論に繋がるヒントが隠されていることを見落としてはならないであろう。

　さて岩田を経て渥美あたりから女性という観点からの掘り下げが始まり、同時に女性の性やエロスの問題が議論の比重を増してくる傾向が見られるようになる。この流れを引き継ぎ、更に夫婦という観点に踏み込む見解を出してきたのは、平山城児の「「水晶幻想」をどう読んだか――「夫人」の性をめぐって――」（「大正大学大学院研究論集」平11・3）である。先行論文の瑕疵を厳しくチェックしたこの論考では、渥美論と長谷川泉の作業には敬意が払われている。作品時間の再構成を基盤に、女性としての夫人を見るという点と専ら長谷川泉の注釈（前出「〈日本近代文学大系42〉」）をテコにして、解釈のし直しを行っているからである。三面鏡に絡んだ時間の組み直しから始め、夫人の内白に伴う解釈の揺れる部分に分け入り性生活に比重をかけた読みのし直しと、川端夫妻の実生活に目配りした読みの補強を特徴としている。時間の再構成による成果を踏まえて、作品を作品たらしめている錯雑化した書き方への踏み込みも欲しいところだが、誤読しやすい箇所の確認資料的な意義を持つという点で、重宝な論考の一つと言えるであろう。

　さて、こうした基本確認のし直しが行われたのと同時に出てきたのが中村三春の「「水晶幻想」のポリセクシュアリティ」（『〈川端文学の世界1〉その生成』勉誠出版、平11・3）である。時間の再構成をして作品の洗い出しをしようとした平山とはまるで逆で、錯雑感を錯雑感として認め、そこに作品の支柱を探り当てていこうとしたのが中村論である。

　中村は「再構成する表意内容（物語内容）としての人物の心理、人物間の関係、そして再構築されるストーリーについても、安易な解決を許さない」「多面体的なディスクールの攪乱」が「水晶幻想」の特徴だとしている。その「重要な装置として導入されている」のが三面鏡で、「何が住むのか明示されていない右の鏡は、設置の仕方から見て室内を映すのだから、そこには夫人と夫との生活、特にありうべき自然な性生活の実態が映し出されるはず」で、「自然な妊娠の理想が映って初めて、人工と自然の両端を揺れ動く夫人の心性が三面鏡において完結する」ことになる。それは「このテクストじたいによって提供される」ものでもあるとする。

ところで、その鏡に姿を映す夫人は、夫との生活で女性の「処女―処女喪失―妊娠―出産という生殖・再生産のサイクル」と「幼児―少女―妻―母というライフ・サイクル」を「不妊によって断ち切られ」ている。つまり「再生産のサイクルを離脱」した存在となっている。ところが「生殖・再生産のライフサイクルを絶対視し、そこから離れることを死に等しいものと見なす場合のみ、死のイメージ」に強く収斂することになるのだが、夫人は死の恐れを述べるに止まり、「これ以後にも錯雑したディスクールを連綿と持続して呈示して」いっている。つまり、夫人は死に収斂するのではなく、「再生産のサイクルを離脱することによってのみ成立しうるような、別の生のあり方」に向かって行っているのである。それは「死ではなく生の、タナトスではなくエロスの方向性」を指し示すもので、それを支えているのが、鏡＝水晶の幻想という「時間の秩序を攪乱するメカニズム」なのである。

その生の、エロスの方向性とは、「夫によって不妊治療という触れ込みの人工受精を実験台として試みられた夫人が」「多種多様なセクシュアリティの夢想へと自らを誘」うことで、「ハイメン＝純潔のドグマから自己を救済し、また、夫に対する「復讐」をも果たす」方向性でもある。その復讐のために「夫人の回想は、夫との間のセクシュアリティを相対化する根拠を、自らの少女時代に求めて溯って行」くことになる。その「子供への生成変化」は「「ひとりの主体の中におけるn……個の性」としてのセクシュアリティを解放する契機にほかならない。」つまり復讐はポリセクシャルの解放でもあるのだ。よって、渥美の言う「「対」（この場合はヘテロセクシュアル）の思想に幻滅した者が、あくまでも「対」に回帰しようとする姿勢を意味する」のではなく、「対」の思想から「多」の思想へと誘っていくものが「水晶幻想」なのだ、とする論である。

渥美が「対」の限界の中に閉じ込められた夫人、つまり多分に見られる社会通念的に拘束された女性の心性を読んだのに対し、中村は対の限界を破る「多」の解放を読むことで、家庭に隷属する女性の忍従という心性の解放の実現と可能性を読んだということになる。それは女性に限らず、男性たる川端の延命的な生のあり方にも通じる問題の提示でもあると言えるであろう。この中村の論の登場によって、また別の「水晶幻想」論の、あるいは川端論の可能性が開かれる段階に入ったと言うことができるかもしれない。

ただ、フロイト理論が紹介されて間もない時代に、フロイト理論の反措定としてのドゥルーズ、ガタリの言うポリセクシュアルを小説であれ武装的に言えるかどうか。言えてるとするなら、それはドゥルーズ、ガタリの先取りということにはなるが、しかし、時代のパラダイムがどうであったかという問題を中村論は視野の外に置いているために、まだできていないものさしをあるかのように扱う「転倒」を起こしてはいないかという疑問がちらつかないわけでもない。

更に、作中に、身体の操作によってポリセクシュアルな幻想が誘発される暗示的な表現などがいささかでも見い出すことはできないかという素朴な疑問も残る。小さなことだが、誘発を示す記述があるかないかでは、反フロイトを意図した、しないの大きな違いが出てくる。先に精神分析系列で紹介した小林洋介の「「象徴」による無意識表出の試み――川端康成「水晶幻想」論――」とこの中村論とでは、〈フロイト対ドゥルーズ、ガタリ〉という全く逆向きの取り方になることも気にかかるところである。

また更に、マリンスノーの死のイメージについて、生か死のどちらかしかないという究極的な判断でのみ捉えてゆくべきものなのかどうかという疑問も残る。誰もが持ち得る心の浮き沈みという範囲で捉えるなら、死に収斂することを乗り越えた先の生の方向という解釈は大仰すぎ、対から多の解放というほどの、切実さは伴わないものになる。渥美に倣って言えば、死あるいはまたそこからの抜け出しに、アクセントを置きすぎる解釈ということにならないだろうか。

こだわれば問題はまだまだ出てくるが、中村によって示されたポリセクシュアリティからの切り込みは、川端の諸作品に見られる同性愛的要素をどう扱うかという問題にかなり有効な展望をもたらすことになるであろうし、「水晶幻想」研究にとっても生産性の高い刺激を与えてくれることは、間違いないと言えるであろう。

さて、これまで研究の足取りを概括的に眺めてきたが、中村論の後には、レンズやガラス文化、フェティシズム、交換、交感といった観点を複合的に扱った倉数茂の「輪廻するナルシス——川端康成「水晶幻想」と「抒情歌」——」（「言語態」平12・6）が出、そして十九年には先に触れた小林論が出て今日に至っている。

多くの論が三面鏡の解釈を避けて通れない問題として扱っていたことは、改めて述べるまでのことではないが、この鏡の問題を川端の文学の特徴の一つとして扱ったマシュウ・ミゼンコの「川端文学における「鏡」」（「解釈と鑑賞」昭56・4）が「水晶幻想」に触れているということ、更には新心理主義などの影響関係などから勢いヨーロッパという視座に傾きがちな研究のなかに、一点日本の古典文学との関連を述べた笹淵友一の「「水晶幻想」と日本の古典」（『〈川端康成研究叢書4〉非情の交感』教育出版センター、昭53・8）があるということを付記して、研究の概括を閉じることにしたい。

（「川端康成作品論集成」第二巻より収録）

「水晶幻想」研究文献目録

吉田秀樹

長谷川如是閑「新年雑誌のピラミッドから」（「読売新聞」昭6・1・9）

久野豊彦他「座談会　一九三一年初頭の文芸界の展望」（「新潮」昭6・2）

竜胆寺雄「九月雑誌作品評」（「新潮」昭6・10）

大宅壮一「文壇時評」（「文学時代」昭6・10）

近松秋江他「座談会　一九三二年の文芸界の動向を語る」（「新潮」昭7・1）

中條百合子「文芸時評」（「東京朝日新聞」昭7・1・28〜31）

矢崎弾「川端康成論」（「三田文学」昭8・2）

伊藤整「「水晶幻想」読後」（「翰林」昭9・12）

宇山雄二「川端康成論」（「日本評論」昭10・11）

山室静「川端康成私見」（「批評」昭12・4）

宮本百合子「昭和の十四年間」（『日本文学入門』日本評論社、昭和15・8）

十返肇「川端康成」（『50人の作家〈ミリオンブックス〉』講談社、昭30・7）

森田蘭「『水晶幻想』」（「解釈と鑑賞」昭32・2）

無署名「作品紹介　水晶幻想」（三島由紀夫編『文芸読本川端康成』河出書房新社、昭37・12）

羽鳥一英「一九三〇年代の川端康成（上）――「浅草紅団」から「雪国」まで――」（「国語と国文学」昭42・8、後『作家川端の展開』教育出版センター、平5・3）

吉村貞司「連想による方法」（『川端康成　美と伝統』學藝書林、昭43・12）

磯貝英夫「水晶幻想」（長谷川泉編『川端康成作品研究』八木書店、昭44・3）

読売新聞文化部「〝奇術師〟の敏感さ」（『実録　川端康成』読売新聞社、昭44・7）

川嶋至「第四章　奇術師のなげき」（『川端康成の世界』講談社、昭44・10）

武田勝彦「「水晶幻想」と「聖書」」（「比較文学年誌」昭46・3、後『川端文学と聖書』教育出版センター、昭46・7）

平山城児「「水晶幻想」前後――昭和初代年の日本におけるジョイス、フロイトの受容の実際についての一考察――」（「立教大学英米文学」昭46・3、後『現代文学における古典の受容』有精堂、平4・10）

佐伯彰一「解説」（『〈日本近代文学大系42〉川端康成・横光利一

集』角川書店、昭47・7）

長谷川泉「注釈」（『〈日本近代文学大系42〉川端康成・横光利一集』角川書店、昭47・7）

太田三郎「川端康成「水晶幻想」論」（『学苑』昭47・8、後『近代作家と西欧』清水弘文堂、昭52・4）

小澤正明「「水晶幻想」研究――川端文芸における「新感覚派」的感受性」（『八幡大学論集』昭53・1、後『川端康成文芸の世界』桜楓社、昭55・3）

今村楯夫「「水晶幻想」の比較文学的考察――ジョイスの影響――」（川端文学研究会編『〈川端康成研究叢書4〉非情の交感』教育出版センター、昭53・8）

武田勝彦「「水晶幻想」と聖書」（川端文学研究会編『〈川端康成研究叢書4〉非情の交感』教育出版センター、昭53・8）

笹淵友一「「水晶幻想」と日本の古典」（川端文学研究会編『〈川端康成研究叢書4〉非情の交感』教育出版センター、昭53・8）

林武志「作品研究史（四）「水晶幻想」研究史瞥見」（川端文学研究会編『〈川端康成研究叢書4〉非情の交感』教育出版センター、昭53・8、後『川端康成作品研究史』教育出版センター、昭59・10）

羽鳥徹哉「〈川端康成研究叢書4〉後記」（川端文学研究会編『〈川端康成研究叢書4〉非情の交感』教育出版センター、昭53・8）

羽鳥徹哉「川端康成伝（七）」（川端文学研究会編『〈川端康成研究叢書7〉鎮魂の哀歌』教育出版センター、昭55・4）

岩田光子「川端文学の特相（六）――『水晶幻想』試論――」（『学苑』昭55・1、後『川端文学の諸相――近代の幽艶――』桜楓社、昭58・10）

長谷川泉「水晶幻想」（『心象幻想――川端文学へのいざない――』アートプロデュース社、昭56・4）

マシュウ・ミゼンコ「川端文学における「鏡」」（『解釈と鑑賞』昭56・4、後『〈群像　日本の作家13〉川端康成』小学館、平3・7）

曽根博義「「機械」と「水晶幻想」」（『定本横光利一全集月報　5』河出書房新社、昭56・9）

橘正典「第三章　時代との逆接（一）」（『異域からの旅人　川端康成論』河出書房新社、昭56・11）

長谷川泉「「水晶幻想」の構造分析」（川端文学研究会編『〈川端康成研究叢書補巻〉総索引・作品論補説』教育出版センター、昭58・6、後『川端文学の機構』教育出版センター、昭59・5）

小林一郎「「水晶幻想」の描写と文体」（川端文学研究会編『〈川端康成研究叢書補巻〉総索引・作品論補説』教育出版センター、昭58・6）

羽鳥徹哉「横光利一と川端康成」（『解釈と鑑賞』昭58・10）

千葉宣一「川端文学における西洋と東洋――ジョイスとの出会いと訣別を中心に」（『月刊国語教育』昭62・11）

野口武彦「抒情する人工水晶体――「水晶幻想」のロマネスク――」（『国文学』昭62・12）

森本穫「川端康成作品論事典　水晶幻想」（『国文学』昭62・12）

渥美孝子「川端康成『水晶幻想』論」（『東北学院大学論集』昭63・3）

小菅健一「「水晶幻想」論――構成原理と問題意識を視座として

――」（「繍」昭64・5）
竹内清己「モダニズムにおけるアメリカ―川端康成による評言と構想を通して」（「昭和文学研究」平3・2）
金井景子「代表作ガイド　水晶幻想」（『〈群像　日本の作家13〉川端康成』小学館、平3・7）
岩田光子「『水晶幻想』」（「解釈と鑑賞」平3・9）
橋本直「〈作品のあらすじ〉『水晶幻想』」（「解釈と鑑賞」平3・9）
岩田光子「「水晶幻想」再論――「機械」との関連性において――」（「学苑」平3・11、後『川端康成――後姿への独白――』ゆまに書房、平4・9）
竹山雅子「川端康成初期作品の作風変化について――『水晶幻想』を手がかりに――」（「名古屋近代文学研究」平3・12）
原　善「Ⅲ外部と内部／「水晶幻想」」（「研究展望―昭和六十二年から平成四年まで―」『川端文学への視界7』教育出版センター、平4、6）
岩田光子「世界文学と川端康成」（『川端康成――後姿への独白――』ゆまに書房、平4・9）
瀧田夏樹「文学的美意識と『日本』――川端康成と三島由紀夫」（「東洋大学井上円了センター年報」平6・7、後『川端康成と三島由紀夫をめぐる21章』風間書房、平14・1）
大久保喬樹「自然意識のモダニズム―近代性から現代性へ」（「日本近代文学」平9・10）
波瀬蘭「水晶幻想」（羽鳥徹哉・原善編『川端康成　全作品研究事典』勉誠出版、平10・6）
中村三春「「水晶幻想」のポリセクシュアリティ」（田村充正・馬場重行・原善編『〈川端文学の世界1〉その生成』勉誠出版、平11・3、後『修辞的モダニズム――テクスト様式論の試み』ひつじ書房、平18・6）
平山城児「「水晶幻想」をどう読んだか――「夫人」の性をめぐって――」（「大正大学大学院研究論集」平11・3）
佐伯彰一「モダニズムと伝統」（『世界の中の川端文学』おうふう、平11・11）
平山城児「「水晶幻想」と『ユリシーズ』」（「大正大学研究紀要」平12・3）
倉数茂「輪廻するナルシス―川端康成「水晶幻想」と「抒情歌」」（「言語態」平12・6）
大久保喬樹「第二章　作家への旅立ち　6創作原理の確立」（『川端康成――美しい日本の私』平16・4）
小林洋介「「象徴」による無意識表出の試み――川端康成「水晶幻想」論――」（「日本近代文学」平19・5）

（『川端康成作品論集成』第二巻より収録）

「抒情歌」研究史

高根沢紀子

重要な作品

「抒情歌」は、昭和七年二月に「中央公論」に発表された。川端康成は〈私の近作では「抒情歌」を最も愛している〉（「文学的自叙伝」昭9・4）、〈「抒情歌」に現れたやうな心霊説を、私は現実的には必ずしも信じてゐないが、魂の詩としては信じてゐる。この作はその入口を淡く歌つたものとして、私の気に入つてゐる。〉（「あとがき」『新日本文学全集　川端康成』改造社、昭15・9）と、繰り返し愛着を示している。研究も数はそれほど多くはないものの、常に〈重要な作品〉であり、作家のメルクマールとなる作品であることが論じられてきた。

三好行雄は、〈文学的リアリティなどという、理論の制約をはるかに超えた傑作〉（「解説」『抒情歌・たまゆら他八篇』旺文社文庫、昭49・6）と高く評価した。しかし発表当時の評価は必ずしも高いものではなかったことは、林武志「「抒情歌」研究雑史」（川端文学研究会編『〈川端康成研究叢書9〉魔界の彷徨』教育出版センター、昭56・5）に詳しく紹介されている。林論は、諸氏の「川端康成論」における「抒情歌」への言及を細かく拾っており、本格的な研究に至るまでの経過がつぶさにわかる必読論文である。その後の研究を辿れるものとしては、他に上田渡「抒情歌」（『川端康成全作品研究事典』勉誠出版、平10・6）がある。

同時代には否定的な評価もあるものの、三島由紀夫は〈心霊の主題〉を作者の問題として深く捉え、〈「抒情歌」のなかで川端氏は「禽獣」におけるよりも切実に自己の童話を語った。そして人も知るやうに、童話とは人間の最も純粋な告白に他ならないのである。〉（「川端氏の「抒情歌」について」「民生新聞」昭21・3）と讃美した。更に〈私見によれば、『抒情歌』は川端康成を論ずる人が再読三読しなければならぬ重要な作品〉（「『伊豆の踊子』について」『伊豆の踊子』新潮文庫、昭25・8）と規定されたことで、「抒情歌」は、川端研究のなかで〈重要な作品〉として論じられることとなる。森本穫が三島は〈わたくしたちに、「抒情歌」の解明こそ川端文学の本質を開扉するものであり、その解明の手つづきを誤ってはならぬと無言の圧力をかけてくるのである。〉（「愛の呪縛——「抒情歌」の意味するもの——」川端文学研究会編『〈川端康成研究叢書補巻〉総索引・作品論補説』教育出版センター、昭58・6）と述べているように、三島が初期の「抒情歌」研究の方向を決定づけたといっても過言ではないだろう。

古谷綱武は、〈「抒情歌」を中心にしたこの年代は、川端さんが自分の世界を、しっかりと築きあげた時代だ〉（「抒情歌」『〈作品と作家研究〉評伝　川端康成』実業之日本社、昭35・12）と述べ、山崎俊介も、「抒情歌」は〈筋らしい筋を持た〉ず、〈心霊に関する総和において、氏は、愛の美しさ、愛のはかなさ、愛の理想を象徴的に歌った〉（「抒情歌」長谷川泉編『〈近代文学研究双書〉川端康成作品研究』八木書店、昭44・3・1）作品と捉えた。また、川端の〈美と虚無の哲学を象徴的に説明して〉おり、〈「伊豆の踊子」を久しく代表作と考えられていた氏が、より明白な形で、生涯の根本テーマをその資質にふさわしい文体で提示したところに「抒情歌」の意義があるのである。〉と古谷同様、作家にとって〈重要な作品〉であると位置づけた。

　ハイメ・フェルナンデスも「抒情歌」を〈基本的作品〉であるとし、その中心にあるのは作者の〈孤独〉であると結論する。シュール・レアリズムの手法を指摘し(1)、〈愛、人生、時という三つの次元における人間の本質の探究〉がなされたのだとする。その龍枝の行為は〈逃避〉と捉えられた。以降、龍枝の〈愛〉がどのようなものであったか、龍枝は何を語っているのか、「抒情歌」には何が語られているのか等がさまざまに論じられることになる。

思想（宗教・心霊学）

　作品にちりばめられた宗教、思想は、黒崎峰孝（「〈抒情歌〉論——川端文学の思想的原拠——」「明治大学日本文学」8、昭53・3）によって詳細な表に整理されている。

　黒崎は、〈死というものを真正面から見つめて生きた川端の姿勢がこのような形をとって表われているともいえる。そして、この作品の中におけるこれら思想的原典からの引用は、作品に深さと奥行きを与えているとともに、芸術性を高める役割も果たしている。〉とし、仏教、キリスト教への造詣の深さを指摘しつつ、龍枝が仏教の輪廻転生に救いを求めている理由を、〈川端は文学として仏典をとらえている〉と、仏教が文学に読み替えられたものとして重要性を論じている。またその一方で「抒情歌」において〈宗教色を一切払拭したところに、氏の輪廻観が樹立された〉（山崎）、つまり作品に宗教はそもそもなかったという読みが支持を得ている。

　武田勝彦（「抒情歌」『〈以文選書Ⅰ〉川端文学と聖書』教育出版センター、昭46・7）も、〈「抒情歌」の背景にはキリスト教や仏教の思想だけでなく、心霊学やギリシャ神話(2)までが自由に駆使され〉るが、〈キリスト教や仏教を超越したところに「抒情歌」の本質を見ている〉のだとし、その証明を得るためにもキリスト教が作品にどう表れているかの分析を重要視し、龍枝はキリスト教でも〈神話〉でも救われないが〈輪廻転生の抒情詩を読み、悟りを開いた〉のだと結論づけている。武田が龍枝の行為を〈逃避〉ではなく〈悟り〉と捉える根拠は、〈女の執念のおそろしさ〉を見ていることにあるだろう。龍枝の〈執念〉を女性一般にあてはめてしまうことには慎重になるべきだが、三田英彬（「「抒情歌」と川端の世界観」「学海」平6・3）も、多くの近代作家が男性原理に立っていたのに対して、川端の思想が女性原理に立ち、芸術至上に身を寄せていることを作家の特徴として指摘している。

　三田は、仏教に関しては、「抒情歌」にある仏教・輪廻転生・万物一如思想を検証し、〈川端が仏教にこれだけ逆らって、芸術至上を通していることは、その思いが川嶋至の言うように「雪国」からではなくて、ずっと前から、少なくとも「抒情歌」に顕示されるもっと以前からと見ていいことを示していた。〉と言い、「川端康成と仏教――「抒情歌」を軸に――」(『大正大学大学院研究論集』平7・3)で、川端の仏教の受容についてまとめ、晩年の魔界思想の萌芽を「抒情歌」にみている。(3)

「抒情歌」では、既成の宗教ではなく〈心霊〉世界が中心となることは、三島も指摘していたところだが、川端の心霊学の受容については、羽鳥徹哉に精緻な実証研究(羽鳥一英「川端康成と心霊学八」「国語と国文学」昭45・5)がある。本書では紙面の制限上、「抒情歌」に関する部分のみを掲載したが、「抒情歌」研究において必読論文である。羽鳥は、龍枝の求めた〈愛のあかし〉がエゴイズムであることを指摘し、〈人間的執念を脱した万物一如の世界に生きたい〉との願いが作品の主意であるとする。また、「抒情歌」は、〈死生観の一つの集成〉であり、魔界テーマの原型であると川端文学での重要性を論じた。

小林芳仁「心霊学と『抒情歌』」(川端文学研究会編『〈川端康成研究叢書7〉鎮魂の哀歌』教育出版センター、昭55・4)は、羽鳥論を踏まえ、「海の火祭」が〈『抒情歌』の創作ノートの意味を持つ作品〉としたうえで、心霊学が川端自身にどのように認識されているのかを分析した。また、心霊力が失われたのは龍枝の愛がエゴイズムであることが原因だと論じた。龍枝の〈心霊が捉えた来世観〉を〈エゴイスティクな現実主義〉として否定し、〈教養や倫理観を排除した明るい転生思想に相対させた〉とする。しかし、〈心霊〉は川端の思想として重要なものであるが〈川端文学の一素材としての客観的認識による受容の域を出てはいない〉とその限界を示唆してもいる。

堀切直人(「霊界通信――『抒情歌』から『たんぽぽ』へ」「国文学」昭62・12)は、「抒情歌」は〈川端康成の文学世界をオカルティシズムの探照灯でくまなく照らし出したといった趣きの、いっぷう変わった短篇小説〉だが、〈作品の設定そのものが、すでに川端文学の基本的な骨格を鮮やかに浮かび上がらせて〉おり、それは〈作家の心象世界〉だとする。川端の生い立ちからして〈死の世界とほとんど見分けのつかなくなった生の世界〉が本質であるとし、それは絶筆となった「たんぽぽ」を読み解く上で「抒情歌」が補注の役を果たすことを指摘した。しかし、堀切論において「抒情歌」は、あくまで「たんぽぽ」読解のための手引きであり、小林同様、逆説的に作品自体の完成度は高くないものとして捉えている。

今村潤子(「川端康成「抒情歌」の意味」「尚絅大学研究紀要」昭60・2)は、龍枝の失恋に川端の伊藤初代への心情を重ねて読み、〈失恋問題を核に、心霊のモチーフ、輪廻転生、万物一如のモチーフで構築されている〉と見る。

このように「抒情歌」は、川端文学の核ともなる《輪廻転生・万物一如思想》が語られた作品として、〈重要〉とされてきたのだ。

呪殺説

ジェイナ・T・ヤマグチ(「『抒情歌』――フォークナー作品を枕として――」「解釈」昭47・7)は、意識の流れをめぐってフォークナーとの類似性を指摘した。(4)

また、ヤマグチは、武田勝彦のアメリカでの講演を引用し、龍枝が恋人を〈祈り殺し〉たとする根拠を、〈女性の男性にたいする愛の一つの特性〉と性差に還元する。武田は〈女の執念のおそろしさ〉を述べるが、あくまでそれは男性が感じる女性のある見方にすぎず、個人の感想の域を出ていない。武田は龍枝を〈川端氏の生み出した女性の中でも最も女性的な性格を備えた人物〉と捉えているがこれも論証は不充分といわざるをえない。武田・ヤマグチより先には、羽鳥徹哉が先の「川端康成と心霊学」（昭45・5）で六条御息所と重ね〈竜枝の生霊も、万物一如・輪廻転生の生悟りを超え、竜枝自身の意識をさえくぐりぬけて、彼女の関わり知らぬところで、あなたに働きかけていなかったとは断言できない。〉と呪殺の可能性を示唆していた。また、武田勝彦は〈死亡の原因の検討は作品鑑賞のために最も重要な問題点〉とし〈龍枝は恋人の心を烈しく責め、怨念を心に宿し、それが嵩じて祈り殺したと読み取ってよいのではあるまいか〉（「抒情歌」長谷川泉編『〈味わい方叢書〉川端文学の味わい方』明治書院、昭48・9）との見解を示した。以降「抒情歌」研究のなかで、この呪殺説は、多くの支持を得ることになる。

呪殺を最も積極的に論じたのは、森本穫（「愛の呪縛――「抒情歌」の意味するもの――」川端文学研究会編『〈川端康成研究叢書補巻〉総索引・作品論補説』教育出版センター、昭58・6）である。森本は〈「あなた」の死因は、明らかに龍枝の呪いによるものである。〉と、断言、更に龍枝は、うとましくなった母をも呪い殺したのだ、とする。それほどまでに強い〈あなた〉への執着の〈愛〉から〈自我を離脱〉して得たのが〈おとぎばなし〉であり、その〈おとぎばなし〉によって龍枝は〈かろうじて再生の力を得た〉と結論づけている。岩田光子（「川端康成「抒情歌」考」「学苑」昭61・11。後『川端康成――後姿への独白――』ゆまに書房、平4・9）は、〈憎悪と妬みはある〉ものの草花への転生に向かうことで〈「祈り殺す」という陰惨な方法から逃げた〉と、呪殺の力はあるが、そこを〈おとぎばなし〉によって回避したのだと解釈した。

ところで、作品はSFとしても扱われている。石橋喬司は『〈世界SF全集34〉日本のSF（短篇集）古典篇』（早川書房、昭46・4）、『SFミステリー傑作選　四次元の殺人』（光文社カッパ・ノベルス、昭52・2）に「抒情歌」を収録している。収録基準には〈推理小説的な要素のほうに比重をかける〉とあり、「抒情歌」が推理を要する作品として捉えられている。また、〈四次元の殺人〉という副題を持つ書物への収録は、〈あなた〉を呪殺したとする読みが読者にとって想像しやすいことであることの証左ともなっているだろう。

また、「抒情歌」は〈怪談〉としても扱われている。東雅夫は、『文豪怪談傑作選　川端康成集　片腕』（ちくま文庫、平18・7）の中に「抒情歌」を収録し、〈恋愛怪談〉（「解説　心霊と性愛と」）と位置づけている。具体的に作品のどのような部分が〈怪談〉であるのかは説明されておらず、また〈怪談〉の捉え方はさまざまであろうが、編者の意図とは関わりなく、龍枝が心霊の力によって呪殺したのだというまことしやかな物語が説得力を持ってあらわれてくる。呪殺するほどの強い〈恋愛〉が描かれたのだ、と。

しかし、そもそも龍枝の一人称語りの作品において、物語内容から〈あなた〉の死因を特定することは不可能である。田中実（「『抒情歌』の愛・覚え書――〈語り手の抱え込むもの〉と〈他者〉――」「近代文学研究」6、平元・8）は、龍枝だけの語りで構築された世界では、〈確定できない〉として呪殺が正しく否定された。田中は、〈草花の世界に「あなた」を封じ込めようとする「私」の〈語り〉に特異性があり、立体性ではなく平面性を敢えて選びとった近代小説の構造としての『抒情歌』の特質性〉があることを論じた。また、これまでの研究が作家の伝記と重ねて論じられたことを批判し、〈〈作家〉川端の『抒情歌』における小説の方法は〈ことば〉によって〈愛〉を生きる自己回復の実験的試みであ〉り、〈『抒情歌』という文学表現から抽出される作家像はそこにあると思われる。〉と、作品自体を読むことが結果的に作家像を炙りだすことになると論じた。〈私のなかの他者〉と向き合う龍枝の行為が、読者の行為と重なることにより感動を生む、という「抒情歌」の語りの力が読まれた。この読者の行為は、呪殺がまことにしやかに支持されることと関わっている。つまり、呪殺したのだと思う龍枝の想いと、読者がシンクロしてしまった結果、〈あなた〉の死の原因がゆるぎない事実と認識されてしまうのだ。田中論は、これまでの作家〈の思想〉に位置づける試みから、〈語り手〉に即した読解を試みた、「抒情歌」研究のターニングポイントとなるものである。田中論によって、論者も龍枝の呪いから解放され、作品そのものに向き合う論が展開されることになったと言ってよいだろう。これ以降、研究は作家を離れ、語られたものについて論じられることとなる[5]。

石川晋（「川端康成「抒情歌」論――あなたを見つけ、わたしを見つけ――」「近代文学論叢」北海道教育大学　旭川分校、平2・3）は、〈愛憎だけでこの作品を貫く「悲しみ」を説明し得〉ないとし、〈禽獣草木のうちにあなたを見つけ、わたしを見つけ〉とは、自己を喪失した龍枝が自己を回復するためには〈あなたを見つけ〉なければならないことだとする。呪いよりも〈悲しみ〉を読み、田中同様〈自己〉へ、〈私のなかの他者〉へと向かうありかたを論じている。

これまでの研究では〈第一の愛は母と子の間の単純な愛〉、〈第二の愛は男と女の間のより多情な愛〉（ジェイナ・T・ヤマグチ）と分類されたように、母の愛は軽視される傾向にあった。先の森本論では母は、龍枝に呪殺されるような疎ましい存在として捉えられていたのだが、石川は〈「あなた」の心変わりは、母の死によって引き起こされ〉ており、〈母の死は、竜枝という存在自体を「からっぽ」にしてしまうような大きな意味合いを持っていた〉と母と子の〈愛〉をむしろ肯定的に読んでいる。

その意味で「抒情歌」に描かれた〈愛〉はそれほど〈単純〉ではないとするべきだろう。

龍枝の〈愛〉

小澤正明（「第一章　川端文芸に於ける「新感覚派」的感受性（其の一）――「抒情歌」研究――」『川端康成文芸の世界』桜楓社、昭55・3）は、〈作中の抒情詩が愛に結びつくところに〉〈この作品の主題が存する〉とし、〈愛〉によって〈「けがれ」を浄化しなければならない〉とする。「新感覚的表現の論理的根拠」を引用しつつ、認識の問題として〈天地万物をおおらかに愛する心のさとり〉が〈万物一如〉と結びつき実現されるのだと論じた。

「抒情歌」論文には〈愛〉をそのタイトルに入れているものが目立つ。小橋美苗（「抒情歌論――その愛――」「武庫川国文」昭61・11）は、龍枝の〈愛〉が〈エゴイズム〉の一言でかたづけられる〉ことに違和感を表明し、肯定的に〈深い愛〉を読もうとした。しかしその〈愛〉を、〈川端氏が本当に排斥したかったのは、相手を束縛してしまうような強い愛よりも、結婚という名にしがみついた、妥協的でなまじっかな愛ではなかっただろうか〉と捉えたことは先の武田とは逆に、女性ならではの感想になってしまっている。江草恵子（「「抒情歌」試論――龍枝の愛――」「武庫川国文」平2・11）は、龍枝は〈あなたに棄てられることで終結してしまった「なまなましく動物じみた」愛の過去を、あなたにものをいいかけることで「美しい」思い出に組み立て直す〉のであるとして、何故語るのか、という問題を提言する。しかし〈「抒情歌」において、あなたの死は一番必要な条件であった〉と、〈恋の相手の死。それが裏切られた本人の心を一番安らかにするのかもしれない。〉と論じているが、ここには小橋同様、女性としての思いが重ねられるものとなっている。

　小林寛子（「川端康成作品論――『抒情歌』「あなた」との愛」「日本文学」99、平15・3）は、龍枝が彼を呪殺したのだと〈承認させてしまうところに、作品の力は働いている〉という〈作品の力学に注目し、アプローチ〉した。読者は龍枝と〈心を重ねながら読んできた愛の記憶を愛のために呪い殺すという「物語」として、読者の「現実」から切り離し、完成させることによって『抒情歌』を作品世界に封じてしまう〉と論じる。〈記憶を蘇らせるときに、あれは「愛」だったのだという極めて主観的な判断によって、「物語」に仕立て上げており、「愛」を読者へと伝えている〉との指摘は、龍枝が語った〈愛〉が読者によって脚色されていることを示してもいる。

　多くの論者が作品の中心と捉えた龍枝の〈愛〉のあり方は、批判されるものでもあり、同時に弁護されるものでもあった。一人称の龍枝の独白が、読む（論じる）者の《愛》の定義を露出させている。それは、男女の差として表れてくる。田中論以前の男性評者たちが龍枝が〈抒情詩〉を語ることによって〈さとり〉を開いた、と結論づけたのに対し、女性評者のほとんどが、〈この作品において竜枝が悟りきれず、愛欲の悲しみが救われなかった〉（小橋）、〈龍枝はこの物語を語り始める初めの悲しみから抜け出せないままに、この「抒情歌」は幕を降ろす〉（小林）という具合に、〈さとり〉は開かれなかったと論じていることからも確認できるだろう。そのような論者の思い入れが「抒情歌」研究の大きな障害となってきたことも事実である。

作品の構造

　先の石川喬司は、〈すぐれたSFに共通してみられる〉のは、〈〝日常性への衝撃〟の毒が、たっぷり含まれている。〉こと、〈さらに、「時間」と「空間」を自由に操作して、確固不動にみえる「現実」を解体してみせる〝ガリバーの目〟〉を持っていることとしていた。

　「抒情歌」の時間構造については笹淵友一によって〈自由連想によって繰り広げられる結果〉〈ストーリーは置き去りにされ〉てしまう〈構造には幾分問題がある〉（「川端康成とシュールレアリズム」「世紀」昭44・4）と否定的に捉えられている。また佐伯彰一は、作品冒頭と末尾が、〈さういたしますれば、悲しい人間の習はしにならつて、こんな風に死人にものをいひかけることもありますまいに〉という言葉で〈一種の円環構造をなして、永遠の輪廻転生を象っている〉（「パラドックスの文学」「文学界」昭43・12）としていた。この時間の問題は、多くの論者が触れることになるが、小菅健一（「「抒情歌」論――時間構造における〝同一化〟の諸問題――」「早稲田実業学校研究紀要」平3・3）は、これまでの研究が表層的なところに留まっており、〈時間論的な視点や問題を検討する意義を十分に見出せなかった〉と指摘する。小菅は、〈円環構造〉を基本に「抒情歌」の〈螺旋構造〉性を指摘する。作品に〈同一化（〈〈私〉＝自己と他者との〝同一化〟〉）というモチーフを見出し、過去の〈記憶作用〉が〈語り〉の構造を通して現在と対応する、〈永遠の現在〉の出現を見ている。〈時間〉という観点から川端の発想を読み解こうとする意欲的な論ではあるが、そこで批判している論との差異は分かりにくい。

太田鈴子（「川端康成『抒情歌』――閉じられた輪――」「学苑」平5・2）は、時間構造を〈閉じられた輪〉と考え、その内実が、先行研究にあるような〈心霊現象による〈愛のあかし〉を信じすぎて裏切られ、〈輪廻転生のおとぎばなし〉を発見することで救われた〉のではなく、〈この輪は、輪廻ではなく、竜枝の妄執がつくりだした、竜枝の〈さとり〉による脱出をゆるさない輪である。〉と円環構造はいわば救われないことのあかしであることを論証した。

渥美孝子「「抒情歌」論――魂の境界をめぐって――」（田村充正・馬場重行・原善編『川端文学の世界1　その生成』勉誠出版、平11・3・20）は、〈「私」が「私」を引き裂くさまざまな「境界」意識を無化し〉、〈一つの論理に回収されない〉〈文脈の重層構造〉がどのように構築されていたのかを詳細に分析している。〈愛のあかし〉はエゴイズムとして否定的に捉えられていたが、それを求めることが不当なのではなく、〈愛とはそういう「あかし」によって確信させられるものだ、という「私」の認識〉は、《愛》そのものがエゴイズムであることをあかしているだろう。〈結末の一文には〉〈自分の心霊的な能力に対する断念ないし鎮魂がこめられて〉おり、〈小説の時間構造もまた、同様のあきらめを響かせている。〉とする。〈龍枝はさまざまな引用を結合させて、「おとぎばなし」の作り出す救済のイメージの中を彷徨しながらも、結局は物語の中に自己を投企できなかった悲しい自己をまなざすことになる。物語の救済力に疑問符を残しながら、『抒情歌』は物語の円環を漂うのである。〉と、〈円環構造〉に救われなさを見ている。渥美は、作品の構造に着目することで、龍枝が救われなかったことを明確に論じた。

仁平政人（「川端康成「抒情歌」の方法―「夢」の破れ目」「文芸研究」平18・3）は、渥美論を支持しつつも龍枝の語りが〈「あなた」への愛執〉と〈「輪廻転生」的な「愛」〉を〈横滑り的に変容させており、作品末尾は冒頭を反復しているのではなく、〈むしろ龍枝の「抒情詩」の試みの失効を示して〉、末尾は〈円環を閉じるのではなく〈裂け目を示している〉と分析した。〈「転生」の願いの「象徴」としてつくりなおそうと〉する龍枝の試みが〈言葉を語るという行為を通じて当初の意図を裏切るように導かれてしまう〉という結論は、一定の説得力がある。しかし〈執着〉を〈円環〉と捉えるか〈裂け目〉と捉えるかは、論じ方次第なのかもしれない。研究史の〈抒情性〉からは、〈言語批判〉的方向性が取捨されてきたことは言えるだろうが、それを〈二十世紀（モダニズム）文芸としての性格〉として読み取るためには、「抒情歌」を取り巻く文学状況が読まれることが求められるだろう。

再評価される〈私〉

安藤宏（「第4章　「私」という名の〈象徴〉世界――川端康成と『抒情歌』」『自意識の昭和文学』至文堂、平6・3）は、川端の初期作品を検証することで、川端の〈「私」〉に光をあてる。初期作品を『抒情歌』を読み解く材料として提示した。これまでの川端研究を〈各作品の記述から抜き出され、合成された孤児の〝宿命〟が、あたかも川端の生涯を支配する「真実」として一義化され、実体化されてしまう〉ことが〈最大の問題点〉として批判された。作家の〈〝宿命〟とは予め先験的に存在する実体としてあるのではあるまい。その時々の状況に応じて醸成され、織り上げられてゆく可変的な自意識の軌跡こそが、〝宿命〟を自らの言葉で創り上げてゆくことの本質的な意味なのである。〉として、〈孤児〉という〈宿命〉ではなく、〈宿命〉からつくりあげられた〈言葉〉（虚構の言語空間）へ向かっての〈現象としての私〉が検証された。安藤論は、田中論で見出された〈語り〉の問題と、〈私を〉作家のどこに位置づけるかという問題を考えさせられる。また、川端がこの時期〈志賀直哉に傾倒していたという事実〉への注目は、近代文学のなかで川端が決して孤立していないことに思いは馳せさせる。また、〈『雪国』をあらためて「私」小説として検討し直してみるところから、その文学の再評価を始めてみる必要〉が、「抒情歌」を読むことで浮かびあがるのだとすれば、まさに「抒情歌」は川端にとって〈重要な作品〉であると言えるだろう。

山下真史（「〈川端康成の新しい読み第5回（最終回）〉『抒情歌』と『禽獣』」「月刊国語教育」平10・3）は、〈従来の世界観を打ち破って新しい生活をもたらすこと〉を狙った川端の文学的試みが「青い海黒い海」において、〈〈意識〉を過度に否定して現実の世界を損なうという背理に突き当たってしまった〉ことを深刻に受け止める。その中で「抒情歌」の〈おとぎばなし〉を仮構することが愛のしがらみから解き放たれ〉〈幼ごころ〉を回復するという構造は、〈『青い海黒い海』に見られた〈生〉の全体の回復とほぼ等価〉であるとする。またそれは『禽獣』の〈虚無的な生き方〉を内包しつつも反対に位置するものと捉え、〈『抒情歌』の龍枝はポジティブに書かれた川端の自画像であり、『禽獣』の〈彼〉はネガティブに書かれた〉自画像であると結論する。〈谷崎潤一郎や志賀直哉のように、自らが創り上げた小説世界を生きることが出来る作家とは違って、自らの小説世界に拒まれた作家である〉と作家を分類しているが、それがなぜ「抒情歌」と「禽獣」によって説明されるものなのかは、充分に説明されてはいない。しかし、改めて川端康成を考える契機となるだろう。

上田渡は、先の事典で〈《引用》そのものを文学研究の枠を広げて、言わば時代の言説空間のあり方の問題として捉え直していく〉ことが〈一つの方向〉であると研究展望を示していた。一柳廣孝は、「異界をまねく――川端康成「抒情歌」の〈香〉から」（「文学」平16・9）そのような試みとして論じている。二十世紀の霊的世界を科学によって顕在化する試みの一端として「抒情歌」を位置づけている。さまざまな世界の霊的な文献から、〈不可視世界＝死後の世界へ人間が移行するさいの状態と、ある種の香との関係を示唆している。〉ことを導きだし、〈死者の存在をこの世にとどける香。特定の他者の存在を、遠く離れた場所で認識させる香。こうした独自の香に満ち溢れたテクストは、日本にもある。〉として「抒情歌」を〈時代の言説空間〉の問題として論じている。これは、「抒情歌」研究にとどまらず、文学研究のあり方の可能性を示唆するものとなっている。

濱崎由紀子（「川端康成「抒情歌」論―「癖」を読む〈私〉から「習はし」を語る〈私〉へ―」「人間文化論叢」平17・3）は、田中論以降問題とされてきた《語り》、またこれも論じられてきた作中のさまざまな《引用》について、〈作者が語りの構造を通して強烈なコードを前面化しようとする極めて戦略的なテクストではないか〉と論じ直す。作品を〈「私」が〈規範としての習はし〉に則って、〈表象としての習はし〉を語る物語である〉とするのは分かりやすいが、〈習はし〉を〈コード〉として論じ直すことの意図、先行研究との差異は分かりにくいものとなっている。「抒情歌」を〈川端が個人的な欲望を普遍的なものとして通用させるための新たな語りの方法を獲得したテクスト〉と位置づけるためには、安藤の提示した〈私〉の問題、川端だけではなく近代文学全体の視野の必要性を改めて考えさせられる。

「抒情歌」は、川端にとって、時代にとって、〈重要な作品〉と論じられてきた。それはある意味作品自体が語られない、という不遇も透けて見える形となっている。今後、「抒情歌」研究は広い視野を獲得することによって、三島の言う〈人間の最も純粋な告白〉としての〈童話〉の意味も、より解明されるのだろう。研究がそれぞれ先行研究を踏まえてはいるもののカバーしきれていないことも多く見受けられる。〈重要な作品〉であるゆえに、論者の体験による〈執着〉〈愛〉だけに留まってはならない。先行研究を生かすことによって、広い視野が生まれてくることが、今後の研究には期待される。

注

1　すでに笹淵友一の（「川端文学とシュールレアリズム」「世紀」昭44・4）に指摘がある。

2　ギリシャ神話と花の関係については、小林一郎「アネモネ――『抒情歌』――」（『花曼荼羅――川端康成の心――』アート・プロデュース、昭59・9）がある。

3　川端の仏教受容については、片山倫太郎「川端康成における宗教関連文献の受容についての研究（一）――『海の火祭』および『抒情歌』における仏書二点――」（「岡山大学文学部紀要」平16・7）がある。

4　鈴木靖子「「抒情歌」論」（武田勝彦／高橋新太郎編『〈国文学研究叢書〉川端康成―現代の美意識―』明治書院、昭53・5）では、三島由紀夫「豊饒の海」との関連が指摘されている。

5　田中論の後も、〈森本穫が「愛という執着のために母と恋人を呪い殺してしまった」と指摘しているように、本作品においては、「愛のあかし」の果てで「殺害」がなされて、「輪廻転生の抒情詩」を読んだ契機で救済がなされた〉（権海珠「川端康成の『抒情歌』の主題と死生観」（「文学研究論集」平14・3）という見方もなされている。権論は、これまでの研究史を見渡す広い視野を持っているが、それが必ずしも論と結びついてはいない。

（平成21年6月稿）

（「川端康成作品論集成」第三巻より収録）

「抒情歌」研究文献目録

高根沢紀子

三島由紀夫「川端氏の「抒情歌」について」（「民生新聞」昭21・3、後『三島由紀夫全集25』新潮社、昭50・5）

三島由紀夫「〈解説〉「伊豆の踊子」「温泉宿」「抒情歌」「禽獣」について」（『伊豆の踊子』新潮文庫、昭25・8）

古谷綱武「抒情歌」（『〈作品と作家研究〉評伝　川端康成』実業之日本社、昭35・12、後 増補新版、昭43・11、後 三枝康高編『川端康成入門』有信堂、昭48・4）

進藤純孝「温泉宿・抒情歌」（『川端康成　その人・その作品』冬樹社、昭44・2）

山崎俊介「抒情歌」（長谷川泉編『〈近代文学研究双書〉川端康成作品研究』八木書店、昭44・3）

羽鳥一英「川端康成と心霊学」（「国語と国文学」昭45・5、後『〈研究選書21〉作家川端の基底』教育出版センター、昭54・1）

ハイメ・フェルナンデス（武田勝彦訳）「「抒情歌」―愛・時・死の非現実性―」（川端文学研究会編『川端康成の人間と芸術』教育出版センター、昭46・4）

三好行雄「解説」（『抒情歌・たまゆら他八篇』旺文社文庫、昭49・6）

武田勝彦「第七章　「抒情歌」」（『〈以文選書Ⅰ〉川端文学と聖書』教育出版センター、昭46・7）

三島由紀夫「禽獣・抒情歌」（『川端康成読本』新潮社、昭47・6）

ジェイナ・T・ヤマグチ「『抒情歌』――フォークナー作品を枕として――」（「解釈」昭47・7）

武田勝彦「抒情歌」（長谷川泉編『〈味わい方叢書〉川端文学の味わい方』明治書院、昭48・9）

黒崎峰孝「「抒情歌」論――川端文学の思想的原拠――」（「明治大学日本文学」昭53・3）

鈴木靖子「「抒情歌」論」（武田勝彦／高橋新太郎編『〈国文学研究叢書〉川端康成―現代の美意識―』明治書院、昭53・5）

小澤正明「第一章　川端文芸に於ける「新感覚派」的感受性（其の一）――「抒情歌」研究――」（『川端康成文芸の世界』桜楓社、昭55・3）

瀬古確「「抒情歌」の表現――前後作（落葉・父母への手紙・慰霊歌・禽獣等）と対比して――」（川端文学研究会編『〈川端康成研究叢書7〉鎮魂の哀歌』教育出版センター、昭55・4、後『〈国文学研究叢書〉現代作家の表現――康成・辰雄・昇平を中心に――』明治書院、昭55・10）

小林芳仁「心霊学と『抒情歌』」（川端文学研究会編『〈川端康成研

究叢書7〉鎮魂の哀歌』教育出版センター、昭55・4）

長谷川泉「抒情歌」（『心象幻想――川端文学へのいざない』アートプロデュース株式会社、昭56・4）

林武志「「抒情歌」研究雑史」（川端文学研究会編『〈川端康成研究叢書9〉魔界の彷徨』教育出版センター、昭56・5、後 大幅補訂して『川端康成作品研究史』教育出版センター、昭59・10）

森本穫「愛の呪縛――「抒情歌」の意味するもの――」（川端文学研究会編『〈川端康成研究叢書補巻〉総索引・作品論補説』教育出版センター、昭58・6）

小林一郎「アネモネ――『抒情歌』――」（『花曼荼羅――川端康成の心――』アート・プロデュース、昭59・9）

今村潤子「川端康成「抒情歌」の意味」（「尚絅大学研究紀要」昭60・2）

小林芳仁「Ⅳ　『抒情歌』と心霊学」（『美と仏教と児童文学と――川端康成の世界――』双文社出版、昭60・12）

岩田光子「川端康成「抒情歌」考」（「学苑」昭61・11、後『川端康成――後姿への独白――』ゆまに書房、平4・9）

小橋美苗「抒情歌論――その愛――」（「武庫川国文」28、昭61・11）

堀切直人「霊界通信――『抒情歌』から『たんぽぽ』へ」（「国文学」昭62・12）

今村潤子「第三章　「抒情歌」の意味」（『川端康成研究』審美社、昭63・5）

田中実「『抒情歌』の愛・覚え書――〈語り手の抱え込むもの〉と〈他者〉――」（「近代文学研究」平元・8、後「〈語り手〉の抱え込むもの――『抒情歌』川端康成――」『読みのアナーキーを超えて』右文書院、平9・8）

石川晋「川端康成「抒情歌」論――あなたを見つけ、わたしを見つけ――」（「近代文学論叢」北海道教育大学　旭川分校、平2・3）

江草恵子「「抒情歌」試論――龍枝の愛――」（「武庫川国文」平2・11）＊奥付12月

小菅健一「「抒情歌」論――時間構造における〝同一化〟の諸問題――」（「早稲田実業学校研究紀要」平3・3）

小坂部元秀「『抒情歌』――此岸と彼岸をつなぐ世界――」（「解釈と鑑賞」平3・9）

太田鈴子「川端康成『抒情歌』――閉じられた輪――」（「学苑」平5・2）

渥美孝子「解説」（田中実・馬場重行・原善編『対照読解　川端康成〈ことば〉の仕組み』蒼丘書林、平6・2）

三田英彬「「抒情歌」と川端の世界観」（「学海」平6・3）

安藤宏「第4章　「私」という名の〈象徴〉世界――川端康成と『抒情歌』」（『自意識の昭和文学』至文堂、平6・3）

三田英彬「川端康成と仏教――「抒情歌」を軸に――」（「大正大学大学院研究論集」19、平7・3、後『反近代の文学　泉鏡花・川端康成』おうふう、平11・5）

山下真史「〈川端康成の新しい読み第5回（最終回）〉『抒情歌』と『禽獣』」（「月刊国語教育」平10・3）

渥美孝子「「抒情歌」論――魂の境界をめぐって――」（田村充正・馬場重行・原善編『〈川端文学の世界1〉その生成』勉誠出版、

平11・3）
岩田光子「「抒情歌」論――その作品様式を視座として」（川端文学研究会編『世界の中の川端文学』おうふう、平11・11）
権海珠「川端康成の『抒情歌』の主題と死生観」（「文学研究論集」平14・3）
小林寛子「川端康成作品論――『抒情歌』「あなた」との愛」（「日本文学」平15・3）
一柳廣孝「異界をまねく――川端康成「抒情歌」の〈香〉から」（「文学」平16・9）
倉数茂「輪廻するナルシス――川端康成「水晶幻想」と「抒情歌」――」（「言語態」平12・6）
片山倫太郎「川端康成における宗教関連文献の受容についての研究（一）――『海の火祭』および『抒情歌』における仏書二点――」（「岡山大学文学部紀要」平16・7）
浜崎由紀子「川端康成『抒情歌』論―「癖」を読む〈私〉から「習はし」を語る〈私〉へ―」（「人間文化論叢」平17・3）
仁平政人「川端康成「抒情歌」の方法―「夢」の破れ目」（「文芸研究」平18・3）

（『川端康成作品論集成』第三巻より収録）

「禽　獣」研究史

須藤宏明

一、概略、及び、問題の整理

昭和八年「改造」発表の「禽獣」は、同時代から戦前にかけて、「彼」と川端を同一視した読みに従い、川端の思想が読まれていた。戦後は、伊藤整・三島由紀夫が文壇比喩小説・芸術論小説として読み、続いて、川嶋至が川端と伊藤初代との関係を読んだ。作品論という方法が提示されると、作品構造に因る読みが主軸となり、近年では語りを中心としたテクスト論の研究素材となっている。このような研究事象に対し、上田渡「川端康成『禽獣』論」（平14）は、

> そういう時代であったといえばそれまでだが、文学研究そのものがテクスト論に移行してくると、『禽獣』研究もその洗礼を受けていくことになる。テクスト論の導入は川端のほかのテクストと比べて早いほうであった。それはこのテクストが、物語内容を解釈しただけでは収まらないという、ある種の飢餓感を読者に持たせていたことに起因している。

と説く。「禽獣」は、読者、とりわけ精読者に、私小説・アレゴリー小説・構造論・テクスト論・語り手論など様々な読みの飢餓感を持たせる作品である。

この小説は、タクシーの中から「彼」が見た実景描写を契機に、「彼」の記憶と現在の物語を交差させるという手法をとっている。このことは、寺田透「川端康成」（昭44）が「日本の聯想の流れ小説としてたしかに行きつくところまで行った『禽獣』」と捉え、磯貝英夫「水晶幻想」（昭和44）が、「水晶幻想」におけるジョイスの「ユリシイズ」の意識の流れとの関連に「禽獣」を位置づけた。

だが、基本は、波多野完治「川端康成の文章」（昭32）が言う「視野を自己の内観に徹しきつた表現」による丁寧な写実描写にある。この写実描写が、河野多恵子「冷徹の美」（昭44）の「禽獣」で「表現されているのは、冷徹の美なのである。」という読みをもたらす。写実とは、畢竟、すべて寓話やアレゴリー性を含有している。それゆえ、三島由紀夫「『伊豆の踊子』『温泉宿』『抒情歌』『禽獣』について」（昭25）が、犬の出産の写実場面を引用し、ここから、

> 「禽獣」には小説家といふ人間の畜生腹の悲哀が凄愴に奏でられてゐる。この作品は純然たるアレゴリイとして読むはうが、作者の制作心理に触れやすい読み方ではないかと思はれる。

という把握が可能となる。三島は、芸術家の創作行為での産みの苦しみや悲哀を読み取っている。「禽獣」が意識の流れの手法を主体に、非情で冷徹な視線による写実描写を特徴とした小説であることを鑑みると、比喩性・寓話性・アレゴリーを読みたくなる欲求と、

それらを拒否する欲求が同時に同じ比重を持って、読者に迫ってくる。結果、読者は不可思議で奇妙な飢餓感覚に陥るのである。

　川端が、自作に対して、多くを語りたがらないと言いつつも、「禽獣」に対しては多くの自解をしているのも、実は、川端自身にも、このような奇妙な飢餓感覚があったからではないだろうか。

　川端の「禽獣」に対する自解は、河野基樹が「川端康成全作品研究事典「禽獣」」（平10）で詳細に示しているが、「文学的自叙伝」（「新潮」昭9・5）から、「『現代日本文学選集』「作者のことば」」（細川書店、昭23・5）まで十二種ある。これらに対して、林武志「「禽獣」研究史略」（昭54）は、

> 「自作について私は語るのを好まない。殊に自作の解説めいたことは書きたくない。」と記した川端にしては、何と多い自作自解であろう

と見解を述べている。これは、「禽獣」というテクストの持つ奇妙な飢餓感、手法的な重層性に起因している。川端の自解のすべてに共通しているのは、最初に「文学的自叙伝」で述べた「出来るだけ、いやらしいものを書いてやれと、いささか意地悪まぎれの作品であつて、それを尚美しいと批評されると、情なくなる。」という自作に対する嫌悪感である。これは、最後まで一貫している。自作に対する異常なほどの嫌悪の念は、おそらく、テクストに内包されている様々な表現技法に因を発しているのだろう。精読者は、この種々の奇妙な技法に読みの楽しみを見出そうとする。が、どこまで行っても明確で論理的な解読にたどり着かない。読みを重ねる毎に、奇妙な飢餓感に囚われて戸惑ってしまう。最終的に、「いやらしい」小説であることは重々承知しながら、「美しい」と言わざるを得ないという循環的な状況に陥るのである。

　このような循環構造を、川端自身が感知しているからこそ、数多く自解を述べたのではあるまいか。この繰り返しの自解行動は、羽鳥徹哉「一九三〇年代の川端康成」（昭42）が提示した愛情が強いが故の非情という問題と、同じ構造である。川端の「禽獣」に対する逆説的な自作愛と言える。

　大雑把に研究の流れとその特徴、及び、川端の自作言及の問題を述べたが、作品研究史として整理すると、大きく四つの観点に分かれるだろう。

①「彼」は川端自身を投影しているという問題
②伊藤整の文壇比喩説・三島のアレゴリー説、川嶋至のモデル問題
③「伊豆の踊子」「水晶幻想」「雪国」「山の音」など作品系譜での問題
④時間構成と語りを中心にした作品論、テクスト論の現在

二、「彼」は川端自身を投影している　という問題

同時代評においては、「彼」という登場人物に川端自身の姿、生活、思想を読み取り論評されている。それは、「禽獣」執筆の時期、まさに川端が、犬や鳥という禽獣をペットとして数多く飼っていた事実が影響している。この時期の川端の禽獣に対する執着は異常とも言え、飼うという範疇を越え、同居していたと言うべきである。このことが文壇で知れ渡っており、初期の「禽獣」の読みは、永井龍男「川端康成氏の近作に就て」（昭9）に、

種々の禽獣を配した構図の中に一人の男が薄気味悪く描かれてゐる。これは寧ろ作者の自画像と云つても間違ひではあるまい。（中略）一見この作品は甚だ作者から離れた題材を小説的に扱つてゐる様にも見え、反対に作者の私生活をその儘描いてゐるやうにも見えるのに相違ない。

とあるように、極めて私小説に近い形でなされている。

これに対し、古谷綱武は「禽獣について」（昭11）の論述で「作中の主人公」という書き方をし、「彼」と川端を分離させる捉え方をした。しかし、根本のところで、「彼」の人間嫌いは「氏の人間嫌ひを原因としてゐる」というように、「彼」と川端を同一視している。

古谷論で重要なのは、後の研究に関わる、二つの論点である。一つは、この時点ではまだ「雪国」という題名は冠されていないが、

踊り子にしても、小娘にしても、田舎芸者にしても、それらはすべて禽獣的人物であり、そして禽獣的人物であることによつて、作者のこころを深く捕へてゐるのである。

と、「禽獣」を「伊豆の踊子」「雪国」に繋げている視点である。「禽獣」と他作品、特に「雪国」との関連は、戦後、論じられていくことになるが、古谷論は川端文学史での「禽獣」の位置づけの萌芽である。もう一つの論点は、川端は、

ひたすらにみづからの感受性の閃きが捕へる非論理の影像に生きつづけてゐる芸術家である。

という、「非論理」を軸とした古谷の印象批評である。この「非論理」は、片山倫太郎が「『禽獣』論」（平7）で示した作品構造に対する言説、及び、これを受けた上田渡の「川端康成『禽獣』論」（平14）での、

片山氏が指摘していたように、私も『禽獣』というテクストは、言葉で書かれた物語として論理的世界の限界を示していると思う。

という記述と、共通している。主体を川端という芸術家に置くか、「禽獣」というテクストに置くかの違いは大きいが、この作品の基盤にある論理の問題に対する結論は近い所にある。ここで、「禽獣」の研究史の最古の部類と、最新の部類を並べたのだが、頂上はほぼ同じ場所にあり、登り道が全く違うという感がある。このことは、「禽獣」作品研究史が、登り道という研究方法を巡っての模索と議論の歴史という側面を持つという事実を示している。

このような研究方法に関わって、同時代評の私小説的な読み方に疑義を唱えたのが、西村孝次「現代日本文学選集解説」（昭23）である。西村は、

小説の主人公を作者そのひとと同一視することへの誘惑と錯覚がここに萌してゐるのだ。

と、同一視されて読まれることの原因を「禽獣」というテクストの志向性が持つ「誘惑」と捉えている。川端と「彼」を分離させた論文である。しかし、分離させた結果、「主人公は虐待にも似た愛護を、冷笑を浴せながら許した。作者は許してゐない。」という思考になり、「東京のまんなかに住む「禽獣」の主人公によつて川端康成が歌はうとしたのは生命の讃歌であつた。」という結論になる。帰結点としては非分離に落ち着く。この思考は、依然として、川端が禽獣と動物に対する接し方の行為を許すか、許さないか、という問いの設定である。川端の、生に対する非情か、讃歌かという作家

主体の問題である。テクストという概念が、まだ普及していなかったこの時代では無理だったのかもしれないが、語り手という機能についてまでは言及されていない。しかし、西村のこの分離させる読み方は、最新の論文である佐々木寛「『禽獣』はいかにつくられているか」（平20）に繋がる論点である。佐々木論文のコンテクストに西村論文をのせると、「主人公「彼」と語り手の「わたし」の関係がきちんと押さえられ」たうえで、作家川端が「禽獣」で何を歌おうとしているのかを論じなければならないということだろう。

初期の批評や論文の多くは、テクスト・語り手という問題を取り入れていないが、意外と、現在おこなわれているテクスト論と絡んでいると考えるべきであろう。だが、戦後になって伊藤整が問題にした文壇比喩説は、全く別のベクトルを持って進んでいく。

三、伊藤整の文壇比喩説・三島のアレゴリー説、川嶋至のモデル問題

伊藤整は戦前では、他の同時代評と同じく、「川端康成の芸術」（昭13）で「禽獣」の「文章の底に沈んでいる冷酷な眼は無気味である」と、作品作家に対する言及をしていた。

しかし、戦後になって、「附随的な推定群」（昭23）で「「禽獣」と「機械」とは、文壇が文学者のサロン化したことを意識した時の反映である」と、昭和初年代の文壇状況の揶揄として読み取った。「川端康成の芸術」（昭13）で説いていた「動物の生命を弄んである理想の鋳型にあてはめようとする」という「禽獣」での表の主題の「動物の生命」を〈作家の生命〉に置き換え、文壇が作家を弄び、ジャーナリズムが求める理想の鋳型にあてはめようとしているという、裏の主題を読んだのである。平野謙「川端康成の『禽獣』」（昭45）が、このあたりの文壇状況を、「円本の成功以後、厖大な出版資本が否応なく文壇を変質させようとする。」その結果、「昭和初年代になると次第に「俗世的サロン」と変質するようになった。」と解説している。伊藤は、文壇サロンが禽獣という作家たちを好きなように弄んでおり、その状況を「彼」は冷酷な眼で見ている、文壇サロンとは実に無気味であるという読みをおこなったのである。

三島のアレゴリー説も、ほぼ、伊藤の読みの方法と同じである。違いは、比喩されている事象の主体が、文壇というジャーナリズムの非情か、芸術家の宿命的な非情かという点である。

それに対し、川嶋至「ひとつの断層」（昭44）で、川端作品で「みち子」と表記されている存在、すなわち、川端の初恋の人物として周知されている伊藤初代を徹底的に調査し、それを「禽獣」の読みに当てはめた。川嶋は、初代の美の部分を描き昇華させたのが「伊豆の踊子」「浅草紅団」であり、初代の醜の部分を描いたのが「浅草の九官鳥」「禽獣」という分析をする。

この美から醜への転化の原因は、初代が昭和六年の秋あたりに、十年ぶりに川端を訪れたことにあると述べる。川端の中で美しいイメージで生きていた初代なのだが、実際に再会した初代は、十年間という時間の中で無残な変貌を遂げていた。この事実に落胆して書かれたのが「浅草の九官鳥」「禽獣」であると、川嶋は説く。つまり、川嶋は千花子を初代として読んでおり、「「彼」はこの小説のなかで、ごく自然に禽獣と女を同次元のものとして眺めている。」と、禽獣は初代をも意味するという方向性を打ち出している。

このモデルを主体にした読みで興味深いのは、千花子の年齢の問

題である。作品だけを一読しただけでは、千花子の年齢は、容易には読み取れない仕組みになっている。しかし、川嶋は、「彼」と千花子の出会いと心中事件・再会という千花子ストーリーと、川端と初代の婚約破棄・再会というストーリーが、時期的、時間的にほぼ一致していることを事実関係から実証し、これを基に千花子の年齢を推定した。

　それに対し、作品そのものの内部を詳細に分析して、千花子の年齢を最初に読み取ったのは三好行雄「川端康成」（昭38）である。平野謙「川嶋至の『禽獣』論」（昭45）は、川嶋の著述は「近来出色の作家論といっていい」と述べ、

> 三好行雄が『禽獣』の千花子の年齢をさんざん苦労して推定しているのに対して、川嶋至は苦もなく十六歳のときに別れた恋人が十年目にあらわれたのは昭和六年秋だろうと、縁者の言葉から推断しているのである。

と、三好の作品論と川嶋の作家論について、寸言で言いまとめている。平野の言には、作家論・作品論という別個の方法によるアプローチは、千花子の年齢にのみ限った問題に関するなら、同じ結論にたどりつくことを示している。登り道という方法は違うが、頂上が同じという一例である。

四、「伊豆の踊子」「水晶幻想」「雪国」「山の音」など作品系譜での問題

　この節で取り上げる論文は、単独作品論という観点ではないが、作品系譜の流れからの考察により、「禽獣」という作品の特質を浮き彫りにしている。最初に系統立てて「禽獣」の位置を論考したのが、山本健吉「川端康成集解説」（昭29）である。山本は、作品講造について深く分析してはいないが、「『禽獣』の主人公も、『雪国』の島村も、現世を放棄したミザントロープ」と捉え、

> 『禽獣』は、心境と言ふにはあまりに抽象化された、実体のない人間の生活記録である（中略）この作品の主人公は、『雪国』の島村の原型である。その二人に於ては、その実生活は完全に捨象されてしまつて、繊細な美的感受性だけが、ピチピチ生きて動いてゐる。ここにはもはや『伊豆の踊子』に見られたやうなナイーヴな抒情の世界は失はれてしまつてゐる。

と位置づけている。この位置づけは、その後の系譜的研究の方向性を決定した。山本のこのような読みは、山本の川端文学に対する表現手法の認識に、その基盤がある。

　山本は、川端の掌編小説は「作者の冷たい知的な「非情の抒情」とも言ふべきものが存在する。」と論考する。「感情装飾」以来一貫して、非情に支えられた表現を主軸に置き、川端の非情で冷徹な視線に因る表現手法に変化はなかったと説く。しかし、それらの作品は、「禽獣」ほど、非情で冷徹な視線を持つ人物が主体ではなかったことを、山本は強調する。「禽獣」において、非情の視線を持った人物を主人公にするという表現手法をおこなったと、山本は言う。

　この点において、「禽獣」は、その後の川端作品の分岐点となることを、表現手法から論証している。その結果、「彼」が島村の原型となるという結論を導き出す。

　同様に磯貝英夫「昭和文学作家研究川端康成」（昭30）も、視線に注目し、

> 「禽獣」の「彼」の眼とこの眼（「山の音」の信吾の眼・須藤

注）とは同じである。愛犬家の眼と言いなおしても不自然ではあるまい。対社会的な功利性の一切はたらかない純粋な生命の発動だけが見すえられているわけである。

と、「禽獣」と「山の音」を同質の視線と捉えている。十返肇「川端康成」（昭30）の「『伊豆の踊子』は抒情的な青春文学であり、後日の『禽獣』その他に見られるような理智的な非情の人工美はここにはまだ具現されてはいない。」という比較も、「禽獣」が分岐点となっている位置づけである。

それに対し、本格的に小説の構造分析をおこない「禽獣」と「雪国」を関連づけたのは、佐伯彰一「『禽獣』・『雪国』」（昭32）である。佐伯は「「禽獣」について語つたことはほとんどそつくりそのまま、「雪国」にあてはまる。「禽獣」の翌年（昭和十年）に書き始められて、十三年間にわたつて書きつがれたこの長篇も、ぼくには「禽獣」というパン種をふくらましたもの、としか思えない。」と述べ、「「禽獣」と「雪国」をつらぬく美学は、奇妙な中間者の美学ではないのか」と、「中間者」という存在が作品の構造を固定化させるという論を提示した。「中間者」を作品の主軸に据えることによって、小説の構造がゆらぎ出さないという共通点が「禽獣」と「雪国」にあることを、佐伯は説いたのである。

このように多くは共通点があげられているのだが、吉田健一「川端康成集解説」（昭41）は相違や分断を指摘した。吉田は、『雪国』に「描かれた自然とその中に現れる人達を単に『伊豆の踊子』や『禽獣』に出てくるものの延長に見ることは確かに許されなく」「『禽獣』の動物と『雪国』に登場する女達を区別しないわけには行かなくて」と、延長でなく、分断を読み取っている。

このような「禽獣」の位置づけをめぐる流れを、笹淵友一「雪国」（昭44）は、「従来の「雪国」論には、少くとも表面に現われたところでは、二つの立場があったように思う。一つは「雪国」と「禽獣」とを対蹠的な作品と見る立場であり、今一つは反対にこれを同型と見る立場である。」と簡潔に整理し、これらの共通と相違を、

> 「禽獣」と「雪国」とは、「彼」および島村という同型の虚無的人間を視点的人物としている点では一致している。しかし島村は「雪国」の主人公ではない。だが、「禽獣」の主人公は「彼」である。

と、登場人物の役割の問題として、一旦、集約の方向づけをさせている。

最終的には、長谷川泉「川端作品の系譜」（昭46）が、作家論・作品論の両方の方法を含有させ、「「雪国」にいたると収穫多い中年の成果がとり入れられている。ただし「伊豆の踊子」から「雪国」にいたるまでには「南方の火」を初めとする一連の千代ものの系譜があり、かつ「禽獣」や「末期の眼」で定着し身についた非情の目の輝きが人生の年輪を刻ませている。」と、「非情の目」を通底に置き、

> 「禽獣」は堕天使への幻滅の後に転換された作風に基づく作品であった。「雪国」もまた「禽獣」の延長線上に現われた。

と、やや作家論に比重が傾いているが、「禽獣」の位置を概説的に述べ、一応の決着をつけた。

なお、羽鳥徹哉「一九三〇年代の川端康成」（昭42）は、文学による人間救済は可能だったかという観点から、「禽獣」を含む一九三〇年代の川端文学の流れを追ったものである。羽鳥は、『文芸時

代』の「創刊の辞」で人間救済の役割を文学に求め、新感覚派時代、一応目的を達したかに見えた川端が、時代の変化と共に夢は破れ、「禽獣」「虹」の時点で絶望のどん底に落ち込む、しかし、「雪国」に至って徐々にまた立ち直っていく、その精神の過程を跡づけている。

五、時間構成と語りを中心にした作品論、テクスト論の現在

最初に、作品の表現手法・時間構成の問題を具体的に俎上にのせ、それらの表現手法に「戦略」を読み取ったのは、佐伯彰一「『禽獣』・『雪国』」（昭32）である。この論文は、以後の研究で必ずと言っていいほど、引き合いに出されている。これに続いて、三枝康高「『禽獣』の内面と外界」（昭36）が、論法は基本的に作家論に依拠しているが、作品そのものの構造を細かに分析し、十七のフラグメントを列挙した。この論文では、十七の場面に細分したという整理に止まり、これら十七の要素が、時間的にどのような関係を有しているかまでは、追求されていない。しかし、このフラグメント化する方法は、後の時間構成に関する論考に多大に影響を与えている。

このような経緯の中で、本格的な作品論として提出されたのが、三好行雄「禽獣」「川端康成」（昭38）である。三好は、書き出しで従来行われてきた作家論を取り入れ、それらを整理することから始め、次第に、パラグラフという作品の最小単位の繋がり関係の考察に入っていく。作品論の本領発揮である。次に、パラグラフからプロットへの展開を論考していくのだが、その際、物語の現在時間の進行をX軸、「彼」の連想による回想の歴史的時間をY軸と、二つの時間軸を設定し、小説構造を解析した。これが、所謂、X軸・Y軸の理論として、後の作品研究の骨格となる。「「雪国」は「禽獣」のX軸、つまり現実的時間を消去して成立する。」という結論は、登場人物の非情を中心とした「雪国」との比較論とは、全く次元を異にした作品構造の分析論考である。このような方法によって、三好は「禽獣」の読みの方向を決定づけたのである。以後は、この方法を巡っての賛否が続出する。

次に、時間構成の問題を論じたのが、酒井森之介「禽獣」（昭44）の「サンドウイッチ型」という提唱である。これも、時間構造が論じられる場合、常に引用される論文である。しかし、この論文での「サンドウイッチ型」に関する記述は、

> 作品の時間経過は六月の夕暮れ、七時少し前から、公会堂の舞踊会の休憩時間までの一二時間で、舞踊会のことを前後にして、間に「彼」の動物相手の日常生活と、前後十年足らずの千花子との交渉が挟みこまれている。
>
> こういうサンドウイッチ型の構成は、当時しばしば映画でも用いられた手法である。

と少なく、ごく簡潔な筆致量と論理である。酒井は、昭和三、四年頃から文壇で「外部現実と心理現実を精巧な織物に織り上げることが、表現方法で試みられた」流れに、「禽獣」も添っていると説く。つまり「サンドウイッチ型」とは、現在進行の場面という「外部現実」に、過去の出来事という「心理現実」が挟み込まれているという比喩である。三好行雄もX軸・Y軸の方法を自ら比喩と言うが、三好はそこに「往復運動」の構造の論理を展開し、酒井の「挟みこまれ」の構図とは、根本的に異質な論法である。三好の方が、細部

から深淵を追求する方法と言える。

酒井のこの論文でのサンドイッチ型という構図の発明、その記述は、構造論的な論究としては、それほど綿密な筆致ではない。しかし、後の研究には随所で取り上げられている。それは、サンドイッチ型という比喩が、酒井の意図した以上に効力を発揮し、後の研究者の琴線に触れ、この比喩に過剰に反応したということかもしれない。

後の引用でのサンドイッチ型の比喩の捉え方には、それぞれに差異がある。岩田光子「川端文学の特相（四）『禽獣』考」（昭53）は、「いわば種類の異なった中味を何重にも重ねたサンドイッチ型の構造」「連想の流れは十年間の振幅をもって過去と現在を行き交う」という構造把握をしている。岩田はサンドイッチ型と表現しているが、「振幅」「行き交う」を重点に置いていることを考慮すると、これは、極めて三好のX軸・Y軸の「往復運動」に近い。寧ろ、同質である。岩田論文の特徴は、二十四という非常に細分化した、どちらかと言えばパラグラフに近いフラグメントに分け、何重にも重ねたサンドイッチ型とした点にある。ただし、岩田の言う「重ね」は、原善「『禽獣』」（平9）の「重層」とは意味が違う。原は、「重層」に対して、引き出されていく意味性に価値を置いた。岩田は、それぞれの事象が大きく三つに挟み込まれたという「重ね」に価値を置いている。

岩田が、二十四の細密なフラグメント化の解体作業によって、「「女中」は添景人物に過ぎないが、この作品の中にあっては捨てがたい役割を担っている」と、女中の存在を浮き彫りにさせたことは、構造分析の効力である。「彼」、禽獣、千花子を主体に読まれてきた歴史の中で、女中がこの作品を支えているという観点、女中の存在役割は、今後の人物関係における研究で再度、検証されねばならぬ事項である。

女中に対する着目も必要であるが、作中の舞踊家という役割への考察も必要である。これに関しては、福田淳子「川端康成『禽獣』論」（平5）の、作品論・作家論の両面からアプローチした舞踊論がある。福田は「あくまでも舞踊家としての千花子と〈彼〉との関係に焦点を絞るべき」と前提し、

> 舞踊作品という分類を施しても、川端がその中に描くものは実際の踊られる舞踊は少なく、むしろ舞踊をモチーフとした女性の純粋性を描くと同時に、それを希求する人間の心の葛藤のドラマなのである。

と結論づける。これは、踊子「伊豆の踊子」・舞踊家「禽獣」・芸者「雪国」など一貫して芸人の女を軸にして、川端が小説を形作るとはどういうことなのかという問題に肉薄する論考である。実人物の初代を軸にするなら、女給という設定になるのだが、川端はそうはしていない。女給も〈見られる〉という点からすると、芸人の一部なのかもしれないが、女給と芸者には大きな一線がある。これは、この時期の川端文学の大きな問題であるが、これを解く鍵に「禽獣」があることを、福田論文が示唆している。なお、羽鳥徹哉「川端康成伝（八）」（昭55）は、いち早く「禽獣」を川端と舞踊とのかかわりの中で位置づけていた。

サンドイッチ型に対する差異や違和感を打ち出したのが、林武志「禽獣」（昭57）である。林は、十二のフラグメントに再編成して、最初と最後の現実を描いたフラグメントを残して「総てが抜け落ち

る仕掛けになっている」と指摘し、この仕掛けは「大ざっぱに言えば「サンドウィチ型」とも言えるが、むしろ入子型により近い。」と論説する。作品に対する基本構造の捉え方は、酒井「禽獣」（昭44）と同じだが、「型」が作品にもたらす意味に、大きな差がある。林は、ここでは大ざっぱに入子型という命名の記述で止めているが、入子型の持つ意味を詳細に考察したのが、深澤晴美「『禽獣』論」（昭63）である。深澤は、林の言う「「入子型」的な構造は、自分を疎外する外界を遮断した上で、全てを己れの支配下に組み込もうとする〈彼〉の閉ざされた自我を思わせる。」と、委細にわたった意味づけをおこなっている。

フラグメントや時間関係に基づいた構図による作品構造分析が続いた流れの中で、作品中の「もう」という言葉・修辞を徹底的に追求し、そこから作品構造を解き明かしたのが、塩崎文雄「『禽獣』私注」（昭58）である。馬場重行「川端康成『禽獣』試論」（平元）は、この論文に対し「「もう」という副詞の解明から見事な「禽獣」解釈を示した」と述べ、「「禽獣」においては、作品の時間構造の「謎を解く鍵」としての「も」助詞の用法が注目される。」と規定づけている。

塩崎は、作中の十個の「もう」に違和感を抱き、それぞれを詳しく検証する。冒頭の「もう老朽のトラックに乗つてゐた。」の「もう」に対して、この「「もう」は、コンテクストに奉仕する指示的機能よりも、発信者にかかわる心情的機能をより多く果す」と述べている。この発信者とは、川端なのか、作者なのか、「彼」という登場人物のことなのか、或いは、語り手をいうのか、やや不明瞭な点があるが、これは、後の語り手を中心とした研究に繋がっていく。

次に、問題となるのは、禽獣と千花子の関係、「禽」と「獣」が意味する志向性の論考である。

禽獣と千花子の問題に関しては、たつみ都志「川端康成『禽獣』の構造」（平3）が、背反する愛情と非情のテーマを、時系列の精査を基軸にして論じている。たつみは、S愛情とA非情という設定をし、その揺れの問題を考察するという新規方法を取り入れた。この方法によって、たつみは、「禽獣」は非情の小説ではないという結論を導き出した。方法は違うが、羽鳥徹哉「一九三〇年代の川端康成（昭42）、鶴田欣也「『禽獣』における時間と純粋の相克」（昭53）も、ほぼ同じ読みを提示している。たつみは「彼」の心情の根源は「彼の動物への人並みはずれた愛着」にあると、非・非情の解釈をおこなっている。この心情は「動物」という禽獣にのみ向いているのではなく、人間全般に向けられている非・非情と考えることができる。この読みは、山本健吉「川端康成集解説」（昭29）の「ミザントロープ」と相反しているようだが、齟齬はきたさない。愛情を求めるがゆえの人間嫌いということである。山本の「ミザントロープ」は、たつみの言う「「純潔」にこだわらんとする自分を演出」という「演出」に繋がる。「彼」は非・非情であるがゆえに、非情を演出しているのである。たつみの言う「自分を律する」「自己制御」がミザントロープの根源であると、両論文を照応することができる。

原善「『禽獣』」（平9）は、たつみ論文の「〈禽獣〉は女である。」との読みに対し、「禽」と「獣」を分けるという、基本的で単純だが、それだけに、実に重要な問題設定をし、「連想の契機に〈獣〉はなっていても、そのまま千花子と〈獣〉とが重なるものではないのだ。」という異論を提出した。原は、禽の中でも特に「菊戴」に着目し「菊戴ストーリー」を設けた。たつみが獣・犬は千花子であるという論を提出しているのに対し、原は菊戴ストーリーを千花子ストーリーに重ねることによって、菊戴と千花子への態度の重なりを指摘した。このような論考が可能であるのは、「禽」は「彼、主人公ならぬ語り手による重ねあわせである」という語り手の存在を基軸にして、原が論を運んでいる点にある。

この語り手を巡る議論に上田渡「川端康成『禽獣』論」（平14）と、佐々木寛「『禽獣』はいかにつくられているか」（平20）がある。佐々木は「この小説は本当に舞踊会場に向かうタクシーの中の主人公「彼」の連想あるいは回想ということで書かれているのだろうか」という根本を疑う問いを設定している。その原因の一つとして、従来の論は「主人公「彼」と語り手の「わたし」の関係がきちんと押さえられていない点にある」という現状をあげている。対して、上田は、登場人物がリアリティを持つのは「ミメーシス性であり、語り手の透明化である」と捉えている。この関係認識の結果、

> 語り手は、いかにも何か意味ありげな言葉を仕掛け、読者を解釈不可能な地平に引きずり込もうとしているのである。

という言説を引き出す。このような上田の語り手に対する論に対し、佐々木は、

> 上田の論はテキストを創り出す世界とテキストのうちに描き出された世界の原理的な違いを無視しており、論者は承服しかねる

という反駁を提出する。これは、上田が準拠しているジュネットと、佐々木が検討しているバフチンやヴィノグラードフの語り手理論の相違に起因しているのかもしれない。

この問題は、現在進行形と考えて良いだろう。「禽獣」は、依然、テクニカルな読みの誘発を放っているのである。このような進行現状の中で、山本健吉、吉田健一、長谷川泉、平野謙、羽鳥徹哉などが捉えた昭和八年の「禽獣」、及び作家川端という視点を再度踏まえ、「禽獣」の読みの誘発の要因を、総体的に追求することが、今後の研究展開ではないだろうか。

（平成20年11月稿）

（「川端康成作品論集成」第三巻より収録）

「禽　獣」研究文献目録

須藤宏明

永井龍男「川端康成氏の近作に就て」(「若草」昭9・9)

杉山平助「川端康成論」(「新潮」昭10・10)

宇山雄二「川端康成論」(「日本評論」昭10・11)

古谷綱武「『禽獣』の世界」(『川端康成』作品社、昭11・11)

浅見淵「川端康成論」(「文芸」昭11・12)

古谷綱武「禽獣について」(「文学生活」昭11・12、後『川端康成』三笠書房、昭17・9、『近代作家研究叢書川端康成』日本図書センター、昭59・2)

伊藤整「川端康成の芸術」(「文芸」昭13・2、後「川端康成」と改題して『文学の道』南北書園、昭24・5、『伊藤整全集20巻』)

横光利一『覚書』(『覚書』(金星堂)昭15・6、後『横光利一全集12巻』(河出書房))

小林秀雄　「川端康成」(「文藝春秋」昭16・6、後『小林秀雄全集第七巻』新潮社、平13・10)

寺田透「川端康成」(『近代作家』思潮社、昭23・3、後『作家私論』改造社、昭24・6、『寺田透・評論I』思潮社、昭44・3)

西村孝次「解説」(『現代日本文学選集第6巻』細川書店、昭23・5)

伊藤整「附随的な推定群」(『小説の方法』河出書房、昭23・12、後『伊藤整全集16巻』)

伊藤整「解説」(『現代日本小説大系43巻』河出書房、昭25・8、後『伊藤整全集20巻』)

三島由紀夫「『伊豆の踊子』「温泉宿」「抒情歌」「禽獣」について」(新潮文庫『伊豆の踊り子』昭25・8、『新潮川端康成読本』昭47・6に「解説「禽獣・抒情歌」」と改題され後半部が抄録、『三島由紀夫全集27巻』)

平野謙「禽獣」(『現代日本文学辞典』河出書房、昭26・7)

杉浦明平「新感覚派の文学―川端康成」(『現代文学総説II』学燈社、昭27・10)

伊藤整「川端康成の文学」(『川端康成集〈昭和文学全集第9巻〉』角川書店、昭28・3、後『伊藤整全集20巻』)

伊藤整「美と生命の文学」(「文学界」昭28・4)

山本健吉「解説」(『川端康成集〈現代文豪名作全集24巻〉』河出書房、昭29・10)

三島由紀夫「川端康成ベスト・スリー「山の音」「反橋連作」「禽獣」」(「毎日新聞」昭30・4、後『三島由紀夫全集28巻』)

磯貝英夫「川端康成」(『昭和文学作家研究』柳原書店、昭30・5)

十返肇「川端康成」(『50人の作家』講談社、昭30・7)

三島由紀夫「川端康成―百人百説」（「文芸」昭30・12、後『三島由紀夫全集28巻』）
三島由紀夫「永遠の旅人」（「別冊文芸春秋」昭31・4、後『三島由紀夫全集29巻』）
吉行淳之介「川端康成論―不気味な抒情」（「文芸」昭31・9）
瀬沼茂樹「解説」（「川端康成集〈別冊文芸〉」河出書房、昭32・1）
佐伯彰一「『禽獣』・『雪国』」（「解釈と鑑賞」昭32・2）
波多野完治「川端康成の文章」（「解釈と鑑賞」昭32・2）
三島由紀夫「川端康成の東洋と西洋」（「解釈と鑑賞」昭32・2、後『三島由紀夫全集29巻』）
中村光夫「川端康成論」（「文学界」昭32・7、8、9）
伊藤整「川端康成」（『近代日本の文学史』光文社、昭33・9、後『伊藤整全集21巻』）
山本健吉「十六歳の日記」（山本健吉編『〈近代文学鑑賞講座13〉川端康成』角川書店、昭34・1）
磯貝英夫「禽獣」（『日本文学鑑賞辞典』東京堂、昭35・6）
古谷綱武「禽獣」（古谷綱武編『評伝川端康成』実業之日本社、昭35・12）
三枝康高「『禽獣』の内面と外界」（『川端康成』有信堂、昭36・1）
野島秀勝「日本の女・その1〈後姿の美学―川端康成の場合〉」（「批評」昭36・11、後『「日本回帰」のドンキ・ホーテたち』冬樹社、昭46・4）
磯貝英夫「解説」（『現代日本文学講座―小説6』三省堂、昭37・6）
神西清「康成と辰雄」（三島由紀夫編『文芸読本川端康成』河出書房新社、昭37・12）
三好行雄「禽獣（一）～（四）（川端康成―現代文学鑑賞（十二）～（十五））」（「解釈と鑑賞」昭38・2、4、5、7、後「虚無の美学―禽獣」と改題して『作品論の試み』（至文堂）、昭42・6、長谷川泉編『〈現代のエスプリ〉川端康成』至文堂、昭44・1、三枝康高編『川端康成入門』有信堂、昭44・4）
手塚富雄「人と文学」『〈現代文学大系33〉川端康成集』（筑摩書房、昭39・11）
吉田健一「解説」（『川端康成集』河出書房新社、昭41・1）
長谷川泉「収録作品の解題二、禽獣」（旺文社文庫『雪国、他二編』旺文社、昭41・3）
伊藤整「作家と作品川端康成（一）」（『川端康成集〈日本文学全集第39巻〉』集英社、昭41・8、後『伊藤整全集20巻』）
羽鳥一英「禽獣」（「一九三〇年代の川端康成（上）」）（「国語と国文学」昭42・8、後『作家川端康成の展開』教育出版センター、平5・3）
林武志「『禽獣』をめぐって」（「二松学舎大学人文論叢」昭43・6）
吉村貞司「家の解体」（『川端康成・美と伝統』学芸書林、昭43・12）
進藤純孝「川端文学解説」（『川端康成―その人・その作品』冬樹社、昭44・2）
永丘智郎「川端康成の文体」（長谷川泉編『川端康成作品研究』八

木書店、昭44・3）

酒井森之介「禽獣」（長谷川泉編『川端康成作品研究』八木書店、昭44・3）

笹淵友一「雪国」（長谷川泉編『川端康成作品研究』八木書店、昭昭44・3）

磯貝英夫「水晶幻想」（長谷川泉編『川端康成作品研究』八木書店、昭44・3）

鈴木晴夫「主要作品梗概「禽獣」」（長谷川泉編『〈現代のエスプリ〉川端康成』至文堂、昭44・4）

長谷川尚「「禽獣」の家」（長谷川泉編『〈現代のエスプリ〉川端康成』至文堂、昭44・4）

板垣信「禽獣」（福田清人編『川端康成人と作品』清水書院、昭44・6）

竹盛天雄「禽獣」（「国文学」昭44・6）

藤村健次郎・佐々木誠「『禽獣』と暮らす」（読売新聞文化部編『実録川端康成』読売新聞社、昭44・7）

河野多恵子「冷徹の美」（『川端康成全集第三巻月報6』新潮社、昭44・9）

川嶋至「ひとつの断層――みち子像の変貌と『禽獣』の周辺――」（『川端康成の世界』講談社、昭44・10）

サイデンステッカー「漂泊と哀愁の文学」（「ソフィア」上智大学、昭44・11、後『異形の小説』南窓社、昭47、「新潮川端康成読本」昭47・6）

竹西寛子「『水月』のこと」（『川端康成全集第七巻月報10』新潮社、昭45・1）

平野謙「川端康成の『禽獣』」「川島至の『禽獣』論」（「毎日新聞夕刊」昭45・2、3、後『昭和文学私論』毎日新聞社、昭52・3）

坂戸正夫「『禽獣』拒絶と舞踏――川端康成論――」（「批評文学」大光社、昭45・11）

長谷川泉「川端作品の系譜」（『川端康成集』主婦の友社、昭46・1）

長谷川泉「川端文学の本質」（『川端文学への視点』明治書院、昭45・3）

田中保隆「『禽獣』のモティーフ」（川端文学研究会編『川端康成の人間と芸術』教育出版センター、昭46・4）

藤本正文「川端康成研究『伊豆の踊子』から『禽獣』まで」（「近代文学試論」広島大学近代文学研究会、昭46・8）

江藤淳「川端康成の源流」（「文学界」昭47・6）

古井由吉「『禽獣』について」（『川端康成読本』新潮社、昭47・6）

小笠原克「川端康成」（『昭和の文学（近代文学史3）』有斐閣、昭47・7）

巌谷大四「六月四十近き独身男の女と『禽獣』の記憶／東京」（『川端康成の旅愁――文学散歩12ヶ月』日本交通公社、昭47・8）

竹内良夫「禽獣」（『頽廃の美学川端康成その耽美な生涯と文学』日藝出版、昭47・9）

奥野健男「川端康成主要作品鑑賞小辞典「禽獣」」（『現代日本文学アルバム第8巻『川端康成』』学習研究社、昭48・4）

長谷川泉「禽獣」（長谷川泉編『川端文学の味わい方』明治書院、昭48・9）

武田勝彦「禽獣」（長谷川泉編『川端文学の味わい方』明治書院、昭48・9）
阿部正路「鏡の中の花―川端康成の死と生―」（『戦後文学論』桜楓社、昭49・8）
瀬沼茂樹「川端康成美の王国」（『作家の素顔』河出書房新社、昭50・4）
岡本恵徳「川端康成『禽獣』への一視点」（「琉球大学法文学部紀要国文学・哲学論集」昭51・3）
山本道子「『禽獣』のひと」（「月刊ポエム」すばる書房、昭52・9）
岩田光子「川端文学の特相（四）『禽獣』考」（「学苑」昭和女子大学近代文化研究所、昭53・1、後『川端文学の諸相―近代の幽艶―』桜楓社、昭58・10）
越次倶子「『禽獣』小論」（武田勝彦・高橋新太郎編『川端康成現代の美意識』明治書院、昭53・5）
小林一郎「『禽獣』論―その『構造』を中心に―」（川端文学研究会編『非情の交感』教育出版センター、昭53・8、後『川端康成研究―東洋的な世界―』明治書院、昭57・9）
長谷川泉「『禽獣』のモチーフ」（川端文学研究会編『非情の交感』教育出版センター、昭53・8）
鶴田欣也「『禽獣』における時間と純粋の相克」（川端文学研究会編『非情の交感』教育出版センター、昭53・8、後「禽獣」と改題して『〈国文学研究叢書〉川端康成の芸術―純粋と救済―』明治書院、昭56・11）
大滝清雄「『末期の眼』と『禽獣』のころ」（『川端康成の肖像』宝文館出版、昭54・1）
林武志「「禽獣」研究史略」（川端文学研究会編『虚実の皮膜』教育出版センター、昭54・3、後『川端康成作品研究史』教育出版センター、昭59・10）
津川武一「小鳥のいのちは大切にする―『禽獣』―」（『死にとりつかれた川端文学』医療図書出版、昭54・8）
瀬古確「『抒情歌』の表現――前後作（落葉・父母への手紙・慰霊歌・禽獣等）と対比して――」（川端文学研究会編『鎮魂の哀歌』教育出版センター、昭55・4）
羽鳥徹哉「川端康成伝（八）、「二十歳」と「禽獣」」（川端文学研究会編『哀艶の雅歌』教育出版センター、昭和55・11）
佐藤碧子「禽獣」（『瀧の音懐旧の川端康成』東京白川書院、昭55・12）
長谷川泉「禽獣」（『心象幻想―川端文学へのいざない―』アートプロデュース社、昭56・4）
近藤裕子「川端康成の〈女〉―身体性との関連から―」（現代国語研究シリーズ12「川端康成」尚学図書、昭57・5、後、林武志編『〈鑑賞日本現代文学15〉川端康成』）
兵藤正之助「川端康成論――『禽獣』を中心に――」（「関東学院大学文学部紀要」昭57・5、後「『禽獣』論」と改題して『川端康成論』春秋社、昭63・4）
林武志「禽獣」（林武志編『〈鑑賞日本現代文学15〉川端康成』角川書店、昭57・11）
塩崎文雄「『禽獣』私注―あるいは、『もう』の修辞学について―」（「近代文学試論」広島大学、昭58・12）

栗坪良樹「禽獣、雪国、千羽鶴、山の音」（『日本文学名作事典』三省堂、昭59・5）

長谷川泉「『禽獣』のモチーフ」（『川端文学の機構』教育出版センター、昭59・5）

吉行淳之介「川端康成・人と作品」（『昭和文学全集第5巻』小学館、昭61・12）

佐藤義雄「『禽獣』その構成をめぐって」（「京都教育大学国文学会誌」昭62・2）

鈴木わかな「『禽獣』論―『彼』の眼差―」（「近代文学ゼミ論集五号」南山大学国文科、昭62・7）

今村潤子「禽獣」（「国文学」昭62・12）

榎本冨士子「『禽獣』論――三つの構図をめぐって――」（「芸術至上主義文芸」昭63・12）

深澤晴美「『禽獣』論――その『入子型』的構造を回って――」（「芸術至上主義文芸」、昭63・12）

室井庸一「異界の人――『禽獣』論――」（『近代日本文学論――大正から昭和へ』中央大学出版部、平元・11）

馬場重行「川端康成『禽獣』試論――〈夢〉の破れ――」（「文学」平元・12）

洲崎宏美「『禽獣』論――『甘いもの』の発見」（「金沢大学国語国文」平2・2）

妻木睦「川端康成『禽獣』研究」（「日本近代文学研究室ゼミ論集近代文学論叢」北海道教育大学旭川分校、平2・3）

石崎佳都子「川端康成作品研究――『禽獣』におけるもう一人の彼――」（「園田学園女子大学国文学会誌」平2・3）

東藤尚子「川端康成『禽獣』論――『彼』の禽獣愛玩の意図を探る――」（「日本近代文学研究室ゼミ論集近代文学論叢」北海道教育大学旭川分校、平2・3）

たつみ都志「川端康成『禽獣』の構造――畸型的〈純潔〉をめぐって――」（「昭和文学研究」平3・7）

山本道子「『禽獣』のひと」（田久保英夫／他編『群像日本の作家13川端康成』小学館、平3・7）

金美卿「〈作品のあらすじ〉『禽獣』」（「解釈と鑑賞」平3・9）

長谷川尚「『禽獣』の構成と時間」（「解釈と鑑賞」平3・9）

高橋英夫「『死』の存在論（『水晶幻想・禽獣』講談社、平4・4）

羽鳥徹哉「作家案内」（『水晶幻想・禽獣』講談社、平4・4）

大庭みな子「禽獣」（小田切進／他編『没後20年川端康成展生涯と芸術――「美しい日本の私」』日本近代文学館、平4・5）

新城郁夫「川端康成『禽獣』における時間の生成」（「立教大学日本文学」平4・12）

石川巧「川端康成『禽獣』論――〈縁語〉的世界あるいは〈因果〉からの乖離――」（「立教大学日本文学」平4・12）

渡邉正彦「『禽獣』論―比喩性をめぐって―」（「立教大学日本文学」平4・12）

福田淳子「川端康成『禽獣』論――舞踊による解釈の試み――」（「学苑」昭和女子大学近代文化研究所、平5・1）

奥山文幸「『解説』――『禽獣』・『青森挽歌』（宮沢賢治）」（田中実・馬場重行・原善編『対照読解川端康成〈ことば〉の仕組み』蒼丘書林、平6・2）

武智政幸「『禽獣』論―『千花子』のなかの『禽獣』」（「昭和文学研

究」平6・2）
羽鳥徹哉「禽獣」（『日本現代文学事典』明治書院、平6・6）
李在聖「『禽獣』の時間構造」（「大学院研究年報」中央大学、平7・2）
片山倫太郎「『禽獣』論――認識の背理――」（川端文学研究会編『川端文学への視界10』教育出版センター、平7・6）
明治書院企画編集部編「川端康成『伊豆の踊子』『禽獣』『雪国』『千羽鶴』『山の音』」（『おじさんは文学通2』明治書院、平7・10）
近藤裕子「作家案内川端康成―小説家の視力」（『たんぽぽ』講談社、平8・4、後「視覚の揺らぎ―川端康成の〈目〉」と改題して『臨床文学論―川端康成から吉本ばななまで』彩流社、平15・2）
黄翠娥「川端文芸の禽獣に関する一試論」（『日本語日本文学』輔仁大学外語学院日本語文学系（台湾）、平8・6）
原善「『禽獣』――重層としての〈禽〉／連想としての〈獣〉――」（「解釈と鑑賞」平9・4）
山下真史「『抒情歌』と『禽獣』」（「月刊国語教育」平10・3）
河野基樹「禽獣」（『川端康成全作品研究事典』勉誠出版、平10・6）
田中実「〈仮構の神〉の顕現――『禽獣』試論――」（田村充正・馬場重行・原善編『川端文学の世界1その生成』勉誠出版、平11・3）
古山高麗雄「禽獣」（「新潮」平11・6）
坂元さおり「川端康成『禽獣』論――揺らぎ続ける『モラル』の位相――」（「國文學攷」広島大学国語国文学会、平11・6）
張月環「『蛇往生』における偽りと犠牲」（川端文学研究会編『川端文学への視界15』グローバル・メディア社、平12・6、後『川端康成の美の性格』サン・エンタープライズ、平11・11）
曾根博義「モダニズム―川端康成における伝統と科学」（「国文学」平13・3）
張月環「川端康成の純粋な美―『禽獣』と『日雀』」（『川端康成の美の性格』サン・エンタープライズ、平13・11）
上田渡「川端康成『禽獣』論―語りの虚構性を超えて」（川端文学研究会編『川端文学への視界17』銀の鈴社、平14・6）
田邉園子「女性作家による日本の文学史（17）エロスと生死――川端康成『禽獣』・夏目漱石『それから』・佐多稲子『くれない』・平塚らいてう」（「本の窓」小学館、平14・12）
澤井繁男「死の現場から―川端康成「禽獣」」（『文藝批評生の系譜作品に読む生命の諸相』未知谷、平17・8）
佐々木寛「『禽獣』はいかにつくられているか」（川端文学研究会編『川端文学への視界23』銀の鈴社、平20・6）

（『川端康成作品論集成』第三巻より収録）

「散りぬるを」研究史

平井裕香

「散りぬるを」は、男性小説家の「私」が、女弟子の瀧子と蔦子を山辺三郎に殺されて、五年経ち、三郎も獄死した後、裁判記録を参照しながら事件の小説化を試みるというメタフィクショナルな小説かつ、川端自身も書くように「犯罪記録の潤色」（「あとがき」『新日本文学全集　川端康成集』改造社、昭15・8）である。同作の原型は「散りぬるを」（「改造」昭8・11）、「瀧子」（「文学界」昭8・12）、「通り魔」（「改造」昭9・5）の三編で、それらが『禽獣』（野田書店、昭10・5）収録時に一作品にまとめられた。三十五巻本全集の解題ほかが指摘の通り、仏教哲学を引用しながら睡眠について述べた部分と、初出「散りぬるを」の末尾の部分が、その際に削除されている。これ以降の刊本は、現在まで流通している文庫版『眠れる美女』（新潮文庫、昭42・11）を含めて、削除後の本文を踏襲する。

以下では、同作の研究史を三時期に分けて追ってゆく。川端の文章に関しては、本集成に項目のないもののみ、発表年月を記載する。

一、同時代評の時期

原型の三編が出揃う前に、既に複数の言及がある。今井達夫「今月の小説―「改造」「文芸春秋」」（「三田文学」昭8・12）は、「虚無的雰囲気」に「微光」の射す「いつも」の作風を評価しながら、「私」という人物が十分活かされていないと難じる。林房雄「十一月作品評」（「文学界」昭8・12）も、「人間の好色を、このやうな神秘の美しさの中に」描いたことを賞賛しつつ、引用された「辞典の文句」を「原稿紙うづめ」と批判する。睡眠に関する記述の削除はこれに応じたものとするのがほぼ定説となっている。他方、杉田謙作「十一月号雑誌作品評」（「文化集団」昭8・12）は、「心境」上の行き詰まりを「題材」で解決しようとしながら「趣味性の上で玩弄的に事件をひねくり廻してゐる」と、一貫して否定的である。春山行夫「文芸時評」（「行動」昭8・12）も、「懐疑の精神をふりかざして」真理に触れようとする「Sophistication の精神」を語った作品と位置づけている。さらに、瀬沼茂樹「現代小説における性格描写」（「新潮」昭9・1）は、「現代的レアリズム」が克服すべき「性格」の崩壊の典型を横光利一の諸作に見たうえ、そうした「理知的計算」ではなく「抒情的なる流れにおいて」生を捉える同作では、「もはや性格が描かれてゐない」、つまり完全な「無性格」が表現されているという。

その後は「通り魔」一編について、江間道助「文芸時評」（「早稲田文学」昭9・6）が、「人間の心理を色々と装飾に用ゐてある文章」だが「文学青年向作品にすぎぬ」と不満を表す一方、阿部知二「文芸時評」（「行動」昭9・6）が、「生きながら「古典」を造る途といふのはこのやうなものだ」と好意的に受け止める。そして「散りぬるを」全体については、板垣直子「現代文学に於ける伝統的な一典型―川端康成氏の文学の日本的性格の分析」（『現代小説論』第一書房、昭13・7）が、川端の一面をなす「客観的傾向を保持する」作品群のうち、「圧巻」のものとみなしている。ただし、その根拠としては特異な「題材や意図」に加えて「精緻な感覚」を挙げており、同作のような「客観もの」より「特定の文学感情を作り上げる」ということに川端の特長があると論じる。概して、「散りぬるを」への評価は単独ではそう高くなく、それ以前の作への評価や各人の文壇における立場の反映だったと思われる。なお、当時の文壇の状況と同作の関係は、平成以降の研究の主な焦点の一つとなる。

二、散発的な言及の時期（昭和三十～六十年代）

以後、「散りぬるを」に対する批評は、昭和四十年の時点で川端自身が同作は「まだ正当な批評を受けてゐない」（前掲「あとがき」）と不満を述べている通り、いったん立ち消えとなる。『禽獣』広告」（「読売新聞」朝刊、昭10・6・26）に典型的な、「異色作」という位置づけが疑われなかったためだろう。昭和三十年代から六十年代にかけてようやく、川端文学研究の全体の隆盛を反映してか、いくつかの言及が現れてくる。ただしそれらは散発的で、同作を単体で取り上げる、取り上げても梗概以上のことを論じるものは少ない。以下では後の研究と接続しうる見解を重点的に辿ってみたい。

おそらく最も重要なのは、前述の新潮文庫における三島由紀夫の「解説」である。三島は、同作が「眠れる美女」、「片腕」と並べられた理由を、二人の女性が眠りのうちに殺されるという題材と、小説家の業と疎外を扱うことで他二作を解説する機能に求める。小説論としての性格、眠りや死体のテーマという、後の研究の論点を早くも提示することで、閑却されていたに等しい同作が川端文学に占める位置を明らかにする道筋をつけたと言えるだろう。なお、松本徹「川端康成―無二の師友」（『三島由紀夫の時代―芸術家11人との交錯』水声社、平28・11）は、同作とこの「解説」に、晩年の三島と川端のすれ違いを象徴する大きな意味を見出している。また、同作における眠りや死体のモチーフには、栗原雅直「川端さんの思い出」（『川端康成―精神医学者による作品分析』昭57・4）や、津川武一「川端文学における殺人―「散りぬるを」」（『死にとりつかれた川端文学』医療図書出版社、昭54・8）も注目している。

他方、同じく眠りや死、性のテーマに繋げながらも、梅原猛「川端康成における仏教」（「国文学」昭45・2）が着目するのは、同作に端的に現れた川端の仏典への関心である。さらに、小林芳仁「川端文学と仏教」（大正大学国文学会編『文学と仏教―迷いと悟り』教育出版センター、昭55・11）は、「抒情歌」などでは「幻想性が尊重された仏教」が、同作では「一つの抽象的観念として象徴化されている」との見立てにおいて、同作に検討を加えている。小林一郎「「禽獣」論―その「構造」を中心に」（川端文学研究会編『〈川端康成研究叢書4〉非情の交感』教育出版センター、昭53・8）も、仏教との関係という観点で同作に触れており、そうした観点が同作の本格的な研究を準備したことは明らかである。そのような考察の観点はまた、小林芳仁「川端康成と仏典」（田村充正・馬場重行・原善編『〈川端文学の世界4〉その背景』勉誠出版、平11・5）、黒崎峰孝「宗教観」（田村充正・馬場重行・原善編『〈川端文学の世界5〉その思想』勉誠出版、平11・5）など、近年まで維持されている。

加えて、東郷克美「魔界の彼方へ―「二人で一人、一人で二人」の幻」（『国文学』昭62・12）は、川端文学に頻出する「二重身的女性像」に瀧子と蔦子を含めている。太田鈴子「散りぬるを」（羽鳥徹哉・原善編『川端康成全作品研究事典』勉誠出版、平10・6）の言う通り「作家論に集約」する契機としては勿体ないが、なぜ殺される女性が二人でなければならなかったのか、他の作品を視野に入れて問うことは無意味でないはずだ。また、三枝康高「舞踊についての考察」（『川端康成』有信堂、昭36・1）は、いかなる点で共通するのか詳しく論じてはないが、同作に「抒情歌」および「虹」（昭9・3～昭11・4）と共通した発想を見る。さらに、進藤純孝「大森から上野桜木町へ」（『伝記　川端康成』六興出版、平51・8）は、「私」と瀧子・蔦子との関係に川端と梅園龍子、ないし他の踊子たちとの関係の反映を読み取っている。

三、本格的な研究の時期（平成以降）

「散りぬるを」が本格的な研究の対象となってくるのは、平成に入ってからである。川端研究全体の進展、すなわち考察の集中していた十数編以外に目を配り、その歴史的位置づけを厳密に測定しようという流れに沿ってのことだろう。以後、今日に至るまで、（1）「犯罪記録の潤色」（前掲「あとがき」）という成り立ちに着目するものから、（2）小説に関する小説という性質に焦点を当てるもの、（3）死体あるいは眠りというモチーフに重きを置くものまで、多様な研究がなされている。以下では、相互のかかわりを見落とさないよう心がけつつ、それら三つの観点ごとに成果を概観してみたい。

1、「犯罪」小説というジャンル

昭和五十年代に同作の仏教的背景に言及していた小林が、この種の研究の嚆矢ともなった。まず、「川端康成の実録的犯罪小説」（『解釈と鑑賞』平5・5）で、昭和五年から十三年に、警察の捜査資料に基づき執筆された小説群を「実録的犯罪小説」と名づけ、「散りぬるを」の題材が昭和三年八月の「美人女性理髪師二名絞殺事件」であることを明らかにした。続く「川端康成の実録的犯罪小説　二―「散りぬるを」その事実と虚構の美学」（『解釈と鑑賞』平5・12）では、新聞報道との比較から、犯人の経歴を中心に現実の殺人事件を美化し、彼を含む三人の死者を慰霊しようという創作意図を指摘した。「散りぬるを」を殺人事件の「仏教的昇華」と解する点で、小林の立場はこれ以前から一貫していると思われる。

以上の小林の成果を踏まえ、川端が参照した書物を菊池甚一『病的殺人の研究』（南北書院、昭6・7）と特定してみせたのが、片山倫太郎「『散りぬるを』における典拠と位相」（田村充正・馬場重行・原善編『〈川端文学の世界1〉その生成』勉誠出版、平11・3）である。「散りぬるを」が同書から前述の事件に関する記述を、犯人の経歴を含めて忠実に写していたことが、これによって確認された。裁判の経緯も視野に入れた典拠と創造の厳密な腑分けが、「私」の法官に向けた抗議とそこに潜む無力感、現実における文学の力のなさに対する意識、ひいては資料の「小異」にこだわる「私」の手つきの不気味さや、その手つきへの自己言及が逆説的に「生命」のリアリティを保証するメカニズムを炙り出す。そうした片山の論述は、「犯罪記録の潤色」が同時に小説論となる必然性を示唆していよう。なお、高橋真理「川端康成の「犯罪」小説―「『鬼熊』の死と踊子」「それを見た人達」「田舎芝居」「金塊」」（『明星大学研究紀要（日本文化学部・言語文化学科）』平16・3）は、「散りぬるを」以外の川端の「実録的犯罪小説」と典拠の関係を論じている。

山中正樹「「〈第三項〉と〈語り〉」がひらく、深層の〈意味〉―川端康成の《実録的犯罪小説》・「散りぬるを」を中心に」（『日本文学』平27・3）も、「実録的犯罪小説」に川端の言語観・小説観・世界観を見ようとするが、それに応じた読み方を実践・提起することに重点があると考えられる。山中によれば「散りぬるを」は「知覚や認識の「主体」とその主体の意識に映じた「客体（の影）」と、それを生み出す源泉であり永遠に不可知の領域にある「客体そのもの」という〈第三項〉を描こうとした」。描かれたもの自体ではなく、「私」という「主体」と瀧子たち「客体（の影）」との関係から、同作におけるリアリティが生じるということだろう。なお、客体の影である瀧子の死体の写真から「女のほんたうの姿」が感じられることに注目し、リアリティの様相を探るという方向性は、後述の片山、新城や樋口の論とも共通する。

他方、野崎六助「天使のいない街」（『日本探偵小説論』水声社、平22・10）は、同作が探偵小説的な興趣を期待させながら、情緒的・蒙昧な文章でその期待を裏切るという。野崎の関心の中心は、川端と探偵小説のすれ違いを前提に、「浅草紅団」などの都市小説が持つ意義と、そこから「雪国」への展開を再検討することにある。新感覚派やモダニズムと探偵小説の近接性を浮き彫りにする研究は、近年盛んに行われており、「散りぬるを」への言及はないが、小林洋介『〈狂気〉と〈無意識〉のモダニズム』（笠間書院、平25・2）、坂口周『意志薄弱の文学史』（慶應義塾大学出版会、平28・10）、長山靖生『モダニズム・ミステリの時代』（河出書房新社、令1・8）などは、川端の「犯罪」小説への重要な視角を含んでいる。

2、小説論としての性格

片山倫太郎には、「昭和八年の川端康成―小説家の危機意識」（川端文学研究会編『川端文学への視界8』教育出版センター、平5・6）にも、「散りぬるを」への言及がある。「末期の眼」（昭8・12）で語られる「生と芸術」の問題を同作にも見て取る姿勢は、前述の論に引き継がれつつ、「『散りぬるを』における認識の背理と成就」（『国文学』平13・3）においてさらに発展させられる。片山は、瀧子の写真をめぐる記述に端的に現れた、「不明の世界を目標として、これを強力にロマンをもって染め上げる」という傾向を、同作の顕著な特徴とみなす。「生命」への憧憬という逆説的な方途によって、小説家「私」の主観の力が貫徹されたとの結論は、客観性の装いの中に巧みに忍び込む、独我論とも捉えうる作者の強力な主観性を、小説ならではのリアリティを生み出すための戦略として、評価し直す道筋をつけようとしたものと思われる。

新城郁夫「《小説》論のなかの『散りぬるを』―川端の犯罪小説」（「立教大学日本文学」平5・7）は、写真が小説の表象できない「おそろしい偶然」を写し出し、「私」の「必然化の意図を厳しく断ち切っている」と論じ、そうした「非在なものだけが〔…〕リアリティを摑」めるとしており、以上のような片山論と一見対照的である。しかしながら、両者とも同作が訴訟記録という完結したテクストをいったん解体することで、「生命への驚嘆」という意味を生成するという、大前提を共有している。両者の対話が示唆しているのは、同作がある言説を、それを相対化するような言説に絶えず突き合わせ、相対的な言葉が帯びる、真偽や正誤と一線を画した身体的なリアリティを、小説的なそれとして追求していることではないか。

実際、樋口久仁「川端康成『散りぬるを』論―そのリアリティ生成の論理について」（「キリスト教文化研究所年報」平17・3）は、写真という表象機能の特異性への注目を新城から受け継いで、瀧子の肉体が「もの」として「私」の肉体や無意識を誘惑することを強調しつつ、意味づけを逃れる「もの」への志向を「私」の語り全体に見て取る。樋口によれば同作は、感傷・感情を排除する「機械の眼」への信頼と、それらを排除不可能な「人間の眼」への不信という、同時代的価値判断を踏襲する一方で、「機械の眼」としての写真を合理性の担保ではなく、「フェティッシュな欲望を喚起して新たな感情を生み出す」装置、「無意識的な欲望を顕在化させる場として」機能させているという。樋口のこの解釈は、先に触れた三島由紀夫や後述の安藤、中嶋が問う眠りや死体のモチーフの意義にもかかわっているだろう。なお、川端文学における写真の重要性については、髙根沢紀子「川端康成と写真」（田村充正・馬場重行・原善編『〈川端文学の世界4〉その背景』勉誠出版、平11・5）が詳しい。

以上の樋口の論はまた、「散りぬるを」の小説論を同時代の文脈に繋げたことでも重要である。新城が手短に指摘していた、昭和十年の横光利一「純粋小説論」と同作の対応関係にも、真銅正弘「通俗小説の偶然性―横光利一「純粋小説論」の偶然概念をめぐって」（「人文学」平15・12）が詳しい検討を加えており、同作と同時代言説の極めて密なかかわりが、ここに確かめられたと言える。仁平政人「川端康成「散りぬるを」論―「合作」としての「小説」」（「日本文芸論叢」平22・3）は、そうした成果を踏まえつつ、同作の文体を改めて分析の俎上に乗せようとする。仁平によれば同作は、殺人事件そのものからは幾重も隔たった時空において、他者の言葉との交通の中で書かれるという様式により、「現実」なるものを作る〈言葉＝虚構〉の次元を前景化しており、当時の川端の小説観もその点にこそ見るべきだという。本稿の流れに引きつけるなら、先ほど「身体的なリアリティ」と名づけたものが、対象とは離れたところで「私」が経験するものであり、経験する「私」の身体自体、読者にすれば言葉から想像されるということに再度注意を促していよう。

以降も、昭和初年代の言説との関連が様々な角度から追究される。吉田秀樹「『散りぬるを』―〈思ひ出す〉ことの重要性・小林秀雄・ベルグソン、そして宙空の花」（『川端康成―東京のシルエット』龍書房、平25・12）は、「散りぬるを」への一本化が「美しく思ひ出す」ことを同作全体のテーマとして強調するとの前提のもと、小林が「無常といふ事」（「文学界」昭17・6）で川端の名を挙げたのは、同作が『時間と自由』（邦訳が大正十四年と昭和五年に出ているという）におけるベルグソンの理論を暗に織り込んでいるためとする。そうした新たな視点から、写真や夾雑物のない「宙空に浮んだ」世界の意義を再考することにより、同作と「名人」や「雪国」の繋がりもまた可視化する。他方、守本もえ「川端康成『散りぬるを』における〈視線〉―初出テキストを視座として」（「阪大近代文学研究」平29・3）は、単行本化で削除された「第三者の意地悪な目」という表現に注目し、同作における「私」の視線と川端の言う「末期の眼」との差異と類似を考察する。初出の「散りぬるを」末尾において「天」が「私」に向ける視線と、その箇所の削除によって際立つ「私」が「私」に向ける視線の質の違いが今ひとつ明瞭でない印象はあるが、小説家であると同時に当事者でもあるという「私」の二面性、および「私」と問答する「悪魔」の存在を改めて前景化した意味は大きいと思われる。また、姜惠彬「川端康成「散りぬるを」論―昭和初期の物語性の中で」（川端康成学会編『川端文学への視界33』叡知の海出版、平30・6）は、否定的同時代評とジッドの〈純粋小説〉をめぐる議論を補助線に、「私」の小説を失敗させ、人物の心理や実体を空白のままにすることで、完全な「偶然」を呼び込むという同作の目論見を指摘する。心理や性格の「自明性が根本的に問い直される」文壇に対する川端の応答として同作を位置づける姜の問題意識は、横光の「純粋小説論」や同時代の「通俗」小説、例えば（1）で取り上げた探偵小説も視野に入れつつ、継承されるべきだろう。

3、死体あるいは眠りのモチーフ

「散りぬるを」の眠りや死体というモチーフに注目する論は、同作を分析の中心的な対象とするわけでなく、数としても少ないが、前二つの点ともかかわる重要な指摘を含んでいる。

安藤宏「「私」という名の〈象徴〉世界―川端康成と『抒情歌』」（『自意識の昭和文学―現象としての「私」』至文堂、平6・3）は、死体を「生の象徴」とともに「死の象徴」と位置づける「落葉と父母」（大14・2）を起点として、「死体の復讐」（昭4・8、後「死体紹介人」）や「散りぬるを」の両義的な「死体のテーマ」が形成されてゆくと論じ、死体の「過渡的両義性」がイメージと実体、肉親と他人の「中間のもの」への関心を照らし出しているとする。初期の川端文学を広義の「私」小説として読み直す安藤の試みは、「小説の書けない小説家」に着目する点においても、「散りぬるを」論に多くの示唆を与えていると思われる。なお、「死体紹介人」は、川端と探偵小説の近接性を論じる際にも、頻繁に取り上げられている。

また、中嶋展子「『眠れる美女』論―祈りとなぐさめ」（「芸術至上主義文芸」平21・11）は、「眠れる美女」へと繋がってゆく戦前の川端作品が昭和八年に集中していることを指摘したうえで、そうした作品の一つとして「散りぬるを」を挙げている。中嶋によれば、同作の初出時にあった睡眠論は「眠れる美女」だけでなく「山の音」にも生かされてゆく。昭和八年の川端は「眠りに興味を持ち瞼を閉じた姿に美しさを見ている」という、「禽獣」とも接続される中嶋の見立てを入り口に、「雪国」をも射程としつつ、川端文学における身体や視線、ジェンダーを検討・再検討することも可能ではないか。

最後に、確認できた限りで唯一同作を論じている外国語文献を紹介したい。SAKAI Cecile, "Le récit paradoxal"（*Kawabata, le clair-obscur: essai sur une écriture de l'ambiguïté*, Paris: Presses Universitaires de France, 2001, octobre）は、逆説や矛盾を核心とする作品群の一つとして同作を取り上げている。本書を掲げられたのは、スポーレ・マーシャ氏の協力による。なお、国際交流基金のデータベース Japanese Literature in Translation Search によれば、同作はフランス語とルーマニア語に一度ずつ翻訳されている。非ローマ字表記の言語、例えば中国語や韓国語訳は含まれない結果だが、「散りぬるを」の翻訳が少ないことは間違いない。さらなる研究の発展とともに、海外における受容・批評も進むことを期待したい。

「散りぬるを」研究文献目録

平井裕香

今井達夫「今月の小説—「改造」「文芸春秋」」（「三田文学」昭8・12）
杉田謙作「十一月号雑誌作品評」（「文化集団」昭8・12）
林房雄「十一月作品評」（「文学界」昭8・12）
春山行夫「文芸時評」（「行動」昭8・12）
瀬沼茂樹「現代小説における性格描写」（「新潮」昭9・1）
阿部知二「文芸時評」（「行動」昭9・6）
江間道助「文芸時評」（「早稲田文学」昭9・6）
瀬沼茂樹「川端康成論」（「行動」昭9・6）
豊島与志雄「文芸時評」（「新潮」昭9・6）
大谷藤子「最近注目した短編小説」（「文芸通信」昭9・9）
丸岡明「最近注目した短編小説」（「文芸通信」昭9・9）
無署名「『禽獣』広告」（「読売新聞」朝刊、昭10・6・26）
板垣直子「現代文学に於ける伝統的な一典型—川端康成氏の文学の日本的性格の分析」（『現代小説論』第一書房、昭13・7）
三枝康高「舞踊についての考察」（『川端康成』有信堂、昭36・1）
三島由紀夫「解説」（川端康成『眠れる美女』新潮文庫、昭42・11）
梅原猛「川端康成における仏教」（「国文学〈特集：川端康成、その孤影の文学〉」昭45・2）
中村光夫・三好行雄「〈連載対談17〉川端康成の人と文学」（「国文学〈特集：川端康成、その孤影の文学〉」昭45・2）
河盛好蔵・中里恒子・福永武彦「川端康成　人と文学」（「新潮〈臨時増刊　川端康成読本〉」昭47・6）
稲村博「死の主題」（『〈パトグラフィ双書10〉川端康成—芸術と病理』金剛出版、昭50・10）
進藤純孝「大森から上野桜木町へ」（『伝記　川端康成』六興出版、昭51・8）
小林一郎「「禽獣」論—その「構造」を中心に」（川端文学研究会編『〈川端康成研究叢書4〉非情の交感—水晶幻想・禽獣』教育出版センター、昭53・8、後『川端康成研究—東洋的な世界』明治書院、昭57・9）
津川武一「川端文学における殺人—「散りぬるを」」（『死にとりつかれた川端文学』医療図書出版社、昭54・8）
小林芳仁「川端文学と仏教」（大正大学国文学会編『文学と仏教—迷いと悟り』教育出版センター、昭55・11、後『美と仏教と児童文学と—川端康成の世界』双文社、昭60・12）
長谷川泉「散りぬるを」（『心象幻想—川端文学へのいざない』アート・プロデュース、昭56・4）
栗原雅直「寒風の母—川端作品の血縁構造」（「NAMAZU」昭56・

5、後『川端康成―精神医学者による作品分析』中央公論社、昭57・4）

栗原雅直「川端さんの思い出」（『川端康成―精神医学者による作品分析』中央公論社、昭57・4）

金采洙「内面語りと〈晒し〉の美学」（『川端康成―文学作品における〈死〉の内在様式』教育出版センター、昭59・11）

長谷川泉「序」（小林芳仁『美と仏教と児童文学と―川端康成の世界』双文社、昭60・12）

東郷克美「魔界の彼方へ―「二人で一人、一人で二人」の幻」（『国文学〈特集：川端康成―魔界・都市・幻想〉』昭62・12）

黒崎峰孝「川端康成日記考―昭和九年」（『論究』昭63・12）

高橋英夫「解説―「死」の存在論」（川端康成『水晶幻想・禽獣』講談社文芸文庫、平4・4）

羽鳥徹哉「作家案内―川端康成」（川端康成『水晶幻想・禽獣』講談社文芸文庫、平4・4）

木幡瑞江「死の主題」（『川端康成―作品論』勁草書房、平4・6）

小林芳仁「川端康成の実録的犯罪小説」（『解釈と鑑賞』平5・5）

片山倫太郎「昭和八年の川端康成―小説家の危機意識」（川端文学研究会編『川端文学への視界8』教育出版センター、平5・6）

新城郁夫「《小説》論のなかの『散りぬるを』―川端の犯罪小説」（『立教大学日本文学』平5・7）

小林芳仁「川端康成の実録的犯罪小説　二―「散りぬるを」その事実と虚構の美学」（『解釈と鑑賞』平5・12）

安藤宏「「私」という名の〈象徴〉世界―川端康成と『抒情歌』」（『自意識の昭和文学―現象としての「私」』至文堂、平6・3）

小林芳仁「川端康成の実録的犯罪小説」（『十文字国文』平7・3）

太田鈴子「散りぬるを」（羽鳥徹哉・原善編『川端康成全作品研究事典』勉誠出版、平10・6）

片山倫太郎「『散りぬるを』における典拠と位相」（田村充正・馬場重行・原善編『〈川端文学の世界1〉その生成』勉誠出版、平11・3、後『川端康成―官能と宗教を志向する認識と言語』叡知の海出版、平31・2）

黒崎峰孝「宗教観」（田村充正・馬場重行・原善編『〈川端文学の世界5〉その思想』勉誠出版、平11・5）

小林芳仁「川端康成と仏典」（田村充正・馬場重行・原善編『〈川端文学の世界4〉その背景』勉誠出版、平11・5）

高根沢紀子「川端康成と写真」（田村充正・馬場重行・原善編『〈川端文学の世界4〉その背景』勉誠出版、平11・5）

片山倫太郎「『散りぬるを』における認識の背理と成就」（『国文学』平13・3、後『川端康成―官能と宗教を志向する認識と言語』叡知の海出版、平31・2）

SAKAI Cecile, “Le récit paradoxal”, *Kawabata, le clair-obscur: essai sur une écriture de l'ambiguïté*, Paris: Presses Universitaires de France, 2001, octobre.

真銅正弘「通俗小説の偶然性―横光利一「純粋小説論」の偶然概念をめぐって」（『人文学』平15・12、後『偶然の日本文学―小説の面白さの復権』勉誠出版、平26・9）

高橋真理「川端康成の「犯罪」小説―『鬼熊』の死と踊子」「それを見た人達」「田舎芝居」「金塊」」（『明星大学研究紀要（日本文化学部・言語文化学科）』平16・3）

樋口久仁「川端康成『散りぬるを』論—そのリアリティ生成の論理について」（『キリスト教文化研究所年報』平17・3）

森本護「魔界の住人・川端康成　第十三回」（『文芸日女道』平21・9、後『恋の墓標と〈美神〉の蘇生』『魔界の住人・川端康成—その生涯と文学（上）』勉誠出版、平26・9）

中嶋展子「『眠れる美女』論—祈りとなぐさめ」（『芸術至上主義文芸』平21・11、後『川端文学の「をさなごころ」と「むすめごころ」—昭和八年を中心に』龍書房、平23・12）

仁平政人「川端康成「散りぬるを」論—「合作」としての「小説」」（『日本文芸論叢』平22・3、後『川端康成の方法—二〇世紀モダニズムと「日本」言説の編成』東北大学出版会、平23・9）

野崎六助「天使のいない街」（『日本探偵小説論』水声社、平22・10）

吉田秀樹「『散りぬるを』—〈思ひ出す〉ことの重要性・小林秀雄・ベルグソン、そして宙空の花」（『川端康成—東京のシルエット』龍書房、平25・12）

山中正樹「「〈第三項〉と〈語り〉」がひらく、深層の〈意味〉—川端康成の《実録的犯罪小説》・「散りぬるを」を中心に」（『日本文学』平27・3）

小谷野敦・深澤晴美「一九三三年〜一九三四年」（『川端康成詳細年譜』勉誠出版、平28・8）

松本徹「川端康成—無二の師友」（『三島由紀夫の時代—芸術家11人との交錯』水声社、平28・11、後『三島由紀夫の思想』鼎書房、平30・9）

守本もえ「川端康成『散りぬるを』における〈視線〉—初出テキストを視座として」（『阪大近代文学研究』平29・3）

姜惠彬「川端康成「散りぬるを」論—昭和初期の物語性の中で」（川端康成学会編『川端文学への視界33』叡知の海出版、平30・6）

頭木弘樹「絶望名言〈四〉川端康成—矛盾を抱えて生きるしかないという絶望に」（『ＮＨＫラジオ深夜便　絶望名言2』飛鳥新社、令1・11）

松本徹「大倉山から3　最後の確執—川端康成と三島由紀夫」（『季刊文科』令1・11）

『雪　国』研究史

片山倫太郎

一　『雪国』研究文献と研究史の集積
——はじめに——

川端文学に関する研究文献を渉猟しようとするとき、私たちは必ず、林武志著『川端康成作品研究史』（教育出版センター、昭59・10）、林武志編『川端康成戦後作品研究史・文献目録』（教育出版センター、昭59・10）、および、林武志編『川端康成研究文献総覧』（二松学舎大学東洋研究所研究成果報告書第2、平13・3）に拠ることになる。膨大な研究文献の集積を収集して一覧を作り、これを歴史的に見通した林の先駆的かつ持続的な仕事は、研究を志す者の財産である。本『川端康成作品論集成　第四巻『雪国』』も、この財産なくしては生まれなかったものであり、まずは先学の恩に感謝したい。

続いて、岩田光子編『〈近代文学研究叢書22〉川端康成『雪国』作品論集成Ⅰ～Ⅲ』（大空社、平8・11）の成果を挙げなければならない。昭和九年から平成七年までの六十二年間にわたる研究文献目録と、主たる論考八十九本が収録されており、文献の入手や通覧が大変便利になった。ここには岩田光子の「解説」がある。林武志「『雪国』研究史」（前掲『川端康成作品研究史』所収）が主として時系列に沿って研究史を整理しているのに対して、岩田のものには研究のテーマごとに分類する記述がある。作品構造（成立をも含めて）論、文体論、人物論、素材論、比較文学論、自然との連関、フェミニズム批評などの諸論点ごとに整理されている。

近藤裕子「川端康成『雪国』」（「解釈と鑑賞」平5・4）、田村充正「雪国」（羽鳥徹哉・原善編『川端康成全作品研究事典』勉誠出版、平10・6）などにも、今後の研究課題を見据えた論考がある。また、羽鳥徹哉「『雪国』を読む、その1」（「成蹊大学文学部紀要」昭59・1）、「『雪国』を読む、その2・完」（「成蹊大学文学部紀要」昭60・1）が『雪国』全編にわたっておこなう注釈と解釈には、それまでの研究の集積が収録されている。

さて、岩田光子編『〈近代文学研究叢書22〉川端康成『雪国』作品論集成Ⅰ～Ⅲ』が上梓されて十二年を経た現在においても、『雪国』研究は盛んである。本書の文献目録には都合六〇三本の文献リストを掲載したが、『〈近代文学研究叢書22〉川端康成『雪国』作品論集成Ⅰ～Ⅲ』の刊行された平成八年以降の文献数は一五五本であり、全体の四分の一以上に相当する。この十年ばかりの間に、近代文学研究は大きく様相を変えたが、その多様な論点と方法論がこれらの新しい論考に投影されていることは言うまでもない。

川端康成と『雪国』は日本近代文学を代表する作家と作品であるため、文学研究の国際化の中で一つのメルクマールとして着目されることが、研究論文の量産される一因である。また、文学研究者以外の、たとえば言語学分野からの論究が近年目立つのも、同じ理由であろう。国内外の専門を異にする研究者から論及され続けているということは、無論、作品に豊饒な鉱脈の潜在することを証しているが、しかし、異なるアプローチからの成果が連関付けられ、統合される気運が未だ乏しいのも事実である。文学研究に限っても、新しい方法論に基づく成果が過去の研究成果とどのような位相において連接し、如何ほどの上積みをもたらしたのかという自覚や評定が十分とは言えないのである。

したがって、本『川端康成作品論集成　第四巻『雪国』』は、過去と現在の研究成果の連続と切断の様相を見通すことを希って編集をおこなった。収録した文献は比較的新しいものが多いが、それは『雪国』研究の現在を、過去の研究との位相において読者一人一人に読み解いて欲しいからであり、微力ながら、本研究史でもそのことを心掛けて記述したつもりである。もっとも、以下の記述が私的な関心事に沿った、主観性を免れてはいないことも、最初に断っておかなければならない。そのことが異論を呼び、物議を醸す素となるかもしれないが、いずれにしても、議論の発生は研究の活性化をもたらすことになる。本書が今後の『雪国』研究の一助になることを願うばかりである。

二　語りの構造分析

先に述べたように、近年の日本文学研究の国際化や多様化の中で生み出された成果の一つに、『雪国』原文を外国語訳と比較検討する方法がある。たとえば、田村充正『「雪国」は小説なのか―比較文学試論―』（中央公論新社、平14・6）所収の「「雪国」は小説なのか―外国語訳「雪国」を読む―」であるが、英訳、仏訳、露訳との比較から見いだされる問題は広範囲に及ぶ。三人称客観小説であるはずの『雪国』が〈不思議な一人称性〉を持つという指摘は、作品自体の「語り」の分析のみならず、日本語と日本文学の根底的な問題へと広がるからである。本書に収録したのは「第四章」だけだが、ここで指摘されている〈詠嘆〉という主観性の問題は、言語学分野からのアプローチである熊倉千之「〈主観〉を本質とする日本文学―語り手の声が表出する世界―」（「言語」平18・5）と直接連接する。熊倉は、〈西欧語が共通にもつ「客観性」〉を日本語は実現困難であるという見解から、日本近代小説の主観性（抒情性）、私小説性、そして、古典文学と連続する近代文学の必然的な成り行きを述べている。田村充正にも収録以外のところで伝統文学と連接する『雪国』の具体的な指摘があるが、こうした論考の先蹤は、収録した中山真彦「救済としての文学―『雪国』とその仏訳について」（「現代文学」昭59・6）に求められる。もっとも、英訳と対照する論考はノーベル賞受賞をきっかけに始まり、訳者サイデンステッカー、吉田精一、武田勝彦以来現在まで考察が集積されており、いずれも言語から見た異文化問題への指摘が存在する。また、中国語訳、韓国語訳と対照する論考も、主として外国人の研究者によってなされている。

ところで、勝原晴希「「雪国」、その苦痛と悲哀」（田村充正・馬場重行・原善編『〈川端文学の世界2〉その発展』勉誠出版、平11・

3）は、中山の論に徹底した反論を行っている。中山の論にはたとえば、〈いわゆる西欧的小説は作中人物（表象された主体）の統一性に重きを置き、とりわけ、フランス語で書かれた物語（仏訳『雪国』もそのひとつ）は、単純過去時制の使用によって、表象行為の主体の座であるここ・いまをテキストの外に追い出すのに対し、『雪国』原文は、二つの主体のそれぞれがテキスト上に座を占めている点が、大きな特徴である。さらに、これら二つの主体の間の距離が、作品世界の空間を切り開いており、この距離を結ぼうとする動きが、作品世界の空間にひとつの方向性と意味を発生させるのである。〉とあり、また、〈発話者は、極めて純粋に第一人称的である。〉という指摘も見える。すなわち、ここには〈作中人物〉島村の客観的な形象が不足しているという問題とともに、そのことを補完してゆく〈表現主体〉の露出の問題が述べられている。作中人物の客観的な形象が不足しているという指摘は、作品が因果的な構築性をもっていないという見解ともつながり、『雪国』の私小説的な性格規定へと結ばれている。これに対して、勝原は、中山の語りの構造分析に疑義を呈し、〈非在の語り手〉という概念によってあくまでも日本文学における三人称小説であることを堅持しながら、中山の〈救済のドラマ〉という見解に反論している。島村と駒子（あるいは葉子）の間にある恋情の悲劇を読み取るべきであるという主張であり、作中人物島村を悲劇的な詩人という存在論において自立的に形象されていると見なすのである。

　田村充正、中山、勝原の諸氏においては、語りの構造的な分析を通して、島村の形象と存在に纏わる問題と作品の構築性に関する問題が浮上している。無論、これらは以前から問題にされてきたものであるが、語りや文体の考察と密接に連関させるようにして論考したものは希であったと見られる。

　以下、これらの問題の系譜を、概略ではあるが追うことにする。

三　島村その他の形象と存在性

　島村の形象と存在の問題について、まず取り上げなければならないのは、小林秀雄である。〈こゝに描かれた芸者等の姿態も、主人公の虚無的な気持に交渉して、思ひ掛けぬ光をあげるといふ仕組みに描かれてゐて、（中略）これはまた氏の実生活の仕組みでもあるのだ。川端氏の胸底は、実につめたく、がらんどうなのであつて、実に珍重すべきがらんどうだと僕はいつも思つてゐる。〉（小林秀雄「〈文芸時評【1】〉作家の虚無感―川端康成の『火の枕』」（「報知新聞」昭11・9・27）という発言は、その後、繰り返し諸家によって引用された。本書に収録した島崎市誠「「がらんどう」の周辺―『雪国』論序説―」（「群系」平13・10）は、この〈がらんどう〉をめぐる諸論を綿密に辿っているので参照されたいが、いま二三を付け加えるならば、たとえば、中村光夫の〈小説の主人公としての魅力を持たないので、島村は「雪国」の構成の上では、シテの駒子を呼びだすワキの地位におかれます。〉（「川端康成論(3)―好色について―」（「文学界」昭32・9）の発言も、島村の個性的な魅力の不足を指摘するものとしてこの系譜に入れることができる。しかし、他方で中村は、島村を西洋から新しい知識を観念的に輸入し続けた明治以来の〈我国の知識階級の徹底的な戯画〉と捉え、それは〈作者のきびしい自己批評の所産〉であるとした。

　こうした昭和戦前期の知識人の問題を時代の考察から論じたもの

に、奥出健「島村論　Ⅰ島村の感性麻痺と時代背景」（『川端康成「雪国」を読む』三弥井書店、平1・5）や兵藤正之助「川端康成論―「雪国」を中心に―」（「関東学院大学文学部58年度紀要」昭58・5）などがある。両者が島村に見いだしているものは正反対であり、奥出が〈虚無的状態イコオル精神的〈死〉に陥る男〉と捉えるのに対し、兵藤は〈島村なる人物は、当時の「国内世論の指導統一」とか、「思想の健全化」などをもくろむ政府の政策などには、およそ背をむけ激しい時流などどこ吹く風と生きている男〉であり、その設定には作者の〈「文芸の反逆」の志向〉があると述べる。無論、ここには戦中における作家と作品の姿勢を問う議論が含まれている。また、入手しにくい資料であるという意味合いもあって、本書には浜野健三郎・石川利光・十返肇・対馬正・渋川驍・柳町健郎・石光葆・寺門秀雄・牧屋善三「座談会―新文学観確立のために―」（「文芸主潮」昭18・10）を収録したが、たとえば〈いい作品だといふことは一応挙げておいていい。だがそれが今日において通用するか。〉とは、いささか歯切れの悪いもの言いであり、若い世代との間のある種の溝が、時局を背景にして垣間見える。時代の中での『雪国』と川端康成の存在とイメージは、世代間で微妙な隔たりがあったのかもしれず、いま一度詳細に辿る余地はあるのかもしれない。

島村に関する議論を辿る前に、駒子、葉子についての人物論を概観しておきたい。駒子、葉子に関する言及はほぼすべての文献に及ぶといってよいが、最初期の論考である長谷川泉「「雪国」論―理知の舞踊と抒情の彫像―」（「岩戸」昭16・12）が提出した駒子と葉子を対照的に捉える観点は、その後諸氏によって多様な論考が加えられながらも、基本的に現在まで受け継がれている。その一端を紹介するならば、駒子を生理的抽象体、葉子を生命それ自体の抽象体とする磯貝英夫「雪国」（岩城之徳等編『近代文学論文必携』学燈社、昭38・6）、駒子と葉子を本体と生霊の関係と見なす川崎寿彦「Ⅱ川端康成『雪国』（雪と火と）」（『分析批評入門』至文堂、昭42・6）、駒子を大地母神、葉子を聖処女と見る吉村貞司『川端康成―美と伝統―』（学芸書林、昭43・12）、駒子を生理的、触覚的、葉子を精神的、聴覚的な存在とし、さらに、島村、行男を交えた四者の関係を考察した林武志「二様の女性像と死のイメージ―『雪国』論―」（「女子聖学院研究紀要」女子聖学院中・高等学校、昭44・11）、駒子を動物《フォーナ》、葉子を植物《フローラ》とする関良一「『雪国』考」（川端文学研究会『川端康成の人間と芸術』教育出版センター、昭46・4）などである。

こうした二女性の関係性への視線を一旦解除し、人物そのものを詳細に再検討したものには、山田吉郎「『雪国』における葉子像」（「文芸研究」昭56・5）、上田渡「『雪国』における駒子の神性」（長谷川泉・鶴田欣也編『「雪国」の分析研究』教育出版センター、昭60・10）、奥出健「『葉子』論―『雪国』への一考察」（「蔡」昭61・3）、「駒子・その両義性―『雪国』への一考察」（「蔡」昭62・5）などがある。田嶋陽子「駒子の視点から読む『雪国』」（江種満子・漆田和代編『女が読む日本近代文学』新曜社、平4・3）はフェミニズム批評であるが、その意図とは別にこれを駒子論と見なすこともできる。また、ほとんど小説の前面に登場しない行男に焦点を当てた、鶴田欣也「『雪国』の行男を考える」（長谷川泉・鶴田欣也編『「雪国」の分析研究』教育出版センター、昭60・10）もある。

さて、島村の形象と存在に関する議論に立ち戻ることにする。小林秀雄の〈がらんどう〉の言を引き受けるようにして、長谷川泉「「雪国」論―理知の舞踊と抒情の彫像―」は島村を〈駒子の美を映す虚像〉と述べたが、これはその後の諸氏の論考における基準になっている。すなわち、島村に人物としての実質が欠けていること、そして、その空虚な視点人物が逆説的に抒情的な小説世界を生成しているという見解である。事の賛否、および、ヴァリエーションはこの基準線の上に形成されたと言ってもよい。

川端自身が『独影自命』において、〈駒子の愛は書いてあるが、島村の愛は書いてあるだらうか。島村は愛し得ぬかなしみと悔いとを胸に沈めてゐて、その空虚がかへつて作品のなかの駒子をせつなく浮き出させてゐるのではなからうか。／島村を中心にして両方に駒子と葉子とを置いたと見るより、駒子を中心にして両方に島村と葉子とを置いたと言ふ方がよささうにも思ふ。〉と語っていることもあり、島村を空虚な存在と見なすことに当初は異論が少なかった。問題はその空虚さをめぐる評価の振幅にあったと言うことができる。

瀬沼茂樹「解説」（「別冊文芸」昭32・1）の〈『雪国』の世界は、実人生に真剣に生きている駒子をも、その生活の場から抽象したところに成立する、この女の純粋な生命感だけにささえられて、女心のあわれさと美しさの描く形而上の世界なのである。〉という評言や、山本健吉「解説」（『〈日本文学全集30〉川端康成集』新潮社、昭34・7）の〈島村は、それ自体空虚な存在であるがゆえに、駒子を引き出し、引き立たせるような役目を果たしている。雪国とは、作者の想像裡の美の別乾坤につけられた名である。〉などは、虚像としての島村の存在性を最大限評価したものと言うことができる。

反対に、寺田透「「雪国」論」（「近代文学」昭28・4）は、島村は〈駒子といふ美しいパラドクスの純粋な触媒〉に過ぎず、島村に関する記述は〈けつして一つの像を結ばないし作者もさうなるやうに努力はして〉おらず、〈その場その場での処理と効果のための御都合主義〉であるという否定的な見解を示した。その後も、磯貝英夫「「雪国」の島村」（「国文学」昭50・11）には〈島村は、駒子を、つまり雪国の美を、浮き出させる媒介的存在であり、独立した実像としては書けていない。作者として、書くつもりもなかったにちがいない。〉とあり、否定的な見解は繰り返されている。

こうした否定肯定の振幅の中で、前掲の中村光夫「川端康成論⑶―好色について―」は、独自の論を展開している。先述の〈我国の知識階級の徹底的な戯画〉という見解もその一つだが、より根本的に中村は、『雪国』に〈我国の私小説の伝統に反逆する、新しい小説の美学〉の誕生と、その必然的な帰結として島村の形象の方法を見いだしている。作品が〈作家の観念的構築物であ〉ることを川端自身が自覚しているゆえに、観念的な存在である〈島村が僕等の間に、また僕等の心のなかに生きることを妨げ〉ないのであり、〈これまでの素朴な写実小説の人物がレンズの実像とすると、虚像にあたる人物を、「生きて動く力」を持つ人間として作りだしたことは、昭和初期の文学史に特筆すべき事件であり、この小説は価値にふさわしい成功を得〉たという最大限の賛辞を述べている。また、篠田一士「『雪国』の遠近」（「すばる」昭48・12）は、〈島村、葉子については、いうまでもない。作者の自負する駒子についても、古典的な小説の人物造型という点からいえば、また、失格だろうと思う。〉とし、『雪国』は〈およそ、古典的な写実小説のもつ全一的な世界照応とは無縁の作品である。〉としながらも、その〈断片〉的性格を逆に高く評価した。

島村を虚像と見なすものが多い中、近年にはそこに人間的な実質を見いだす論が現れてきた。羽鳥徹哉「『雪国』を読む、その1」（「成蹊大学文学部紀要」昭59・1）は虚像と見なすことに正面から反対し、〈島村は、人の不幸を見るのがつらいゆえに、どこかに幸せのしるしを見つけだせないかと探したり、女に愛されることを喜びとしながら、自分がその女に何ら実質的な生活の保証を与えてやれないことをつらく思ったり、情が深く、人間的実質を豊かにそなえた人間〉であると述べ、人間的実質に注目する手塚富雄「人と文学」（『〈現代文学大系33〉川端康成集』筑摩書房、昭39・11）、竹盛天雄「〈川端文学の作品構造〉雪国―序論として」（「国文学」昭45・2）、兵藤正之助「川端康成論―「雪国」を中心に―」（「関東学院大学文学部58年度紀要」昭58・5）、林武志「雪国」（林武志編『〈鑑賞日本現代文学15〉川端康成』角川書店、昭57・11）を挙げている。

さて、虚像であるのか、人間的実質を備えているのかという議論は、すでに明らかなように、一登場人物論の枠を越えて小説全体の性格やその方法へと問題の広がりを見せることになる。たとえば、前掲中山真彦「救済としての文学―『雪国』とその仏訳について」は、〈ひとつの平面として統一されるべきテキストを、いわばそれに直交して伸びる作品生成の軸に沿って錯乱させてしまうとも言えるようなこの書き方が実現しているものは、作品を書く私の全的な表出である。テキスト平面上に置かれるべき作中人物彼の造型は、これに較べれば、むしろ二義的だと言ってよい。〉と述べ、島村の造型の不足が〈書く私の全的な表出〉によって補完されることから、私小説の性格と方法に近似すると説明している。この私小説的性格の指摘は、中山も参照するE・G・サイデンステッカー「川端康成―現代作家論（3）」（「自由」昭37・11）においても、〈『雪国』の島村を作者と同一視する傾向に対しては、川端は反駁しているが、彼自身こうした同一化を行い、そういう際に起こりがちなように、結局当の人物は一つの符牒になり終っていることは、私には疑い得ぬ所だと思われる。『雪国』の中心にひそむ空白は、『細雪』の中心にある空白に、そして又大部分の日本の「私小説」の中心にある空白に似ている。〉と指摘されている。こうした私小説性の指摘は、同じく島村を虚像と見なす前掲中村光夫の議論と正反対の結論となっている。

勝原晴希「「雪国」、その苦痛と悲哀」が中山論への徹底した反論になっていることを先に述べたが、島村の形象について勝原は、〈島村はあたかも現実に存在するかのように作品世界の中に存在し、この島村は最後まで一貫して島村でありつづけている〉と、その統一性を主張した。勝原は形象の統一性を、〈「芸術」と「生活」との葛藤〉を抱え込む悲劇的な詩人の存在性に見いだしており、この議論はたとえば小説の結末を〈救済〉（中山）と取るか、〈苦痛と悲哀〉（勝原）と取るかという根幹のところでの解釈に関わる問題となっている。そしてまた、『雪国』に繰り広げられる美的世界の本質へと議論を誘うものであり、たとえば、藤森重紀「「雪国」の終焉」（「解釈」昭47・7）が〈駒子のとりとめもない島村への愛も、つまりは彼女の女体が、しだいに女としての情愛を濃くしてゆくにつれ、作品は終幕を迎えねばならなかったと私は判断する。島村自身にすれば（作者川端氏にしても）触感で回想をひきづり寄せられた女体が、女としての駒子に変貌してそれらを拒否し出すと、葉子との微妙な均衡もあやしくなるという危険にさらされる。〉と語る観念世界と現実世界との葛藤の問題でもある。片山倫太郎「川端康成『雪国』試論―現象する恋情の方法と意味」（「文学」平19・9、10）は、この悲劇的な詩人の存在性に注目しつつ、形象の不足をあえて厭わずになされた詩的世界の展開の方法と意味を考察した。

杉井和子「「帚木三帖」と『雪国』―川端康成の描く別離と死―」（千葉俊二編『講座源氏物語研究第六巻　近代文学における源氏物語』おうふう、平19・8）が語るのも、『源氏物語』との直接的な影響関係や、次に述べるような話型の問題と言うよりも、〈別離の〈あわれ〉の切実さ〉という主題であり、これを描き出す創作原理である。『雪国』の非現実的世界に『源氏物語』の伝奇性との共通性を認めつつも、一方で両者にはともに私たちが生きる〈日常〉から汲み取られる〈写実性〉のあることが説かれている。杉井は〈非情の美〉に還元できない〈生の重量感〉の〈悲痛さ〉が〈身体〉においてしかと感受される作品として、『雪国』を再評価しようとしている。

四　象徴としての自然

〈「雪国」という小説は実は古典作品を読むような難しさがあり、表現されている言葉の意味を忠実に汲み取ることが思いのほか容易ではない。〉（田村充正「雪国」）という言葉はそのまま首肯されてよい。たとえば〈それはなつかしい悔恨に似て、ただもう安らかに何かの復讐を待つ心のやうであつた。〉という一文を正確に解釈するためには、相応の精査が必要とされるであろう。難しさの理由の一つは、田村充正の指摘する、できるだけ島村に寄り添うようにして語ろうとする主観的な語りの方法にある。川端がこの方法を故意に選択した形跡があり、片山倫太郎「川端康成『雪国』試論―現象する恋情の方法と意味」は改稿の過程に着目してこれを検証している。

無論、難しさの理由をこれ以外にも多数見いだすことができるだろう。たとえば、〈省筆〉（長谷川泉「『雪国』論」（『近代への架橋』銀杏書房、昭23・9））と呼ばれる文体もその一因に数えることができるわけだが、しかしなによりも、作品中の個々の描写や記述が象徴的、隠喩的な意味を持つことが大きな要因である。『雪国』における最も大きな象徴が自然であることは言うまでもない。

「自然」を語らない文献を探す方が難しいほどの状況の中で、羽鳥徹哉「『雪国』における自然」（長谷川泉・鶴田欣也編『「雪国」の分析研究』教育出版センター、昭60・10）は、〈一、生活にかかわる自然〉〈二、形而上的意味を啓示する自然〉〈三、象徴としての自然〉〈四、「雪国」の自然描写―その表現史的意味〉と体系立て、また、具体例を挙げながら解読を行っている。最後にはその特徴を〈①中心的な役割を果たしているものは、献身、愛、孤独を踏み破る野生と言ったものの、日常的現実を越えて永遠に連なるような力、あるいは生き物の存在自体の悲しさ、そうした形而上的意味、想念を啓示するような自然の描写であり、②また、生活を左右する自然の威力というものも、傍観者的にではあるが同情をもって書かれ、③その他、風景と心情と溶け合うような描写も多く、④特異なものとして、自然物の写生が、そのまま登場人物のあり方や行為の象徴に移行するという、自然物の象徴作用が、特に後半に多くなる。〉と総括している。

　個々の象徴性の解読ではなく、その自然描写を文学史と作家の個体史という歴史性の中で捉えようとするのが、大久保喬樹「日本回帰する自然（Ⅰ）」（「論集」東京女子大学紀要、平成7・9）である。大久保は『雪国』が〈伝統的、民族的な〉話型を持つことを確認した上で、たとえば、〈異類婚的話型という点から考えれば、人間と交わる精としての自然の相がある。〉と述べる。また、戦後の『山の音』『古都』等に見られる〈季節の進行に従って人間の運命が展開していくという〉発想の原型を『雪国』に見いだしている。自然描写の技法については、〈自然を物質的なものとしてではなく、物質を超えた抽象的、象徴的な世界のあらわれとして提示しようとする〉と指摘している。

五　話型と伝統

　大久保喬樹「日本回帰する自然（Ⅰ）」の提示しようとするのは〈自然〉の問題とともに、〈日本回帰〉という伝統と〈話型〉の問題である。この両者の問題を、竹内清己「日本文学としての『雪国』―空間システムと伝統様式―」（長谷川泉・平山三男編『〈解釈と鑑賞別冊〉川端康成「雪国」60周年』至文堂、平10・3）はテキストに沿って具体的に分析することを通して、『雪国』という近代小説が日本の伝統的、古典的な話型といかに連続し、そして、切断されているか、その様相を考察している。〈空間システム〉という概念を提出する竹内は、たとえば『雪国』の冒頭を〈国境の長いトンネル」は、能舞台でいえば橋懸かり、神社でいえば参道であり、「雪国」が本舞台であり神社境内である。〉と述べ、また、〈冒頭からの「夜の底――心の底・女の身体の底・山の底」といった「底」への落下する指向と「空」や「天」に上昇する指向。この雪国の天地間に人間の営みを見出した〉と、垂直方向の空間性を指摘する。そして、この空間システムが、古事記、伊勢物語、源氏物語、遊仙窟などの貴種流離譚と連接することを指摘しつつも、その〈貴種流離譚の完結をゆるさない〉『雪国』のありように、近代小説としての性格を見出している。千葉俊二「ポルノグラフィとしての『雪国』」（「国文学」平13・3）もやはり古典的な話型を問題にしており、そこから作品の性的な要素に特に焦点を当てて論じている。千葉は『雪国』冒頭のトンネルをくぐり抜けたところにひらける世界を〈行きどまりの空間である〉〈壺や瓢簞の内部〉と見立て、そこに〈胎内回帰の幻想〉と〈仙界訪問譚〉の潜在を指摘する。さらに、川端の翻訳「神女伝」（川端康成・鈴木彦次郎・今東光共訳『支那文学大観　第八巻　唐代小説』大15・9）を具体的に考察することで、『雪国』との連接の可能性を探っており、また、竹内と同様に『遊仙窟』や『古事記』との類似する構造を指摘している。

　先述の島村の虚像性をめぐる議論は小説世界の非現実的性格の問題と重なるものであるが、ここに古典的な話型という視座が導入されることで、異界の物語という論点が浮上したように見える。いち早くこの視座を提示したのは、鶴田欣也「川端康成『雪国』」（『日本近代文学における「向う側」―母なるもの性なるもの―』明治書院、昭61・8）であり、世界文学という見地から『雪国』の特殊性を見いだす論考は、日本という特殊性と近代化（＝西洋化）の論議を生んでいる。

古典的な話型に注目することは、必然的に伝統という日本のアイデンティティへの議論を呼び起こすが、たとえば小泉浩一郎「『雪国』をめぐる雑感」（川端文学研究会編『川端文学への視界12』教育出版センター、平9・6）は、川端の〈古来の日本の文学を振りかえつてみると、その著しい特色の一つは旅情——といふより旅愁だ。〉と述べ、更に、『雪国』は〈日本の文化伝統の現代的意義を再確認〉した、旅という〈明確な創作的方法意識に基づく〉作品であるとの見解を示した。また、たとえば「夕景色の鏡」の〈象徴としての散文表現〉の方法が〈『新古今和歌集』の代表的な名歌「みわたせば花も紅葉もなかりけり浦の笘屋の秋の夕暮れ」（藤原定家）の空間感覚や表現方法に無限に近い〉ことを指摘している。田村嘉勝「「雪国」に求めた「日本の故郷」—竹内清己氏の発表にヒントを得て—」（長谷川泉・平山三男編『〈解釈と鑑賞別冊〉川端康成「雪国」60周年』至文堂、平10・3）は、竹内、小泉の見解を踏まえつつ、日本のアイデンティティに纏わる川端の具体的な意識のありようを考証している。小林秀雄「故郷を失つた文学」（昭8・5）に代表される時代の潮流の中で、『雪国』とほぼ同時期に執筆された『牧歌』（昭12・6〜13・12）には戦争の記述があり、また、〈日本の故郷〉への志向を批判的に捉える視線の存在することを、田村嘉勝は指摘している。〈脱東京をはかり「日本の故郷」を求めながらも両者に〈差異が生じたのは現実に直視してルポルタージュ的作品として仕上げられた「牧歌」と、白いベールで包み込まれ、雪国の現実をかなり捨象して仕上げられた「雪国」との差異に〉基づくものであり、したがって、『雪国』における「日本の故郷」が虚構であるという自覚が川端にあったことを述べている。そして、この虚構化の方途としての〈白いベール〉を、「越後湯沢」という具体的な地名を拒むところに見いだしているのが、須藤宏明「『雪国』における空間論—「越後湯沢」という地名の拒否をめぐって—」（長谷川泉・平山三男編『〈解釈と鑑賞別冊〉川端康成「雪国」60周年』至文堂、平10・3）である。たとえば、たつみ郁志「川端康成「雪国」におけるトポス—日常からの脱却—」（『昭和文学研究』平7・2）は、作品中における様々な場（トポス）に着目し、島村にとって非日常的であるべきそれが日常性を獲得し始めるところに作品解釈の鍵を見いだしたが、須藤はそこで触れられている〈地名拒否〉の問題に焦点を当て、作品におけるその必然性の指摘とともに、その後『眠れる美女』や『片腕』といった抽象度の高い作品へと展開していくターニングポイントとして『雪国』を措定した。前掲大久保喬樹「日本回帰する自然（I）」においても、〈雪国〉は〈別次元の世界——現実の固有名詞を超えたレベルの世界として提示される。すなわち、〈雪国〉とは、〈某町〉、〈＊＊村〉というような、現実の固有地名を避けるだけの中性的（無性的）呼称を超えて、積極的な異世界の呼称なのである。〉とある。

同じく「日本の故郷」が虚構であるという認識では一致しながらも、その虚構性を〈空白〉、つまり、実質を伴わぬものと見、安易に感傷の中に埋没する川端を批判的に捉えるのが、栗坪良樹「括り出された〈日本〉—『雪国』と『旅愁』について」（『講座昭和文学史〈第2巻〉混迷と模索〈昭和十年前後〉』有精堂、昭63・8）である。その〈空白を代行する〈島村〉〉の織りなす世界である『雪国』は〈いつでも〈日本〉というイメージと交換可能の様相を帯び、川端は〈美しい〉という形容詞を集合する場所としての〈日本〉に自己同一性を求めてゆく。〈美しい日本〉という発想は、あり得ない〈日本〉を探求する川端康成を際立たせ、その風貌はいつでも〈俄づくり〉の〈旅愁顔〉が習い性になった人のものに見えている。〉とあり、いささか手厳しい。栗坪がこのように認定するのは、一方で横光利一『旅愁』における主人公たちが『雪国』の島村と違って、混沌とした〈パリという世界を体験している〉からであり、『旅愁』には〈〈主義〉に括られるような思想は表されているとは見えない。〉という判断からである。

田中実「『戦争』と川端文学㊦—〈自然〉という〈他者〉・『雪国』—」(『国語通信』筑摩書房、平3・8)は、栗坪とは逆に、島村の形象とその生のありように注目するところから、〈〈近代天皇制〉イデオロギー〉に回収されることなく、むしろこれと対峙する『雪国』の価値を説いている。〈中年の島村は〈旅〉にあって、悠久の〈自然〉、〈歴史〉の絶対性と向きあっている。そこに〈秩序〉の外に生きることで〈自然〉に対応する島村が生きている。〉〈仮に今自然との〈和解〉が日本的成熟であるとすると、川端文学の極北『雪国』はそうした〈和解〉を脱出するところ、〈自然〉という〈他者〉に出会い、了解不能の〈他者〉と対峙するところで完成するのではなかろうか。〉と述べられている。

六　作品の構造

作品の全体を構造的、構図的捉え、そのダイナミズムを把握しようとする動向が、近年目立ってきている。〈息を続けて書いたのではなく、思ひ出したやうに書き継ぎ、切れ切れに雑誌に出した。そのため不統一、不調和はいくらか見える。／はじめは「文芸春秋」昭和十年一月号に四十枚ほどの短篇として書くつもり、その短篇一つでこの材料が片づくはずが、「文芸春秋」の締切に終りまで書ききれなかつたために、同月号だが締切の数日おそい「改造」にその続きを書き継ぐことになり、この材料を扱ふ日数の加はるにつれて、余情が後日にのこり、初めのつもりとはちがつたものになつたのである。〉(『独影自命』)とは川端自身の言葉だが、このように当初から明確なプロット意識がなかったという当人の発言もあり、これまでは前掲の篠田一士「『雪国』の遠近」に代表されるような断片的な性格を指摘する見解が多く見られた。しかし、先に挙げた、竹内清己「日本文学としての『雪国』—空間システムと伝統様式—」などには、作品全体の空間的構図が指摘されている。こうした空間的構図を考察する先蹤の一つとして、鶴田欣也「大人から子供への旅—「雪国」の一解釈」(『文学・語学』昭47・9)を挙げることができる。〈作品の前半においては島村と駒子の距離の伸縮、即ち彼の東京—越後湯沢の往復運動と彼の駒子に対する心理的状態と比例している〉、〈前には島村は東京の日常性と雪国の非日常性の往復をしていたのだが、駒子が女としての現実感を主張しはじめると、彼の往復運動には新しい非現実の極点が必要となってき、これを葉子の中に発見する〉、また、ラスト火事場の場面に至っては、島村と駒子の間の〈水平的な往復運動〉に加えて、天の河との間の〈垂直往復運動を激しく繰り返す〉ことなどの見解が示されている。

山崎甲一「『雪国』—首尾照応の構図—心の底から高みへ」(『東洋』平14・5)は〈首尾照応の構図〉を論じているが、それは〈「出来上つた姿」一篇の、そのモチーフに係わる「構図」から眺めることを主眼〉にするという山崎の文学に対する姿勢からである。〈冒頭で「雪国」の「雪の冷気」の中に放り込まれた島村が、曲折を経て、末尾では「天の河」に「掬い上げ」られてゆく。そういう昇華の、基本的な骨格の方に留意すべきで〉あり、〈この作品の背骨をなしているのは、作中の人物それ自体というよりも、彼らの内面を本当のところで生かしめている「雪国」の自然、その風土の厳しさ、温かさ、――天の河での言葉で言えば、その「底なしの深さ」、「大きさ」、高さ、「明るさ」への賛歌だった〉と結論づけられている。

　山崎が作品のプロット上の結構に重心を置いて考察しているのに対し、作品に潜在する〈抽象的な観念を構造〉として論じているのが、マリア　デ・プラダ＝ヴィセンテ「川端康成「雪国」における三極構造」（「福岡大学日本語日本文学」平8・11）である。磯貝英夫「雪国」（岩城之徳等編『近代文学論文必携』学燈社、昭38・6）における〈対立葛藤を軸とする物語性が表だってこない〉という見解を肯いつつも、『雪国』を〈抽象的な観念を構造化し、その構造に詩的な飾りをたくさん付けている〉作品であると、マリア　デ・プラダ＝ヴィセンテは述べる。〈この作品は、現実（日常の意識）・非現実（夢想）・超現実（イデア）の間の「さまよい」を基本テーマとしているというのが私の読みである。ここでいう「さまよい」とは迷いであり、疑いであり、運動でもある。〉とされ、〈作者に何か「思想」があるとすれば、それはその構造のことだと思われる。〉と述べられている。マリア　デ・プラダ＝ヴィセンテは、ある一義的な思想が表明されているのではなく、ある根本的な構造を潜在させた〈運動〉自体を思想と見なし、ここに創作のかなめを見いだしている。〈「雪国」という作品が構造的であるということは、作品に登場する人物や事物の一つ一つには意味がない、それらの関係だけが大切だということである。〉とも述べられており、いわゆる構造主義的な読解方法と見なすことができる。

　原善「川端康成「雪国」の遠近」（「立教女学院短期大学紀要」、平8・12）は、〈距離〉に纏わる言葉が『雪国』に多く用いられていることに注目し、〈遠近法的リアリズムを解体〉する意志の存在を、作品の細部とともに全体の結構においても見いだしている。たとえば、首尾照応の問題では、〈雪中火事のシーンにおける〈火明りが青白い顔の上を揺れ通つた。〉という部分が〉〈葉子の眼に〈夜光虫〉がともった〈夕景色の鏡〉のバリエーションになっている〉ことから、照応のかなめは〈〈夕景色の鏡〉という非現実の光学現象〉、つまり、〈近景と遠景との融合という点〉にあるとされる。また、作品の結構については、〈現実・対象との距離を取りかねていた島村〉が〈本来一体化すべき駒子を通り越した遠景の〈天の河〉のほうに唐突に主客一如・自他一如してしまった物語〉であり、〈「雪国」が解体したもののうち最も大きなものは〈こうした捩れの中に明らかな〉遠近法に支えられるべき直線的プロットだと言えるかもしれない。〉と述べられている。

　馬場重行「〈小さな物語〉の意味――「雪国」粗描――」（「江古田文学」平11・11）は、物語の重層性に注目している。〈「雪国」の語りは、恋愛ドラマという表層の〈お話〉の世界を追いながら、深層に展開される〈愛〉と〈生〉＝〈性〉の深みにこそ向かっている。〉と述べる馬場は、読者をその深層に誘う〈〈駒子の物語〉、あるいは表層に浮上されない〈島村の物語〉や〈葉子の物語〉といったさまざまな〈小さな物語〉〉の重要性を説いている。〈視点人物島村に寄り添って語られる「雪国」の世界にあって、駒子と島村の関わりが物語の中軸となっているのは、言わば当然のことだが、それぞれの場面の背後には、何気なく点綴されたかに見える形で、〈小さな物語〉の世界が存在している。「雪国」の陰影の濃さは、そうした〈物語〉の厚みによって保証されていると言ってよい。〉とあり、すべてが語られないが故に、逆に、物語世界が〈陰影の濃さ〉をもつ所以が詳述されている。

上田渡「『雪国』―物語の構造化をこえて―」（長谷川泉・平山三男編『〈解釈と鑑賞別冊〉川端康成「雪国」60周年』至文堂、平10・3）は、たとえば駒子と葉子、現実と非現実、あるいは見るもの（島村）と見られるもの（駒子、葉子）といった二項対立図式が物語に潜在することを説いてきた従来の議論に対して、この対立する二項が反転し崩されていく事態を説いている。たとえば、島村は〈葉子を盗み見、駒子を見つめ、自然を眺める存在〉でありながら、同時に、〈葉子の視線にさらされ〉、〈駒子によって詳細に記録され〉る存在であり、この後者の、つまり、島村の客体としての存在性を上田は重視している。〈島村の語りは、駒子と葉子との関係のなかで、その視線と記録を意識することで生成されていったもの〉であり、〈島村が発しているように見えた言葉は、駒子や葉子によって先取りされた言葉に過ぎず、その意味で島村は言葉の発信者の位置を追われ、受信者として物語の中に新たに位置づけられていく。〉と上田は指摘する。このように、二項対立が反転し〈崩されていく瞬間に「実感」される、言葉の持つ際限のない出来事性に直面することが、なによりも大きい喜びなのである。〉とも述べられている。

七　文章、文体

北原保雄「『雪国』の文章」（「日本語論」平7・10）は、鈴木牧之『北越雪譜』の引用と、その際の川端の文章を問題視している。川端自身が『独影自命』の中で明らかにしている『北越雪譜』の引用については、過去に物議を醸した経緯がある。涌田佑「川端文学への新視点―「雪国」は「北越雪譜」のパロディーである―」（「すばる」昭59・6）が『北越雪譜』の痕跡を『雪国』全編にわたって見いだしたことに対して、高橋有恒「涌田佑氏の「川端文学への新視点」について―「雪国」と「北越雪譜」」（川端文学研究会編『川端文学への視界1』教育出版センター、昭60・1）が縮の記述以外にその影響を認めない反論を展開した。北原が語るのは、『雪国』全編の構想上の問題ではなく、初出「雪中火事」（「公論」昭15・12）とこれを改稿した『雪国』終章の文章の問題である。たとえば『雪国』の〈雪がこひの簾をあけて、雪解の春のころ、昔は縮の初市が立つたといふ。〉における「雪がこひの簾をあけて」の係り先が不明であること、伝聞と断定、過去形と現在形の表現が入りまじること、「昔の人も書いてゐる。」の「も」の曖昧な使われ方などが指摘されている。日本語学者から見た川端の文章、文体についての評価は厳しい。同論を収録した『青葉は青いか』（大修館書店、平9・12）の「あとがき」には〈書きたいことがもっともっとたくさんある。本文中には書かなかったが、「剽窃」という言葉を使いたくなるような実態である。〉ともある。〈空虚〉と認定する北原の批判的な見解は、大江健三郎の「川端康成の文章の多義性」（「新潮」昭35・6）、『あいまいな日本の私』（岩波新書、平7・1）をすぐに想起させるが、おそらく北原が具体的に指摘する個所は、評価以前に、川端の方法的意識と思想につながる問題を孕んでいる。〈娘達は指折りの織子の数に入ろうとしてわざを磨いただらうし、〉における〈磨いただらうし、〉について、〈これは誰の推量であろう。もちろん、作者の推量であり、主人公島村の推量に通じるものであろう。しかし、これは、昔の人が本に書いていることである。〉と、北原は推量表現の恣意的な使い方を批判するが、これは前掲の田村充正の指摘するような、小説の方法上の戦略でもある。また、大江健三郎は川端の「美しい日本の私」について〈かれは中世の禅僧の歌を引用しています。しかも、おおむねそれらの歌は、言葉による真理表現の不可能性を主張している歌なのです。〉（『あいまいな日本の私』）と語っているが、この〈言葉による真理表現の不可能性〉という思想性の問題ともつながるものであろう。

〈剽窃〉とはいささか穏当でないもの言いだが、確かに川端文学の中には典拠となる文献をそのまま引き写すようにして制作された作品が少なくない。『雪国』のように明示されている事例の方が少ないのであり、武田勝彦、羽鳥徹哉氏などを先蹤として、森晴雄、高橋真理、深沢晴美、片山、その他諸氏によって典拠調査は確実に進んでいる。この引用という創作態度は、作家の怠惰という一言で済ますことのできない問題を孕んでいるように見える。創作とはなによりも主体によるオリジナリティである、と見なすならば〈剽窃〉ということがすぐに問題となるのだが、これを逆に考えるならば、引用の方法には主体性やオリジナリティに対する疑義が孕むという、アヴァンギャルド芸術以後の現代的な問題へとつながる可能性も否定できないのである。前掲上田渡「『雪国』——物語の構造化をこえて——」は、〈「昔の本」の記述を丹念に読ん〉だうえで〈縮の里〉を訪問する島村の姿に着目している。〈島村にとっての現実認識は、常にあらかじめ言説化されたものを読むことから形成され、それを批評し、修正することで自己の固有の体験として内面化される。〉と語る上田の言葉を敷衍するならば、記号世界の関係性の中の結節点として作家の存在を措定することもできる問題である。

八　映画との連関

文学作品を他の芸術ジャンルとの関わりの中で論じていく方法論が表立って久しいが、近年において『雪国』は、特に映画との連関において論じられている。十重田裕一「川端康成と映画」（田村充正・馬場重行・原善編『〈川端文学の世界4〉その背景』勉誠出版、平11・5）は冒頭とラストの照応に映画的要素のあることを指摘しているが、その手法をより詳細に解説しているのが、四方田犬彦「川端康成と映画」（「国文学」平13・3）である。四方田は、谷崎の世代とは異なり、〈衣笠貞之助の新感覚派映画連盟に名を連ね、『狂つた一頁』の脚本に参加した〉川端とその世代にとって、映画は〈みずからの手元に引き寄せて検討すべき実験の材料であり、鏡と反映を通して形而上学的な幻惑をもたらす装置として〉現れたと述べる。四方田は映画の〈手法としての二重露出 double exposure〉と冒頭の〈夕景色の鏡〉との共通性を具体的に四箇条にわたって説明し、さらに川端がこの装置を採用した理由として〈気付かれずに観るという彼に特有の姿勢を端的に実現させてくれるのが、映画であったからに他ならない。〉と述べている。ラストの火事場の場面において葉子が二階から落下するシーンは、〈島村はこの惨劇を、あたかも活動弁士のいない無声映画の一こまのように眺めている。〉という評言もある。ただし、川端の作品が国内だけでなく海外においてもしばしば映画化されるという事態については、〈映画というメディアは文学をどこまでも素材としてしか認めようと〉しないゆえに、川端文学の本質とは無関係であると、慎重な姿勢である。

野坂昭雄「『雪国』における映像と女性との関わりについて」（「山口国文」平15・3）は、特にラストの雪中火事の場面を、映像と音声という映画的要素を抽出するところから、詳細な読みを展開している。〈葉子の狂気が徐々に小説中に描き出されていったのと並行して、駒子にも葉子の属性が転移していることを〉指摘した上で、葉子の落下する最後に至って、〈①イマジネールな世界におけるリアルなものの現出、②サイレントからトーキーへの移行〉の二点を映画的な手法として挙げている。葉子の落下する状況を未だ〈「非現実的な世界の幻影」として捉えていた〉島村が葉子の痙攣を目の当たりにして、自身にもまた〈足先まで冷たい痙攣が走〉るという身体反応が生じたとき、葉子の痙攣はリアルなものとして現出したと述べられている。また、〈危険も恐怖も〉感じられなかったこの場面の〈サイレント的な光景〉を切り裂き、島村を現実へ引き戻すのが、〈「この子、気がちがふわ、気がちがふわ。」〉という駒子の叫びであるとされている。しかし、〈痙攣〉と〈叫び〉によって、〈島村のイマジネールな世界は崩壊させられるわけでな〉く、〈再び「天の河」をスクリーンとして新たな世界〉が作り出されると語られている。

鄭香在「『雪国』の映画性と文学性」（「成蹊国文」平16・3）は、十重田、四方田、野坂が指摘するような小説中の映画的要素を丹念に拾いながらも、逆に、言語芸術でしかできない『雪国』固有の表現を抽出している。〈「雪国」は島村の心境小説であると言ってもいいほど、その表現は視点人物の島村によるところが多い。〉と述べる鄭は、〈清潔〉〈悲しいほど美しい声〉〈刺すような目〉〈この世ならぬ象徴の世界〉といった島村の〈内奥の主観的な〉表現に言語芸術としての達成を見いだしている。

九　構想にまつわる実証研究

平山三男『遺稿『雪国抄』影印本文と注釈・論考』（至文堂、平5・9）には、平山の長年の『雪国』研究のエッセンスが凝縮されている。「序文」「『雪国』と遺稿『雪国抄』の本文について」「影印本文―校訂と注釈」「川端康成と遺稿『雪国抄』」の四章から成るうち、本集成には「川端康成と遺稿『雪国抄』」から約半分の分量に限って収録した。主に、川端が当初は〈四十枚ほどの短篇として書くつもりであった〉と語っている〈初めのつもり〉〈いずれも『独影自命』〉と遺稿『雪国抄』における抄出行為との関係を論考した部分である。収録以前の個所において〈川端の言う「初めのつもり」とは一体どこまでなのだろうか。何等具体的な考察を加えずに、遺稿に抄出された「物語」までがその「初めのつもり」だ、と言えるほど短絡的な簡単な問題ではない。まず、確実に構想の変化が指摘できるところから考察を進めていくことにしよう。〉と述べる平山は、初出「白い朝の鏡」と「雪中火事」の部分に改稿の多いことから、まずは慎重に「雪中火事」における『北越雪譜』の問題を考察している。本書に収録したのはその直後の個所からである。書簡、エッセイ、実地調査、作品の解釈など、あらゆる情報を駆使して平山の実証しているのは、書き継がれた『雪国』に潜在している、川端の曲折する〈構想の変化〉の諸相である。「物語」には〈「初めのつもり」を終息させると同時に、次に「徒労」を主題として発展〉させる意志のあったこと、〈繭倉兼芝居小屋〉の火事を実際に目撃した体験はその意思を進めるものであったこと、しかし、『旧版雪国』において〈作品構造的にも照応が図られ〉、一応の完結がなされながらも、火事の場面が取り入れられずにすまされてしまったこと、この火事場の場面への思いと『北越雪譜』の読書体験が更に書き継がせる要因となったこと、そして、〈遺稿「雪国抄」は、川端の言う「雪国」の「初めのつもり」へ厳しく戻され、純化されたもの〉であることなどが論証されている。また、モデル問題への詳細な考察もある。文学研究の場でモデルに言及することには、往々にして微妙な問題を孕むのだが、おそらくこうした考察が有効なのは、『雪国』のディテールに作家の現実体験がしばしば対応するという事実から、創作行為における川端の想像力の質を問うことにつながるからである。『北越雪譜』の問題も無論これにつながっており、つまり、引用という創作方法にまで広がりをみせる問題なのである。

平山が〈構想の変化〉に着目するのに対して、吉田秀樹「『雪国』の方法意識―浅草ものとの決別と『出版警察報』―」（長谷川泉・平山三男編『〈解釈と鑑賞別冊〉川端康成「雪国」60周年』至文堂、平10・3）は〈方法意識〉の変化に焦点を当て、これを検閲の問題と絡めて議論している。浅草ものにおいて〈建物や町名、風物がその個別性や具体性において読者のイメージとリンクする必要性があった〉が、『雪国』においても初出「夕景色の鏡」「白い朝の鏡」の段階では具体的で〈直截〉な表現があり、それゆえに伏せ字となったことが指摘されている。吉田は『出版警察報』を手がかりにして、この二編が『旧版雪国』において大きく改稿される必要があったとし、そして、この検閲の問題を契機に文体と方法の変更をもたらしたと述べる。〈〈直截〉を越えた〈暗示〉から更に新しい段階に到達し〉たその方法は、浅草もので〈東京という実体〉を描くところから〈実体では割り切れない別の世界を手探り〉するところへと変質したと説き、主語の明示をさけるその改稿と文体を具体的に例示している。

本研究史を締め括るにあたって、今後の研究展望というものを語るべきところだが、さて、今の私に新しい論点の手持ちはない。ただし、最後にあたって述べておきたいのは、旧来の論点においても未だ進めるべき手続きが残されているということである。たとえば、改稿に関する問題がある。この方面の研究には蓄積があり、瀬沼茂樹「『雪国』の成立について」（「文学・語学」昭36・12）、長谷川泉「雪国三」（『川端康成論考』明治書院、昭40・6）、同「「雪国」初出と定本への推敲過程」（『新編近代名作鑑賞』至文堂、昭42・5）、河村清一郎「『雪国』の構成―結末の改稿を中心に」（「明治大学教養論集・日本文学特集」昭43・3）、荻野恭茂「完結本『雪国』本文研究―「決定版」より「定本」まで―」（名古屋大学国語国文学会編『国語国文学論集』昭48・4）などが研究の深化を図った。しかし、たとえば、初出からの改稿過程を一文字単位で辿ったものはない。以前、勤め先の演習の授業で、学生達と一緒にこの作業を行ったことがあるのだが、主語の位置、助詞、助動詞の変更、指示語の使用、文の入れ替えその他に、細かなところで作家の工夫と苦心の跡が明らかになり、その筆致や呼吸とともに、小説の方法論的問題の一端を窺い知ることができた。また、たとえば、平山三男の一連の実証的調査の範囲を広げて、川端の文壇との関わりや発言等を詳細に調査し、これと『雪国』との関係を論じることにも余地が残されているようにも思える。

　近代文学研究は飽和状態に陥っていると、しばしば言われる。もっともなところもあり、近年の文化研究は流行りのイデオロギーをともなった脱出の模索とも見える。しかし、近代文学研究は、実は、古典文学研究が培ってきたような実証的基礎研究の洗礼をいまだ十分には受けていないのである。

（平成20年9月稿）

（「川端康成作品論集成」第四巻より収録）

『雪　国』研究文献目録

片山倫太郎

※　本文献目録には、次の略号を用いた

『諸家の批評』……『雪国』（創元社、昭12）の付録として出された創元社編輯編『名作『雪国』に対する諸家の批評』に採録された文献

『群像』……『〈群像日本の作家13〉川端康成』（小学館、平成3）に収録された文献

『岩田集成』……岩田光子編『〈近代文学研究叢書22〉川端康成『雪国』作品論集成Ⅰ~Ⅲ』（大空社、平8・11）に採録されている文献

榊山潤「〈新年号の創作時評5〉巧妙なる手品師」（「報知新聞」昭9・12・24、後『諸家の批評』、後『岩田集成』）

深田久弥「〈新年号の創作時評6〉受難期の一群―川端氏の作品を推す―」（「読売新聞」昭9・12・27）

正宗白鳥「〈新年号の創作評・終〉稚気と匠気―川端氏の短編二つ―」（「東京朝日新聞」昭10・1・6、後『諸家の批評』、後『群像』）

小林秀雄「文芸時評③」（「東京朝日新聞」昭10・1・30、後『諸家の批評』）

佐藤春夫「文芸ザックバラン2―文芸時評―」（「文芸春秋」昭10・2、後『諸家の批評』）

上林暁「〈文芸時評〉「文芸春秋」―旅情について―」（「作品」昭10・2、後『諸家の批評』、後『群像』）

玉藻刈彦「豆戦艦―日本評論・十一月の雑誌―」（「東京朝日新聞」昭10・11・4、後『諸家の批評』）

青野季吉「〈文芸時評・④〉文学と方法―川端氏の「徒労」に就て―」（「読売新聞」昭10・11・27）

青野季吉「〈文芸時評・完〉芸と主題―武田の作品その他―」（「読売新聞」昭10・11・28）

河上徹太郎「文芸時評」（「新潮」昭11・1、後『諸家の批評』）

小林秀雄「〈文芸時評【1】〉作家の虚無感―川端康成の『火の枕』―」（「報知新聞」昭11・9・27、後『群像』、後『岩田集成』）

楢崎勤「〈文芸時評（三）〉川端氏の二傑作」（「中外商業新報」昭11・9・29、後『諸家の批評』）

室生犀星「文芸時評」（「文芸春秋」昭11・9、後『諸家の批評』）

阿部知二「〈文芸時評4〉異色ある作品―「強者聯盟」と「アルバ

ム」―」（「東京朝日新聞」昭11・10・2、後『諸家の批評』）

古谷綱武「「徒労」について」（「作品」昭11・11、後『諸家の批評』、後『岩田集成』）

保田与重郎「文芸時評」（「日本浪曼派」昭11・11、後『諸家の批評』、後『群像』）

浅見淵「川端康成論」（「文芸」昭11・12、後『〈日本文学研究資料叢書〉川端康成』有精堂、昭48・1）

広津和郎「〈寒夜に想ふ〉頭に残るもの―『二階堂放話』と『火の枕』」（「報知新聞」昭12・1・10、後『諸家の批評』、後『群像』）

武田麟太郎「病床雑記」（「文芸懇話会」昭12・2、後『諸家の批評』）

神西清「〈文芸時評（完）〉矛盾を描いた南画―今月作品中の最高峰―」（「報知新聞」昭12・4・29、後『諸家の批評』）

河上徹太郎「小説の芸と持味」（「文学界」昭12・6、後『諸家の批評』）

井部愛子「文芸時評」（「婦人文芸」昭12・6、後『諸家の批評』）

酒井逸男「五月の小説評―川端康成「手毬歌」改造―」（「人民文庫」昭12・6）

G・P・U「雪国と人生劇場―本年度の懇話会賞決定―」（「都新聞」昭12・7・14）

樋口紅葉「文芸懇話会賞決定す」（「中外商業新報」昭12・7・17）

青野季吉「川端・尾崎の文学　最・近・の・文・芸・時・事3」（「東京朝日新聞」昭12・7・23、後『岩田集成』）

青野季吉「尾崎・川端の文学　最・近・の・文・芸・時・事4」（「東京朝日新聞」昭12・7・24）

上司小剣「最後の懇話会賞（三）―川端康成の「雪国その他」―」（「中外商業新報」昭12・7・24、後『岩田集成』）

木村隆一「「雪国」私見」（「批評」昭12・7）

河上徹太郎「〈ブック・レヴュー〉川端康成著『雪国』」（「文学界」昭12・8、後『事実の世紀』創元社、昭14・6）

三木清・青野季吉・小林秀雄・川端康成・他「〈座談会〉最近の文学諸問題―康成の雪国」（「文学界」昭12・8、後『岩田集成』）

K・N「〈人物新論3〉川端康成―チヤクイ人間―」（「中外商業新報」昭12・9・2）

蛙鳴「事変と文学―好色小説流行の兆―」（「都新聞」昭12・9・11）

宇野浩二「俗物的文芸観」（「改造」昭12・9）

安藤一郎「川端康成論」（「三田文学」昭12・10）

片岡良一「「雪国」と「濹東綺譚」の相似点」（「法政大学新聞」昭12・10・23、後「「濹東綺譚」と「雪国」と「冬の宿」」と改題して『近代日本の作家と作品』岩波書店、昭14・11、後「「雪国」と「濹東綺譚」と「冬の宿」」と改題して『近代派文学の輪郭』白楊社、昭25・11）

中村光夫「川端康成論」（「中央公論」昭12・12、後「『雪国』を中心として―川端康成論―」と改題して山本健吉編『〈近代文学鑑賞講座13〉川端康成』角川書店、昭34・1、後「川端康成論Ⅱ」と改題して『〈論考〉川端康成』筑摩書房、昭53・4、後『岩田集成』）

伊藤整「川端康成の芸術」（「文芸」昭13・2、後『〈日本文学研究

資料叢書〉川端康成』有精堂、昭48・1）
伊豆公夫「「雪国」と「人生劇場」―一九三七年度の文学賞について」（『批評精神』白楊社、昭13・4）
武田麟太郎「川端康成小論」（「改造」昭13・5）
板垣直子「現代文学に於ける伝統的な一典型」（『現代小説論』第一書房、昭13・7、後『岩田集成』）
坂本浩「美の創造―「雪国」と「天の夕顔」―」（「文芸文化」昭14・7、後「美の創造―その根源にあるもの―一、「雪国」―」と改題して『近代文学論攷―回顧と展望―』明治書院、昭61・1、後『岩田集成』）
青野季吉「川端康成の作品について」（「知性」昭16・3）
長谷川泉「「雪国」論―理知の舞踊と抒情の彫像―」（「岩戸」昭16・12、未見、後「『雪国』論」と改題して『近代への架橋』銀杏書房、昭23・9、後『岩田集成』、後「雪国一」と改題して『川端康成論考』明治書院、昭40・6、後『川端康成論考増補版』明治書院、昭44・6、後『川端康成論考増補三訂版』明治書院、昭59・5）
古谷綱武「文章について」（『〈現代叢書38〉川端康成』三笠書房、昭17・9）
浜野健三郎・石川利光・十返肇・対馬正・渋川驍・柳町健郎・石光葆・寺門秀雄・牧屋善三「座談会―新文学観確立のために―」（「文芸主潮」昭18・10）
伊藤整「解説」（『雪国』新潮文庫、昭22・7、後『岩田集成』）
寺田透「川端康成」（杉森久英編『近代作家』進路社、昭23・3、後「川端康成論」と改題して『寺田透・評論I』思潮社、昭44・3、後『〈日本文学研究資料叢書〉川端康成』有精堂、昭48・1）
長谷川泉「『雪国』論」（『近代への架橋』銀杏書房、昭23・9、後「雪国（二）」と改題して『川端康成論考』明治書院、昭40・6、『川端康成論考増補版』明治書院、昭44・6、後『川端康成論考増補三訂版』明治書院、昭59・5）
河上徹太郎「雪国」（『読書論』雄鶏社、昭24・7）
中島建蔵「解説」（『現代日本小説大系第46巻』河出書房、昭24・11、後『岩田集成』）
臼井吉見「川端康成の文体」（「文学界」昭27・7）
杉浦明平「川端康成―（5）雪国」（西尾実・近藤忠義共編『現代文学総説第2大正昭和作家篇』学燈社、昭27・10、後『岩田集成』）
伊藤整「悪口を書かれない〈現代作家論〉川端康成の文学〈上〉」（「東京新聞」昭28・2・23、後『岩田集成』）
伊藤整「放棄的な仕事の形〈現代作家論〉川端康成の文学〈下〉」（「東京新聞」昭28・2・24）
伊藤整「解説」（『昭和文学全集9』角川書店、昭28・3）
永丘智郎「マス・コミュニケーションに於ける文学的表現の成立について―川端康成の「雪国」を例として」（「経済系」関東学院大学経済学会、昭28・3、後『岩田集成』）
伊藤整「美と生命と文学」（「文学界」昭28・4）
寺田透「「雪国」論」（「近代文学」昭28・4、後 三島由紀夫編『文芸読本川端康成』河出書房新社、昭37・12、後 三枝康高編『川端康成入門』有信堂、昭44・4、後『文芸読本川端康成』河出書房新社、昭52・8、後『岩田集成』）

山本健吉「解説―雪国」（『雪国』三笠書房、昭28・5、後『岩田集成』）

永丘智郎「川端康成の性格表現について―『雪国』の駒子を例として―」（「経済系」関東学院大学経済学会、昭29・2）

高橋義孝「珍説現代作家論（上）―川端康成―」（「新潮」昭29・3）

杉浦明平「川端康成論」（「群像」昭29・8、後「川端康成」と改題して『現代日本の作家』未来社、昭31・9、後『〈日本文学研究資料叢書〉川端康成』有精堂、昭48・1）

亀井雅司「川端康成の表現」（「国語国文」昭29・9）

山口毅「『雪国について』」・家里泰寛「『雪国』について」（「月報〈読者のページ〉」『現代日本小説大系第25巻』河出書房、昭29・9）

十返肇「駒子〈川端康成『雪国』〉」（『朝日文化手帖43　小説の女性』朝日新聞社、昭29・12）

山本健吉「解説」（『雪国』河出文庫、昭30・1）

三島由紀夫「横光利一と川端康成」（川端康成等編『文章鑑賞』河出書房、昭30・2）

小原元「雪国―川端康成」（永積安明・猪野謙二編『国民の文学・近代篇』御茶水書房、昭30・5、後『岩田集成』）

神西清「康成と辰雄」（本間久雄・吉田精一・神西清著『日本の近代文学・作家と作品』東京堂、昭30・7）

三好行雄「昭和10年代の文学―芸術的抵抗の一形式にふれつつ―」（折口信夫・片岡良一・久松潜一・麻生磯次監修『日本文学講座Ⅵ』河出書房、昭30・9）

中村光夫「解説」（『〈現代日本文学全集37〉川端康成集』筑摩書房、昭30・11、後「川端康成の文学」と改題して『〈論考〉川端康成』筑摩書房、昭53・4）

E・G・サイデンステッカー「解説―雪国・イントロダクション」（『雪国』角川文庫、昭31・4）

花柳章太郎「「雪国」劇化」（『雪国』角川文庫、昭31・4）

三島由紀夫「永遠の旅人―川端康成氏の人と作品」（「別冊文芸春秋」昭31・4、後 山本健吉編『〈近代文学鑑賞講座13〉川端康成』角川書店、昭34・1、後『岩田集成』）

沢野久雄「解説―川端康成―生涯と作品」（『雪国』角川文庫、昭31・4）

無署名「注釈」（『雪国』角川文庫、昭31・4）

永丘智郎「「雪国」の作品分析から」（『人間の社会的形成』寧楽書房、昭31・9）

瀬沼茂樹「解説」（「別冊文芸」昭32・1、後『岩田集成』）

佐伯彰一「『禽獣』・『雪国』」（「解釈と鑑賞」昭32・2）

波多野完治「川端康成の文章」（「解釈と鑑賞」昭32・2）

進藤純孝「伊豆の踊子・雪国など」（『反逆的作家論』現代文芸社、昭32・3、後『川端康成　その人・その作品』冬樹社、昭44・2）

豊田四郎・池部良・岸恵子・八千草薫・（十返肇司会）「『雪国』の女たち」（「婦人公論」昭32・5）

和田芳恵「雪国」（『名作のできるまで』北辰堂、昭32・2）

中村光夫「川端康成論―才能の政治学―」（「文学界」昭32・7、後「川端康成論Ⅰ」として『〈論考〉川端康成』筑摩書房、昭53・4）

中村光夫「川端康成論（2）―孤児の感情―」（「文学界」昭32・8、後「川端康成論Ⅰ」として『〈論考〉川端康成』筑摩書房、昭53・4）

中村光夫「川端康成論（3）―好色について―」（「文学界」昭32・9、後「川端康成論Ⅰ」として『〈論考〉川端康成』筑摩書房、昭53・4）

和田芳恵「川端康成作「雪国」の駒子」（『おもかげの人々』講談社、昭33・10、後 同タイトルで再刊、光風社書店、昭51・8）

黒田憲治「川端康成「雪国」」（日本放送協会京都放送局編『文学への招待』創元社、昭33・12）

佐伯彰一「川端康成の文体」（山本健吉編『〈近代文学鑑賞講座13〉川端康成』角川書店、昭34・1）

山本健吉「鑑賞」（山本健吉編『〈近代文学鑑賞講座13〉川端康成』角川書店、昭34・1）

篠田一士「川端文学における伝統の問題」（山本健吉編『〈近代文学鑑賞講座13〉川端康成』角川書店、昭34・1、後『岩田集成』）

山本健吉「解説」（『〈日本文学全集30〉川端康成集』新潮社、昭34・7）

瀬沼茂樹「川端康成の『雪国』」（『若い日の小説鑑賞』角川書店、昭34・7）

三枝康高「川端康成の文体」（「国文学」昭34・10）

山本健吉「非情の世界」（山本健吉編『川端康成読本』学習研究社、昭34・10）

大江健三郎「川端康成の文章の多義性」（「新潮」昭35・6）

文化女子短大文芸部「『雪国』用語の人物別頻度数」（『川端康成全集月報6」新潮社、昭35・6）

古谷綱武「第二部　伊豆の踊子・抒情歌・禽獣・雪国・山の音」（『評伝川端康成』実業之日本社、昭35・12）

三枝康高「川端康成の芸術的抵抗―『雪国』における自然―」（『川端康成』有信堂、昭36・1・11、後『岩田集成』）

瀬沼茂樹「『雪国』の成立について」（「文学・語学」昭36・12、後『〈日本文学研究資料叢書〉川端康成』有精堂、昭48・1、後『岩田集成』）

E・G・サイデンステッカー「川端康成―現代作家論（3）」（「自由」昭37・11、後『文芸読本川端康成』河出書房新社、昭52・8）

磯貝英夫「雪国」（岩城之徳等編『近代文学論文必携』学燈社、昭38・6、後「雪国―作品分析の方法―」と改題して『〈日本文学研究資料叢書〉川端康成』有精堂、昭48・1）

安東次男「「雪国」ついて」（「文芸」昭38・8）

辻邦生「川端康成論―宿命について―」（「文芸」昭38・8、後羽鳥徹哉編『〈日本文学研究資料新集〉川端康成・日本の美学』有精堂、平2・6）

三島由紀夫「解説」（『日本の文学38』中央公論社、昭39・3）

進藤純孝「絶対の彼岸―川端康成論（Ⅲ）―」（「文学界」昭39・8、後『川端康成　その人・その作品』冬樹社、昭44・2）

手塚富雄「人と文学」（『〈現代文学大系33〉川端康成集』筑摩書房、昭39・11）

河村清一郎「「雪中火事」と「天の河」――「雪国」・結末の改稿をめぐって」（「金城国文」昭40・1、後『岩田集成』）

長谷川泉「雪国二」（『川端康成論考』明治書院、昭40・6、後『川

端康成論考増補版』明治書院、昭44・6、後『川端康成論考増補三訂版』明治書院、昭59・5）
中村光夫「伊豆の踊子と雪国―川端康成」（日本近代文学館編『日本の近代文学―人と作品』読売新聞社、昭40・12、後「伊豆の踊子と雪国」と改題して『〈論考〉川端康成』筑摩書房、昭53・4）
橋本正之「『雪国』論―虚構の意味するもの―」（『鳥取県高校教育研究会研究紀要』昭41・3）〈未確認〉
長谷川泉「解説」（『雪国』旺文社文庫、昭41・3）
堀多恵子「軽井沢の川端先生」（『雪国』旺文社文庫、昭41・3）
伊藤整「作家と作品　川端康成（一）」（『〈日本文学全集39〉川端康成集』集英社、昭41・8）
田中保隆「『雪国』とその時代」（『国文学』昭41・8、後『岩田集成』）
武田勝彦・村松定孝「〈海外における日本文学研究1〉川端康成『雪国』について」（『国文学』昭41・9、後「サイデンステッカーの『雪国』論とその批評」と改題して『海外における日本近代文学研究』早稲田大学出版部、昭43・4、後長谷川泉編『〈現代のエスプリ〉川端康成』至文堂、昭14・1、後『岩田集成』）
磯貝英夫「雪国」（『近代文学名作事典』学燈社、昭42・3）
笹淵友一「On Snow Country by Kawabata Yasunari― "The West" and "The East" ―in Modern Japanese Literature―」（『比較文学』昭42・3）
長谷川泉「『雪国』初出と定本への推敲過程」（『新編近代名作鑑賞』至文堂、昭42・5、後　長谷川泉編『〈現代のエスプリ〉川端康成』至文堂、昭44・1）
川崎寿彦「Ⅱ川端康成『雪国』（雪と火と）」（『分析批評入門』至文堂、昭42・6、後『〈日本文学研究資料叢書〉川端康成』有精堂、昭48・1、後『岩田集成』）
羽鳥一英「一九三〇年代の川端康成―「浅草紅団」から「雪国」まで（上）」（『国語と国文学』昭42・8、後『〈日本文学研究資料叢書〉川端康成』有精堂、昭48・1、後『作家川端の展開』教育出版センター、平5・3）
羽鳥一英「一九三〇年代の川端康成―「浅草紅団」から「雪国」まで（下）」（『国語と国文学』昭42・9、後『〈日本文学研究資料叢書〉川端康成』有精堂、昭48・1、後『作家川端の展開』教育出版センター、平5・3）
山崎俊介「雪国」（『川端康成小論』私家版、昭42・9、後『岩田集成』）
田井庄之助「川端康成の文体」（『大分大学教育学部研究紀要』昭42・10）
Muneyuki Kato「YASUNARI KAWABATA'S SNOW COUNTRY : Its Modernity/Viewed in the Light of Comparative Literature」（『北九州大学文学部紀要』昭42・12）
河村清一郎「『雪国』（川端康成）の表現」（『金城国文』昭42・12、後『岩田集成』）
佐竹勇「『雪国』に於ける背景（setting）の意義について」（『光華女子大学光華女子短期大学研究紀要』昭42・12、後『岩田集成』）
河村清一郎「『雪国』と『北越雪譜』」（『明治大学人文科学研究紀要』昭43・2）
河村清一郎「『雪国』の構成―結末の改稿を中心に」（『明治大学教

養論集・日本文学特集」昭43・3）

中村光夫「川端文学の特質　古典に通ずる現代性・日本人の感性、深く追求」（「朝日新聞」昭43・10・18）

無署名「もう世界の先生ね―30年前を思い起す〝駒子〟―」（「朝日新聞」昭43・10・18）

芹沢光治良「―日本文学を広く紹介―」（「朝日新聞（夕）」昭43・10・18）

池島信平「寡黙の人・信念の人」（「朝日新聞（夕）」昭43・10・18）

吉村公三郎「映画人を魅する描写」（「朝日新聞（夕）」昭43・10・18）

山本健吉「日本の美と悲しみ―その神髄を歌いあげる」（「読売新聞」昭43・10・18）

巌谷大四・進藤純孝・佐伯彰一「〈座談会〉世界の中の川端文学」（「読売新聞（夕）」昭43・10・18）

三島由紀夫「長寿の芸術の花を―川端氏の受賞によせて―」（「毎日新聞」昭43・10・18）

伊藤整・沢野久雄・篠田一士・（藤平毎日新聞本社学芸部長司会）「〈座談会〉川端康成氏の人と文学」（「毎日新聞」昭43・10・18）

福永武彦「川端芸術の特質―深層心理に迫る思想―」（「毎日新聞（夕）」昭43・10・18）

進藤純孝「〝美の伝統〟息づく文学―日本人のかなしみ刻む、世界に通じた孤独な営み―」（「日本経済新聞」昭43・10・18）

磯田光一「国際的理解とは何か―川端康成氏の受賞に関連して」（「東京新聞（夕）」昭43・10・21）

塩田良平「日本古典と川端文学」（「東京新聞（夕）」昭43・10・21）

河上徹太郎「川端さんの世界」（「東京新聞（夕）」昭43・10・24）

小原元「川端康成の文学と「日本の伝統」」（「赤旗」昭43・10・27）

E・G・サイデンステッカー「川端文学と西欧〈上〉」（「読売新聞（夕）」昭43・10・28）

E・G・サイデンステッカー「川端文学と西欧〈下〉」（「読売新聞（夕）」昭43・10・29）

森下金二郎「康成『雪国』の表現―駒子・葉子の人物描写―」（「宮城学院女子大学研究論文集」昭43・10）

長谷川泉「ノーベル文学賞　川端康成の文学」（「図書新聞」昭43・11・2）

沢野久雄「名作文庫―川端康成　雪国―」（「毎日新聞」昭43・11・3）

無署名「ノーベル賞作家・川端康成氏の女性交友」（「週刊サンケイ」昭43・11・4）

小田切進「川端文学の世界をたたえる―伝統的であり、前衛的である受賞作―」（「ほるぷ新聞」昭43・11・5）

平野謙「川端氏の受賞を喜ぶ」（「東京新聞」昭43・10・18）

ドナルド・キーン「世界の中の日本文学①―普遍性と日本的特長―」（「朝日新聞（夕）」昭43・11・5）

E・G・サイデンステッカー「世界の中の日本文学②―日本語と翻訳と―」（「朝日新聞（夕）」昭43・11・6）

「カメラ追跡―面影薄れた『雪国』の舞台―」（「朝日新聞」昭43・11・11）

大岡昇平「世界の中の日本文学③―伝統と国際性―」（「朝日新聞（夕）」昭43・11・7）

「『雪国』の芸者駒子がたどった女の半生」（「女性セブン」昭43・11・7）

E・G・サイデンステッカー「Kawabata's Writings and the Problem or Translation」（『〈特装版〉川端康成自選集』集英社、昭43・11）

ドナルド・キーン「川端文学に見る普遍性と日本的特徴」（『〈特装版〉川端康成自選集』集英社、昭43・11）

山本健吉「解説」（『〈特装版〉川端康成自選集』集英社、昭43・11）

根岸正純「川端康成の文体―『雪国』と『山の音』」（「文体論研究」昭43・11、後 三枝康高編『川端康成入門』有信堂、昭44・4）

吉村貞司『川端康成―美と伝統―』（学芸書林、昭43・12）

小佐井伸二「川端康成頌」（「文芸」昭43・12、後羽鳥徹哉編『川端康成・日本の美学』有精堂、平2・6）

河村清一郎「『雪国』への試論―駒子における、愛の形象とその変容を中心に―」（「東洋英和女学院短期大学論集」昭44・1）

吉田熙生「川端康成」（「国文学」昭44・1、後『岩田集成』）

トーマス・E・スワン「『雪国』管見」（長谷川泉編『川端康成〈現代のエスプリ〉』至文堂、昭44・1、後 長谷川泉・武田勝彦編『川端文学―海外の評価―』早稲田大学出版部、昭44・4）

川崎寿彦「『雪国』―これからの批評―」（長谷川泉編『川端康成〈現代のエスプリ〉』至文堂、昭44・1）

五木寛之「駒子に逢いに行く　にっぽん漂流②湯沢」（「文芸春秋」昭44・2）

河村清一郎「「雪国」と「北越雪譜」」（「明治大学人文科学研究所紀要」昭44・2）

藤森重紀「川端美学の再検討（一）―「雪国」をてがかりに―」（「解釈」昭44・2、後『岩田集成』）

平山城児「川端文学と古典の世界」（長谷川泉編著『川端康成作品研究』八木書店、昭44・3、後『現代文学における古典の受容』有精堂、平4・10）

永丘智郎「川端康成の文体について」（長谷川泉編著『川端康成作品研究』八木書店、昭44・3）

笹渕友一「雪国」（長谷川泉編著『川端康成作品研究』八木書店、昭44・3、後『岩田集成』）

E・G・サイデンステッカー「英訳「雪国」序文」（長谷川泉・武田勝彦編『川端文学―海外の評価―』早稲田大学出版部、昭44・4、後『岩田集成』）

武田勝彦・長谷川泉「英訳「雪国」の発表当時の紹介と評価―フォービィオン・バウァーズ、ドナルド・バー、アンソニー・スウェイト―」（長谷川泉・武田勝彦編『川端文学―海外の評価―』早稲田大学出版部、昭44・4）

武田勝彦・長谷川泉「ヴーテノー氏の川端論をめぐって―「伊豆の踊子」「水月」「雪国」「千羽鶴」「古都」―」（長谷川泉・武田勝彦編『川端文学―海外の評価―』早稲田大学出版部、昭44・4）

武田勝彦・長谷川泉「英訳『雪国』の発表当時の紹介と評価」（長谷川泉・武田勝彦編『川端文学―海外の評価―』早稲田大学出版部、昭44・4、後『岩田集成』）

藤森重紀「川端美学の再検討（二）―「雪国」をてがかりに―」（「解釈」昭44・4、後『岩田集成』）

福永武彦「『雪国』読後」（毎日新聞社編『川端康成展』毎日新聞社、昭44・4、後 毎日新聞社編『写真集　川端康成〈その人と芸術〉』毎日新聞社、昭44・8）

福田清人・板垣信著「雪国」（福田清人・板垣信編著『《Century Books 人と作品20》川端康成』清水書院、昭44・6）

羽鳥一英「川端康成『雪国』」（「解釈と鑑賞」昭44・7）

読売新聞文化部「第三章作家的声明の確立」（『実録川端康成』読売新聞社、昭44・7）

川嶋至「第六章現実からの飛翔―「雪国」と「名人」―」（『川端康成の世界』講談社、昭44・10）

朝下忠「川端康成の世界」（実方清編著『日本現代小説の世界』清水弘文堂、昭44・10）

長谷川泉「〈雪国〉の駒子（川端康成）」（「国文学」昭44・10、後『岩田集成』）

E・G・サイデンステッカー「川端康成の世界―漂泊と哀愁の文学」（「ソフィア」昭44・11）

久保田晴次「Ⅲ徒労の日々―「雪国」を中心に」（『孤独の文学―川端康成の優雅な実存―』桜楓社　昭44・11）

林武志「二様の女性像と死のイメージ―『雪国』論―」（「女子聖学院研究紀要」女子聖学院中・高等学校、昭44・11、後「『雪国』論」と改題補訂、『川端康成研究』桜楓社、昭51・5、後『岩田集成』）

竹盛天雄「〈川端文学の作品構造〉雪国―序論として」（「国文学」昭45・2、後『岩田集成』）

巌谷大四「『雪国』越後湯沢・小千谷」（『名作の旅　川端康成』保育社、昭45・3）

若尾文子・尾崎宏次・戸板康二・車谷弘「「雪国」のヒロイン」（「銀座百点」銀座百店会、昭45・3）

長谷川泉「「雪国」の彫琢」（「川端康成全集月報12」新潮社、昭45・3）

ジェームズ・T・アラキ「川端康成と『雪国』」（「解釈と鑑賞」昭45・5）

吉田精一「川端文学の文体―「雪国」とその翻訳を対照して―」（「川端文学研究第1号」昭45・11）

関良一「『雪国』考」（川端文学研究会『川端康成の人間と芸術』教育出版センター、昭46・4）

吉田精一「「雪国」の翻訳―川端康成の文体―」（川端文学研究会『川端康成の人間と芸術』教育出版センター、昭46・4、後『岩田集成』）

藤森重紀「「眠れる美女」の成立と背景―雪国との対比のうえに―」（川端文学研究会『川端康成の人間と芸術』教育出版センター、昭46・4）

保坂弘司「「雪国」の舞台・湯沢」（「国文学」昭46・6）

高田瑞穂「解説」（『雪国』講談社文庫、昭46・7）

五十郎「「雪国」贅注（一）」（「解釈と鑑賞」昭46・10）

五十郎「「雪国」贅注（一二）」（「解釈と鑑賞」昭46・11）
高島敦子「『細雪』『雪国』を通して見た日本語と英語の比較研究」（「青山学院女子短期大学紀要」昭46・11）
渋谷晴雄「名作のこころをたずねて　川端康成作『雪国』」（「理想世界」日本教文社、昭46・11）
川嶋至「川端康成「雪国」」（「国文学」昭46・12、後『岩田集成』）
金子一郎「小説「雪国」の鑑賞」（「語学文学」昭47・3）
社本武「『雪国』の本質と改作の論理」（「文学」昭47・3、後「女の哀切観照『雪国』」と改題して『日本小説の美意識』桜楓社、昭55・11、後『岩田集成』）
森本穫「「雪国」私論―葉子像を中心に―」（「広島県高等学校教育研究会国語部会年報」広島県高等学校教育研究会国語部会、昭47・3、後『孤児漂白―川端康成の世界―』林道社、平2・4）
長岡達也「川端康成の「雪国」「山の音」についての考察」（「聖カタリナ女子短期大学紀要」昭47・3）
「きずな切れ、ただ涙―「駒子」や「踊子」の女主人公」（「日本経済新聞（夕）」、「東京新聞（夕）」昭47・4・17）
「おかわいそうに〝駒子〟―寝もやらず　追憶はせきを切って」（「朝日新聞（夕）」昭47・4・17）
長谷川泉「川端康成の人と文学」（『雪国　他二編』旺文社文庫、昭47・6、後『川端康成燦遺映』至文堂、平10・9）
寒川広行「〝雪国〟の舞台湯沢の旅情」（「旅行読売」昭47・7）
藤森重紀「「雪国」の終焉」（「解釈」昭47・7、後「川端康成の文学・その2」教育出版センター、昭48・3、後『岩田集成』）
巌谷大四「二月　うたかたの愛に泣く「雪国」／越後湯沢」（『〈ベルブックス〉川端康成の旅愁―文学散歩12ヵ月』日本交通公社、昭47・8）
藤田圭雄「自筆本「雪国抄」」（「東京新聞」昭47・8、後『随筆集ハワイの虹』晩成書房、昭53・9）
藤田圭雄「雪国抄（解説）」（日本近代文学館編『川端康成展―その芸術と生涯』日本近代文学館、昭47・10）
瀬沼茂樹「浅草紅団　雪国（解説）」（日本近代文学館編『川端康成展―その芸術と生涯』日本近代文学館、昭47・10）
竹内良夫「雪国」（『頽廃の美学　川端康成　その耽美な生涯と文学』日芸出版、昭47・9）
鶴田欣也「大人から子供への旅―「雪国」の一解釈」（「文学・語学」昭47・9、後『芥川・川端・三島・安部　現代日本文学作品論』桜楓社、昭48・6）
長谷川泉「「雪国抄」と「雪国」」（「解釈と鑑賞」昭47・10、後『川端文学の味わい方』明治書院、昭48・9）
高橋有恒「『雪国』のモデル考―越後湯沢における川端康成」（「人間復興」昭47・11）
北条誠「雪国」「越後湯沢―「雪国」の舞台」「「雪国」執筆の間復元」「雪国の雪」（『川端康成・文学の舞台』平凡社、昭48・2）
荻野恭茂「完結本『雪国』本文研究―「決定版」より「定本」まで―」（名古屋大学国語国文学会編『国語国文学論集』昭48・4）
鶴田欣也「「雪国」の音―蟇と木魂―」（「解釈と鑑賞」昭48・11）
篠田一士「『雪国』の遠近」（「すばる」昭48・12、後『続日本の近代小説』集英社、昭50・9、後『日本の近代小説』集英社、昭63・2）

小川名裕子「「雪国」—登場人物と自然との関係—」（「湘南文学」東海大学日本文学会、昭49・3）
後藤時次『『雪国』論—黙影円象—』（紀陽社、昭49・10）
撫尾晴明「川端文学『雪国』の一節—二人の英訳をめぐって—」（「佐賀龍谷短期大学紀要」昭49・12）
岩田光子「川端文学の特相—「雪国」発想の論理—」（「学苑」昭50・1、後「雪国」と改題して『川端文学の諸相—近代の幽艶—』桜楓社、昭58・10、後『岩田集成』）
高橋半左ヱ門「川端康成と雪国野郎」（『小説　雪国野郎』新潟日報事業社、昭50・2）
山田昭全「「雪国」の方法—その二極対置ということをめぐって—」（「国文学踏査」昭50・3、後『岩田集成』）
三島登志子「「雪国」の擬態語について」（「解釈」昭50・4）
津村和芳「『雪国』における島村—その徒労の目—」（「愛文」愛媛大学法文学部国語国文学研究会、昭50・10）
磯貝英夫「「雪国」の島村」（「国文学」昭50・11、後『岩田集成』）
藻野摂「後藤時次著『「雪国」論—黙影円象—』について」（「一語」昭50・12）
奥野健男「他界の原風景—〃死者たちの住む国〃の復活」（「すばる」昭50・12）
福永武彦「「雪国」他界説」（「文芸展望」昭51・4）
涌井貴子「「雪国」を読んで」（「立教大学日本文学」昭51・7）
進藤純孝「第十章『雪国』上梓」（『伝記川端康成』六興出版、昭51・8）
今村潤子「「雪国」の美・一断面—「清潔」・「美しい」・「徒労」の分析から—」（「尚絅短期大学研究紀要」昭51・12）
川崎寿彦「あいまいさの効果—「雪国」についての一考察—」（林大・林四郎・森岡健二編『〈現代作文講座3〉作文の条件』明治書院、昭52・1、後『薔薇をして語らしめよ—空間表象の文学—』名古屋大学出版会、平3・6、後『岩田集成』）
上田真「変身する処女を追って—川端康成『雪国』の一解釈—」（「解釈」昭52・1、後『岩田集成』）
平山三男「『雪国』の虚と実—「雪中火事」の新資料報告—」（「解釈」昭52・1、後羽鳥徹哉編『川端康成・日本の美学』有精堂、平2・6、後『岩田集成』）
今村潤子「『雪国』試論—駒子の「赤」「黒」「白」の意味について—」（「国語国文研究と教育」熊本大学教育学部国文学会、昭52・3）
西村真一・深沢恒男・鵜木奎治郎「川端康成の文学における自然「雪国」と「山の音」を通じて」（「信州大学教養部紀要」昭52・3）
石井康一「「鏡」の表象—V・ウルフと川端康成の場合—」（「福岡大学人文論叢」昭52・3）
高橋半左ヱ門「〃雪国〃の現況」（「川端文学研究第8号」昭52・4）
三好広美「『雪国』論」（「皇學館論叢」昭52・8）
鈴木いづみ「透明な鏡《雪国》」（「月刊ポエム」すばる書房、昭52・9）
佐藤譲介「「雪国」の構造—現実と非現実—」（「言文」昭52・10、後『岩田集成』）

涌井貴子「『雪国』論―作品中にあらわれた「復讐」「謝罪」「刑罰」「犠牲」の解釈について―」（「立教大学日本文学」昭52・12・6）

日野啓三「第7編『自然』⑦―雪国―」（「週刊読書人」昭53・2）

長谷川泉「四　推敲美の極致「雪国」」（『川端康成―その愛と美と死』主婦の友社、昭53・4）

トーマス・E・スワン（松浦勝男訳）「川端の「雪国」の構成」（武田勝彦・高橋新太郎編『川端康成　現代の美意識』明治書院、昭53・5）

磯貝英夫「「雪国」の写生」（武田勝彦・高橋新太郎編『川端康成　現代の美意識』明治書院、昭53・5、後『岩田集成』）

小川和佑「『雪国』再読」（「雪月花」昭53・9）

小沢正明「「雪国」研究　川端文芸に於ける人間性の純粋化―」（「八幡大学論集」昭53・9、後「第六章　人間性の純粋化―「雪国」研究―」として『川端康成文芸の世界』桜楓社、昭55・3、後『岩田集成』）

平山三男「『雪国』と遺稿『雪国抄』」（「解釈」昭53・11、後『岩田集成』）

大滝清雄「『雪国』の里」（『川端康成の肖像』宝文館出版、昭54・1）

平山三男「「雪国」年立論の視点から」（川端文学研究会編『〈川端康成研究叢書5〉虚実の皮膜』教育出版センター、昭54・3、後『岩田集成』）

永丘智郎「『雪国』の描写・文体論―夢幻小説化へのプロセス―」（川端文学研究会編『〈川端康成研究叢書5〉虚実の皮膜』教育出版センター、昭54・3）

村松定孝「人物論―モデルについての考察も含めて―」（川端文学研究会編『〈川端康成研究叢書5〉虚実の皮膜』教育出版センター、昭54・3）

上田真「『雪国』の作品構造」（川端文学研究会編『〈川端康成研究叢書5〉虚実の皮膜』教育出版センター、昭54・3、後『岩田集成』）

長谷川泉「近代文学史における「雪国」の位置」（川端文学研究会編『〈川端康成研究叢書5〉虚実の皮膜』教育出版センター、昭54・3、後『川端文学の機構』教育出版センター、昭59・5、後『岩田集成』）

武田勝彦「海外における『雪国』の翻訳と評価」（川端文学研究会編『〈川端康成研究叢書5〉虚実の皮膜』教育出版センター、昭54・3）

林武志「「雪国」研究史Ⅰ同時代評―上〈資料編〉―」（川端文学研究会編『〈川端康成研究叢書5〉虚実の皮膜』教育出版センター、昭54・3）

平山三男「『雪国』年立論の視点から」（「会報49」日本近代文学会、昭54・3）

平山三男「「雪国」論」（「現代国語」編集委員会編『〈作家・作品シリーズ6〉川端康成』東京書籍、昭54・4）

山田吉郎「『雪国』小論―島村像をめぐって―」（「日本文芸論稿」東北大学文芸談話会、昭54・6、後『岩田集成』）

上坂信男「『雪国』の戦前と戦後―川端私論序説の中―」（「川端文学研究　第11号」昭54・7）

永丘智郎「『雪国』の夢幻的文体論」(『現代文化心理学』協同出版、昭54・8)

林武志「「雪国」研究史Ⅱ同時代評―下―」(川端文学研究会編『〈川端康成研究叢書6〉風韻の相剋』教育出版センター、昭54・9)

池田睦喜「「文体のない小説」について―「雪国」の場合―」(「福岡大学人文論叢」昭54・11、後『岩田集成』)

吉村貞司「雪国」(『妖美と純愛―川端康成作品論―』東京書籍、昭54・12)

藤本徳明「白い地母神―『雪霊記事』と『雪国』―」(『風土文学選書4・雪と文学』教育出版センター、昭54・12、後『岩田集成』)

平山城児「川端康成「雪国」の駒子」(「国文学・臨時増刊」昭55・3、後『岩田集成』)

豊島恵子「「雪国」論―葉子像をめぐって―」(「国語国文論集」安田女子大学文学部日本文学科、昭55・3)

金井景子「『雪国』成立過程の検討」(「山崎学園富士見中・高等学校研究紀要」昭55・4)

林武志「「雪国」研究史Ⅲ」(川端文学研究会編『〈川端康成研究叢書7〉鎮魂の哀歌』教育出版センター昭55・4)

金井景子「川端康成の方法『雪国』に関する書誌学的考察」(「川端文学研究第17号」昭55・8)

小川和佑「軽井沢の川端康成―「雪国」執筆の頃―」(「川端文学研究第17号」昭55・8)

佐竹勇「「雪国」の中の「夕景色の鏡」「白い朝の鏡」「物語」の三篇を中心にその表現について」(「光華女子大学光華女子短期大学研究紀要」昭55・12、後『岩田集成』)

長谷川泉「推敲の効果―川端康成『雪国』を素材に―」(「出版クラブだより」日本出版クラブ、昭55・12・10、後『川端康成燦遺映』至文堂、平10・9)

岡本満理子「川端康成「雪国」について」(「駒澤短大国文」昭56・3)

岩田光子「『雪国』をたずねて」(「川端文学研究第20号」昭56・3)

武田勝彦、ハイメ・フェルナンデス、ミシェル・ブルジョー、佐川一政「座談会　川端康成におけるエロティシズム」(「解釈と鑑賞」昭56・4)

マシュウ・ミゼンコ「川端文学における「鏡」」(「解釈と鑑賞」昭56・4)

長谷川泉「雪国」(『心象幻想―川端文学へのいざない―』アートプロデュース社、昭56・4)

山田吉郎「『雪国』における葉子像」(「文芸研究」昭56・5、後『岩田集成』)

橋正典「第四章「雪国」の位相と構造」(『異域からの旅人　川端康成論』河出書房新社、昭56・11)

鶴田欣也「『雪国』」(『川端康成の芸術―純粋と救済―』明治書院、昭56・11)

近藤裕子「人間関係の分析―『雪国』を例として」(「解釈と鑑賞」昭56・12)

佐竹勇「川端文学における「鏡」について―「雪国」と「水月」を中心に――」(「光華女子短期大学研究紀要」昭56・12、後『岩田集成』）

上坂信男「川端康成と『源氏物語』・序説」（『源氏物語の思惟・序説』笠間書院、昭57・3、後『川端康成―その『源氏物語』体験―』右文書院、昭61・1）

中村光夫「『雪国』について」（『川端康成全集附録27』新潮社、昭57・4）

荻久保泰幸「『雪国』プレ・オリジナル―「夕景色の鏡」「白い朝の鏡」」（『〈現代国語研究シリーズ12〉川端康成』尚学図書、昭57・5）

若井福治『小説「雪国」の駒子と越後湯沢温泉』（私家版、昭57・7、後改訂版『越後湯沢温泉旅情「駒子と湯の里」』政エ門出版、昭59・12）私家版未確認

小林一郎「雪国―『雪』を核とした世界―」（『川端康成研究―東洋的な世界―』明治書院、昭57・9、後『岩田集成』）

林武志「雪国」（林武志編『〈鑑賞日本現代文学15〉川端康成』角川書店、昭57・11）

白鳥幸代「川端康成「雪国」の一考察―色彩語を中心にして―」（『国文橘』昭57・12）

古田嘉雄「「天の河」と「明けの明星」―川端康成の自然―」（『武庫川国文』昭58・3）

今村潤子「『雪国』の美の構図」（『尚絅大学研究紀要』昭59・3、後『川端康成研究』審美社、昭63・5、後『岩田集成』）

川崎寿彦「テクストの〈読み〉について―『草枕』と『雪国』を中心に―」（『名古屋大学文学部研究論集』昭58・3）

兵藤正之助「川端康成論―「雪国」を中心に―」（『関東学院大学文学部58年度紀要』昭58・5、後『川端康成論』春秋社、昭63・4）

野島典子「『雪国』試論―美しい徒労をめぐって―」（『早稲田大学教育国語国文学』昭58・11）

羽鳥徹哉「『雪国』を読む、その1」（『成蹊大学文学部紀要』昭59・1、後『作家川端の展開』教育出版センター、平5・3、後『岩田集成』）

瀬戸内晴美・前田愛「『雪国』と川端康成」（『月刊カドカワ』昭59・3、後『名作のなかの女たち』角川書店、昭59・10）

栗坪良樹「禽獣・雪国（川端康成）」（森野宗明ほか編著『日本文学名作事典』三省堂、昭59・5）

無署名「新潟県⑩―「雪国」の宿その後」（『朝日新聞（夕）』昭59・6・29）

中山真彦「救済としての文学―『雪国』とその仏訳について」（『現代文学』昭59・6、後『岩田集成』）

涌田佑「川端文学への新視点―「雪国」は「北越雪譜」のパロディーである―」（『すばる』昭59・6、後『岩田集成』）

奥出健「『天の河』の意味するもの―駒子の愛『雪国』への一考察」（『葵』昭59・7、後「駒子論Ⅰ愛する理由」と改題して『川端康成『雪国』を読む』三弥井書店、平1・5）

小林一郎「萱の花―「雪国」―」（『花曼荼羅―川端康成の心―』アート・プロデュース、昭59・9）

平山三男「「雪国抄」」「川端康成と遺稿「雪国抄」」（森本穫・平山三男『注釈遺稿「雪国抄」・「住吉」連作』林道舎、昭59・10）

林武志「『雪国』研究史」（『川端康成作品研究史』教育出版センター、昭59・10）

金采洙「第三部第一章　何がプロットの原型であるか―『雪国』を通して―」（『川端康成文学作品における〈死〉の内在様式』教育出版センター、昭59・11）

金碩子「川端康成の『雪国』研究」（「日本学報」昭59・11）

小田切秀雄「川端康成『雪国』」（『女性のための文学入門』オリジン出版センター、昭59・11）

平山三男「雪国」（川端康成）」（「解釈と鑑賞〈臨時増刊号〉」昭59・11）

高木徹「『雪国』の他界説について」（「名古屋近代文学研究」昭59・12）

羽鳥徹哉「『雪国』を読む、その2・完」（「成蹊大学文学部紀要」昭60・1、後『作家川端の展開』教育出版センター、平5・3、後『岩田集成』）

高橋有恒「涌田佑氏の「川端文学への新視点」について―「雪国」と「北越雪譜」―」（川端文学研究会編『川端文学への視界1』教育出版センター、昭60・1、後『岩田集成』）

奥出健「駒子の日記―『雪国』論の一部分―」（「解釈」昭60・2、後「駒子論Ⅱ駒子の日記」と改題して『川端康成『雪国』を読む』三弥井書店、平1・5）

安田武「真夏の『雪国』―川端康成の少女たち―」（「図書」昭60・3、後『昭和青春読書私史』岩波新書、昭60・10、後『岩田集成』）

奥出健「『島村』そして男達―『雪国』への考察」（「葵」昭60・4、後「島村論Ⅱ男たちの属性」と改題して『川端康成『雪国』を読む』三弥井書店、平1・5）

家本敏幸「『雪国』と"Snow Country"における表現法の比較と文法的考察―英作文研究の一助として―」（「大阪青山短期大学研究紀要」昭60・4）

奥出健「異郷の母たち―『伊豆の踊子』と『雪国』―」（国文学研究資料館編『文学における「向う側」』明治書院、昭60・6、後『川端康成『雪国』を読む』三弥井書店、平1・5）

高田宏「雪国考」（『雪日本心日本』中央公論社、昭60・10）

長谷川泉「『勧進帳』と駒子」（長谷川泉・鶴田欣也編『「雪国」の分析研究』教育出版センター、昭60・10、後『岩田集成』）

川崎寿彦「夢か現か幻か『雪国』と鏡像の美学」（長谷川泉・鶴田欣也編『「雪国」の分析研究』教育出版センター、昭60・10）

キャサリーン・マーケン「島村の空虚と完全性の探求」（長谷川泉・鶴田欣也編『「雪国」の分析研究』教育出版センター、昭60・10）

アンソニー・V・リーマン「『雪国』における川端の抒情性」（長谷川泉・鶴田欣也編『「雪国」の分析研究』教育出版センター、昭60・10）

鶴田欣也「『雪国』の行男を考える」（長谷川泉・鶴田欣也編『「雪国」の分析研究』教育出版センター、昭60・10、後『川端康成論』明治書院、昭63・3）

羽鳥徹哉「『雪国』における自然」（長谷川泉・鶴田欣也編『「雪国」の分析研究』教育出版センター、昭60・10、後『作家川端の展開』教育出版センター、平5・3、後『岩田集成』）

膚英姫「韓国における『雪国』の反響」（長谷川泉・鶴田欣也編『「雪国」の分析研究』教育出版センター、昭60・10）

コントラート・チンスキー「日本の鏡に映ったフランス『雪国』と

その読者」（長谷川泉・鶴田欣也編『「雪国」の分析研究』教育出版センター、昭60・10）
萩原孝雄「英語圏における『雪国』の評価」（長谷川泉・鶴田欣也編『「雪国」の分析研究』教育出版センター、昭60・10）
上田渡「『雪国』における駒子の神性」（長谷川泉・鶴田欣也編『「雪国」の分析研究』教育出版センター、昭60・10、後『岩田集成』）
原善「平山三男・森本穫編著『注釈遺稿「雪国抄」・「住吉」連作』」（「芸術至上主義文芸」昭60・11）
赤塚正幸「雪国論」（重松泰雄編著『原景と写像―近代日本文学論攷―』原景と写像刊行会、昭61・1、後『岩田集成』）
渋谷正晴「『雪国』試論」（「視向」昭61・3）〈未確認〉
楊国華「『雪国』への試論」（「横浜市立大学論叢」昭61・3）
立谷憲二「日本文学の翻訳―「雪国」―」（「学園論集」昭61・3）
奥出健「『葉子』論―『雪国』への一考察」（「蔡」昭61・3、後「葉子論Ⅰ刺す目の娘」として『川端康成『雪国』を読む』三弥井書店、平1・5、後『岩田集成』）
李徳純「中国における『雪国』の論争」（『戦後日本文学管窺―中国的視点』明治書院、昭61・5、後 川端文学研究会編『川端文学への視界3』教育出版センター、昭62・12）
無署名「川端康成〝おわびの手紙〟「雪国」でうっかり年月誤記「訂正します」と丁重に」（「読売新聞」昭61・6・10）
鶴田欣也「川端康成『雪国』」（『日本近代文学における「向う側」―母なるもの性なるもの―』明治書院、昭61・8）
田口茂「『雪国』における葉子の位置」（『川端文学への誘い』三弥井書店、昭61・8）
無署名「川端さんは、こんなふうにすわって『雪国』を……と高橋半左ェ門さん」（「新潟発」平凡社、昭61・9）
岩橋邦枝「「駒子」のような女」（「With」講談社、昭61・10）
尾形明子「川端康成「雪国」の駒子」（『昭和文学の女たち』ドメス出版、昭61・12
原幸雄「『雪国』から」（「塔之沢文芸」昭62・3）
奥出健「駒子・その両義性―『雪国』への一考察」（「蔡」昭62・5、後「駒子論Ⅲ肉体の両義性」として『川端康成『雪国』を読む』三弥井書店、平1・5、後『岩田集成』）
申礼淑「『雪国』論―島村と駒子の関係を中心に―」（「日本語と日本文学」昭62・6）
千葉宣一「川端文学のエロチシズムと無常の思想―「雪国」はなぜ、教科書に採用されないのか―」（「月刊国語教育」東京法令出版、昭62・6、後『岩田集成』）
大磯義雄「『雪国』の駒子に会ひぬ」（「林苑」昭62・7）
林武志「川端康成『雪国』」（「国文学〈臨時増刊号〉」昭62・7）
野口冨士男「「人差指」に象徴させた濡れ場」（「新潮45」昭62・9）
羽鳥徹哉「『雪国』（川端康成）」（「解釈と鑑賞」昭62・10）
高橋有恒・山田遼・高橋通・広瀬正義・椎津清彦「高橋有恒を囲んで」（「医家芸術」昭62・11）
中島国彦「『雪国』の背後に潜むもの―一九三五年秋の湯沢滞在をめぐって―」（「国文学」昭62・12、後 羽鳥徹哉編『川端康成・日本の美学』有精堂、平2・6、後『岩田集成』）

真鍋昌弘「『雪国』の二つの俗謡」(「奈良教育大学図書館報179」昭63・1、後『日本歌謡の研究―「閑吟集」以後―』桜楓社、平4・6)
梁瀬浩三「タイムトンネルを潜って星空へ―『雪国』の構造と、その象徴の意味」(「実践女子短大評論」昭63・2)
高橋笑子「川端康成研究―夕景色の考察―」(「東洋大学短期大学論集・日本文学編」昭63・3)
黒田徹・宇田川義明「「らしい」「ようだ」は「だろう」と違う―『夏の花』『雪国』を具体例として」(「解釈と鑑賞」昭63・7)
栗坪良樹「括り出された〈日本〉―『雪国』と『旅愁』について」(『講座昭和文学史〈第2巻〉混迷と模索〈昭和十年前後〉』有精堂、昭63・8)
林武志「川端康成　雪国」(『近代小説研究必携』有精堂、昭63・8)
小沢正明「自然観と川端康成―「雪国」「伊豆の踊子」の場合」(「八幡文学論集」昭63・9)
辻本千鶴「川端康成の美学―『雪国』とのかかわり―」(「立命館文学」昭63・10、後『岩田集成』)
岩田光子「川端康成「雪国」論―その人物像を視点として―」(小林一郎編『日本文学の心情と情念』明治書院、平1・2、後「『雪国』論―その人物像を視点として―」と改題して『川端康成―後姿への独白―』ゆまに書房、平4・9、後『岩田集成』)
田嶋陽子「女性差別とノーベル賞―川端康成の雪国をとりあげて―」(「女性空間」、平1・3)
徳脇康子「川端康成『雪国』における『鏡』について」(「白百合女子大学フランス語フランス文学論集」平1・3)
目黒雅也「*Snow Country* 研究―『雪国』翻訳にあたっての工夫―」(「Sella」白百合女子大学英文学会、平1・3、後『岩田集成』)
奥出健「昭和十年前後の川端康成―『雪国』成立への一視点―」「『雪国』の成立まで」「駒子論Ⅳ「勧進帳」「黒髪」考」「駒子論Ⅴ重ね合わされるもの」「島村論Ⅰ島村の感性麻痺と時代背景」「葉子論Ⅱ島村に立ち向うひと」(『川端康成「雪国」を読む』三弥井書店、平1・5)
藪禎子「駒子『雪国』」(『小説の中の女たち』北海道新聞社、平1・5)
無署名「雪国　川端康成」(『一冊で日本の名著一〇〇冊を読む』友人社、平1・5)
吉田とよ子「繭の中の死―川端康成の『雪国』について」(「世紀」平1・8)
森安理文「雪国―徒労に咲く妖花」(『川端康成　ほろびの文学』図書刊行会、平1・10)
福田泰子「川端康成研究―「雪国」にみる美の要素」(「東洋大学短期大学論集日本文学編」平2・3)
上田真「川端文学における作品終結の原理」(上田真・山中光一編『終わりの美学―日本文学における終結―』明治書院、平2・3)
田中実「『雪国』小考」(『昭和文学論考―マチとムラと―』八木書店、平2・4
桶谷秀昭「『濹東綺譚』と『雪国』」(「文学界」平2・7、後『昭

和精神史』文芸春秋、平4・6）

馬場重行「奥出健著『川端康成「雪国」を読む』」（「日本文学」平2・7）

小崎順「『雪国』と『ヴェニスに死す』」（「言語文化部紀要」北海道大学、平2・8）

小林裕子「「雪国」にあらわれた花と虫のイメージ」（「えん」8、平2・8）

岩田光子「川端康成『雪国』」（玉置邦雄編『近代の文芸』和泉書院、平2・10）

近藤裕子「奥出健著『川端康成「雪国」を読む』」（「日本近代文学」平2・10）

羽鳥徹哉「森本穫著『孤児漂白—川端康成の世界—』」（「日本近代文学」平2・10）

仲島恵美子「「川端康成研究」—『雪国』について—」（「稿本近代文学」筑波大学、平2・11）

熊倉千之『日本人の表現力と個性—新しい「私」の発見—』（中公新書、平2・12）

増田常司「無意を求めて—川端康成『雪国』の世界—」（「千葉　日本大学第一高等学校研究紀要」平2・12）

荻野アンナ「雪国の踊子」（「海燕」平3・3、後『私の愛毒書』福武書店、平3・9）

細矢菊治「筆跡川端康成筆　雪国」（『湯沢町の文化財』湯沢町教育委員会、平3・3）

小嶌和子「川端康成研究—『雪国』における形容詞・形容動詞を中心に—」（「東洋大学短期大学論集日本文学編」平3・3）

相馬正一「湯沢町『雪国』」（長谷川泉編『近代名作のふるさと〈東日本編〉』至文堂、平3・3）

小林幸一「名作探訪『雪国』（川端康成）の故郷は今！」（「月刊国語教育」平3・5）

山部亜希子「『雪国』論—駒子と行男をめぐって—」（「古典研究」平3・6）

金井景子「『伊豆の踊子』『浅草紅団』『雪国』『山の音』『片腕』ほか」（『群像』）

川本皓嗣「芸者の恋—ジャンル小説としての『雪国』」（平川祐弘、鶴田欣也編『日本文学の特質』明治書院、平3・7、後『岩田集成』）

田中実「『戦争』と川端文学㊦—〈自然〉という〈他者〉・『雪国』—」（「国語通信」筑摩書房、平3・8、後『岩田集成』）

石田法雄「川端康成『雪国』における社会批判」（「滋賀県立短期大学学術雑誌」平3・9）

小木曽俊治「『雪国』を読んで」（三木秀生・他『川端康成「篝火」研究』岐阜東高等学校、平3・9）

岡崎和夫「川端康成の文体…私は意識して島村をなるべく自分と離して書いた…」（「解釈と鑑賞」平3・9）

鶴田欣也「『雪国』」（「解釈と鑑賞」平3・9）

金美卿「『雪国』」（「解釈と鑑賞」平3・9）

増田常司「無意を求めて（下）—川端康成『雪国』の世界—」（「研究紀要」日本大学第一高等学校、平3・12）

李均洋「《雪国》主題新論」（「外国文学評論」中国社会科学出版社、平4・2）

無署名「雪国（川端康成）」（桧谷昭彦監修『一冊で一〇〇名作の「さわり」を読む』友人社、平4・2）

伊藤ゆかり「研究ノート『雪国』―表徴の文学―を読む」（「南山国文論集」平4・3）

平山三男「戦時下の『雪国』―永遠との邂逅―」（川端文学研究会編『川端文学への視界6』教育出版センター、平4・3）

袁葉「『雪国』における「鏡」」（「山陽女子短期大学研究紀要」平4・3）

田嶋陽子「駒子の視点から読む『雪国』」（江種満子・漆田和代編『女が読む日本近代文学』新曜社、平4・3、後『もう、「女」はやってられない』講談社、平5・10、後『岩田集成』）

萩原昌好「『雪国』随感」（「文芸空間」平4・4）

高橋英夫「解説」（小田切進 他『没後20年川端康成展　生涯と芸術―「美しい日の私」』日本近代文学館、平4・5）

野口冨士男「「雪国」の存在」（小田切進 他『没後20年川端康成展　生涯と芸術―「美しい日本の私」』日本近代文学館、平4・5）

中沢けい「島村という男―「雪国」」（「新潮」平4・6、後『岩田集成』）

木幡瑞枝「五　雪国」（『川端康成　作品論』勁草書房、平4・6）

梅沢亜由美「川端康成『雪国』―その世界と視点人物についての考察―」（「日本文学誌要」平4・12）

大嶋眞紀「川端康成『雪国』の比較表現―外国人留学生の視点より―」（「表現研究」平5・3、後『岩田集成』）

近藤裕子「川端康成『雪国』」（「解釈と鑑賞」平5・4、後『岩田集成』）

林淑華「『雪国』論―視点人物の意識構造―」（「文芸と批評」平5・5）

平山三男『遺稿『雪国抄』影印本文と注釈・論考』（至文堂、平5・9）

畠山幸男「平山三男編著遺稿『雪国抄』影印本と注釈・論考」（「文芸広場」平5・12）

田中実「解説―雪国（抄）・濹東綺譚（抄）（永井荷風）」（田中実・馬場重行・原善編『対照読解　川端康成〈ことば〉の仕組み』蒼丘書林、平6・2）

林武志「平山三男著『遺稿『雪国抄』評釈―影印本文と注釈・論考』」（「日本近代文学」平6・5）

片山倫太郎「平山三男編著『遺稿「雪国抄」影印本文と注釈・論考』」（川端文学研究会編『川端文学への視界9』教育出版センター、平6・6）

羽鳥徹哉「『雪国』と研究」（「〈解釈と鑑賞別冊〉卒業論文のための作家論と作品論」（「解釈と鑑賞別冊」）至文堂、平7・1）

高橋傳左エ門「小説『雪国』談義（1）」（「湯沢町公民館報ゆきぐに」湯沢町公民館、平7・1）

たつみ郁志「川端康成「雪国」におけるトポス―日常からの脱却―」（「昭和文学研究」平7・2、後『岩田集成』）

高橋傳左エ門「小説『雪国』談義（2）」（「湯沢町公民館報ゆきぐに」湯沢町公民館、平7・2）

無署名「『雪国』駒子の天の河」（「読売新聞」平7・3・15）

高橋傳左エ門「小説『雪国』談義（3）」（「湯沢町公民館報ゆきぐに」湯沢町公民館、平7・3）

土居龍二「『雪国』の世界」(『私の川端康成』文化書房博文社、平7・3)
ぽにーてーる編「川端康成『雪国』」(『読んでるつもり!?』双葉社、平7・4)
高橋傳左エ門「小説『雪国』談義(4)」(「湯沢町公民館報ゆきぐに」湯沢町公民館、平7・4)
高橋傳左エ門「小説『雪国』談義(5)」(「湯沢町公民館報ゆきぐに」湯沢町公民館、平7・5)
高橋傳左エ門「小説『雪国』談義(6)」(「湯沢町公民館報ゆきぐに」湯沢町公民館、平7・7)
高橋傳左エ門「小説『雪国』談義(7)」(「湯沢町公民館報ゆきぐに」湯沢町公民館、平7・8)
高橋傳左エ門「小説『雪国』談義(8)」(「湯沢町公民館報ゆきぐに」湯沢町公民館、平7・9)
大久保喬樹「日本回帰する自然(Ⅰ)」(「論集」東京女子大学紀要、平成7・9、後「六　日本回帰する自然(Ⅰ)—昭和十年前後/『雪国』—説話的自然」として『森羅変容　近代日本文学と自然』小沢書店、平8・12
北原保雄「『雪国』の文章」(「日本語論」平7・10、後『青葉は青いか』大修館書店、平9・12)
我那覇修「『雪国』における駒子と島村の関係を巡って」(「解釈」平7・10)
高橋傳左エ門「小説『雪国』談義(9)」(「湯沢町公民館報ゆきぐに」湯沢町公民館、平7・10)
明治書院企画編集部編「川端康成『雪国』」(『おじさんは文学通2』明治書院、平7・10)
遠藤誠治「川端康成『雪国』と芥川龍之介『羅生門』—〝夜の底〟という語を出発点として—」(『梶井基次郎・川端康成・一茶—その作品の成立—』私家版、平7・11)
高橋傳左エ門「小説『雪国』談義(10)」(「湯沢町公民館報ゆきぐに」湯沢町公民館、平7・11)
山田宏一「『ラブシーン』のときめき　雪国」(「毎日新聞」平8・2・4)
原善「川端康成「雪国」の遠近」(「会報」84、日本近代文学会、平8・4)
山崎甲一「小説「雪国」の表現について」(「ゆざわ雪シンポジウム報告書」日本雪工学会、平8・11)
エリック・ジョンソン「川端康成『雪国』:心理の鏡としての自然—カナダ人読者の眼を通して—」(「東横学園女子短期大学紀要」平8・11)
マリア　デ・プラダ=ヴィセンテ「川端康成「雪国」における三極構造」(「福岡大学日本語日本文学」平8・11)
岩田光子「解説」(『岩田集成』)
原善「川端康成「雪国」の遠近」(「立教女学院短期大学紀要」平8・12、後「「雪国」—その遠近」と改題して『川端康成—その遠近法』大修館書店、平11・4)
羽鳥徹哉「川端文学と自然」(「成蹊国文」平9・3)
長友文子「『雪国』における可能表現1—日本語教育の立場からみた日英語の比較—」(「きのくに国文—教育と研究—」平9・3)
鶴田欣也「『雪国』」(「解釈と鑑賞」平9・4)

李在聖「川端康成の文体の魅力――『雪国』『千羽鶴』を中心に――」（「解釈と鑑賞」平9・4）

村山隆征「川端康成と『雪国』の世界」（平山三男編著『川端康成『雪国』湯沢事典』湯沢町役場湯沢町教育委員会、平9・4）

池田祥一「越後湯沢、川端康成と『雪国』の世界」（平山三男編著『川端康成『雪国』湯沢事典』湯沢町役場湯沢町教育委員会、平9・4）

長谷川泉「世界の川端康成と『雪国』」（平山三男編著『川端康成『雪国』湯沢事典』湯沢町役場湯沢町教育委員会、平9・4）

平山三男「写真・長谷の川端邸・書斎の川端康成」「湯沢市街略図」「『雪国』の完成するまで」（平山三男編著『川端康成『雪国』湯沢事典』湯沢町役場湯沢町教育委員会、平9・4）

小泉浩一郎「『雪国』をめぐる雑感」（川端文学研究会編『川端文学への視界12』教育出版センター、平9・6）

王奕紅「「雪国」から見る川端文学の情愛世界」（川端文学研究会編『川端文学への視界12』教育出版センター、平9・6）

龔志明「「雪国」の情愛イメージ」（川端文学研究会編『川端文学への視界12』教育出版センター、平9・6）

田村充正「岩田光子編　川端康成『雪国』作品論集成（近代文学作品論叢書22全3巻）」（川端文学研究会編『川端文学への視界12』教育出版センター、平9・6）

長谷川泉「越後湯沢の『雪国』行事」（「世界日報」平9・8・26）

管玲「しぐさの描写に見る日本言語文化の特徴―川端康成の『雪国』とその中国語訳から―」（「金沢大学国語国文」平10・2）

阿部正路「雪國頌」（長谷川泉・平山三男編「〈解釈と鑑賞別冊〉川端康成「雪国」60周年」至文堂、平10・3）

川端香男里「『雪国』によせて」（同右）

長谷川泉「川端康成と『雪国』の世界」（同右、後『川端康成燦遺映』至文堂、平10・9）

村山隆征「川端康成『雪国』六〇周年」（同右）

池田祥一「川端康成と「雪国」の世界93日間によせて」（同右）

田村武雄「「雪国」に係る観光体制づくり」（同右）

高橋和一郎「「『雪国』の世界展」を終えて」（同右）

長谷川昭次「「雪国展」開催について」（同右）

岸野力雄「世界に通じる文学『雪国』」（同右）

羽鳥徹哉「「雪国」、さまざまな研究」（同右）

平山三男「越後湯沢と『雪国』」（同右）

北川榮一「「邂逅」―『雪国』の世界展に寄せて―」（同右）

渡辺俊夫「作品と風土の相関」（同右）

柿沼和夫「美の巡礼　川端康成」（同右）

高橋傳左エ門「小説「雪国」と私」（同右）

E・G・サイデンステッカー「『雪国』の翻訳」（同右）

奥村紀美「「雪国」講演会印象記」（同右）

杉井和子「あいまいさの魅力」（同右）

福田淳子「〝読み〟の難しさと魅力」（同右）

高根沢紀子「さまざまな「雪国」」（同右）

平山三男「シンポジウムにあたり」（同右）

キム・レーホ「ロシアにおける川端文学の翻訳と研究―『雪国』を中心に―」（同右）

グリニラ・リンドベリ＝ワダ「60年後の『雪国』と今日」（同右）

譚晶華「中国における『雪国』の受容と研究実態」（同右）

竹内清己「日本文学としての『雪国』―空間システムと伝統様式―」（同右）、後「川端康成『雪国』―空間システムと伝統様式―」と改題して『日本近代文学伝統論民族／芸能／無頼』おうふう、平15・1）

石川則夫「〈体温〉を希求する「雪国」―溶解されるハーフミラー―」（同右）

上田渡「『雪国』―物語の構造化をこえて―」（同右）

須藤宏明「『雪国』における空間論―「越後湯沢」という地名の拒否をめぐって―」（同右）、後「越後湯沢という地名拒否――『雪国』――」と改題して『疎外論―日本近代文学に表れた疎外者の研究』おうふう、平14・3）

田村充正「「雪国」は小説なのか」（同右）、平10・3、後「「雪国」は小説なのか―外国語訳「雪国」を読む―」と改題して『「雪国」は小説なのか―比較文学試論―』中央公論新社、平10・6）

田村嘉勝「「雪国」に求めた「日本の故郷」―竹内清己氏の発表にヒントを得て―」（同右）

野村昭子「「雪国」の〈美〉―中国における「雪国」受容―」（同右）

原善「初刊から先の「雪国」／シンポジウムから先の「雪国」論」（同右）

山崎甲一「『雪国』の指と手―自意識と自然―」（同右）

吉田秀樹「『雪国』の方法意識―浅草ものとの決別と『出版警察報』―」（同右）

廣末久「『雪国』展のまえとあと」（同右）

松崎八千代「感性」（同右）

岩田光子「「雪国」再読―テーマとしての死―」（同右）

武田勝彦「康成の声、葉子の声」（同右）

鶴田欣也「『雪国』の性描写」〉（同右）

平山三男編「文学アルバム『雪国』」（同右）

遠藤甲太・吉川栄一対談「『雪国』の島村は、どこから下山してきたのか？　登山史から見た川端康成『雪国』」（「山と渓谷」平10・5）

遠藤甲太「『雪国』の内部におけるクロノロジー（年代記）」（「山と渓谷」平10・5）

小池清治「川端康成と夏目漱石―表現の系譜・『青い海黒い海』『雪国』『伊豆の踊子』―」（川端文学研究会編『川端文学への視界13』教育出版センター　平10・6）

芦田宜子「平山三男編『川端康成「雪国」湯沢事典』」（川端文学研究会編『川端文学への視界13』教育出版センター、平10・6）

田村充正「雪国」（羽鳥徹哉・原善編『川端康成全作品研究事典』勉誠出版、平10・6）

金恵妍「『雪国』の世界―〈二人は一人〉をめぐって―」（「新樹」平10・10）

越前谷宏「川端康成『雪国』覚え書―駒子と行男と葉子―」（「龍谷大学論集」平10・1）

秋山公男「『雪国』―美の構造と方法」（「愛知大學文學論叢」平10・2、後『近代文学　美の位相』翰林書房、平10・10）

勝原晴希「「雪国」、その苦痛と悲哀」（田村充正・馬場重行・原善編『〈川端文学の世界2〉その発展』勉誠出版、平10・3）

福嶋晃子「川端康成研究―『雪国』終焉部の改稿問題を中心に―」

（「東洋大学短期大学論集日本文学編」平10・3）

十重田裕一「川端康成と映画」（田村充正・馬場重行・原善編『〈川端文学の世界4〉その背景』勉誠出版、平10・5）

原善「生誕百年川端康成―群馬県とのつながり」（「上毛新聞」平11・6・7）

三田英彬「編集／長谷川泉・平山三男「国文学解釈と鑑賞」別冊「川端康成『雪国』60周年」」（川端文学研究会編『川端文学への視界14』教育出版センター、平11・6・7）

松久勝利「川端康成『雪国』の一解釈―芸術の内なる問いの所在究明の一試み―」（愛媛大学人文学部編『伝統・逸脱・創造―人文科学への招待―』清文堂出版　平11・7）

美濃部重克「「雪国」の本意　川端康成『雪国』論」（「南山国文論集」平11・9）

王奕紅「「伊豆の踊子」と『雪国』をめぐって」（川端文学研究会編『世界の中の川端文学』おうふう、平11・11）

キム・レーホ「「雪国」―抒情詩的要素と叙事詩的要素の結晶」（川端文学研究会編『世界の中の川端文学』おうふう、平11・11）

何少賢「「雪国」論―犠牲と刑罰」（川端文学研究会編『世界の中の川端文学』おうふう、平11・11）

平山三男「「雪国」の今」（川端文学研究会編『世界の中の川端文学』おうふう、平11・11）

羽鳥徹哉「『新・雪国』、その他」（「江古田文学」平11・11）

杉井和子「『雪国』の駒子の威力」（「江古田文学」平11・11）

馬場重行「〈小さな物語〉の意味―「雪国」粗描―」（「江古田文学」平11・11）

田村嘉勝「「雪国」における俗謡「蝶々とんぼや」―」（「江古田文学」平11・11）

原善「「雪国」の背景　上州・越後と川端康成」（羽鳥徹哉編『〈解釈と鑑賞別冊〉川端康成　旅とふるさと』至文堂、平11・11）

磯辺悌志「喩えるものの違いによる「のやうだ」の指標を持つ比喩表現の特徴について―川端康成「雪国」を例に―」（「安田女子大学大学院文学研究科紀要日本語学日本文学専攻」平12・3）

加藤松次「「雪国」と「源氏物語」」（「国語―教育と研究―」平12・3）

原善「上越国境の山に「雪国」の島村を追跡する」（「山と渓谷」平12・3）

百川敬仁「『雪国』と植民地的想像力」（『日本のエロティシズム』ちくま新書、平12・4）

原善「「雪国」の明日―平山三男「「雪国」の今」について―」（川端文学研究会編『川端文学への視界15』グローバルメディア、平12・6）

原善「川端の女―女性性への夢」（川端文学研究会編『川端文学への視界15』グローバルメディア、平12・6）

谷学謙「川端康成が描いた女性」（川端文学研究会編『川端文学への視界15』グローバルメディア、平12・6）

孟慶枢「春蚕到死方盡―「雪国」の駒子、葉子のテーマを中心に―（川端文学研究会編『川端文学への視界15』グローバルメディア、平12・6）

李芒「川端の「爛熟」説と女性像」（川端文学研究会編『川端文学への視界15』グローバルメディア、平12・6）

石川則夫「原善著『川端康成　その遠近法』」（川端文学研究会編『川端文学への視界15』グローバルメディア、平12・6）

有山大五「川端文学研究会編『世界の中の川端文学』」（川端文学研究会編『川端文学への視界15』グローバルメディア、平12・6）

磯部悌志「「のやうだ」を持つ文の違いとその特徴について—川端康成「雪国」を例に」（「国語国文論集」平13・1）

田村嘉勝「川端康成と「雪国」の世界に誘われて」（「鷗外」平13・1）

田村武雄「小説「雪国」を町作りに」（「鷗外」平13・1）

四方田犬彦「川端康成と映画」（「国文学」平13・3）

堀真理子「「女であること」の哀しさ」（「国文学」平13・3）

笠羽映子「初期川端文学における音楽の相」（「国文学」平13・3）

片山倫太郎「『散りぬるを』における認識の背理と成就」（「国文学」平13・3）

千葉俊二「ポルノグラフィとしての『雪国』」（「国文学」平13・3）

濱川勝彦「私の中の私—川端康成的二重身」（「国文学」平13・3）

岩本風「「雪国」論」（「文芸」園田学園女子短期大学部日本文学会、平13・3）

権寧成「川端康成『雪国』における「赤」の色彩表現—韓国語翻訳版との対照—」（「広島大学日本語教育研究」平13・3）

吉本隆明「川端康成—雪国」（『日本近代文学の名作』毎日新聞社、平13・4）

村松友視「『雪国』あそび」（恒文社、平13・4）

島崎市誠「「がらんどう」の周辺—『雪国』論序説—」（「群系」平13・10）

岩田光子「『雪国』の上演を観て」（「群系」平13・10）

有滝正人「『雪国』における島村の成立背景—駒子との関係から—」（「日本文芸研究」平13・12）

瀧田夏樹「『雪国』」（『川端康成と三島由紀夫をめぐる21章』風間書房、平14・1）

金采洙「川端康成の自然観—『雪国』をとおして」（「日本語と日本文学」平14・2）

羽鳥徹哉「「雪国」—心のふるさと—」（川端康成と「雪国」の世界実行委員会編『川端康成と「雪国」の世界—特別展記録集—』湯沢町歴史民俗資料館「雪国館」平14・3）

玉木雄三「翻訳から見た異文化考—『雪国』とSnow Cuntryの間—」（「堺女子短期大学紀要」平14・3）

山崎甲一「『雪国』—首尾照応の構図—心の底から高みへ」（「東洋」平14・5）

長谷川泉「川端康成と「雪国」」（「浪速書林古書目録」平14・6）

田村充正「「雪国」の詠嘆—外国語訳「雪国」を読む—」（川端文学研究会編『川端文学への視界17』銀の鈴社、平14・6）

石川巧「川端康成『雪国』をめぐって—シンポジウム報告—」（「山口国文」平15・3）

中原豊「『雪国』の時間・覚書」（「山口国文」平15・3）

野坂昭雄「『雪国』における映像と女性との関わりについて」（「山口国文」平15・3）

河野基樹「戦中の旅—東海道往還—」（川端文学研究会編『川端文学への視界18』銀の鈴社、平15・6）

金順煕「川端康成『雪国』論—島村の聴覚について」（川端文学研究会編『川端文学への視界18』銀の鈴社、平15・6）
梅沢亜由美「田村充正著『「雪国」は小説なのか—比較文学試論』」（川端文学研究会編『川端文学への視界18』銀の鈴社、平15・6）
多岐祐介「小特集・文体論『雪国』型と『縮図』型」（「江古田文学」平15・11）
金恵妍「川端康成『雪国』考察—島村の空虚について—」（「論集」平16・1）
片山倫太郎「『雪国』の改稿にみる「物語」の方法への素描（『日本幻想小説の詩学と物語論』岡山大学文学部プロジェクト研究報告書、平16・2）
森道子「トンネルを抜けて—Where Angels Fear to Tread と『雪国』の比較研究」（「大手前大学人文科学部論集」平16・3）
鄭香在「「雪国」の映画性と文学性」（「成蹊国文」平16・3）
大久保喬樹「第三章　伝統風土の発見—『雪国』」（『川端康成—美しい日本の私—』ミネルヴァ書房、平16・4）
柴門ふみ「川端康成『雪国』」（「本の旅人」平16・6）
康林「『雪国』における鏡のメタファー」（川端文学研究会編『川端文学への視界19』銀の鈴社、平16・6、後『川端康成と東洋思想』新典社、平17・4）
水川布美子「川端康成『雪国』初期構想をめぐって」（「神女大国文」平17・3）
北川榮一「川端文学と美術・「『雪国』日本画の世界」」（川端文学研究会編『川端文学への視界20』銀の鈴社、平17・6）
野寄勉「女髪考—『毛眼鏡の歌』などから—」（川端文学研究会編『川端文学への視界20』銀の鈴社、平17・6）
仁平政人「川端康成「春景色」論—「写実」とその解体—」（川端文学研究会編『川端文学への視界20』銀の鈴社、平17・6）
寺田達也「川端康成「花のワルツ」試論—川端の舞踊評論の批評性と併せて」（「金沢学院大学紀要　文学・美術編」平17・3）
鈴井宣行「小説『雪國』に見られる「擬態語表現」に関する対照研究—日本語とフランス語との表現の比較」（「創価大学別科紀要」平17・3）
李国棟「『雪国』の日英中対照研究—第一段落を中心にして」（「広島大学大学院文学研究科論集」平17・12）
熊倉千之「川端康成『雪国』地文の視点とその認知表現について」（「日本認知言語学会論文集」平18・9）
盛文忠「『雪国』の中国語訳から見る日中両言語の認知的差異—文型・主語・動詞・数量詞の使用を中心に」（同右）
守屋三千代「日本語における聞き手認識の言語化（同右）
小澤伊久美「川端康成『雪国』に見られる話者の時間意識—原文と英訳との比較から」（同右）
新村朋美「空間・対象・相手認識に関する日中英対照」（同右）
徐一平「『雪国』にみる日本語の認知言語学的特徴—中国語訳・英語訳と対照して」（同右）
平岡敏夫「講演〈夕暮れ〉からはじまる物語—『羅生門』『蜜柑』『雪国』など」（「Ex Oriente」平18）
鈴井宣行「『雪國』における《色彩》表現の日仏語比較研究—「鏡」と「窓ガラス」を通して見る《透明感》について」（「創価大学別

科紀要」平18・3）
川上恭子「小説に見られる女性語の文末表現―『雪国』の駒子の会話文から」（「そのだ語文」平18・3）
今野喜和人「川端康成『雪国』の「底」をどう訳すか―隠喩の翻訳をめぐる一考察―」（「翻訳の文化／文化の翻訳」静岡大学人文学部翻訳文化研究会、平18・3）
熊倉千之「〈主観〉を本質とする日本文学―語り手の声が表出する世界―」（「言語」平18・5）
渡邊ゆかり「『雪国』におけるナル表現はSnow Countryにおいてどのように英訳されているのか」（「広島女学院大学日本文学」平18・7）
毛利美穂「川端康成『雪国』の「徒労」にみる「自然」への旅立ちと同化」（「解釈」平18・7、8）
李国棟・張雲「『雪国』の日英対照研究―感覚性の増減」（「広島外国語教育研究」平19・3）
日野資成「日英比較言語学の実践（4）『雪国』とSnow Countryを比較して」（「福岡女学院大学紀要・文学部編」平19・2）
杉井和子「「帚木三帖」と『雪国』―川端康成の描く別離と死―」（千葉俊二編『〈講座源氏物語研究第6巻〉近代文学における源氏物語』おうふう、平19・8）
片山倫太郎「川端康成『雪国』試論―現象する恋情の方法と意味」（「文学」平19・9、10）
吉田達志「徒労に賭ける愛―川端康成『雪國』論」（「静岡近代文学」平19・12）

（「川端康成作品論集成」第四巻より収録）

「牧　歌」研究史

堀内　京

「牧歌」は、昭和十二年六月から翌十三年十二月にかけて「婦人公論」に連載された。「序章　信州教育」、「第二章　戸隠の巫女」、「第三章　ふるさとのうた」の三章で構成されている。信州を巡る旅人の「作者」が見聞、体験したことを読者に報告するかたちがとられており、「作者」を案内する娘が各章に配置されている。全編がはじめて収録されたのは、十六巻本『川端康成全集　第八巻』（新潮社、昭24・12）においてであり、その際には、章立ての修正や本文の改訂が行われた。その後、全編が刊本に収められたのは三十七巻本『川端康成全集　第六巻』（新潮社、昭56・4）においてであった。つまり、「牧歌」の全編は二度しか刊本に収録されていない。初めての採録では「牧歌」の第二章にあたる「戸隠の巫女」が独立したかたちで『川端康成選集　第九巻』（改造社、昭14・12）に収められ、それは同じ書名で二度刊行された単行本『高原』（甲鳥書林、昭17・7、甲鳥書房、昭44・2）においても踏襲された。

川端による自作への言及には「作者の言葉」（「婦人公論」昭12・5）や「牧歌」を「信州見聞記風な長篇小説」と述べた「あとがき」（『川端康成選集　第九巻』改造社、昭14・12）、「戸隠山にて」（「文学界」昭12・11）がある。この他にも川端による信州との関わりについて書かれたエッセイも併せて確認する必要があろう。

研究史には、原善「牧歌（川端康成作品論事典）」（「国文学」昭62・12）、奥出健「牧歌」（羽鳥徹哉・原善編『川端康成全作品研究事典』勉誠出版、平10・6）があり、論考の一部で研究史に言及したものに田村嘉勝「「牧歌」―研究の現在と今後の展開―」（田村充正・馬場重行・原善編『〈川端文学の世界2〉その発展』勉誠出版、平11・3）、長谷川泉「『牧歌』論」（『続川端康成燦遺映』至文堂、平12・5）がある。

先に確認したように、全編が刊本に二度しか収録されていないという事情もあり、「牧歌」を中心に据えた論考は積極的に発表されてきたとは言い難い。しかしながら、さまざまな視座から「牧歌」についての言及が見られることも事実であり、これらも考慮に入れながらこれまでの研究の動向を整理していきいたい。

一　同時代評

まず同時代評を確認すると、中野重治「〈わが文芸時評②〉合法性と「牧歌」」（「東京日日新聞」昭12・6・29、後『楽しき雑談第二』筑摩書房、昭23・2）は「「思想」および「運動」を直接対象として描いて来た」島木健作の「再建」が発禁になったことを挙げ、

「今後は大衆の生活の日常的場面の描写に向ふべき」であるとする島木の転換点と関連付けて、「川端康成氏の「牧歌」が提出されてゐることも見のがすことが出来ない」といい、「芸者や踊り子の世界から川端氏がこゝへ移つたことは作品価値決定の全条件を満足させるものでないとはいへ、またこれが婦人雑誌の連載小説であるとはいへ、この作家とこの作品とは多くの問題を孕んで多くの作家の将来へ関係する」と指摘し、次の日の「〈わが文芸時評③〉作家の困難と「謎の日本」」(「東京日日新聞」昭12・6・30、前掲)においても「芸術家における芸術家としての幅は、作家の眼を広い社会的事象のうちに広げて行くことによつて、養はれる」ので「「牧歌」は、この作者を幅のある作家にして行く道のはじまり」となり、「多くの困難も今から予想される」と捉えている。「牧歌」を「一つの日本生活の研究」として位置づけ、「社会的事象」を扱うという点に、作家としての川端の転換点を見いだしている。管見では「牧歌」の同時代評は中野重治のもの以外見当たらない。これは中野も言及しているように発表誌が文芸誌ではなく、「婦人公論」という婦人向け雑誌であったことも起因していると推測される。

二　「牧歌」を中心に据えた論考

ここからは、「牧歌」が中心に据えられた論考を概観していく。「牧歌」が本格的に論じられるようになったのは、昭和五十年代に入ってからのことで、その嚆矢となったのは小林芳仁「『牧歌』論」(川端文学研究会編『〈川端康成研究叢書5〉虚実の皮膜』教育出版センター、昭54・3、後「Ⅸ「牧歌」論」と改題して『川端康成の世界―美と仏教と児童文学と―』双文社出版、昭60・12)である。小林はまず、「牧歌」の全編がはじめて十六巻本全集に収録された際に生じた章立ての修正と本文の改訂について言及する。そこには、「初出が発表された当時との時代的背景の変遷」があり、「時代的影響が反映されている」と指摘する。具体的には「主に作品に登場する皇族方に対する修辞・敬語の簡略化、が目立つ」という。また、「牧歌」は「歴史的・地理的・伝統的・思想的かつ現実的見地から、立体的総合的に把握した当時の信州の実情を伝え、お国柄や信州人気質を描出」するという方法で小説化されており、「戦争に対する川端の透徹した批判が表明された、いうなれば彼の反戦文学として注目されねばならない」という評価をしている。これは、川端が戦争から距離を置いていた作家である、とするその後の研究でしばらく共有された川端の特質と重なるものである。

次に、本格的に「牧歌」を分析した論考に金井景子「川端康成の郷土幻想―『牧歌』をめぐる一考察」(「媒」昭59・10)がある。金井は、まず「牧歌」執筆時には「『雪国』の続稿」と「『高原』も同時平行的に執筆されている」時系列を確認する。「時代の様々な問題が持ち込まれている」小説「牧歌」を読み解くことは「昭和十年代という転形期に作家・川端康成が抱え込んでいた問題を掘り起こす重要な役割を果たす」と着目する意義を説く。信州踏査において「川端に強い印象を与えたのは、戸隠の地に関する縁起と、その縁起にちなんだ神楽舞」であり、この体験により、川端は「日本の原風景を幻視」してしまう。ここで生じた問題は「幻視した日本が「古事記」の神々の世界という当時の同時代的イメージを超え得なかったこと」だった。つまり、これは「「作者」に徹して土地の歴史を丹念に繙き、無告の民の営みを書き残」すことで「「日本の故郷」を浮かび上がらせる」という構想が川端のなかで限界に達したことを意味する。この思いは「固有名詞を可能な限り捨象」した「雪国」へ接続していくという。信州は川端に「郷土幻想」を抱かせ、「牧歌」は「土の匂いのする手応えの確かな固有の郷土」を書く試みだった。この過程は、川端の「「日本回帰」が時流の中で単に観念的に行われたのではな」いことを意味する。しかし、そのなかで限界を認め、「もっと大きな枠で自分をつつみ込んでくれるものを発見する」という「軌跡」を伴って「牧歌」は執筆されたことを指摘する。したがって、昭和十年代の川端を捉え直すとき、その前提に「『牧歌』の蹉跌」を想定する必要性を説く。川端が信州に「郷土幻想」を抱いたという論点と、「固有の郷土」を描こうと試みた「牧歌」を経由し、固有名詞を捨象した「雪国」へ志向していくという指摘は、以後の論考で共有されていく。

　小林と金井の論が提出された後、原善（前掲）は作品論への新しい視点として、初出から刊本に収められる際に削除された部分の具体的かつ詳細な検討が必要であるとしたうえで、小林のいう「反戦文学という評価を洗い直すべき」だと指摘する。また、金井の指摘した「郷土幻想が神話の世界にしか求めえなかった点」についても「観念的でなければなおさらに、日本回帰の質と併せて検討すべき」と研究の進展を促した。

　平成に入り、緩やかながら「牧歌」への注目度は増していく。田村嘉勝「川端康成「牧歌」と信地御巡幸」（「言文」平4・1）は、「牧歌」に引用された郷土文献に着目した。田村は、乙部泉三郎編『信濃御巡幸録』を調査、作品に引用された箇所を特定し、資料を小説に引用した目的について論じた。その際、同書に採録された明治天皇信州巡幸関係の五編については、個々の文献からではなく、川端がすべてこの文献から引用（孫引き）したことを明らかにした。「牧歌」への引用は「御巡幸に伴って動いた信州の人々の精神と行動とを記した文章」が大半であり、「信州人」を表面化させるために郷土文献を用いたと分析している。続いて田村は「川端康成「牧歌」と信地郷土文献―郷土文献の作品化―」（「言文」平7・12）において『信濃御巡幸録』以外の「郷土文献」を調査した。それらの文献からは、歴史や神話、説話など「あらゆる角度から信州の大体」が紹介されており、それらに拠って川端が「信州気質」を「牧歌」のなかに埋め込んだという見解を示している。次に田村は「「牧歌」―研究の現在と今後の展開―」（前掲）で「牧歌」は信州に「東京にない「日本の故郷」を求めようとしたことに尽きる」といい、そのような志向は「雪国」にも当てはまり、両作品の目指す共通項として「「日本の故郷」追求」を挙げている。

　川俣従道『川端康成と信州』（あすか書房、平8・11）は、年譜や書簡、川端によるエッセイ、川端夫人川端秀子の著作『川端康成とともに』（新潮社、昭58・4）などを渉猟し、川端と信州とのかかわりをまとめ、信州を舞台とする作品群について論じている。「第三章　信州への感懐」で「牧歌」について分析している。執筆当時「古典復帰かなんらかの意図」を示さなければ「書物としての日の目をみること」が困難な状況下において、川端が「牧歌」のなかに「古典的要素」を挿入することで「国をあげて狂乱怒濤の時代に、ペンをもって断固立ち向かおう」としたと述べる。この指摘は、「牧歌」を「反戦文学」と評する小林論（前掲）と通底するものだと思われる。川俣は「「牧歌」第三章「ふるさとのうた」」（『川端文学への視界18』銀の鈴社、平15・6）と「付章　作品『牧歌』の「ふるさとのうた」」（『哀愁を旅行く人―川端文学の諸相』ボロンテ、平18・2）では、「牧歌」において伊那の園子が「作者」に紹介する三つの「ふるさとのうた」の背景を分析し、明らかにした。

奥出健（前掲）は平成十年までの研究動向を整理したうえで、「研究展望」として「牧歌」が「日華事変の直前から書かれている」ことをポイントにあげ、「昭和十年代に一貫した戦争観」を持たなかった川端の「変容を知るのに最適の作品」だと「牧歌」を位置づけ、「作者（引用者注：川端）の素材の取扱い方」の追求を促した。

大原祐治「裂罅としての郷土／幻視される故郷（下）―川端康成「牧歌」について―」（「学習院高等科紀要」平18・7、後「第三章　裂罅としての故郷／幻視される故郷―柳田國男と川端康成における「信州」―」と改題して『文学的記憶・一九四〇年前後―昭和期文学と戦争の記憶』翰林書房、平18・11）は、「牧歌」が「信州の郷土を案内されながら旅する「作者」が、「日本」の「故郷」なるものに徹底して出会い損ね続ける物語」であるという。信州においても「そこに在る者たちが誇ろうとする「郷土」さえ、実際のところ、「国」（国家）という単位を下支えするために見出され、構築されていく装置」となることを強調する。例えば、神楽を舞う桂子は「国史のヴァリアント（異文）としての神楽の上演」と「皇国の歴史」を教える「学校での教育」を受ける存在としてあり、そこには「郷土の裂け目」が明確に刻まれている。「人々はそれぞれの形で、その生活の場＝郷土が見せる裂け目と向き合って生きなければなら」ず、それは「「日本の故郷」という甘美な抽象的観念には決して回収され得ない」ものだと指摘する。「「郷土」を愛することが「国家」を愛することへと横滑りしていくような論理＝非論理に対して、切断線を入れる端緒」を示す小説として「牧歌」を捉えている。

堀内京「川端康成「牧歌」論―交錯する「日本の故郷」と「神話」―」（「日本近代文学会北海道支部会報」平23・5）は「牧歌」において「日本の故郷」と「神話」という言葉が交錯しながら用いられている点に焦点を当てる。「作者」は「「神話」体験のなかで時間的なつながりを重視し、「太古」と現在を重ね合わせることで「日本の故郷」を捉え」ることを志向していたが、一方、知子は「作者」に向かって二・四事件で検挙された過去を持つ兄が、戦地でこそ「日本の故郷」を見つけるかもしれないと言うことに注目する。つまり、「作者」は知子が「みんな一緒」になれる「共時的な空間のなかに「日本の故郷」を見出そう」としていることを突きつけられる。そのような「共時的な空間」の希求という「牧歌」において未消化な要素は、「戸隠とは異なる性格を持つ軽井沢を舞台とした小説「高原」」に引き継がれていくという見解を示す。また堀内は「川端康成の信濃―信濃に「故郷」を見る試み―」（大原祐治編「日本文学と故郷／郷土（二〇一三〜一五年度）千葉大学大学院人文社会科学研究科研究プロジェクト報告書　第二九七集」平28・2）において、一度刊行された「雪国」が書き継がれるまでの「三年半の空白期間」に着目し、「その時期の川端作品では信濃に「故郷」を見る試み」が行われていたことを論じた。

三　さまざまな視座からの「牧歌」への言及

川端の他作品との関連において「牧歌」を論じたものに佐伯彰一

「解説」（川端康成『天授の子』新潮社、昭50・6）が挙げられる。佐伯はこのとき初めて刊本に収められた「東海道」を論じる際に、「もっともこの長篇の少し前に「牧歌」（『婦人公論』連載）という、雰囲気も筆法も相通う作品」があり、「これは信州を舞台とした地誌風な小説で、語り手と若い女性の動きが、そのまま信州、とくに戸隠地方の地理と歴史をたどり明らめるプロセス」を有し、「この手法を受けつぎながら、一そう規模をひろげ、幾代にもわたる日本人の旅の心の軌跡」を描いたものが「東海道」であると両作品の繋がりを指摘した。佐伯の着目する「相通う」部分を見るだけでなく、実際に「作者」が「旅人」として機能した「牧歌」と、そのような人物は認められない「東海道」との差異にも注目していく必要があるように思われる。

一方、長谷川泉「「牧歌」論」（川端文学研究会編『川端文学への視界13』教育出版センター、平10・6）は金井論（前掲）と同様に「牧歌」が「雪国」、「高原」と並行して執筆されていることに注目する。「「雪国」は、処女作、そして「処女作の祟り」を誘った「ちよ」まで遡る」ことから、「牧歌」と「高原」も「「ちよ」との関連で考えざるを得ない」という。その理由は「ちよ」が「大ざっぱにいって、ザッハリヒな素材と小説的虚構の結合」であり、「牧歌」は「ザッハリヒな素材に執した作品」であるという両作品の共通項に基づいている。なお、長谷川は「「牧歌」論」（『川端康成燦遺映』至文堂、平10・9）「『牧歌』論」（前掲）においても同様の視座を提示している。

他作家との関わりから「牧歌」を論じたものに竹内清己「続・堀辰雄と川端康成—軽井沢時代、戦後—」（川端文学研究会編『川端文学への視界7』教育出版センター、平4・6、後「不幸の最高の形式—邂逅・堀辰雄と川端康成—」と改題して『堀辰雄と昭和文学』三弥井書店、平4・6）がある。竹内は「信州信濃と軽井沢という土地の、その川端文学における意味には、想外に大きなものがあるのではないか」という見立てのもと「堀辰雄のそれとの対応において」川端と同地について論を展開する。「牧歌」は「転向者であり出征兵士である兄について語る知子の、「日本の故郷」「神話」の希求が川端のモチーフであることは明らか」で、さらに「日中戦争を前後に挟んで書かれたように民族にとっての戦争をもう一つのモチーフ」としていると指摘する。川端にとって軽井沢、信州信濃は「日本の現実と戦争そのものを持ち込んで未来をうかがう実験小説の場」となり、「一時的に戸隠に「日本の故郷」をあくまで幻想する」に留まることから、「結局のところ自己変革にまではつながらないもの」であったが、「接触の切実さ」については、追求を要するという見解を示している。

初出メディアの「婦人公論」に着目した論考には、深澤晴美「「婦人公論」「中央公論」における川端康成—時代との交点を探って—」（『和洋九段女子中学校・高等学校紀要』平11・4）がある。深澤は「作家と雑誌との関係」は「編集者との直接的な接触を媒介とした密接なもの」であり、「牧歌」の連載が藤田圭雄編集の下で行われていたことに注目する。本稿の冒頭で川端による自作言及として挙げた「作者の言葉」は、この論考のなかで全集未収録文として初めて紹介された。そのなかで川端が「婦人雑誌向きの小説にはなるかどうか」と初出メディアを意識する発言をしていることは興味深い。深澤は「牧歌」を「戦時下の川端の日本回帰の在り様を考える上でもっと重視されるべき作品」であると評している。また、深澤は「川端康成における芭蕉／「雪国」の〈天の河〉再考―川端康成全集未収録文に触れて―」（「芸術至上主義文芸」平30・11）において、「牧歌」に芭蕉の句が引用されていることに焦点をあてる。川端には「断片的な言及も含めると芭蕉の名が見える作は初期」から「晩年に亘る三四作」あり、「牧歌」においては芭蕉の句の機能により「芭蕉と同じ「旅人」である「作者」の視点と限界」が明示されていることを指摘する。

川端康成と戦争とのかかわりという視点から「牧歌」を論じたものに羽鳥徹哉「川端康成と戦争」（「解釈と鑑賞」昭56・4、後「戦争時代の川端康成」と改題して『作家川端の展開』教育出版センター、平5・3）、長谷川泉「十五年戦争下の川端康成」（「社会文学」平3・7、後『〈長谷川泉著作選⑤〉川端康成論考』明治書院、平3・11）、山中正樹「「十五年戦争」と作家「川端康成」（覚え書き）―昭和十年代の「作品」を中心に―」（「桜花学園大学人文学部研究紀要」平17・3）が挙げられる。「牧歌」は戦争が色濃く書き留められているため、各論者共に戦争への言及が認められるが、ここでは川端康成と戦争との関係を相対化する過程において生じた「牧歌」への言及を確認していく。羽鳥は二・四事件で検挙された知子の兄に注目し、「かつて、神や天皇を否定した人間がどういう心で今の戦争に立ち向うべきであるか」という問題が「牧歌」のなかにあるという。その姿勢を「今は、天皇というものを中心においた「日本民族」として、戦争に携わるより仕方がな」く「侵略の戦争でなく解放の為の戦争」として「日本民族を世界民族の中に解消してしまう形において、今の戦争を受け入れる」と捉える。長谷川の論考では、「牧歌」を「戦争の問題が扱われているもの」として作品名を明記するに留まる。一方、山中は川端の戦争に関する言説を分析し、「牧歌」を含む研究のありようを提示したうえで、「「川端は戦争と距離を置いていた」と楽観的に語ること」に慎重になる必要性を説く。

総合雑誌と教育雑誌の誌上で「牧歌」に注目したものとして、久保田正文の二本の論考「「信濃教育」は何をのこしたか―教育先進県百年のあゆみ―」（「展望」昭43・6）、「〈時評　文学〉川端康成「牧歌」追想」（「教育」昭47・6）が挙げられる。発表年が物語っているように、「牧歌」は本格的な研究が始まる前から信濃教育に取材した小説として注目される機会を有していた。前者では「牧歌」は紹介されるに留まったが、後者では二・四事件に関わった「人物、その事件についての作者のかんがえかたは、同情的であり共感的である」として「三十五年ほど前のその作家の柔軟な思考のうごいていた小説」として「牧歌」を評している。山森訓「「牧歌」の周辺―川端康成と戸隠―」（「信濃教育」昭57・9）は「牧歌」から「作者（引用者注：川端）のもつ美の感覚」を読みとる。

最後に田村充正・馬場重行・原善編『〈川端文学の世界5〉その発展』勉誠出版、平11・5）を確認しておきたい。この本は川端の「思想及び世界観を様々な角度から照射」し、「作品創造の源泉に到ることを目的」に編まれている。そのなかで「牧歌」は各論者によって「教育観」、「皇室観」、「故郷観」、「国家観」、「自然観」、「宗教観」、「戦争観」という七つの項目において言及されている。無論「牧歌」を論じる切り口はこれに留まるものではない。しかし、これは「牧歌」の持つ問題が多岐にわたることのひとつの表れではあろう。

以上、概観してきたように「牧歌」は本格的な論文が多数あるとは言えない状況ながら、さまざまな視座から言及されてきた作品である。しかしながら、初出が刊本に収められた際の本文の改訂の分析など基礎研究の範囲にも課題は多く残る。同時代のコンテクストのなかで「牧歌」を捉え直すことについてもさらなる研究の進展が期待される。

「牧　歌」研究文献目録

堀　内　　京

中野重治「〈わが文芸時評②〉合法性と「牧歌」」（「東京日日新聞」昭12・6・29、後『楽しき雑談第二』筑摩書房、昭23・2）

中野重治「〈わが文芸時評③〉作家の困難と「謎の日本」」（「東京日日新聞」昭12・6・30、後同右）

久保田正文「「信濃教育」は何をのこしたか―教育先進県百年のあゆみ―」（「展望」昭43・6）

無署名「〈実録川端康成〉軽井沢の山荘で」（「読売新聞（夕）」昭44・1・23）

羽鳥一英「昭和十年代文学と川端」（「国文学」昭45・2）

久保田正文「〈時評　文学〉川端康成「牧歌」追想」（「教育」昭47・6）

佐伯彰一「解説」（川端康成『天授の子』新潮社、昭50・6）

小林芳仁「『牧歌』論」（川端文学研究会編『〈川端康成研究叢書5〉虚実の皮膜』教育出版センター、昭54・3、後「Ⅸ「牧歌」論」と改題して『川端康成の世界―美と仏教と児童文学と―』双文社出版、昭60・12）

小林芳仁「「牧歌」所感」（「川端文学研究」第14号、昭55・1）

長谷川泉「牧歌」（『心象幻想―川端文学へのいざない―』アートプロデュース社、昭56・4）

羽鳥徹哉「川端康成と戦争」（「解釈と鑑賞」昭56・4、後「戦争時代の川端康成」と改題して『作家川端の展開』教育出版センター、平5・3）

山森訓「「牧歌」の周辺―川端康成と戸隠―」（「信濃教育」昭57・9）

金井景子「川端康成の郷土幻想―『牧歌』をめぐる一考察」（「媒」昭59・10）

兵藤正之助「川端康成論―「名人」を中心に―」（「関東学院大学文学部紀要」昭59・12、後「戦中の川端康成「名人」論」と改題して『川端康成論』春秋社、昭63・4）

長谷川泉「序」（小林芳仁『川端康成の世界―美と仏教と児童文学と―』双文社出版、昭60・12）

原善「牧歌（川端康成作品論事典）」（「国文学」昭62・12）

長谷川泉「十五年戦争下の川端康成」（「社会文学」平3・7、後『〈長谷川泉著作選⑤〉川端康成論考』明治書院、平3・11）

田村嘉勝「川端康成「牧歌」と信地御巡幸」（「言文」平4・1）

竹内清己「続・堀辰雄と川端康成―軽井沢時代、戦後―」（川端文学研究会編『川端文学への視界7』教育出版センター、平4・6、後「不幸の最高の形式―邂逅・堀辰雄と川端康成―」と改

題して『堀辰雄と昭和文学』三弥井書店、平4・6）
田村嘉勝「川端康成「牧歌」と信地郷土文献―郷土文献の作品化―」（「言文」平7・12）
川俣従道「第三章　信州への感懐」「第六章　故郷回帰への願望と信州」（『川端康成と信州』あすか書房、平8・11）
新宮優子「川俣従道著『川端康成と信州』」（川端文学研究会編『川端文学への視界12』教育出版センター、平9・6）
田村嘉勝「「雪国」に求めた「日本の故郷」―竹内清己氏の発表にヒントを得て―」（長谷川泉・平山三男編「〈解釈と鑑賞別冊〉川端康成「雪国」60周年」至文堂、平10・3）
長谷川泉「「牧歌」論」（川端文学研究会編『川端文学への視界13』教育出版センター、平10・6）
奥出健「牧歌」（羽鳥徹哉・原善編『川端康成全作品研究事典』勉誠出版、平10・6）
長谷川泉「「牧歌」論」（『川端康成燦遺映』至文堂、平10・9）
田村嘉勝「「牧歌」―研究の現在と今後の展開―」（田村充正・馬場重行・原善編『〈川端文学の世界2〉その発展』勉誠出版、平11・3）
深澤晴美「「婦人公論」「中央公論」における川端康成―時代との交点を探って―」（「和洋九段女子中学校・高等学校紀要」平11・4）
川俣従道「教育観」（田村充正・馬場重行・原善編『〈川端文学の世界5〉その発展』勉誠出版、平11・5）
奥村紀美「皇室観」（同右）
高比良直美「故郷観」（同右）
奥出健「国家観」（同右）
三田英彬「自然観」（同右）
黒崎峰孝「宗教観」（同右）
野寄勉「戦争観」（同右）
田村嘉勝「「牧歌」引用資料の虚構化か?」（川端文学研究会編『川端文学への視界14』教育出版センター、平11・6）
長谷川泉「『牧歌』論」（『続川端康成燦遺映』至文堂、平12・5）
川俣従道「「牧歌」の女性像」（川端文学研究会編『川端文学への視界15』グローバルメディア、平12・6）
川俣従道「「牧歌」第三章「ふるさとのうた」」（『川端文学への視界18』銀の鈴社、平15・6）
山中正樹「「十五年戦争」と作家「川端康成」（覚え書き）―昭和十年代の「作品」を中心に―」（「桜花学園大学人文学部研究紀要」平17・3）
川俣従道「付章　作品『牧歌』の「ふるさとのうた」」（『哀愁を旅行く人―川端文学の諸相』ボロンテ、平18・2）
田村嘉勝「川俣従道著『哀愁を旅行く人―川端文学の諸相』」（川端文学研究会編『川端文学への視界21』銀の鈴社、平18・6）
大原祐治「裂罅としての郷土／幻視される故郷（下）―川端康成「牧歌」について―」（「学習院高等科紀要」平18・7、後「第三章　裂罅としての故郷／幻視される故郷―柳田國男と川端康成における「信州」―」と改題して『文学的記憶・一九四〇年前後―昭和期文学と戦争の記憶』翰林書房、平18・11）
堀内京「川端康成「牧歌」論―交錯する「日本の故郷」と「神話」―」（「日本近代文学会北海道支部会報」平23・5）

堀内京「川端康成の信濃—信濃に「故郷」を見る試み—」（大原祐治編「日本文学と故郷／郷土（二〇一三〜一五年度）千葉大学大学院人文社会科学研究科研究プロジェクト報告書　第二九七集」平28・2）

田村嘉勝「戸隠と川端康成「牧歌」」（戸隠神社「青垣」平30・4）

深澤晴美「川端康成における芭蕉／「雪国」の〈天の河〉再考—川端康成全集未収録文に触れて—」（「芸術至上主義文芸」平30・11）

「生命の樹」研究史

三浦　卓

「生命の樹」は創刊間もない「婦人文庫」第一巻三号（昭21・7）に発表された。発表された時期の川端の小説に対する言及は「過去」（「文芸春秋」昭21・6、「再会」の後半部分）に集中しており、管見の範囲では「生命の樹」への言及は見当たらない。これはおそらく小説の内容や質の問題ではなく、発表誌の差によるものであろう。

「生命の樹」に焦点が当たり始めるのは一九七〇年前後（昭和四〇年代半ば）ごろからで、川端研究の広がりとも無関係ではないであろう。この研究初期に注目されるのは、キリスト教との接点と戦争とのかかわりという、ふたつの文脈においてであった。前者は、〈生命の樹〉という言葉自体が聖書の言葉であり、それ以外にも聖書からの引用がいくつか見られるゆえ、後者は、敗戦直前に川端が海軍報道班員として鹿屋基地に滞在し特攻隊員らと交流した体験をもとにしているゆえ、いずれも必然的な注目であり、のちの研究においても重要なテーマとなっていく。

最も早くこの小説を正面から論じたものは武田勝彦「川端康成と聖書―「生命の樹」を中心として―」（「解釈と鑑賞」昭44・9）であろう。武田は、川端が〈深く日本の伝統に根ざして〉おり〈キリスト教とは無関係であると主張している〉が、戦後の作品について〈無縁の姿勢を保ちつづけているとは思えない〉としながら「生命の樹」のほか「地」「たまゆら」「片腕」などを挙げ、とくにテレビ小説「たまゆら」や戦前に書かれた少女小説「乙女の港」などを例に出して〈氏がキリスト教と無縁であるというのは、信仰の秘蹟、具体的には受洗の機に恵まれなかったというほどのことではなかろうか〉と川端にキリスト教と通底するものが内在しているととらえる。そのうえで「生命の樹」を〈恋人を戦争に奪われた啓子が生命の樹を発見することによって、人間としての自我を回復した〉小説と措定し〈主題は明らかに神の啓示にある〉とする。「ヨハネ黙示録」第二十二章第一節と二節、「コリント人への第一の手紙」第六章第十六節、同第七章第九節、「ヨハネによる福音書」第八章第七節などの出典を明らかにしながら、プレテクストに含まれるコンテクストを「生命の樹」の解釈に援用しつつ、川端が〈聖書を完全に文学的素材として作中に昇華させ得た〉作品であり、〈日本的という隠蓑を着て、西欧的精神の真髄をテーマとした作品〉のひとつとしている。キリスト教に関しては市山研「キリスト教との接点」（川端文学研究会編『川端康成の人間と芸術』教育出版センター、昭46・4）も武田の〈西欧的側面をみようとしない通弊〉への問題視を引き継ぎつつ、川端の種々の作品とキリスト教との接点を出典を示すことにより概観している。ただし、「生命の樹」に関しては武田が示した出典以上のものは提示されていない。

　戦争〈あるいは敗戦間近の鹿屋体験〉に関しては、川嶋至の論とその論への武田の反論をひとつのセットとして見ることができる。川嶋至「第七章　美への耽溺」（『川端康成の世界』講談社、昭44・10）は、「あとがき」で〈私はより多く川端氏その人の生き方に紙数をさいてきたようだ〉としているように、伝記的な書籍であり、「生命の樹」はその戦後の章の冒頭でそれなりの字数を使って語られている。「生命の樹」を鹿屋体験の〈その見聞を土台にしてなった、唯一の作品である〉とする川嶋は、川端の〈感慨を代弁している〉「私」＝啓子が〈みずからの死と対比して、自然のあざやかさに心を奪われている〉点に昭和八年の「末期の眼」の具現を見、敗戦前後の川端の〈ものを見る眼〉に変化がないと指摘する。この前提の下で、鹿屋体験が〈「生命の樹」という一短篇しか生まなかったこと、それも「私」の眼に映ずる自然の美しさが語られる作品しか生まなかったこと〉を根拠として〈あの大きな戦争にすらも人間的な関心を示さずに素通りできた作家〉として川端をとらえる。さらに〈川端文学は敗戦後も変ることなく、政治や社会から隔絶した、「非現実」の美を追及しつづけるのである〉と川端と戦争あるいは政治、社会との距離の遠さを見出している。これに対して武田は前述の論文を発展させた「第十二章　「生命の樹」」（『川端文学と聖書』教育出版センター、昭46・7）において、川嶋が「聖書」由来の〈題名の象徴する深遠な意味〉に触れず、「ヨハネ黙示録」をも無視して、〈「自然の美しさにうたれている人間」として、川端氏を評価した点〉への不満を表明する。〈暗い青春を送ることを余儀なくされた若者〉＝〈犠牲者たち〉＝〈希望を失った青年たち〉は〈肉体的にも精神的にも生と死の間を彷徨〉していて、〈「生命の樹」はその人たちの再出発に捧げられた賛歌〉であると、〈単に自然の美しさを抒情的に謳いあげたものではない〉読みを提示して反論している。この議論、特に川嶋の論は、羽鳥徹哉が「川端康成の「戦後」」（『戦後の文学』有斐閣双書、昭52・7）において川端の戦後を概観する中で、「山の音」をめぐる越智治雄や村松定孝の論などを交えながら整理しているように、「生命の樹」を離れても触れられていくことになる。

　その後の「生命の樹」を中心に据えた論考としては、八〇年代初頭（昭和五〇年代半ば）の長谷川泉による二本の論が挙げられる。長谷川の小文「「生命の樹」をめぐって」（『川端文学研究』昭56・1）は、川端には原爆小説と川端源氏という〈幻の二大作品〉があり、〈戦争末期の実態をえぐり出した〉一方で〈日本の自然の風土の美しさ〉や〈日本の娘の肢体〉などを描き出した「生命の樹」はその両方の要素を含むゆえ〈幻の二大作品の結合点〉を見出すことができるとする。「「生命の樹」と戦争」（『解釈と鑑賞』昭56・4）では、小説の冒頭の春の描写から〈失われた日本の春への思慕〉を読み取り、一方で啓子の口を借りて特攻基地の惨状が語られている点を〈沖縄戦の苛烈で惨めな戦争の末期、そしてまた戦争の悲惨さを具体的に描き出した作品〉とも評する。若い娘の着物に感じ入る啓子に触れて〈戦争が荒廃させた日本の、日本的なもの、日本的な美の発見である〉としていることも含めて、前述の小文と同様に戦争を描くことと「日本の美」との結合を「生命の樹」に見ており、「日本の伝統美を描いた作家」という川端のステレオタイプの定着を感じさせる論考である。

九〇年代末（平成一〇年代初頭）になると、研究上のインフラが整備される中で、必然的にスポットライトがあたる。羽鳥徹哉・原善編『川端康成全作品研究事典』（勉誠出版、平10・6）で「生命の樹」の項目を担当した須藤宏明は、ここまで確認してきた論を簡潔に整理して〈主題は戦争にある〉と断言したうえで〈登場人物の内面を重視した読みが、今後必要とされるだろう〉とする。野寄勉「戦争観」（田村充正・馬場重行・原善編『川端文学の世界5　その思想』勉誠出版、平11・5）は、先述の羽鳥論を整理する過程で川嶋の論にも触れることにより「生命の樹」に言及している。また、古閑章「大隅㉗　死から生へ旅立つ二人　川端康成「生命の樹」」（石田忠彦編『鹿児島　文学の舞台』平11・2）のように舞台と関連する文脈において紹介されていることも注目されるだろう。この文脈上で、例えば無署名記事「南日本紙上フォーラム　文学と風土／鹿児島舞台の主な作品」（「南日本新聞」平12・2・29朝、名前が出されている程度のため目録には不記載）のように、地元紙で作品名が出されて存在が認知されていくことにもつながっている。

戦争・戦後をめぐるアンソロジーに収録されたことも重要なトピックであろう。具体的には、紅野謙介・川崎賢子・寺田博編『戦後占領期短編小説コレクション①　1945―1946』（藤原書店、平19・9）や『コレクション戦争と文学第八巻　アジア太平洋戦争』（集英社、平23・6）であるが、このテーマで川端の小説を入れるとすれば「生命の樹」となることは首肯できる。ただし、前者の解説は多くの収録作に言及しながらも「生命の樹」には一言も触れておらず、後者の解説の浅田次郎も〈異色作〉の一言以上に作品に分け入らない。ここに「生命の樹」と戦争との関わりを語ることの難しさが垣間見えるようにも思える。

研究が活発化するのは一〇年代に入ってからで、以前からのテーマを引き継いだものも、新たな切り口で臨むものも含めて、それ以前の作家論的な文脈とは異なる論考が提出されていくこととなる。戦争の文脈を引き継ぐものとしては李聖傑「川端康成における戦争体験について―「敗戦のころ」を手がかりに―」（「ソシオサイエンス」平22・3）がある。随筆「敗戦のころ」（「新潮」昭30・8）を出発点にして旧満州における川端の動きや鹿屋基地滞在に関する文献をたどる中で、「生命の樹」を〈特攻隊の体験を背景にした唯一の作品〉と措定しつつ、〈直接特攻隊の死を描くのではなく、特攻に出る前夜に植木と啓子が身体を結ばずに、星を見続ける場面を描くことで、主人公の内面において戦争からかなしみを受けていることをうかがわせる〉と把握しながら、この主人公＝啓子が〈焼けた木に萌えている芽に失われた日本の春への思慕を感懐する〉点に〈日本の再生への願望と哀切の情〉を読み取っている。これ自体には先行論と大きな差はないが、「生命の樹」を戦争体験の文脈におきながら川端に〈過去の戦争とあまり関わりたくないという態度〉を見て、それを〈小転向〉としている点は注目できる。

キリスト教の観点に関しては、長濱拓磨「川端康成「生命の樹」論―戦後文学と聖書」（「キリスト教文学研究」平24・5）がある。戦後文学において〈多くの聖書関連作品〉が存在したことを確認したうえで「生命の樹」をその流れの中にとらえ、川端が聖書を引用した作品を武田が取り上げていないものも含めて概観し、それらが〈神秘主義的傾向を帯びて〉おり、川端が〈あくまでも文学的テクストとして「聖書」を読んでいる〉とすると同時に、川端の聖書体験をたどり、この〈両方の傾向を備えた作品〉として「生命の樹」を措定する。登場人物たちの分析を通して、啓子、植木、寺村に川端の聖書体験を見るなどしつつ、末尾付近の「ヨハネ黙示録」に関して〈生命の樹の葉が人々をいやすという部分が肝要〉で〈戦争の傷跡を自然が癒す〉と読み取ったうえで〈再生への願いが込められている〉としている。結論自体は武田から大きく離れていないが、それを支える情報量に格段の差がある。

　新たな切り口のものとして特筆すべきなのは、公開されたブランゲ文庫の資料を活用した十重田裕一による検閲に関する一連の言及であろう。ここでは「内務省とGHQ／SCAPの検閲と文学―一九二〇―四〇年代日本のメディア規制と表現の葛藤」（鈴木登美・十重田裕一・堀ひかり・宗像和重編『検閲・メディア・文学―江戸から戦後まで』新曜社、平24・3）で確認しておく。十重田は戦前の内務省の検閲と占領下でのGHQ／SCAPによる検閲と文学との関係を追う中で、後者の下で規制された戦争と占領をめぐる表現の一例として「生命の樹」「過去」などを挙げる。「それは特攻隊員の死といふ、特別の死であつた。」「一里四方ほどの土地、一万か二万の人々が、その死を中心に動いてゐた、死であつた。その時は、国の運命もその死にかかつてゐたかのやうな、死であつた。」という〈特攻隊の死に言及した箇所〉に「国家主義的プロパガンダ」であるという理由で削除命令が出たことを明らかにし、〈戦時中の出来事に基づくフィクションであっても、特攻という行為やその攻撃による死を「特別」なものと扱い、「国の運命」に関連づけること〉がそう見なされたと推測している。内務省と異なり表面化しないGHQ／SCAPの検閲であるゆえに、どう取り扱うのかはいくつかの立ち位置がありうるが、重大な事実が表に出てきたことは間違いない。

　三浦卓「川端康成「生命の樹」と『婦人文庫』という場―かつての『少女の友』読者の戦後―」（「芸文研究」平27・12）は、掲載紙である「婦人文庫」に注目する。「私」と寺村のやり取りのズレを分析しつつ、一人称の語り手「私」＝啓子は〈「戦争そのもの」とは別のものを見て〉いて、「生命の樹」を〈「戦争そのもの」を主題化していないテクスト〉としながら、川端以外に吉屋信子、中原淳一が並ぶ「婦人文庫」に「少女の友」の反復を見出す。その時啓子が〈かつての女学生であり、結婚の話が持ち上がる年頃〉に設定されていることに、川端が人気を博した頃の〈『少女の友』の読者のその後〉を見る。「私」自身の「自由」と植木との関係性の認識を連動したものとしてテクストにおけるその変化を分析するとともに、「婦人文庫」の文脈をふまえて啓子を疑似的な「戦争未亡人」であり読者層のひとつのモデルとした上で、末尾でヨハネ黙示録が引用されていることを〈女学校時代の教養が呼び起こされたもの〉＝〈女学校時代への回帰〉であり、中原淳一の空白期でもあった〈一九四〇年あたりから敗戦までの歴史を空白化させることによって「いま」を生きる存在とする〉、すなわち〈きらびやかであった頃の『少女の友』への回帰〉を読者に促すテクストであるとしている。

　卒業論文にも取り上げられる〈長濱光「川端康成「生命の樹」論―戦争からの回復を目指して―」（「長野国文」平28・3）など近年注目が増している「生命の樹」であるが、二〇一九年に開かれた川端康成学会第46回大会「川端康成と鹿児島」（志學館大学、令元・8・24）でも中心的な話題となった。三浦卓「「川端康成と鹿児島」へのイントロダクション――「生命の樹」を中心に」のほか、福田淳子「川端康成の戦中・戦後」は川端滞在中の菊水作戦の状況を整理し、みたけきみこ「川端康成は鹿屋で何を見たのか？」は地元の研究者らしい豊富な資料によって、川端到着時には幾度かの空襲により鹿屋はすでに焼け野原であったことを明らかにした。また、翌日の文学散歩では小説の舞台であり川端の滞在先であった水交社の位置なども特定でき、神雷部隊の宿舎であった野里小学校とそれなりに距離があることが判明した。これらの事実関係を考慮に入れたときに、どのようにテクストが読解できるのか。山本周五郎の川端評を分析した原善「山周の川端評―川端康成と山本周五郎序説―」（『川端文学への視界』令元・6）の〈川端とともに鹿屋に赴いた〉山岡荘八と川端の間に、特攻隊に関する言説をめぐって山岡を殴り倒したという逸話のある山本周五郎を入れて〈「生命の樹」を読み直す〉という提案へのアンサーも含め、まだ考えるべきことは多く残されている。

「生命の樹」研究文献目録

三浦　卓

武田勝彦「川端康成と聖書—「生命の樹」を中心として—」（『解釈と鑑賞』昭44・9）

川嶋至「第七章　美への耽溺」（『川端康成の世界』講談社、昭44・10）

市山研「キリスト教との接点」（川端文学研究会編『川端康成の人間と芸術』教育出版センター、昭46・7）

武田勝彦「第十二章　「生命の樹」」（『川端文学と聖書』教育出版センター、昭46・4）

進藤純孝「第三部第二章　敗戦」（『伝記川端康成』六興出版、昭51・8）

羽鳥徹哉「川端康成の「戦後」」（三好行雄・竹盛天雄編『戦後の文学』有斐閣双書、昭52・7）

長谷川泉「「生命の樹」をめぐって」（『川端文学研究』昭56・1）

長谷川泉「「生命の樹」と戦争」（『解釈と鑑賞』昭56・4、後『研究選書37　川端文学の機構』教育出版センター、昭59・5）

兵藤正之助「川端康成論—「山の音」を中心に—」（『関東学院大学文学部紀要』昭61・9、後「七、昭和二十年代の川端康成「山の音」論」として『川端康成論』春秋社、昭63・4）

今村潤子「第一部第四章「末期の眼」小考」（『川端康成研究』審美社、昭63・5）

須藤宏明「生命の樹」（羽鳥徹哉・原善編『川端康成全作品研究事典』勉誠出版、平10・6）

古閑章「大隅㉗　死から生へ旅立つ二人　川端康成「生命の樹」」（石田忠彦編『鹿児島　文学の舞台』平11・2）

野寄勉「戦争観」（田村充正・馬場重行・原善編『川端文学の世界5　その思想』勉誠出版、平11・5）

川俣従道「第七章　『英霊の遺文』と『生命の樹』　戦争」（『哀愁を旅行く人—川端文学の諸相』ボロンテ。、平18・2）

無署名「戦争と新聞　表現者たち⑥」（『朝日新聞』平19・10・22夕）

十重田裕一「第十一回　占領下で紡がれる物語「山の音」「千羽鶴」まで」（『ＮＨＫ　カルチャーラジオ　文学の世界「名作」はつくられる〜川端康成とその作品』ＮＨＫ出版、平21・7）

李聖傑「川端康成における戦争体験について—「敗戦のころ」を手がかりに—」（『ソシオサイエンス』平22・3、後『川端康成の「魔界」に関する研究—その生成を中心に—』早稲田大学出版部、平26・3）

布施田哲也「昭和二十年の川端康成—鎌倉の川端康成、月を仰ぎ、鹿屋を思った（昭和二十年五月二十五日）」（『群系』平23・7）

十重田裕一「内務省とＧＨＱ／ＳＣＡＰの検閲と文学―一九二〇―四〇年代日本のメディア規制と表現の葛藤」（鈴木登美・十重田裕一・堀ひかり・宗像和重編『検閲・メディア・文学―江戸から戦後まで』新曜社、平24・3）

長濱拓磨「川端康成「生命の樹」論―戦後文学と聖書」（「キリスト教文学研究」平24・5）

三浦卓「川端康成「生命の樹」と『婦人文庫』という場―かつての『少女の友』読者の戦後―」（「芸文研究」平27・12）

長濱光「川端康成「生命の樹」論―戦争からの回復を目指して―」（「長野国文」平28・3）

十重田裕一「占領期日本の検閲と川端康成の創作―「過去」「生命の樹」「舞姫」を中心に」（坂井セシル・紅野謙介・十重田裕一・マイケル・ボーダッシュ・和田博文編『川端康成スタディーズ　21世紀に読み継ぐために』笠間書院、平28・12）

浅田高明「第二部　三　川端康成『山の音』の背景としての昭和の戦争と戦後史」（『私の太宰治論』文理閣、平31・1）

原善「山周の川端評―川端康成と山本周五郎序説―」（「川端文学への視界」令元・6）

「十六歳の日記」研究史

深澤晴美

「十六歳の日記」は、「文芸春秋」大正十四年八、九月号に「十七歳の日記」「続十七歳の日記」として発表された。この作品の特異な位置は、新潮社版三十五巻本全集第二巻解題（昭55・10）に「本全集では、発表年代順に作品を配列して行く方針をとつてゐるが、この作品のみはこれまでの著者の方針を踏襲して、作品の成立年月に従ひ、一番先に配置しておいた」とあるのにもうかがわれる。林武志「「十六歳の日記」研究の展望と問題点」（『川端康成作品研究史』教育出版センター、昭59・10。昭51・8初出後補訂）が「補記・あとがき」を「単なる解説と受け止め」る立場と「日記本文と対等に見据え」る立場に大別しているように、作品の読みは、数えの十六歳時（大正三年、原点としての少年期）に書かれたとされる原日記に焦点を合わせるか、二十七歳時（作家としての出発期）に発表された小説として捉えるか、或いは五十歳時（昭和二十三年、作家としての戦後の再生期）に記された部分（所謂「あとがきの二」）までを一篇と認めるか（三十五巻本はここまでを本文として収録）で大きく異なるが、当初は「日記」資料として「多くの批評家に把手か鍵のやうに使はれ」（「鳶の舞ふ西空」昭45・3）た。研究史としては、林の後に川嶋至「川端康成「十六歳の日記」研究史抄」（「学苑」平7・11）、原善「十六歳の日記」（羽鳥徹哉・原善編『川端康成全作品研究事典』勉誠出版、平10・6）があり、また杉井和子「「十六歳の日記」」（田村充正・馬場重行・原善編『川端文学の世界1』勉誠出版、平11・3。本書に抄録）も前半部で研究史を辿っている。

まず同時代評には、石浜金作の「文芸時代」月評がある。大正十四年九月号では「親しく懐かしみ過ぎてゐる自分」の無理な慾かとしつつも、「描写なんかは勿論ちやんと出来てゐるけれど、その描写が割りに陰影に乏しくつて、あの作を書いてゐる作者の情藻《ママ》の匂ひなど、さう高くないやうな気がした。」、「平面的な印象しか受取れ」ず、同月発表の「青い海黒い海」より出来栄えは上かと思うが「此二作はいつもより妙に物足りなかった」とコメントしていたが、続篇発表後の十月号「月評のかはりに」では「いい作品だ。前号に余り出てゐなかつた個性的特徴が、こんどは冷たく簡契《ママ》に出てゐる。粛々。敬服する。文芸春秋第一等の作」と評価が一転、同号「文壇波動調」欄でも、中河与一が「冷たき熱情と金属的な魔気に於て近来の佳作也」と寸評ながらその多面性に言及した。同人以外では、間宮茂輔が「前篇は知らない私をいやいやながら最後まで引きづつて行つたのは作者の才である。良く描けてゐる祖父の言葉から、私は、作者が真正面から本格的に書いてみたらと思つた。あれだけでは、あれだけの物である」と「読売新聞」（九月五日）で取り上げているのが管見に入ったが、発表当時はさほど話題にならなかったようである。短篇集『伊豆の踊子』（金星堂、昭2・3）に二篇を合わせて改題の上初収したのも、川端自身さえ「忘れてゐた作」を梶井基次郎が思い出させてくれたからだとされたが（「『伊豆の踊子』の装幀その他」昭2・3）、『伊豆の踊子』（近代文芸社、昭8・4）等に再録され始めた頃から、川端の生い立ちを語る中で、半盲老病の祖父に育てられ、その易学や家相、或いは黄檗宗に深い影響を受けたこと（瀬沼茂樹「川端康成論」、「行動」昭9・6）や、その孤児的宿命（浅見淵「川端康成論」、「文芸」昭11・12）に着目するといった形で触れられるようになり、新感覚派的文体との差異も指摘された（古谷綱武『川端康成』作品社、昭11・11）。また、「『伊豆の踊子』の映画化に際し」（昭8・4）を踏まえた伊藤整「川端康成の芸術」（「文芸」昭13・2）が、「残忍な直視の眼」が「醜の最後」に行きつくまでに必ず「一片の清い美しいもの」を掴む力は生来のものと論じて、尿瓶の底に「谷川の清水の音」を聞く描写に注目、以後この描写は、「温泉宿」冒頭の放尿場面における「非情な感覚」の源泉（小泉譲「川端康成論」、『現代文学　川端康成集』芸文書院、昭31・10）とも[1]、波郷の句のイメージの先取（山本健吉「十六歳の日記」、山本編『〈近代文学鑑賞講座13〉川端康成』角川書店、昭34・1。本書収録）とも、新感覚派的手法に通う（長谷川泉「十六歳（十四歳）の日記」、「国文学」昭43・9、10）とも評されるようになった。

武田麟太郎「川端康成小論」（「改造」昭13・5）は、本当に十六歳の日記であるとは永い間信じず、時々無礼な質問をしたと明かしているが、こうした疑問の声を封じ、原日記を高く評価する読みへと誘導したのは川端自身の言葉だった。「処女作を書いた頃」（昭13・6）では、「言葉通りの処女作」、「十六歳の原文そのまま」の「真率な自伝であり、私には尊い記録」、「身辺の素直な写生が、動かし難い作品をのこした」と異例の自讃を行い、改造社版選集（昭13・8）や河出書房版『三代名作全集』（昭17・4）の「あとがき」でも同様の言葉を繰り返した。小林秀雄「川端康成」（「文芸春秋」昭16・6。本書収録）は、「日記の一番優れた鑑賞者」は川端自身であり、「日記は彼の心の中で次第に育っていった」と述べて発表時の川端に着目する先蹤ともなったが、川端は戦後の新潮社版十六巻本全集第二巻「あとがき」（昭23・8。前述の所謂「あとがきの二」）や「少年」（昭23・5〜24・3）でも、更に自解を加えた。後年高井有一も、「十六歳の日記」「葬式の名人」の二作に川端の「一番の根」が感じられると同時に、「十六歳の日記」や「少年」には「自分の育ってきた根というようなものに対する人一倍の執着心」が出ていると指摘している（田久保英夫との対談「幻を見つめる眼」、「新潮」平4・6）が、「少年」の初刊本（目黒書店、昭26・4。「十六歳の日記」「伊豆の踊子」を併録）の帯には、「既に古典とも謂いうる名作たるは周知」の二作とその「母体をなす氏の青春の日記」である「少年」によって、「名匠の若き日」の真髄に触れられるとあり、当時の受容の様がうかがわれる[2]。

この後、「文学界」（昭28・4）、「解釈と鑑賞」（昭32・2）と相次いで川端特集が組まれた。前者で吉行淳之介『級長の探偵』と私」は、死を飼い馴らそうとした「死体紹介人」に連なる作品だと捉え（吉行は更に「川端康成論――不気味な抒情――」（「文芸」昭31・9）では、「対象の末期の眼」がそれを観察する川端の眼に嵌めこまれて文章が書かれている感があるとして、そうした「末期の眼」の系列と「しゃぶる眼」の二つの系列を論じた）、後者では、少年時に発見してしまった「末期の眼」の維持・実現にその文学的生涯はかかっていたと村松剛「批評家としての川端康成」が述べた他、福田清人「『十六歳の日記』」も随筆「末期の眼」を絡めて考察し、これらは高橋新太郎や登尾豊によって深められていく〈末期の眼〉を核とした作家論（後述）の萌芽となった。

　雑誌の特集に続き、『〈近代文学鑑賞講座13〉川端康成』（前掲）も刊行され、編者の山本は、小説家志望の少年の試作であり、初めて「自身の詩魂」を探り当てた作として「川端康成「人と作品」序説」で紹介し、前述の作品鑑賞では特にその写生的文体に注目した。この時、山本が参考として一部引用した十六巻本の自解は、新潮社版十二巻本全集第一巻（昭34・11）で「あとがきの二」として初めて作品末に加えられ、以降の刊本ではこれを含むものと含まないものが混在することになった（この問題については後述）。

　「十六歳の日記」は、この頃から次々と刊行され始めた文学全集類にも収録されるようになり、作家・作品解説で触れられた他、「日記」を記録する〈私〉と同年代の中学生による座談会（『新日本少年少女文学全集29』ポプラ社、昭35・6）や共同鑑賞会（『中学生文学全集　川端康成集』新紀元社、昭37・2）等でも取り上げられた。また、村上護『教科書から消えた名作』（小学館、平15・11。平14・4・2〜15・3・29初出後加筆・修正）によれば、教育出版の中学二年用の教科書に、昭和三十七年から四十六年まで掲載され、「児童文芸」特集「児童文学からみた川端康成」（昭44・3。同号で那須辰造・二反長半も「十六歳の日記」に触れている）の打木村治「『十六歳の日記』に見る少年小説の息吹」を始め、村松定孝「川端文学における幼児性――川端康成と児童文学のあいだ――」（「図書新聞」昭47・5・15）、小林芳仁「川端康成の児童文学」（「解釈と鑑賞」昭58・11）でも言及された。

　一方、「彼が少年少女達の作文を愛読して倦む事を知らないのも怪しむに足りない」と小林秀雄は記していたが（「川端康成」前掲）、佐伯彰一は奥野健男・村松剛との座談会「川端康成と吉行淳之介」（「文学界」昭37・2）で、それを「意識的な人が無意識的なものに憧れる」為と見、自分で掘り出した日記を「自分の行き着くべきゴール」だと後から設定したことに意味があると述べた。川端自身も中村光夫・三島由紀夫との座談会（三島編『文芸読本　川端康成』河出書房新社、昭37・12。中村・三島共、数多くの川端論を発表、「十六歳の日記」を処女作と位置づけて作家川端の形成を説いた。二者の意義については前掲の杉井論が詳述している。）で、「後に小説として出す気持ち」もなく書いており、大抵の小説の奥底にある「自分の存在」のいやさがなく、「名人」と同様「全部写生で、全部本当」だから好きだと発言し[3]、手塚富雄「人と文学」（『現代文学大系33』筑摩書房、昭39・11）も、「文学的動機というような次元」ではなく「実存的な動機」が潜んでいたと論じ、吉村貞司『川端康成・美と伝統』（学芸書林、昭43・12）も「作家として固定して眺めすぎている」伊藤等の見方を退け、「死に対していささかも眼をそらそうとしていない」〈見る人〉としての川端を論じた。また先の座談会では、川端自身、気に入っている作品として「雪国」も挙げていたのだが、日沼倫太郎「川端康成の人と作品」（『カラー版日本の文学6』集英社、昭43・10）は、「雪国」には病者（或いは死者）に対する愛の形が、「病者とともにあろうとするやさしさ」（葉子）と「死者とさえ決別しうる拒否の冷たさ」（駒子）とに分断されて描かれていると指摘し、そのような「相反した心情の淵深」を「十六歳の日記」に求め、伊藤の言う「愛情と冷酷さとの奇妙な混り合ひ」（「新感覚派」、『現代日本小説大系43』河出書房、昭25・8。「十六歳五月の日記であって、つまり最初の著作に「後年の作風に合致」する特色が既に見られるとして評価する伊藤の姿勢は、『掌の小説百選』（昭27・8）・『現代日本小説大系45』（昭31・10）・『日本文学全集39』（昭41・8）等の解説や、「美と生命の文学」（昭28・4）、「川端康成の芸術」（昭44・8）でも一貫している）を敷衍した。

川端は昭和四十三年にノーベル賞を受賞、これを機に作品論も多彩になっていく。長谷川は自作言及も含めた作品の成立過程を「十六歳（十四歳）の日記」（前述）で整理し、『日本近代文学大系42』（角川書店、昭47・7）で詳細な注を付ける等、研究の礎を築いた。林は「川端康成と塚越亭生――一つの仮説――」（「立教大学日本文学」昭44・6）で投書作家塚越亭生との関連性について仮説を提出し、「川端文学における〈旅〉の二重構造――その序説――」（「解釈」昭45・5）では、川端の内部における抽象的な父母の〈死〉と具体的な祖父の〈死〉の共存を指摘、「肉親の有から無への過程を認識させ実感させた」克明な記録が「十六歳の日記」であり、「伊豆の踊子」の中風病みの老人の描写に異質なリアリティーがあるのも祖父の〈死〉のイメージが重なっているからと論じた。水尾比呂志「川端康成における中世」（「国文学」昭45・2）は、「鎌倉の病草紙を思わせるやうな生彩ある完成された描写」に、「現世の地獄を凝視」しつつ超克していく中世の精神性が見出されると評した。

また坂戸正夫は「文学者」に川端論を連載（昭44・3〜昭47・2。全十三回）、川端の作品世界は「「十六歳の日記」の答えなき呼びかけ」で始まり、そうした呼びかけで始まる小説はその後一定の期間をおいて必ず表れていること（昭44・7）、「少年が直視した素朴なリアリズム」と言われているが、「かつて近代文学の最大の仮想敵であった家とか家庭とかの観念と現実」は消えて「毛物」という言葉が憑いていること[4]（昭45・11）、「伊豆の踊子」の爺さんは「十六歳の日記」の中の老人、更には「古手紙や日記や小説の十分な紙の山を築いている」私自身であること（昭46・2）、「十六歳の少年が書いた、無心の文体」は「山の音」や「少年」にも連なる「素朴でかつ老成した」川端の生地であること（昭46・7）、「百九十九日目だわ」と言う駒子の日記は、「百枚になれば」と書き続けて徒労に終わった日記と重なり[5]、葉子の姿は「祖父にしびんをあてがう少年がいやいやつとめた代役の本物の姿」でもあること（昭46・11）、「『雪国』を頂点とする生の二等辺三角形」の底辺の初めには、「散りぬるを」の滝子・蔦子に加えて「眠れる美女と同じように反応は微弱で、いのちの時間を停止しようとしていた」祖父がいたこと（昭47・2）等、従来の研究史では十分に顧みられていないが、示唆に富む指摘を逸早く行っている。

これにやや遅れて、川端没後の竹西寛子「和歌的なるもの　伝統と川端康成」（「新潮臨時増刊　川端康成」昭47・6）が、「十六歳の日記」も「隅田川」で絶えた連作も「一人称の独白体形式」であったように、川端文学は本質的に「和歌的なるもの」だと見たのも、坂戸論（昭44・7）に通じよう。これに対し、大木絢子「川端康成・言語形象の構造――「浅草紅団」を中心として」（「国文学試論」昭53・12）は、「骨拾ひ」や「招魂祭一景」に「登場人物の意識が突然落ち込んでゆく閉鎖的内界と、ふと呼び覚まされるように立ち戻る外界との往復の形式」を認め、それは「十六歳の日記」の原形を記す少年の行為に端を発していると考えた。また金井景子「作品集『伊豆の踊子』を読む」（「文芸と批評」昭59・12）は、「伊豆の踊子」初刊本（前述の金星堂版）中の自伝系列作品のうち、「十六歳の日記」「葬式の名人」「孤児の感情」の三編は、「書くことによってしか救われない存在」として「私」が描かれているが、人との出会いによって呪縛から解放される「私」が唯一描かれた「伊豆の踊子」が巻末に据えられたことで、読む側に川端自身の自己救済を見届けたという印象を与えたと論じ、その証左として「葬式の名人」「十六歳の日記」の「私」をとりまく女性（前者では従妹、後者ではおみよ）[6]の在り方と「伊豆の踊子」のそれとを対比検討した。

「谷川の清水の音」の描写をめぐっても、笹淵友一「川端文学とシュールレアリズム」（「世紀」昭44・4）は老人の排泄物（死）が少年の内部で清浄な生命に変質しているとしてシュールレアリストの資質を認め、高橋新太郎「「末期の眼」から「落花流水」まで」（長谷川編『川端康成作品研究』八木書店、昭44・3）は、「祖父の死を控えた非情の時間」にこの音を聴き取った時、「人生を風景化する眼」即ち〈末期の眼〉を己がものとしたと論じた。「人生の風景化」とは新感覚主義を評した川端の言（「同人寄せ書」大14・3）で、〈風景〉の語は本書収録の杉井論もキイワードとして用いているが、高橋論に先行して、登尾は「川端康成の原体験――「孤児」の意味するもの――」（「国語国文学研究」昭41・12）で、「日記」本文は「文章による写生」であり、その姿勢には「風景画家を思わせるものがある」のに対し、「あとがきの二」に加えられた「日記」には、「他者の内面との距離への関心の目覚め」即ち反〈末期の眼〉への志向が息吹いていたと指摘、〈末期の眼〉と反〈末期の眼〉への志向は「孤児」を構成すると共に、川端文学そのものを構成していると論じ、後に小林芳仁「『眠れる美女』と古典との関係」（川端文学研究会編『川端康成研究叢書9』教育出版センター、昭56・5）は、「醜なるものの風景化」は「遊女や妖婦が仏の化身である」という仏教説話的幻想にも通じると言及した。

一方、二十七歳時の創作と断じて大きな波紋を呼んだのが川嶋至『川端康成の世界』（講談社、昭44・10）で、川端は「鳶の舞ふ西空」（昭45・3）を書いて反駁し、磯貝英夫「『十六歳の日記』」（川端文学研究会編『川端康成の人間と芸術』教育出版センター、昭46・4。本書収録）は、こうした加筆訂正説の是非に触れながら、補筆と「あとがき」を作品の必須構成要素として分析した。また先の登尾も、「〈末期の眼〉の方法化――川端康成における個性の確立――」（「文学」昭50・5）で、〈末期の眼〉が無自覚なままに表れている日記の価値に気付くまでの期間は「みち子への未練を抱えた川端が〈末期の眼〉に帰依していく期間」[7]であり、「十六歳の日記」の発表こそ、「現実との接触の断念とひきかえに」〈末期の眼〉の方法化を選び取ったメルクマールと論じ、「「十六歳の日記」と「故園」その他――「十六歳の日記」〈あとがき〉の運命」（『川端康成研究叢書1』昭51・8。本書収録）では、「あとがき」の重要性を明らかにした上で、この部分が川端の中で後退していった過程も考察した。

　これ以前にも、中村（「解説」、『現代日本文学全集37』筑摩書房、昭30・11）が「十六歳と二十七歳の作者の合作ともいふべき自伝」と記し、E・G・サイデンステッカー（「川端康成」、「自由」昭37・11）が「川端の作品を一貫する真に中核的な主題は、記憶と忘却、また忘却にともなう消滅」であり、「あとがき」における「作者自身の言葉の裏づけ」によって初めて「真の文学にまで高められている」と述べ、辻邦生「川端康成論――宿命について」（「文芸」昭38・8）が「問題は「日記」と「あとがき」とのあいだの関係に、見出される」と指摘していたのだが、「あとがき」の意味が論じられ始めたのは磯貝論辺りからである（ただし磯貝や登尾、後述の橋本等は「あとがきの二」の方は文字通りの「あとがき」に過ぎないとして「一」との質的差異を指摘、前述の長谷川が、「あとがきの二」を重要視する一方で、二十七歳の発表時には「わずかの補筆」があったのみで「作品の本質」は全く変わっていないとの見解を一貫して示したのと鋭い対立を見せている）。

　こうした中で、川端没後に大量に発見されたという日記類が三十五巻本全集の補巻一（昭59・4）に翻刻され、その解題で川端香男里が引用したのが自身の「川端康成の青春」（「文学界」昭54・8）であり、鶴田欣也「川端文学における自伝的要素――「十六歳の日記」の構造――」（佐伯彰一編『自伝文学の世界』朝日出版社、昭58・11。本書収録）も紹介された。前者は、「十六歳の日記」を初めとする「作者が同時に読者である、という構造」を持った作品（そこでは「少年ないし青年の「私」と壮年ないし老年になった「私」との「声」の交し合い」が為されている）を「きわめて康成的」と呼び、「事実性と倫理性の問題」に集中しすぎていた状況に警鐘を鳴らしたもので、後者はこれを踏まえて作品の構造分析を行い、二つの「あとがき」を補足することで日記が鎮魂歌に昇華させられたと論じた。続いて大久保典夫「『十六歳の日記』の世界」（『物語現代文学史　１９２０年代』創林社、昭59・2）も「入れ子型構造」の重層性が小説の厚みを作っていると言及し、横路明夫「川端康成「白い満月」論――〈語り手〉とお夏の構造的機能――」（「日本文芸論叢」平元・10）も、「十六歳の日記」で「あとがき」の〈語り手〉が原日記を見つめ意味づけるありように注目して、「白い満月」との相同性を示唆したが、こうした構造論は後述の原論等へ発展していった。また、金井「川端康成・家族の肖像――幼少年期を素材とした作品をめぐって――」（「媒」昭60・8）は、「五十歳を記念する自選の十六巻本全集」第一巻巻頭に「十六歳の日記」が、掌の小説を集めた第十一巻巻頭に「骨拾ひ」が据えられたことは、「過去と現在の往還という構成が川端の虚構意識を探る上で極めて重要な意味を持つことの証左」と指摘した上で、その「袋小路の行き止まり」に敢えて突き当たっていった試みが「故園」であり、そこからの脱却をはかったのが戦後の「住吉」連作の試みだという新たな見取り図を示した。[8] 一方補巻一の新資料を基に、川嶋は「川端康成日記の改変」（平7・9）以降、「学苑」誌上で再び日記の改稿問題を追求していった（本書にはその核である「「十六歳の日記」原形への遡行の試み」（平9・1、8・9合併）を収録）。

　自解の比較を手掛かりとした竹山雅子「「十六歳の日記」論――自解をめぐる考察」（「名古屋近代文学研究」昭63・12）は、〈記憶と忘却〉、時間凍結の方法としての〈写生〉といった命題を問いかけたところに「原日記とは異なる意味」を見出したが、サイデンステッカーが「燕の童女」「地獄」「弓浦市」等にも繰り返し現れていると示唆した〈記憶と忘却、消滅の主題〉について、田村充正「川端康成『水月』論」（「比較文学年誌」平3・3）は、〈忘却〉の主題を持つ「『水月』の系譜」として「十六歳の日記」を大きく取り上げ、〈忘却〉を受容して新しい生きた世界に帰ってゆく「水月」は、百枚の原稿に向かうことを救いとしながらも、祖父の死によって書き終えられなかった「十六歳の日記」の鎮魂歌であると論じた。続いて馬場重行「川端康成「十六歳の日記」私論――〈ことば〉の力――」（「日本文学」平8・2。本書収録）は、「あとがきの二」までを本文と定位した上で、〈記憶〉されていた「ことば」の意味を〈記録〉された「ことば」によって再生させる語りに注目したが、この〈記憶〉〈記録〉の語は、後の原論のサブタイトル中でも生かされ、馬場が指摘した「書く」こと＝「仮構の生」を生きることに生の基盤を置く川端の姿勢（それは金井の指摘した「書くことによってしか救われない存在」を想起させる）は、古閑章「「弓浦市」論――〝読みの共振運動論〟の試み――」（『川端文学の世界3』平11・4）の「弓浦市」の分析にも援用された。その古閑論でも言及された鈴村和成「解説　見えない結婚」（『再婚者・弓浦市』講談社文芸文庫、平6・7）は、川端作品に見られる「死者、生者の変転する三角関係」（前述の坂戸論も想起される）が、死を待つ祖父と、その傍らに侍る少年、〈記憶〉から欠落した過去を見出す十年後の「私」にも成立していると触れ、更に「幽体論――川端康成における『源氏物語』の痕跡」（「文学界」平11・7）では、『源氏物語』と同様に川端文学も哀悼の文学であり、それは「十六歳の日記」に最も鮮明に表れているとし、少年が祖父の死を看取っているように、「もう一人の「私」」（「十一年後にその少年の日記を発見し、そのような自分がいたことを忘れている作家」。前論も含め、鈴村は「あとがきの二」を本文とみなしていない）は少年の死を看取っているのだと論じ、川端が書きたかったのは「少年の記憶である以上に、その忘却」であり、思い出している「私」が現れる時に思い出の「私」が消えているのは、『源氏』の追憶の間歇的な在り方に等しく、同じ〈忘却〉の作用を経て書かれたのが「古都」だと指摘した。「仮構の生」とも「哀悼の文学」とも呼ばれたものを、橋本治「生という半身を欠いて」（『日本幻想文学集成20』国書刊行会、平5・6。本書収録）は、十六歳で川端は「「生」を捨てた」のであり、二つの「あとがき」を書く川端の存在のしかたそのものが「幻想」であると表現した。それは先の登尾論を始め、江藤淳「川端康成の源流――その存在と社会――」（「文学界」昭47・6。川端の生は「現実喪失」を基調音として始まったのであり、偏愛した「十六歳の日記」は「最後の所有の記録」に他ならなかったとした）や磯貝「「十六歳の日記」と祖父――川端精神史における祖父の位置」（『川端康成研究叢書1』昭51・8。祖父との生活が「生活の匂いをほとんど感じさせない川端文学の基本性格」を形成したと論じた）、辻井喬「対談・川端康成の妖と美」（「国文学」昭62・12。祖父を葬る日記を書いた時に、自分も一緒に葬ったのかもしれないと発言、対談者の中上健次も賛同している）にも通じるものだった。

二つの「あとがき」を書く川端については、既に原が「川端康成作中人物事典」（「国文学〈臨時増刊号〉」学燈社、平3・9）で「十六歳の日記」の私（豊正）を取り上げて、「いずれも周縁的な存在である少年から見た老人という視点・方法を再発見・確認した青年の時点を再度対象化して、そこに注釈を加える中年の作者」を指摘、更に「そうした作者の生成・自己増殖の在り方に無頓着な評家の言葉に黙しきれずに『鳶の舞ふ西空』を書いて三度注釈を加える老年の作者」までも言及していたが、これを受けて小菅健一「「十六歳の日記」試論――〈処女作群〉論の前提として」（「山梨英和短期大学紀要」平8・12。本書では冒頭の「論文要旨」を省略して収録）は表出行為における川端の問題意識が顕著に表れた作品として分析、高橋真理「「十六歳の日記」の内と外」（『川端文学への視界12』平9・6。本書収録）は〈記憶〉と知恵の仏としての虚空蔵菩薩に注目、いずれも時間差の軸に注目して「私」の厚みを探った（ただし、高橋は「あとがきの二」を含まぬ初刊本をテクストと定めている）。

これらに対し、杉井和子は、「川端康成の写生と象徴――大正の短編を中心として――」（『川端文学への視界13』平10・6）で川端の写生を成り立たせている重要な要素として〈記憶〉と〈風景〉を取り上げ、祖父との間に「距離を置いて〈底〉から響いてくる音を写している〈私〉、それをこちらから作者が一篇の象徴的風景画としようとしている」のが「十六歳の日記」と論じ、「「十六歳の日記」」（前述）で改めて空間的意味から作品に迫った。登尾の他、大木「川端康成・その言語空間の構造――「十六歳の日記」「骨拾い」「招魂祭一景」――」（「国文学試論」昭52・12）も、「〝書く〟という行為と「写生」の対象になる「写している私」との時間的距離」に加えて、現実との「空間的距離」に着目していたが、杉井は距離が音声の面からも効果を挙げている点を指摘した。その先蹤には進藤純孝「川端康成　人と文学」（『伊豆の踊子・禽獣』角川文庫、昭26・7）があり、音とか声は「それを発した母体との距離」を自ずから示し、「十六歳の日記」に始まる作品群は「母体への激しい希求の心と行」を見つめたものと述べていた。また財部鳥子「黄泉がえる音　十六歳の日記」（「ポエム」昭52・9）も音に注目し、少年が看病日記を精細につけているのは、「時間の壊死」を保つには「仮構の時間しかないこと」を知っているからで、「チンチン」という「生と死の闇からきこえてくる「絶妙な音」」を聞いている少年は、自分ひいては世界を浄化しているとした[9]。

従来川端は「見る人」として論じられることが多かったが、松浦寿輝「見ることの閉塞」（「新潮」平4・6）は、「「十六歳の日記」こそ、川端の作品史の総体にとって、「それを見た人達」にとっての腐乱死体や『千羽鶴』にとってのちか子の胸の痣」であり、「視線を禁忌で縛り、爾来、見ることを閉塞させてしまった外傷体験」は「喪の光景」と深い関係を持っていたと論じた。前述の馬場や小菅が聴覚を主体とした祖父の描写に注目したのは実は松浦論の後であり、奥村紀美「死顔の出来事」（川端文学研究会編『論集　川端康成――掌の小説』おうふう、平13・3）も、「十六歳の日記」や「骨拾ひ」では「祖父の死の有様や死顔そのものを凝視すること」がなかったと指摘（小菅はそれを「アンチ・クライマックスの内容構成」と捉えた）、張月環「『十六歳の日記』――音の写生――」（『川端康成の美の性格』サン・エンタープライズ、平13・11）も、

『十六歳の日記』が音・会話・心象の音の三つの骨幹から構成されているとして、これを写生の手法として考察した。

杉井と同時期に原も「川端康成「十六歳の日記」論――病いの記憶／記録の病い――」（『上武大学創立三十周年記念論集』平11・2。本書収録）を発表、段階を経て膨張・増幅していく作品として、その時間的な立体構造を論じた。「あとがきの二」を最重要視する原は、磯貝や橋本が「あとがきの二」を不問にしている点を不満としたのだが、岡本和宜「川端康成「十六歳の日記」本文考――「あとがきの二」の問題」（『皇學館論叢』平16・6。本書収録）は、[10]「あとがき二」収録の経緯と十二巻本以降の収録本三十冊を分析した上で、これをテクストの一部として扱うことに異議を唱えた。研究の基礎でありながら看過されてきた本文確定は、作品及び先行文献の熟読（先行文献を読んでいない、もしくは踏まえながら明記していない論文は意外に多い）と共に、今後の第一の課題であろう。

注

（1）奥野健男「評伝的解説」（『現代日本の文学16』学習研究社、昭44・11）は、「温泉宿」では清冽なエロチシズムとして作品全体の中に定着されたのだと述べている。

（2）詳しくは深澤「「少年」論」（『川端文学の世界2』平11・3）を参照されたい。

（3）「名人」との共通性の指摘は、宮内寒彌「川端康成論」（佐藤春夫・宇野浩二編『昭和文学作家論　上』小学館、昭19・4）等に早くからあった。

（4）以後、安岡章太郎「川端さんの笑顔」（「朝日新聞」昭47・4・17夕刊）や稲村博「川端康成と宗教」（『川端康成　芸術と病理』金剛出版、昭50・10）も「毛物」に注目、梅原猛『美と倫理の矛盾』（講談社学術文庫、昭52・6）は、川端作品中で最も登場人物が「現実の社会と土地の重みを背負っている作品」として、「毛物」に象徴されるような「日本の文明化されない社会の層のあやしげな世界」と、そこから「上昇しようとして失敗した祖父の痛恨な人生」が生き生きと書かれているところを評価した。

（5）後の立川昭二「日記をつける温泉芸者駒子」（『昭和の跫音』筑摩書房、平4・6）も、日記というモチーフの関連で「十六歳の日記」に言及している。

（6）おみよに注目したものには、これ以前に鶴田論（後述）があり、林鐘碩「川端康成『十六歳の日記』小論――創作動機と「おみよ」の役割に見られる虚構性をめぐって――」（『日本文芸論叢』昭60・3）、石上文正「神話としての『伊豆の踊子』」（『岡崎学園国際短期大学論集』平6・3。「伊豆の踊子」で最後に登場する老婆は「おみよ」だと仮説を立てている）等が後に発表された。

（7）失恋と「十六歳の日記」発表とを関連づけて言及した先蹤には、小川徹「川端康成論（中）「骨拾い」から「高原」まで」（「赤門文学」昭30・11）がある。

（8）「骨拾ひ」との比較検討は、伊藤『掌の小説百篇』（昭27・8、新潮文庫）以降、松坂俊夫「川端康成『骨拾ひ』小論」（山形県立山形中央高校「研究紀要」昭44・6）・「「十六歳の日記」制作私考」（『川端康成研究叢書1』前出）、磯貝「「骨拾ひ」」（『同2』昭52・3。「十六歳の日記」原文を作品以前として、「骨拾ひ」と対比的に言及）、大木「川端康成・その言語空間の構造」（後述）、小沼紀子

「「骨拾い」について」（「二松学舎大学ゼミ報告」昭53・12）等ある。また、「故園」との精神の位相差は登尾の指摘（「「十六歳の日記」と「故園」その他」前述）がある。

（9）橘正典『異域からの旅人』（河出書房、昭56・11）は、「川端は汚れを浄化しようと骨折っている」のであり、こうした「浄化機能」は「川端の全存在とほとんど等価だ」と論じた。

（10）岡本が言及したものの他に、旺文社（昭40・9）・新学社（昭43・6）・正進社（昭45・7）の文庫や暁教育図書版（『あかつき名作館日本文学シリーズ7』昭45・6）等数点も管見に入った。

（平成18年5月稿）

（「川端康成作品論集成」第五巻より収録）

「十六歳の日記」研究文献目録

深澤晴美

石浜金作「八月創作月評」（「文芸時代」大14・9）

間宮茂輔「よみうり文芸　初秋文壇処女出征（五）」（「読売新聞」大14・9・5）

石浜金作「月評のかはりに」（「文芸時代」大14・10）

中河与一「文壇波動調」（「文芸時代」大14・10）

伊藤整「川端康成の芸術」（「文芸」昭13・2、後『〈日本文学研究資料叢書〉川端康成』有精堂、昭48・2、『伊藤整全集第20巻』新潮社、昭48・10、『文芸読本　川端康成』河出書房新社、昭52・8、『同（新装版）』昭59・8、田久保英夫他『〈群像　日本の作家13〉川端康成』小学館、平3・7。三島由紀夫編『文芸読本　川端康成』河出書房新社、昭37・12には、新潮文庫『雪国』解説と併せて「川端康成論」として収録）

小林秀雄「川端康成」（「文芸春秋」昭16・6、後 山本健吉編『〈近代文学鑑賞講座13〉川端康成』角川書店、昭34・1、三島由紀夫編『文芸読本　川端康成』河出書房新社、昭37・12、長谷川泉編『〈現代のエスプリ〉川端康成』至文堂、昭44・4、『文芸読本　川端康成』河出書房新社、昭52・8、『同（新装版）』昭59・8、『新訂小林秀雄全集第7巻』新潮社、昭53・11）

宮内寒彌「川端康成論」（佐藤春夫・宇野浩二編『昭和文学作家論　上』小学館、昭19・4）

三島由紀夫「川端康成論の一方法――作品について」（「近代文学」昭24・1、後『狩と獲物』要書房、昭26・6、『決定版三島由紀夫全集第27巻』新潮社、平15・2）

小川徹「川端康成論（中）「骨拾い」から「高原」まで」（「赤門文学」昭30・11）

中村光夫「解説」（『〈現代日本文学全集37〉川端康成集』筑摩書房、昭30・11、後「「川端康成」2」と改題して三島由紀夫編『文芸読本　川端康成』河出書房新社、昭37・12、「川端康成の文学」と改題して『《論考》川端康成』筑摩書房、昭53・4）

吉行淳之介「川端康成論――不気味な抒情――」（「文芸」昭31・9）

小泉譲「川端康成論」（『現代文学　川端康成集』芸文書院、昭31・10）

福田清人「『十六歳の日記』」（「解釈と鑑賞」昭32・2）

村松剛「批評家としての川端康成」（「解釈と鑑賞」昭32・2）

中村光夫「川端康成」（「文学界」昭32・7～9、後 長谷川泉編『〈現代のエスプリ〉川端康成』至文堂、昭44・4、『《論考》川端康成』筑摩書房、昭53・4。『文芸読本　川端康成』河出書房

新社、昭52・8と『同（新装版）』昭59・8には抄録）

佐伯彰一「川端康成の文体」（山本健吉編『〈近代文学鑑賞講座13〉川端康成』角川書店、昭34・1、後『文芸読本　川端康成』河出書房新社、昭52・8、『同（新装版）』昭59・8）

山本健吉「十六歳の日記」（山本健吉編『〈近代文学鑑賞講座13〉川端康成』角川書店、昭34・1）

山本健吉「川端康成の作品」（『〈日本文学全集30〉川端康成集』新潮社、昭34・7、後 三島由紀夫編『文芸読本　川端康成』河出書房新社、昭37・12）

山本健吉「十六歳の日記」（『川端康成読本　その生涯と作品』学習研究社、昭34・10、後『川端康成の人と作品』学習研究社、昭35・9）

三枝康高「処女作までの川端康成」（『日本文学』立教大学日本文学会、昭35・6、後『川端康成』有信堂、昭36・1、『同（増補版）』昭43・11、『川端康成』有信堂、昭50・11、「『十六歳の日記』」と改題して三枝康高編『川端康成入門』有信堂、昭44・4）

渋谷正民他「読書指導二「十六歳の日記」（座談会）」（『〈新日本少年少女文学全集29〉川端康成集』ポプラ社、昭35・6）

無署名「十六歳の日記　鑑賞」（吉田精一・飛田多喜雄責任編集『〈中学生文学全集〉川端康成集』新紀元社、昭37・2）

無署名「作品紹介　十六歳の日記」（三島由紀夫編『文芸読本　川端康成』河出書房新社、昭37・12）

川端康成・中村光夫・三島由紀夫「座談会　川端康成氏に聞く」（三島由紀夫編『文芸読本　川端康成』河出書房新社、昭37・12）

辻邦生「川端康成論――宿命について――」（『文芸』昭38・8、後 三枝康高編『川端康成入門』有信堂、昭44・4、羽鳥徹哉編『〈日本文学研究資料新集27〉川端康成・日本の美学』有精堂、平2・6）

進藤純孝「母体希求序説――川端康成論（I）――」（『文学界』昭39・6、後「川端康成論1、母体希求序説」と改題して『川端康成　その人・その作品』冬樹社、昭44・2）

手塚富雄「人と文学」（『〈現代文学大系33〉川端康成集』筑摩書房、昭39・11、後『〈現代文学大系32〉川端康成集』筑摩書房、昭50・10）

山本健吉「解説」（『伊豆の踊子・花のワルツ　他二編』旺文社文庫、昭40・7）

登尾豊「川端康成の原体験――「孤児」の意味するもの――」（『国語国文学研究』熊本大学法文学部国語国文学会、昭41・12）

山本健吉「川端康成文学入門」（『〈日本文学全集21〉川端康成』河出書房、昭43・4）

馬場正男「読書のしかた――康成「伊豆の踊子・花のワルツ・十六歳の日記」の読解と鑑賞」（『伊豆の踊子・花のワルツ　他一編』新学社文庫、昭43・6）

長谷川泉「十六歳（十四歳）の日記――川端康成――」（『国文学』昭43・9、10、後 副題を削除して『川端康成論考　増補版』明治書院、昭44・6、『〈長谷川泉著作選集第5巻〉川端康成論考』明治書院、平3・11）

日沼倫太郎「川端康成の人と作品」（『〈カラー版日本の文学6〉伊豆の踊子』集英社、昭43・10）

進藤純孝「ノーベル賞川端康成」（「時」昭43・12、後「ノーベル賞の川端さん」と改題して『川端康成　その人・その作品』冬樹社、昭44・2）
吉村貞司「第一次の肖像」（『川端康成・美と伝統』学芸書林、昭43・12）
打木村治「『十六歳の日記』に見る少年小説の息吹」（「児童文芸」昭44・3）
高橋新太郎「「末期の眼」から「落花流水」まで」（長谷川泉編『川端康成作品研究』八木書店、昭44・3）
長谷川泉「十六歳の日記」（長谷川泉編『川端康成作品研究』八木書店、昭44・3、後「「十六歳の日記」の開眼」と改題して『川端文学の機構』教育出版センター、昭59・5）
林武志「川端康成と塚越亨生――一つの仮説――」（「立教大学日本文学」昭44・6、後『〈日本文学研究資料叢書〉川端康成』有精堂、昭48・2）
板垣信「第二編　作品と解説「十六歳の日記」」（福田清人編『〈人と作品20〉川端康成』清水書院、昭44・6）
坂戸正夫「「十六歳の日記」まで――川端康成論2」（「文学者」昭44・7）
川嶋至「第二章　宿命の影――「十六歳の日記」ほか――」（『川端康成の世界』講談社、昭44・10、後『〈日本文学研究資料叢書〉川端康成』有精堂、昭48・2）
奥野健男「評伝的解説」（『〈現代日本の文学16〉川端康成集』学習研究社、昭44・11）
久保田晴次「I　幼き痛み――「十六歳の日記」を中心に――」（『孤独の文学――川端康成の優雅な実存――』桜楓社、昭44・11）
梅原猛「川端康成における仏教」（「国文学」昭45・2、後『美と倫理の矛盾』講談社学術文庫、昭52・6）
水尾比呂志「川端康成における中世」（「国文学」昭45・2、後『美しさといふこと』用美社、昭60・2、羽鳥徹哉編『〈日本文学研究資料新集27〉川端康成・日本の美学』有精堂、平2・6）
中村万三「読書のまど」（『〈あかつき名作館日本文学シリーズ7〉川端康成集』暁教育図書、昭45・6）
坂戸正夫「言葉と憑きものについて――川端康成論（5）」（「文学者」昭45・11）
坂戸正夫「『伊豆の踊子』の影」（「文学者」昭46・2）
磯貝英夫「「十六歳の日記」」（川端文学研究会編『川端康成の人間と芸術』教育出版センター、昭46・4、後『昭和初頭の作家と作品』明治書院、昭55・6、林武志編『〈鑑賞日本現代文学15〉川端康成』角川書店、昭57・11）
エリック・サンドストローム「川端文学概観――川端作品における心像と意図――」（川端文学研究会編『川端康成の人間と芸術』教育出版センター、昭46・4）
坂戸正夫「『雪国』と月光仮面」（「文学者」昭46・11）
川嶋至「川端康成の「紫式部日記」」（「春秋」昭46・12、後『美神の反逆』北洋社、昭47・10）
安岡章太郎「川端さんの笑顔」（「朝日新聞（夕）」昭47・4・17）
江藤淳「川端康成の源流――その存在と社会――」（「文学界」昭47・6）

長谷川泉「『十六歳の日記』注釈」（『〈日本近代文学大系42〉川端康成・横光利一集』角川書店、昭47・7）

巖谷大四「五月　少年の悲願断たれた「十六歳の日記」／茨木」（『川端康成の旅愁――文学散歩12ヶ月』日本交通公社、昭47・8）

竹内良夫「十六歳の日記」（『頽廃の美学』日藝出版、昭47・9）

長谷川泉「『十六歳の日記』『伊豆の踊子』」（日本近代文学館編『川端康成展――その芸術と生涯』日本近代文学館、昭47・10）

長谷川泉「解説」（『伊豆の踊子・十六歳の日記ほか三編』講談社文庫、昭47・11）

森本穫「「醜なるもの」――川端文学への一視点――」（『広島県高等学校教育研究会国語部会年報』昭48・3、後「「醜なるもの」――「十六歳の日記」から「千羽鶴」まで――」と改題して『孤児漂泊――川端康成の世界――』林道舎、平2・4）

奥野健男「川端康成主要作品鑑賞小辞典　十六歳の日記」（瀬沼茂樹他『現代日本文学アルバム　川端康成』学習研究社、昭48・4、『同（普及版）』昭55・10、『同（新装版）』学習研究社、平4・3）

長谷川泉・鶴田欣也「対談「十六歳の日記」の観察と記録」（長谷川泉『古典と現代』明治書院、昭48・5、後『近代日本文学の側溝』教育出版センター、昭53・1）

長谷川泉「十六歳の日記」（『川端文学の味わい方』明治書院、昭48・9）

黒沢浩「作品にふれて『十六歳の日記』」（『日本の文学8　伊豆の踊子』金の星社、昭48・12、後『〈ジュニア版日本の文学8〉伊豆の踊子』金の星社、昭55・4）

稲村博「五　精神医学的考察」（『川端康成　芸術と病理』金剛出版、昭50・10）

磯貝英夫「「十六歳の日記」と祖父――川端精神史における祖父の位置」（川端文学研究会編『〈川端康成研究叢書1〉傷魂の青春（十六歳の日記、伊豆の踊子）』教育出版センター、昭51・8、後『昭和初頭の作家と作品』明治書院、昭55・6）

登尾豊「「十六歳の日記」と「故園」その他――「十六歳の日記」〈あとがき〉の運命」（川端文学研究会編『〈川端康成研究叢書1〉傷魂の青春（十六歳の日記、伊豆の踊子）』教育出版センター、昭51・8）

林武志「「十六歳（十四歳）の日記」「伊豆の踊子」研究の展望と問題点」（川端文学研究会編『〈川端康成研究叢書1〉傷魂の青春（十六歳の日記、伊豆の踊子）』教育出版センター、昭51・8、後「「十六歳の日記」研究の展望と問題点」と改題して『川端康成作品研究史』教育出版センター、昭59・10）

松坂俊夫「「十六歳の日記」制作私考」（川端文学研究会編『〈川端康成研究叢書1〉傷魂の青春（十六歳の日記、伊豆の踊子）』教育出版センター、昭51・8、後「「十六歳の日記」制作考」と改題して『川端康成「掌の小説」研究』教育出版センター、昭58・10）

羽鳥徹哉「川端文学とその背景（二）「十六歳の日記」、演出説」（川端文学研究会編『〈川端康成研究叢書2〉詩魂の源流（掌の小説）』教育出版センター、昭52・3）

梅原猛「2　川端文学の裏側（2）魔界脱却」（『美と倫理の矛盾』

講談社学術文庫、昭52・6）
財部鳥子「黄泉がえる音　十六歳の日記」（「ポエム」昭52・9）
大木絢子「川端康成・その言語空間の構造――「十六歳の日記」「骨拾い」「招魂祭一景」――」（「国文学試論」大正大学大学院文学研究科、昭52・12）
三枝康高「天涯の孤児となる日」（『川端康成・隠された真実』新有堂、昭52・12）
長谷川泉「二　祖父の墓碑銘「十六歳の日記」」（『川端文学――その愛と美と死』主婦の友社、昭53・4）
青山孝行「「あとがき」考――川端文学のへの鎮魂歌――」（武田勝彦他編『川端康成――現代の美意識――』明治書院、昭53・5）
大滝清雄「十六歳の日記」（『川端康成の肖像』宝文館出版、昭54・1）
武田勝彦「川端康成の処女作「ちよ」の分析」（「教養諸学研究」早稲田大学政治経済学部教養諸学研究会、昭55・3）
津川武一「第六章　肉親の死――「十六歳の日記」――」（『死にとりつかれた川端文学』医療図書出版社、昭54・8）
渡辺凱一「第十章　孤独なる老後の死　川端康成論」（『崩壊する生』檸檬社、昭55・9）
栗原雅直「寒風の母――川端作品の解題――」（「NAMAZU」昭56・5、後「寒風の母――川端作品の血縁構造」と改題して『川端康成――精神医学者による作品分析』中央公論社、昭57・4）
橘正典「第二章　「伊豆の踊子」の位相と構造」（『異域からの旅人川端康成論』河出書房新社、昭56・11）
小林芳仁「川端康成の児童文学」（「解釈と鑑賞」昭58・11、後『美と仏教と児童文学と――川端康成の世界――』双文社出版、昭60・12）
鶴田欣也「川端文学における自伝的要素――「十六歳の日記」の構造――」（佐伯彰一編『自伝文学の世界』朝日出版社、昭58・11、後「十六歳の日記」と改題して『〈世界の日本文学シリーズ4〉川端康成論』明治書院、昭63・3）
大久保典夫「『十六歳の日記』の世界」（『物語現代文学史――1920年代』創林社、昭59・2）
金井景子「作品集『伊豆の踊子』を読む」（「文芸と批評」昭59・12）
長谷川泉「作品とその背景」（『〈日本の文学45〉伊豆の踊子・浅草紅団』ほるぷ出版、昭60・2）
林鐘碩「川端康成『十六歳の日記』小論――創作動機と「おみよ」の役割に見られる虚構性をめぐって――」（「日本文芸論叢」東北大学文学部国文学科、昭60・3）
金井景子「川端康成・家族の肖像」（「媒」昭60・8）
小田切進「続・近代日本の日記16　大正の青春――川端康成日記Ⅰ」（「群像」昭62・1）
中上健次・辻井喬「対談・川端康成の妖と気」（「国文学」昭62・12）
林武志「川端康成作品論事典　十六歳の日記」（「国文学」昭62・12）
大坪利彦「川端康成――創作主体と作中人物（一）」（「明治大学日本文学」昭63・8）
竹山雅子「「十六歳の日記」論――自解をめぐる考察――」（「名古

屋近代文学研究」昭63・12）

横路明夫「川端康成「白い満月」論――〈語り手〉とお夏の構造的機能――」（『日本文芸論叢』東北大学文学部国文学科、平元・10）

森安理文「十六歳の日記――文学的原点としての放浪児感情――」（『川端康成　ほろびの文学』図書刊行会、平元・10）

木幡瑞枝「川端康成（一）――初期の作品――」（「東京女子大学紀要」平2・9、後「初期の作品」と改題して『川端康成作品論』勁草書房、平4・6）

黒崎峰孝「評伝　川端康成の青春一――日記にみる青春の川端康成像――」（「論究」明治大学、平3・2）

田村充正「川端康成「水月」論　六「水月」の系譜」（「比較文学年誌」早稲田大学比較文学研究室、平3・3、後「「水月」」と改題して『「雪国」は小説なのか――比較文学試論』中央公論社、平14・6）

高史明「十六歳の日記　川端康成」（『生きることと読むこと』筑摩書房、平3・5）

金井景子「代表作ガイド　十六歳の日記」（田久保英夫他『〈群像日本の作家13〉川端康成』小学館、平3・7）

原善「私（豊正）」（『川端康成作中人物事典』「国文学〈臨時増刊号〉」平3・9）

森晴雄『十六歳の日記』（「解釈と鑑賞」平3・9、後『川端康成『掌の小説』論――「心中」その他』龍書房、平9・4）

黒崎峰孝「川端康成日記考――川端日記の基礎的研究――」（川端文学研究会編『川端文学への視界7』教育出版センター、平4・3）

松浦寿輝「見ることの閉塞」（「新潮」平4・6）

羽鳥徹哉「中学時代の川端康成」（『作家川端の展開』教育出版センター、平5・3）

橋本治「生という半身を欠いて」（『〈日本幻想文学集成20〉川端康成』国書刊行会、平5・6、後『秋夜小論集』中央公論社、平6・12）

小林幸夫「解説――十六歳の日記（抄）・祖母の為に（志賀直哉）」（田中実・馬場重行・原善編『対照読解　川端康成〈ことば〉の仕組み』蒼丘書林、平6・2）

石上文正「神話としての『伊豆の踊子』」（「岡崎学園国際短期大学論集」平6・3）

土居龍二「さまよえる霊――川端康成とともに――」（『私の川端康成』文化書房博文社、平7・3）

川嶋至「川端康成日記の改変」（「学苑」平7・9）

川嶋至「川端康成「十六歳の日記」研究史抄」（「学苑」平7・11）

川嶋至「「十六歳の日記」自作解説の変転」（「学苑」平8・1）

馬場重行「川端康成「十六歳の日記」私論――〈ことば〉の力――」（「日本文学」日本文学協会、平8・2）

栄井温郎「川端康成の描く少年像について――その初期作品を中心に」（「大阪青山短大国文」平8・3）

川嶋至「川端康成の「原日記」忘却説への反論」（「学苑」平8・9）

川嶋至「忘却の意味するもの――「十六歳の日記」の場合――」（「学苑」平8・11）

小菅健一「「十六歳の日記」試論――〈処女作品群〉論の前提として――」（「山梨英和短期大学紀要」平8・12）

川嶋至「「十六歳の日記」原形への遡行の試み（上）（下）」（「学苑」平9・1、平9・8、9合併号）

伊吹和子「瞳の伝説『十六歳の日記』」（『川端康成　瞳の伝説』PHP研究所、平9・4、初出の「東京新聞」平9・1・29～4・2水・木曜日夕刊連載「思い出の川端康成」全18回では、第8回「編集会議（2）」2・20に言及があるのみ）

伊吹和子「縁ある人とともに　川端文学の原点――進藤純孝」（『川端康成　瞳の伝説』PHP研究所、平9・4）

高橋真理「「十六歳の日記」の内と外」（川端文学研究会編『川端文学への視界12』教育出版センター、平9・6）

杉井和子「川端康成の写生と象徴――大正の短編を中心として――」（川端文学研究会編『川端文学への視界13』教育出版センター、平10・6）

原善「十六歳の日記」（羽鳥徹哉・原善編『川端康成全作品研究事典』勉誠出版、平10・6）

原善「川端康成「十六歳の日記」論――病いの記憶／記録の病い――」（「上武大学創立三十周年記念論集」平11・2、後『川端康成　その遠近法』大修館書店、平11・4）

清水寿美江「卒業研究　川端康成の孤児体験と文学への影響（抄出）――『十六歳の日記』を中心に――」（「めじろ」平11・3）

杉井和子「「十六歳の日記」」（田村充正・馬場重行・原善編『〈川端文学の世界1〉その生成』勉誠出版、平11・3）

羽鳥徹哉「解説　二つの原体験――「孤児根性」と恋愛体験」（『伊豆の踊子・骨拾い　川端康成初期作品集』講談社文芸文庫、平11・3）

古閑章「「弓浦市」論――〝読みの共振運動論〟の試み――」（田村充正・馬場重行・原善編『〈川端文学の世界3〉その深化』勉誠出版、平11・4）

竹内清己「死生観」（田村充正・馬場重行・原善編『〈川端文学の世界5〉その思想』勉誠出版、平11・5）

井上義夫「記憶の歩み――「川端康成」の誕生」（「新潮」平11・6）

鈴村和成「幽体論――川端康成における『源氏物語』の痕跡」（「文学界」平11・7）

宮崎尚子「川端康成「十六歳の日記」論」（「方位」平12・3）

猪瀬直樹「川端康成と雑誌文化」（日本ペンクラブ編『文学夜話　作家が語る作家』講談社、平12・11）

張月環「『十六歳の日記』――音の写生――」（『川端康成の美の性格』サン・エンタープライズ、平13・11）

谷口幸代「「十六歳の日記」注解・解説」（『読んでおきたい日本の名作　伊豆の踊り子ほか』教育出版、平15・12）

大久保喬樹「第一章　孤児の感情と血筋への執念」（『川端康成――美しい日本の私』ミネルヴァ書房、平16・4）

岡本和宜「川端康成「十六歳の日記」本文考――「あとがきの二」の問題」（「皇學館論叢」平16・6）

兪載信「川端康成「十六歳の日記」論――盲目と感覚」（「大学院研究年報」中央大学、平17・2）

高橋正雄「精神医学的にみた川端文学」（「精神分析&人間存在分

析」平17・12）

金森範子「続・西方寺――「十六歳の日記」に隠されていた「篝火」の西方寺」（「小品」平18・11）

舘健一「初期川端文学における記憶の表象」（「二松学舎大学論集」平21・3）

沼田真里「『十六歳の日記』論」（「法政大学大学院紀要」平21・3）

（「川端康成作品論集成」第五巻より収録）

「名人」研究史

細谷　博

「名人」は川端康成が特に愛着を示した作品である。「より多く愛着があるし、より多く満足してゐる」（「独影自命」昭28・2）、「拘泥のない愛着を感じてゐる」（『呉清源棋談・名人』「あとがき」昭29・7）、あるいは、自作の中で好きな作品はと聞かれ「名人」と答えた（長谷川泉「川端文学における「名人」」、後掲）等の発言や証言があり、何より十数年をかけた改稿という事実がある。その上、戦後へまたがる執筆とあって「雪国」と並び称される「名人」は、川端作中で注目すべき一篇であるはずだが、従来「批評の対象とされることの少ない作品」（松坂俊夫・後掲）とされてきた。

昭和十三年、川端は、本因坊秀哉名人と木谷実七段（作中では大竹七段）が対戦した本因坊名人引退碁（昭13・6・26～12・4）を、主催した東京日日・大阪毎日新聞社の依頼で観戦し、「本因坊名人引退碁観戦記」を七月から十二月にかけ「東京日日新聞」「大阪毎日新聞」に六十六回連載した。連載終了後「これをいつか小説風に書き直してみたいと思つた」（「独影自命」十四）というとおり、戦中から戦後にかけて小説「名人」が書き継がれたのである。観戦記と、その後発表された作品群は下記のとおりである。

〈「名人」関連作品〉　◎は刊本

「本因坊名人引退碁観戦記」（「東京日日新聞」「大阪毎日新聞」昭13・7・23夕刊～12・28夕刊）
「本因坊秀哉名人」（「囲碁春秋」昭15・8～10）
「名人」（「八雲」昭17・8）
「夕日」（「日本評論」昭18・8、12、昭19・3）
「花」（「世界文化」昭22・4）
「未亡人」（「改造」昭23・1）
◎「名人」（『哀愁』昭24・12）、「名人」（昭17・8）を収録
◎「名人」（『十六巻本全集第十巻』昭25・5）、「名人」（昭17・8）を収録
「名人」（「新潮」昭26・8）
「名人生涯」（「世界」昭27・1）
「名人供養」（「世界」昭27・5）
◎「名人」（『十六巻本全集第十四巻』昭27・9）　〈四十一章稿〉
「名人余香」（「世界」昭29・5）
◎「名人」（『呉清源棋談・名人』文藝春秋新社、昭29・7）　〈四十七章稿〉
◎「名人」（『十巻本選集第七巻』昭31・6）　〈四十一章稿〉
◎「名人」（『十二巻本全集第十巻』昭35・12）　〈四十一章稿〉

◎『名人』（新潮文庫、昭37・9）　〈四十一章稿〉
◎「名人」（『十九巻本全集第十巻』昭44・7）　〈四十一章稿〉
◎「名人」（『三十五巻本全集第十一巻』昭55・12）　〈四十七章稿〉

川端は「本因坊名人引退碁観戦記」を自らの単行本・全集に収めることはしなかつたが（『本因坊全集』別巻、昭45・11に収録）、丹念に加筆した切抜帖を残している。まさに「小説風に書き直してみたいと思つた」（同前）ゆえであろう。そして、昭和十五年一月十八日の秀哉名人の死を経て書かれた「本因坊秀哉名人」（昭15・8～10）から、小説化への試みが始まったのである。

長篇「名人」は『十六巻本全集第十四巻』（昭27・9）に初めて収録されたが、それは戦後の「名人」（昭26・8）「名人生涯」（昭27・1）「名人供養」（昭27・5）の三篇を合体した〈四十一章稿〉（松坂俊夫、後掲）であった。しかし、二年後さらに「名人余香」（昭29・5）を発表した川端は、あらたに〈四十一章稿〉の最終章を削り「名人余香」をつなげた〈四十七章稿〉（松坂俊夫）を『呉清源棋談・名人』（昭29・7）に収めたのである。ところが、その後は、作者生前の選集・全集・文庫本に〈四十七章稿〉は二度と採られず、もとの〈四十一章稿〉が底本とされたのだ。それゆえ、作者死後刊行の『三十五巻本全集第十一巻』（昭55・12）が、あえて〈四十七章稿〉を採用したことが目立つのである。まずは、この二種の「名人」のどちらを定本とするかが一争点である。各々の主張は後掲論文にゆずるが、〈四十一章稿〉派には羽鳥徹哉、保昌正夫、岩田光子、松坂俊夫、今村潤子、鶴田欣也が、対する〈四十七章稿〉派には川嶋至、長谷川泉、登尾豊、小幡瑞枝、高橋千歳、有山大五などがならび、他に並称派ともいうべき谷口幸代がいる。長谷川泉は、さらに加えて未完説を述べた。

「名人」に対する最も早い時期の発言としては、戦時下「八雲」掲載の短篇「名人」（昭17・8）について、浜野健三郎・石川利光・十返一・対馬正・渋川驍・柳町健郎・石光葆・寺町秀雄・牧屋善三「座談会――新文学観確立のために――」（「文芸主潮」昭18・10）があり、十返一（肇）が「川端さんが一流と考へられる日本文学の小ささ」を批判したのに対し、石川利光が「芸道に生きる人」を書き日本の「芸道の本道」を示唆したものと評価した。戦後になると、あらたな短篇「名人供養」（昭27・5）について、神西清・梅崎春生・阿部知二「創作合評――川端文学――」（「群像」昭27・6）があり、神西清が「「死」というものの近まり、あるいは「死」そのものの眼を通して「生」をとらえる」という川端の方法を指摘し、梅崎春生が「枯淡な境地に来た名人のうちから、最後に燃え上ってくるような人間臭を描きたかったのだろう」と解した。今村潤子は、これらの同時代評の中で、石川利光の〈芸道〉と神西清の〈死〉の指摘がその後の「名人」の「読み及び評価の基軸」となったと評している（『川端康成作品論事典　名人』「国文学」昭62・12）。また一方で、同時期に同じく「名人供養」を対象として、北原武夫・浦松佐美太郎・高橋義孝「小説月評」（「文学界」昭27・6）が、「小説と読んでいゝかどうか」に「根本的な疑念がある」とし、「本因坊を愛惜してゐるのか」が判然としないところに魅力があるが、こうした川端文学の「非情性」は「精神のデカダンス」である、と断じたのが注目される。「名人」中の〈敬尊と非情〉のないまぜを衝いた評であり、早くも「名人」批判の一つの型があらわれたといえる。

　翌昭和二十七年に、初めて長篇「名人」が〈四十一章稿〉として刊行された（『十六巻本全集第十四巻』）。これに対する研究者の早い発言としては、短文ながら三好行雄「川端康成【名人】」（『近代日本文学辞典』東京堂出版、昭29・5）が、不敗の巨人が敗れるさまを目撃した感動が再現された「孤高で清冽な印象をたたえた作品」と評したのが目にとまる。

　続いて、「名人余香」（昭29・5）が書かれ、それを加えた〈四十七章稿〉の「名人」が『呉清源棋談・名人』（昭29・7）によって出現するのである。そこには、「小説としては記録の要素が多く、記録としては小説の要素が多いだらう。棋士の心理はすべて私の推量である。これを当人に質したものは一つもない。天候の写し方一つにしても、やはり私の小説である。小説ではあつても、私の精励な凝り性の一面が、観戦記にもこの「名人」にも出てゐる。さうあり得たのは観戦当時の碁好きのせゐばかりでなく、名人にたいする私の敬尊のおかげである。一方、感傷の高調子に過ぎた観戦記の名残りも見える」と述べた「あとがき」が付された。「私の小説」という言葉には、十数年を経て一作を仕上げた川端の自負が感じられる。

　こうして二種の「名人」が出そろったところで、いよいよ長篇「名人」論と呼びうるものが現れてくる。正宗白鳥「今年を回顧して」（「文芸」昭29・12）は、身も蓋もない突き放したような物言いの中から白鳥らしい苦さを伴った「感銘」をのぞかせた。「脳漿を絞り尽くして（中略）パッタリ倒れた人生光景」には川端作品の「詩趣」が欠け、「勝負師の動作や心理を敬意を以つて克明に叙述したゞけ」ではないかと白鳥はいうのだ。前掲の北原武夫等の「小説月評」につづいて〈非情〉を衝く批評であった。この白鳥の評を受けて、上林暁「名人」（「文芸」昭30・2）は、「生きながら死んだ人」である名人を「益々死なせるために」、「生の権化」の大竹七段が引立役を演じさせられたと説いた。時間の順序によらぬ叙述は「対局の帰趨」でなく「名人の運命」をあらわし、「枯淡を帯びた詩」があるとする。詩の有無については白鳥と対立したが、ここにも「名人」評価の一つの型が見られる。榊山潤「『名人』」（「解釈と鑑賞」昭32・2）は、かつて見た名人の印象を「小狡そうな感じ」と証言し（後の論者達が注目した証言である）、〈四十七章稿〉を「前後をおき換え、それでいてちやんと脈絡がとれる書き方」として、短篇合体の「複雑なニュアンスの効果」を指摘した。構成を論じた初期の論である。瀧井孝作「解説」（『名人』角川文庫、昭32・7）は、「記録小説」でありながら名人の気韻など「美しい方へ照明を向けて」書かれたものとし、行書体の「山の音」、草書体の「女であること」に対し「名人」は楷書体で、「堅固」な「鋭角的にきつい切れ味、強い手ごたへ」があると評した。数少ない文体評価の一つである。

　これら作家の批評に対し、研究者としては長谷川泉と磯貝英夫の発言がある。長谷川泉「康成における男の世界」（「動脈」昭32・10、後「名人」と改題し増補）は、実録的要素を持つ「名人」を、処女作「十六歳の日記」の線上にあって、「芸道に精進する純粋無雑な魂そのものの頌歌」であると称讃した。石川利光の芸道論に通じ、中村光夫や川嶋至のいう〈純粋〉ともつながる観点である。川端は女を描くにたけた作家といわれるが人間の純粋を追求する点では男女を問わない、「名人」は「男の世界」だが「逆説的に言えば、川端が憧憬した女の世界なのではないか」と述べつつ、なおも「はりつめた精神の緊張」において「まさしく男の世界」であると説く長谷川の男女へのこだわりが印象的である。磯貝英夫「名人【鑑賞】」（吉田精一編『日本文学鑑賞辞典　近代編』東京堂出版、昭35・6）は、作者の興味はなによりも名人の人間にあり、「同じ芸道に精根をつめる自分自身の運命」をながめたのだとして、小文ながらも明確な作品理解を示した。

　批評家では、中村光夫「純粋の追求」（『川端康成全集月報10』昭35・12。後「『名人』と「日も月も」」と改題）が、名人の死の衝撃によって「観戦記を書き直す」ことをモチーフとし、「死の光に照らされた」中で「人生の象徴としての囲碁の、純粋な姿」を見たものと説いた。長谷川泉もいう〈純粋〉を死の側から見ようとした点で、神西清にも通じる解釈である。山本健吉「解説」（『名人』新潮文庫、昭37・9）も神西清や中村光夫と同様、死によって成った作品と見た上で、さらに「鎮魂歌」ととらえた。「強く張り切った文体」の指摘は瀧井孝作のそれに通じ、単なる性格的角逐でなく碁盤上の「異常な世界」と解し、「十六歳の日記」から「山の音」「眠れる美女」に至る〈老年と死〉を主題とする作品と位置づけている。

　以上、長篇発表から昭和三十年代までは、主に作家や批評家らの批評によって作品の価値がさぐられ、いくつかの読解、評価の方向が見えてきた時期といえる。つづいて四十年代に入ると、ようやく研究的な作品論が中心となってくるのである。

　川嶋至「『名人』の成立をめぐって――『芸』の意味するもの――」（『苫小牧駒澤短期大学研究紀要』、昭40・12）以下、川嶋の三篇の「名人」論は、本格的作品論のはじまりを告げるものとなった。ここに至って初めて成立過程や各篇の内容にわたる検証が行われたのである。その上で川嶋は、たんなる観戦記の小説化ではなく「名人その人の生き方に魅せられての執筆」として〈四十七章稿〉をとった。さらに、川端は勝負事を芸術に高める徳目を「芸」の語に託し、自身に通じる芸術創造に向かう者の姿を名人に求めたと説いた。つづく川嶋至「川端康成の創作意識――観戦記から『名人』へ――」（『位置』、位置の会、昭41・2）は、さらに虚構性や創作意識を見た点で注目に値する。黒百一手での大竹七段の長考は、読者が「大竹七段の行動に疑惑の念を抱く」ように「導いている」とし、「観戦記当時の丹念な記録に拠った執筆」と告げるわりには「虚構部分が多い」と評した。異論も招く刺激的な論点の提示であった。事実と虚構の関係を歴史小説に比したのもユニークである（但し、川嶋は〈四十七章稿〉で「私」＝「浦上秋男」とされたことに虚構化を見るが、谷口幸代（後掲）が説くように、「浦上」の名は既に「七」章以降数回出ていることに注意すべきである）。そして、川嶋至「『名人』試論」（『日本近代文学』、昭41・5）では、「没我の純粋性」を描くことに執筆動機の中心を見、「実在の人物をこれほどの全的興味をもって見つめ、作品化した例は他に見当たらない」とまで述べた。「八雲」掲載の「名人」を名人像の「なまのかたち」として重視し、性癖の「ぼんやり」にも注目している。ただし、名人の金銭への執着の噂を「作者が確固として否定できた」とする断定は、鶴田欣也論（後掲）などとも突き合わせて検討されるべきだろう。

　さらに包括的な論の出現となったのが、羽鳥徹哉（羽鳥一英）

「『名人』論」（長谷川泉編『川端康成作品研究』八木書店、昭44・3）である。羽鳥は〈四十一章稿〉をとり、首尾に死をおいた「痛切な挽歌」（山本健吉に通じる）とした。眼目は「敗退の過程のつぶさな記録」にあり、精神としての碁に生きた名人の滅びゆく運命を描き、また大竹七段も単純な悪玉でなく「果敢な潔癖な人柄」に描かれていると注意した。さらに、名人の姿に駒子像と接しかつ超越するものを見て、両者とも「虚無を超えて生き抜く人間像」とした点が注目される。古い日本への挽歌や戦後世相批判などの諸点にもふれ、「山の音」を中に「千羽鶴」と「名人」を左右に位置づけて、「山の音」の信吾の厳しさはつきつめれば名人と重なるとした指摘も示唆的だった。エドワード・G・サイデンステッカー（Edward G. Seidensticker）は、「川端康成の世界――漂泊と哀愁の文学――」（「ソフィア」、上智大学、昭44・11、安西徹雄訳）で「驚くべき作品」と評し、「名人」の「孤独とさびしさ」は川端の戦後の悲しみに重なり、同時に古くからの日本文化に通じると指摘した。さらに、三年後の英訳本（後掲）の“Introduction”（川端の死より前の一九七二・一月執筆）でも、“a sad and noble symbol”となった名人に川端の戦後の悲哀を見、「名人」を川端の最も美しい“elegy”とした。藤井了諦が、「『名人』――作者の狙いと文体――」（川端文学研究会編『川端康成の人間と芸術』教育出版センター、昭46・4）で、「不敗の名人」の敗退と死に「軍国日本」の運命の暗示を読みとり、「純一無雑」に禅の境地を見、さらに、表現の特徴を列記することで文体分析の足固めを行おうとしたのもこの時期である。

昭和四十七年四月十六日川端康成は死去し、自死の報道が内外に衝撃を与えた。以後は作者没後の論となる。時代はすでに一九七〇年代と西暦で呼ばれるようになっていた。

その五カ月後、サイデンステッカーの訳による“The Master of Go”（Knopf, September 26, 1972）が刊行され、海外でも「名人」が書評の対象となるに至る。「雪国」“Snow Countyr”（1956）、「千羽鶴」“Thousand Cranes”（1959）、「山の音」“The Sounf of Mountains”（1970）につづく4冊目の英訳であった。アイヴァン・モリス（Ivan Morris）は、“The Master of Go”（Washington Post, September 24, 1972）で、簡素な表面の下に豊かなニュアンスとエコーの響く傑作と評し、名人の敗北が日本の価値あるものの消失を暗示し失われゆく美への「痛切な悲歌」となったと指摘し、「禅に似た恍惚」も見出している。クリストファー・ポーターフィールド（Christopher Porterfield）“Rustle of Wind”（Time, v. 100, October 9, 1972）は、自殺したノーベル賞受賞者の4冊目の英訳と紹介した上で、筋立てや人物描写があいまいで「雪国」や「千羽鶴」の西洋人に近づきやすいエロティシズムも無く、碁の話で近寄り難いが、チェーホフの戯曲が分かる読者なら「苛酷な気高さ」を感じ得るとし、老人と若者、伝統と変革の対立の中で「恍惚に似た没頭」や時間の経過を裁断した物語の曲折を評価し、細部にも注目している。また、作家のアラン・フリードマン（Alan Friedman）の“As if Nabokov had reported on Bobby and Boris,”（New York Times Book Review, October 22, 1972）は、チェス好きのナボコフがチェスの大勝負を観戦していたらとウィットある問いから始めて、小説と思った読者も碁の試合記録と思った者も驚くだろう、作者は二つの眼で試合と人間を捉えたが、文体の空白にこそ魅力があると評し、「千羽鶴」の茶道、「蓼喰ふ虫」の文楽と同様「名人」は碁と名人の死を描き、一つの文化が深いレベルで消えてゆく様を示したと指摘した。R・ダニエル・エヴァンス（R. Daniel Evans）の書評（Best Sellers, v. 32, November 15, 1972）も川端が三島と同じく自殺した事を述べてから、碁についての小説として茶道をシンボルとする「千羽鶴」と並ぶが、カポーティーの「冷血」にも通じる記録小説であり、名人と挑戦者の対戦が日本の伝統の崩壊を象徴して碁は分からなくとも緊迫感は伝わるとし、よろめく名人への同情も湧いて「千羽鶴」の詩はなくともより深遠なものがあるとした。また、両作とも近代日本における精神的式典の死を繊細に描いていると説く。さらに、ジョージ・スタイナー（George Steiner）の書評“Gamesmen,”(New Yorker, v. 48, January 27, 1973）は、囲碁の解説から始めて、偉大な老チャンピオンが挑戦者に敗れる典型的な物語（サガ）とし、名人の敗着は至高の伝統の消失であり、日本人に未解決の苦痛を与えた旧から新への変調は川端の一貫したテーマであると解した。その上で、完成の後には敗北しかないとし、「名人」は川端の遺言無き自死を考える鍵となるだろうが、なお碁を知らぬ者にとって、核心は能の亡霊のごとく及び難い作品であると評した。これらは、川端の自死と囲碁への関心を含みつつ、かつての海外の読者が「名人」に何を読み、何を求めたのかを示したものといえるだろう。

武田勝彦「名人」（長谷川泉編『川端文学の味わい方』明治書院、昭48・9）は、心理小説として美とからみあう「醜の導入」を指摘した。大竹七段の封じ手の「醜」に対する名人の憤りに虚構の可能性を見る姿勢は川嶋説に通じ、羽鳥説等と対立する。時の流れに従わずに心の動きを追って作者のペースに巻き込み、虚構性の織り込みで観戦記とは別の世界を創出したとし、川端の男性的な勝負師に似た厳しさも指摘している。旺文社文庫の「解説」では、保昌正夫（『名人』旺文社文庫、昭49・6）が、名人に対する敬尊、親愛、非情は「十六歳の日記」と通じるもので「末期の眼」による作品ととらえて、名人への思いが切実な〈四十一章稿〉をとり、網野菊（「『名人』読後感」、同前）は「無駄の無い、張りつめた、強い文章」と文体を評価した。稲村博『川端康成　芸術と病理』（金剛出版、昭50・10）は、死の主題と宗教的雰囲気、非情な視点と祈りの共存などを指摘した。両面性への言及として、評価の方向は異なるが北原武夫等「小説月評」（前掲）に通じるものである。進藤純孝『伝記　川端康成』（六興出版、昭51・8）は、川端は名人の「ほうつと歩く後姿」に「恋愛も生活も文学の病気で失つてしまつた」自身を感じて「悲劇の果て」を生きる覚悟を得たとし、「年来の懸案」の「雪国」と「名人」を戦後に完結させたのは、「日本古来の悲しみのなかに帰つてゆく」（「哀愁」）「身支度」であると説き、作家論的な読み取りの型を示した。短文ながら、中村光夫「川端康成〔名人〕」（『日本近代文学大事典』講談社、昭52・11）は、名人に対する尋常でない畏敬と愛着が「名人」を調子の高い讃歌とし、碁に芸術と共通するものや人間の運命の象徴を見たのは、川端にとっては、徒労であることが行為の純粋性や美を保証するからであり、川端の人生観、芸術観を端的に示す作品であると説いた。上田真は、英文によるMakoto Ueda “Nobel Prize-Winning Novelist Kawabata Yasunari”(in “Great Historical Figures of Japan,” the Japan Culture Institute, 1978）の中で、「名人」は女の主要人物がいないユニークな作品であるが、川端作品の主要な要素は備えており、主人公が乙女のごとき純粋さで碁を愛し、その一筋の没頭は読者を感動させるとし、旧い日本の代表である老英雄が敗れて没するのは、戦後鎖されていった旧日本の価値の見直しといえるとする。

八〇年代に入ると、さらに過去の説をふまえた論議が重ねられていく。まず長谷川泉が「川端文学における『名人』」（川端文学研究会編『〈川端康成研究叢書7〉鎮魂の哀歌』教育出版センター、昭55・4）で未完説を説いて、「一石を投じた」（今村潤子「『名人』研究史」、後掲）。川端本人の「まだ書くことがある」という発言を伝え、全集類に〈四十一章稿〉を収めたのは、「名人余香」までの〈四十七章稿〉では未完の心残りがあり「一応完結」の〈四十一章稿〉を採って後日を期したゆえ、と推測した。すなわち未完説とは、テキスト二種のどちらにも完成を見ない立場である。また小林一郎は、「『名人』論――その主題への考察を中心に――」（川端文学研究会編『〈川端康成研究叢書7〉鎮魂の哀歌』教育出版センター、昭55・4）で、朝鮮戦争に至る「名人」執筆はつねに戦時下だったと指摘し、流転の世に処す人間の象徴化、芸術化に主題を見た。〈戦時下〉の問題は、先の藤井了諦や後の林武志、今村潤子、兵藤正之助、吉田秀樹の論に及ぶが、小林のいう、様々な対立のただ中に「ぼんやり」と立つ名人像は注目される。シャリイ・ドーン・オールニク「『名人』論――四段階の相克――」（武田勝彦訳、川端文学研究会編『〈川端康成研究叢書7〉鎮魂の哀歌』教育出版センター、昭55・4）は、新旧世代や伝統対現代等の相克の中で碁に禅の精神、時間超越や仏性等を読み取り、名人に生死を超越した悟りの体現者を見ようとした。先に挙げた米国の書評に対する批判も論中に含み、外国人研究者による川端理解の一つの方向性を示している。

岩田光子「川端文学の特相（八）――『名人』の魅力――」（「学苑」、昭和女子大学近代文化研究所、昭57・1）は、〈四十七章稿〉は緊密度に欠けるとして〈四十一章稿〉説をとった。カタストロフへと向かう悲劇とした点は進藤純孝（前掲）や兵藤正之助（後掲）につながり、「文学としての観戦記」とし、秀哉夫人と大竹夫人に「シテツレ」の役割を見て、川端の描写の「乾いた暖か味」も指摘した。一方、「名人」論として初めて江戸期からの棋界の歴史と本因坊秀哉の生涯を詳細に述べたのが岸田正吉「『名人』試論〈川端における秀哉像の定着〉」（「指向」、麻布学園国語科有志、昭57・1）であった。岸田は死よりも生を描いた小説とし、「冷厳且穏和、且憐憫」のまなざしで描かれた名人像に川端の自画像をも見ている。松坂俊夫「『名人』小考」（『〈現代国語研究シリーズ12〉川端康成』尚学図書、昭57・5）は、既述のとおり二種の本文を〈四十一章稿〉と〈四十七章稿〉として整理し、共に完結とは言い難いが、川端の評価は前者にあったとした。前者に構成、余情、密度の優をいうところは他説同様である。林武志「川端康成の人と作品」（林武志編『〈鑑賞日本現代文学15〉川端康成』角川書店、昭57・11）は、川端が見たのは自身の姿だけでなく、戦時の状況下での「没我の純粋性」や「芸（文学・芸術）の至純」であり、「狂気と表裏をなす世界」に「身を置いて生き抜こう」とする姿勢を指摘した。小林一郎の論（前掲）に通じる観点である。今村潤子「川端康成『名人』論」（「尚絅大学研究紀要」昭58・2）は、「死・敗戦・魔界」からの考察を説き、死を核とする。碁の敗北を時代の死として敗戦と重ねた川端が、勝敗にこだわらず芸道に生きる名人に敗戦後の日本人の理想像を見たと述べ、「千羽鶴」に通じる死による美への昇華は一休の「魔界」との出会いによるものとした。敗戦と重ねる見解は藤井了諦以来のものである。今村のテーマ的な考察に比して、鶴田欣也の「『名人』の構成と感動」（「解釈と鑑賞」昭59・3）は、作品の仕組みや技巧を解明せんとする論考の代表である。鶴田は、記録の現実感を逆手にとった虚構があるとして、発展部を九～二十七章と二十八～四十一章に二分し、導入部で殉教者にまで清めた名人を碁の土俵に送るが、観察者でもある「私」が名人の「わがまま」を批判し、やがて「わがまま」から「没入」の三昧境へ、さらに終結部で勝敗を超えた「脱我」に移ると説いた。黒百二十一に対する名人の感情の爆発はその品位を落とすが、「対局最後の段階に上昇するための足場」だったとする解釈は斬新である。

この時期に至って、本格的な研究史である今村潤子「「名人」研究史」（林武志編『川端康成戦後作品研究史・文献目録』教育出版センター、昭59・12）が出現した。主要論文を追って解説と評価を行い、「名人」論の連なりと多様な方向性の確認がなされたといえる。文体論の必要性を指摘し、さらに、作者の厭う「末期の眼」や「禽獣」が多く論じられ、最も好む「抒情歌」や「名人」の論が多くはないことに川端文学の「謎が秘められている」と説く。ここで研究史的に従来の諸説が位置づけられたことで、以後はさらに緻密な読解や幅広い観点、鋭い問いかけが必要とされることとなった。今村は「川端康成作品論事典　名人」（「国文学」昭62・12）でも、従来の論の評価を行っている。石川利光（「〈座談会〉新文学観確立のために」昭18・10）の〈芸道〉と、神西清（「創作合評――川端文学」昭27・6）の〈死〉を以後の「評価の基軸」としたことは既に述べたが、さらに敗戦の観点から諸論を紹介し、魔界の視座の必要を説いた。

藤井了諦、小林一郎、林武志、今村潤子につづいて時代を問題としたのが兵藤正之助「川端康成論――「名人」を中心に――」（「関東学院大学文学部紀要」昭59・12）である。戦時下の「名人」「夕日」が、厳しい時代に「品稟や風韻」のある名人の悲劇性を描いたことを評価し、一方で川端の戦中の紀行文を批判した。死がカタルシスとなって名人の全ての記憶を浄化し作品化を促したとする点が、前掲の岩田光子説と比されるだろう。さらに、民俗学的知見を取り入れようとしたのが有山大五「川端康成『名人』論――特に「異常の世界」設定と芸継承の儀式をめぐって――」（「昭和文学研究」昭61・7）であった。有山は伝統と新興勢力の対決のセレモニーを芸継承の「たまふり」と意味づけ、奥行きある観点をもたらした。つづいて、吉田秀樹「川端康成、戦中から戦後への創作意識をめぐって――『名人』推敲を一手掛かりに――」（「昭和文学研究」昭63・7）も、戦時下の他作と比較することで、川端の「英霊の遺文」同様「名人」にも戦中の「黙祷のつつしみ」があるが、死顔に感傷も礼拝もない「写真の感情」に絞ったのは、戦後初作「女の手」の相対化に通じる戦後への踏み出しであると説いた。森安理文「名人――喪われていく造型への鎮魂」（『川端康成　ほろびの文学』国書刊行会、平1・10）は、一枚の死顔の写真から小説「名人」がふくらんだのではと推測し、死顔とのたわむれに川端文学の死の影と美学を見て、滅びゆく日本の精神的結晶として徒労に命をかける名人像に主題をおいた。

九〇年代になるとより多彩な研究があらわれてくる。登尾豊

『名人』」(「解釈と鑑賞」平3・9)は、記録小説という先入観を捨て、ただの小説として読んでいいという。名人の死と祖父の死との重なりをふっきって「名人」がなるまでに十余年を要したと指摘し、「絶対無価値」に挑む棋士に芸術家の極北を見て、「一芸に執して、現実の多くを失つた」者への挽歌に文学上の覚悟を語ったと説いた。木幡瑞枝「六　名人」(『川端康成　作品論』勁草書房、平4・6)も「一篇の挽歌」ととるが、追悼の情による「十六歳の日記」とはまったく異色の作品とした上で、たんなる世代の交代や人生の変転でなく、名人その人の「余香としてのなつかしさ」の味わいをこそ描いたものと説いた。夏剛「『名人』にみる三重の「私」と川端康成の「実」――古典的、道―禅的、「反射描法」的な読解の試み」(中西進編『日本文学における「私」』河出書房新社、平5・12)は、「美しい日本の私」を引き、日中古典作品の詩的想念の重層化によって、川端文学における東洋的な「私」の奥行きをさぐろうとした。高橋千歳「川端康成『名人』小論」(「日本文学ノート」、宮城学院女子大学日本文学会、平6・1)は、〈四十一章稿〉と〈四十七章稿〉の違いを「名人の死」と「名人への執着」のテーマの差異とし、川嶋至同様、私生活の充実を知らず無私に生きる名人への愛着が作の中心にあるとして〈四十一章稿〉説を主張した。率直な本文比較による検証である。黄翠娥「『名人』論」(「日本語日本文学」、輔仁大学外語学院日本語文学系、平9・7)は、「病弱な老芸人」が名人という肩書きを背負って若い世代の挑戦を受け、敗れて死すという「悲愴美に満ちた哀れな世界の創造」にこそ主題があるとした。従来の重い文化的読み取りに対して異を唱えた点が注目される。

谷口幸代「川端康成と浦上玉堂―『名人』論をめぐって」(「人間文化研究年報」21号、お茶の水女子大学人間文化研究科、平10・3)は、「私」の名「浦上秋男」は浦上玉堂に由来し、玉堂の秋の絵への感動から日本美継承の意志を託したもので、「山の音」の「尾形信吾」の琳派を継ぐ命名と一対とし、〈四十七章稿〉で姓名が明示された後、再び〈四十一章稿〉が選択されて「秋男」名が消失したことに注目して、性の深淵の追求(「みづうみ」や「眠れる美女」)に対する「封じ手」と解した。あらたな視野を拓こうとした試みである。ここで、近藤裕子「名人」(羽鳥徹哉・原善編『川端康成全作品研究事典』勉誠出版、平10・6)が、二種の本文形について、従来の作家論的観点からの選択と異なり、岩田光子の前掲論は作品の緊密度を基準として研究者・批評家の側の決定権を求めたものと評価した。選択結果は異なるが高橋千歳論も作品を基準とした検討といえる。さらに、近藤は自然に沿わない語りの時間性、対局室や対局地移動の空間性、語りの位相、表現特性などの検討や、観戦記読者からの反響、他の観戦記との比較など同時代言説の中での考察が手つかずであると訴えている。

小林恭二「川端文学・私の一篇　名人」(「新潮」平11・6)は短文だが、書き手と対象の距離について、一定の視座獲得に必要な固定化されない「微妙なアクセルワーク」があると指摘した。〈敬尊と非情〉のないまぜを相手に、読み手にも同様の微妙さが必要かと思わせる一文である。つづくヨシオ・イワモト(石田敏治訳)「時間の暴虐―「名人」論」(川端文学研究会編『世界の中の川端文学』おうふう、平11・11)は、伝統と近代の衝突、時間の問題の二点から考察し、名人の「ぼんやり」を永遠の現在に生きる姿ととらえ、それが近代の重圧下で崩壊する過程が描かれたとした。日本の伝統と西洋近代の衝突とする理解はやや図式的だが、テーマを暗示する点描画やクロノロジーの破砕が読者をも「ぼんやり」させる技法だと解し、時間の強迫観念を問題とした姿勢には、耳目を引く現代性が見られる。

　二十一世紀に入ると、林武志編『川端康成研究文献総覧』（二松学舎大学東洋学研究所、平13・3）が、CD付の精密な文献目録として登場した。この労作の出現によって、これまでに蓄積されてきた作品論や作家論の検索が容易になり、考察の手がかりが一挙に広がったといえるだろう。今村潤子「川端康成と福永武彦――「末期の眼」と「死者の眼」を中心に――」（『川端文学への視界』銀の鈴社、平14・6）は、福永武彦「風土」の画家・桂と秀哉名人を比較して、前者が人生の中に芸術を見るに対し、後者は人生を切り捨てて芸術の完成をめざす者とし、「近代人の内面の苦悩」を描く福永と「現実を美に昇華する」川端との違いを指摘した。芸術家像検討のさらなる試みといえる。

　ここに来てほぼ論点は出つくしたかに見えるが、さらに、文体分析をふくめた細部の解釈、叙述法や構造の分析、川端他作との比較、作中の時代と執筆時の状況の理解、内外の古典との響き合い等々、あらたな考察の余地はまだあるはずである。その上で、一体、作品「名人」の価値（または限界）はどこにあるのか、とあらためて問うべきだろう。名人賞揚か、現実直視か、あるいは両者のないまぜか。〈敬尊と非情〉のせめぎあいの評価は、まさに川端文学の本質にかかわる論点となるからである。

（平成21年5月稿）

（『川端康成作品論集成』第五巻より収録）

「名人」研究文献目録

細谷　博

浜野健三郎・石川利光・十返一・対馬正・渋川驍・柳町健郎・石光葆・寺町秀雄・牧屋善三「座談会――新文学観確立のために――」（「文芸主潮」昭18・10）

神西清・梅崎春生・阿部知二「創作合評――川端文学――」（「群像」昭27・6）

北原武夫・浦松佐美太郎・高橋義孝「小説月評」（「文学界」昭27・6）

三好行雄「川端康成【名人】」（『近代日本文学辞典』東京堂出版、昭29・5）

正宗白鳥「今年を回顧して」（「文芸」昭29・12）

上林暁「名人」（「文芸」昭30・2）

榊山潤「名人」（「解釈と鑑賞」昭32・2）

瀧井孝作「解説」（『名人』、角川文庫、昭32・7）

長谷川泉「康成における男の世界」（「動脈」昭32・10、後「名人」と改題して『川端康成論考』明治書院、昭40・6、三枝康高編『川端康成入門』有信堂、昭44・4、『川端康成論考　増補版』明治書院、昭44・6、林武志編『〈鑑賞日本現代文学15〉川端康成』角川書店、昭57・11）

磯貝英夫「名人【鑑賞】」（吉田精一編『日本文学鑑賞辞典　近代編』東京堂出版、昭35・6）

中村光夫「純粋の追求」（「川端康成全集月報10」昭35・12、後「川端康成全集附録11」昭55・12、後「「名人」と「日も月も」」と改題して『《論考》川端康成』筑摩書房、昭53・4）

山本健吉「解説」（『名人』新潮文庫、昭37・9）

中畑善雄「川端康成（二）」（『人と作品　現代文学講座10集　昭和編Ⅲ』明治書院、昭39・6）

川嶋至「『名人』の成立をめぐって――『芸』の意味するもの――」（「苫小牧駒澤短期大学研究紀要」昭40・12）

川嶋至「川端康成の創作意識――観戦記から『名人』へ」（「位置」昭41・2）

川嶋至「『名人』試論」（「日本近代文学」昭41・5、後『美神の反逆』北洋社、昭47・10）

江崎誠致「名人引退碁」（『昭和の碁』筑摩書房、昭42・10）

羽鳥徹哉（羽鳥一英）「『名人』論」（長谷川泉編『川端康成作品研究』八木書店、昭44・3、後 増補版、昭48・1）

北條誠「日本の音色」（『川端康成　心の遍歴』二見書房、昭44・2）

川嶋至「現実からの飛翔――「雪国」と「名人」――」（『川端康成

の世界』講談社、昭44・10）

E・サイデンステッカー（安西徹雄訳）「川端康成の世界――漂泊と哀愁の文学――」（「ソフィア」上智大学、昭44・11）

藤井了諦「『名人』の鑑賞――文体を中心として――」（「滋賀県高校国語教育研究会会誌」昭46・3）

藤井了諦「『名人』――作者の狙いと文体――」（川端文学研究会編『川端康成の人間と芸術』教育出版センター、昭46・4）

瀬戸内晴美「私の一篇『名人』」（『川端康成読本』新潮社、昭47・6）

Edward G. Seidensticker, “Introduction,” in Yasunari Kawabata, “The master of go,” tr. by E. G. Seidensticker, Knopf, September 26, 1972

Ivan Morris “The Master of Go,” Washington Post, September 24, 1972, p. BW 8

America, v. 127, October 7, 1972, p. 265（ノーベル賞作家川端康成著の『名人』と、題名等紹介のみ）

Christopher Porterfield, “Rustle of Wind,” Time, v. 100, October 9, 1972, p. 56

Edmund Fuller, “The Science and Ritual of Go,” Wall Street Journal, v. 180, October 18, 1972, p. 14

Alan Friedman, “As if Nabokov had reported on Bobby and Boris,” New York Times Book Review, October 22, 1972, pp. 4, 24

Victor Howes, “Mastering the stone bead game,” Christian Science Monitor, v. 64, October 11, 1972, p. 11

R. Daniel Evans, Best Sellers, v. 32, November 15, 1972, p. 289

Christian Science Monitor, v. 64, November 22, 1972, p. B 2（前掲Victor Howesの書評の引用）

Saturday Review, v. 55, December 2, 1972, p. 80（簡単な紹介のみ）

George Steiner, “Gamesmen,” New Yorker, v. 48, January 27, 1973, p. 89

Anthony Thwaite, “Japanese Lucky Jim,” Observer, March 4, 1973, p. 37（“Botchan”の書評を含む）

“Going, going, gone,” Times Literary Supplement, March 16, 1973, p. 303

武田勝彦「名人」（長谷川泉編著『川端文学の味わい方』明治書院、昭48・9）

保昌正夫「解説」（『名人』旺文社文庫、昭49・6）

網野菊「『名人』読後感」（『名人』旺文社文庫、昭49・6）

野上彰「川端康成先生」（『名人』旺文社文庫、昭49・6）

“New in Paperback,” New York Times, September 8, 1974, p. 34（前掲Alan Friedmanの書評の引用）

稲村博「一　死の主題」（『川端康成　芸術と病理』金剛出版、昭50・10）

進藤純孝「第三部　第一章　戦中帰郷」（『伝記　川端康成』六興出版、昭51・8）

中村光夫「川端康成〔名人〕」（『日本近代文学大事典』講談社、昭52・11）

Makoto Ueda, “Nobel Prize-Winning Novelist Kawabata

Yasunari," in "Great Historical Figures of Japan," the Japan Culture Institute, 1978, p. 306
津川武一「生をおごそかに見つめる――「名人」――」（『死にとりつかれた川端文学』医療図書出版社、昭54・8）
小林一郎「「名人」と花」（「川端文学研究」昭54・9）
長谷川泉「川端文学における『名人』」（川端文学研究会編『〈川端康成研究叢書7〉鎮魂の哀歌』教育出版センター、昭55・4、後『川端文学の機構』教育出版センター、昭59・5）
小林一郎「「名人」論――その主題への考察を中心に――」（川端文学研究会編『〈川端康成研究叢書7〉鎮魂の哀歌』教育出版センター、昭55・4、後「名人――「主題」の考察――」と改題して『川端康成研究――東洋的な世界――』明治書院、昭57・9）
シャリイ・ドーン・オールニク（武田勝彦訳）「『名人』論――四段階の相克――」（川端文学研究会編『〈川端康成研究叢書7〉鎮魂の哀歌』教育出版センター、昭55・4）
長谷川泉「名人」（『心象幻想――川端文学へのいざない――』アート・プロデュース株式会社出版部、昭56・4）
岩田光子「川端文学の特相（八）――『名人』の魅力――」（「学苑」昭和女子大学近代文化研究所、昭57・1、後『川端文学の諸相――近代の幽艶――』桜楓社、昭58・10）
岸田正吉「「名人」試論〈川端における秀哉像の定着〉」（「指向」、昭57・1）
松坂俊夫「「名人」小考」（『〈現代国語研究シリーズ12〉川端康成』尚学図書、昭57・5、後『川端康成「掌の小説」研究』教育出版センター、昭58・10）
林武志「川端康成の人と作品」（林武志編『〈鑑賞日本現代文学15〉川端康成』角川書店、昭57・11）
今村潤子「川端康成「名人」論」（「尚絅大学研究紀要」昭58・2、後『川端康成研究』審美社、昭63・5）
鶴田欣也「『名人』の構成と感動」（「解釈と鑑賞」昭59・3、後「名人」と改題して『川端康成論』明治書院、昭63・3）
小林一郎「紫陽花――『名人』――」（『花曼陀羅――川端康成の心――』アート・プロデュース株式会社出版部、昭59・9）
森晴雄「名人（川端康成）」（『〈解釈と鑑賞別冊〉現代作品の造型とモデル』昭59・11）
今村潤子「「名人」研究史」（林武志編『川端康成戦後作品研究史・文献目録』教育出版センター、昭59・12）
兵藤正之助「川端康成論――「名人」を中心に――」（「関東学院大学文学部紀要」昭59・12、後『川端康成論』春秋社、昭63・4）
有山大五「川端康成『名人』論――特に「異常の世界」設定と芸継承の儀式をめぐって――」（「昭和文学研究」昭61・7）
今村潤子「川端康成作品論事典　名人」（「国文学」昭62・12）
吉田秀樹「川端康成、戦中から戦後への創作意識をめぐって――『名人』推敲を一手掛かりに――」（「昭和文学研究」昭63・7）
森安理文「名人――喪われていく造型への鎮魂」（『川端康成　ほろびの文学』国書刊行会、平1・10）
登尾豊「『名人』」（「解釈と鑑賞」平3・9）
佐藤隆之「作品のあらすじ『名人』」（「解釈と鑑賞」平3・9）
木幡瑞枝「六　名人」（『川端康成　作品論』勁草書房、平4・6）
夏剛「『名人』にみる二重の「私」と川端康成の「実」――古典的、

道―禅的、「反射描法」的な読解の試み」（中西進編『日本文学における「私」』河出書房新社、平5・12）

高橋千歳「川端康成『名人』小論」（「日本文学ノート」宮城学院女子大学日本文学会、平6・1）

羽鳥徹哉「名人」（『日本現代文学大事典　作品篇』明治書院、平6・6）

有山大五「『名人』」（「解釈と鑑賞」平9・4）

黄翠娥「『名人』論」（「日本語日本文学」、輔仁大学外語学院日本語文学系、平9・7）

谷口幸代「川端康成と浦上玉堂――『名人』論をめぐって」（「人間文化研究年報」お茶の水女子大学人間文化研究科、平10・3）

近藤裕子「名人」（羽鳥徹哉・原善編『川端康成全作品研究事典』勉誠出版、平10・6）

小林恭二「川端文学・私の一篇　名人」（「新潮」平11・6）

ヨシオ・イワモト（石田敏治訳）「時間の暴虐―「名人」論」（川端文学研究会編『世界の中の川端文学』おうふう、平11・11）

白川正芳「「名人」と中国古代哲学」（「国学院雑誌」平12・10）

林武志編『川端康成研究文献総覧』〈二松学舎大学東洋学研究所研究成果報告書第2〉（二松学舎大学東洋学研究所、平13・3）

今村潤子「川端康成と福永武彦――「末期の眼」と「死者の眼」を中心に――」（『川端文学への視界17』銀の鈴社、平14・6）

片山倫太郎「名人」（『日本現代小説大事典』明治書院、平16・7）

（「川端康成作品論集成」第五巻より収録）

「「反橋」連作」研究史

福田淳子

はじめに

「反橋」は「別冊風雪」創刊号（昭23・10）に「手紙」と題して発表され、「しぐれ」は「文芸往来」創刊号（昭24・1）に、「住吉」は「個性」（昭24・4）に「住吉物語」と題して発表された。三ヶ月おきに発表されたこれら三作品は、『哀愁』細川新書5（昭24・12、細川書店）に初めて収録され、その際に「手紙」は「反橋」に、「住吉物語」は「住吉」と改題されている。「隅田川」は「住吉」の二十二年後「新潮」（昭46・11）に発表され、川端の生前における最後の小説となった。

「反橋」・「しぐれ」・「住吉」三作品の同時代評としては、外村繁が「文芸時評①、③」（「東京新聞」昭23・11・10、12）で指摘するのみで、三島由紀夫が「毎日新聞」（「川端康成ベスト・スリー」「山の音」「反橋連作」「禽獣」」昭30・4・11、後『作家とその名作』）において、初めて「反橋連作」という名称を与えて川端作品のベスト・スリーに数え上げたことが、評価の嚆矢と言ってもよいであろう。三島は三作品を決めるのに困って〈私のずるいやり方〉で「反橋連作」としたのだったが、以後、三作品もしくは「隅田川」を含めた四作品の括り方やその名称をめぐって、様々な見解が飛び交うことになる。以下、筆者は監修者から与えられた「反橋」連作（「隅田川」を含む）に従う。なお、福永武彦「末世の人」（「文芸」昭47・6）によれば、同じ連作に属する作品として、あと二作が予定されていたという。

「反橋」他を連作とする際の名称や括り方の複雑化をはじめとして、「反橋」連作を〝重要な作品〟たらしめている諸処の問題、つまり成立時期・分類・作品内容や様式等々の諸問題は、逆に連作を厄介な作品に仕立て上げてもいる。すなわち、戦後間もなくの発表で古典回帰宣言と呼ばれる作家自身の重要な発言が絡むこと、川端自身が強い関心を示した夥しい古典作品や古美術等が書き込まれていること、自伝的事実が絡むこと、冒頭と末尾に三作共通の呼びかけがあること、明確なストーリー展開がなく随筆的でもあること、二十二年の年月を隔てて再び同じモチーフで書かれた「隅田川」には末尾の呼びかけがなく、しかも川端最後の創作となった作品であること等から、まず作品そのものの解釈が多様に展開されてきた。さらに、このように特殊な性格を持つ作品であることから、川端文学における作品の位置付け、研究方法等が多様であるばかりでなく、個々の問題に対する論者の見解も多岐に別れている。

また、「反橋」・「しぐれ」・「住吉」を収録した作品集『哀愁』には随筆・小説の他、追悼文や裁判の傍聴記に至るまでが渾然一体となって編まれ、川端自身が〝随筆集〟と銘打っている。まさにこの時期の川端自身を表現した作品集なのであり、これらのことが、「反橋」連作の随筆風とも言われる作風や自伝に通ずる内容と相俟って、主人公〈私〉と作家川端との切り離しがたい状況を生み、連作研究の特色を形作ってきたと言える。

　研究史としては、すでに森本穫が「「住吉」連作研究史」（林武志編『川端康成戦後作品研究史・文献目録』教育出版センター、昭59・12）を纏めているが、同研究史が書かれた当時はまだ研究が緒に就いたばかりであり、多様な展開を見せるのはむしろそれ以降である。諸論考のテーマや取り上げられたモチーフごとに分類するならば、初期の研究においては森本・原に始まった〈魔界〉論、引用された古典に重点を置く研究、冒頭の呼びかけにある〈あなた〉の考察等がある。しかし、一つの論考内における考察・言及は多岐に亘っており、複雑に絡み合いながら様々な見解が導き出されている。それぞれを取り出して分類することがかえって論文理解の妨げになる場合があることを考慮して、今回の研究史執筆にあたっては、テーマやモチーフごとの分類ではなく、ほぼ発表順に内容を整理する方法をとった。また、紙幅の都合上、全ての論考について言及できなかったことをお断りしておく。

一　研究の始動

　まず、戸籍調査による事実を掌握した上で作品を解読しようとした羽鳥徹哉「川端康成、母の秘密と身替りの母」（「国語と国文学」昭49・6、後『作家川端の基底』教育出版センター、昭54・1）を挙げる必要があるだろう。川端の母ゲンは、栄吉との結婚の前に栄吉の兄恒太郎と結婚し、恒太郎の死後に栄吉と再婚して康成が生まれたこと等の事実を調査し、川端作品には異父兄妹・異母姉妹を描いたものや、母への疑惑を匂わす作品があることを指摘しながら「反橋」連作に描かれた〝母〟を考察している。さらに〈住吉三部作に、育ての母としてえがかれた女性のイメージに、一番強い影を落しているのは、母の実家黒田家の従姉タマ、通称玉子さんである〉として、事実と対照させながらその理由を記している。

　早い時期から「反橋」連作に注目し、本格的な作品研究の糸口を作ったのは森本穫であった。川端の死の直後に「魔界の住人―川端康成の戦後―」（「函」昭47・9、後「第一章　魔界の住人―追悼川端康成―」と改題して『魔界遊行―川端康成の戦後』林道舎、昭62・3）を書いている。終戦後の作品に特に注目してきたという森本は、〈「魔界」という言葉ほど、戦後の川端の世界を表現するに適切なものはない〉と指摘、〈川端がこの「魔界」に初めて足を踏み入れたのが「反橋」三部作〉とし、「山の音」・「千羽鶴」は〈「反橋」三部作において川端の発見した世界をより小説的に造形したもの〉であり、〈魔界〉に〈最も深く沈みこんだのが「みづうみ」である〉とする。さらに「眠れる美女」・「片腕」から最後の創作となった「隅田川」まで言及し、川端の死を〈文学的な死〉と分析する、いわば壮大な追悼文を思わせる論考ともなっている。森本は、戦後作品にたびたび登場する〈魔界〉という言葉を戦後作品を特徴付ける一つの概念として〈魔界〉論を展開している。森本の戦後作品研究の輪郭はここにほぼ提示されており、以後展開される個々の論考においてより詳細に深められていくのである。

「「反橋」三部作論―その主題と構想―」（「年報」16　広島県高等学校教育研究会国語部会、昭50・3、後『孤児漂白―川端康成の世界』林道舎、平2・4）では、戦中・戦後の低迷期を脱して新たな活動期に入る、その開花作が「千羽鶴」・「山の音」であり、その準備期と開花期の接点をなすのが三部作であると位置付け、共通する冒頭と末尾の呼びかけ・独白体・主人公の現在と過去が一作ごとに明らかになることから、進行する一つの物語と規定する。連作は、人生にやぶれはてた悲痛な老境にある主人公の現在から過去へと遡流し、さらにその原点たる出生・生いたちへと帰着するといった構成を持ち、三部作において〈出生・生いたちと密着したつながりをもつ「悪」と「美」の混淆した世界を描出〉し、〈川端は老境に入った自己と自己の生涯の原点―いわば作者の総体を主人公に流入する手法を、物語という手法をとることによって確立している〉とする。

　森本論の特徴は、主人公の心境と当時の川端の現実を照らし合わせるだけでなく、川端の孤児たる生涯の原点をも主人公に託し、作者総体を主人公に流入する手法を確立したとする点、さらに三部作によって晩年の開花期への確かな足場を獲得し、晩年の作品を〈三部作の主題の広がりと深化〉と指摘した点にある。

　森本穫と時期を同じくして「反橋」連作に注目していたのは原善である。原は「川端康成「反橋」連作論」（「文芸空間」昭54・3、後『川端康成の魔界』有精堂出版、昭62・4）において、川端作品の核とも言える〈孤児〉の扱われ方が敗戦を期に変化し、後期の文学の特徴を〈母恋〉と〈魔界〉の顕在化と捉えて、その原型が「反橋」三部作の構図に認められるとする。「反橋」における冒頭の呼びかけの対象は他界した実母であり、「住吉」で養母を通して実母を求めるが充足は得られず悪心が芽生え、それゆえ「しぐれ」で双子の娼婦によって二人の母を求めることになり、「隅田川」においては自殺の道連れとして若い娘を求める。つまり、他界の母の欠落部を補塡する対象の女性たちは代償物であり、累乗的に憧憬の対象は膨張するという二律背反の世界を〈魔界〉と規定し、魔界の構図を作品内部に見ると同時に、三十代の行平の姿は「みづうみ」の銀平に見ることができ、「隅田川」との懸隔を埋める、より大きな「反橋」連作の世界を想定することも可能とする。そして行平が二度反橋の頂に立っていることから連作内における時間の二重構造を指摘し、悪逆の未来への進行が同時に過去の生の根源への進行であり、その軌跡が〈反橋の構図〉、その到着点が母の子宮であり同時に死であるとする。さらに原は、その構図は作家自身にも対応すると指摘している。連作における〈反橋の構図〉を読み解きながら〈魔界〉を定義し、川端文学における〈魔界の構図〉として敷衍させた刺激的な論を展開した。

　原が連作の呼称を〈「反橋」連作〉とする理由は、〈反橋の構図〉を連作に読み取るためである。また、「隅田川」は三部作と約十年のずれが生じていることを指摘し、その意味でも「反橋」三部作と「反橋」連作とは区別する必要があるとしている。原論で注目すべき点は、「住吉物語」と謡曲「隅田川」を考え合わせながら、これまで言及されることのなかった行平の〈実父と養父は同一人物であるとも考えられ〉ると指摘している点である。のちに原は「〈作家案内―川端康成〉川端康成の戦後―「反橋」三部作からの出発」（『反橋・しぐれ・たまゆら』講談社文芸文庫、平4・9）において、改めて言及している（後述）。

二　研究の展開Ⅰ

羽鳥・森本・原によって先鞭を着けられ、川端自身の伝記的事実との関連、古典との関連、〈魔界〉といった事柄を中心に展開されてきた「反橋」連作研究は、徐々に幅を広げながらバリエーションを増していく。

「反橋」連作に拘り続ける森本が「隅田川」までを視野に入れた「「住吉」連作論—「反橋」から「隅田川」まで—」（川端文学研究会編『川端康成研究叢書　7鎮魂の哀歌』教育出版センター、昭55・4、後『魔界遊行—川端康成の戦後』林道舎、昭62・3）では、これまでの「反橋」三部作論から発展させて「隅田川」を含めた四連作として老年の主題と母恋の主題を読み、〈川端がその恐るべき根元的な闇の領域に初めて足を踏み入れると同時に、その闇の底知れぬ深さをわたしたちに開示して見せた、決定的な作品群〉と規定した。そして、その領域に踏み込む際に準備されていた悲痛な心境の要因として、①敗戦による衝撃、②戦中に読破した古典からの影響、③戦中戦後にかけての自己確認作業による自己再発見、④相次ぐ知友の死による衝撃とみずからの老年の自覚、という四点を整理した。作品の実質とかかわらせた古典作品の意図的な引用、冒頭と末尾の呼びかけ、という手法が戦後の川端の深層を表現するのに適切な方法だったとし、作品に川端の生涯を写し見る解釈の方法はこれまでの論考と変わっていない。新たな点は、言及されていなかった古典の意味を明らかにし、「住吉」には住吉物語から引き出された〈別離と漂泊と邂逅の主題〉が秘められており、幸福な結末の可能性もあったが、深い孤独感が漂う「隅田川」は決定的な断念の言葉で締め括られて連作の円環が閉じられ、連作は作者川端が内面の軌跡を告白する物語とまとめた。森本の最初の論考では「隅田川」を含めずに「反橋」三部作として論じていたが、この論考では「住吉」を重視する方向に変わり、〈戦後の出発期を考える場合のみ「『反橋』三部作」〉と呼び、「隅田川」を含めた形で〈『住吉』四部作〉、〈『住吉』連作〉と呼ぶのが最も妥当だとした。

こののち森本は、これまでの論考の集大成とも言うべき「「住吉」連作（脚注・解説）」（森本穫・平山三男編『注釈遺稿「雪国抄」・「住吉」連作』林道舎、昭59・10）をまとめ、「反橋」連作に引用された古典の出所や意味を明確にし、それらの作中での役割を整理した。また、「住吉物語」の本格的な調査へと向かい、「住吉物語から「住吉」へ」（『川端文学への視界3』教育出版センター新社、昭62・12）をまとめている。

「住吉」を、やはり他の二作品とは違った特色を持つ作品として分析するのは、林武志「本文および作品鑑賞　住吉」（『鑑賞日本現代文学第15巻　川端康成』角川書店、昭57・11）である。林は「住吉」を、「反橋」・「しぐれ」が〈主人公行平（あるいは生母・養母）の物語と、その間に点綴される古典・古人・古美術品への感懐とが心的には内通ないしは照応していても、物語の進展と関わりないのに比べ、今本「住吉物語」のつまらなさと〈母の住吉物語〉が直接的に対照され、かつ渾然一体となって物語られている〉として区別し、作者が〈意識的に採用した技法であり、三部作大団円にふさわしい在り方〉と指摘した。おそらくそれゆえに、林は〈「住吉」三部作〉と呼び、「隅田川」を含めたものを〈連作〉としたと思われる。また林は、三部作の筋立てで見る限り〈「あなた」とは、その筋立てからいって三作とも生母を指している〉とする。

羽鳥が実証的立場から指摘した〃母〃の問題は、作中に描かれる孤児たる〈私〉の〃母恋〃として指摘され、川端自身と重ね合わせられながら様々な考察がなされてきた。このような中で、川端の自伝的作品を一つ一つ辿りながら〃母〃に限らず〃家族〃を考察する中で「反橋」連作に言及したのは、金井景子である。金井は「川端康成・家族の肖像―幼少年期を素材とした作品をめぐって―」（「媒」昭60・8）において、川端の作家としての出発期のメイン・テーマは〈孤児根性からの脱却及び自己救済〉であり〈書く〉ことがその方途であったと、まず指摘する。彼が模索した自己救済の方向を二つに捉え、一つは「伊豆の踊子」で成就し神話化し、もう一つは不完全なまま生涯を貫いて晩年に至る。小説の方法として〈過去〉と〈現在〉を往還するという基本構造は常套手段であるが、限られた記憶の限界を知りつつ敢えて書かれたのが「故園」であり、そこからの脱却をはかろうとしたのが「住吉」連作（「隅田川」までの四作）であるとする。祖父・祖母・姉・父・母と、家族の描かれ方を辿りながら、母のみが空白のまま戦後に持ち越され、「住吉」連作を川端の回答が呈示された一つの帰着点であるとする。欠落した母を行平が父似ではなく継母似だったとすることで補完、最後の作品「隅田川」では失われた家族たちを作品に呼び戻すのを断念する。自伝的作品中の母の欠落の問題に言及し、その回答が示された作品が「住吉」連作であるとして、作品とともに作家の問題を読み解いた。

また、森本論を受けて古典引用を重視する形で論を展開した三宅晴美は、「川端康成「住吉」連作序説」（「芸術至上主義文芸」昭60・11）において、「住吉」連作として「隅田川」までを視野に入れ、各作品の大まかな構造にふれながら、〈私〉とはどのような人物かを読み解く手立てとして主人公行平の名は在原行平を擬したとする森本論に注目しつつも、森本とは別に三つの考察を加える。また、森本論の一部を受け、在原行平と〈私〉とを繋ぐ源氏の須磨流謫の意味を考察し、住吉物語の継子譚中に貴種流離譚の原型を指摘する。貴種流離譚は魂の遍歴と母性による救済を語るものでもあり、魂の充足を求めて流離する〈私〉も同様であるとする。在原行平の事跡を踏まえた須磨明石の巻は、源氏が孤児ゆえに満たされぬ思いから女性遍歴を重ねることで罪障感・欠落感を深める物語であり、そのような源氏に〈私〉を重ね見る。三宅は「住吉」連作を〈遙かな〈あなた〉に宛てて虚空に放った書簡とも言える形式〉の〈宛先不明の四通の手紙〉と捉え、似た形式の書簡体小説「父母への手紙」が川端自身の危機的状況の下で書かれたのと同様、終戦後相次いだ知友の死や養女を得たこと等によって孤絶の意識や死の牽引力が強まった時期に〈個としての自己存在を確認したいという方向〉と〈個を掬い上げ、包み込んでくれる永遠なるものに融合したいという方向〉という二者の交錯する地点で成ったのが「住吉」連作であり、〈私〉延いては川端の〈母恋〉を通して、生い立ちの過程で背負わされた決定的な欠落感や独特の死生観の一端を描いているとする。

森本・原の〈魔界〉論を発展させようとした論には、磯田直美「川端康成「住吉」連作論―〈魔界〉とその終焉―」（「玉藻」フェリス女子大学国文学会、平3・10）がある。これまでの研究では「住吉」連作と〈魔界〉との関連の指摘が手薄であるとし、「住吉」連作における〈魔界〉を定義し、〈双なるもの〉を通して、連作に一貫している〈あなた〉を明らかにし、主人公行平の生涯を考察しようとしたもの。森本・原が〈魔界〉論を展開しているものの、その終焉までは論じられていないとして、「隅田川」に〈魔界〉の終焉を読み取ろうとする。本来〈一人〉であるはずの母が生母と継母となり、母が〈二人〉となった時から〈私〉の生涯が〈狂った〉。それを正常に戻そうとするために〈虚なる母〉を希求するが、それは上昇を意味し、〈二人〉の母という〈実〉は下降を意味する。その二律背反の生涯を〈魔界〉と定義した。連作冒頭の呼びかけの〈あなた〉は〈虚なる母〉に他ならず、「隅田川」の結び〈今はむかしとなりました〉でその希求は断念されている。〈「今はむかし」と吐露する行平は、既に〈魔界〉にはいない〉、〈「今はむかし」と〈魔界〉を客観視するもう一人の自分を形成することで〈魔界〉からの離脱を計った〉とする。「住吉」連作における〈魔界〉とは、そこに告白されている行平の生涯を指し、行平は自らの死をもって〈魔界〉に決着をつけようとした、とする。〈一人が二人〉〈二人が一人〉〈二人で一人〉〈二人は二人〉、〈子宮〉の生母と〈乳房〉の継母、〈子宮〉と〈乳房〉を兼ね備えた母等、多様な表現が工夫されているが、〈魔界〉の定義が揺らぎ、〈魔界〉の語で裁断しようとするのはかえって逆効果ではないかという印象を受ける。

なお、前出「川端康成「反橋」連作論」（「文芸空間」昭54・3）において、〈ここではそれ以上立ち入らない〉として〈父〉の問題を留保した原善は、「〈作家案内―川端康成〉川端康成の戦後―「反橋」三部作からの出発」（『反橋・しぐれ・たまゆら』講談社文芸文庫、平4・9）において、実母に行平を身籠もらせた実父と、養母と結婚した養父は同一人物であるとして、連作の背後に隠された謎を「住吉物語」・「謡曲隅田川」を重ね見ながら読み解き、さらに「千羽鶴」の菊治と父をめぐる女性たちとの関係、「みづうみ」で少女追跡をする銀平と父母の物語にまで敷衍して、魔界における父の存在を跡づけている。

三　研究の展開Ⅱ

平成に入ると、近代文学研究において海外の理論を用いた文学研究が増え始め、「反橋」連作研究においても、これまでの作家論・作品論とは方法の異なる「語り論」「テクスト論」が混じり始めて、新たな展開を見せる。

近藤裕子「川端康成『隅田川』の語り　自己消去としての〈問い〉」（「解釈と鑑賞」平3・4）では、「住吉」三部作に共通する冒頭の〈問い〉は、〈あなた〉の特定化と所在捜しであると同時に、〈私〉を特定しようとする自己同一化の試みであるとする。しかし、末尾で同様に繰り返されることで、冒頭の問いに対する応答として流れたはずの物語は宙吊りになり、〈私〉の存在証明の試みを一気に無意味化する。かすかな願いに支えられて次の小説へと進むが、同じ繰り返し、つまり〈自己消去する《語り》の構造〉と捉え、「隅田川」においては末尾の問いが無いかわりに「それも今はむかしとなりました」という全てを過去化する〈語り〉によって「反橋」から始まった全てのものを消去した、とする。

同じ近藤の「『住吉』三部作」（「解釈と鑑賞」平3・9）では、行き合いの場である〈住吉〉にある〈反橋〉の頂上は彼岸と此岸を分かち結ぶ場所であり、橋によって世界が分けられると同時に世界が繋がれ、それはパラレルな関係であるとする。橋を渡る前は生母と継母の境界がなかった〈私〉にとって、橋を渡ることでその境界が生まれ、また両方が繋がるとし、〈両義性〉を橋のアナロジイとして様々に分析している。

石川巧は「秘すれば花なり、秘せずば花なるべからず―「反橋」三連作―川端康成論（四）」（「叙説」平10・2）において、「反橋」連作を論ずるにあたって直面する基礎作業を〈テクストを語るためにテクストを語るための〈文法〉を語り続けなければならないような倦怠〉と表現し、そのような作業の反復は〈テクストそのものを痩せ衰えさせてしまう危険〉を持つとして、これまでの研究方法に一石を投じた。「反橋」・「しぐれ」・「住吉」の三作をそれぞれ完結したものと捉え、それぞれのテクストが前半部分では古典文学や美術品について触れ、後半部分では前半をもとに〈私〉自身の記憶が辿られ収束するという共通の構成を持つ物語として、それぞれのテクスト分析を行っている。〈あなた〉とは誰なのかという問題については、問題設定自体が不毛であり、〈あなた〉と呼べる人がどこにもいないからこそ、それを希求し続けるのだとする。最後に、この連作において〈私〉が心惹かれる文学の言葉はほとんどが〈曖昧なもののうちに宿る確かなものを掴みたいという願い〉につながっており、〈私〉にとっての書くという行為は〈秘すれば花なり、秘せずば花なるべからず〉の意志をもって〈言葉を、文学という領域に連れ出すこと〉だったとまとめている。

なお、石川は「隅田川」は三作を俯瞰しながら対象化して別の地層を重ねたものと捉え、三作は〈線的な展開ではなく、同心円上をまわり続けるようならせん的構造〉であり、〈三部作〉ではなくあくまでも〈連作〉と呼び、〈三連作として捉える立場〉と〈四連作として捉える立場〉が併存していて〈それぞれを別の次元で論じることができる〉とし、多様な解釈の可能性を示唆している。

上田渡は「「反橋」連作論―語り手「私」にみることばの意味伝達への懐疑―」（田村充正・馬場重行・原善編『川端文学の世界2〉その発展』勉誠出版、平11・3）において、「隅田川」までの四作を連作と捉え、冒頭と末尾に繰り返される〈あなた〉を実体化していく作品論的読みを展開してきた羽鳥・森本・原を研究の初期段階とし、近藤・石川の〈あなた〉を実体化しないテクスト論で研究の第二段階に入ったとする。そのテクスト論の功罪や近藤・石川論の相違を指摘しながら、上田自身もまたテクスト論の立場から〈あなた〉論を展開する。連作において、視覚的コミュニケーションの曖昧さに対して音声的コミュニケーションの絶対性を指摘し、言語コミュニケーションでは意味伝達は不可能であり、〈私〉は独自の〈意味づけ〉により聴覚コミュニケーションを絶対のものとしてきたとする。〈あなた〉は〈私〉の〈語り〉をすべて聞いてくれる聞き手だが、実体を伴わないために〈私〉の〈語り〉に出口はない。テクスト内に〈あなた〉の居場所はなく、テクストと読者という関係の中で意味づけるならば〈あなた〉は〈読者〉以外にない、と読む。「反橋」連作は〈語る―聞くコミュニケーション〉の絶対的な優位性を伝えるテクストであり、〈私〉は言語コミュニケーションによって何かを伝える行為そのものの不毛性を嘆いており、〈私〉の〈語り〉は〈私〉の死によって完成されるに違いない、とする。このような言語コミュニケーションへの懐疑が「抒情歌」以来の川端文学の生成に関与しており、〈言語に対する絶望的なまでの疑いが、逆説的に作家の言語による創作意欲を刺激していくというメカニズムが、川端文学の中心的な〈思想〉として理解され、認知されて初めて、川端文学研究の新しい地平が見えてくる〉と閉め括る。

以上、近藤・石川・上田論のような新たな展開が見られる一方で、従来の論にオリジナリティを加えようとする論考も続く。

河野育子は「川端康成「反橋」小考」（「神女大国文」神戸女子大学国文学会、平11・3）において、原・磯田と同様に、反橋の形状に着目し、物語内容から行平の精神状態を図式化した論はあるが作品の枠組みとしての構成及び何故〈橋〉という形であるかについては触れられていないとして、〈〈橋〉の意味を踏まえた上で「反橋」の構造とそれを支える技巧を明らかにすること〉を試みる。反橋の構造上の〈穴〉に注目し、穴は補助（アシスト）であると同時に欠損であり、〈橋〉は生と死を結びつける象徴〈かけわたすもの〉としての場であること、〈生にやぶれ果て死も近い〉と自覚した〈私〉が〈補助と欠損〉という両義的な〈穴〉のある反橋を再訪し渡ることは、自己の生から死へと辿ることであり、人生のエポック的な意味を含むとして、反橋の構造と作品「反橋」に類似した構造（相似形）を見る。また、古典を織り込む物語の技巧を〝元テクスト→新テクスト→再構成〟という移行の繰り返しにより〝古典〟から新たな意味を生成する〈揺らぎ〉の技巧と分析し、物語の足場として読み進む物語世界と、それらを支える古典群の世界の橋渡しとなって、新たな物語の構築を可能にさせているとし、物語の時間を縦軸、物語内容の時間を横軸に〈私〉の軌跡を図式化して説明する。さらに〈あなたはどこにおいでなのでせうか〉という冒頭と末尾の問いかけは「反橋」の両袂に配置されるとして、〈養母—実母〉〈私—須山〉〈私—あなた〉から〈対〉の構造を捉え、生と死、現実と非現実という異なる世界を一つに架け渡す〈橋の機能〉が基底にあるとする。〈橋〉の意味と構造を捉えるべく、様々な角度からアプローチした論考となっている。

期を同じくして、河野同様「反橋」を取り上げて〈橋〉そのものの役割を考察したものにダニエル・ストラック「「反橋」における〈橋〉—象徴と解釈」（「近代文学論集」日本近代文学会九州支部、平11・10）がある。〈橋〉は多様な象徴性を持ちうるシンボルであるが、これまでの「反橋」研究においてその探求が十分になされていないとして、日本文学および外国文学にも目配りしながら〈橋〉の象徴的役割を考察し、整理している。〈反橋〉は中国の〈呉橋〉が日本風にアレンジされたもので、実用性の低い〈死んだ橋〉を意味する。「反橋」の中核は反橋上での告白の場面、その告白を受けて悪逆の未来を進むために反橋は〈逆転の場〉を意味する完璧なシンボルである。また、橋は全人生を俯瞰できる場所であり、「反橋」連作では過去・現在・未来に相互の関連性を持たせる場として不可欠の存在となっているとし、〈橋姫伝説〉との関連を指摘する。そのほか、橋が生と死の境を象徴すること、住吉神社の反橋は俗世と神聖な領域との境界を意識させるための装飾性に重点がおかれていること、「反橋」における橋は母と息子の関係を象徴すると同時に破綻の象徴であること、「反橋」が心理的障害を克服する側面を担うこと等を指摘し、川端は〈橋〉の持ちうる象徴性を理解した上で日本独自のニュアンスを取り込みながら「反橋」という傑作を生んだとする。

杉井和子の「「住吉」連作における〈私〉の遍歴」（「〈解釈と鑑賞

別冊〉川端康成　旅とふるさと」平11・10）は、川端と古典との関係は、王朝的な〈かなしみ〉や〈漂泊の魂〉に繋げる視点、あくまで小説作法に注目した関係性、の二つに分けられるとし、川端と古典との関係や結びつきについて考えるとき、古典作品の類似点ではなく〈川端の創作意図の根幹を突き動かすような古典作品の受容として説明されなくてはならない〉と指摘した上で、「住吉」連作が〈あなた〉への呼びかけであることに注目しつつ、古典作品を受け入れて意識的に逸脱していく過程を〈古典との旅〉として考察した。初期の「青い海黒い海」における冒頭と末尾の呼びかけ、「父母への手紙」「抒情歌」の死人への呼びかけ等を通じて〈私〉の告白という主体の確立を見、古典との結びつきが濃厚になる「東海道」では意味より〈音〉の強調とともに主人公植田によってなされる名所・歌枕の確認が「住吉」連作に繋がる作業として重要だったとし、連作で古典を多く引用し死者との対話を装いながら〈実は恋する物の不在を痛感し、それに傷つく〈私〉自体の否定へと向かった〉とした。

宮崎尚子「川端康成「住吉」試論―通底する「かなし」―」（「国語国文学研究」熊本大学、平14・2）では、「住吉」に引かれている伝教大師の和歌が原典と異なり「なかし」が「かなし」となっていることに注目し、川端が意図的に「なかし」を「かなし」としたのか、疑問が残るとしながらも、〈かなし〉をキーワードに連作を読み解く。一連の作品は行平が自分のルーツを探す物語であるとし、『住吉物語』と〈かなし〉という言葉との関わりを考察する。母の語る『住吉物語』にこそ行平の思い入れがあり、母との思い出がある住吉だが、行平には帰れない故郷。その悲しさを『住吉物語』の長歌が代弁していると読む。『住吉物語』からの引用箇所からは姉妹で一人の男性を夫とする関係が見えてくる。継母にとって姉は自分の夫の子を産んだ女に他ならず、継母の嫉妬や絶望の悲しい思いや声が琴の音であり、同時に行平にとっての〈悪心〉をも意味するとする。古典の注釈と照らし合わせながら、「源氏物語」に関する部分の森本注釈の誤りを指摘し、川端の引用と原典との異同を丁寧に考察している。行平の父親に関する言及は原論に既にあるが、一部相違もあり、参考文献に挙げるべきではなかったか。

三浦卓「川端康成「住吉」論―事態としての「引用」―」（「芸文研究」慶應義塾大学芸文学会、平15・6）は、「反橋」・「しぐれ」・「住吉」・「隅田川」を連作として扱うことに疑義を呈し、また「日本回帰」・「古典回帰」・「魔界」という標語での括り方を〈テクストの読みを硬直化させてしまう危険性をはらんでいる〉として、「住吉」のみを取り上げる。『住吉物語』の引用文と地の文との融合を考察し、〈母の住吉物語〉が『住吉物語』に、『住吉物語』が〈私〉に、全ては〈私〉に集約されると指摘。母の声や琴の音などの音声イメージは物語の引用を導くと同時に変質し、〈母の住吉物語〉の位置づけが低下するという構造を見る。さらに、〈私〉は悪心の芽生えた時に起源を求め、語ることによって起源を自ら創り上げていったと捉える。この起源を創っていくあり方こそ〈日本〉〈古典〉などを立ち上げていくあり方と相似形、ゆえに〈日本回帰〉〈古典回帰〉の言説を引き寄せるのではないかと指摘する。「住吉」は、川端のこの時期の居場所としての〈日本〉〈古典〉への興味も含めて、これらが偶然出会った場所であるとした。なお、冒頭と末尾の「あなた」を、石川論は誰でもない対象として書かれていて〈どのようにでも解釈できる〉のではなく〈どのようにも解釈できない〉と指摘したのに対し、〈どのようにも解釈される〉とした。

おわりに

研究として様々な方向性があることはこれまで見てきたとおりである。「反橋」三部作なのか「住吉」三部作なのか、「反橋」連作なのか「住吉」連作なのか、「隅田川」を含めるのか含めないのか、そもそも連作と考えるのか否なのか――、このような基本的な作品の捉え方においてさえ論者による見解は分かれており、しかも正解は存在しない。作品の成立や背景、その他の作品に纏わりつく諸事情の把握、多岐に亘る先行文献の把握等はやはり避けて通れないのではないか。それらを掌握してこそ、論考の方向性が見えてくることは間違いない。作家自身やその発言に惑わされず、そこからいかに距離をおいて研究を展開していくのかが必要である。ところが、冒頭で触れたように、「反橋」・「しぐれ」・「住吉」を収録した作品集『哀愁』を川端自身が〝随筆集〟としたという事実がある。「反橋」・「しぐれ」・「住吉」が作家自身の語りそのものであることを宣言しているようなものであるが、とはいえ作家の希望と研究とはまた別次元の問題である。

それでもやはり、処女作に近い位置にある自伝的作品「油」を、孤児の生い立ちを告白した小説「葬式の名人」を発表した後に再び書き直し、住吉神社の反橋のエピソードを書き加え、戦後になってまた反橋をモチーフに連作を発表し、さらに同じモチーフで作家人生を締め括っているという事実には、作家の一生を決定づけた特別な何ものかを感じずにいられない。

研究史を振り返って新たに、あるいは改めて問題として認識したいのは、「隅田川」発表までの二十二年の間隔をどう埋めるのか、川端自身の発言によって分断された戦前戦後をどのように繋ぐのか、という問題である。また、川端の戦中および終戦直後については、まだ実証に基づく研究の余地は残されている。川端の政治観・戦争観についても、まだ充分に議論されていない。作家個人に立ち返りがちだった作品研究を、どのように時代や社会と絡めて文学史に位置付けていくのかということも、今後の大切な課題である。

（平成21年3月稿）

（『川端康成作品論集成』第六巻より収録）

「「反橋」連作」研究文献目録

福田淳子

外村繁「文芸時評①「白髪」と「手紙」」（「東京新聞」昭23・11・10）

外村繁「文芸時評③「赤い駱駄」その他」（「東京新聞」昭23・11・12）

三島由紀夫「川端康成ベスト・スリー「山の音」「反橋連作」「禽獣」」（「毎日新聞」昭30・4・11、後『作家とその名作』毎日新聞社、昭30・10）

進藤純孝「孤愁の挽歌―川端康成をめぐって―」（『反逆的作家論』現代文芸社、昭32・3）

山本健吉「本文および作品鑑賞　反橋」（『〈近代文学鑑賞講座13〉川端康成』角川書店、昭34・1）

河上徹太郎「「戦後」の投影」（「川端康成全集月報7」昭35・8）

保昌正夫「戦後の川端康成―「千羽鶴」・「山の音」まで―」（「国文学研究」早稲田大学、昭39・10）

福永武彦「解説」（『新潮日本文学15　川端康成集』新潮社、昭43・12）

吉村貞司「美のふるさと」（『川端康成・美と伝統』学芸書林、昭43・12）

平山城児「川端文学と古典の世界」（長谷川泉編『川端康成作品研究』八木書店、昭44・3）

読売新聞文化部「「反橋」三部作の哀傷」（『実録　川端康成』読売新聞社、昭44・7）

川嶋至「第七章　美への耽溺」（『川端康成の世界』講談社、昭44・10）

高階秀爾「川端康成とヨーロッパ美術―鏡のなかの世界―」（「国文学」昭45・2）

川嶋至「戦後文学と川端」（「国文学」昭45・2）

三好行雄「解説」（『抒情歌・たまゆら』旺文社文庫、昭45・4）

吉村貞司「川端源氏など」（「川端康成全集付録14」昭45・10）

坂戸正夫「中世の秋＝川端康成論（10）」（「文学者」昭46・8）

石浜恒夫「川端康成の「座右宝」解説Ⅲ　回想の〝川端美術館〟」（「芸術新潮」昭47・6、後『追憶の川端康成』文研出版、昭48・4）

竹西寛子「東方の歌」（「群像」昭47・6）

川嶋至「白鳥の歌」（「群像」昭47・6）

福永武彦「末世の人」（「文芸」昭47・6）

三島由紀夫「解説」（『〈アイボリーバックス日本の文学38〉川端康成』中央公論社、昭47・6）

森本穫「魔界の住人—川端康成の戦後—」（「函」昭47・9、後「第一章　魔界の住人—追悼　川端康成—」と改題して『魔界遊行—川端康成の戦後』林道舎、昭62・3）
羽鳥徹哉「川端康成、母の秘密と身替りの母」（「国語と国文学」昭49・6、後『作家川端の基底』教育出版センター、昭54・1）
森本穫「「反橋」三部作論—その構想と主題—」（「年報」16　広島県高等学校教育研究会国語部会、昭50・3、後『孤児漂白—川端康成の世界』林道舎、平2・4）
森本穫「戦時下の川端康成—その古典受容を中心として—」（「国語国文論集」安田女子大学、昭52・8、後『〈鑑賞日本現代文学15〉川端康成』角川書店、昭57・11）
森本穫「「みづうみ」私見」（「川端文学研究」昭52・11）
平山三男「『雪国』と遺稿『雪国抄』」（「解釈」昭53・11）
原善「川端康成「反橋」連作論」（「文芸空間」昭54・3、後『川端康成の魔界』有精堂出版、昭62・4）
田村嘉勝「川端康成の戦争体験—「反橋」三部作から—」（「言文」昭54・10）
吉村貞司「晩年の美と真実」（『妖美と純愛』東京書籍、昭54・12）
森本穫「「住吉」連作論—「反橋」から「隅田川」まで—」（川端文学研究会編『〈川端康成研究叢書7〉鎮魂の哀歌』教育出版センター、昭55・4、後『魔界遊行—川端康成の戦後』林道舎、昭62・3）
鈴木靖子「「反橋」論」（川端文学研究会編『〈川端康成研究叢書7〉鎮魂の哀歌』教育出版センター、昭55・4）
平山三男「時空の遊行の果てに—四部作の中の「しぐれ」—」（川端文学研究会編『〈川端康成研究叢書7〉鎮魂の哀歌』教育出版センター、昭55・4）
田村嘉勝「「住吉」論」（川端文学研究会編『〈川端康成研究叢書7〉鎮魂の哀歌』教育出版センター、昭55・4）
林武志「作品研究史〔九〕」（『〈川端康成研究叢書9〉魔界の彷徨』教育出版センター、昭56・5）
林武志「作品研究史〔十〕」（『〈川端康成研究叢書10〉孤影の哀愁』教育出版センター、昭56・10）
井上靖「短篇四つ」（『川端康成全集附録29』昭57・6）
林武志「本文および作品鑑賞　住吉」（『〈鑑賞日本現代文学15〉川端康成』角川書店、昭57・11）
原善「鬱血の美学—川端文学の魔界—」（「文芸空間」昭58・8）
原善「魔界の源流—川端文学における孤児・不妊・魔界—」（「都大論究」昭59・3、後『川端康成の魔界』有精堂出版、昭62・4）
平山三男「川端康成と遺稿「雪国抄」」（森本穫・平山三男編『注釈遺稿「雪国抄」・「住吉」連作』林道舎、昭59・10）
森本穫「「住吉」連作（脚注・補注）」、「「住吉」連作解説」（森本穫・平山三男編『注釈遺稿「雪国抄」・「住吉」連作』林道舎、昭59・10）
森本穫「「住吉」連作研究史」（林武志編『川端康成戦後作品研究史・文献目録』教育出版センター、昭59・12）
金井景子「川端康成・家族の肖像—幼少年期を素材とした作品をめぐって—」（「媒」昭60・8）
三宅晴美「川端康成「住吉」連作序説」（「芸術至上主義文芸」昭60・11）

上坂信男「4　『住吉』とその連作」（『川端康成―その『源氏物語』体験―』右文書院、昭61・1）

朝日新聞学芸部編「竹西寛子さんと反橋を読む」（『名作52　読む見る　聴く』朝日新聞社、昭61・1）

東郷克美「魔界の彼方へ―「二人で一人、一人で二人」の幻―」（『国文学』昭62・12、後『異界の方へ　鏡花の水脈』有精堂、平6・2）

森本穫「住吉物語から「住吉」へ」（『川端文学への視界3』教育出版センター新社、昭62・12、後『作家の肖像―宇野浩二・川端康成・阿部知二―』林道舎、平17・1）

平山三男「『山の音』〈川端康成〉―分裂する老い―」（『解釈と鑑賞』平1・4）

森安理文「住吉三部作―伝統の亡霊」（『川端康成　ほろびの文学』国書刊行会、平1・10）

近藤裕子「川端康成『隅田川』の語り　自己消去としての〈問い〉」（『解釈と鑑賞』平3・4）

近藤裕子「『住吉』三部作」（『解釈と鑑賞』平3・9）

磯田直美「川端康成「住吉」連作論―〈魔界〉とその終焉―」（『玉藻』フェリス女子大学国文学会、平3・10）

城田慈子「川端と古典―『隅田川』をめぐって―」（『芸術至上主義文芸』平3・11）

竹西寛子「〈解説〉「母」なるものへの旅心」（『反橋・しぐれ・たまゆら』講談社文芸文庫、平4・9）

原善「〈作家案内―川端康成〉川端康成の戦後―「反橋」三部作からの出発」（『反橋・しぐれ・たまゆら』講談社文芸文庫、平4・9）

平山三男「川端康成『住吉』三部作と『隅田川』―『源氏物語』の構造から―」（『解釈と鑑賞』平4・10）

宮内淳子「解説――反橋・小町の芍薬（岡本かの子）」（田中実・馬場重行・原善編『対照読解　川端康成〈ことば〉の仕組み』蒼丘書林、平6・2）

竹西寛子「反橋―川端康成」（『読みなおす一冊』朝日新聞社、平6・8）

中山みづ江「川端康成「反橋」連作における「隅田川」の位置」（『鷗外・康成・鱒二　長谷川泉ゼミナール論文集』國學院大學大学院長谷川泉ゼミナール編、平6・10）

土居龍二「『反橋』『しぐれ』『住吉』（三部作）について」（『私の川端康成』文化書房博文社、平7・3）

山田吉郎「川端康成の〈魔界〉小説の系譜とその特徴―魔界の包摂するもの―」（『解釈と鑑賞』平9・4）

石川巧「秘すれば花なり、秘せずば花なるべからず―「反橋」三連作―川端康成論（四）」（『叙説』平10・2）

山中正樹「「反橋」連作論―憧憬と冒瀆の物語―」（『豊田短期大学研究紀要』平10・3）

栗木陽子「しぐれ」（羽鳥徹哉・原善編『川端康成全作品研究事典』勉誠出版、平10・6）

野村昭子「隅田川」（羽鳥徹哉・原善編『川端康成全作品研究事典』勉誠出版、平10・6）

深澤晴美「住吉」（羽鳥徹哉・原善編『川端康成全作品研究事典』勉誠出版、平10・6）

小澤次郎「反橋」（羽鳥徹哉・原善編『川端康成全作品研究事典』勉誠出版、平10・6）

上田渡「「反橋」連作論―語り手「私」にみることばの意味伝達への懐疑―」（田村充正・馬場重行・原善編『〈川端文学の世界2〉その発展』勉誠出版、平11・3）

河野育子「川端康成「反橋」小考」（「神女大国文」神戸女子大学国文学会、平11・3）

永栄啓伸「川端康成と谷崎潤一郎―「反橋」連作を中心に―」（田村充正・馬場重行・原善編『〈川端文学の世界4〉その背景』勉誠出版、平11・5）

杉井和子「「住吉」連作における〈私〉の遍歴」（「〈解釈と鑑賞別冊〉川端康成　旅とふるさと」平11・10）

ダニエル・ストラック「「反橋」における〈橋〉―象徴と解釈」（「近代文学論集」日本近代文学会九州支部、平11・10）

秋山駿・勝又浩・曾根博義・縄田一男「歴史小説から日本人が見える」（対談）（『歴史小説の世紀　天の巻』新潮文庫、平12・9）

濱川勝彦「私のなかの私―川端康成的二重身」（「国文学」平13・3）

永野悟「「反橋」連作―その感興について―」（「群系」平13・10）

宮崎尚子「川端康成「住吉」試論―通底する「かなし」―」（「国語国文学研究」熊本大学、平14・2）

深澤晴美「川端康成「浮舟」論―〈哀愁〉の果て／〈反橋〉の頂き―」（「芸術至上主義文芸」平14・11）

三浦卓「川端康成「住吉」論―事態としての「引用」」（「芸文研究」慶應義塾大学芸文学会、平15・6）

高橋真理「身体の左右、左右の身体―川端康成「片腕」「古都」「隅田川」」（「別冊国文学」平18・2）

松原知生「古美術の／というメディウム―戦後の川端文学の一側面」（「西南学院大学　国際文化論集」平19・2）

仁平政人「「反橋」連作論―川端康成の〈戦後〉へ―」（『川端文学への視界22』銀の鈴社、平19・6）

毛利優花「同性愛的な憧憬―川端康成住吉連作論」（「文学研究科論集16」金城学院大学大学院文学研究科、平22・3）

メベット・シェリフ「母の損失という語り―川端康成の「住吉」連作における転移と反復―」（「東海学園大学研究紀要」15（シリーズB）人文学・健康科学研究編、平22・3）

高橋依子「連作「反橋」論―母子関係と幻想」（『川端文学への視界25』銀の鈴社、平22・6）

（「川端康成作品論集成」第六巻より収録）

『舞姫』研究史

野末　明

『舞姫』は、「朝日新聞」朝刊に昭和二十五年十二月十二日から昭和二十六年三月三十一日まで一〇九回にわたり掲載（一月二日は休載）された。昭和二十六年七月十五日に朝日新聞社から発行された。同年八月十七日には成瀬巳喜男監督で東宝で映画化された。映画の脚本は新藤兼人で公開に先んじて「映画評論」（昭26・7）に掲載された。

研究史的記述は、森安理文「舞姫」（長谷川泉・武田勝彦編『〈解釈と鑑賞臨時増刊号〉現代新聞小説事典』至文堂、昭52・12）の評価が始めで、ついで原善「〈川端康成作品論事典〉舞姫」（「国文学」昭62・10）・高橋真理「舞姫」（羽鳥徹哉・原善編『川端康成全作品研究事典』勉誠出版、平10・6）と続く。森安は、川端の「あとがき」（『川端康成全集10』昭27・3）はあくまで作者の「自解」にすぎず、山本健吉「解説」（『舞姫』市民文庫（河出書房）、昭28・4）の同時代の社会を描いているという論は表面的なものにすぎないとしたうえで、三島由紀夫「解説」（『舞姫』新潮文庫、昭29・11）をあげ、三島のものが本質を衝いているとする。わたしは、森安のこの三者の見方の指摘は評価するものだが、森安と違うのは三つとも大事だと思うし、実際研究史を方向づけているのである。

「あとがき」で作者は、娘の品子が主人公なのに母親の波子が主人公のようになりすべてが中途半端で終わってしまったと未完の理由をいう。そして映画では「小牧バレー団の日高惇」が主人公になるところが岡田茉莉子が抜擢されたこと、「波子の家」がなじみの「北鎌倉のジンギスカン料理屋、好好亭」であることを記し、この小説が川端の関心を持っていたバレーなどの舞踊や事実との関係が強いことを気付かせるのだ。

三島の論は周到で未だ新鮮さを失っていない。登場人物の「誰一人、他の一人の運命を決定的に変へるやうな力はもつてゐない」で「用意周到に、無力感が配分されてゐる」という。波子もまた「能の鬘物のシテのやうに」「哀れふかく描かれて」いて「絶望を絶望のままに享楽するすべ」を理解しているとする。そして、「息切れの早い、ほつと息をつき」「何度も足を止めるやうな文体」は「深い岩盤を隠し」「隔靴掻痒のリアリズム」ともいうべきもので描かれている。その「もつとも成功」したのが矢木で「失敗」したのが竹原という。「波子を前面に置き、矢木を後景に置い」てこの作品は成功したが、「すべての無力は、矢木の無力から流出し、」「無力の支配下にある」とする。作者は矢木と波子に「芸術と生活に」「分裂」していると論じる。「魔界」についても初めて触れて矢木も波子も「魔界の住人」たるには「資格に欠け」「無力」だと一蹴する。

最後に、川端は女に「何の夢も抱か」ない作家であり、むしろ「美少年的なもの」が彼にとって「永遠の美」だったと説く。『舞姫』を論じて川端文学の本質をえぐる論点が出そろった優れた論である。三島は後に「〈作品紹介〉舞姫」（『文芸読本　川端康成』河出書房新社、昭37・12）で表題の中に「美しいもの、充たされたものを求めて乱舞する人間の永劫回帰の姿勢の象徴」を読み取っている。

三島論を参考にして最初に本格的な論を展開したのは昭和五十五年の笹淵友一「『舞姫』論」（川端文学研究会編『〈川端康研究叢書8〉哀艶の雅歌』教育出版センター、昭55・11）であった。単行本刊行から三十年近く過ぎそれまで単なる「通俗小説」として扱われていたが、この論によって本格的な論が展開された。『舞姫』の重要性は長く認識されず遅きに失したといえよう。この論の糸口は、この「あとがき」にあった。笹淵は母親の波子が主人公になった理由として「連想によって構想の具体化を求める川端の創作方法」と「川端の意識が品子の新しい世界よりもむしろ波子の古い世界にあった」ことに原因を求めるが至言といえよう。笹淵はそこから「戦中戦後の川端美学の重要な問題」の「主題化」に考察を進める。そのうえで三島の論を援用して、波子・品子・矢木・竹原らの人物像を解析し、「家庭」が「既に崩壊している」として、「この家庭崩壊の事実」を「戦後の社会風俗の中に位置づけた」とする。「社会小説」だが、「単なる社会小説、風俗小説と区別される」点は、「戦後社会における川端の切実な思想的体験が主題化されているからだ」とする。それは、「戦後の世相、風俗、現実に背を向け、「もののあはれ」の世界に帰還しようとした」川端の意識であった。「「もののあはれ」の象徴は波子」で、夫の「矢木」は「対極的な人物」として「精神的賎民」として「嫌悪感」をもって描かれる。『舞姫』は「「もののあはれ」の視点から波子と矢木とを描き分けた典型的な例」だとする。「波子」は「戦中、戦後における川端の思想的分身」と結論づけた。いわば三つの見方を笹淵は統合し、その後の『舞姫』論を決定づけた。

また『舞姫』には「魔界」なる語が初出である。最初に言及したのが三島であった。主題にかかわるものとしてとらえたのが能沢寿彦「〈川端康成演習レポート〉『魔界』に関する一考察」（『立教大学日本文学』昭51・7）である。矢木の示した「魔界」は、「中世偈頌への解釈と己の解する「魔界」との交叉」その「交叉の内の微妙な気配」で、波子にとっては、「通常の生活と観念を法外に踏み破ったり、陥れたりする或る運命の如きもの」である。この『舞姫』では「一種総合的な角度から「魔界」を造形」しようとし、「多面性」をはらむが「発端」を「なぞらえたのみ」となったとする。一方黒崎峰孝は「川端康成における『魔界』思想―『仏界易入、魔界難入』を手掛かりとして―」（『明治大学日本文学』昭54・9）で「魔界」は、「自己問答の域」を抜け切れず「川端の内面で肉化」されなかったとする。能沢は、作品の中の「魔界」の意味と、登場人物への造形のされ方を述べ説得力があるが、黒崎は、意味と造形を分けておらず説得力に欠ける。「魔界」を論じた論は黒崎のように大体曖昧である。もっと具体的に「魔界」と主題を関連させたのが岩田光子「川端文学の特相（五）」（『学苑』昭54・1）である。矢木は「波子や、母親びいきの品子を仏界にまつり上げ」「魔界でうたう矢木の歌は、背徳の美の賛歌」で「センチメンタリズムへの挽歌」である。しかしそれは「表向き」にすぎずむしろ「常識的視点からは煩悩を解脱」できぬ「波子」が「魔界に在るべき存在」だとする。ここに「超現実的、反世俗という心的な裏打ち」が「川端の志向する世界」にあるのである。岩田は矢木より波子に「魔界」をみている。川端は「魔界」を矢木と波子の両者の「造形」に作用させようとしてうまくいってないといえよう。一方、今村潤子は「川端康成『舞姫』論―「魔界」の受容を中心に―」（「尚絅大学研究紀要」昭56・3、後に『川端康成研究』審美社、昭63・5）で笹淵・岩田とは異なり、「矢木の生き方に戦後の川端の生き方の反映を読むことができる」と説き、戦後「作家としては「人間の実存、生の本然の復活確立」をみるためにあえて「魔界」を志向」したとする。羽鳥徹哉は「「みづうみ」における魔界」（「国文学」昭62・12）で、矢木と品子両者に「魔界」を認める。すなわち矢木にとっては、「「魔界に入る」とは生活を守るため愛や人情は排する」ことで、品子にとっては「愛を貫くため、世俗的道徳も自己の生活も捨てて顧みない」ことで、「二つの逆の方向を持った魔界が提示され、後者によって前者が否定される」形で終わるという。ジェイナ・T・ヤマグチ「「舞姫」―そのライトモチーフの研究―」（武田勝彦・高橋新太郎編『川端康成―現代の美意識―』明治書院、昭53・5）は『舞姫』を「二流」の作品として、「舞踊」「時間と財産」といった「ライト・モチーフ」を論じる。「結語」では、「山の音」と比較して「イメージの配慮がそれほどなされておらず」「登場人物に対する読者の配慮も稀薄」である。「魔界の力と恐怖感を、もっと多く登場人物に付与していたならば、さらに本格的な説得力のある作品になっていただろう」と批判する。その批判は明確に冴えてこの小説の欠点を暴き出している。ただないものねだりの所がある。大泉みゆき「「舞姫」論―三人の〈舞姫〉と魔界についてー」（「日本近代文学研究室ゼミ論集近代文学論叢」北海道教育大学旭川分校、平2・2）は、『舞姫』の女性は、「いずれも、自分の気持ちに向かってまっすぐに、強い意志をもって生きることを選んだ」「〈魔界〉に生きる人物」であるのに対し、男性は、「矢木にしても、竹原にしても、現在自分が置かれている状況を守ろうとする傾向がある」と保守的と述べる。長岡達也は「川端康成「舞姫」と「日も月も」についての私見」（「聖カタリナ女子短期大学紀要」昭50・3）で「川端康成は」「生きることの一切のむなしさを感じ」ていたが、それが『舞姫』に反映されていると述べる。大泉も長岡の論も常識論の範疇を出ない。

この「魔界」と「舞踊」を結合した論を展開したのが黒津眞由美の「『舞姫』の愛の表現―オリエンタルの無限の光明と西洋舞踊をめぐって―」（「和洋国文研究」平4・3）である。黒津は、『舞姫』の中に登場する「ニジンスキィの世界」こそ川端の「稀求」した「魔界」として論を進める個性的な論だ。その世界は宇宙と人間との合一を狂気の中で求めたものである。矢木は「愛憎の修羅場地獄に身心をすり減らしたもの」で、波子は「無垢のままの自然感情で「強い意志」によって生続する世界」が「魔界」であり、統一するのが「オリエンタルなもの」と説くのだ。黒津の論は個性的だが、一面的にすぎるところがある。三島が早く指摘した登場人物の「無力感」も見据えねばなるまい。原善が研究史で『舞姫』は『たんぽぽ』との比較が考えられるべきだとしていた指摘を受けて、髙根沢紀子は、「川端康成『舞姫』論」（田村充正・馬場重行・原善編『〈川端文学の世界2〉その発展』（勉誠出版、平11・3）で両作の比較を試みた。多くの共通点をあげ、『舞姫』の魔界の問題が、晩年の『たんぽぽ』でもう一度繰り返されたと論じた。「ニジンスキイに重ねられニジンスキイの悲劇を語る矢木と、崔承喜らに重ねられ、彼女らに思いを馳せる波子も対極な存在」と実証したところにも意義があろう。しかし、『たんぽぽ』と『舞姫』は、ストーリーも場所も全く異なるので短絡的思考は危険である。この論文には最初に詳細な研究史的記述があり、役に立つ。野村昭子は、「『舞姫』論―〈見えないもの〉の呪縛」（川端文学研究会編『世界の中の川端文学』おうふう、平11・11）で「見えないもの」によって登場人物が繋がっていることを論証した。「竹原への「愛」という〈空想力〉の世界」に生きる波子、「〈次の戦争〉への恐怖」を抱く矢木、「強い意志」に生きる品子、「〈見えないもの〉の力に後押し」される高男、と四人を分析した。その上で後述の福田の論に同意し、「〈見えないもの〉の力に背中を押されることによって」「独立に向かう物語」とした。最後に『舞姫』は、「〈魔界〉という〈見えないもの〉の世界への橋渡し的役割を果たした作品」と位置づけた。

「舞踊」に関しては初めて舞踊学の観点から桑原和美が「昭和時代初期の舞踊―川端康成を通して―」（『舞踊学』平2・3）で『舞姫』に触れ、野末明は、「川端康成と踊子―大正〜昭和初期―」（『解釈学』平6・6、後に『康成・鴎外―研究と新資料』審美社、平9・11）で「踊子」の観点から「舞姫」を捉えた。福田淳子が三本の論文で舞踊作品の系列として『舞姫』を捉え、この論がきっかけとなり「舞踊」を論点の中心に置いた作品論が、高見澤・張・鄭・平山城児によって描かれるに至った。現在も中心的な論点である。福田は「川端康成『舞姫』序説―モチーフとしての舞踊―」（『学苑』平3・1）で「舞姫」が川端の戦後の「西洋舞踊の状況」が「ますます通俗へと堕し、純粋な精神が失われつつある」その状況を反映させたものと論じたが首肯できる見解である。そして、川端作品には「『浅草紅団』の溌剌とした舞踊小説の流れ」と「『雪国』に見られる批判の対象」としての流れがあるが、『舞姫』は後者の作品として論を進める。次いで「川端康成における舞踊作品の系譜」（『学苑』平4・1）では「『花のワルツ』以降、十数年の空白の」のち『舞姫』が描かれて、その「舞踊離れ」の理由を「古典舞踊の基本を教えてくれる人がな」いことを清水威久宛書簡で川端は述べた。「川端はバレリーナである波子と結婚した矢木に」「舞踊」を「センチメンタリズム」と「否定させ」それを「退けたところの〝魔界〟を肯定」するという構図を見る。『舞姫』は「最後」の「舞踊小説」になり、以降は「魔界」がテーマに変わっていったと論ずる。「対象の精神が剥離され、主人公との一定の距離が保たれること、こそ〝舞踊〟の発展と考えられる」と「みづうみ」「眠れる美女」「片腕」との関連をみる。すなわち「舞踊」の「テーマ」が「本質が深化した形で」「魔界」のテーマへと発展していくと結論づける。山田吉郎が「川端康成の〈魔界〉小説の系譜とその特徴―魔界の包摂するもの―」（『解釈と鑑賞』平9・6）で「魔界」を「戦後の川端の指向を充たしうる或る閉じられた場（トポス）」と位置づけたように「魔界」の認識は論者によって様々である。福田の「魔界」認識によって「舞踊」から「魔界」への発展は説明できる。福田は前者の論文で、波子のマネージャー沼田の発言が渋澤秀雄「バレエばやり」（『朝日新聞』昭25・12・1）を元にしていることを立証し、後者の論文で従来紹介されなかった都新聞主催の「レヴュウ座談会」が昭和6年10月22日から11月16日まで26回掲載され川端が珍しく雄弁なこと、「バレエ読本」第三版収載の川端の清水威久宛書簡の紹介がなされ貴重である。「川端康成における〝舞踊〟」（田村充正・馬場重行・原善編『〈川端文学の世界４〉その背景』勉誠出版、平11・5）では、川端と舞踊について研究史的記述も交えて簡潔明瞭にまとめている。「女性の美を部分の集合として捉える視覚的な川端の傾向」が顕著な「後期作品」では、「視点人物と対象」の距離は「舞踊」の「発展・深化と考えられる」とすると論じた。

この「バレエ読本」の内容とストーリーの関係を調査したのが高見澤恵子の「川端康成『舞姫』論―バレエからの視点―」（「国文」お茶の水女子大学国語国文学会、平6・1）である。高見澤は、この書から得た知識が「ニジンスキーに関するもの」と立証する。そして矢木とニジンスキーの「イメージの重ね合わせがある」と指摘する。それが登場人物全体に及ぶとする。矢木の発する「魔界」は川端の「舞踊観」を反映しているが、「仏界、入り易く、魔界、入り難し」の役割は矢木も波子も品子も「魔界」には入れない「無力感」を「読者」に「意識」させる所にあるという。高見澤は黒津と同様にニジンスキーを中核に据えるが結論は異なる。「昭和二十五年十月、文部省芸術祭主催公演で小牧バレエ団による「ペトルーシュカ」一幕四場が日本で初演されている」ので「この公演を見て」川端が「あとがき」に映画では「小牧バレー団の日高惇」が主演と思った「可能性」を記すなど註には重要な指摘が多い。次いで鄭香在の「「舞姫」論―芸術舞踊の観点から」（川端文学研究会編『世界の中の川端文学』おうふう、平11・11）は波子・友子・品子の三人の「舞踊の意味」を探った論である。特に友子が妻子のある男性の子供のためにストリッパーになるという所に「舞踊を犠牲にしている」「強い意志で生きていく人間」が描かれていることに注目し、戦前の「舞踊小説との違い」をみる。そして三人にとって「舞踊は過去の美」であり、川端自身にとって同時期の随筆との関わりから理解されるように「舞踊は過去の美」であったことに着目する。初めて「魔界」が描かれていることを指摘し「今の日本、今の私」をよく描いたのが『舞姫』だったとする。福田論と共通の所が多い。次に、張月環の「舞姫」論は、二論文ある。まず「川端康成の舞踊観」（「岡大国文論稿」平12・3）では、「不倫に堕ちるバレエ教師波子と純粋な娘品子の舞踊小説」で「少女」と「娼婦」の二面性を取り上げた。「舞踊は人間存在の本質に属する」として、「川端が描いた舞踊は、神と悪魔の宿る肉体としての「純粋の肉体」の美の追求である。」と好意的に評価する。次に「「純粋の肉体」の裏側―『化粧と口笛』『禽獣』『舞姫の暦』『花のワルツ』『舞姫』などを廻って―」（『川端康成の美の性格』サン・エンタープライズ、平13・11）では、「距離の介在」を言って、「波子と竹原は結婚しないからこそ、二十年来の恋が続けられる。」として、この中に「川端の美」が存在するという。そして「「純粋の肉体」の追求」は、「肉体と精神の相克」をもたらし「悲劇の美」を「現出」するものだと結論づけた。それは川端作品の本質とも関わる。視点はいいが、論証不足の所が見られる。次いで平山城児の「川端康成が〝舞踊〟に抱いていた執念―「禽獣」「舞姫の暦」「花のワルツ」「舞姫」そして「船遊女」」（『川端康成　余白を埋める』研文出版、平15・6）は舞踊に触れる所が多く実証的で手堅い。平山は朝鮮の舞姫崔承喜の言及が多いことに着目、娘の行方不明や本人の死亡年月日を確認する。そして朝鮮動乱など共産主義と民主主義の対立が高まった時期であり、それが『舞姫』にも反映していることを新聞記事と照らし合わせて実証した。また「仏の手」なる舞踊の合掌の仕方を思いだす参考文献が『望月仏教大辞典』によるものだろうと推定する。そして、澤野の提示した原稿を書き直した件については「省筆は決して成功したものとは言えない。」と否定的である。

「社会小説」的側面は、早く山本健吉が主張し、武田勝彦も「川端文学の社会的側面」(「教養諸学研究」昭52・12)で述べた。三島もまた別の論で「この四人の家族の織りなす、一種奇妙な雰囲気は、確かに失われてゆく日本の家族主義の一断面」と論じた。谷口幸代は「川端康成の戦後―廃墟からの出発―」(「国文」お茶の水女子大学国語国文学会、平7・7)で「GHQ、そして〈月〉という構図」に川端の戦後を見た。そして、「「浮かぶでもなく、沈むでもなく」いる白い鯉」は「占領下の日本の隠喩」と「解釈」した。崔順愛「『舞姫』論―外的変化による自己解放―」(川端文学研究会編『川端文学への視界13』教育出版センター、平10・6)は、矢木が「戸主」として体面を保ってきたが、新民法の施行によりその後ろ盾がなくなり波子の実家に扶養される家庭崩壊のただなかにいる哀れな男として描かれるに至ると説く。最後に「敗戦後の「民法改正」という外的変化をきっかけとして家族崩壊の本質を描くと同時に、「自己解放という内的変化の世界を描いた作品」と位置づけた。瀧田夏樹も「『舞姫』―家長の問題」(『川端康成と三島由紀夫をめぐる21章』風間書房、平14・1)で同様の視点から、『舞姫』を『山の音』同様に「家長」の権威失墜の物語と捉えた。

そのほか文体に注目した論は、管見によれば寺井絹子と佐藤信夫の論だけである。寺井は「川端康成『舞姫』の『が』と『は』」(「昭和学院国語国文」平5・3)で『舞姫』の「は」と「が」の用法を調査して、地の文で「が」が人を表す語に付くことは半数に満たないとして、「AがB」でAが「一般的な表現」「物ではない」の例を調査する。その結果「Aは物ではなく、具体的でないものの表現が目立つ。これらのことから、登場人物が、情景の中で描写されて、動くことのない文体」と立証した。この「文体」だからこそ三島のいうように登場人物は「みんな孤独で、誰一人、他の一人の運命を決定的に変えるような力」を持たず「無力」なのだという。また「誰が何した。」という表現は地の文では3パーセントしかなく「動作性が弱められている。」と説く。『舞姫』の「無力感」の原因を文体から解明した優れた論といえよう。佐藤は「対義結合と逆説」(『レトリック認識　ことばは新しい世界をつくる』講談社、昭56・11)で「本来なら両立しない対義概念をいわば強制的につないでしまう〈対義結合〉の例をあげこのような表現が多いと説く。たとえば「波子はだまってゐたが、胸の底に、冷たい炎がふるへた。」という表現である。これを敷衍して高根沢は、前掲論文で「執拗に対極する世界が描かれている」と内容に踏みこんだ。

『舞姫』自体の成立に関しては当時「朝日新聞」の編集担当だった澤野久雄が、小説仕立ての「『舞姫』誕生―師・川端康成との一年」(「週刊小説」昭47・5・12、後「舞姫誕生」と改題して『川端康成点描』実業之日本社、昭47・10)とエッセイ「失われた四枚」(『川端康成全集月報1』昭34・11)で記している。第29回がエロチックなため書き直しを命ぜられたが、それを川端が承諾したもののなかなか仕上がらずぎりぎりで書き上げたという話である。川端の遅筆は有名だが、それ以上に当時のGHQの検閲の激しさがうかがわれる。波子が矢木に抱かれる場面だが、「金の輪がくるくる見えるのよ。」とながながと原稿用紙4枚にもわたり書いてあった。これを短くした現行の本文も円地文子が「『舞姫』について」（「文芸」昭38・8）で「正にエロチシズムの日本的表現の極で」「女の官能の動きを底まで見透して描いてゐるものはほとんどない」と絶賛している。

『舞姫』研究には新聞掲載時と単行本との異同の検証もなされなければなるまい。そして、川端の新聞連載の小説は『浅草紅団』をはじめとして同時代の時事的な話題を取り込むことが多い。それを徹底的に実証することによって、「社会小説」的側面の検証をすると同時に川端の舞踊観を正確に炙り出すことが必要だろう。矢木・波子・品子・竹原の人物論についても「魔界」の住人か否かの議論が盛んで型にはめがちのように思われる。髙根沢は、「〈第4回日中共同シンポジウム〉「舞姫」から見た女性像」（川端文学研究会編『川端文学への視界15』グローバル・メディア社、平12・6）で、従来軽視されていた友子に注目し、「作中の様々な価値を相対化した存在で」「波子や品子を呑みこむ総合的な人物」で「川端の描いた女性の類型の中には収まりきらない存在」と論じている。高見順は、「解説」（『新撰現代日本文学全集3』筑摩書房、昭33・10、後「解説―『舞姫』『日も月も』『みづうみ』『女であること』『水月』―」と改題して羽鳥徹哉編『川端康成・日本の美学』有精堂、平2・6）で『舞姫』には『雪国』同様に「うとましい男を背景にして、女の美しさを描く方法が用いられている」と記す。矢木は「作者によって愛されてはいないことによって」むしろ「執して」おり、「男のいやらしさへのいまいましさを」「投入している」と説く。実作者ならではの鋭い考察で矢木の人物論から川端の方法論へとすすんでいる。『舞姫』自体を細かく読むことによって人物論も多面的になることを示唆しており、今後必要な視点であろう。（本文敬称を略した。）

（平成20年8月稿）

（「川端康成作品論集成」第六巻より収録）

『舞　姫』研究文献目録

野末　明

川端康成（原作）新藤兼人（脚本）「舞姫」（「映画評論」昭26・7）

無署名「〈書評〉美への奉仕「舞姫」」（「文学界」昭26・10）

山本健吉「解説」（『舞姫』市民文庫（河出書房）、昭28・4）

北条誠「解説」（『舞姫』角川文庫、昭29・7）

三島由紀夫「解説」（『舞姫』新潮文庫、昭29・11、後『決定版三島由紀夫全集28』新潮社、平15・3）

高見順「解説」（『新撰現代日本文学全集3』筑摩書房、昭33・10、後「解説―『舞姫』『日も月も』『みづうみ』『女であること』『水月』―」と改題して羽鳥徹哉編『川端康成・日本の美学』有精堂、平2・6）

澤野久雄「失われた四枚」（「川端康成全集月報1」昭34・11）

中村光夫「〈第九巻解説〉年輪の自覚」（「川端康成全集月報4」昭35・4、後「「少年」と「舞姫」」と改題して『《論考》川端康成』筑摩書房、昭53・4）

三島由紀夫「〈作品紹介〉舞姫」（『文芸読本　川端康成』河出書房新社、昭37・12）

円地文子「「舞姫」について」（「文芸」昭38・8）

巌谷大四「『舞姫』川端康成」（『女性のための日本文学100の案内―昭和篇―』協同出版、昭41・5）

澤野久雄「『舞姫』誕生―師・川端康成との一年」（「週刊小説」昭47・5・12、後「舞姫誕生」と改題して『川端康成点描』実業之日本社、昭47・10）

長岡達也「川端康成「舞姫」と「日も月も」についての私見」（「聖カタリナ女子短期大学紀要」昭50・3）

栗原雅直「川端文学における白と死」（「裸馬」昭50・11、後『川端康成―精神医学者による作品分析』中央公論社、昭57・4）

能沢寿彦「〈川端康成演習レポート〉『魔界』に関する一考察」（「立教大学日本文学」昭51・7）

武田勝彦「川端文学の社会的側面」（「教養諸学研究」昭52・12）

森安理文「舞姫」（長谷川泉・武田勝彦編『〈解釈と鑑賞臨時増刊号〉現代新聞小説事典』至文堂、昭52・12）

ジェイナ・T・ヤマグチ「「舞姫」―そのライトモチーフの研究―」（武田勝彦・高橋新太郎編『川端康成―現代の美意識―』明治書院、昭53・5）

岩田光子「川端文学の特相（五）―魔界の考察―」（「学苑」昭54・1）

黒崎峰孝「川端康成における『魔界』思想―『仏界易入、魔界難入』を手掛かりとして―」（「明治大学日本文学」昭54・9）

笹淵友一「『舞姫』論」（川端文学研究会編『〈川端康成研究叢書8〉哀艶の雅歌』教育出版センター、昭55・11）
今村潤子「川端康成『舞姫』論―「魔界」の受容を中心に―」（「尚絅大学研究紀要」昭56・3、後『川端康成研究』審美社、昭63・5）
長谷川泉「舞姫」（『心象幻想―川端文学へのいざない―』アートプロデュース社、昭56・4）
今村潤子「戦後における川端康成―「舞姫」の魔界を中心に―」（「方位」昭56・10）
佐藤信夫「対義結合と逆説」（『レトリック認識　ことばは新しい世界をつくる』講談社、昭56・11）
岩田光子「魔界における美意識としての川端文学」（「星座」昭57・3、後『川端文学の特相』桜楓社、昭58・11）
小林一郎「沈丁花―『舞姫』―」（『花曼荼羅―川端康成の心―』アートプロデュース社、昭59・9）
羽鳥徹哉「「みづうみ」における魔界」（「国文学」昭62・10）
原善「〈川端康成作品論事典〉舞姫」（「国文学」昭62・10）
大泉みゆき「川端康成「舞姫」論―二人の〈舞姫〉と魔界について―」（「日本近代文学研究室ゼミ論集近代文学論叢」北海道教育大学旭川分校、平2・2）
桑原和美「昭和時代初期の舞踊―川端康成を通して―」（「舞踊学」平2・3）
福田淳子「川端康成『舞姫』序説―モチーフとしての舞踊―」（「学苑」平3・1）
福田淳子「川端康成における舞踊作品の系譜」（「学苑」平4・1）
黒津眞由美「『舞姫』の愛の表現―オリエンタルの無限の光明と西洋舞踊をめぐって―」（「和洋国文研究」平4・3）
寺井絹子「川端康成『舞姫』の『が』と『は』」（「昭和学院国語国文」平5・3）
高見澤恵子「川端康成『舞姫』論―バレエからの視点―」（「国文」お茶の水女子大学国語国文学会、平6・1）
野末明「川端康成と踊子―大正～昭和初期―」（「解釈学」平6・6、後『康成・鴎外　研究と新資料』審美社、平9・11）
谷口幸代「川端康成の戦後―廃墟からの出発―」（「国文」お茶の水女子大学国語国文学会、平7・7）
山田吉郎「川端康成の〈魔界〉小説の系譜とその特徴―魔界の包摂するもの―」（「解釈と鑑賞」平9・6）
崔順愛「『舞姫』論―外的変化による自己解放―」（川端文学研究会編『川端文学への視界13』教育出版センター、平10・6）
高橋真理「舞姫」（羽鳥徹哉・原善編『川端康成全作品研究事典』勉誠出版、平10・6）
髙根沢紀子「『舞姫』論」（田村充正・馬場重行・原善編『〈川端文学の世界2〉その発展』勉誠出版、平11・3）
福田淳子「川端康成における〝舞踊〟」（田村充正・馬場重行・原善編『〈川端文学の世界4〉その背景』勉誠出版、平11・5）
野村昭子「『舞姫』論―〈見えないもの〉の呪縛」（川端文学研究会編『世界の中の川端文学』おうふう、平11・11）
鄭香在「『舞姫』論―芸術舞踊の観点から」（川端文学研究会編『世界の中の川端文学』おうふう、平11・11）
張月環「川端康成の舞踊観」（「岡大国文論稿」平12・3）

髙根沢紀子「〈第4回日中共同シンポジウム〉「舞姫」から見た女性像」（川端文学研究会編『川端文学への視界15』グローバル・メディア社、平12・6）

張月環「「純粋の肉体」の裏側―『化粧と口笛』『禽獣』『舞姫の暦』『花のワルツ』『舞姫』などを廻って―」（『川端康成の美の性格』サン・エンタープライズ、平13・11）

瀧田夏樹「『舞姫』―家長の問題」（『川端康成と三島由紀夫をめぐる21章』風間書房、平14・1）

平山城児「川端康成が〝舞踊〟に抱いていた執念―「禽獣」「舞姫の暦」「花のワルツ」「舞姫」そして「船遊女」」（『川端康成　余白を埋める』研文出版、平15・6）

（『川端康成作品論集成』第六巻より収録）

「千羽鶴」研究史

馬場重行

川端康成の戦後作品の中でも言及されることの多い代表作の一つ、「千羽鶴」の発表経緯をまずは見ておこう。

1　作品発表経緯

「千羽鶴」（「読物時事別冊」昭24・5）
「森の夕日」（「別冊文芸春秋」昭24・8）
「絵志野」（「小説公園」昭25・1）
「母の口紅」（「小説公園」昭25・11）
「母の口紅」（「小説公園」昭25・12）

以上が、『山の音』（「山の音」「蝉の声」「雲の炎」「栗の実」「鳥の夢」「冬の桜」）と共に昭和二七年二月、『千羽鶴』という書名として筑摩書房より刊行され、昭和二六年度芸術院賞を受賞、六月には受賞記念限定版五〇〇部も出版された（同書は、「筑摩書房創業三十周年記念出版限定一五〇〇部」として、昭和四五年七月に復刻本が出されている）。その後、「二重星」（「別冊文芸春秋」昭26・10）を加えた『千羽鶴』（筑摩書房、昭27・8）が二月刊本と同装丁で出版された。

この後「続千羽鶴」（後『波千鳥』）が、次のように発表された。

「波千鳥―続千羽鶴」（「小説新潮」昭28・4）
「旅の別離―続千羽鶴」（「小説新潮」昭28・5）
「父の町―続千羽鶴」（「小説新潮」昭28・6）
「荒城の月」（「小説新潮」昭28・9）
「新家庭」（「小説新潮」昭28・10）
「波間―続千羽鶴」（「小説新潮」昭28・12）

これに続けて「春の目―続千羽鶴」（「小説新潮」昭29・3）「妻の思ひ」（「小説新潮」昭29・7）と続稿が書かれたが、後者二編を外した形で『川端康成選集第八巻』（新潮社、昭31・11）に「千羽鶴」として収録された。「千羽鶴」「波千鳥」を通して重要な脇役となる栗本ちか子の孤独死で幕を閉じる「妻の思ひ」は「未完」とされ、作品はまだ書き継がれる予定であったが中絶された。「川端康成『波千鳥』未完の秘話」（「朝日新聞」（昭53・8・28）に取材帳盗難の記事が載り、以降ここに中絶の原因を求めることが多い（後で触れる石川巧論に、これへの疑義がある）。『川端康成全集第一二巻』（新潮社、昭55・2）は、「春の目」「妻の思ひ」を外し、「千羽鶴」「波千鳥」と独立して収録している（外された二作は『川端康成全集第二二巻』（新潮社、昭57・1）に収録）。結局、作品としての「波千鳥」は完成を見なかったことになるが、「千羽鶴」と「波千鳥」との関連性をどう捉えるかは、この後の研究史にとって重要な宿題を残すこととなった。

　連載が始まる前年（昭和二三年）五月から刊行開始となった一六巻本『川端康成全集』の「あとがき」として書かれた文章が、現在「独影自命」として『川端康成全集第三三巻』（新潮社、昭57・5）に収録されている。そこで川端は、「「千羽鶴」は茶のことを多く書いてゐると受け取られさうだが、実は茶のことをまともには少しも書いてゐないのである。茶のたしなみのある人が読めば、これはわかる」と述べ、芸術院賞受賞という戦後の川端文学の開花を彩るはずの自作に消極的な言を残している。その他にも「不用意に書き出した」「浅くさもしい書き方に過ぎない」といった言葉が続き、川端にとっての作品の完成度とは何かを改めて思い知らされる。しかし先の茶への否定は、例えば後年、ノーベル文学賞受賞記念講演「美しい日本の私―その序説」（「朝日新聞」他各紙朝刊、昭43・12・16）では「日本の茶の心と形の美しさを書いたと読まれるのは誤りで、今の世間に俗悪となつた茶、それに疑ひと警めを向けた、むしろ否定の作品」とされ、「茶のことをまともには少しも書いてゐない」のではなく、むしろ茶の本質的な美を守るための否定的見解を述べた作品であるかのように言い換えられていく。自作に対する作者の言説の揺らぎはままあることであり、作者の評言が、必ずしも的を射ている訳ではないという当然のことを改めて押さえておきたい。

2　これまでの研究史概観

林武志編『川端康成研究文献総覧』（二松学舎大学東洋学研究所、平13・3）は、川端関連の文献一覧であり、「千羽鶴」に限らず広く川端研究全般の基本資料となる。「千羽鶴」「波千鳥」の研究史については、同じく林武志『川端康成作品研究史』（教育出版センター、昭59・10）所収の「「千羽鶴」「山の音」批評・研究紹介」がある（初出は、「『千羽鶴』『山の音』研究紹介」（川端文学研究会編『〈川端康成研究叢書8〉哀艶の雅歌』教育出版センター、昭55・11））。昭和五〇年代半ば頃までの「千羽鶴」受容の凡そは同論によって辿ることができる。これ以降、研究史という形での論はない（文献探索には、川端文学研究会編『川端文学の視界』（昭60・1～現在）の「研究文献目録」が便利である）。この他、羽鳥徹哉・原善編『川端康成全作品研究事典』（勉誠出版、平10・6）所載の山田吉郎「千羽鶴」に「作品評価」の項があり参考になろう。

　「伊豆の踊子」「雪国」などの研究状況に比べると、作品発表が戦後であり、また同時期発表の「山の音」の方が、総じて評価が高かった事情もあってか、「千羽鶴」の研究を史的に辿る作業は前掲諸論において必ずしも十分になされている訳ではない。しかしそこには、「千羽鶴」研究に限らず、こうした研究そのものの立論の難しさという事情も関わっている。本稿など正にその典型、との誹りの声を棚上げして敢て言えば、既発の論を発表年代ごとに並べてみても、ただの羅列史に終わるしかない。個々の研究や批評が提示した内的意味を史的に位置づけした上で、何が研究を推進させ、あるいは何が研究動向を揺り動かしていたかを、背景にある研究界のパースペクティブを視野に入れつつ明示するのが本来の研究史の役割だと考えるが、これを十全に果たすには膨大な労力と才能が必要となろう。当該作品への個人的な見解を基に、夥しい数の論考の一つ一つを精読し、位置づけ、前述のような価値判断を下していくという仕事は、殆ど実現困難とさえ言ってよい。そうした意味で林の業績は、昭和五〇年代中期までという、現在から見ればまだ数の少ない時点という条件ではあったが、先駆的な労作との評価はやはり動かし難い。「千羽鶴」が研究対象となる以前からの評言を取り出し、そこからやがて発展される研究状況との連続性を見て取り、研究論文各々の〈読みどころ〉とも言うべき点を的確に指摘しつつ「千羽鶴」受容の、大雑把ではあっても確かな姿を示し得ている林論は、時間の経過に伴って生じる問題点は別にして、今日なお参照すべき論であることは間違いない。本稿はこの林論を手がかりとして、極めて雑駁な粗描に過ぎないが、個別論考の流れを示し、もって今後の「千羽鶴」研究の可能性の糸口を探ることを目的とする。

3　昭和二〇～三〇年代の状況―研究の萌芽

「千羽鶴」が書き始められてからの、比較的早い段階での批評は山本健吉に多くある。山本には、「文芸時評」（「東京日日新聞」昭25・4・30）などの時評類の他に、「川端康成『千羽鶴』の太田夫人」（「朝日新聞」昭28・1・11）「『千羽鶴』の太田夫人」（『小説に描かれた現代婦人像』講談社、昭29・3）「解説」（『千羽鶴』新潮文庫、昭30・2）「千羽鶴」（「解釈と鑑賞」昭32・2）等々の論評がある。「文芸時評」（「朝日新聞」昭27・3・27）では「千羽鶴」をはじめ諸家の「長編の力作」名が挙げられ、「これらはそれぞれその作家にとって重要な労作であるばかりでなく、それぞれの意味において、今日の日本文学を代表する里程標であり、これらの作品に触れないで今日の文学を時評することは、無意味に近いだろう」とされており、「千羽鶴」に対する高い評価が山本にあって一貫していることが窺える。もちろん「『千羽鶴』の方が世評は高かったようですが、私は『山の音』の方がすぐれていると思いますし、派手で病的なところのある『千羽鶴』より、しんみりとして落ちついた『山の音』の方を上に置く人も、だいぶあるようです」（「山の音について」―「新女苑」昭27・7）といった評言に明らかなように、山本自身は、「山の音」を「千羽鶴」以上に高く評価する姿勢を変えることはなかったが、これはあくまでも両者を比較しての評価である。こうした「山の音」と「千羽鶴」とを比較対照して論評する姿勢は、山本に限らず作品発表当時、しばしば見られる光景であった。両作品にとってそれは避け難い宿命であったろうが、山本の言う「世評」が逆転し、所謂〈中間雑誌〉に掲載された「千羽鶴」がやや低く評価され続けたのは、現在から見ると批評の原理性という問題を露呈させるようで興味深い。林房雄・北原武夫・中野好夫「創作合評―川端康成―」（「群像」昭24・11）には「森の夕日」評があるが、そこでの林の、菊治に対する「実につくりものであって、ああいう人物がいたら、困った化け物ですよ」といった評に端的に示される通り、虚構作品に対する自らの読後感を現実世界に直結させて好悪を口にすることが、この頃は批評として通用していた。印象批評の典型である。むろん、その恣意性を現在の視点からあげつらうことは容易だろうが、それにはあまり意味はない。そうではなくて、こうした印象批評に包まれて「山の音」が「千羽鶴」より高位の評価を受けていたこと、あるいは、作品の評価が生じていたという事情を押さえておくことが大切だと思う。

中村光夫・佐藤春夫・青野季吉「創作合評─川端康成について─」(「群像」昭27・1)の「二重星」評の捉え方も同様に見るべきであろう。この鼎談では専ら中村光夫が「二重星」を擁護し、佐藤春夫が、特に作中の茶の用い方をめぐって「一種のこけおどし」と痛烈に否定している。「人間を植物的あるいは物質のように感じて取扱っても詩はできるのですけれども、小説の場合には、人間は人間のように生き〳〵と描かなければならぬのですから、僕は詩人としての川端氏の資格は認めるけれど、作家としては、今青野氏の言ったような意味で少し不満を感ずるのですけどもね」という佐藤の批評は、自身が詩人であり小説も書いた作家ならではの言で奥行き深い発言であり、川端作品の特性をある面で的確に指摘してもいよう。既存の文学を否定して出発した〈新感覚派〉の作家である川端は、人間を植物や物質と等価に捉えるという新しい世界観を用意することで文学の更新を図ったはずであり、浪漫主義の佐藤の文学世界では許容され難い側面を有していた。

佐藤に通じる「人生の傍観者性を基調とした厳しい批判は」「杉浦明平「川端康成論」(「群像」昭29・8)に論理性をもって展開されている」と林武志の「研究史」(前掲)が指摘する通り、戦後の川端作品に対する否定的見解は、所謂「古典回帰宣言」を受けてなされたこの杉浦論に最も端的に示されている。その杉浦は、「山の音」共々「千羽鶴」に対して、作中の「文化的遺産のとらえ方の特徴」を「非生産的、消費的」として斥け、川端は「日本の伝統の美を描いたとはいえない。錯覚があったばかりだ」と批判した。〈主客一如・万物一如〉を唱えた川端が、森羅万象を「非生産的、消費的」とみていたのはある意味当然で、当の川端自身は、こうした杉浦の批判を恐らくは痛くも痒くもなく受け止めたであろう。ことは、「文学が至り得るところのもの」という絶賛を「千羽鶴」に寄せた福田栄一「川端康成論─千羽鶴の『偶然』と『罪の意識』─」(「文芸日本」昭28・8)においても同然であろう。肯定であってもあるいは否定であっても、読者の印象に基づくものは論評のしようもない。感覚的評言から生産的な作品理解への回路を拓くことは甚だ難しい。

かかる言説は、もちろん川端研究にのみ見られるものではない。この頃の小説作品に対する一般的な論評自体が、論者の印象や直感に基づいた印象批評的傾向にあった。文学作品の受容の形が、読み手の主観を第一とする批評のスタイルを堅持させていたのである。そうした印象批評の弊を超え、作品それ自体との応答を試みた論考ももちろんあった。その嚆矢は、磯貝英夫「川端康成─『山の音』と『千羽鶴』─」(磯貝英夫『昭和文学作家研究』柳原書店、昭30・5)であろう。磯貝は、場面設定や構造と人物像との関係を丁寧に追いながら、作品の意義を「昭和初期にはじまった観念的文学の特殊な達成」に見る。この論は、「千羽鶴」の太田夫人を「『禽獣』の千花子の転生」と見る視点など、独自の読解が随所にあふれ創見に満ちている。

川端に否定的見解を示す小川徹「川端康成論上・中・下」(「赤門文学」昭30・6～31・3)も、ユニークな知見に富んだ論旨を展開する。小川は、戦後という時代状況と作品との対峙を問題化した上で「父の権威」の「動揺」を読み取っている。後の論考で多く指摘される、父に呪縛されながら生と性との関わりの波間を漂う菊治像をめぐって、戦後の父権の「動揺」という社会状況と連動させる問題を提示した小川の視点は重要である。

「千羽鶴」に限らず、川端文学の研究状況を俯瞰しようとする時、昭和三二（一九五七）年二月に刊行された「解釈と鑑賞」の「川端康成　作家論・作品論と資料」という特集は一つのメルクマールとなろう。同誌には三島由紀夫、長谷川泉、三好行雄らによる評論・研究をはじめ、川副国基の「論文における康成のテーマ（卒業論文を書く方々のために）」といった文章までが掲載されており、この時期、川端の人と文学が、大学における卒論対象として採択可能であった状況が窺える。それは別言すれば、川端康成とその文学が研究対象として広く認知されていたということであり、当時、確固として存在していた文壇における地位を、大家のそれとすることをも意味している。昭和三〇年代（一九五〇年代）前半において川端に関する研究が進展をみるのは、こうした複合的な要素に彩られてのことであった。同誌には「作品論」として山本健吉「千羽鶴」が掲げられているが、「唯一の現実的な人物として、言わば狂言役として、栗本ちか子が非常によく生かされている」といった評言は、既に見た他の山本の理解をほぼ踏襲している。非現実的な作風の中でちか子の存在を、切断された現実的な生々しいものと捉える視座はこの後の論でも多く見受けられるが、この時点にそれらの芽が萌していたことは注目しておいてよいだろう。

他にこの頃、吉田精一「川端康成と中世の幽玄」（『現代文学と古典』至文堂、昭36・10）があり、「父子二代母娘二代の恋を結ぶ連鎖」を作中の茶碗に見て、「源氏物語」と「千羽鶴」との連関に言及しているのが注目される。この後、「源氏」を中心とする古典文学との関連性を作品理解の中枢に据える論は、「千羽鶴」研究の一つの柱となって定着していくからである。

4　昭和四〇年代の概観―研究の進展

「長編の骨格と主題とを備えた小説」こそが、「二十九年以後川端が目指した方向」である旨を指摘した中畑善雄「『千羽鶴』『山の音』以後―二十九年の問題―」（「国文学」昭41・8）が書かれた当時、学界はどうなっていたのか。この時期、近代文学研究は活気を帯び、大学の文学系学部では近代文学の関連講座が多く開講され、学界の盛況を支えていた。川端文学のみならず、鷗外を初め広く近代作家を対象とした研究を進めてきた長谷川泉は、「三契機説文学鑑賞法七十則」を唱え自らの学問の要を「鑑賞」という形で確立しつつあった。既に、古典文学研究に倣いながら近代文学研究の大本を形成していた吉田精一らによる実証研究が先行しており、「鑑賞」という方法論は、それまでの印象批評レベルから、より作品や作家の問題を学的に引き出すための（すなわち、大学における「学問」の一環としての認証を得られ易くするための）有効なあり方として認知されていった。そして、「解釈と鑑賞」誌上の長谷川の「近代名作鑑賞」の連載は、三好行雄の「現代文学鑑賞」へと引き継がれていく。戦時中、航空機の設計を目指していたという三好は敗戦後、近代文学研究という虚学に身を投じ、実学ではない学問の学的成立という難問に誠実に対峙していく。実証や「鑑賞」といった読みの方法を援用しつつ、より作品・作家の実像に迫ろうと試みられた三好の方法は、やがて「作品論」という結晶を生むに至る。読み手の恣意を極力排しながら、生身の作家の実証研究に基づきつつ、徹底した解釈の応用によって作品の意味を定位させようとする「作品論」のあり方は、日本の近代小説の基本軸に沿う要素を多分に抱え込んでいた。生身の作家が作品を通して提示する思想や思索を、可能な限り作品言説から丁寧に抽出することを目指す「作品論」は、読み手の「生」に響きあうかのような充足感を齎し、「学問」の実感を手放すことなく芸術世界にも往還可能な魅惑を持っていたと思われる。「作品論」が今になお読み手の多くを誘引する所以である。

些か「千羽鶴」から迂遠なことを綴ったようだが、この頃からの「千羽鶴」研究を概観する際、かかる近代文学の研究状況を押さえておくことは避けて通れない。むろん、事は「千羽鶴」に限らず、あるいは川端文学研究に限定されないのは改めて言うまでもない。文化研究へと傾斜していく現在の学界状況からは思いもよらない活気の中で、以降の文献類は書かれ、そして読まれていた。ちなみに、川端文学研究会（現在は川端康成学会、以下同）の発会記念講演会が開催されたのも昭和四五年五月のことであった。もちろん、こうした川端康成の人と文学への過剰なまでの注目を可能にしたものの一つに、昭和四三年の、日本人初のノーベル文学賞受賞という〝お祭り騒ぎ〟があったことは否定できない。しかし同時に、昭和四五年には、〈新人発掘の名手〉だった川端が、特に見込んで戦後文学に登場させた三島由紀夫の割腹自殺があり、川端もまたその二年後にガス自殺するという近代文学の転換期が、この昭和四〇年代であったことも忘れてはならないだろう。明治以来の伝統的な文壇が少しずつ崩壊し、やがて村上龍の登場を一つの転機とする新しい文学との交代が深部で進行していく。研究界もまた、こうした文学の地殻変動を緩やかな形で受け止めながら個々の論考を積み重ねていくのである。

さて、川端のノーベル文学賞受賞を契機に、海外からの注目も一層増すこととなったが、そうした機運をいち早く取り込んで成ったのが長谷川泉・武田勝彦編著『川端文学―海外の評価―』（早稲田大学出版部、昭44・3）である。この中に収められたトーマス・E・スワン「「千羽鶴」論（その一）」は、同書の長谷川泉「〈解説と批評〉」が指摘する通り、「各登場人物の性格を分析し、そこから作品形成の細微な点」を追求しようと試みられた論である。作品内の象徴性に注目し「この作品の真正な頂点は志野の筒茶碗をわる箇所である」としたスワンは、作品言説の象徴性を問いながら、「この作品において、川端は人生問題を追求している」として、登場人物個々の「人生問題」を読み解いている（ちなみに同論は、「千羽鶴」として「解釈と鑑賞」（昭43・10）にそのまま掲載されていた）。

「「千羽鶴」論（その二）」は、再び長谷川の「〈解説と批評〉」に拠れば、「主として「千羽鶴」において川端が用いた象徴について、細論したものである」。象徴性を読み取るスワンの方法は、対象を幅広く取っている分、全てが象徴性を帯びるかのように思われ論の焦点を暈す憾みがあった。むしろ菊治と島村、太田夫人・文子と駒子・葉子といった「雪国」との比較対照に新鮮な見解を感じさせる論である。同書には他に、武田勝彦「英訳「千羽鶴」をめぐる紹介と評価―ケニス・レックスロス、ジーグフレード・マンデル、ウイリアム・ダンリー―」といった題目通りの労作なども収録されている。

ところで、先に触れた「鑑賞」なる読解方法を十全に駆使して成ったのが、長谷川泉『川端康成論考』（明治書院、昭40・6）である。同書には「「千羽鶴」と「山の音」」（後、『増補版』（昭44・6）が刊行され「「千羽鶴」と「山の音」―「ほくろの手紙」「水月」に触れて―」と改題）が発表された。ここで長谷川は、「千羽鶴」を「禽獣」や「雪国」に連なる「人間の愛憎や哀歓」を捉えた作品とし「茶室と茶器が作品の背景の重要因子となり、筋の進展の媒介として巧みに活用されていることに注目」、以後の論の基本軸を示すことになる。この他、「「千羽鶴」において菊治の生き、描かれている時間は、川端が「雪国」や「禽獣」や「山の音」や「眠れる美女」などで自在に操って見せた時間と同じ手法の効果をあげている」という指摘や、ちか子を常識人とし、「およそ、川端世界においては、常識的、世俗的、凡庸であることは、主要人物としての資格を喪失すること」といった着眼を示す。広く川端作品総体の中で「千羽鶴」の特性を見ようとするのが長谷川の基本姿勢であり、論証の手続きや、読み取った結果の平凡さといった瑕瑾をひとまず措いて、示唆するところが多い論と見ておくべきであろう。なお、長谷川の「千羽鶴」（『川端文学の味わい方』明治書院、昭48・9）も、ほぼ同様の見解を示している。

月村麗子「『千羽鶴』とその続編「波千鳥」について―主題〝縁〟の展開をめぐって―」（「解釈と鑑賞」昭44・9）は、ニュークリティシズムの手法を用いながら作品の象徴性を読み解こうとする論である。この論で注目すべきは、比較的早い段階で「千羽鶴」と「波千鳥」を相互参照しつつ論を組み立てようとしたその先駆性にある。「未完の形のままで、『千羽鶴』と『波千鳥』が、作品構成上から、またその構成を通して展開された、主題の上からも、密接につながっている事を明らかにしながら、『千羽鶴』の一解釈を試みてみる」ことを意図して書かれた月村論は、「名品の水指と「女の最高の名品」である太田夫人との象徴的な関係自体は、続編「波千鳥」に来て完うすると見てよい」と指摘し、「千羽鶴」から「波千鳥」へと連関する「縁」を主題とする作品理解を示した。月村のこうした指摘は、その後の二作品の関連を見る際の、一つの指針となって機能することになる。

昭和四四年一〇月に刊行された川嶋至の『川端康成の世界』（講談社）は、作家をめぐる精緻な実証研究を基にした大胆かつ鋭利な解釈を示し、川端研究に画期を記した記念碑的論考として記憶されている。編年体風に記述される同書の「第七章　美への耽溺―「千羽鶴」から「眠れる美女」まで―」において川嶋は、「女性も名陶と同じ次元の存在」とする菊治像を抽出、そこに作家川端自身の「女体嗜好者」という性癖を重ね合わせ現実捨象の川端美学という特性を暴き出してみせた。現実遊離の文学観という川端文学の特徴は論者によって賛否が分かれるが、高田瑞穂「千羽鶴」（『川端康成作品研究』八木書店、昭44・3）など、さしずめ後者の代表的論考と言ってよいだろう。高田は、「千羽鶴」の女性たちは全て菊治の「心象風景の形成者」に過ぎないと捉え、近代的自我意識の欠落した登場人物しか持てない「千羽鶴」を、近代小説の範疇からは逸脱するものとして否定した。「千羽鶴」に限らず、川端作品が往々にして主体性を欠落させた人物を語り、女性を、あたかも物質かのように扱うことは周知の通りである。そこに嫌悪や否定といった感情を持ち込む読者がいることは当然と言うべきだが、その際見落としていけないのは、作品の思想を創造するのは読み手に他ならず、また、作品はダイレクトに生身の作家そのものへと通じている訳ではないという読書行為の基本を押さえておくことである。昭和四〇年代当時、そうした読書行為論が十分に熟成されていなかった事実は認識しておくべきであろう。その上でかかる論の到達点を見てみると、川嶋にしろ高田にしろ、主体的な自我がいかに醸成され、それが社会とどのように拮抗し、あるいは挫折しつつ深まりをみせていくかといった、近代主義的あり方を小説に求めていたことが浮かび上がってくる。六〇年安保から七〇年安保へと至る〈政治の季節〉が、紛れもなく読み手の背後に潜んでいたことが窺い知れるのである。解釈共同体にどれほど囲繞されて我々の読みが成立しているかを、こうした現象から学び取っておくこともまた、研究史の有効活用の一種となる。その意味で、羽鳥一英（徹哉）「〈千羽鶴〉にける川端康成」（「国文学」昭45・6）の読解姿勢は興味深い。

羽鳥は「父をめぐる愛憎の劇が、そのまま子の代にまで持ち越されるというのを一つの構図とすると、小説「千羽鶴」は、そういう構図のもう一方に、ゆき子というものを置いている。その両者をひっくるめたものが「千羽鶴」全体の構図と考えられる」と述べ、「執念や愛着のからみあう魔性ともいうべき世界と、新鮮無垢な対ゆき子の世界とを対照させること」に作品構想を見出す。時代の激流の影を裡に沈め、自身の徹底した読解世界に万全の信頼を寄せて揺らぐことのない羽鳥の論述は、論考の中身は措いて、その揺るぎなさに注目せざるを得ない。川端文学研究全体が時々の時流に翻弄されつつも、漱石研究などを筆頭とする他の作家・作品研究に比し、より密閉された論述世界を可能にしていた理由は、こうした羽鳥のような（強靭な？）読み手が研究を推進する中心に立ち続けていたからかも知れない。その功罪を問うことよりも、研究を跡付けていく作業過程に、研究界を覆う外的要因と読みとの連続と断絶を見ておくべきと改めて強調しておきたい。

さて、先に挙げた月村麗子のように「千羽鶴」と続編「波千鳥」との連関を問う姿勢に対し三好行雄は、「川端康成「千羽鶴」」（「国語展望」尚学図書、昭49・6）で「「千羽鶴」と「波千鳥」とは、ひとまずは別な作品としておくほうが無難なのである」と述べた。三好がこのように論じる根拠は、「「波千鳥」における菊治や文子の命運を憶測することはできる。しかし、その憶測は作者の意図にまでさかのぼって、「千羽鶴」の人間模様を解析する照明には決してならない」というところにある。「状況に対峙する作家の姿勢もしくは態度という観念を抜きにした作品論はありえない」と後に三好は述べる（「よしなき事、一、二」―「近代文学研究」平1・8）が、「作品論」という読みのあり方を生涯かけて追求した三好ならではの言であろう。「千羽鶴」と「波千鳥」の関係は、現在なおその測定をめぐって決着がつかないままであるが、「作家の姿勢」の問題以外に、作品の自律的な読解からこの問題に光を当てる作業も今後必要とされる。

この時期、他に吉村貞司『川端康成・美と伝統』（学芸書林、昭43・12）、平山城児「川端康成と古典の世界」（『川端康成作品研究』八木書店、昭44・3）、サイデンステッカー「川端康成の世界―漂泊と哀愁の美学―」（「ソフィア」夏季号、昭44・11）など、「千羽鶴」と古典との影響関係を論じたものが目を引く。しかし、それらは新たな読解の指標としての有効性を示しつつも、まだ類似性の指摘といった段階に止まり、本格的に古典との内在的な関係が立論されるには、もうしばらくの時間を必要とする。

「文学者」という地味な雑誌に連載された故か、坂戸正夫の「川端康成論」は、今日殆ど言及されないが、哲学から宗教、内外の文学作品といった驚くほど広範な知識を背景に展開されたこの作家論はもっと注目されてしかるべきである。坂戸は「無と存在―川端康成論序章」（「文学者」昭44・3）で菊治の「永遠に彼方の人だ」という稲村令嬢評を取り上げ、「その言葉自体が小説の構造そのものを吊りあげている」と指摘、「徳田秋声の無碍の世界」と「想像力が現実を造形する谷崎潤一郎の世界」の二者を挙げ、「川端康成の世界で、この二つのものは、遠ざかる弦のように共鳴している」「「千羽鶴」で二つの遠心運動は極点にたっした」と述べ、「千羽鶴」に内包される豊饒な可能性の新たな一面を引き出してみせた。

5　昭和五〇年代の様子―研究の活性

昭和四七年四月一六日の川端の自裁によって、川端研究は完結したテキストを対象として持つこととなった。刊行中だった『川端康成全集』（新潮社）は、急遽一九巻本へと増補され、当時望み得る最適なテキストを提供し研究の進化に寄与した。更に、近代文学研究の隆盛が益々明らかとなる時代状況にあって川端研究も活性化していった。

個人作家を対象としたものとしては画期的といってよい『川端康成研究叢書』全一〇巻（補巻二）の刊行（教育出版センター、昭51・8～昭58・6）という事業が成ったことの背景には、こうした時代の要請も働いていたと思われる。この叢書の第六巻が『風韻の相克　山の音・千羽鶴・波千鳥』（教育出版センター、昭54・9）である。ここには、四本の「千羽鶴」論が収められており、「千羽鶴」研究がまた一つ大きく進展する契機を見出せるが、その緒論を概観する前に、現在に至るまで、「千羽鶴」論の基礎的文献として多く引かれる上田真「見えない痣に呪われて―小説「千羽鶴」の一解釈―」（『川端康成―現代の美意識―』明治書院、昭53・5）を見ておきたい。昭和五〇年代の「千羽鶴」研究を牽引した論の一つとして、その問題性を確認しておきたいからである。

上田の論において極めて特徴的な点は、「方法論としては、プロットや登場人物の分析に焦点を置き、小説の外部にあるもの、たとえば作者の生活とか伝記とか、同作者による他の作品（「波千鳥」も含めて）とかへの言及は、意識的に避ける」という明確な方法意識を持って作品に対峙していることである。こうした読みの自覚化を宣言した地点から立論を開始するという姿勢は、この当時にあって珍しい。スタンフォード大学に教授職を得ていた上田の事情がそこに働いているのは間違いないが、読みの対象を限定するストイックなあり方が、この論の説得性を保証している点には改めて注目しておきたい。上田は、「千羽鶴」を「菊治のドラマ」と捉え「ちか子のあざを目にしたことによって菊治の心に生じたところの、目に見えない象徴的なあざ」を重視し、登場人物相互が織り成す人間模様を読解の中心に据えて論を展開する。「「千羽鶴」は、一口にいって、魂の浄化の物語である。浄化への努力の物語といったほうが正確かもしれない」とする結論は、存外平凡であろうが、丁寧な人物像の読み取りを持って展開されるこの論の場合、結論の凡庸さをあげつらうことよりも、その自覚的な読解の営みの潔癖さこそを評価すべきであろう。

では、『風韻の相克　山の音・千羽鶴・波千鳥』の緒論を見ておこう。ここには、オクナー・深山信子「ふたご座の美学―「千羽鶴」にみる感覚材料の用い方」、吉村貞司「「千羽鶴」における古典回帰―」、長谷川泉「「千羽鶴」と「波千鳥」」、今村楯夫「『千羽鶴』に対する海外の評価の紹介―上田真、エドワード・サイデンスティッカー、ニコラス・キャナディ、フランシス・マティー、アーマンド・ジャネイラー」の四編が収録されている。

オクナー・深山の論は、「「千羽鶴」が、今世紀の小説の特徴を示している点」を、特にその「感覚材料」に焦点化して論じたものである。論者は、「連想、対照法、そして反復の三種類」を「「千羽鶴」の感覚材料を扱うのに用いられた技法」として挙げ、「菊治という一定の視点」に中心を持つ作品の特性を指摘しつつ川端作品の「普遍的な魅力」に迫ろうとする。他国の作品との照応を試みたり、「感覚材料」という発想で作品の象徴性を横断的に論じたりと、新しい観点からのアプローチを随所に持つ。

吉村の論は、「『千羽鶴』にあって、太田夫人と文子の母娘は、菊治にとって二人にして一人、一人にして二人の異性に外ならない」と作品の基本を押さえ、「住吉」「隅田川」との連関性を問いつつ「二人に一人と結ばれるエロスは、川端にとって永遠なる主題の一つ」と見て取り、そこに古典との有機的な繋がりの意味を探ろうとする。広範な古典への論者の目配りが読解の基底を支えており、作品としての「千羽鶴」論からは逸脱する部分が散見されはするものの、川端作品の系譜の中で、「千羽鶴」を古典に絡めて位置づけんとする意欲は評価できよう。吉村が指摘した「菊治の〈菊〉は川端文学の、ことに霊能の次元で特別な意味を持っている」といった観点など、狭く作品世界に自閉していてはなかなか発見できない。該博な知識の裏打ちを、いかに作品の読みのレベルで実現させることができるか。作中の植物のイメージに着目して新たな読解の可能性を示そうとする小林一郎「古都・山の音・千羽鶴を貫いているもの―「花」を媒介とする意味―」（『川端康成研究―東洋的な世界―』明治書院、昭和五七・九）なども、同様の課題を示しているものと言ってよい。

次に長谷川の論だが、これは前引の月村麗子の論に連なるように二作の連関性について、作品の叙述を追う形で論じたものである。長谷川は「処女妻ゆき子の官能の開花がしだいに認められること」を作品から読み取った上で、「「千羽鶴」における性「愛」が、「波千鳥」では極端な対比で処女妻という性なき「愛」にとざされている」と結論付ける。一般論を援用しながら作品の言説を読み解く「鑑賞」の手法の典型的な姿をこの論は示す。叙述自体の読解に常識論を対峙させていく手法は、斬新な読みや説得性ある見解を導引するには脆弱であろう。思うに「鑑賞」という読みの手法が長谷川によって創出され、まったき継承がないまま歴史に位置付けられているのは、常識と読みとの双方に強固な精神を持って均等に向き合う能力を有する者が、そう多くはいないからではあるまいか。長谷川が研究者として一時代を築いたのは、ある意味当然であった。

今村論は、論題通り「ここ十年間の『千羽鶴』に関する海外の評価を簡単に紹介してみた」ものである。個々の論については、簡略な「紹介」に止まっており論評し難いが、注目しておきたいのは、この当時活発になっていた比較文学研究の流れを受けて「千羽鶴」に対する海外の読者（研究者）が多角的にアプローチを試みているという状況である。この分野については、今村も挙げている通り、武田勝彦が先駆的な仕事をしている（前掲『川端文学―海外の評価』他）。ノーベル文学賞受賞という外的な要因が多分に働いてはいたものの、川端作品に内在する伝統性と革新性という、一見矛盾するかのような特性が海外の読者を惹きつけたとみるのは、あながち牽強付会とも言えないだろう。後に見るように、川端文学研究会も海外の研究者との連携に意欲的である。こうしたグローバルなあり方は、今後もより発展させるべきだと思われる。

前掲『川端康成の世界』で、存命だった作家自らの反論を引き起こして話題になり、一躍川端研究における重鎮的立場に立った感のある川嶋至は、「「千羽鶴」論」（『〈作家・作品シリーズ6〉川端康成』東京書籍、昭54・4）で菊治の父を「すべての蔭で糸を引いている」存在としてクローズ・アップし、菊治を「亡霊のような人間である」と断定、ちか子を「作中ではもっとも生彩を放つ実在感のある人間」と捉えた。川嶋の結論は、「『千羽鶴』の美は現実を離れ、夢まぼろしの世界をさ迷うことで、かろうじてその薄弱な存在を主張できる性質のものであった」「現実を蔑視し、美的陶酔に生命の安らぎを求めた川端の衰弱が、きわめて顕著に表れた作品」というものだが、この評言は、遠く昭和二〇年代に佐藤春夫が提示していた、現実捨象という川端文学の基本構図を図らずもなぞるものとなっている。

現実から離れゆく「千羽鶴」の美学を、川嶋とは反対に積極的に評価しようとするのが、吉村貞司「千羽鶴」（『妖美と純愛―川端康成作品論―』東京書籍、昭54・12）である。「千羽鶴」を「ほとんどすべての価値が否定されている」作品と捉える吉村は、「「千羽鶴」は否定性の文学である。現実性に対する虚の文学である」とし、「「千羽鶴」の否定性は、「魔界」にはいるための方法であった」と積極的に作品の現実乖離の意義を主張する。吉村の言う「魔界」の内実はやや不明だが、川端文学が多く現実から離れながら、その現実なるものそれ自体を問い直す逆説の美学に裏打ちされているのは事実だろう。言説そのものを素直に読めば反現実となるが、語られる〈ことば〉の力学は、むしろ現実を浮上させる方向性を孕んでいるのではあるまいか。

小澤正明「川端文芸に於ける情緒性―「千羽鶴」研究―」（小澤正明『川端康成文芸の世界』桜楓社、昭55・3）は、論題通り文芸学の方法を用いて「千羽鶴」を読み解こうと意図された論である。「人間康成の心情がそのモチフを経て、一つのテーマに乗せられ、文芸作品として美的形象化された『千羽鶴』は、えもいわれぬ情緒の世界として特徴ある展開を示している」といった文芸学特有の作品への接近方法は、現時点から見るとあまりにも素朴に作品言説を実体化しているように思われる。文芸学の〈学〉としての達成が必ずしも十分なものに成熟しきれていないのは、恐らくそうした方法論の限界の突き詰めの弱さにあった。「情緒性」という切り口の面白さを十全に活かしきれていない憾みのある論だが、文芸学とは別の観点から、ここで小澤が迫ろうとした問題に向き合ってみることは、新しい作品理解への可能性の一つとなる。

読みの方法論への注目という点で言えば、鶴田欣也「『千羽鶴』」（『川端康成の芸術―純粋と救済―』明治書院、昭56・11）はこの当時、最も先鋭的な姿勢を見せていたと言ってよい。同書の「あとがき」で「背景抜きの作品論」「私個人の主観的な作品論」と自ら述べるように、海外の大学で日本の小説を講ずる仕事に専念してきた鶴田は、作品の文脈を丁寧に辿り、解析し、イメージを膨らませ、象徴性を探ることに努める。言い方は穏当を欠くが、作品に淫した読みという趣が強い。その鶴田は「千羽鶴」を、「充分に欠点のある作品」としながらも「捨て難い特徴もかなりある」と述べ、その「特徴」を分析することで自らの作品理解を示す。手法は既に引いた通りの「作品論」であり、端的に言って象徴性の発見である。主人公菊治の視点人物としての曖昧さを前提に、「死人」と「情事」という「二個の違った存在を混合し融合する役」を持つ「茶室」の発見、「あざが実は単なる醜の象徴ではなくて、性の法悦を繰返し、倍加する役を担っていること」の発見、「一人の人間がもう一人の人間に受けつがれる部分、つなぎ目というか微妙に重なり合う部分」の発見、そして「水のイメージ」の発見。こうした象徴性を抽出することで鶴田は、「『千羽鶴』の中心点は主人公が他者とブレンドすることで、最初の「汚れ」にひかれながらも、それを少しずつ洗い落していくことにある」と結論付ける。作品の象徴性を読み取って見事なようだが、「私個人の主観的な作品論」と自覚される通り、この象徴性に必ずしも説得されない読み手は多く存しよう。発見の羅列が、恣意的なそれに映ってしまうという脆弱さは否定できないが、鶴田の読みによって提示された論点の面白さは疑いようもなく存するのであって、この「作品論」が示唆するものは多い。「ああも読める・こうも読める」という読みのアナーキーが放置されたままであるところに鶴田論の弱点があるが、それは鶴田一人の責任ではもちろんない。むしろ、読みの方法論をめぐる議論の萌芽をここに見る方が生産的である。

先に比較文学研究について少し触れたが、韓国出身の研究者である金采洙の『川端康成・文学作品における〈死〉の内在様式』（教育出版センター、昭59・11）は、川端研究の国際化を実感させるものとして記憶される。しかし残念ながら（少なくとも「千羽鶴」に限って言えば）、作品の叙述を表層的に辿る形での見解が多く、新たな読みの展開が果たされているとは言い難い。金は同書「第四章　ストーリーの構成要素としての〈出会い〉」において、「人物達の出会いの仲立ちになっているものは、〈死〉と深く係わりをもっているもの」とするが、「〈死〉と深く係わ」ることの意味を説かなくてはただの指摘に終始するという批判に応え難い。読みの形を予め設定し、その枠組みに作品を当て嵌めようとする方法自体にある種の限界があったと思われる。しかし、金の論に限らず、こうした試行錯誤の蓄積こそが次の時代を作り出していく原動力となっている。

6　昭和六〇年代の傾向―研究の展開

改めて断るまでもなく、ここで元号を用いて時代を区切っているのは便宜に過ぎない。流動的に推移する研究状況を俯瞰するのに、大雑把な分水嶺を時間軸に求めつつ、取り敢えずの纏まりを与える小さな栞代りがここでの年代の役目である。論考の示唆や影響は、連続性の中にあること、贅言を弄するまでもない。また、近代文学研究の活性化を受けて、以下、「千羽鶴」論の数も増えている。いかに粗描と言えど網羅的に触れることは叶わず、言及を割愛せざるを得ない文献が多くあることを、お詫び方々お断りしておく。

今村潤子「川端康成「千羽鶴」論―「魔界」の美を中心に―」（「方位」昭60・12）が、その副題に「魔界」を挙げているのも、研究の連続性を反映している。昭和五〇年代半ば頃には「魔界」なる用語が川端研究にあって一種流行のようになっていた。これはそれ以前からの、例えば「孤児」なる用語の流通と似て、川端文学の象徴的な鍵語となるが、大切なのはその中身である。その点で今村が、「川端の場合、「魔界」は禅でいう「魔界」、即ち〈人間の煩悩の世界〉と同じもの」と用語を概念規定した上で立論する姿勢は評価すべきだろう。しかし、「「魔性」の語が頻出する「千羽鶴」は「魔界」に関してもっと論じられなければならない」と続けて述べてしまうように、「魔界」を「魔性」と同列に置く論拠には首をひねらざるを得ない。「「千羽鶴」は栗本ちか子による太田夫人の魔性退散劇」といった作品理解は、「魔界」なる川端文学の鍵概念をあまりに矮小化しているのではないかとの疑念を払拭し難い。むしろ、「魔界」という用語を論の奥底に潜めつつ、「全体が因縁・運命をテーマにしたものと言えるほどに、因縁・因果・運命についての様々な意見が交響するうちに進行する『千羽鶴』（そして『波千鳥』）」とする理解を示す原善「『千羽鶴』論」（原善『川端康成の魔界』有精堂、昭62・4）の見解の方が、「魔界」の深淵を思わせる迫力に満ちていると言えよう。ここでの原の、「〈幕〉という言葉は『千羽鶴』の重要な位置に布置されて」いるといった指摘は、叙述上における象徴性といった問題を超え、作品の背後にある問題の根深さを窺わせる。原は、作家自身の生のあり方全体を視野に納める方向で論を閉じていくが、他作品との連関の重要性は言うまでもないとした上で、例えば、電話という小道具の意味に着目した鈴木和成「媒（なかだち）――『千羽鶴』」（鈴木和成『テレフォン』洋泉社、昭62・9）のように、作品読解の鍵となるものを精査していく作業は更に必要となろう。他方で、深澤晴美「『千羽鶴』のゆくえ――「波千鳥」試論――」（「国文〈お茶の水女子大学〉」昭61・7）が、作品構想や執筆過程を的確な実証によって見事に明らかにしつつ、「救済を求めて筆が執られたであろう『波千鳥』」の「底に潜められていた暗部を露呈」する必然性を作品から読み取ったような研究も求められる。

先にも触れた読みの多様性、読みのアナーキズムといった状況は、今なお続いていると見えるが（あるいは、より混迷の度合いを増しているとも言えようが）、「千羽鶴」研究においてもそうした傾向は、既にこの時期に多く存在していた。例えば兵藤正之助「「千羽鶴」論」（兵藤正之助『川端康成論』春秋社、昭63・4）は、文脈の奥を覗き見るような読みではなく、「小説の筋の展開されていく場面を追いながら」論者の読み取った問題点を記していく方法が採られ、研究と評論の、言わば中間項のような位置にある論が提出されている。作家と作品を自在に往還し、自らの感性が捉えた解読を作品理解に張り付けていくところに兵藤の手法があり、それはいかにも評論と研究の両面を知っていたこの論者にふさわしい読みのあり方ではあるのだが、確かに感得されるはずの「密度の濃さ」といった抽象性を、いかに論の読み手を説得するに足る具体性の中で捉え直せるかといった点は、やはり問われなくてはならない。

長谷川の「鑑賞」という静的な読解方法が、三好の「作品論」という、読み手の批評性を担保する磁場と拮抗するといった状況とは別にこの当時、一連の新しい解釈の手立てが学界に流入していた。「テクスト論」の旗手、前田愛の『都市空間の中の文学――文化記号論の試みとして』（筑摩書房）が刊行されたのは、昭和五七年一二月のことである。「本来、『千羽鶴』とその続編『波千鳥』は、別個の作品として扱うのが常套であるが、本論は敢えてその常套を外し、『千羽鶴』『波千鳥』をひとつの作品として読むことを試みる」という大胆な宣言から書き出される上田渡「『千羽鶴』『波千鳥』を読む―作品構造と人物関係―」（「国学院大学大学院紀要―文学研究科―・第18集」昭和六一年度）の果敢な読み替えも、既存の作品解釈の枠組みを逸脱してみせる新たな読みの手法の影響を遠く受けて成っているように思われる。構図化・構造化に伴う定型的な図式の匂いを払拭しきれていない憾みはあるものの、ここで上田が提示している「菊治にとってゆき子は死んだ母の分身であり、母性思慕の対象であ」るとする意見などは、「千羽鶴」「波千鳥」をひと括りに捉えようとする新しい観点が齎した視点であり、今後も検討すべき論点であろう。

7　平成以降―研究の流動化

　日本近代文学会春季大会シンポジウム「方法の可能性を求めて―『痴人の愛』を読む―」が「日本近代文学」誌上に掲載されたのは、昭和六一年一〇月発行の第三五集である。後に岩佐壮四郎が「作品論からテクスト論へと文学研究の王位が移動したことを決定的に印象づけた」と適切に評した通り（「作品論・テクスト論・文化研究」―松澤和宏・田中実編著『これからの文学研究と思想の地平』右文書院、平19・7）、以下にみるような昭和の終焉から平成という新しい元号への移行期は、近代文学の研究状況もまた大きく流動化していく時期でもあった。「作者の死」を収録したロラン・バルトの『物語の構造分析』（みすず書房）が花輪光訳で出版されたのは昭和五四年一一月だったが、約一〇年近く経って学界全体にその影響が広く及んだとひとまず言ってよいだろう。「作品論」がきれいに終わって「テクスト論」に入れ替わった訳ではもちろんない。それどころか、「作家論」「鑑賞」、あるいは実証研究といった以前からの読みの方法が「テクスト論」の意匠を纏ってそのまま流通し、更には文化研究へスライドしていく混迷の中に研究が置かれる事態を迎えているのが、今に続く見取り図ではあるまいか。川端研究、「千羽鶴」研究の流れも、こうした大きな外枠の影響を受けつつ展開していく。

　「千羽鶴」の続編とされることの多かった「波千鳥」を正面から論題に据えたのが、大坪利彦「『波千鳥』論―続『千羽鶴』としての問題点―」（「宮崎産業経営大学研究紀要」平1・10）である。「「波千鳥」という続編の書かれた意味について作品の内部から明らかにしながら、「千羽鶴」のエピローグ（後日譚）としての位相を、その未完という運命を考慮しつつ論及する」ことを狙って書かれたこの論で、大坪は「「千羽鶴」から「波千鳥」への物語時間を検討」し、菊治の「新しい「生」を生きられない」所以を考察する。その上で「文子は「千羽鶴」的作品世界から超越し、新たな「生」へと赴く行為者へと変貌した」と結論付け、「菊治にとってのゆき子は、ギリギリのところで了解不可能、それゆえ関係不可能な「他者」としての表情を失わないだろう」とし、そこに「未完の運命」を見る。「波千鳥」を対象化し、未完の原因を作品言説から探ろうとする意図は今後にも引き継がれるべき観点であろうが、先の引用の「他者」理解に端的に示されるように、些か術語の用い方が粗雑な点が惜しまれる。「菊治によるモノフォニー（単声的）な「語り」

から、文子の手紙による告白を交錯させたポリフォニー（複声的）な「語り」への転換と見ることが可能」といった言説に孕まれた「語り」の実体化こそが、文学研究の前線を曖昧なまま放置させ研究の指針を見失わせてきたと思うが、これはもちろん現時点からの自戒を込めた物言いである。川端その人ではなく、「千羽鶴」の言説それ自体への注目は、「テクスト論」の隆盛に伴い着実に増加していく。

既に「川端康成の古典文学への親炙―『千羽鶴』を中心に―」（「文学・語学」昭61・12）で「千羽鶴」と「源氏物語」との関係を考察していた榎本富士子は、「川端康成の「源氏物語」受容―「千羽鶴」の表象を中心に―」（『川端文学への視界4』教育出版センター、平2・2）において、「山の音」も援用しつつ「千羽鶴」の女性たちが、いかに「源氏物語」と重ね合わされるように「四季に配されてそれぞれの季節の植物と連携を保ち、狭義においては一年を周期として循環する時間の推移に従って活性化されていく」かを論じる。戦中に「源氏物語」に親しんだとする作家川端自身の言に左右されがちの「源氏物語」との対照読解が多いが、植物との連鎖を読み取ろうとする榎本の観点は面白い。「源氏物語」との連関については、「没倫理性」の共通項を取り出した上坂信男「『千羽鶴』」（「解釈と鑑賞」平9・4）もある。三田英彬「「波千鳥」と「千羽鶴」」（『近代文芸新攷』平3・3）は、作品の生成過程を追って「現在文庫本にある『千羽鶴』のような形で『千羽鶴』という作品を云々することは、無意味に近く、作者の動機がいかにあろうとも、すべてを連ねて一本として扱うのが、正当であろう」と述べ、論じるべき「千羽鶴」という作品を「すべては未完」と捉える。既に見てきたように、「千羽鶴」と「波千鳥」との関連は決着がつかないまま論者によって恣意的に取り扱われる傾向にあるが、この三田の率直果敢な裁断の有効性は、読みの対象とは何かという考察を基に再検証されるべきであろう。

「千羽鶴」にあって、茶室という空間の重要性は、例えば、既に挙げた鶴田論（『千羽鶴』）などによって指摘される通りであるが、山田吉郎「『千羽鶴』論―茶室の磁場―」（「解釈と鑑賞」平3・9）が指摘する、「『千羽鶴』の茶室こそ川端の言う魔界に近似する世界」といった踏み込んだ解釈をどう捉えるかも今後の解明を待つ。それは別言すれば、「魔界」なる用語の内実を再考することであろうし、作品と作家との回路という、近代文学研究の大難問に向き合うことも意味しよう。

川端文学研究会編『川端文学への視界6』（教育出版センター、平4・3）は、平成二年七月にモスクワ（旧ソビエト）で開催された「第二回日ソ共同シンポジウム」を特集している。ここに収められている五本の論考の中で、荻原雄一「川端康成『千羽鶴』小論―文体から垣間見る対人関係の特異性―」の「戦争と共通する死が、近代的自我の確立を踏みにじることで共通する〈個人的な死〉が、影となってつきまと」うといった理解は、〈語り手〉を実体化するといった不用意さはあるものの、論としての新しい視点を提示したものと言えよう。また、かつて「川端文学の特相（三）―『千羽鶴』考」（「学苑」昭52・1）で「作品のバックボーンは、素材的には〝茶器〟であり、全篇を流れるように日本的な美のメロディが貫き、その核に、不健康な、そして純潔の美と愛が、死と罪業とうらはらな存在の仕方で据わっている」と「千羽鶴」を評した岩田光子は、ここでは「「千羽鶴」における美意識と魔界」という論題で「素材である〈茶道具〉の、象徴としての視座」を問題化しつつ「全篇に漂うアンモラル（魔界）の相の中に、日本的固有の美意識」を探る。剣持武彦「川端康成におけるエロスの感覚―「山の音」「千羽鶴」をめぐって―」（『比較文学プロムナード近代作品再読』おうふう、平6・9）が言う「エロス」というアプローチも、川端文学の「美意識」や魔界観の考察に加えるべき必須の視点だろう。

先に引いた三好行雄の問題を受け止めつつ、作中の女性像を考察する北村倫子「川端康成「千羽鶴」論―〈女のかなしみ〉をめぐって―」（「昭和文学研究第31集」平7・7）は、「太田母娘の〈無垢〉の行くすえ」を読み取り、三好論を批判的に乗り越えようとするが、自説を説くのに急で些か説得性に欠ける嫌いがあるのは否めない。

さて、平成一一（一九九九）年に論が多く集中するのは、この年が川端康成生誕百年にあたっているからという、極めて即物的な理由に拠るかと思われる。だが、どんな事情であれ研究が盛り上がりをみせ、新たな見解が数多く披瀝されることを喜ばない者はいない。

生誕百年記念出版として刊行された田村充正・馬場重行・原善編著『川端文学の世界』全五巻のうち第二巻『〈川端文学の世界2〉その発展』（勉誠出版、平11・3）には、高橋真理「「千羽鶴」論―菊治の「あざ」―」が収められている。高橋が提示してみせた「鶴との類縁」は、それまでの論考では示されていない興味深い観点だろう。また、「「波千鳥」が、「千羽鶴」という作品が可能性として持っていた展開を物語的に広げようとする形をとったところに」両作品の径庭を見出す視点などもユニークである。

とうに紙幅が尽きた。以下、粗描にもならぬ〈紹介〉を駆け足で行うしかないが諒とされたい。

崔順愛「川端康成「千羽鶴」論―茶の湯の視点から―」（「二松〈二松学舎大〉」平11・3）は「茶室の道具、古美術を中心」に据えて作品を読み解こうとする意欲的な論考だが、「異質な茶室共同体」を指摘するのは良いとして、「『千羽鶴』に描かれている茶の湯文化圏の共同体の亀裂は、茶室特有の自閉的空間と閉鎖性溢れる不思議な人間関係による「自閉的小宇宙」の所産だと言える」かどうかは疑問の残るところだろう。論者の言う「自閉的小宇宙」なる概念がやや曖昧で分かり難いのだが、菊治を視点人物とすることで生じる狭隘さの意味を問い直す中で、素材とされる茶に伴う諸相の意味づけが新たな相貌を見せる可能性は十分残されている。

原善『川端康成―その遠近法』（大修館書店、平11・4）もまた、生誕百年に合わせて刊行された一書だと思うが、ここに収録された「『千羽鶴』―血の両義性あるいは源氏物語との関連」は、先に引いた「第二回日ソ共同シンポジウム」での報告論文を下敷きに、副題通りの展開を示す論考である。「父の因縁と《形代》を含めた《血の流れ》の持つ重要性を確認する」ことを意図したこの論は、「父として生きている」菊治像を読み取り、「源氏物語」との関連を探ることを通して「両義的な《血の流れ》への拘り」を明らかにしようとする。この論以前から「因縁・宿業の問題」を「千羽鶴」の主題の柱にしてきた論者は、そうした観点を更に先へ進めようとしている。

既に幾度か言及したように、川端作品は海外の研究者にも多く注目されてきた。そうした海外の研究者を会員に擁する川端文学研究会も生誕百年にあたるこの年、会の編集による『世界の中の川端文学』（おうふう、平11・11）を刊行した。ここには林鐘碩「「千羽鶴」の世界―魔界と形代のモチーフを中心として―」と李在聖「「千羽鶴」―川端文章の標本室―」の二本の論考が収録されている。林の論は、作品の叙述を追いながら作品の意味するものを考察しようとしたものだが、「魔界」という用語に関する「魔界の住人、すなわち魔性の人」といった安易な言い換えに立論の危うさを感じさせ、「俗悪になった日本の茶を背景に、主人公達がその茶と交わりながら〈魔界〉と〈形代〉をモチーフにして愛と道徳との間を往来する不安定な人生模様を象徴的に描いたもの」とする結論もまた凡庸なものと言わざるを得ない。李の論は「千羽鶴」の文章表現の特徴を抽出しようとする論である。やや用語の意味が取り難いが、「物語の筋を中心にする〈プロット小説〉よりは断片的イメージの連鎖と波及によって展開される〈イメージ小説〉に近い特性をもっている」といった意見や、川端の文章が生み出すイメージを「言葉以前のもの」とする見方など、興味深い指摘が含まれている。残念なのは、「結論」を吉村貞司『川端康成・美と伝統』（前掲）に殆ど預けてしまった点であろう。たとえ同じ意見であっても、自らのことばに置き換えて結語としなくては研究の後戻りととられかねない。

文学、あるいは文学研究の自明性が問われ、その存在意義が取りざたされるようになり、大学から〈国文学〉を冠する学部・学科が激減していく近年、そうした危機感に後押しされるかのように、より精緻な読解へと深まりを見せる論考が増えてきたのは、一種皮肉な現象と言えようか。

山中正樹「「千羽鶴論―「美」と「醜」との相克―」（「桜花学園大学研究紀要第3号」平12・3）は、「「醜」というコードから「千羽鶴」を読み直す試み」。読解の過程を通じて副題の内実を探り、「結局「千羽鶴」は、日本の伝統的な「美」を描くかにみえて、その実「醜い」ものの姿を克明に描き出し、読者の意識の中に、どろどろとした「吐きさうな不潔」を定着させるものだった」との結論に至る。簡明な二項対峙の図式に括り込んでしまう読みの手法や、読みの基本姿勢を問われかねない危うい言説も散見される論だが、論者が設定した一つの方向性から問題を掘り下げることで、新たな理解の可能性を引き出そうとする姿勢は意欲的であり、こうした論をいかに下敷きとするかが今後問われていくだろう。その意味では、先行文献の問題点を丁寧に検証しつつ「精神的〈孤児〉の境遇」に菊治を置くことで、「優柔不断な菊治の態度と文子の決断という、血縁による宿命を改めて自覚したときの二人の反応」を考察して見事な達成を示す永栄啓伸「菊治の誤算―川端康成『千羽鶴』の時間―」（「芸術至上主義文芸」平12・11）は、これからの「千羽鶴」研究に欠くことのできない問題提起を行っていると評価できる。また、「波千鳥」の「創作過程や執筆にまつわる背景」を視野の広い実証によって検証しつつ、その未完に終わる理由を「観光小説としての構造的破綻ととらえ」ようとする、冒頭で触れた石川巧「観光小説としての『波千鳥』―川端康成論（五）―」（「敍説Ⅱ―02」平13・8）は、大分を訪れた川端のガイドを勤めたという諏訪道左衛門氏へのインタビューという貴重な資料も含みつつ、「観光小説」という新しい視座を用意する画期的な論考である。更に、「『波千鳥』における文子の〈手紙〉に着目して論の新展開を図る三浦卓「投函された「出すつもりのない」〈手紙〉―川端康成『波千鳥』の〈手紙〉をめぐって―」（「近代文学合同研究会論集第2号」平17・10）、「魔界」と「魔性」とを峻別しつつ、作品構造に新しい光を当てることを意図した水川布美子「川端康成『千羽鶴』の一考察」（「神女大国文〈神戸女子大〉」平18・3）、「推測を含まざるをえない」という限界が露わであるのが惜しまれるが、「切り離された、「春の目」「妻の思ひ」」という二作に焦点を絞って「魂の志向性」という積極評価をそこに下そうと試みた中村美子「『千羽鶴』論―ゆき子をめぐって」（「国文論藻〈京都女子大〉」平18・3）などに顕著に示されるように、読みの深度と多角性は豊かになっている状況にある。「一見汚れや醜さと見えるものの中に本当に大切なものを見出す、さらに一歩進めて言えば、〝本当に大切なものは清と濁とを単純に振り分けるような価値観を超越したところにある〟というテーゼがこの物語には埋め込まれている」といった大胆な読み替えを目指した原佑美子「川端康成『千羽鶴』論―〈幕〉の解釈と〈幸福〉の希求―」（「上越教育大学国語研究」平23・2）のような意欲的な試みがもっと増えていくことを願いたい。

「千羽鶴」に限らず、小説の〈本文〉と読み手の読書行為との連関を問わなくては、何のための読みであるかという、研究の自己存在性そのものが危うくなることは言わずもがなである。自らの読んでいる対象をどう捉えるか、ということに強い自覚を持つこと。〈本文〉との対峙の基本姿勢はそこにあり、読み手の「生」に応じた固有の〈文脈〉も、ここから生じていく。「千羽鶴」研究もまた、語り手によって仕掛けられた表層に溢れる多くの象徴や比喩、あるいは登場人物相互が綾なす物語の枠組みをもう一度相対化し、そうした〈文脈〉を生成させる作品内力学に着目することを要請されているはずである。作品の〈本文〉が孕む可能性は尽きることはない。読み手が自らの〈読みを読む〉といった、読書行為の原初に立ち返って「千羽鶴」という作品の魅力を更に抽出する努力を重ねるべきであろう。「千羽鶴」の〈文脈〉は、まだ充分に掘り起こされているとは言い難い。新しい読みによる豊かな価値の発見を、「千羽鶴」は静かに待っている。

遺漏の多い、文字通りの粗描に終始してしまったが、「千羽鶴」の〈ことば〉の勁さがここまで見たような言説を紡ぎ出させ、それらがまた、新たな読み手を育んできたことだけは実感できた。この水脈を次に繋げる水先案内の役をこの拙い論が果たせているか否かは、これまた、今後に現れる読み手の検証を待つしかない。

（平成23年9月稿）

（「川端康成作品論集成」第七巻より収録）

「千羽鶴」研究文献目録

馬場重行

山本健吉「創作月評」（「日本読書新聞」昭24・9・14）

林房雄・北原武夫・中野好夫「創作合評―川端康成―」（「群像」昭24・11）

山本健吉「文芸時評」（「東京日日新聞」昭25・4・30）

山本健吉「文芸時評」（「日本読書新聞」昭26・10・3）

浅見淵・石上玄一郎・八木義徳「小説月評」（「文学界」昭26・11）

河上徹太郎・河盛好蔵・中村光夫・山本健吉「今年の小説の収穫は何か―座談会―」（「文学界」昭26・12）

中村光夫・佐藤春夫・青野季吉「創作合評―川端康成について―」（「群像」昭27・1）

河上徹太郎・武田泰淳・臼井吉見「小説月評」（「文学界」昭27・1）

無署名「書評「千羽鶴」」（「文学界」昭27・5）

中村光夫「解説」（『〈現代日本名作選〉千羽鶴・山の音』新潮社、昭27・9）

無署名「川端康成大いに語る・気に入った高原美〝千羽鶴〟に久住を織込む」（「大分合同新聞」昭27・11・1）〈未確認〉

無署名「川端康成文学談」（「西日本新聞」昭27・11・6）〈未確認〉

山本健吉「川端康成「千羽鶴」の太田夫人」（「朝日新聞」昭28・1・11）

伊藤整「「解説」『〈昭和文学全集9〉川端康成集』（角川書店、昭28・3）

伊藤整「美と生命の文学」（「文学界」昭28・4）

武田泰淳「玩物喪志の志―川端康成の作品について―」（「文学界」昭28・4）

河上徹太郎「〈文芸時評〉閉ざされた自我の世界」（「文芸」昭28・5）

福田栄一「川端康成論―千羽鶴の『偶然』と『罪の意識』―」（「文芸日本」昭28・9～10）

高橋義孝「珍説現代作家論（上）―川端康成」（「新潮」昭29・3）

山本健吉「「千羽鶴」の太田夫人」（『小説に描かれた現代婦人像』講談社、昭29・3）

石橋亜子「川端康成と「千羽鶴」」（「ふじ」昭29・3）〈未確認〉

杉浦明平「川端康成論」（「群像」昭29・8）

亀井雅司「川端康成の表現」（「国語国文」昭29・9）

山本健吉「解説」（『〈現代文豪名作全集24〉川端康成集』河出書房、昭29・10）

山本健吉「解説」（『千羽鶴』新潮文庫、昭30・2）
磯貝英夫「川端康成―「山の音」と「千羽鶴」―」（『昭和文学作家研究』柳原書店、昭30・5）
小川徹「川端康成論上・中・下」（「赤門文学」昭30・6〜31・3）
吉村公三郎「解説」（『千羽鶴』角川文庫、昭31・5）
瀬沼茂樹「解説　川端康成―生涯と文学」（『千羽鶴』角川文庫、昭31・5）
松下貞三「川端康成「千羽鶴」の表現構造」（「国語国文」昭31・12）
瀬沼茂樹「解説」（「別冊文芸　川端康成集」昭32・1）
山本健吉「千羽鶴」（「解釈と鑑賞」昭32・2）
三好行雄「康成と利一・試論」（「解釈と鑑賞」昭32・2）
山本健吉「解説」（『〈日本文学全集30〉川端康成集』新潮社、昭34・7）
山本健吉「伝統の自覚」（『川端康成読本―その生涯と作品―』学習研究社、昭34・10）
吉田精一「川端康成と中世の幽玄」（『現代文学と古典』至文堂、昭36・10）
三島由紀夫「解説」（『〈日本の文芸38〉川端康成』中央公論社、昭39・3）
三島由紀夫「解説」（『千羽鶴』講談社、昭39・9）
保昌正夫「戦後の川端康成―「千羽鶴」・「山の音」―」（「国文学研究」昭39・10）
中畑善雄「『千羽鶴』と『山の音』以後―二十九年の問題―」（「国文学」昭41・8）
伊藤整「作家と作品―川端康成（二）」（『〈日本文学全集40〉川端康成集』集英社、昭42・6）
山崎俊介「千羽鶴」（『川端文学小論』私家版、昭42・9）
吉村貞司「結婚の生態」「家の解体」（『川端康成・美と伝統』学芸書林、昭43・12）
トーマス・E・スワン「作品論・千羽鶴」（「国文学」昭43・12）
磯貝英夫「「山の音」と「千羽鶴」」（『〈現代のエスプリ〉川端康成』至文堂、昭44・1）
佐古純一郎「千羽鶴―名作への招待」（「小説女性」昭44・2）〈未確認〉
進藤純孝「川端文学解説」（『川端康成その人・その作品』冬樹社、昭44・2）
北条誠「天かける鶴」（『川端康成・心の遍歴―その愛と哀しみ』二見書房、昭44・2）
河村清一郎「続千羽鶴について」（「明治大学教養論集」昭44・3）
平山城児「川端康成と古典の世界」（『川端康成作品研究』八木書店、昭44・3）
高田瑞穂「千羽鶴」（長谷川泉編『川端康成作品研究』八木書店、昭44・3）
トーマス・E・スワン「「千羽鶴」論（その一）（その二）」（長谷川泉・武田勝彦編『川端康成―海外の評価―』早稲田大学出版部、昭44・3）
武田勝彦「英訳「千羽鶴」をめぐる紹介と評価―ケニス・レックスロス、ジーグフリード・マンデル、ウイリアム・ダンリー―」（長谷川泉・武田勝彦編『川端康成―海外の評価―』早稲田大学

出版部、昭44・3）
武田勝彦「ヴーテノー氏の川端論をめぐって―「伊豆の踊子」「水月」「千羽鶴」「古都」―」（長谷川泉・武田勝彦編『川端康成―海外の評価―』早稲田大学出版部、昭44・3）
無署名「千羽鶴は好色？」（「朝日新聞」昭44・4・28）
長谷川泉「「千羽鶴」と「山の音」―「ほくろの手紙」「水月」に触れて―」（『川端康成論考・増補版』明治書院、昭44・6）
板垣信「千羽鶴」（福田清人編『川端康成』清水書院、昭44・6）
読売新聞文化部「「千羽鶴」の舞台」（『実録・川端康成』読売新聞社、昭44・7）
月村麗子「『千羽鶴』とその続編「波千鳥」について―主題〝縁〟の展開をめぐって―」（「解釈と鑑賞」昭44・9）
川嶋至「美への耽溺―「千羽鶴」から「眠れる美女」まで―」（『川端康成の世界』講談社、昭44・10）
サイデンステッカー「川端康成の世界―漂泊と哀愁の美学―」（「ソフィア」夏季号、昭44・11）
久保田晴次「純粋のまなざし」（『孤独の文学―川端康成の優雅な実存』桜楓社、昭44・11）
山本健吉「「波千鳥」を読んで」（「川端康成全集月報9」昭44・12）
川嶋至「戦後文学と川端」（「国文学」昭45・2）
武田勝彦「対談・川端康成氏に聞く」（「国文学」昭45・2）
巌谷大四「鎌倉」（『〈カラーブックス190〉名作の旅・川端康成』保育社、昭45・3）
川嶋至「敗戦後の川端康成」（「国文学」昭45・3）
遠山知代子「「千羽鶴」における美の展開」（「学部国文〈中央大〉」昭45・3）〈未確認〉
羽鳥一英「〈千羽鶴〉における川端康成」（「国文学」昭45・6）
安藤靖彦「序説・川端康成の戦後―「千羽鶴」「山の音」を中心に―」（「言語と文芸」昭45・7）
吉村貞司「「千羽鶴」論」（川端文学研究会編『川端康成の人間と芸術』教育出版センター、昭46・4）
川端康成「作品・自註と解説」（『川端康成読本』新潮社、昭47・6）
山本健吉「解説・千羽鶴」（『川端康成読本』新潮社、昭47・6）
森本穫「魔界の住人―川端康成の戦後」（「函」昭47・9）
進藤純孝「〈解説〉「千羽鶴」「山の音」」（『川端康成展―その芸術と生涯』日本近代文学館、昭47・9）
五十郎「日本語横丁26「千羽鶴」の撞着」（「解釈と鑑賞」昭48・7）
長谷川泉「千羽鶴」（『川端文学の味わい方』明治書院、昭48・9）
三好行雄「川端康成「千羽鶴」」（「国語展望」昭49・6）
稲村博「かなしい女の主題」（『川端康成・芸術と病理』金剛出版、昭50・10）
進藤純孝「完成」（『伝記・川端康成』六興出版、昭51・8）
萩生田佳寿子「「千羽鶴」と江戸文学―因果噺「累」の系譜―」（「解釈」昭52・1）
岩田光子「川端文学の特相（三）―「千羽鶴」考―」（「学苑」昭52・1）
佐藤雅子「「千羽鶴」に描かれた女性」（「日本文学論叢〈茨城キリ

スト教短大〉」、昭52・3）

森本穫「戦時下の川端康成―その古典受容を中心に―」（「国語国文学論集・7号」昭52・8）

和泉あき「「現実なるもの」と川端〈千羽鶴〉」（「月刊ポエム」昭52・9）

中村光夫「『千羽鶴』と『山の音』」（『〈論考〉川端康成』筑摩書房、昭53・4）

上田真「見えない痣に呪われて―小説「千羽鶴」の一解釈―」（武田勝彦・高橋新太郎編『川端康成―現代の美意識―』明治書院、昭53・5）

桜井暁子「「千羽鶴」論」（「立教大学日本文学」昭53・7）

無署名「川端康成「波千鳥」未完の秘話」（「朝日新聞」昭53・8・28）

小澤正明「「千羽鶴」の人物像とその相互関係」（「八幡大学論集」昭54・3）

川嶋至「千羽鶴」論」（『〈作家・作品シリーズ6〉川端康成』東京書籍、昭54・4）

山本健吉「解説」（『〈新潮現代文学第1巻〉川端康成』新潮社、昭54・5）

津川武一「悖徳のなかの自殺―「千羽鶴」―」（『死にとりつかれた川端文学』医療図書出版、昭54・8）

今村楯夫「「千羽鶴」に対する海外の評価」（川端文学研究会編『〈川端康成研究叢書6〉風韻の相克』教育出版センター、昭54・9）

吉村貞司「ふたご座の美学―「千羽鶴」における古典回帰―」（川端文学研究会編『〈川端康成研究叢書6〉風韻の相克』教育出版センター、昭54・9）

オークナー・深山信子「「千羽鶴」にみる感覚材料の用い方」（川端文学研究会編『〈川端康成研究叢書6〉風韻の相克』教育出版センター、昭54・9）

長谷川泉「「千羽鶴」と「波千鳥」」（川端文学研究会編『〈川端康成研究叢書6〉風韻の相克』教育出版センター、昭54・9）

吉村貞司「千羽鶴」（『妖美と純愛―川端康成作品論―』東京書籍、昭54・12）

小澤正明「川端文芸に於ける抒情性―「千羽鶴」研究―」（『川端康成文芸の世界』桜楓社、昭55・3）

福島章「川端康成」（『愛と性と死―精神分析的作家論』小学館、昭55・8）

今村潤子「川端康成の三部作―千羽鶴・山の音・波千鳥―」（「方位」昭55・9）

小澤正明「「千羽鶴」稲村ゆき子の美―登場人物と文芸構造―」（「八幡大学論集」昭55・9）

林武志「「千羽鶴」「山の音」研究紹介」（川端文学研究会編『〈川端康成研究叢書8〉哀艶の雅歌』教育出版センター、昭55・11）

長谷川泉「千羽鶴」「波千鳥」（『心象幻想―川端文学へのいざない―』アートプロデュース、昭56・4）

前野裕美「川端康成「千羽鶴」についての二、三の問題」（「奈良教育大学国文　研究と教育」昭56・9）

鶴田欣也「千羽鶴」（『川端康成の芸術―純粋と救済―』明治書院、昭56・11）

増田辰也「「千羽鶴」覚え書（1）」（「樹海」昭56・11）〈未確認〉

橘正典「魔界と仏界」（『異域からの旅人―川端康成論』（河出書房新社、昭56・11）

田口茂「川端康成「千羽鶴」」（「飛魚」昭57・3）

栗原雅直「川端文学における白と死」（『川端康成・精神医学者による作品分析』中央公論社、昭57・4）

小林一郎「古都・山の音・千羽鶴を貫いているもの―「花」を媒介とする意味―」（『川端康成研究―東洋的な世界―』明治書院、昭57・9）

星千津子「川端康成「千羽鶴」論」（「湘南文学」昭59・3）

栗坪良樹「禽獣、雪国、千羽鶴、山の音」（『日本文学名作事典』三省堂、昭59・5）

小林一郎「朝顔―「千羽鶴」」（『花曼荼羅―川端康成の心』アートプロデュース、昭59・9）

金采洙「ストーリーの構成要素としての〈出会い〉」『川端康成―文学作品における〈死〉の内在様式』（教育出版センター、昭59・11）

高田力蔵「川端さん、九重への旅」（『川端文学への視界1』教育出版センター、昭60・1）

原良枝「小説の中の鎌倉・湘南―『千羽鶴』川端康成」（『かまくらからの手紙』かまくら春秋社、昭60・4）

加藤数功「川端氏の大分旅行での加藤氏の思い出」（『九重山　加藤数功遺稿集』工房峠の会、昭60・8）〈未確認〉

今村潤子「川端康成「千羽鶴」論―「魔界」の美を中心に―」（「方位」昭60・12）

小林芳仁「川端康成の美意識」（『美と仏教と児童文学と』双文社出版、昭60・12）

上坂信男「「千羽鶴」と「山の音」」（『川端康成―その「源氏物語」体験―』右文書院、昭61・1）

岩崎克朗「「千羽鶴」論」（「兵庫国漢」昭61・3）

小中秀彦「「千羽鶴」とその英訳―Thousand Granes の比較研究」（「日本大学理工学部一般教育教室彙報」昭61・3）

榎本富士子「川端康成の古典文学への親炙―「千羽鶴」を中心に―」（「文学・語学」昭61・5）

深澤晴美「「千羽鶴」のゆくえ―「波千鳥」試論」（「国文〈お茶の水女子大〉」昭61・7）

尾形明子「川端康成「千羽鶴」の女たち」（『昭和文学の女たち』ドメス出版、昭61・12）

兵藤正之助「川端康成論―「千羽鶴」を中心に―」（「関東学院大学文学部紀要」昭62・2）

上田渡「『千羽鶴』『波千鳥』を読む―作品構造と人物関係」（「国学院大学大学院紀要―文学研究科―」昭62・3）

原善「「千羽鶴」論」（『川端康成の魔界』有精堂、昭62・4）

鈴村和成「媒（なかだち）――「千羽鶴」」（『テレフォン』洋泉社、昭62・9）

林武志「〈川端康成作品論事典〉千羽鶴」（「国文学」昭62・12）

大坪利彦「「千羽鶴」論―「再婚者」を手掛かりに」（「明治大学大学院紀要」昭63・2）

西川長夫「川端康成」（『日本の戦後小説』岩波書店、昭63・8）

相原林司「川端康成「千羽鶴」における人称詞」（「日本語と日本文

学」昭63・12）

橘正典「「千羽鶴」―茶室の空間・道行―移動する愛の空間」（『愛・空間・道行』構想社、平1・2）

大坪利彦「「千羽鶴」―人物関係を中心として―」（「明治大学大学院紀要・文学編」平1・2）

栗田歌織「「千羽鶴」論―「太田夫人の死」をはさんでの作品変化について―」（「日本文学論集」平1・3）

森安理文「千羽鶴―滅びの感触」（『川端康成　ほろびの文学』図書刊行会、平1・10）

大坪利彦「『波千鳥』論―続『千羽鶴』としての問題点」（「宮崎産業経営大学研究紀要」平1・10）

郡司勝義「解題」（『千羽鶴』新潮文庫、平1・11）

榎本富士子「川端康成の『源氏物語』受容―『千羽鶴』の表象を中心に―」（川端文学研究会編『川端文学への視界4』教育出版センター、平2・2）

上田真「川端文学における作品終結の原理」（『終わりの美学―日本文学における終結―』明治書院、平2・3）

三田英彬「「波千鳥」と「千羽鶴」」（『近代文学新攷』新典社、平3・3）

山田吉郎「『千羽鶴』論―茶室の磁場―」（「国文学」平3・9）

金泰淵「（作品のあらすじ）「千羽鶴（「波千鳥」）」（「国文学」平3・9）

原善「川端康成作中人物事典」（「〈国文学臨時増刊号〉近代文学作中人物事典」平3・9）

豊住有子「「千羽鶴」―作品に見られる否定の形・美と罪と―」（「武庫川国文」平4・3）

イリーナ・ボローニナ「「千羽鶴」の人間描写」（川端文学研究会編『川端文学への視界6』教育出版センター、平4・3）

マイヤ・ゲラーシモワ「「千羽鶴」における日本文学の伝統」（川端文学研究会編『川端文学への視界6』教育出版センター、平4・3）

岩田光子「「千羽鶴」における美意識と魔界」（川端文学研究会編『川端文学への視界6』教育出版センター、平4・3）

萩原雄一「川端康成『千羽鶴』小論―文体から垣間見る対人関係の特異性―」（川端文学研究会編『川端文学への視界6』教育出版センター、平4・3）

原善「血の両義性―「千羽鶴」と「源氏物語」」（川端文学研究会編『川端文学への視界6』教育出版センター、平4・3）

高畠瑞峰「「千羽鶴」と佛日庵」（「湘南文学」平4・4）

小田切進他『没後20年川端康成展　生涯と芸術―「美しい日本の私」』（日本近代文学館、平4・5）

菊池由夏「「千羽鶴」―運命を彩る茶器―」（「福岡大学日本語日本文学」平4・12）

河野育子「川端康成作品における女性の在り方」（「光華日本文学〈京都光華女子大〉」平5・7）

羽鳥徹哉「川端文学に於る未完の問題―『千羽鶴』を例に―」（「文学」平5・10）

東郷克美「魔界の方へ―『二人で一人、一人で二人』の幻」（「国文学」昭和62・12、『異界の方へ―鏡花の水脈―』有精堂、平6・2）

金碩子「「千羽鶴」論」（「専修国文」平6・8）

剣持武彦「川端康成におけるエロスの感覚―「山の音」「千羽鶴」をめぐって―」（『比較文学プロムナード近代作品再読』おうふう、平6・9）

原善「川端康成の古典受容―「千羽鶴」「古都」を中心に―」（川端文学研究会編『川端文学への視界10』教育出版センター、平7・6）

北村倫子「川端康成「千羽鶴」論―〈女のかなしみ〉をめぐって―」（「昭和文学研究」平7・7）

明治書院企画編集部「川端康成「伊豆の踊子」「禽獣」「雪国」「千羽鶴」「山の音」」（『おじさんは文学通2』明治書院、平7・10）

金子奈美恵「「文子」という女―「千羽鶴」の世界」（「文学論叢」平8・3）

寺杣ゼミナール「川端康成「千羽鶴」を読む」（「国文学報」平8・3）〈未確認〉

千明弘典「川端康成の戦後作品における三要素―視点・身代わり・愛人―」（「関東短期大学国語国文」平9・3）

李在聖「川端康成の文体の魅力―「雪国」「千羽鶴」を中心に―」（「解釈と鑑賞」平9・4）

上坂信男「千羽鶴」（「解釈と鑑賞」平9・4）

山田吉郎「川端康成の〈魔界〉小説の系譜とその特徴―魔界の包摂するもの―」（「解釈と鑑賞」平9・4）

小森陽一・井上ひさし・川端香男里・保昌正夫「〈座談会昭和文学史〉横光利一と川端康成・「新感覚派」の旗手」（「すばる」平10・1）

三苫浩輔「『夢の浮橋』と『千羽鶴』の罪意識」（「愛知学院大学文学部紀要」平10・3）

山田吉郎「千羽鶴」（『川端康成全作品研究事典』勉誠出版、平10・6）

梅沢亜由美「「千羽鶴」から「波千鳥」へ―川端康成がめざしたもの―」（「日本文学誌要」法政大学、平10・7）

マリア＝ヘスス　デ・プラダ＝ヴィセンテ「川端康成と日本の伝統文学―エステルリング博士のノーベル賞受賞歓迎演説を中心に―」（「福岡大学日本語日本文学」平10・12）

高橋真理「「千羽鶴」論―菊治の「あざ」―」（『〈川端文学の世界2〉その発展』勉誠出版、平11・3）

崔順愛「川端康成『千羽鶴』論―茶の湯の視点から―」（「二松〈二松学舎大〉」平11・3）

鶴田欣也「川端康成のアニミズム」（『越境者が読んだ近代日本文学』新曜社、平11・5）

吉村昭「川端康成「千羽鶴」の美」（『わが心の小説家たち』平凡社新書、平11・5）

林武志「鎌倉、湘南と川端文学・戦後」（「〈解釈と鑑賞・別冊〉川端康成　旅とふるさと」平11・10）

今村潤子「九州と川端文学「波千鳥」の旅」（「〈解釈と鑑賞・別冊〉川端康成　旅とふるさと」平11・10）

林鐘碩「「千羽鶴」の世界―魔界と形代のモチーフを中心として」（川端文学研究会編『世界の中の川端文学』おうふう、平11・11）

李在聖「「千羽鶴」―川端文章の標本室」（川端文学研究会編『世界

の中の川端文学』おうふう、平11・11）

深澤晴美「「千羽鶴」の劇化・映画化をめぐって」（『江古田文学』平11・11）

山中正樹「「千羽鶴」論―「美」と「醜」との相克」（『桜花学園大学研究紀要3』平12・3）

原善「川端の女―女性性への夢」（川端文学研究会編『川端文学への視界15』グローバルメディア、平12・6）

張月環「魔性の美への発端―川端康成「千羽鶴」における太田夫人の魔性について―」（『解釈』平12・7、8合併号）

永栄啓伸「菊治の誤算―川端康成『千羽鶴』の時間」（『芸術至上主義文芸』平12・11）

谷学謙「川端康成と仏教」（『日本語日本文学』創価大学、平13・3）

宮崎尚子「川端康成「波千鳥」論―表題の考察を中心に―」（『コンパラティオ』平13・3）

山口博「ほろびの美―川端康成『千羽鶴』―」（『かまくらで文学を考える』愛育社、平13・6）

石川巧「観光小説としての『波千鳥』―川端康成論（五）」（『敍説Ⅱ』平13・8）

瀧田夏樹「千羽鶴」「波千鳥」（『川端康成と三島由紀夫をめぐる21章』風間書房、平14・1）

田村充正「「源氏物語」と川端文学」（『「雪国」は小説なのか―比較文学試論―』中央公論新社、平14・6）

野末明「川端康成と美術」（『没後三〇年　川端康成―文豪が愛した美の世界』日中ビデオネットワーク、平14・10）

大久保喬樹「豊饒の季節―『山の音』『千羽鶴』」（『〈ミネルヴァ日本評伝選〉美しい日本の私―川端康成』ミネルヴァ書房、平16・4）

新潮文庫編『〈文豪ナビ〉川端康成』（新潮文庫、平16・12）

三浦卓「投函された「出すつもりのない」〈手紙〉―川端康成『波千鳥』の〈手紙〉をめぐって―」（『近代文学合同研究会論集第2号』平17・10）

目黒雅也「『千羽鶴』の英訳研究―英文の構造を考察する―『千羽鶴』から【THOUSAND　CRANES】へ」（『白百合女子大学研究紀要』平17・12）

川俣従道「故郷」（『哀愁を旅行く人―川端康成』ボロンテ、平18・2）

水川布美子「川端康成『千羽鶴』の一考察」（『神女大国文〈神戸女子大〉』平18・3）

中村美子「『千羽鶴』の意義―ゆき子をめぐって」（『国文論藻〈京都女子大〉』平18・3）

原善「茶と美意識―日本近代文学が描く茶の美学」（『ハヌルハウス第18号』平19・6）

角替茂二「お茶と文学者（川端康成）」（『茶』平22・12〜平23・2）

原佑美子「川端康成『千羽鶴』論―〈幕〉の解釈と〈幸福〉の希求―」（『上越教育大学国語研究』平23・2）

（『川端康成作品論集成』第七巻より収録）

「山の音」研究史

田村充正

「山の音」と名づけられた作品が、昭和二四年「改造文芸」九月号に発表されてから、すでに半世紀が過ぎた。この間三〇〇本を超える批評や論文がこの作品をめぐって執筆され、その多様な光に照射されて「山の音」が秘める魅力はしだいに解き明かされてきたが、依然としてこの作品は汲めども尽きせぬ泉であり続けている。

不思議なことに、優れた「山の音」論を読むと、作品理解の原点に立ち返らねばならないことに気づかされるので、この作品はいつまでも新鮮さを失わない。例えば近年刊行されたナポリ東洋大学教授ジョルジョ・アミトラーノ著『『山の音』こわれゆく家族』（みすず書房、平成一九年三月）を読むと、二〇世紀文学が多年にわたる苦心の末にたどり着こうとした〈意識の流れ〉などの内面生活と日常生活の描写バランスにおいて、「山の音」が「ユリシーズ」以上に成功しているという指摘があって、この作品を世界文学の地平に置き直すことによって新たに見えてくる事象のあることに気づかされたり、また同書で房子と雌犬テルの共通性に触れられていて、それが俵屋宗達の描いた子犬の水墨画とも関係していることを知ると、「山の音」という作品のまだ見えきらない、靄のかかった美しい構造が垣間見えたように思えるのである。

基礎研究の実証的レヴェルにおいても、例えば「春の鐘」の初出誌（「別冊文藝春秋」昭和二七年六月号）には、慈童の面の陰で涙を流す菊子が「もう一年ゐて、それで子供が出来なかつたら、別れさせていただかうと考へましたの。」という、現在の本文にはない言葉を信吾に投げかけており、川端の創作過程の綿密な検証がまだ本格的には着手されていないことに思い至る。

半世紀という時間の中で蓄積されてきた「山の音」研究の数多くの成果といまだ数多く残された課題とを、明晰に分析し、展望を切り開くべきこの仕事をまえにして、研究史とは批評であるという先達の言葉を胸に、私なりの批評を試みたい。

一　これまでの「山の音」研究史

さてその先達によって「山の音」研究史は何度か執筆されている。その嚆矢は林武志「「千羽鶴」「山の音」研究紹介」（川端文学研究会編『川端康成研究叢書8　哀艶の雅歌』教育出版センター、昭55・11）である。ここではおよそ三〇年分の「山の音」研究論文が詳細に調査され、昭和二〇年代から五〇年代までの研究の流れが丁寧に概観されている。また同著者の仕事として、平成一三年に刊行された林武志編『川端康成研究文献総覧』（二松学舎大学東洋学研究所研究成果報告書、平13・3）があり、「山の音」を含む平成一一年一二月までの川端文学に関する全文献目録が整理されている。

次に挙げられるのは、萩原孝雄「『山の音』研究評価の動向」（平川祐弘・鶴田欣也編『川端康成「山の音」研究』明治書院、昭60・9）である。この研究史ではこれまでの「山の音」研究の傾向が、（a）社会性の欠如を強調して「山の音」を否定する論（b）なんらかの社会性を指摘して、「山の音」を擁護する論（c）社会性、思想性の有無に頓着せず、作品の審美性の解明に意を注ぐ論の三つに大別され、とりわけ（C）において本稿でも後述する鶴田欣也論が称揚され、大久保喬樹論が批判される内容になっている。

三番目の研究史として、谷口幸代「「山の音」作品評価・研究展望」（羽鳥徹哉・原善編『川端康成全作品研究事典』勉誠出版、平10・6）がある。これは『川端康成全作品研究事典』の中での「山の音」の項目の執筆であるが、「山の音」研究史が簡潔にまとめられている。すなわち、「山の音」論の初期においては山本健吉によって〈戦後〉〈家〉〈老い〉というテーマが論じられ、これらのテーマは昭和三〇年代から五〇年代にかけてさらに深められる。五〇年代以降は空間と時間、性、夢などのモチーフ分析に研究者の関心が集まる、という素描がおこなわれている。

こうした先行研究史を踏まえた上で、私としては「山の音」研究を三つの時期に区分し、それぞれの時期を物語る特筆すべき論文を紹介しながら、現在へと至る流れと今後の課題を整理してゆきたい。

二　研究の歴史的変遷

まず研究史を区分したその三つの時期とは、（1）昭和二四年から昭和五〇年まで（2）昭和五一年から昭和六〇年まで（3）昭和六一年から平成の今日まで、である。それぞれの区分期間の年数は概数で（1）二五年間（2）一〇年間（3）二五年間と異なるのだが、本書に整理されたおよそ三〇〇本の「山の音」総文献目録は、ほぼ一〇〇本ずつこの三つの時期に分けることができる。すなわち実質的に第二期に第一期と第三期の二倍半の量の「山の音」論が書かれたことになる。

さらにこのような三分割をした理由として（2）の時代に、おもに川端文学研究会のリーフレットのような会報「川端文学研究」（第二〇号から第二六号）において展開された、大久保喬樹氏と羽鳥徹哉氏の、鶴田欣也氏と羽鳥徹哉氏の、壮絶な「山の音」論争の存在がある。（昭和五一年に大久保喬樹「象徴の小説―『山の音』論」が、昭和六〇年に羽鳥徹哉「「山の音」の蛇について―再び鶴田欣也氏に答える―」が発表されている。）この論争が「山の音」研究を現在へと至る新たな段階に引き上げ、研究史の流れを画した大きな契機と捉え、この論争前と論争後という三つの時期を設定した。

とはいえ、この論争に至る時代をなおざりにすることはできない。小説「山の音」の章題としての第一章「山の音」が発表された翌月には、すでにこの作品についての言及がなされており、当初から多くの批評家や研究者の注視の対象になっていたことがわかる。

（1）昭和二四年から昭和五〇年まで

昭和二、三〇年代の「山の音」論は、日本文学史の中での、あるいはそれまでの川端の創作活動における「山の音」の位置づけや系譜が考察され、この作品から様々なテーマが抽出された時期である。

「山の音」の高い評価は早い時期から確立されており、先行研究史でも触れられているとおり、この時期の「山の音」論を先導したのは山本健吉論であろう。

□山本健吉「川端康成『山の音』の菊子」（『朝日新聞』昭27・11・3）

この批評が発表された時点では、「山の音」はまだ第一〇章「鳥の家」（昭和27・10）までしか発表されていないのだが、「日本の中流家庭の一種名状しがたい暗い雰囲気が、見事に造型されている。」点をとらえて、「日本人の、或は日本の国の悲しみが、渾然と結晶している」「日本的感性の極致を示す小説であり、作者の老いの心境が結晶している」「戦後文学の最傑作の一つであり、川端文学の最高峰である」という評価がなされている。

「古い家族主義の伝統が残っている日本」の家庭の弊害として、「親との同居が、夫婦という結合体の幸福について、意志的に努力を払おうという、修一の責任感を希薄にしている。」「夫と妻とがたがいに幸福のための義務を負っているという「個」の自覚が不足している。」との指摘もあって、〈家〉および〈戦後〉というテーマが論じられている。

半世紀後の現代から見れば、「山の音」の登場人物に「個」というキリスト教文化の概念を求める山本健吉論の立ち位置がむしろ浮かび上がってくるのだが、満年齢使用に関する法律の施行（昭和二五年一月一日）や日本漕艇協会副会長夫婦の心中事件（昭和二七年）の新聞記事などによって、川端作品には珍しく昭和二四年から二七年という時間をモデルにした物語として時代を確定できるこの作品の中から、〈戦後の家族〉というテーマをいち早く読み取った功績は大きいだろう。

山本論で「日本的感性の極致」と高く評価される「山の音」の文体については、この論に先立つ三年前に折口信夫が「秋声風の家庭と世間」を素材にして、志賀のような整頓力と描写力のある正確な文章で綴られていると批評しており、「私は相当この人の作品は読んでゐるのだが、此ほど的確な、描写力を出した作品を見た覚えがない。」（折口信夫「山の音を聴きながら―川端康成氏の近業―」「人間」昭24・12）と述べている。

臼井吉見も、川端が「雪国」にいたって「伊豆の踊子」の「簡潔で素直で写実的な最初の文体」に到達したと指摘したのち、近作「山の音」について「虚実相半ばしつつ、冷たく澄んだ調和を示している。粗雑な現代語にこれだけの微妙な味わいと神経をもりこんだこと、横光に行き、鏡花に行き、秋声にも行った、途方もない彷徨がこういう見事な結実を示した」と評価する。

「山の音」を日本文学史の大きな流れの中で中世文学にその淵源を見ようとした批評に三島由紀夫論がある。

□三島由紀夫「川端康成ベスト・スリー」（『毎日新聞』昭30・4・11）

三島はこの短い批評の中で、表題どおりの川端作品中のベスト・スリーをあげ、「山の音」を「作品自体の価値からしても、世間的評価からしても、ベスト・スリーの首位をしめるだろう。」と最高の評価をする。残りの二作品は、「梁塵秘抄」を踏まえた「あなたはどこにおいでなのでせうか」という同じ一行で始まり、終わる「反橋連作」（「反橋」昭23・「しぐれ」昭24・「住吉」昭24）と「禽獣」が選定される。三島は「山の音」の母胎を、深く中世的な「反橋」連作にあると見ており、「反橋」連作から「山の音」を通して、はじめて川端は「古典の血脈にふれ、日本文学の伝統に足を踏まへた」と分析し、「王朝の古典に近づいて何ものかを吸収した近代作家はかなりあるが、中世文学の秘められた味はひ、その絶望、その終末感、その神秘、そのほのぐらいエロティシズムを、本当にわがものにした近代作家は、川端氏一人であらう。」と川端の、ひいては「山の音」の中世文学性を指摘する。戦時中の車中での湖月抄「源氏物語」の耽読を引用しながら、川端と「源氏物語」の関係を論ずる論文が多いなかで、この指摘は「山の音」を考えるうえでも極めて示唆的である。

　さらに三島は「横光利一と川端康成」（『文章講座第六巻文章鑑賞』昭30・2）の中で、明治以来の作家を文章において①独創的なスタイルを作った作家（森鷗外）②体質的なスタイルを身につけた作家（夏目漱石）③人工的なスタイルの作家（泉鏡花）の三つに大別し、川端康成を第三の泉鏡花の範疇に属する人工的天性型と定義している。新感覚派時代においても川端は横光のように観念的な装いを必要とせず、「一見奇矯な斬新な意匠があるようでいて、実は頑固なほど、自己の資質に忠実」で「感覚だけでしか、外界とつながろうとしない」特徴は、もっとも観念的にみえる「水晶幻想」にさえ窺えると指摘する。「川端の新感覚派時代などというものはない、「氏の文章を横光利一のように、段階的に分けてみることはむずかしい。又その必要もなさそうに思われる。芸術家としての氏にはかつて自己革命というのがなかったから、文章にもそれのあるわけがないのである。」と断定したうえで、「山の音」の信吾が山の音を聞く場面を引用し、朗読の快感を生み出すような音楽性を放棄した「破調破韻の文章の鬼気」は、改行による文章の突然の転調と構成の乱雑さ、故意の重複と叙述の順不同によるものと分析する。こうした特色は「初期作品（たとえば掌小説）から明瞭に見られるもので、それが近作に及んで一そう手が込んで、一そう蒼古な味を帯びてきた」と結論する。

　「反橋」連作から伏流してきた特徴を「山の音」に見る三島に対し、この時期「山の音」を「雪国」および同時期に執筆された「千羽鶴」と比較して論じた批評家に磯貝英夫がいる。

□磯貝英夫「川端康成―「山の音」と「千羽鶴」―」（『昭和文学作家研究』柳原書店、昭30・5。後、長谷川泉編『現代のエスプリ川端康成』昭44・4）

　磯貝論では、「雪国」の島村が抱いていた〈徒労〉感を「死と忘却のかげ」として引き継いだのが信吾であり、信吾を島村と同じ「一切の行為を徒労として退ける人」と解釈すると同時に、「信吾は「雪国」の島村の血縁でありながら、それと全くちがった性格があたえられていることも見ておかねばならぬ。……信吾は菊子を生かすバック・カラーであると同時に、それ自体が細密な造型なのだ。おそらく初老の心理のくまぐまがこれだけ美しく造型された例は他にないだろう。島村にいだいたわれわれの不満の感情はふたたびここでは頭をもたげない。」と「山の音」の登場人物に焦点をあてて作品評価をする。

　「千羽鶴」との比較では、この作品が「山の音」と時間的に接近して書かれていることから、「相互に代償をもとめる心理」が作者に働いたのではないかと推測する。「千羽鶴」の「絵志野」の章において、文子を母の太田夫人に似ていると思う菊治と「山の音」の

「冬の桜」の章において、保子の姉への憧れと菊子への思いのつながりを悟る信吾を比較し、「流露と抑制という対照的な性格をもちながら、二つの作品は相おぎなう」点を指摘する。「信吾は実在したが、菊治は事件を映し、解釈する反射鏡以上の存在ではない。島村は一つの思想を持って駒子を生かしていたし、信吾も独立した情感の所有者であったが、菊治は作者の感受性だけあたえられて、作者のゆめの意味を読者に仲介する役をするだけなのだ。それが内部的にも物語を抑制する拠点を失わせたし、物語のリアリティを繋留することにもならなかったのである。」とはいえ、「千羽鶴」は「昭和初期にはじまった観念的方法文学の特殊な達成である。」

作家論の立場から川端康成と主人公信吾を重ね、「山の音」を論じる一連の論文がある。

□中村光夫「川端康成論（三）―好色について―」（「文学界」昭和32・9）

この論考では、「「伊豆の踊子」が作者の青春を象徴し、「雪国」が中年を代表するやうに、「山の音」には氏の老年の姿が描かれてゐることは確かでせう。」と川端と信吾を重ね合わせ、戦時中の「源氏物語」耽読を述べたあとで、「氏がこのやうに（信吾を）「老」の観念を生きた人間として捕らへ得たのは、戦時中の「源氏」耽読と無縁ではないので、氏が青年期から観念化することで純潔に保つてきた感覚の詩が、日本人が千年のあいだ守りつづけた感受性につながるのを意識したとき、「雪国」の島村が生きた孤独の氷がゆるみはじめるのは、当然であり、冷凍されてゐた人間性はうごめきはじめるのです。」と評価しながらも、「「山の音」にも小説としての筋の動きはなく、菊子はただ信吾の感性のなかで美の匂ひと体温を保ちつづけるだけです。」「言葉をかへて云えば氏はもつと「話」のある小説を書くべきなので氏の作中人物たちはすでにそれを要求しはじめてゐるのです。」「氏の作品のなかで、風景が社会に、詩が散文に転ずるには、信吾が若返つて行動をおこさなくてはならないのです。」と、すでに完結している「山の音」という作品にたいして、社会小説としての在るべき「山の音」への改稿を求めるかのような論を展開している。

この時期「山の音」に対して稀に見られる否定的評価としては、杉浦明平「川端康成論」（「群像」昭29・8）をあげることができるのだが、その指摘は不思議にも的確で、評価だけ反転させれば、そのまま優れた「山の音」分析に変わりそうである。著者の批判は、川端の戦後小説がプロレタリアートを題材とせず、「激しい力とエネルギーとにたぎった現実」の日本に目をむけていない点にあり、賀茂真淵の捉えた古代文化や「平家物語」的文化伝統ではなく、「源氏物語」に集約される王朝文化の美に、狂言の中世庶民文化ではなく能に、日本の美の伝統を継承している点において川端の創作を根源的に否定するのだが、「川端の文学はその点（注／悲しみやあわれをおぼろな靄に包む点）で「源氏」にかさなるのである。したがって、本来の近代小説を近代小説たらしめている生活の追求や社会制度や習慣との矛盾、思想や性格の格闘という要素は川端の小説からぬぐい去られて、あるものはただ女体にたいする、自然にたいする、旧文化にたいする詠嘆ばかりなのだ。」「「山の音」等も一挙に書きおろされる必然性を持っていなかった。一章ずつ、興にまかせて書きついで行けば足りたにちがいない。どこで打ち切っても、たいして不自然ではない、というのは、ドラマではなくて、抒情が主要な要素になっているからである。」「かれの文学は「源氏」的であるよりも、「源氏」をあらゆる美の光源として仰ぎ模倣した中世文学的というべきであろう。」などの指摘は、この論考が昭和二〇年代末に書かれたことを考えると興味深い。

作家論に立脚して戦後の川端と美の伝統の継承をテーマに「山の音」を論じたものはこのほかにも数多く、昭和三〇年代初めの三好行雄「康成と利一・試論」（「解釈と鑑賞」昭32・2）では、川端が祖国の敗北を経験し、「日本のあわれな美しさに息づこうという決意は、やがて「日本の美の伝統を継」ごうとする作家の自覚につながり、そこに「千羽鶴」や「山の音」などの名作が誕生した」と、敗戦から美の伝統を継承しようとする意識が生まれ、これが「山の音」を生み出したとしながらも、信吾の死生観や自然観を、戦前の作品「末期の眼」（昭和8年）の延長線上にあるととらえて、「川端文学の本質は戦前と戦後を截然と劃し得るほどの決定的な変貌はとげていない」と論じるものがある。また保昌正夫「戦後の川端康成―「千羽鶴・「山の音」まで―」（「国文学研究」早稲田大学国文学会、昭39・10）では、川端の戦中戦後を（1）「生命の樹」に読み取れる昭和二〇年四月の鹿屋海軍報道班員の経験（2）昭和一九年の片岡鉄兵から二三年の菊池寛までの友人、恩師の死（3）戦時下の『湖月抄源氏物語』に見られる古典愛慕、という三項目から「当時の川端の心情」を読み取り、敗戦国の作家が還ってゆく場としての伝統と自然が「さざん花」（昭和21年）、「紅梅」（昭和23年）、「しぐれ」「かけす・夏と冬」（昭和24年）を生み、これを経て、「千羽鶴」、「山の音」が生まれた、という系譜が論じられている。

昭和四〇年代にはいってもこうしたアプローチは「山の音」研究の中軸を形成し、「山の音」に反映された戦後日本の姿を探りながら、信吾の性愛が「道徳的なタブウや、また「戦争による圧殺」という公的な要素によって、さらには個人的な生命の終末の意識によって、二重三重に固く封印され」ながら、むしろその断念によって、「かえって放恣ともいいたいほどの、鮮烈な感覚の解放がもたらされている」と信吾のエロスと戦後を結びつける分析をおこない、「国家の無力化と、解放という二重性」を指摘しながら、そのエロスが、蕪村の句や慈童の能面などによって浄化、様式化され、伝統的な美的感受性の様式と共鳴している、と説く佐伯彰一「家長の悲しみ―『山の音』」（『日本を考える』新潮社、昭41・7）がある。

□越智治雄「『山の音』その一面」（「国文学」昭45・2）

越智は「一回の短編で終るはずであつた。」という川端の言葉を引用しながらも、「冬の桜」の章で満年齢の採用された年であることが明記されて、「山の音」が昭和二四年から二五年にかけての戦後の物語であるという「明瞭な時間設定が行なわれ」、大賀蓮の開花という昭和二七年の事実がさらに物語内に書き込まれることによって、「二十五年の信吾の心理を支えているのは、後半になると、二十七年、あるいはそれ以降の川端になっている」と考える。蓮の実の開花から菊子の人工流産に、古い蔦から新しい蔦へと移る信吾の意識に作品に秘められた「再生のモティーフ」を読み取り、このモチーフを背後から支えるものとして、川端の「滅びぬ美への信頼、美意識」を指摘する。保子の姉の命日が紅葉するもみじの季節であったことと「菊子の誕生日が、その名の示すとおり、秋であることに気づけば」、保子の姉の菊子への投影、イメージ上の連鎖は見逃すことができず、それは「紅葉と菊が象徴する日本の自然の美への憧憬とわかちがたい」と信吾、川端の心理が分析される。

安藤靖彦「序説　川端康成の戦後―『千羽鶴』『山の音』を中心に―」（『国文学言語と文芸』昭45・7）も川端康成にとっての「戦後の意味を作品の中に探る」論文である。島木健作追悼（昭和20・11）と「哀愁」（昭和22・10）の「敗戦後の私は日本古来の悲しみのなかに帰ってゆくばかりである。」「私はもう死んだ者として、あはれな日本の美しさのほかには、これから一行も書こうとは思はない。」を引用し、これを「自覚と自信の深まり」（中村光夫「川端康成論」昭32）と見る中村光夫と戦前戦後に変化を見ない川島至論「川端文学は敗戦後も変わることなく、政治や社会から隔絶した「非現実」の美を追究しつづけるのである。」（川島至『川端康成の世界』昭44）を対比させて、後者の見解に異議を唱える。すなわち、「「千羽鶴」が「雪国」の延長としていわば非現実世界を現実とするのに対し、「山の音」での戦争の影は作品世界の重要な契機となる。」と指摘し、「戦争を経過したがゆえに深まった川端の歴史的時間の自覚とその戦争が強いた個人の生ということの運命的自覚」を「島の夢」の章の豊臣秀吉の頃の慈童の面、「蛇の卵」の章の二千年前の蓮の実の開花の記述に見いだし、「歴史的時間と生との対比」によって、「歴史的時間の前で演ぜられる人間の劇」の「弱小」さ、「はかなさ」の認識をもった点を指摘する。「戦争によっての夫婦の危機、家の崩壊のことがなければその人生観がこういう形で問い直されることもなかったろう。」

作家論全盛の昭和四〇年代にあって作品内の機構を明らかにしようとした研究者に長谷川泉がいる。

□長谷川泉「「千羽鶴」と「山の音」―「ほくろの手紙」「水月」に触れて」（『川端康成論考・増補版』明治書院、昭44・6）

長谷川はまず「山の音」が長期にわたって各雑誌に分載されて成立した経緯を検証し、「連想で連続され、挿話のつみ重ねで微妙に密着してゆく」川端の創作方法を指摘し、それが通常の「最初から強靱に構築された筋立てに従って、人物の造型がなされ、人間の性格と社会的事象とが劇的な葛藤を展開することによって、物語の発展がなされていくような」小説とはいかに異なるかを確認する。次に「山の音」の時間設定に着目し、それが「夢と幻と死」によって展開されていることを、信吾と菊子、修一と菊子、修一と絹子という並列して存在する三つの対人関係の機微を詳述しながら検証してゆく。なお長谷川は「「山の音」における「性」」（『川端文学研究』第16号、昭55・6）において、〈性〉というモチーフで再度「山の音」の登場人物の分析を試みている。

さて「山の音」の文体を論じた優れた論としては、次の論考があげられる。

□根岸正純「川端康成の文体―『雪国』と『山の音』―」（『文体論研究』昭43・11）

これは先に紹介した臼井吉見「川端康成の文章〈文例〉「山の音」より」（『文学界』昭27・7）や波多野完治「川端康成の文章」（『解釈と鑑賞』昭和32・2）などの印象批評による文章論とは異なり、「山の音」の文体を言語学的に分析した論考で、のちの語り手の視点の問題を先取りしている観がある。根岸は「雪国」の島村や「山の音」の信吾を「見ること自体が行為になる」「視点人物」としてとらえ、「『山の音』の信吾は、その意味で島村に匹敵する。信吾も、菊子や英子とのほのかな愛情の当事者でもあるが、どちらかというと菊子や英子が演じている劇を見る世界に生きている。誇張すれば、島村や信吾は自身が直接その渦中にない現実を感受することが、唯一の行為であるような人物ということになる。そこで彼らにおいては、視点人物としての部分と劇中人物としての部分は殆ど重なり合う。」と考察する。また「演ずるものの現実と見るものの現実との二重性が、『雪国』でも『山の音』でも基調になって」いる点を指摘し、「やうだつた」「らしく」「かもしれない」などの推量や疑問形を「知覚未完の表現」と命名し、詠嘆や驚きの表現をこの二重性から説明している。

根岸論の「行為」とは、〈語り〉という言葉に置き換えることができるのだろう。「山の音」という作品は、信吾という登場人物を描写対象として描く叙述はたしかに存在するが、その語り手は信吾の知覚や判断を超えて信吾を分析したり、裁くことはないので、全知的視点に立つ三人称の語り手は実質的に不在である。根岸が導入した「視点人物」という概念は、あくまで全知の語り手がいて、登場人物としての信吾がいる、という理解が前提になっているだろう。見る者が語る者であり、語る者が見る者であるという理解に、〈声〉の概念を導入した物語論によって「山の音」の分析はさらに進展することになる。

(2) 昭和五一年から昭和六〇年まで

冒頭に紹介したように「山の音」研究が最も活況を呈する第二期の一〇年間である。その最初の年に次の論文が発表される。

□大久保喬樹「象徴の小説―『山の音』論・上」(『季刊芸術』昭51・4)

大久保喬樹「象徴の小説―『山の音』論・下」(『季刊芸術』昭51・7)

大久保論(上)の第一部の見出しは「その小説構造」と命名されており、この時期から〈構造〉という言葉が他の「山の音」文献にも散見されるようになるのだが、欧米では構造分析の記念碑的作品として、言語学者ロマン・ヤコブソンと文化人類学者クロード・レヴィ＝ストロースがボードレールの詩「猫たち」の構造分析を試み、ソビエトのスターリン政権下で長い間封殺されてきたロシア・フォルマリズムの論集がツヴェタン・トドロフの編集によってフランスで刊行され、ロラン・バルトの『物語の構造分析』などがこの第二期に先立つ時代に執筆されていることを確認しておく必要があるだろう。

さて大久保論は「山の音」の反長編小説的特徴を指摘し、「表向きの小説進行とは無関係に反復あるいは変奏されてあらわれ、そのいくつもの間歇的出現が複合されたところに、信吾を中心とする人間関係の発展推移というこの物語の筋とは別のこの小説の構造の骨組みが成立する」と考え、その「隠された小説構造」こそ明らかにすべき課題であると説く。「この新たな視点に立って眺めるならば、「山の音」は何層にも重ねられた多様な連関の織りなす一種の交響楽のような様相をあらわすだろう。」と記し、「象徴の小説」という論文題名が示すとおり、「この作品の根底を流れる象徴―照応のシステム」の様々な連関を論証しようと試みる。

大久保論(下)の第二部「その文体」では、根岸論で密かに提起された語りの問題が取り上げられ、「この物語の語り手は完全に主人公信吾と同次元にたち、信吾に同化してしまっているのである。

この物語の叙述は基本的に信吾の意識の連想的な動きを軸にしてすすめられる。」と正確な指摘がなされるのだが、同時にこの「信吾の意識」には「一貫した個性的な人格——様々に流動するこの意識の移り変りを統括し、はっきり特定の感受性の型を感じさせるようなものが認められないことが多い」「一定の方向をもたずに流動し、互いに関連を欠いた全く偶然的、非個性的ないくつかの連想の集合にすぎない。」として、むしろ信吾の意識を支える、つまり「山の音」という作品を支える無意識の構造の解明は放棄されてしまう。

　さらに大久保論第三部「その形而上学」では、「川端にとっての日本はこのような個と個の対立葛藤を基本とする西欧のディアローグ的世界以前、あるいはそれを越えたところにひろがる主客未分のモノローグの世界なのである。……西欧の個の大前提となっている自己同一性（アイデンティティ）というものはありえない。」と川端の日本文明観に論考は発展し、竹西寛子「和歌的なるもの—伝統と川端康成」（「新潮」昭47・6）に依拠しながら、日本古典文学の伝統のうち、和歌の流れを汲むのが川端文学であり、「物語的なもの、日記随筆評論的なものがいずれも地上世界を唯一の場、唯一の基準としているのに対して、和歌的なものが地上世界とその背後にある超越的世界の二次元にまたがっており、しかも基本的には後者の超越的世界にすべてが吸収還元されるような構造を有しているからである。」として、「古典主義的な完成を見せていた川端の美学」の結晶である「山の音」を「一種のかぐや姫伝説として考えることができる。」と論考をまとめている。

　論文題名に〈構造〉という言葉が組み込まれている論文に月村麗子「『山の音』の作品構造」（川端文学研究会編『川端康成研究叢書6風韻の相剋』教育出版センター、昭54・9）がある。各章の章題が象徴的名称となっており、それらが連句のごとく「イメージによって照応し合」い、このイメージの繰り返しによってモチーフが構成されている点、植物、動物、自然現象のイメージをあげ、その照応を問題としている点、「山の音」全一六章のうち対話が七六場面におよび、信吾と菊子の間での対話が一七場面ともっとも多く、信吾と保子の一二場面を上回ること、全体の構成原理を序破急（導入、展開、結末）とし、それがそれぞれどの章にあたるか［序（山の音）、破（①蝉の羽〜栗の実／②島の夢〜都の苑／③傷の後、蛇の卵）、急（秋の魚）］などが言及されている。

　後述する「山の音」論争を展開する羽鳥徹哉の最初の「山の音」論は昭和五五年に発表される。

□羽鳥徹哉「「山の音」における自然」（**長谷川泉・鶴田欣也編『「山の音」の分析研究』南窓社、昭55・12**）

　「山の音」に描かれる自然が、一見日本的な美の伝統の継承と見えながら、「蝉の叫びに生活のやりきれなさを、日まわりに性の感情を、月の炎に力と衰えを見」たりする既成の美意識の埒外にあり、山の音それ自体も鈴木牧之の『北越雪譜』にその源を探りながら、川端の「山の音のイメージには、天地、時空を貫くふうの感じがあって、とかく前栽的、箱庭的な日本自然美の範囲をこえている。」と指摘している。しかし羽鳥論の真骨頂はやはり本文の精緻な解釈にあって、例えば「山の音」冒頭のさかな屋の場面で、亭主がきざんだ貝の身が元通りの貝殻には戻らないことに信吾が気づいた点を捉えて、「そういう細かい気のつき方の中に、亭主に対する反感が表れている」と読み、娼婦の挿話は「信吾が浮気をする修一をとがめだて出来ぬと同時に、修一の相手の女も非難できぬだろうということを表している。信吾は、「修一の女は商売女か娼婦型の女」と見当をつけているが、そういう女にはそういう女の事情もあり、人生もあり、むやみに非難などできぬ可憐さもあると、予想している」という心理まで汲み取ったり、あるいは「お父さま、西瓜西瓜と」信吾を呼んだのに聞こえなかったことに対して、菊子が「お父さまはなにか怒つてらつしやるからですわ。」と発話する場面があって、本文では信吾の心理は吐露も分析もされないまま物語は進行するのだが、こうしたなにげない出来事を羽鳥論では「菊子を清純可憐と思っていたのに、修一の女のことを知って、なおかつ修一に応えているのだとすると、これはかなりふてぶてしく、したたかな女だということになる」と「信吾のいだく菊子のイメージのこわれかけたせい」であると説明して、それなくしては本来研究が始まらないはずの、本文の正確な読解を積み上げてゆく。

「山の音」研究史第二期の隆盛は、鶴田欣也というカナダのブリティッシュ・コロンビア大学で日本文学を教える研究者によってもたらされたといっても過言ではないだろう。鶴田の「山の音」論はすでに昭和四〇年代の後半から発表されている。

□鶴田欣也「山の音」(『〈国文学研究叢書〉川端康成の芸術—純粋と救済—』明治書院、昭56・11)

この論では、斬新な着想によって「山の音」の時空間が分析されてゆく。ここではまず「山の音」の空間が、東京(信吾の会社のあるビジネスの場所、市民としての責任を果たす地、現実の場所)、鎌倉(信吾の家とそれを中心に描かれた自然、信州への橋渡しの空間)、信州(死んだ保子の姉のいた理想郷)と整理されて、それぞれの空間を司る女性として、英子、菊子、保子の姉がおり、これに対立の起きる場所としての横須賀線の車中(作品中九回登場)の重要性が語られる。「蛇の卵」の章で描かれる「停止した電車は半理想郷の陰画」であるとして、「ゆるやかな動作で手招きしている白痴の娘は菊子の陰画かもしれない。」「外人と男娼も信吾と菊子の関係を逆写しにしたものかもしれない。」と指摘している。

時間の分析としては、桜の木や菊子などの登場人物をあげながら、それらが時計の役割を果たしていることを詳述する。信吾は山の音を聞いてから、直線的に死へと向かう時間とこれを阻止する時間(時間の凍結、遡行、循環)という二つの時間意識に揺れていると考え、菊子がいれる玉露や菊慈童の能面などの芸術、信吾の見る夢などが後者の時間意識を象徴していると読む。とりわけ作中に描かれる信吾の八つの夢を序(第一の夢と第二の夢)、発展(第三の夢~第六の夢)、結び(第七の夢と第八の夢)に分けて、信吾の中の遡行する時間意識を夢分析し、「信吾は夢で永遠のパラダイスに遊び、若返り、地獄を訪れ、永遠を失う。しかし、夢でも卵を菊子に産せて、新しい人生のサイクルに参加している。だから、現実でも、卵を生んだ後、海に下って死んで行く小さな落鮎に自分を較べることができたのである。」と、不可解に見えるこれらの夢に通底する流れを解説する。

◆「山の音」論争

こうして本稿冒頭で提示した「山の音」研究史を三つに分ける基準とした「山の音」論争の時期を迎えるのだが、それはおもに川端文学研究会が編集していた小さな会報「川端文学研究」を舞台に合計八回にわたって以下のように展開された。

①大久保喬樹「長谷川泉・鶴田欣也編『「山の音」の分析研究』」（『川端文学研究　第20号』川端文学研究会、昭56・3）

この書評の中で、まず従来の日本近代文学研究は（1）実証的研究：作家の実生活上の諸事実を調査して、そこから作品成立の過程を探ろうとするもので、いわゆるモデル問題考察を含む。（2）作家論的研究：作品内容の心理的思想的分析によって作家の精神世界を明らかにしようとする。（3）文学史的研究：文学諸流派の関係と、その中での個々の作家作品の位置づけを検討する、という三つの潮流に整理され、これらどれも作品を作品外の諸要素と関連させて論じる研究で、これが主流となっていたことを指摘する一方、作品それ自体を独立完結したものとして、その構造等の特性を分析解明しようとする作品論的研究（ニュークリティシズム、精神分析学的解読、構造主義的解読、言語論記号論的解読など）が傍系に位置してきた理由を、明治以来近代小説の多くが自然主義―私小説の系列であったためと考える。「この本は作品論的研究に立脚しているが、その主題別分析研究（複数の主題を選んで、それぞれの角度からの分析を並列的に並べ、作品の全体像を明らかにする）は、作品への分析方法、全体像に対する展望が希薄で、「研究課題としたある特定のモチーフが作品中にあらわれてくる箇所をとりだしてきては、その場その場の解釈をほどこすだけで終始している」と批判し、羽鳥論に関しては「論題から外れて筋の紹介に終始」していると指摘する。

「『山の音』は極めて多面的多層的な構造をもった作品であるが、それら諸面諸相は互いにバラバラに無関係に存在しているのではなく、相互に緊密に関連しながら有機的統一的な全体を構成しているのであり、そうであればそれら諸面諸相に共通する何らかの構造パターンがあるはずである。このパターンを抽出し、その様々な応用態として、文体、物語展開、人物造型等に至るまでの作品の諸相を統一的に解明できた時、初めて分析研究は本質的な成果をあげることになるのである。」とその着地点を示す。

②羽鳥徹哉「大久保喬樹君の『「山の音」論』」（『川端文学研究　第21号』川端文学研究会、昭56・8）

これに対し、羽鳥は「妙な誤りに食傷している。」と大久保論でいう分析研究を以下の点で批判する。（1）「隠れた体系」なるものを完成させようとして、無理なこじつけをする。（2）自分が発見したと称する体系を完成させるために、その体系に都合のいい所だけ取り上げて、不都合なところは無視する。（3）作品を読み、その中から帰納的に未知の体系を抽出してくるのではなく、作品に対する既成の理解、既成の価値観に合わせて、体系を作ってしまう。例として、「（大久保論で非地上的存在とされる）菊子は何も、額の傷と肩のゆらめきだけで理解していい存在ではない。」「信吾に引き離された後は、水商売だって出来ないことはないと強さを示」す現実的側面も付与されているのに、身体的特徴という断片だけを取り出している点を指摘する。

「分析的方法、記号論的方法、比較文学的方法、文学史的方法、どんな方法でもそれが適切に用いられていれば、作品あるいは文学についての、それなりの理解と展望を開いてくれる。しかし基本的な読みが出来ていないと、どんな方法も用をなさない。読みが方法を生かし、あるいは方法を生み、方法が読みを開き、あるいは読みを深める。両者は本来一体であるべきなのだが、ある場合には方法無視ないしは方法無知、ある場合には逆に方法先走り、我々はそのどちらかに傾きがちになることが多いようだ。」

③大久保喬樹「羽鳥徹哉氏に答える」（「川端文学研究　第22号」川端文学研究会、昭56・11）

①の書評の要点は、所収の「論文が、それぞれ「山の音」における性、自然等、特定の主題を選んでの分析研究として意図されているにもかかわらず、結果的には、分析というよりは、解釈におわってしまっている」点であり、「読解は基本的に個々の一節と全体的な作品主題ないしストーリー展開とのかかわりという範囲で行われ、個々の箇所同士の間の対応関係については、その都度気がついた点は言及されても、体系的、構造的に考察されることがないのである。その結果、全体として作品がどのような作家の精神世界、心理世界の反映表現となっているかということは明らかにされるとしても、それがいかなる構成、構造に従って形成されているか、更には、そうした構成、構造の特性の分析からどのような潜在的な作品の意味があらわれてくるか、ということは明らかにされないのである。」と指摘される。

④羽鳥徹哉「大久保喬樹氏に答え、鶴田欣也氏の近著に及ぶ」（「川端文学研究　第23号」川端　文学研究会、昭57・2）

上記大久保論の「読解」理解に対する反論が展開される。「私の考える読解は、もし「個々の箇所同士の間」に「対応関係」があり、「体系的、構造的」にとらえられるものならば、それをとらえることも大事な読解作業の一つだと思っている。そして分析研究の方法は、そういう読解のあり方に、有力なヒントを与えてくれるものと思っている。／ただし、そういう「体系的、構造的」なものが、あればの話である。ありもしないものを無理にこしらえてはいけない。その点、それはむしろ「その都度気がついた点」であることが望ましい。それを実際の文章に即して気づいたのとは違う、研究者の空想あるいは願望がこしらえあげた「体系」や「構造」を無理に作品に当てはめたりしたら、鷺を烏と言いくるめるような結果にもなってしまう。そういうことはすまいというのが、私の読解の立場である。」

さらに羽鳥は、「蛇の卵」の章で、信吾が蛇の卵を夢見るところがあり、これを鶴田が、信吾が意識下で菊子と交情し、菊子に妊娠させたと解釈していることに対して反論する。「蚊の群」の章でも、蚊の群れを切りまくったあとに、信州の家にもどって保子の姉を目にする話をオルフェ譚と重ね合わせて、保子の姉の恐ろしい死骸を見たことによって信吾は死者から解放されたと鶴田論では解釈されているが、次の「秋の魚」では保子の姉は美しいイメージのまま現れており、文脈や筋の展開に忠実に読む限り、保子の姉を醜い死骸とすることはできないと主張する。

⑤鶴田欣也「『山の音』再考　羽鳥徹哉氏の批判に答えながら」（「川端文学研究　第24号」川端文学研究会、昭57・7）

鶴田論では信吾の意識の表層と意識下の深層を区別してあつかっているが、羽鳥はこれを同一レベルに扱っていると反論する。「信吾の意識下の流れに沿って分析してきたので、蛇の子イコール信吾の子という結論がきわめて自然に導き出された」ので、「鳥の家」の青大将の例だけしか出さず説明不足であったとして、「鳥の家」の前の章「春の鐘」さらに「夜の声」などに広げて、「蛇の卵」の章の子蛇は信吾が菊子に生ませた子供との解釈を展開。また「蚊の群」についても、信吾の意識下における楽園の美しい姉がここで消滅し、美しい姉は縋りつきたい永遠の恋人から過去の人、信州は過去の楽園から普通の田舎になり、最後の信吾にもはや山の音は聞こえないことを再説する。

⑥羽鳥徹哉「読解と精神分析、その他―「山の音」について鶴田欣也氏に答える―」（「川端文学研究第25号」川端文学研究会、昭57・11）

精神分析学的批評の可能性と限界を冒頭で示し、〈蛇〉の日本文学の文脈における象徴性を「古事記」、「日本霊異記」、「今昔物語」で検証した後、「山の音」における〈蛇〉の象徴的意味を明らかにし、子蛇は修一の子であり、菊子が瞋恚のうちにみごもったと信吾が感じていたので、蛇（＝邪悪な心、瞋恚、物への執心）となった、と説明する。終章の保子の姉についても「意志的に菊子をあきらめ、意志的に自分を保子の姉の思い出の中のみに封じこめようとする形になった」と考察。

⑦鶴田欣也「可愛い小蛇と瞋恚の大蛇―再び羽鳥徹哉氏に答える」（「川端文学研究第26号」川端文学研究会、昭58・6）

「西欧では異民族の交流が激しかったために意志の疎通はきびしい論理に基づいて行われた。私達の論争では論理が欠けているように思われる。」と羽鳥論に論理の欠如を指摘する。その第一は、「夢解釈はその夢自身の文脈のなかで考察されるべきである」と述べた直後に「「もっと文化的、歴史的、社会的あるいは個人の体験とのかかわりの中で考える」ことを主張する。これは完全に論理的矛盾である。これでは「夢自身の文脈で考える」ことなど不可能ではないか。」と反駁し、第二は、羽鳥論で「今昔物語」などの古典に遡って蛇のイメージが調査されたことに対するもので、「山の音」を読解するのになぜ古典に遡らなくてはならないのかという疑問を提出する。「源氏でも今昔でもいいが、そこに出てくる蛇の統計と『山の音』とどのような関係があるのだろうか。今昔ではこうである故に『山の音』でもこうであるという因果関係は成立するわけがないし、ないとしたら、何故ここにわざわざ無理をして今昔を持ち出して統計を披露するのか分らない。」「優れた文学作品というものはその文化的伝統に立つと同時にそれに規制されない独自の新しい世界も築いている。芸術というのは古い面も新しい面も兼備えている。それを過去の統計で縛してはならない。ここに私はもう一つの論理の欠如を見る。」と反論を繰り返す。

⑧羽鳥徹哉「「山の音」の蛇について―再び鶴田欣也氏に答える―」（川端文学研究会編『川端文学への視界　1』教育出版センター、昭60・1）

この批判に対して羽鳥は「論理的でないというのは間違いで、それは鶴田氏が、私の文章の論理をうまく読み取ってくれなかったからである。」と会報から年報に代わった論争の舞台で自説を詳述する。その要点は鶴田が「鳥の家」の章の「青大将」は信吾の（男性の）象徴であると分析するのに対して、羽鳥は「鳥の家」の章の「青大将」は可愛い鳶や頬白とは対照的に、恐ろしいもの、困ったものを表すようだが、それを信吾の男性に限定する必要はない、と考える。また鶴田が「蛇の卵」の章の「小蛇」は信吾が意識下で嫁の菊子に生ませた子供であるとするのに対し、羽鳥は「蛇の卵」の章の「小蛇」は、修一の子であり、それを小蛇とイメージしたのは、菊子が瞋恚のうちに身ごもったと信吾が感じていたからだと論証する。

このように大久保喬樹による長谷川泉・鶴田欣也編『「山の音」の分析研究』の批判的書評からはじまった論争は、鶴田と羽鳥の議論に発展しながら、四年にわたって繰り広げられることになった。この優れた先達の論争をここで裁くことにはひとまず距離をおいて、この論争がそれぞれの研究者の立脚していた研究方法、研究観の差異を照らし出し、それらを互いに厳しく検証することによって、「山の音」研究が着実な深まりを見せたことを確認しなければならないだろう。

日本文学を語る日本人の外国文学研究者は、この研究史解説の中でもすでに何人もあげられており、それは明治期に厖大な西洋文学を翻訳のかたちで取り入れて日本近代文学が成立・成熟した経緯を考えるならば、当然の存在であると思われる。

しかし鶴田欣也のような、カナダの大学で学生に英語で近代日本文学を教える日本人比較文学研究者（著者略歴による）というタイプは、それまでの日本文学研究史の中では稀な存在であったろう。鶴田・羽鳥論争を読むと、テクストとコンテクストという言葉が想起され、それぞれの立脚点の差異に思いを馳せざるを得ない。

二〇世紀前半にフランスで確立された比較文学研究は、作品と作品の影響関係は証拠に基づいて厳密に客観的に立証されるべきもので、その関係性はもともと作品それ自体のうちにあると考えるのだが、第二次大戦後比較文学の主流となったアメリカの対比研究では、作品と作品の関係性は実際の影響関係の有無にかかわらず、研究者が作品だけにむかってその関係性を見つけるあるいは生み出すものと考えるので、作品以外の参考文献を必要としないところがある。数多く書かれた鶴田の川端論に参考文献表はなく、当時は海外にいて日本語の参考文献を蒐集しにくいという事情があったのかも知れないが、「私の作品分析はなるべくその作品の中でやることにしている。」（「川端文学研究」第26号）「作品の解釈というものはいくつあってもいいと思っている。説得力さえあればいい。」（「川端文学研究」第24号）という記述にその研究観が窺える。

こうした観点から眺めるとこの論争は、大久保のようにフランス科に学んで、フランスの構造主義を背景に川端論の構築を試みる研究者と、国文科を卒業し、著書『作家川端の基底』（教育出版センター、昭54）に見られる実証主義と精緻な作品の読解を研究方法の基礎におく日本文学研究者との、また作品中心の対比研究をその学問的な方法とするアメリカの比較文学研究の流れに立脚した研究者との、それぞれの研究方法を背景にした必然的な衝突であったように思われる。

（3）昭和六一年から平成の今日まで

さて今日までに至る「山の音」研究史の第三期であるが、この時期の特徴として次の三点のみを指摘しておきたい。

ひとつは平成の時代になって顕著にあらわれるジェンダー批評である。

坂田千鶴子「『山の音』―ズレの交響」（『女が読む日本近代文学』新曜社、平4・3）では、論文冒頭に、山の音が予告したものは、信吾ではなく、「若く美しい菊子の〈死〉にほかならな」い、との仮説を提起し、それを作品のなかで交響する様々な〈ズレ〉の様相をあきらかにすることで立証しようとするのだが、そのずれの問題の検証はおもにジェンダー研究の視点に立脚している。

まず作品冒頭の「おずれ」の挿話は、女性は気がきく言葉遣いをするものだという信吾の「女性に対する一方的な期待と、現実の女性とのズレ」が語られ、「主人公の認識の歪みの傾向を明明と照らし出」し、作品全編にわたって展開されるこのズレの主題が提示されていると考える。

信吾と保子に関しては、保子は「一つ年上」「岩乗」「美人でない」という特徴が示されるのに対し、これと対照的に信吾はその皮膚のきれいさ、目や唇の色の若返りが強調され、「若くてきれいで、弱々しい」という日本の男性文化の伝統が求めた理想の女性の類型（ステレオタイプ）が示され、男と女の一対に求められる条件が、ズレて入れ違いになっている点を指摘する。しかし信吾がいびきをかいて眠る妻ののどをゆさぶる仕草を「信吾の敵意と人もなげな暴力」ととらえて、機嫌のよしあしで手加減が変わるそのあり方に、「いかにも妻を奴隷扱いしている暴君的な家父長の姿」をそこに見る。信吾が保子の性を「姉の血を生かすための道具」としてみなした後ろ暗さに対して、「男性批評家、研究者たちが……みごとなほど無反応であるのは、男にとってこれが特権的に許されてきた、あまりにも親しすぎる「罪」だったからに違いない。」と解説する。

信吾と菊子に関しても、菊慈童の面をつけた菊子の告白（「別れても、お父さまのところにゐて、お茶でもしてゆきたいと思ひますわ。」）は、子供の面をつけている菊子が信吾のこどもとなって、庇護をもとめたのであり、これを愛の告白と受け止める信吾との認識のズレを指摘する。また菊子と絹子は、家父長制の残る家族社会のもとで、子を産むべき女は産まず、産むべきでない女が子を産む存在として、そのズレが対比されていることを指摘する。

菊子が作品末で、女はみんな水商売ができる、と思いがけない発言をするのは、「性支配によって踏みにじられる結婚をした女の生の惨めさは、娼婦のそれと本質的にかわるものではないことを、期せずして菊子はアイロニカルに告発」しているのであり、「これこそまさに、山の音の予告したもの――制度の中の理想的な女性としての菊子の死亡宣言であったことは明らかである」と、論文冒頭の仮説を証明する。

「結婚制度というものが夫という名の男による女の性と生の支配であるかぎり、夫婦の内側の寒々とした沼を埋めるすべはないことを、川端は知って」おり、「『山の音』はそれを主人公の認識のズレという局面からみごとに描き切った作品である」と評価する。いわば、「山の音」を菊子の死に収斂される、結婚制度告発の物語として解読し、作者である川端は、このテーマをあきらかにするために菊子の周辺の登場人物を戯画的に描いているという読み方をしている。

□小林裕子「『山の音』――信吾の錯覚と語り手の偏見――」（『川端文学の世界2　その発展』勉誠出版、平11・3）

この論考もジェンダー研究の観点から、「まだ十分分析されていない保子と菊子の人物像に光をあてることによって、……信吾の錯覚と無自覚および語り手の偏見を追求していきたい。」と問題提起し、信吾によって黙殺され、語り手によっても関心をもたれていない「保子の女性性」を作品の叙述の丁寧な読みによって浮かび上がらせることに論者は成功しているだろう。

例えば、信吾と保子の対話（栗の実）「あの菊子だつて、逃げ出さないとはかぎりませんよ。」「女の気持ちはおわかりにならないから……。女は悲しいことになると、男とはちがひますから。」に注目し、「表では信吾の家長としての責任を問いながら、裏では」菊子にたいする保子の嫉妬を読み取り、保子の「女は悲しいことになると」の発言を、「夫の愛が他に移るという悲しみは、菊子も自分も同じであるという訴えを暗に含んでいる」ことを指摘する。また「菊子に洋服をしまはせて」という発言にあらわれる、帰宅後の信吾の世話を菊子にさせていることについても、「信吾の暗黙の希望と、嫉妬を抑えて夫の要望にしたがう保子の態度」の反映をそこに見る。健康で頑丈な専業主婦である保子が、妻のアイデンティティを象徴する仕事を菊子に譲っていることに、信吾も語り手も無自覚である点を指摘する。

信吾と語り手が、信吾の寂寥や憧憬に執着しながら、信吾の老妻の抱く寂寥や憧憬に無関心なことが、「作品に不自然さをもたらしている」と主張する。信吾が菊子ばかりに注目し、可愛がるのは、「この二人が四季の推移にともなう自然の美と交感することが出来る、美の共有者だから」だという川島至の説に対し、「萩がきれいに咲いてゐました」「薄ももう花が出てゐます」という信吾に向けられた保子の発言をとらえ、「自然の美を通して保子は夫と心の交流を図りたいと思っているが、信吾にはその心が通じないということを表している」と分析する。「二人が自然の美を共有できないのは、保子ではなく」、保子の女性性に全く関心のない信吾に問題がある、と結論づけ、これまでの「山の音」論ではほとんど着目されてこなかった保子という登場人物の重層性を明らかにしている。

また、修一と別れてもお父様のもとで、という菊子の愛の告白と捉えられている読みに対しても、坂田論に賛同しながら、「菊子の性愛は修一に向けられており、信吾への感情は庇護し、いたわってくれる年長の男性を慕う依存的感情であろう」と解釈する。これを台風の日の修一と信吾の帰宅に「はしゃぐ」菊子、朝の洗面で鼻血を出したときに介抱する信吾を避ける菊子、修一との性愛の深まりあらわす赤面や赤い帯や身長の伸びなどから論証していく。

これらのジェンダー研究に立脚した文学批評は、女性の側からの視点をとりこんで、「山の音」という作品理解の奥行きを広げた点は評価できるのだが、こうした論考を読むと、かつて社会主義リアリズム文学批評にたいして抱いたのと同じ違和感を拭い去ることができない。例えば、第一期の解説でふれた昭和二九年に発表された杉浦民平の川端論では、信吾の属する階級がプロレタリアートでなく、社会制度の矛盾や旧習と格闘して、理想の社会主義社会にむかう思想が欠如している点で川端文学を批判しているのだが、ジェンダー批評も、その社会学研究の価値観をそのまま作品評価のなかにもちこんできて、ジェンダーの視点を有しているか否かによって作品や登場人物、あるいは作家そのものを裁くという、社会主義リアリズム批評と同じ迷路に迷い込んでいる。

この時期に新たに認められるもう一つの特徴は、カルチュラル・スタディーズというやはり学際的分野の研究を背景にした批評である。

石川巧「脇役たちの日本近代文学　房子―川端康成「山の音」」（「叙説Ⅱ」平15・1）では、昭和二三年に制定された、女性の身体の安全を保護すると同時に、結婚や生殖を遺伝的要素から捉える視線を常態化させた〈優生保護法〉を背景に「山の音」の物語が展開していると指摘し、房子という存在は「山の音」の優性思想を挑発し続ける存在として意味づけられると分析している。

房子とは、「菊子のきめ細やかな人間性や感情の揺らぎを前景化する」力学に貢献する存在であり、脇役である房子が「その名の通り、大きく張った「乳房」に表象される生殖機能の強」い、「即物的」な存在として設定されている点を指摘している。また「房子の子である里子の「しんねりといこぢ」な性格については、信吾は「里子は生れてから親がいけなくなつて、影響したんだね」」と発言するわけであるが、ここでは「生まれながらの気質よりも生後の家庭環境が与えた影響に注意を払」いながらも、「房子を見るときには、親としての自分の育て方はもとより、自分からの遺伝を完全に保留して、房子が美しい義姉の血を受け継がなかったという一点にのみ意識を集中させる」信吾という登場人物の特性を明らかにして、その「房子の「不器量」に眉をひそめ、自分の遺伝や育て方に関心を払おうとしなかった信吾が、むしろ娘に自己嫌悪にも似た感情を抱いていたこと」に気づき、信吾が同時代の優性思想という回路を通って、房子という自分そっくりの存在に出会っている、いわば房子は信吾の分身であるという論を展開している。

岡田豊「川端康成『山の音』に関する一考察―作品内の〈昭和二十五年〉という年を起点として」（「駒沢国文」平15・2）でも、昭和二三年に制定された〈優生保護法〉を「山の音」理解の重要な要点と考える。婚姻外妊娠をして私生児を育てる覚悟を決める絹子、母親から堕胎を試みたと告白され、生みたくない子は生まないとして、孫をのぞむ家の論理を拒む菊子、未婚で中絶をする菊子の友人などの登場人物を検証し、「山の音」を「堕胎、私生児などを通して夫婦中心の核家族への移行段階にある、戦後の家族をクローズアップしたテキストと言える」と捉えている。

第三の特徴は、東アジアの若い研究者たちの台頭である。

平成年代に入って、先行研究の参照を必要としないこれまでの欧米の作品分析中心の川端研究とは異なる、中国や韓国などアジアの若い研究者たちの堅実な研究成果が発表されはじめる。こうした東アジアの研究者たちの多くは日本の大学や大学院で学び、その優れた日本語力で日本人の研究者と同等の研究成果を発表したり、あるいは国内研究の視野の外にあった中国や韓国の文化を背景にした比較研究に取り組み、日本人研究者に刺激を与えている。「山の音」研究文献目録にも、崔順愛、張石、張月環その他多くの韓国、中国、台湾の研究者の名を見つけることができる。

□金順熙「川端康成『山の音』論―作品の中での〈音〉を中心に」（「國學院大學大学院文学研究科論集」平13・3）

この韓国の研究者の論考では、作品「山の音」の中に聞こえる山の音以外の音に注目し、例えば保子のいびきの音や菊子が作品末でたてる水道の水音が、信吾と保子の、信吾と菊子の「心の隔たり」を象徴するものとして捉えられ、また信吾の枕元で立てられる房子の子である里子の足音は、肉親でありながら自分たちに深い愛情を示さない信吾に対する、房子から里子へと継承された深い怨念の音として解釈されている。

東アジアではないが、ロシア語で書かれた川端論『美の存在　川端康成の創作における伝統と現代』（モスクワ、１９９０）の著作をもつロシア東洋学研究所のマイヤ・ゲラシモワ教授も、作品「山の音」の中に響く音の重要性を指摘し、「〝現実の音〟は、信吾が聞いた〝永遠性の音〞の対比であるが、「山の音」には、川端の他の作品に現れている現実世界と非現実の世界と同じように、二つの世界は統一された一つのものとして現れている。現実の次元と永遠性の次元は別々のものではない、小説の枠内において重なり合っているのだ。」（「「山の音」の多音を聞きながら考えたこと」川端文学研究会編『世界の中の川端文学』おうふう、平11・11）と、「山の音」を永遠の音と現実の音の交響する作品として捉え、その淵源に「永遠と束の間のシンボルの対比を利用する」俳句の手法を認めている。

三　今後の研究展望

「山の音」研究の今後の課題としては、まず本文校異をあげなければならない。先行研究のうち、石田忠彦「資料「山の音」本文校異」（「活水日文」昭57・9）があるのだが、これは作品全体ではなく、章としての「山の音」のみの校異なので、五年間にわたって断続的に執筆されたこの作品の成立過程を詳細に洗い出し、川端の創作意図とテクストの関係を明らかにする必要があるだろう。

「山の音」は現在全一六章の決定稿本文となっている昭和二九年四月二〇日刊行の初刊『山の音』が出る前に、「山の音」という題名は変わらず①『千羽鶴』（筑摩書房、昭和27年2月10日／第一章「山の音」から第六章「冬の桜」までの六章作品として）②『千羽鶴・山の音』（現代名作選、筑摩書房、昭和27年9月25日／第一章「山の音」から第九章「春の鐘」までの九章作品として）③『川端康成全集』全一六巻中の第一五巻「千羽鶴・山の音」新潮社、昭和28年2月25日／第一章「山の音」から第一〇章「鳥の家」までの一〇章作品として）④『川端康成集』昭和文学全集9（角川書店、昭和28年3月10日／第一章「山の音」から第一二章「傷の後」までの一二章作品として）、四回にわたる単行本所収を経て、初刊に至った歴史がある。第一章「山の音」から第六章「冬の桜」（熱海丹那トンネルの幻聴）までを「山の音」の結構として、〈起承転結〉をそなえた完成品として見る大坪利彦論「『山の音』の分析（上）」（「明治大学大学院紀要文学編」昭61・2）は興味深いが、これを全章にわたって詳細に研究しなければならない。

また翻訳論の観点から海外の川端研究者の協力を得て、世界文学の地平で「山の音」を捉え直すことも必要だろう。すでに英訳（安西徹雄「川端の美感は英訳でどこまで再創造されているか—『山の音』の一節を精読する（追悼サイデンステッカー先生）」（「国文学解釈と教材の研究53」平20・2）やドイツ語訳（宮内伸子「翻訳で確認する日本語の省筆の美—川端康成の『山の音』のドイツ語訳を手がかりに」（「ドイツ語文化圏研究8」平22・11）ではその試みが着手されているが、「雪国」（ゲイシャ）でも「千羽鶴」（ティー・セレモニー）でも「古都」（キョウト）でもない「山の音」は、エグゾチスムを離れて川端作品の文体や表現、創作原理などの特質を浮き彫りにするのにむしろ最適の作品かも知れない。これは近年「掌の小説」の翻訳が海外で相次いでいることとも連動しているだろう。

言葉の芸術とは異なるジャンルからのアプローチも「山の音」の新たな魅力を切り開く。比較文学の翻訳論には芸術間翻訳の諸問題を考察する学問領域があるが、例えば、映画「山の音」（監督・成瀬巳喜男「山の音」東宝、昭和29年1月15日）は原作「山の音」が完成するまえに公開されているので、脚本内容（脚本・水木洋子

「山の音」／「キネマ旬報」№79、昭和28年12月）は第一一章「都の苑」第三節までがもとになっており、映画では菊子が離婚の決意を信吾に伝え、菊子の再出発を信吾が励ますような結末だったり（伊藤洋司「成瀬巳喜男『山の音』あるいは禁じられた欲望」（「中央大学人文研紀要59」平19・9）、そもそも信吾が山の音を聞かず夢も見ない設定だったり（田村充正「小説と映画のあいだ――〈山の音〉を聞かない信吾――」（『川端文学への視界24』銀の鈴社、平21・6）と、物語内容は踏襲しつつも原作との大きな隔たりが認められる。また平成七年に公開された横山博人監督・石堂淑朗脚本の映画「眠れる美女」は、「山の音」の登場人物で構成され、菊子が眠れる美女となって義父（実父）江口を迎える筋立てになっており、原作の小説では夢の中だけに抑制されていたインセストのモチーフが露わになっている。

　「山の音」研究史第三期の流れをさらに丁寧に追うことによって今後の研究展望をより正確に広げることができたと思われるが、それは次世代の川端文学研究者に課題として残しておき、「山の音」という作品が半世紀の時間の検証を経てなお〈汲めども尽きせぬ泉〉であり続けていることを確認して本稿を擱筆する。

（平成25年6月稿）

（「川端康成作品論集成」第八巻より収録）

「山の音」研究文献目録

田村充正

【昭和20年代】（1945〜1954）

山本健吉「文芸時評」（「日本読書新聞」昭24・9・14）

林房雄・北原武夫・中村好夫「創作合評―川端康成―」（「群像」昭24・11）

折口信夫「山の音を聴きながら―川端康成氏の近業」（「人間」昭24・12。後、山本健吉編『〈近代文学鑑賞講座13〉川端康成』角川書店、昭34・1。「昭和文学全集9　川端康成集月報」角川書店、昭28・3。「川端康成全集第八巻　附録月報5」新潮社、昭44・8。『文芸読本　川端康成』河出書房新社、昭52・8）

山本健吉「文芸時評」（「東京日日新聞」昭25・4・30）

山本健吉「文芸時評」（「日本読書新聞」昭26・10・3）

浅見淵・石上玄一郎・八木義徳「小説月評」（「文学界」昭26・11）

河上徹太郎・河盛好蔵・中村光夫・山本健吉「今年の小説の収穫は何か―座談会―」（「文学界」昭26・12）

山本健吉「文芸時評」（「朝日新聞」昭27・2・28）

山本健吉「山の音について」（「新女苑」昭27・7）

臼井吉見「川端康成の文章〈文例〉「山の音」より」（「文学界」昭27・7、後、伊藤整編『文章読本』河出書房、昭29・9）

中村光夫「解説」（『〈現代日本名作選〉千羽鶴・山の音』筑摩書房、昭27・9）

山本健吉「川端康成『山の音』の菊子」（「朝日新聞」昭27・11・3。後『小説に描かれた現代婦人像』講談社、昭29・3）

堀田善衛・三島由紀夫・亀井勝一郎「創作合評―「傷の後」・日本的美と「もののあわれ」―」（「群像」昭28・3）

伊藤整「解説」（『〈昭和文学全集9巻〉川端康成集』角川書店、昭28・3）

伊藤整「美と生命の文学」（「文学界」昭28・4）

武田泰淳「玩物喪志の志―川端氏の作品について―」（「文学界」昭28・4）

河上徹太郎「〈文芸時評〉閉ざされた自我の世界」（「文芸」昭28・5）

水木洋子脚本「山の音」（「キネマ旬報」№79、12月上旬号、昭28・12）

高橋義孝「珍説現代作家論（上）―川端康成」（「新潮」昭29・3）

杉浦明平「川端康成論」（「群像」昭29・8）

亀井雅司「川端康成の表現」（「国語国文」昭29・9）

山本健吉「解説」（『〈現代作家名作全集24〉川端康成集』河出書房、昭29・10）

吉沢典男「『山の音』のやわらかさ」（「言語生活」昭29・10）

【昭和30年代】（１９５５〜１９６４）

楠道隆「『山の音』と『火の鳥』」（「近代」昭30・1）

三島由紀夫「横光利一と川端康成」（『文章講座第六巻文章鑑賞』河出書房、昭30・2）

三島由紀夫「川端康成ベスト・スリー「山の音」「反橋連作」「禽獣」」（「毎日新聞」昭30・4・11。後『三島由紀夫全集26巻』新潮社、昭50・6。『決定版　三島由紀夫全集第28巻』新潮社、平15・3）

磯貝英夫「川端康成―「山の音」と「千羽鶴」―」（『昭和文学作家研究』柳原書店、昭30・5。後、長谷川泉編『現代のエスプリ川端康成』昭44・4）

小川徹「川端康成論　上・中・下」（「赤門文学」昭30・6〜31・3）

山本健吉「『山の音』尾形菊子」（『名作の女性たち上巻』角川書店、昭30・8）

山本健吉「『山の音』紅葉見の巻」（「現代日本文学全集月報39　川端康成」筑摩書房、昭30・11。後、山本健吉編『〈近代文学鑑賞講座13〉川端康成』角川書店、昭34・1）

河上徹太郎「解説」（『山の音』講談社、昭31・8）

瀬沼茂樹「解説」（「別冊文芸　川端康成集」昭32・1）

波多野完治「川端康成の文章」（「解釈と鑑賞」昭32・2）

三好行雄「康成と利一・試論」（「解釈と鑑賞」昭32・2）

中村光夫「解説」（『山の音』岩波文庫、昭32・4。後、『〈論考〉川端康成』筑摩書房、昭53・4）

中村光夫「千羽鶴」と「山の音」（中村光夫『〈論考〉川端康成』筑摩書房、昭32・4）

山本健吉「解説」（『山の音』新潮文庫、昭32・4）

瀬沼茂樹「解説」（『山の音』角川文庫、昭32・6）

中村光夫「川端康成論」（「文学界」昭32・7〜9）

阿部泰子「川端康成の『山の音』」（「宮城学院国文学会会誌」昭32・12）

佐伯彰一「川端康成の文体」（『〈近代文学鑑賞講座13〉川端康成』角川書店、昭34・1）

山本健吉「山の音」（山本健吉編『〈近代文学鑑賞講座13〉川端康成』角川書店、昭34・1）

古谷綱武「第二部　伊豆の踊子・抒情歌・禽獣・雪国・山の音」（『評伝　川端康成』実業之日本社、昭35・12）

三枝康高「川端康成の芸術的抵抗」（『川端康成』有信堂、昭36・1）

吉田精一「川端康成と中世の幽玄」（『現代文学と古典』至文堂、昭36・10）

阿部紘子「「山の音」考察」（「宮城学院国文学会会誌」昭37・10）

進藤純孝「『山の音』について」（「文芸」河出書房新社、昭38・8）

保昌正夫「戦後の川端康成―「千羽鶴」・「山の音」まで―」（「国文学研究」早稲田大学国文学会、昭39・10）

【昭和40年代】（１９６５〜１９７４）

南雲妙子「川端康成研究―『山の音』を中心にして」（「東京女子大学日本文学」昭41・3）

羽鳥徹哉「川端康成と万物一如・輪廻転生思想」（「国語と国文学」東京大学国語国文学会、昭41・3。後、『作家川端の基底』教育出版センター、昭54・1）

佐伯彰一「家長の悲しみ―『山の音』」（『日本を考える』新潮社、昭41・7。後、三枝康高編『川端康成入門』有信堂、昭44・4）

中畑善雄「『千羽鶴』『山の音』以後―二十九年の問題―」（「国文学」昭41・8）

磯貝英夫「山の音」（『近代文学名作事典』学燈社、昭42・3）

伊藤整「作家と作品―川端康成（二）」（『〈日本文学全集40〉川端康成集』集英社、昭42・6）

山崎俊介「「山の音」覚え書き」（『川端康成小論』私家版、昭42・9）

村松剛「解説」（『山の音』旺文社文庫、昭42・9）

瀬戸口俊治「種子島南種子町平山の音声生活―「体言＋は」などの話部音声について―」（「方言研究年報」昭42・9）

水木洋子「『山の音』を担当して」（『山の音』旺文社文庫、昭42・9）

中河与一「川端康成との交遊」（『山の音』旺文社文庫、昭42・9）

山中佐和子「『山の音』第九・十章に見られる異動について」（「近代文学研究」（東洋大学）昭42・11）

根岸正純「川端康成の文体―『雪国』と『山の音』―」（「文体論研究」昭43・11。後、三枝康高編『川端康成入門』有信堂、昭44・4）

磯貝英夫「『山の音』と『千羽鶴』」（長谷川泉編『〈現代のエスプリ〉川端康成』至文堂、昭44・1）

進藤純孝「山の音」（『川端康成　その人・その作品』冬樹社、昭44・2）

長谷川泉「山の音」（長谷川泉編『川端康成作品研究』八木書店、昭44・3）

平山城児「川端康成と古典の世界」（『川端康成作品研究』八木書店、昭44・3）

鶴田欣也「『山の音』における生と死のカラクリ」（長谷川泉・武田勝彦編『川端文学―海外の評価―』早稲田大学出版部、昭44・4。後『芥川・川端・三島・安部』桜楓社、昭48・6）

長谷川泉「「千羽鶴」と「山の音」―「ほくろの手紙」「水月」に触れて」（『川端康成論考・増補版』明治書院、昭44・6。後、『〈日本文学研究資料叢書〉川端康成』有精堂、昭48・1。『川端康成論考・増補三訂版』明治書院、昭59・5。『長谷川泉著作選第五巻　川端康成論考』明治書院、平3・11）

板垣信「山の音」（福田清人・板垣信『川端康成』清水書院、昭44・6）

読売新聞文化部「「山の音」に聞く死」（『実録川端康成』読売新聞社、昭44・7）

川嶋至「第七章　美への耽溺―「千羽鶴」から「眠れる美女」まで―」（『川端康成の世界』講談社、昭44・10）

久保田晴次「Ⅳ　頽齢の残照―『山の音』を中心に」（『孤独の文学―川端康成の優雅な実存―』桜楓社、昭44・11）

E・サイデンステッカー「川端康成の世界―漂泊と哀愁の美学―」（「ソフィア」夏季号、昭44・11）

大久保喬樹「『山の音』私論」（「季刊芸術」昭45・1）

越智治雄「『山の音』その一面」(「国文学」昭45・2。後、日本文学研究資料刊行会編『〈日本文学研究資料叢書〉川端康成』有精堂、昭48・1)
ハイメ・フェルナンデス「生と美の肯定―「山の音」論」(「国文学」昭45・2)
巌谷大四「『千羽鶴』『美しさと哀しみと』『舞姫』『日も月も』『岩に菊』『山の音』鎌倉」(『〈カラーブックス190〉名作の旅　川端康成』保育社、昭45・3)
平泉道子「山の音」(「学部国文」中央大学国文学会、昭45・3)
安藤靖彦「序説　川端康成の戦後―『千羽鶴』『山の音』を中心に―」(「国文学言語と文芸」昭45・7)
武田勝彦「西欧の日本文学研究20　レオン・ゾルブロッド氏の『滝沢馬琴』アイヴァン・モリス氏の「山の音」論」(「国文学」昭46・3)
村松定孝「山の音」(川端文学研究会編著『川端康成の人間と芸術』教育出版センター、昭46・4)
エリック・サンドストローム「川端文学概観―川端作品における心像と意図―」(川端文学研究会編著『川端康成の人間と芸術』教育出版センター、昭46・4)
板坂元『日本人の論理構造』講談社現代新書、昭46・8)
武田勝彦「北米における「山の音」論をめぐって」(「解釈」昭46・11。後、解釈学会編『川端康成の文学（その一）』教育出版センター、昭48・3)
鶴田欣也「「山の音」の響―カナダの場合―」(「解釈」昭46・11。後、解釈学会編『川端康成の文学（その一）』教育出版センター、昭48・3)
渋谷晴雄「川端康成の『山の音』」(「理想世界」日本教文社、昭46・12)
西部明「『山の音』小論―核の問題について―」(「解釈」昭47・3)
長岡達也「川端康成の「雪国」「山の音」についての考察」(「聖カタリナ女子短大紀要」昭47・3)
アイバン・モリス「川端康成『山の音』」(「解釈と鑑賞」昭47・4)
川端康成「作品自解『十六歳の日記』『伊豆の踊子』『浅草紅団』『雪国』『掌の小説』『名人』『千羽鶴・山の音』」(「新潮」川端康成読本、昭47・6)
立原正秋「川端文学のエロティシズム」(「新潮」川端康成読本、昭47・6)
山本健吉「山の音」(「新潮」川端康成読本、昭47・6)
竹西寛子「和歌的なるもの―伝統と川端康成」(「新潮」川端康成読本、昭47・6)
巌谷大四「八月「山の音」に聞くいのちの声／鎌倉」(『川端康成の旅愁―文学散歩12ヵ月』日本交通公社、昭47・8)
竹内良夫「山の音」(『頽廃の美学　川端康成　その耽美な生涯と文学』日藝出版、昭47・9)
進藤純孝「『千羽鶴』『山の音』(解説)」(日本近代文学館編『川端康成展―その芸術と生涯』日本近代文学館、昭47・9)
沢野久雄「『山の音』の空」(『川端康成点描―この美しい日本人―』実業之日本社、昭47・10)

矢谷勝也「紅野敏郎編〈戦後小説１００選解題〉山の音」（「国文学」昭48・6）

武田勝彦「山の音」（長谷川泉『川端文学の味わい方』明治書院、昭48・9）

【昭和50年代】（1975〜1984）

大久保喬樹「象徴の小説―『山の音』論・上」（「季刊芸術」昭51・4）

大久保喬樹「象徴の小説―『山の音』論・下」（「季刊芸術」昭51・7）

西村真一・深沢恒男・鵜木奎治郎「川端康成の文学における自然『雪国』と『山の音』を通じて」（「信州大学教養部紀要」昭52・3）

田上智子「『山の音』について」（「日本文学論叢」茨城キリスト教短期大学、昭53・3）

鶴田欣也「『山の音』の空間と時間」（武田勝彦・高橋新太郎編『川端康成　現代の美意識』明治書院、昭53・5）

岩田光子「『山の音』小考」（「星座」昭53・12）

今村潤子「川端康成『山の音』序説」（「尚絅短期大学研究紀要」昭53・12）

月村麗子「『山の音』における老主人公の象徴的意義」（「解釈」昭54・1）

澤田啓子「山の音」の文章」（「国語国文研究と教育」熊本大学教育学部国文学会、昭54・1）

A. Owen Aldidge（秋山正幸訳）「ヘンリー・ジェイムズの『使者たち』と川端康成の『山の音』」（『比較文学〝日本と西洋〟』南雲堂、昭54・3）

今村潤子「川端康成『山の音』序説―そのライトモチーフの考察―」（「尚絅短期大学研究紀要」昭54・3）

平山三男「『山の音』〈川端康成〉―分裂する老い―」（「解釈と鑑賞」昭54・4）

大久保喬樹「『山の音』論」（「現代国語」編集委員会編『〈作家・作品シリーズ6〉川端康成』東京書籍、昭54・4）

山田吉郎「川端康成と『源氏物語』―『山の音』における「形代」意識を中心に―」（「文藝研究」（東北大学）昭54・6）

津川武一「みじめな死に方をさせる―『山の音』―」（『死にとりつかれた川端文学』医療図書出版、昭54・8）

川嶋至「『山の音』の人物論」（川端文学研究会編『川端康成研究叢書6　風韻の相剋』教育出版センター、昭54・9）

月村麗子「『山の音』の作品構造」（川端文学研究会編『川端康成研究叢書6　風韻の相剋』教育出版センター、昭54・9）

村松定孝「『山の音』と〈老い〉」（川端文学研究会編『川端康成研究叢書6　風韻の相剋』教育出版センター、昭54・9）

鶴田欣也「『山の音』における夢の解釈」（川端文学研究会編『川端康成研究叢書6　風韻の相剋』教育出版センター、昭54・9）

武田勝彦「『山の音』の社会背景―新聞記事を中心として―」川端文学研究会編『川端康成研究叢書6　風韻の相剋』教育出版センター、昭54・9）

武田勝彦「『山の音』の海外の評価」（川端文学研究会編『川端康成研究叢書6　風韻の相剋』教育出版センター、昭54・9）

吉村貞司「家の解体」（『吉村貞司著作集第五巻　川端康成・美と伝

統』泰流社、昭54・12）

今村潤子「川端康成『山の音』の位置」（「尚絅短期大学研究紀要」昭55・2）

鶴田欣也「『山の音』における「切り」と「合わせ」のテーマ」（「国際日本文学研究集会議録」昭55・2）

小澤正明「第七章日本浪漫性の昇華―『山の音』研究―」（小澤正明『川端康成　文芸の世界』桜楓社、昭55・3）

長谷川泉「「山の音」における「性」」（「川端文学研究　第16号」川端文学研究会、昭55・6。後、長谷川泉・鶴田欣也編『「山の音」の分析研究』南窓社、昭55・12。『川端文学の機構』教育出版センター、昭59・5）

山田吉郎「『山の音』における夢」（「日本文芸論稿」東北大学文芸談話会、昭55・6）

今村潤子「川端康成の三部作―千羽鶴・山の音・波千鳥―」（「方位」三章文庫、昭55・9）

林武志「「千羽鶴」「山の音」研究紹介」（川端文学研究会編『川端康成研究叢書8　哀艶の雅歌』教育出版センター、昭55・11）

長谷川泉「序文」（長谷川泉・鶴田欣也編『「山の音」の分析研究』南窓社、昭55・12）

羽鳥徹哉「「山の音」における自然」（長谷川泉・鶴田欣也編『「山の音」の分析研究』南窓社、昭55・12）

アンソニー・リーマン（鶴田欣也訳）「「山の音」における〝種〟のイメージ」（長谷川泉・鶴田欣也編『「山の音」の分析研究』南窓社、昭55・12）

ジークフリード・シャールシュミット（鶴田欣也訳）「「山の音」における食事」（長谷川泉・鶴田欣也編『「山の音」の分析研究』南窓社、昭55・12）

ハイメ・フェルナンデス（清水憲男訳）「「山の音」における悲劇性」（長谷川泉・鶴田欣也編『「山の音」の分析研究』南窓社、昭55・12）

鶴田欣也「「山の音」における離合」（長谷川泉・鶴田欣也編『「山の音」の分析研究』南窓社、昭55・12）

磯貝英夫「「山の音」における家庭」（長谷川泉・鶴田欣也編『「山の音」の分析研究』南窓社、昭55・12）

ジャニス・ブラウン（萩原孝雄訳）「「山の音」における芸術と生命」（長谷川泉・鶴田欣也編『「山の音」の分析研究』南窓社、昭55・12）

スーザン・フィリップ「「山の音」における夢」（長谷川泉・鶴田欣也編『「山の音」の分析研究』南窓社、昭55・12）

キャサリン・マーケン（萩原孝雄訳）「「山の音」における「重ね」の技巧」（長谷川泉・鶴田欣也編『「山の音」の分析研究』南窓社、昭55・12）

ジョン・スッテフラー（権並恒治訳）「「山の音」における現実と超現実」（長谷川泉・鶴田欣也編『「山の音」の分析研究』南窓社、昭55・12）

フィービー・アダムス（萩原孝雄訳）「「山の音」（アトランティック・マンスリー）」（長谷川泉・鶴田欣也編『「山の音」の分析研究』南窓社、昭55・12）

アイヴァン・モリス（萩原孝雄訳）「「山の音」（ニューヨークタイムズ・ブックレビュー）」（長谷川泉・鶴田欣也編『「山の音」の

分析研究』南窓社、昭55・12）

無署名（萩原孝雄訳）「通俗ヘミングウェイ（ブックワールド）」（長谷川泉・鶴田欣也編『「山の音」の分析研究』南窓社、昭55・12）

ロイ・スタース（萩原孝雄訳）「パラフレーズされた俳句に隠された豊かさ（グローブアンドメイル）」（長谷川泉・鶴田欣也編『「山の音」の分析研究』南窓社、昭55・12）

ジョン・ブラウンリー（萩原孝雄訳）「「山の音」（ブックス・アブロード）」（長谷川泉・鶴田欣也編『「山の音」の分析研究』南窓社、昭55・12）

レオン・ゾルブロッド（萩原孝雄訳）「「山の」」（パシフィック・アッフェアー）」（長谷川泉・鶴田欣也編『「山の音」の分析研究』南窓社、昭55・12）

B・G・ディヴィドソン（萩原孝雄訳）「乱れた魂からの無意識な呟き（クリスチャン・サイエンス・モニター）」（長谷川泉・鶴田欣也編『「山の音」の分析研究』南窓社、昭55・12）

ドナルド・パース（萩原孝雄訳）「「山の音」（ライブラリー・ジャーナル）」（長谷川泉・鶴田欣也編『「山の音」の分析研究』南窓社、昭55・12）

無署名（萩原孝雄訳）「ひまわりの花を慰めに（タイム）」（長谷川泉／鶴田欣也編『「山の音」の分析研究』南窓社、昭55・12）

ハワード・ヒベット（萩原孝雄訳）「「山の音」」（サタディ・レビュー）」（長谷川泉・鶴田欣也編『「山の音」分析研究』南窓社、昭55・12）

アイラ・グーディ（上中修三訳）「「山の音」」（カナディアン・フォーラム）」（長谷川泉・鶴田欣也編『「山の音」の分析研究』南窓社、昭55・12）

鶴田欣也「後記」（長谷川泉・鶴田欣也編『「山の音」の分析研究』南窓社、昭55・12）

今村潤子「川端康成『山の音』の表現」（『国語国文研究と教育』熊本大学教育学部国文学会、昭56・1）

大久保喬樹「長谷川泉・鶴田欣也編『「山の音」の分析研究』」（「川端文学研究第20号」川端文学研究会、昭56・3）

美濃部重克「「心の花のまだあれば」—「山の音」の語りのからくり—」（『南山国文論集』昭56・3）

長谷川泉「山の音」（『心象幻想—川端文学へのいざない—』アートプロデュース社、昭56・4）

今村潤子「『山の音』論」（「方位」三章文庫、昭56・4）

笹淵友一「長谷川泉・鶴田欣也編『「山の音」の分析研究』」（『解釈と鑑賞』至文堂、昭56・7）

吉田精一「長谷川泉・鶴田欣也編『「山の音」の分析研究—書評—』」（「国文学」学燈社、昭56・7）

羽鳥徹哉「大久保喬樹君の『「山の音」論』」（「川端文学研究　第21号」川端文学研究会、昭56・8）

ハイメ・フェルナンデス「『山の音』—失われた幼年時代を求めて」（「川端文学研究　第21号」川端文学研究会、昭56・8）

鶴田欣也「山の音」（『〈国文学研究叢書〉川端康成の芸術—純粋と救済—』明治書院、昭56・11）

橘正典「第六章『山の音』の位相と構造」（『異域からの旅人　川端康成論』河出書房新社、昭56・11）

長谷川泉・サイデンステッカー・武田勝彦他「川端康成の文学—『山の音』の分析研究をめぐって」（「レトリカ」教育出版センター、昭56・11）

大久保喬樹「羽鳥徹哉氏に答える」（「川端文学研究　第22号」川端文学研究会、昭56・11）

羽鳥徹哉「大久保喬樹氏に答え、鶴田欣也氏の近著に及ぶ」（「川端文学研究　第23号」川端文学研究会、昭57・2）

石田忠彦「うなだれる信吾—『山の音』論—」（「活水日文」昭57・3）

平山三男「「山の音」論—作家論の視点から—」『〈現代国語研究シリーズ12〉川端康成』尚学図書、昭57・5）

鶴田欣也「『山の音』再考　羽鳥徹哉氏の批判に答えながら」（「川端文学研究　第24号」川端文学研究会、昭57・7）

石田忠彦「資料「山の音」本文校異」（「活水日文」昭57・9）

小林一郎「古都・山の音・千羽鶴を貫いているもの—『花』を媒介とする意味—」（『川端康成研究—東洋的な世界—』明治書院、昭57・9）

林武志「山の音」（林武志編『〈鑑賞日本現代文学15〉川端康成』角川書店、昭57・11）

羽鳥徹哉「読解と精神分析、その他—「山の音」について鶴田欣也氏に答える—」（「川端文学研究　第25号」川端文学研究会、昭57・11）

E・G・サイデンステッカー・安西徹雄「日本文学の英訳—川端康成の『伊豆の踊子』—川端康成の『山の音』」（『スタンダード英語講座（2）　日本の翻訳』大修館書店、昭58・5）

鶴田欣也「可愛い小蛇と瞋恚の大蛇—再び羽鳥徹哉氏に答える」（「川端文学研究　第26号」川端文学研究会、昭58・6）

岩田光子「山の音」（『川端文学の諸相—近代の幽艶—』桜楓社、昭58・10）

露崎実「日本語の主語の曖昧性について—『山の音』の英訳を通じて」（「英語研究」（独協大学）昭58・11）

川崎寿彦「『美しい日本』を継ぐ者は誰か？—『山の音』をめぐる一つの比較文学的考察」（「名古屋大学文学部研究論集」昭59・3）

今西幹一「川端康成・「山の音」の菊子」（「国文学」（臨時増刊）昭59・3）

栗坪良樹「禽獣、雪国、千羽鶴、山の音」（『日本文学名作事典』三省堂、昭59・5）

金采洙「『山の音』における菊子と信吾の係わり方」（「解釈」昭59・6）

小林一郎「向日葵—『山の音』—」（『花曼荼羅—川端康成の心—』アート・プロデュース、昭59・9）

林武志「「千羽鶴」「山の音」批評・研究紹介」（『川端康成作品研究史』教育出版センター、昭59・10）

金采洙「プロットの原型となるものとしての解脱思想—『山の音』を中心として—」（『川端康成　文学作品における死の内在様式』教育出版センター、昭59・11）

【昭和60年代】（1985〜1989）

羽鳥徹哉「「山の音」の蛇について—再び鶴田欣也氏に答える—」（川端文学研究会編『川端文学への視界1』教育出版センター、

昭60・1)

大坪利彦「川端康成研究『山の音』の平衡感覚」(『明治大学日本文学』昭60・7)

平川祐弘「まえがき」(平川祐弘・鶴田欣也編『川端康成「山の音」研究』明治書院、昭60・9)

鶴田欣也「まぼろしからうつつへ―『山の音』の錯覚と発見」(平川祐弘・鶴田欣也編『川端康成「山の音」研究』明治書院、昭60・9。後、『川端康成論』明治書院、昭63・3)

川本皓嗣「信吾の眼」(平川祐弘・鶴田欣也編『川端康成「山の音」研究』明治書院、昭60・9)

アール・マイナー(佐藤美弥子訳)「知る者と知られる者―『山の音』試論―」(平川祐弘・鶴田欣也編『川端康成「山の音」研究』明治書院、昭60・9)

上田真「まぼろしの紅葉をたずねて―『山の音』における理想美追究の八つの型―」(平川祐弘・鶴田欣也編『川端康成「山の音」研究』明治書院、昭60・9)

平川祐弘「川端康成における aestheticizing―『朝の爪』に見られる一原型―」(平川祐弘・鶴田欣也編『川端康成「山の音」研究』明治書院、昭60・9)

萩原孝雄「二人の老プレイボーイあるいは好色者のこと―『山の音』と『瘋癲老人日記』における距離と象徴―」(平川祐弘・鶴田欣也編『川端康成「山の音」研究』明治書院、昭60・9)

平川祐弘「もののあわれを解する人と解さぬ人―『山の音』における人と自然の交感について―」(平川祐弘・鶴田欣也編『川端康成「山の音」研究』明治書院、昭60・9)

鶴田欣也「川端康成の『山の音』とマーガレット・ローレンスの『石の天使』」(平川祐弘・鶴田欣也編『川端康成「山の音」研究』明治書院、昭60・9。後、『川端康成論』明治書院、昭63・3)

川崎寿彦「『山の音』の〈家〉と〈人〉―『ハワーズ・エンド邸』との比較から始めて―」(平川祐弘・鶴田欣也編『川端康成「山の音」研究』明治書院、昭60・9)

ロイ・スターズ(権並恒治訳)「『山の音』と『失われた時を求めて』における時間と反時間」(平川祐弘・鶴田欣也編『川端康成「山の音」研究』明治書院、昭60・9)

アンソニー・V・リーマン(浅井晃訳)「花と沼地―『山の音』と『ベニスに死す』における蓮の意味するもの―」(平川祐弘・鶴田欣也編『川端康成「山の音」研究』明治書院、昭60・9)

萩原孝雄「『山の音』研究評価の動向」(平川祐弘・鶴田欣也編『川端康成「山の音」研究』明治書院、昭60・9)

鶴田欣也「解釈する者、解釈される者―あとがきにかえて―」(平川祐弘・鶴田欣也編『川端康成「山の音」研究』明治書院、昭60・9)

林鐘碩「『山の音』私論―信吾の老いと回春への願望をめぐって」(『文藝研究』日本文芸研究会、昭60・9)

牛村圭「永遠の若さを求めて―『山の音』を読む」(『比較文学・文化論集』東京大学比較文学・文化研究会、昭60・9)

江藤淳「『山の音』の菊子」(『女の記号学』角川書店、昭60・12)

上坂信男「2『千羽鶴』と『山の音』」(上坂信男『川端康成―その『源氏物語』体験―』右文書院、昭60・12)

大坪利彦「『山の音』の分析(上)」(『明治大学大学院紀要文学編』

昭61・2）
大坪利彦「『山の音』の分析（下）」（「明治大学大学院紀要文学編」昭62・2）
兵藤正之助「川端康成「山の音」論」（「昭和文学研究」昭61・7）
榎本富士子「川端康成の『源氏物語』受容―『千羽鶴』『山の音』を中心に―」（「会報65」日本近代文学会、昭61・9）
兵藤正之助「川端康成「山の音」を中心に」（「関東学院大学文学部紀要」昭61・9）
辻本千鶴「川端『山の音』論―美への執着をめぐって―」（「日本文藝學」日本文藝學会、昭61・11）
尾形明子「川端康成『山の音』の菊子」（『昭和文学の女たち』ドメス出版、昭61・12）
辻本千鶴「『山の音』論―その「愛」の様相―」（「論究日本文学」立命館大学日本文学会、昭62・5）
林武志「「山の音」」（「国文学」（臨時増刊）昭62・7）
長谷川泉「「山の音」（川端康成）」（「解釈と鑑賞」昭62・10）
森安理文「『山の音』論―生と死のゆきあひから―」（「芸術至上主義文芸」昭62・11。後『川端康成　ほろびの文学』図書刊行会、平1・10）
高橋英夫「川端康成における夢の摂理―『山の音』試論」（「国文学」昭62・12。後、『昭和作家論103』小学館、平5・12））
北川榮一「『山の音』と能」（川端文学研究会編『川端文学への視界3』教育出版センター、昭62・12）
長谷正遠「川端康成　山の音　生と死混全心の奥求め」（『神奈川文学その風景』かまくら春秋社、昭62・12）
鶴田欣也「第二章　ヘミングウェイの『老人と海』との比較」（鶴田欣也『川端康成論』明治書院、昭63・3）
鶴田欣也「第四章　『山の音』の離合」（鶴田欣也『川端康成論』明治書院、昭63・3）
兵藤正之助「七、昭和二十年代の川端康成『山の音』論」（兵藤正之助『川端康成論』春秋社、昭63・4）
今村潤子「第四章　「山の音」論」（『川端康成研究』審美社、昭63・5）
原善「川端康成　山の音」（『近代小説研究必携』学燈社、昭63・8）
大河内昭爾「『山の音』川端康成」（『小説のすすめ』学芸書林、昭63・8）

【平成初年代】（1989〜1997）

平山三男「『山の音』（川端康成）―ジュール・ベルヌ『八十日間世界一周』、アンデルセン『即興詩人』、ツルゲーネフ『猟人日記』、ドストエーフスキイ『罪と罰』―分裂する老い」（「解釈と鑑賞」平1・4）
長谷川泉「ぼけ問題の先駆、川端「山の音」」（「アメリカンファミリーレポート」アメリカンファミリー生命保険会社、平1・5）
今村潤子「川端康成「山の音」の女性」（「近代文学論集」日本近代文学会九州支部、平1・11）
マーク・ピーターセン「『山の音』とサイデンステッカー」（「図書」岩波書店、平1・11）
岡山克人「擬音語・擬態語翻訳例集（和仏英対照）（2）」（「高知大学学術研究報告（人文科学）」平1・12）

坂田（下山）千鶴子「川端文学の樹木と女たち──『山の音』から『並木』へ」（『世界文学』平1・12）

時田秀「『山の音』作品論・老主人公信吾の孤独」（『"Pure" In Memory of SHU─時田秀の軌跡─』橋の会、平1・12）

キム・レーホ「川端文学と禅」（川端文学研究会編『川端文学への視界4』教育出版センター、平2・2）

好野光子「川端康成研究──『山の音』と連歌・連句様式──」（『東洋』東洋大学通信教育部、平2・3）

上田真「川端文学における作品集結の原理」（『終わりの美学』明治書院、平2・3）

佐伯彰一「〝終末〟感覚のパラドックス」（『終わりの美学』明治書院、平2・3）

松田小百合「川端康成『山の音』について─夢の分析を中心に─」（『愛知大學國文學』平2・7）

中西進「山の音〈花の象21〉」（『短歌』平2・11）

平山三男「鎌倉市『山の音』」（『近代名作のふるさと〈東日本編〉』至文堂、平3・3）

川崎寿彦「『山の音』の〈家〉と〈人〉──『ハワーズ・エンド邸』との比較から始めて──」（『薔薇をして語らしめよ─空間表象の文学──』名古屋大学出版会、平3・6）

鶴田欣也「川端文学の本質──「汚れ」と「清め」（『日本文学の特質』平3・7）

田久保英夫他「「山の音」」（『群像　日本の作家13　川端康成』、小学館、平3・7）

金井景子「『伊豆の踊子』『浅草紅団』『雪国』『山の音』『片腕』ほか」（『群像　日本の作家13　川端康成』小学館、平3・7）

栗坪良樹「『山の音』論──〈記憶〉・〈夢〉そして生と死について──」（『解釈と鑑賞』平3・9）

駒ヶ嶺泰暁「『山の音』」（『国文学』平3・9）

石原千秋「身体のなかの家」（『解釈と鑑賞』平3・9）

剣持武彦「川端文学におけるエロスの感覚──『山の音』『千羽鶴』をめぐって」（『上智大学国文学科紀要』平4・1）

馬場重行「無音の響き──『山の音』──」（『湘南文学』神奈川歯科大学・湘南短期大学、平4・4）

坂田千鶴子「『山の音』─ズレの交響」（『女が読む日本近代文学』新曜社、平4・3）

平山城児「解説」（『没後20年川端康成展　生涯と芸術──「美しい日本の私」』日本近代文学館、平4・5）

栗坪良樹「師と友の死」（『没後20年川端康成展　生涯と芸術──「美しい日本の私」』日本近代文学館、平4・5）

巌谷大四「川端康成と鎌倉」（『没後20年川端康成展　生涯と芸術──「美しい日本の私」』日本近代文学館、平4・5）

大江健三郎「山の音」（『没後20年川端康成展　生涯と芸術──「美しい日本の私」』日本近代文学館、平4・5）

マーク・ピーターセン「一粒の栗──『山の音』」（『新潮』平4・6）

木幡瑞枝「七　山の音」（『川端康成　作品論』勁草書房、平4・6）

鶴田欣也「川端康成の自然・女性・自我」（『アニミズムを読む』平6・1）

佐藤秀明「解説」（田中実・馬場重行・原善編『対照読解　川端康成〈ことば〉の仕組み』蒼丘書林、平6・2）

関口のぞみ「「山の音」から「眠れる美女」へ―「老い」を中心に」（「日本文学論集」平6・3）

剣持武彦「川端康成におけるエロスの感覚―『山の音』『千羽鶴』をめぐって―」（『比較文学　プロムナード近代作品再読』おうふう、平6・9）

張石「『山の音』と『易経』―『大過』卦を中心として―」（川端文学研究会編『川端文学への視界10』教育出版センター、平7・6。後、川端文学研究会編『世界の中の川端文学』おうふう、平11・11）

菊野俊熙「文学と鎌倉―川端康成『山の音』を中心として―」（「神奈川You楽帖」神奈川図書、平7・10）

明治書院企画編集部編「川端康成『伊豆の踊子』『禽獣』『雪国』『千羽鶴』『山の音』」（『おじさんは文学通2』明治書院、平7・10）

井上義夫「「個」の脱落―文学と宗教」（「新潮」平8・1）

細谷博「『山の音』の〈日常〉―保子の意味づけ―」（『凡常の発見』明治書院、平8・2）

谷出千代子「児童文学にみる「老い」の現象について（3）―老人たちの恋」（「仁愛国文」平8・3）

関口のぞみ「「山の音」―「山の音」の「老い」」（「日本文学論集」大東文化大学大学院日本文学専攻院生会、平8・3）

関口のぞみ「「山の音」論―作品世界の構造について―」（川端文学研究会編『川端文学への視界11』教育出版センター、平8・6）

細島大「『山の音』論―夢の中の二人の信吾―」（川端文学研究会編『川端文学への視界11』教育出版センター、平8・6）

白井美樹「山の音」（「湘南文学」かまくら春秋社、平8・10）

川俣従道「第二節　『山の音』にみる信吾の故郷信州」（『川端康成と信州』あすか書房、平8・11）

谷口幸代「川端康成と琳派―『山の音』とそのエスキースの背景をめぐって―」（「国語と国文学」東京大学国語国文学会、平8・12）

辻本千鶴「『山の音』」（「解釈と鑑賞」平9・4）

佐伯彰一「『山の音』を中心に」（伊吹和子『川端康成　瞳の伝説』ＰＨＰ研究所、平9・4）

小澤正明「川端文芸の特質」（「解釈と鑑賞」平9・4）

山田吉郎「川端康成の〈魔界〉小説の系譜とその特徴―魔界の包摂するもの」（「解釈と鑑賞」平9・4）

原善「血縁への夢―川端康成『山の音』論―」（「日本近代文学」日本近代文学会、平9・5。後『川端康成　その遠近法』大修館書店、平11・4）

原善「川端康成の血縁への愛／夢―『山の音』を中心に―」（川端文学研究会編『川端文学への視界12』教育出版センター、平9・6）

森本穫「川端康成」（『日本近代文学を学ぶ人のために』世界思想社、平9・7）

渥見秀夫「『山の音』考―房子という娘」（「愛媛国文研究」平9・12）

渥見秀夫「『山の音』論―修一という息子」（「愛媛国文と教育」平

9・12）

【平成10年代】（1998〜2007）

細島大「川端康成「山の音」論—夢の解釈と謡曲「紅葉狩」」（『二松』二松学舎大学大学院文学研究科、平10・3）

谷口幸代「「山の音」作品評価・研究展望」（羽鳥徹哉・原善編『川端康成　全作品研究事典』勉誠出版、平10・6）

譚晶華「『山の音』の創作への再認識」（『日本研究』国際日本文化研究センター、平10・9）

小林裕子「「山の音」—信吾の錯覚と語り手の偏見—」（田村充正・馬場重行・原善編『川端文学の世界2　その発展』勉誠出版、平11・3）

増田光子「川端康成『山の音』—保子は愛すべき人ではないのか？—」（『湘南文学』東海大学日本文学会、平成11・3）

高橋英夫「川端康成『山の音』、魔が閃く……」（『近代日本文学のすすめ』岩波文庫、平11・5）

秋山公男「『山の音』—〈魔界〉とその美」（『愛知大學　文學論叢』平11・7）

田口茂「『山の音』論—信吾の見る夢と老人の死を中心に—」（『織田作之助の世界（一）』私家版、平11・11）

金采洙「『山の音』の主題論」（川端文学研究会編『世界の中の川端文学』おうふう、平11・11）

マイヤ・ゲラシモワ「『山の音』の多音を聞きながら考えたこと」（川端文学研究会編『世界の中の川端文学』おうふう、平11・11）

田村充正「菊子の戦略—『山の音』研究ノート覚書—」（『江古田文学』平11・11）

上田薫「〈一人称のモナトロジー〉『山の音』を読んで」（『江古田文学』平11・11）

林武志「鎌倉、湘南と川端文学・戦後」（『解釈と鑑賞』別冊、平11・11）

金恵妍「『山の音』の研究—老いの問題を中心に」（『新樹』梅光学院大学、平12・1）

有山大五「書評　川端文学研究会編『世界の中の川端文学』」（『川端文学への視界18』グローバル・メディア社、平12・6）

石川則夫「書評　原善『川端康成　その遠近法』」（『川端文学への視界18』グローバル・メディア社、平12・6）

崔順愛「『山の音』論—文化的コードを手掛かりに」（『二松学舎大学人文論叢』平12・10）

新保祐司「音楽手帖（16）『山の音』と「ブルックナアの音楽」（『発言者』秀明出版会、平12・11）

堀真理子「「女であること」の哀しさ」（『国文学』平13・3）

たつみ都志「文学の中の芸能4　川端康成と芸能（その二）」（『上方芸能』平13・3）

小林芳仁「「夏と冬」論」（川端文学研究会編『論集　川端康成　掌の小説』おうふう、平13・3）

山田吉郎「樹木と精霊の系譜—川端康成「不死」論—」（川端文学研究会編『論集　川端康成　掌の小説』おうふう、平13・3）

石川巧「妻たちの性愛」（『解釈と鑑賞』平13・3）

金順熙「川端康成『山の音』論—作品の中での〈音〉を中心に」（『國學院大學大学院文学研究科論集』平13・3）

高橋真理「「山の音」その他―「禁」の構造、「虚」の時間」（「明星大学研究紀要」（言語文化学科）平13・3）

管虹「「山の音」におけるハスの新聞記事について」（「現代社会文化研究」新潟大学、平13・11）

張月環「第二節　音の周辺に求めた理想の美」（『川端康成の美の性格』サン・エンタープライズ、平13・11）

龍田夏樹「『山の音』―尾形家の再生」（『川端康成と三島由紀夫をめぐる21』）風間書房、平14・1）

田村充正「「源氏物語」と川端文学」（『「雪国」は小説なのか―比較文学試論』中央公論新社、平14・6）

勝又浩「〈講演〉『山の音』の「音」について」（川端文学研究会編『川端文学への視界』銀の鈴社、平14・6）

長谷川雅雄・ペトロ・クネヒト・美濃部重克・辻本裕成「隠喩としての「虫」―泉鏡花『由縁の女』川端康成『山の音』安部公房『砂の女』」（「アカデミア」南山大学、平15・1）

石川巧「脇役たちの日本近代文学　房子―川端康成「山の音」」（「叙説Ⅱ」平15・1）

行吉邦輔「川端康成論―『山の音』をめぐって」（「近代作家論」平15・2）

岡田豊「川端康成『山の音』に関する一考察―作品内の〈昭和二十五年〉という年を起点として」（「駒沢国文」平15・2）

行吉邦輔「川端康成『山の音』をめぐって」（『近代作家論』中央大学出版、平15・2）

平山城児「9ひとつの「山の音」論」（『川端康成　余白を埋める』研文出版、平15・6）

種岡尚子「川端康成『山の音』論―信吾と菊子の関係性をめぐって」（「玉藻」フェリス女学院大学、平15・11）

金恵妍「『山の音』に描かれている女性たち―菊子の両面性を含めて―」（「日本文学研究」梅光学院大学日本文学会、平16・1）

羽鳥徹哉「近代文学に描かれた父親像　川端文学における父性」（「解釈と鑑賞」至文堂、平16・4）

大久保喬樹「第五章　豊饒の季節―『山の音』『千羽鶴』」（『川端康成―美しい　日本の私』ミネルヴァ書房、平16・4）

庄中孝之「Kazuo Ishiguro と川端康成―遠い記憶のなかの日本」（「阪大比較文学」平16・4）

川俣従道「川端康成の夢と明恵上人」（川端文学研究会編『川端文学への視界19』銀の鈴社、平16・6）

東雲かやの「「たんぽぽ」を読み直す―時代・作品・作家―」（川端文学研究会編『川端文学への視界19』、銀の鈴社、平16・6）

平岡敏夫「〈夕暮れ〉・文学における創造性―石川啄木・川端康成・大江健三郎」（『〈夕暮れ〉の文学史』おうふう、平16・10）

原田享明「川端康成『山の音』論」（「愛知大学国文学」平17・12）

ジョルジョ・アミトラーノ『『山の音』こわれゆく家族』（みすず書房、平19・3）

伊藤洋司「成瀬巳喜男『山の音』あるいは禁じられた欲望」（「中央大学人文研紀要59」平19・9）

劉英爽「『山の音』の歳時記」（「帝京日本文化論集14」平19・9）

【平成20年代】（2008〜現在）

兪載信「川端康成「山の音」」（「解釈と鑑賞」平20・2）

安西徹雄「川端の美感は英訳でどこまで再創造されているか―『山

の音』の一節を精読する（追悼サイデンステッカー先生）」（「国文学解釈と教材の研究53」平20・2）

仁平政人「川端康成『山の音』の方法」（日本近代文学会「会報19」平20・9）

田村充正「小説と映画のあいだ―〈山の音〉を聞かない信吾―」（川端文学研究会編『川端文学への視界24』銀の鈴社、平21・6）

宮内伸子「翻訳で確認する日本語の省筆の美―川端康成の『山の音』のドイツ語訳を手がかりに」（「ドイツ語文化圏研究8」平22・11）

武富利亜「カズオ・イシグロのA Pale View of Hillsに沁みいる『山の音』」（日本比較文化学会「比較文化研究99」平23・11）

李聖傑「川端康成『山の音』における「魔界」思想の位相：戦争の影、戦後の世相、そして異界の構築」（「解釈」平24・1）

小谷野敦「第十一章『千羽鶴』と『山の音』」（『川端康成双面の人』中央公論新社、平25・5）

田村充正「川端康成「山の音」と小津安二郎監督『晩春』―小説と映画のあいだ―」（川端康成学会編『川端文学への視界28』銀の鈴社、平25・6）

（「川端康成作品論集成」第八巻より収録）

「水月」研究史

崔　順愛

「水月」は昭和二十八年雑誌「文芸春秋」（十一月号）に発表され、その後、短編集『たまゆら』（角川書店、昭30・7）、角川文庫『たまゆら』（昭33・7）として刊行され、新潮社版三五巻本全集第八巻（昭56・3）に収録された。

先行研究史として、林武志「水月」（『川端康成作品論事典』「国文学」昭62・12）、杉井和子「水月」（羽鳥徹哉・原善編『川端康成全作品研究事典』勉誠出版、平11・3）がある。二つとも簡潔なまとめにとどまっている。

「水月」が発表された直後の同時代評として、平野謙の「文芸時評」（「日本読書新聞」昭28・11・2）は、「私は手ばなしに感嘆してしまった。」「それなりに完成した日本特産の芸術品」だと絶賛している。田宮虎彦も「文芸時評㊦」（「朝日新聞」昭28・10・31）で、「はげしく動揺しつづける外界と常に相交流しつつ、しかもなりたつ真の文学の世界であ」り、「この真の文学の世界に作品を結晶させている」と称えている。続いて作品が発表された翌月に中島健蔵・臼井吉見・本多秋五「創作合評―川端康成―」（「群像」昭28・12）では、臼井が「作者がこの手鏡を思いついたときに、この小説はできちゃったんですよ。あとはお得意の文章だからね。一つの作品がこういう着想だけで成り立つているわけで、その着想が浮んだ時にもうできちゃたようなものだ」と述べている。「水月」に登場する鏡が重要なキーワードとして機能していると指摘する一方で、「この小説の情景は戦争と関係がなくてもいいんで、超歴史的な」小説であるということに言及し、研究や批評の注視の対象となる作品として紹介している。しかし、作品発表当時は、研究者の間では関心が集まらなかったようで、批評・論文の数は数える程度である。

少ない先行研究では作品世界を、〈鏡〉を媒介とした時間が錯綜しつつ展開される、京子の意識の流れに沿ったものだとする形の論文が主流となっている。これらを時系列にしたがって取り上げて行くことにする。

「水月」論文の嚆矢は、長谷川泉「『千羽鶴』と『山の音』―『ほくろの手紙』『水月』に触れて―」（『川端康成論考増補版』明治書院、昭44・6）である。「水月」は「原稿用紙二十枚程度の掌の小説の線上に開花した作品」だと述べつつ、鏡の中の世界、「つまり非現実な空間が「水月」の作品モチイフになってい」るとの見解を見せている。特に、「「鏡」の呪縛力」や「精神的な妊娠に呪縛」されることと関連させて、「雪国」と「千羽鶴」に描かれた「死と愛」が、「水月」でも微妙な波紋として作用し、「妻の孤独の心理と姿を浮彫りする媒材」であると、作品の支柱を読み取っている。竹西寛子は「『水月』のこと」（『川端康成全集　月報10』昭45・1）の中で、「二人の夫をもった妻の、二つの時期の生活が描かれるのに」「女の中の二つの流れの時間」が、「常に女の意識の現在だけなのだということを、女と語り手への共感のうちに納得させられ」る、「作品の中での時間操作のおどろくべき自在さ」を見落としていない。鏡による「心理的な殺人犯」になるという「明確な自覚にまでは自分を追いつめていない」ことを指摘し、「女の、この「単眼的」発想、この大胆、この傲慢。」を見い出し、「夫が鏡の中の世界での永遠を生きようとすれば、現実には滅びなければならない」「論理的な帰結」に辿ると述べている。しかも妻の、「残酷は反意志的残酷であり、相手に渇望と憧憬は強いても陶酔は許さないという点で濃い性的感覚を帯びている」「怖い」女だと締めくくっている。これは読者の印象や鑑賞という方法論に基づいた作品理解にとどまったものである。

　マシュウ・ミゼンコは「川端文学における鏡」（『解釈と鑑賞』昭56・4）で、「川端文学においては、ものの外面を映しながら、同時にものの内的精神をも写すような「鏡」のごときメカニズムが見られる」なかで、「水月」では、「鏡が人物の象徴になり、そして、人間の運命を支配する」ような小道具であると解釈している。「悲劇的な二人の関係にとって、彼らの愛情とあこがれによって創造されたより美しく超越的な夢の世界となる。文学の伝統的な「夢かうつつか」というテーマと同じように、「鏡のなか」の世界と現実の世界の二元性」があることを指摘し、「やはり現実でない方」が「感動的」であると述べている。作品の中心は鏡であり、鏡を媒介として人間関係やストーリーが展開していることは、「川端文学における「鏡」の機能だけでなく、川端文学全体の「鏡」的な機能こそが重要」であり、「川端における思想面のさまざまな問題」を「解き明かす為の有効な鍵」になると提示している。既に論じられた長谷川の鑑賞を踏襲しながら、川端の思想が抽出できる作品の一つであることを明らかにしている。この論文を境に「水月」における「鏡」の機能と象徴性に関連した分析が複合的に行われることになり、「水月」研究の進展ぶりが見られる。

　その先頭の佐竹勇は「川端文学における「鏡」について「雪国」と「水月」を中心に」（『光華女子大学研究紀要』19号、昭56・12）で、「水月」は、「現実世界を描いていながら鏡の神秘な作用により現実の中の深層心理の次元の深い世界を写して、共に人生の真実を示した作品」として捉える一方、川端康成は、「この鏡の謎を利用して創作意図としている病夫に渡した手鏡に、新しい世界を発見した感動があったが、同時に病夫を心理的自殺に誘うかも知れない残忍性のひそんでいる悪魔的な作用をも発見」した、と述べている。また、「鏡は生命の真理を正しく歪みなく写す点で人間精神の手本であると」結論づけている。先にあげた竹西寛子の「残酷性」を引きずっているといえるが、「雪国」の、「雪のような純粋で一途な生の真実の姿を星や朝日の化身の現わす非現実の世界の美しいもの」としての「鏡」に比べると、多少違った「現実的な深い創作意図が働いて」いる点、「十六世紀のドイツの画家ハンス・バルドウングの名作「死と女」に画かれている、美しい若い女性が「骸骨に写し出されているという幻想的な構図」と対比させ、鏡の「魔力と神秘な作用の意味」を成立させ、「水月」研究の振幅を拡張させている。

近藤裕は、「川端康成・彷徨える魂―『水月』を例にして―」(『近代文学ゼミ論集』第五号、昭63・7)で、意識の流れを中心に作品分析を行っている。鏡が「現実世界で生を受けている京子の心は死んだ前の夫との思い出の世界」に導き、「「過去」への〝映像〟や〝音声〟によって往来」させる。これは「鏡」によって「錯覚が、錯覚ではなくなっていることを意味」し、「鏡はあくまでも意識の流れを刺激する道具であろう」と論じている。意識の流れに沿った自由自在な時間操作が可能な点に関しては、「肉体は現世にあっても心(魂)は「過去」を憧憬していた人で」「生と死があざなえる縄の如く交合しあう、メビウスの輪的な世界を構成」させ、物質と人間の意識の流れの合一を試みた〈新感覚派〉の作家である川端康成の新しい世界観と重なることを指摘している。

鶴田欣也の「第7章『水月』」(『川端康成論』明治書院、昭63・3)は、「水月」の作品に登場する五つの鏡の、一番重要な役割を与えられている鏡の機能と象徴的解釈を初めて本格的に分析した、示唆するところが多い論文である。「夫婦というよりは母子の関係であり、彼の死後、京子の心理の深層では彼を自分の胎内に入れてしまっていたとすると、「水月」はかなりアイロニイが利いた作品」だと理解し、「「健全」な夫、本当の愛がわからない夫消滅の願望である。今の夫が死んで、前の夫が京子の胎内を経て蘇る、これが京子の心理の深い所でのシナリオである。」という分析が行われている。また、「健康で京子の身体を喜んでくれる新しい夫があるからこそ、前の世界の意味が分かって来たのである。新しい夫は前の夫を写す鏡」であることが「水月」の「一番のアイロニイ」であると論じている。

鶴田論文と同じ流れで、鏡の象徴性を追っていき、再び鑑賞に基づいた大村有紀の「「水月」論―作品中における鏡―」(『近代文学論叢』北海道教育大学日本近代文学研究室、平元・3)がある。「前の夫にとって鏡は生命の象徴、理想の世界であった。」が、健康な新しい夫によって、「作品における鏡ははかなさを示し」、この作品の題名である「水月」の「水に写った月ははかない。波紋が生じると、月の形は跡形もなく消えてしまう」という虚無感を述べ、初期の印象批評論に回帰している。

高比良直美は、「失われたものへの思い―『水月』を中心として―」(『川端文学への視界10』教育出版センター、平7・6)では、「水月」を「官能的な美しさのある短編」であるとして、ノーベル文学賞受賞のことばに含意された意味を、「水月」の作品分析の媒材として取り入れて論じている。「失われたものをも同行者として生き続ける悟りの境地だと思うが、それは理屈を超えた、自然で美しい心の流れ」だと解釈し、「後の夫との結婚生活を生き続けて行く自分は、決して過去から切り離されたものではなく、過去によっても育まれ継続して行く存在である」こと、「妊娠した子供は今の夫だけでなく前の夫によって育まれて来たものの実り、愛の結晶である」と述べている。日本の敗戦後に「喪失感を前向きに転化して行く」「川端の創作意識に働きかけるもの、あるいは共感させるもの」、川端の「芸術観、生きる姿勢を読み取る」ことができる作品として捉えている。作品の主人公である京子の個人史の克服を日本の戦後の喪失感の克服に重ね合わせた読みを行っている。今までの〈鏡の機能〉と〈意識の流れ〉を作品内で、あるいは作家川端に還元させる解釈が多かった論とは距離を置いた、戦後日本の時代状況と作品とノーベル文学賞受賞の言葉を視野に入れ、研究の幅の拡張を総体的な観点から試みた、新鮮さを感じさせる論文である。

田村充正は「川端康成「水月」論—露・仏・英訳の問題に触れて」（「比較文学年誌」27、早稲田大学比較文学研究室、平3・3）で、「手法」「テーマ」「川端の創作系譜においても、きわめて注目すべき作品であること」に着目し、先行文献で提起している「鏡」の「意味の解明」を越え、「鏡」の「機能に焦点を」あわせた論を展開しつつ、「語り手の問題」を取りあげている。「鏡」が「京子の意識の流れを繋ぐ、物語を展開させる機能を果たしている点に注目」し、「客観的時間の進行は物語を推進させる力をもたず、物語は次々と現われる五つの鏡を媒介とした主人公京子の意識の流れによって展開されている」のだが、「鏡の記述が消え、客観的時間がよみがえり、時間の流れが物語を進行させはじめる」なかで、京子の妊娠は「前夫への記憶が忘却へむかうという推察」を論じている。「語り手の問題」として、「全智的視点にたって」「三人称の語りでありながら、この語り手は常に京子に寄り添い、京子の眼差だけを通して出来事を眺め、時には京子の声と溶けあいながら、叙述を進め」ることで、「一人称による秘かな告白を聞いたかのような印象を受け」させる、「超越的な位置の語り手」の手法であることを鋭利に指摘している。この語り手の手法が外国語の翻訳においてどのように訳されているのかを分析している点では、現在発表された論文の中では比重の高い論文であろう。

羽鳥徹哉は「川端康成の「水月」について—『チャタレイ夫人の恋人』『日はまた昇る』に触れて—」（「昭和文学研究」24、平4・2）の中で、「チャタレイ夫人の恋人」と「日はまた昇る」の性についての考え方を比較している。京子の「意識の葛藤」を表す「子供があなたに似てゐたらどうしませう。」と「温く安らかな気持」をどう取るかで、先行研究の高比良の解釈を無理がないと肯定し、「前の夫も決して消滅したのではないことを彼女は感得した」と述べた後、川端文学全体の方向としては、「融合統一を目指しており、「水月」もそうした作品の一つ」であると論じている。しかし、田村の解釈である京子の「前夫への記憶が忘却へむかうという推察」は否定している。

続けて「チャタレイ夫人の恋人」と「日はまた昇る」を比較対象として扱い、川端文学の総体の中で「水月」の特性を読み取ろうとする試みは、羽鳥の基本姿勢である〈万物一如〉〈主客一如〉の延長線上で「一つに融合させて受け入れるに至るまでのさまざまな過程を捉えて」いると言える。

これに関して田村充正は反論を出している。「羽鳥徹哉「川端康成「水月」について—「チャタレイ夫人の恋人」「日はまた昇る」に触れて—」を読んで」（「文芸空間」第8号、平4・4）では、「水月」という作品が「水晶幻想」から「みづうみ」にいたって「精華をみる《意識の流れ》をとりいれた川端の文体史上、刮目すべき作品」であることを念頭に」おいた視点から読むと、「実証が氏の論では十分ではない。」と指摘している。反論のなかでも特に京子の前の夫に対する愛を巡って、「私は「忘却の受容」という言葉にまとめた。この「忘却」という言葉の意味が強すぎるために誤解を生んだのだろうか。」、「京子の意識から薄れてゆくという意味で「忘却」という言葉を使った。妊娠前の京子の脳裡は絶え間なく前の夫によって占められている。京子の愛の深さは京子の孤独の深さ」であると釈明しつつ、京子の妊娠に関しても「羽鳥説では、この変化を「一時的なもの」としか見ていないことにも同意できない。妊娠前の京子の分裂はここで一時的に解消されるものの、またしばらくすると分裂がはじまる、という読解になるのであろうか。」と突き詰めている。

京子の意識の流れが「〈無時間〉から客観的時間の進行〈忘却〉に移るという作品構成に、もっと注目」するべきだと論を展開させている。「チャタレイ夫人の恋人」裁判の叙述に関しても、「水月」との関連性が「具体的証左は希薄」であり、「日はまた昇る」も同じだと指摘している。「羽鳥論への疑問は、その方法論ばかりでなくテーマの解釈にもある。」と論の展開について問題点を具体的に指摘している。

坪井香津子は「川端康成「水月」考　作品構造と時制推移について」（「かほよとり〈武庫川女子大学大学院雑誌〉」創刊号、平6・3）で、作品構成と時制推移の特徴を考察し、「時制を錯綜させながら進行している「水月」物語時間を、物語展開と合わせて図式化して」、「二元的作品構成によってこそ、作者川端康成が表現し得た作品テーマ」であると述べている。二元的世界が構成され物語が展開される一種の構造論であり、作品構造と鏡の機能、そして時制を解明しようと試みた論文である。

黄翠娥は「川端文学における〈鏡〉の考察：「浅草紅団」「雪国」「水月」を中心に」（「東北大学日本文芸論叢」9、平6・10）で、鏡を「美しい、精神的な別世界を作り出す道具」であり、「冷厳な現実を認識させる媒体」であると論じ、「水月」において「鏡は二律背反の原理を示」す両義性があると論じ、「真の世界を創出する機能」そのものだと述べている。

山中正樹の「川端康成『水月』試論――「鏡」を媒介とした母子関係について――」（「豊田短期大学研究紀要」6、平8・3）では、「鏡」が「女主人公「京子」と結核で亡くなった「前の夫」における擬似母子関係を形成させるための重要な媒介」になっていることを指摘し、「鏡の機能をラカンの「鏡像段階」理論を採用して分析」し、「「京子」の意識は「鏡」を通して「前の夫」との「共生関係」に支配される」と述べている。一方「「今の夫」の父親的要素によって、「京子」の意識は、「前の夫」に「手鏡」を渡した以前の時点に回帰し、そのことで「前の夫」との「共生関係」から解放され、「今の夫」との安定した家族関係の中に回収される」ことに着目し、「川端作品においては、こうしたある種の〈呪縛〉からの解放が描かれ」ていると論じている。「川端文学の中心には〈呪縛〉と〈解放〉というテーマがあり、その〈解放〉の成否が作品の重要なモチーフとなっている」と指摘し、このテーマは「川端文学における〈救済〉につながっている」だけではなく、「〈解放〉の不可能性とそれによる絶望観が描かれている」と述べている。「〈呪縛〉とそれからの〈解放〉は「魔界」の概念と深く結びついている」とみて「後期川端文学を特徴づける「魔界」という概念とどのように結びついているのか」を関連づけた分析を深める必要があると見解を述べている。川端文学における「魔界」を考察する際に、考慮するべき重要な視点を提示している。

坂元さおりは「川端康成『水月』論――「女性」への眼差し」（「広島大学教育学部紀要第二部」46号、平9・10）で、「「愛」なるものが、「処女性」あるいは「純潔」という観念とどのように絡んでいるのか、具体的な分析」を試みているが、社会学の側面から論じた「優生主義的な枠組みに対する強い批判」が目立つ。

　小平麻衣子は今まで上げた論文とは異った近代文学の入門講義で「短編小説をとりあげ、具体的な解読を通じて他の作品にも応用できる研究方法や用語を解説する」形式を取っている。「研究へのいざない　川端康成「水月」を読む」（「語文」第140輯、平23・6）として発表したものを、数年後には単行本『小説は、わかってくればおもしろい：文学研究の基本15講』（慶應義塾大学出版会、平31・3）に載せている。大学で「実際に行った講義の一つを文章化」したものである。進み具合を見ると「教室では、受講者自身が全文を読み、教員の設定した質問項目に沿ったまとめや、レポート作成を行い、講義内でそれらを紹介・検討し」、さらに「解読を展開」させたものをまとめている。例えば、「ガイド1「前の夫」と「今の夫」の違い（それぞれの京子との関係の違い）を、テクストを引用または略記しながら、まとめてください。ガイド2二人の男性や、彼らと京子との関係は、どのようなメタファーで表されていますか。」など、視点を7つに分けて質問項目を設定している。文学研究ではあまり見当たらない大学現場で実際に試みた実例を紹介し、実践報告をまとめた独特な文学研究の方法を取っている。

　馬場重行は『近代小説〈異界〉を読む』（双文社出版、平11・3）「水月」の解説で、「微妙な省筆が多いこの作品の、語りの特徴」は「読者を躓かせる。」と述べつつ〈鏡〉が「作品成立の大切なポイント」となっていると触れている。やはり〈鏡〉の機能を他の「作品と対照させて読んでみる」のもおもしろいと提示している。「〈現実〉の再婚生活の中の性体験によって、〈異界〉の中に生じる〈愛〉をより一層強く確認」していく京子が、「妊娠」という「〈現実〉にとっての〈異界〉の意味を獲得するまでの物語」であると言及している。そのゆえに「〈鏡〉の中にのみ生まれる〈異界〉の中の〈愛〉の世界を生きること」を、京子は「〈鏡〉という〈異界〉の世界にこそ本当の〈美〉」はあり、「「後の夫」と共にある〈現実〉からは、「神の世界の遠望」としか捉えられない」と解釈している。現実の「錯綜する時間の流れの中に〈鏡〉の特性を持ち込み、それによって特異な形での〈異界〉の〈愛〉を語ること。」が特定の主人公京子の境遇に止まらず、「そうした女の〈愛〉の世界」、すなわち「女の〈愛〉の意識のみを純粋培養するような独自の小説世界」だと視点を拡大させている。

　過去と現在の混在が今の現時点であることは真理である。論文の言葉を借りると〈錯綜する時間〉の流れの中で数々の〈意識の葛藤〉を経て今、現在があるという〈超歴史的〉な普遍性が「水月」の〈鏡〉に映っていることを検証する論文が今後、出てくることを期待したい。

「水　月」研究文献目録

崔　順愛

田宮虎彦「文芸時評㊦」（「朝日新聞」昭28・10・31）

平野謙「文芸時評」（「日本読書新聞」昭28・11・2）

中島健蔵・臼井吉見・本多秋五「創作合評―川端康成―」（「群像」昭28・12）

進藤純孝「解説」（『たまゆら』角川文庫、昭33・7）

吉行淳之介「解説」（『現代日本文学館24』文芸春秋社、昭41・7）

長谷川泉「『千羽鶴』と『山の音』―『ほくろの手紙』『水月』に触れて―」（『川端康成論考増補版』明治書院、昭44・6）

武田勝彦「ヴーテノー氏の川端論をめぐって―『伊豆の踊り子』『水月』『雪国』『千羽鶴』『古都』―」『川端文学―海外の評価―』（早稲田大学出版部、昭44・3）

巌谷大四「手鏡に亡夫を偲ぶ女の心情『水月』」（『川端康成の旅愁』日本交通公社、昭47・8）

竹西寛子「水月（川端康成）」（「川端康成全集7巻　月報10」昭45・1、後『読書の歳月』筑摩書房、昭63・6）

長谷川泉「水月」（『心象幻想―川端文学へのいざない』アートプロデュース株式会社　昭56・4）

佐竹勇「川端文学における「鏡」について「雪国」と「水月」を中心に」（「光華女子大学研究紀要」19、昭56・12）

マシュウ・ミゼンコ「川端文学における『鏡』」（「解釈と鑑賞」昭56・4）

栗原雅直「川端文学における白と死」（「裸馬」創刊号、昭50・11）後『精神医学者による作品分析』中央公論社、昭57・4）

林武志「水月」（「川端康成作品論事典」「国文学」昭62・12）

近藤裕「川端康成・彷徨える魂―『水月』を例にして―」（「近代文学ゼミ論集」第5号、昭62・7）

鶴田欣也「川端康成作品分析「化粧」「ざくろ」「水月」他」（「国文学研究資料館紀要」第10号、昭59・3）

鶴田欣也「第7章『水月』」（『川端康成論』明治書院、昭63・3）

高比良直美「失われた時空間への思い―『水月』『弓浦市』『二人』―」（『川端文学への視界5』教育出版センター、平2・5）

大村有紀「「水月」論―作品中における鏡―」（「近代文学論叢」北海道教育大学日本近代文学研究室、平元・3）

羽鳥徹哉「川端康成の「水月」について―『チャタレイ夫人の恋人』『日はまた昇る』に触れて―」（「昭和文学研究」24、平4・2）

田村充正「川端康成「水月」論―露・仏・英訳の問題に触れて」（「比較文学年誌」27、早稲田大学比較文学研究室、平3・3、後『「雪国」は小説なのか―比較文学試論―』中央公論新社、平14・6）

田村充正「羽鳥徹哉「川端康成「水月」について―「チャタレイ夫人の恋人」「日はまた昇る」に触れて―」を読んで」（『文芸空間』第8号、平4・4）

坪井香津子「川端康成「水月」考　作品構造と時制推移について」（『かほよとり〈武庫川女子大学大学院雑誌〉』創刊号、平6・3）

黄翠娥「川端文学における〈鏡〉の考察：「浅草紅団」「雪国」「水月」を中心に」（『東北大学日本文芸論叢』9、平6・10）

高比良直美「失われたものへの思い『水月』」（『川端文学への視界10』教育出版センター、平7・6）

山中正樹「川端康成「水月」試論―『鏡』を媒介とした母子関係について―」（『豊田短期大学研究紀要』6、平8・3）

坂元さおり「川端康成『水月』論―「女性」への眼差し」（『広島大学教育学部紀要第二部』46号、平9・10）

杉井和子「水月」（羽鳥徹哉・原善編『川端康成全作品研究事典』勉誠出版、平11・3）

馬場重行「水月」解説『近代小説〈異界〉を読む』（双文社出版、平11・3、後、東郷克美・高橋広満『〈異界〉文学を読む』鼎書房、平29・2）

小平麻衣子「川端康成「水月」を読む」（『語文』第140輯、平23・6、後『小説は、わかってくればおもしろい：文学研究の基本15講』慶應義塾大学出版会、平31・3）

『みづうみ』研究史

上田　渡

いわゆる「研究」とは、西欧近代の学問体系の中から生まれた思想で、分析・実証・比較などの研究方法もその論理的枠組み中で精度を高めてきたと言える。文学、小説の研究もいわばその範疇で基本的には「研究」が成立している。語句の解説、文の意味、関係、物語内容の分析など、ことばの使用の実態を深く考察して論理的に明らかにしていく行為である。つまり、基本的には、小説の内容や形式について論理的に説明するために「研究」は、実践されなければならない。よって、研究史はその実践の記録を時間軸上にできるだけ正確に並べ、研究者、研究論文という個を超えて歴史的にその変遷を考察することである。

しかし、そういう前提のもとで『みづうみ』の研究史を考えてみるに、それがどれほどの学問的な価値と収穫があるものなのかということに、実をいうと甚だ疑問が生ずる。他の作家ならまだしも、あるいは他の川端作品ならまだしもと思う気持ちが、頭を擡げてきて、それを無理やり押さえつけて個々の論文の解説を時間的に羅列する気分にならない。『みづうみ』というテクストは、本来そういう西欧近代的な研究の対象となることを拒むことで成立しているテクストなのだから、研究の方法論の如何を問わず、論理的な研究対象にはならないのではないか、たとえいくつかの論理的説明がついたところで、それで『みづうみ』の何が解明されたのだろうか、むしろ解釈行為そのものが無化していくばかりではないのか、今七十を超える『みづうみ』への言及（研究論文・評論他）を読み終えて、ことさらにその思いを強くするばかりである。たかだか発表から五十数年、年間一、二本の研究論文を積み重ねたにすぎない『みづうみ』の研究史を、クロニクルに並べることに何の意味もないことはもはや明白であろう。

そこでしかたなく、今回の「研究史」として次のような章立てで解説してみることにした。「一、魔界論の総括」「二、物語の分析と解釈、「幻想」の意味づけ」「三、言語構造、テクスト論的試み」「四、今後の研究課題」である。最初にことわっておくが、取り上げる論文などの年代や影響関係は解説上多少前後することがある。また研究者個々人の見解の重複や焼き直し、参考などにもあえて言及はしない。また、研究の進化、退化についても主観的なものなので今の段階で言える範囲に留める。要は、『みづうみ』が今までどのような言説によって解釈・説明されてきたかということを総体として述べてみようという試みであり、「歴史的」なものを持ち込むほどの「歴史的」実態のないものに「研究史」は成立しないのであり、テーマや主題や解釈の対象・方法論など各論文の実態に即して主観的に分類し、集めたものにすぎない。要するに『みづうみ』は、まだ、「研究史」を云々するほど研究されていないのである。いわば未だ研究の初期段階にあると言える。これからの研究でいくらでもパラダイムチェンジ可能な対象である。

一、「魔界」論の総括

「孤児根性」「万物一如」など川端文学研究のキーワードの一つとして「魔界」がある。特に戦後作品のキーワードとして「魔界」は、それなりの謎に包まれ、魅惑的な解釈対象として研究者に人気を博した。川端の戦後文学にとって「魔界」とは何かという問いが設定され、それぞれにその解釈の妙を競う状況が生まれた。「魔界」さえ解釈できれば、難解な川端の戦後作品がすらすら理解できる魔法のことばだと誰もがこぞってその解明に乗り出していった。結果、それぞれが微妙に違う答え（同じことを違うことばで言いかえた程度）を導き出し、厳密に照らし合わせることもなく、それぞれの答えこそ正解であると胸を張った。しかし、傍観していた人も含めて、それぞれ自身も自分の解答に完全なる信頼を有することはできずに、「魔界」の解釈は難しいと首をひねってしまった。つまり、「魔界」は解明できなかったのである。いや、あるいは、個々の解明行為によって得られた解答のすべてが「魔界」なのである。この二つの見解の間に「魔界」なるものの存在が確認できるとすれば、少なくとも、「魔界」研究は川端文学研究の中で有効だったと言えよう。またよしんば確認できなかったとしても、限定的にも研究状況を活性化した功績はあった。それは、「魔界」なんて無いと批判的だった人々も「不毛」な研究だと揶揄していた人々も含めてとりあえずそう言える。なぜなら、「魔界」の肯定か否定かという、わかりやすい、それゆえ参加しやすい場へ、研究者をあるいはその周辺にいる人たちを誘い込むことになったからである。

最初に、『みづうみ』における「魔界」論の状況を解説して見せたのは、田村嘉勝「『みづうみ』研究史」である。昭和五十年代までの作品『みづうみ』の「魔界」についての主要論文がひとまず整理されている。しかし、田村自身も結論として、

> この『魔界』研究については、一説にある「魔界」不要論をこの際論の対象にはしないにしても、述べてきた通りいまだに、「魔界」それ自体の概念さえもつかめていず、難儀を強いられている。況んや、このことが明確にされていない現状では、川端の思想の中に「魔界」を見つけ出し、そして、具体的に作品中から抽出し、作家としての川端の中に確固たるものとして位置づけていくためには、まだかなりの時間が要求される。

と記している。今回、この田村の困惑めいたまとめも含めて、「魔界」論がなぜ斯くも噛み合わないまま放置されたのかというと、それは、ひとえに作家川端の中に「魔界」思想があるのかどうかが論議の対象になっているからである。「魔界」論提唱者達は、それぞれの内にある作家川端の「思想」として、作品で言及された「魔界」を位置づけることに固執しているからである。彼らにとって作品は作家の「思想」の表明の場であり、そこにあることばはすべて作家の思想につながっているのだという幻想を信じて疑わない。よって、解釈の違いは、各々の川端という作家像の変更・修正を迫られる重大問題なってしまうのだ。当時の研究状況を鑑みてその善悪は問わないとしても、「魔界」論の火付け役の一人森本護の一連の

「魔界」論は、明白に作家川端の中に「魔界」があったのだと熱いことばで語って憚らない。それに対して原善の「魔界」論は、形式的には作品の内容に即して追究されており、作品から作家の思想へという流れがひとまず守られているといえよう。そしてその分「魔界」の定義づけも反論しにくい周到なものになっている。川端の戦後作品の重要な解釈タームとして「魔界」を導入しようという戦略は、森本論同様一貫している。しかし、『反橋』三作『舞姫』『たんぽぽ』『みづうみ』などの「魔界」の共通項をすっきりとした形で探し出すことは至難の業であり、数学の難問を解くときのような明確な解答は得られなかった。作者が未完のまま作品完成を放棄していることが、そもそも「魔界」を作品から辿ることの難しさを物語っている。未完という事実が「作品以上に作者の方がその魔界の在りようを、より如実に雄弁に語っているという皮肉な結果を示していると言えるのかもしれない。」と論を結んでいることで、原自身も作品からの「魔界」追究の限界を感じていたのかもしれない。

昭和五十年代までの「魔界」論の詳細は田村の「研究史」（昭和五十九年五月まで）で概略を確認できるし、『舞姫』『たんぽぽ』などの論文、「研究史」等でも詳細に語られてもいるから、ここではそれ以後の『みづうみ』の「魔界」論に触れておきたい。

黒崎峰孝『みづうみ』論（上・下）は、作品『みづうみ』の分析を通して作家川端の思想としての「魔界」が作品内でどう表現されているかを位置づけようとした。結論部分で「川端は桃井銀平という一人間を通して『魔界』を彷徨させ、『魔界』の中で『美』を追求させた。『みづうみ』で試みた『魔界』は完璧とは言いがたい。むしろ不完全さの上に成り立ったような気がする。だが、この不完全さゆえに、より不気味な現実味が生じ、我々読者に強い衝撃を投げかけているとも言えるのである。」と述べていることからしても、結局は原の論の焼き直しであり、川端の「魔界」思想は、作品から明確に辿ることはできないとする。「上」での小説内の時間の整理、「下」での人物関係の整理など、図式的でわかりやすく、整理能力に長けていると思うが、それゆえ図式では捉えきれない細部の分析が不十分になっているのは惜しい。

羽鳥徹哉「『みづうみ』における魔界」は、『舞姫』との比較で『みづうみ』の「魔界」を定義づけている。曰く、「『みづうみ』の魔界は、やみくもな憧憬につかれて、世俗的道徳、従って身の安全など忘れてしまうような世界である。『舞姫』の品子のそれに似ているが、しかし品子の憧憬が一人の男という単純明快な目標を持っていたのに対し、銀平の憧憬は、愛と美の絶対境といったものを目ざしているから、憧憬は満たされたとしても瞬間的であり、結局のところ永遠の彷徨を強いられる性質を有している。」という。それまでの熱く論じられてきた「魔界」論に肩すかしを食わせるような素朴で無難な「魔界」理解だが、『みづうみ』の作品理解としては誰も異論のないところである。

辻本千鶴「『みづうみ』論　―美に拒まれた「かなしみ」―」は、「桃井銀平は作者の『魔界』指向を体現した人物像である」としながらも、川端自身の「直截な自己投影がなされることを極端に警戒したのではなかろうか」と言い、銀平の意識の流れに即した作品の「現実捨象」の複雑な時間構造こそ「川端の『魔界』指向の結果なのである」という。これまでの「魔界」論が作品と作者の関係を単純化していたことの反省をふまえて「魔界」思想といわず、「魔界」指向としている点、また、作品の内容ではなく形式に「魔界」を見ようとしている点、どうにかして、論点をずらしていこうという努力はわかるが、それらが十分に論じ切れていないことが残念である。

南慎一「『みづうみ』論」は、「魔界」の対立概念として「天界」をしつらえ、「魔界」の相対化を図ろうとした。「川端康成の描いた世界においては、先にも述べた女性の「純情可憐な一面」（天界へのあこがれ）こそが、男性の破滅的な情熱をひき起こすのである。「純情可憐な一面」がひき起こす破滅的な情愛の世界こそが魔界なのである。」と説き、心の中の理想の女性像（天界）にあこがれながらも、現実的には受け入れられない男性は魔界に落ちるという実にシンプルな図式を提出した。『みづうみ』もこの図式で単純化していく。久子との魔界での愛に疲れた銀平は、天界の少女町枝を追うことで赦しと安らぎを得るというように、すべての銀平の行動、心理を天界と魔界との二項対立概念の中で捉えていく。その態度は一見潔さを感じるが、また、ずいぶん乱暴な読みだとも感じた。固定化された二つの対立概念だけできれいに分析できるのなら、いったい『みづうみ』の文学的な存在価値はどこにあるのだろうかと疑念が生じた。単純化や図式化は、構造主義以降の文学研究の基本的方法だが、それは行きすぎると『みづうみ』の細部を切り捨てた無味乾燥な骨組みだけにしてしまう。せめて天界と魔界とを動的なダイナミズムの中で捉えないと、時間の問題や意識の流れの問題は処理できないと思う。

黒津真由美「『みづうみ』―〝清らかさと魔性〟の表裏一体と二律背反―」は、作品に登場する女性達を母なる〝みづうみ〟の部分ととらえ。その存在はすべて〝みづうみ〟に収斂されるものであるとする。そして、「仏界への通路や架け橋であるかのような〝みづうみ〟。魔界と仏界をつなぐ神秘で妖美のような別の世界――。〝みづうみ〟は、一休禅師の　仏界易入　魔界難入　というパラドキシカルなことばの体現の場所であったのだ。」と断言し、「このことばを私なりに簡略化して述べると、魔界にはいるのは困難であるが、しかし一度踏み入り、再生・転生を果たす時、仏界にめくるめく早さで入ることができる。実は、仏界に入る方が困難なのである。何故なら、魔界を通過しなければならないからである。しかし、通過すれば、めくるめく早さで仏界にはいることが可能となるので、『仏界易入』なのである。」と言う。魔界は仏界に至るまでの業苦に耐え抜く場所、また、一種の忘我境で束の間のエクスタシーはあるが持続しない場所ととらえ、仏界への通過点と規定した。作品を一読すれば、誰もが「みづうみ」こそ「魔界」だという予測はたつが、論理的にそれを解説している点は、原論の延長線上にありながらも簡潔さにおいて優っている。一休禅師の偈頌の解釈も新味がある。しかし、論の前半は、物語の形式と内容の関係を構造的に読む試みをしており、後半で「魔界」論にいきなり踏み込んできた感があり、それこそ「魔界」論の「魔力」に負けたとも思える。前半をさらに推し進めて、ことばの問題や語り手の問題に言及してほしかった。「魔界」論に踏み込んだことで、『みづうみ』を銀平が女達の犠牲や自己犠牲の上に魔界から仏界に入ることを求めていた物語と単純化したことで、底の浅い解釈になったことは否めない。

『魔界』論の最後に喩載信「川端康成『みづうみ』論―魔界を中心に―」に触れておきたい。喩は、これまでの「魔界」論を整理し、新たに銀平が自らの生のために積極的に「魔界」を志向していたとする。

銀平は追跡の果ての殺人や自殺のように、完全に道徳を破るのはもう狂気であると思いながら、正気と狂気の境で、また危険な綱渡りをするだろう。それでも自分の生に専念することで、銀平は自ら魔界を志向していく。永遠に不安定で、永遠に迷うかもしれない。しかし、生きている人間に天国があるであろうか。それを知りながら、悲しみを痛切に感じながら、銀平は与えられた生を生かしていこうとした。これが『みづうみ』であり、銀平の魔界である。

喩の「魔界」論は、人間の「生」というものを根源的に捉えようとするものであり、近代的な二律背反の世界観から、原初的な一元的な世界観に遡及していこうとする点で、これまでの「魔界」論、例えば原善の論を進めていこうとする意欲が感じられる。作品に即し、銀平の魔界を真摯に追求している。しかし、こういう銀平の「魔界」志向も、その前提となる「魔界」の存在を無条件に認め、その内実を作品内で明らかにしていこうという研究の枠組みは、これまでの「魔界」論を一歩も出ていない。「魔界」を誰よりも根源的に捉えていこうとしたことは評価できるが、そうなると返って普遍的、常識的な「魔界」観を提出することになり、正直つまらないとも思う。結局「魔界」論は、「魔界」ということばを意味づけていくことの無意味さに帰って行くしかないとあらためて感じさせられるのである。

以上現段階での「魔界」論を紹介してみたが、今後「魔界」の存在を前提とする「魔界」論は、どう足掻いても新味のあるものは書かれないと思うし、森本論から始まった「魔界」追究の枠組みは、一旦放棄すべきであろうと思う。たしかに「魔界」の存在は魅力的だし、それこそある種の「魔力」のあるテクニカルタームだが、その功罪相半ば、特に作家川端へとつながる「通路」が容易に切り開かれているように見せる点で、今後の研究にとって少なからず「危険」な用語であるにちがいない。

二、物語の分析と解釈、「幻想」の意味づけ

良くも悪くも「魔界」論の呪縛に取り憑かれた『みづうみ』研究ではあるが、作品論として物語内容の分析・解釈は、「魔界」論の中でも、あるいはそれ以外でも少しずつではあるが進展を見せていた。すでに、田村嘉勝「『みづうみ』研究史」で同時代評や初期研究については言及があるし、「魔界」論の中で「魔界」の解釈としてかかれた作品論には触れているので、ここではそれ以外の作品論について考えてみたい。

月村麗子「川端康成『みづうみ』の主題と方法」は、それまでの批評や研究で取り上げられた構成、内容上の問題を整理した。初出との校異も行い、初出の円環的な遡及形式を単行本収録時の削除によってわざわざ川端が崩していることを、「『みづうみ』の象徴性を高める効果を生んでいる。」と位置づけた。物語の時間を四つに分割し、その構成の特異性を明らかにしながら、連想、追想、幻覚を「過去の現在化」という「意識の流れ」を取り入れた作家の方法論に基づくものであるという。「『みづうみ』の手法は現在という外在的な時点に、内在化した形で過去が共存することを示すのではなく、過去の徹底的な現在化であって、あるのは全て現在ということになる。」という。また、その意識の流れによる表象作用は三つのパタ

ーンに類別されるとし、それぞれについて本文から用例を取り上げて説明し、「先に述べたように『みづうみ』は連想から追想の世界に入り、その世界が従来の描写、叙述、対話の手法で現在化してゆく中で、また外在物が連想を生み、別の追想の世界にはいるという過程をとって展開してゆく。」とし、それが読者の中にそれなりの「表象の環」を生み、読者は『みづうみ』連続性と統一感を見て取ることができるという。

作品と読者の関係を中心に捉えようとする姿勢、丹念な本文の読み込みなど、「作品論」として好論である。しかし、なぜ読者は「表象の環」に向かわなければならないのか、連続性や統一感を求めてしまうのか、そのことの必然性を説明しきれないところが「作品論」の限界である。なぜなら、そもそも、作品を閉じたもの、内在的な意味づけが可能だとしているところに「作品論」成立の方法的根拠があるのだから。よって、五の「幻覚」の意味づけもその枠組みの中での意味づけ、解釈になり、謎解き的な興味はそそるものの、いわゆる作品論的な「魔界」論における「魔界」の解釈と同じで、物語内容の理解を「作品」の中で限定的、恣意的におこなっているに過ぎない。そこでは、常に解釈されなければいけないもの、意味づけされることを待っているものとして、「作品」の存在価値が義務づけられているのである。

川端研究の中で、いわゆる「作品論の時代」の隆盛を軽やかに担ったのは鶴田欣也であった。鶴田は、『みづうみ』論でも、持ち前の物語構造の分析とイメージの解釈の方法で、あくまで読者の立場にたって、一見随意的に見せながらも、その実きわめて論理的に「作品」を説明して見せた。いつもながらの手際の良さで、「作品」を読むことの楽しさ、おもしろさを感じさせられるが、フロイト的イメージ解釈や二項対立的な構造把握など、今読み返すといかにも「作品論」的な「時代性」を感ぜずにはいられない。しかし、その発想の自由さ、目配りの効いた論展開は、鶴田論の魅力を十分に読者に伝えているものであろう。

たつみ都志「川端康成『みづうみ』・銀平の身体—とらされる姿勢に着眼して—」は、鶴田論よりもストイックなフロイト的な解釈が展開される。銀平の姿勢や行動が基本的に性的なイメージの中で捉えられ、結果として宮子に殴られた銀平は「去勢された身体（性的な不能）」を持つ身となったと結論づける。論点の新しさに興味は持つものの、フロイト的な解釈に強引に当てはめていこうという態度は、論証を欠いていて説得力を持たない。例えば、宮子の「宮」を「宮刑」だと類推したあとで、この「宮刑」は、「博識の川端は知っていたと考えられる。となると宮子の命名に『宮刑』の意味を付与したと考えられないか」と、何の確証もなく断定してしまう態度に唖然とさせられる。時代的に「作品論」の枠組みが相対化され、テクスト論全盛の時代に「幻想」を解釈することの難しさが露呈していると言わざるを得ない。物語内の身体性、行動、行為の解釈により、新しい「みづうみ」論を構築しようとする意欲はわかるが、いかにも消化不良で、結論を急ぎすぎている。

総じて作品論的に『みづうみ』の内容、特に幻覚、夢、連想、回想などを解釈したり、謎解き的に意味づけしたりすることの難しさは、誰もが指摘していることである。ひとつの解釈が次なる疑問を生み、それを解釈して見せたところで、さらなる疑問が増殖するばかりである。いわば、解釈の「無間地獄」なのである。恐らく作品論的内容解釈を試みたものはすべからくその「無間地獄」を体験し、敗北感や無力感の中で、研究者にとってノルマである論文をしかたなく発表していたのではないだろうか。少なくともその頃の私自身はそうであった。ああも言えるし、こうも考えられるという繰り返しの中で、かろうじて自分なりの物語内容理解の命脈につながるものを見つけ出し、採用不採用の判断をつけていくのだが、どんどん読み解くことに自信がなくなり、最後にはひどくつまらない論になってしまったという後悔だけが残る。もちろん他の作家の他の作品でも同じように感ずることもあったが、川端の「幻想」を解釈する時ほど脱力感はなかった。その後私は、川端文学の幻想や夢の解釈は、結局、川端のことばの魔術に化かされてしまうだけだという結論に達し、断定的な解釈は、できるだけ避けることにした。いかにも解釈したくなるような断片的で、脈略のない幻想や夢の数々で縦横に織られた「作品」を前にすると、誰もがその整理、解釈に我を忘れて取り組まざるを得なくなる。そして何らかの図式化をして、ひとまず解釈できたと思いこむ。実はそれこそが川端の仕掛けた罠であり、ことばの魔術であることにひとり小林秀雄だけが気づいていたのである。私を含め多くの研究者は、この小林の忠告を正確に理解できないまま、「研究」という制度の中で何十年も内容解釈の論文を書き続けてきたのである。いわば、半ば自覚しながらも、川端に騙され続けて来たのである。

三、言語構造、テクスト論的試み

私は、物語内容を論ずることを断念したあと、ならば、物語形式から何かをいうことはできまいかと考えあぐねていた。そして、ようやく物語の形式、小説のことばの問題に行き着いた。その詳細はさておき、今回研究史を作成しようと全論文に目を通してみると、迂闊にも『みづうみ』研究の中で、早くからそのことに言及し、単に物語の構成だとか、時間の整理だとかではなく、端的に文の構造、ことばの問題にまで言及した、すぐれた批評があることを知った。高山鉄男「悲しみと日々　川端康成の作品における自我の構造」が、それである。

> 川端氏の作品に登場する人物達において、彼らのあいだに成り立っている関係は、ほとんどつねに言語的なものを超えている。むろん彼らも、時として赤裸に心情を吐露することがないではない。しかし彼らにあって人間関係の真に重要な部分は、言語によって表明されたものの外側に位置し、語られた感情は、語られざる感情と言語的伝達の余白とを増大せしめるために存在しているかのようだ。他方、作者もまた人物たちに代わって、読者に彼らの心理を分析したり、説明したりしてくれない。人物たちの心の奥深くは、決して明らかにされることのない謎めいた空間なのだ。

これは、川端文学の登場人物たちが、心理や感情の伝達手段としての言語の不可能性について、それを具現化した存在であることを直感的に見抜いている。そして、氏は、川端の文体は、「世界を言語によって論理化すること、分割し、識別することの放棄である」と言い切り、続けて「言語的秩序の彼方に存在するはずの、混沌と神秘に満ちた情緒的空間を暗示するものなのだ。それは世界に関する情緒的理解の意志、もしくは象徴的解釈の願望を表すと言えよう」と言っている。そしてさらに氏は、川端作品の物語それ自体が、「隠喩的」であることを指摘し、「主人公の自我が、自己の情緒に対応する類似物を次々と発見していく過程を描いたもの」であることを述べる。残念ながらその例として直接言及されているのは、『雪国』と『山の音』のみだが、全体の論調から『みづうみ』の過去の記憶や幻想が時間構成や近代小説の一般的な構成を無視した形で語られるのは、この「隠喩」的構成のためであろう。

川端作品の文体的特徴、言語的特質をこれほど本質的に明快に論じた高山論も、その後の「魔界」論の隆盛、個別的作品論の流行の中では、残念ながら忘れられていた感があった。いやその重要性に誰も気づかなかったといった方が正しいのかもしれない。しかし、高山論の三十数年後、やっと高山論の指摘をより正確に『みづうみ』というテクスト内で検証し、位置づけていこうとする動きが現れた。田村正充「川端康成『みづうみ』の基礎研究―作品「みづうみ」はいかに構築されているか―」である。「基礎研究」というタイトルが示すように、今までテクスト本文に即して検証されてこなかったこと、検証が不十分だったことをひとつひとつ検証を加えていったものである。その労は容易に想像できるが、さて、そこから何が言えるのかという段階に至るとやはり「基礎研究」であるのか、追究、発展が今一歩である。実証に基づいたことしかいわないという姿勢はわかるが、実証から「高山論」のさらなる深化はなされなかった。とはいえ、魔界論に傾いた『みづうみ』研究に、ようやく本文の読みをことばひとつひとつから問い直す方向修正が行われた。先行論文が豊富にあるにもかかわらず、「基礎研究」をやることに意義を見出した田村が、タイトルに込めたもう一つのメッセージを研究者は正確に受け取る必要があるだろう。

石川巧「追跡のイリュージョン―『みづうみ』論―」は、テクストを丁寧に読みながら、前半では主に作品の時代性、現実社会との関わりを補助線として読み解こうとしたが、それがうまくいかず、後半ではもっぱら物語内容を従来の説を何とか発展させる形で読み解こうとしたものといえよう。「猿婿入」との物語構造の類似、『肉体の悪魔』との共通性など新しい指摘も多いが、全体としてテクストを読むためにいろいろな注釈を加えて切り取ろうとしたが、どれも決定打にはなり得ず、追跡そのものをイリュージョンに絡め取られて仕方なく放棄した感がある。しかしながら、あえて「魔界」ということばの解釈を避け、「魔界」を論じなくともこれだけテクストを論じていくことができるのだという意気込みは感じられる。それはむしろ石川の本文より、「注釈」として書かれた文のいくつかを読むとよくわかる。

中山正樹「銀平の変容―『みづうみ』における〈時間〉と〈空間〉―」は、副題にあるとおり、銀平の意識がテクスト内で確実に変容したことを、物語内容の分析から読み解こうとしたものである。銀平は「自分を〈呪縛〉している〈過去の時間〉からの〈解放〉を、空間的な拡大、つまり距離や「延長」の無限の拡大によってなし遂げよう」とあがくが、当然の如く現世ではそれはかなわず、必然的に「来世」を夢想するようになる。この志向の変化がそれまで〈空間〉を求めた銀平に「来世」という無限の〈時間〉を求める「変容」をうむ。氏は、冒頭の「トルコ風呂」は、現実世界から隔離され、閉鎖された空間であり、まさに銀平にとって「来世」同様の理想的な空間であり、そこで銀平は「湯女」の声に「純粋持続」的な〈時間〉を感じ、「自己の〈呪縛〉の原点に戻ろうとしている。」と結論づけている。

半ば強引に時間と空間を切り口にテクストを読み取ろうとしている点は否めないが、確かに銀平の意識が変容したのだとすれば、円環的構造を敢えて避けた単行本刊行時の削除の意図も理解できる。円環ではなく、直線的に物語の時間を整理することで銀平の変容を読み解いたことは、ひとつの新しい「読み」の提示といえるだろう。しかし、ならばなぜこんな複雑な時間構成をとるのかということの意味が改めてわからなくなる。物語時間を錯綜させることが読者の混乱と眩暈を仕掛けるテクストの戦略であるといったんは理解してみても、それほど明確な変容があるならば、もっと他に効果的な構成はできなかったものかという疑問はやはりついてまわる。難解なテクストをあまりにもすっきり読み解いたことは高く評価できるが、逆にさまざまな疑問が「検証」されることを望んで無限にわき出してくる。言わば、ここに『みづうみ』というテクストの「未完」の「おもしろさ」があるといえよう。

四、今後の研究課題

冒頭で述べたように、西洋的論理体系の中で生まれた批評行為、及び近代文学研究の対象として、それ自体を無化していく仕組みがこの「みづうみ」というテクストの戦略として明確である以上、研究を進めていく上では小林秀雄の忠告通り、欺されないための細心且つ我慢強い注意が必要になる。単純な物語内容の二項対立的分析、人物関係の図式化、時間構造の整理などを試みたところで、ひとりの読者としてのテクストの生な「読み」とどんどん掛け離れていくジレンマと、いかに格闘するかが、今後の研究の最も大きな課題であることは疑いようがない。それは、川端文学全体に及ぶ問題でもあるが、やはり、手がかりは高山論にある。ことばでことばの墓穴を掘るような、ことばへの信頼を裏切るような、自己矛盾的なテクストのあり方を、まずはしっかり評者の中で認識することが前提となる。その上で、登場人物のレベルでその性格や心理を分析するのではなく、テクストの語り手のレベルで、幻想や幻視あるいは過去の記憶を大胆に読みかえていくべきである。その意味でも本格的な「語り論」は是非なされなければならない。その中で、人称の区別、自他の区別、登場人物の区別、時間の錯綜などが全て曖昧であることを指摘する必要がある。また、「かなしみ」という「感情」を座標軸に、これまでの論理的、理性的な読みを一新する試みも必要である。そこでは、田村の「川端は小説ではなく、抒情詩を書いている」という趣旨の提唱も、今後の研究の重要な指針となるはずである。とまれ、魔界論に荒らされた地平に、再び開墾の鍬を振り下ろすためには、これまでの川端研究の常識をひとつひとつ覆していく大きな覚悟が必要なのである。

『みづうみ』研究文献目録

上田　渡

大岡昇平・寺田透・三島由紀夫「創作合評」（「群像」昭30・6。後『文芸読本川端康成』河出書房新社　昭37・12）

小泉譲「川端康成論」（『芸文書院版現代文学川端康成集』昭31・10）

高見順「解説」（『新選日本文学全集3』筑摩書房、昭33・10）

山本健吉「解説」（『日本文学全集30　川端康成集』新潮社、昭35・8）

中村真一郎「解説」（『みづうみ』新潮文庫、昭35・12。後三枝康高編『川端康成入門』有信堂、昭42・4）

中村真一郎「川端文学と西欧」（『川端康成全集十二巻月報』〈11〉昭36・11）

沢野久雄「解説」（『みづうみ』角川文庫、昭36・12）

瀬沼茂樹「川端康成―生涯と文学」（『みづうみ』角川文庫、昭36・12）

大江健三郎「『みづうみ』について」（「文芸」昭38・8）

吉行淳之介「解説」（『現代日本文学館川端康成』文芸春秋、昭41・7）

山崎俊介「みづうみ」（『川端康成小論』自費出版、昭42・9）

小佐井伸二「川端康成頌」（「文芸」昭43・12）

福永武彦「解説」（『新潮日本文学15　川端康成集』昭43・12）

赤塚行雄「みづうみ」（『〈近代文学研究双書〉川端康成作品研究』八木書店、昭44・3）

川嶋至「第七章　美への耽溺」（『川端康成の世界』講談社、昭44・10）

白石文子「川端康成『みづうみ』」（「玉藻」フェリス女学院大、昭46・9）

高山鉄男「悲しみと日々―川端康成の作品における自我の構造」（「季刊芸術」第19号、昭46・10）

菅野昭正「エロスと自然―川端康成『みづうみ』の場合―」（「国文学」昭47・6）

森本穫「魔界の住人―川端康成の戦後―」（「函」第20号、昭47・9。後改題「魔界の住人―追悼　川端康成―」『魔界遊行―川端康成の戦後』林道舎、昭62・3）

森本穫「川端康成『みづうみ』私論」（「函」第21号、昭48・9。後改題「魔界の彷徨　川端康成『みづうみ』」『愛の文学選』渓水社、昭55・10。後改題「魔界の彷徨―『みづうみ』私論―」『魔界遊行―川端康成の戦後』林道舎、昭62・3）

ヴァルド・H・ヴィリエルモ「『みづうみ』小論―みにくい足―」（「国

文学春秋」昭49・6。後改題「『みづうみ』論―なんとみにくい足であることか―」武田勝彦・高橋新太郎編『〈国文学研究叢書〉川端康成―現代の美意識―』明治書院、昭53・5）

尾崎富義「故郷への志向―『みづうみ』の象徴するもの―」（「野州国文学」昭50・3）

岩田光子「川端文学の特相2「みづうみ」私論」（「学苑」昭51・1。後改題「みづうみ」『川端文学の諸相―近代の幽艶―』桜楓社、昭58・10）

長岡達也「川端康成の『みづうみ』についての私見」（「聖カタリナ女子短大紀要」昭51・3）

能沢寿彦「〈川端康成演習レポート〉川端康成の「魔界」に関する一考察」（「立教大学日本文学」昭51・7）

今村潤子「『みづうみ』試論」（「近代文学論集」昭51・12）

月村麗子「川端康成『みづうみ』の主題と手法」（「解釈」昭52・1）

高階杞一「『みづうみ』〈川端康成〉」（「文学地帯」第48号、昭52・5）

梅原猛「川端美学の裏側（4）魔界耽溺」（『美と論理の矛盾』講談社学術文庫、昭52・6）

森本穫「『みづうみ』私見」（「川端文学研究」10、昭52・11）

中村光夫「「みづうみ」と「眠れる美女」」（『《論考》川端康成』筑摩書房、昭53・4）

黒崎峰孝「川端康成における「魔界」思想―「仏界易入　魔界難入」を手掛かりとして」―」（「明治大学日本文学」昭54・9）

原善「川端康成『みづうみ』論」（「文藝空間」第3号、昭54・12。後改題「『みづうみ』論」『〈新鋭研究叢書10〉川端康成の魔界』有精堂、昭62・4）

鶴田欣也「『みづうみ』の蜘蛛と目白と火」（「川端文学研究」14、昭55・1）

名取淳子「『みづうみ』のもつ幻想性について」（「立教大学日本文学」昭55・12）

鶴田欣也「『みづうみ』」（川端文学研究会編『〈川端康成研究叢書9〉魔界の彷徨』教育出版センター、昭56・5。原題「『みづうみ』の構造とイメージ」。後『川端康成の藝術―純粋と救済―』明治書院、昭56・11）

橋正典『異域からの旅人　川端康成論』（河出書房新社、昭56・11）

林武志「鑑賞」（『鑑賞日本現代文学15　川端康成』角川書店、昭57・11）

黒崎峰孝「『みづうみ』論（上）」（「論究（論究の会）」6、昭58・12）

黒崎峰孝「『みづうみ』論（下）」（「論究（論究の会）」7、昭59・12）

森本穫『魔界遊行―川端康成の戦後』（林道舎、昭62・3）

今村潤子「『みづうみ』の魔界」（『川端文学への視界』3、教育出版センター、昭62・12）

羽鳥徹哉「『みづうみ』における魔界」（「国文学」昭62・12）

兵藤正之助「川端康成論―『みづうみ』を中心に」（「関東学院大学文学部紀要」第50号、昭62・8。後改題「『みづうみ』論」『川端康成論』春秋社、昭63・4）

辻本千鶴「『みづうみ』論―美に拒まれた「かなしみ」」（「立命館文

学」第505号、昭63・3）

南慎一「『みづうみ』論」（「国語国文 薩摩路」平2・3）

平山三男「『みづうみ』・銀平の名の意味するもの（「解釈と鑑賞」平3・9）

黒津真由美「『みづうみ』〝清らかさと魔性〟の表裏―体と二律背反」（「実践国文学」平4・3）

鶴田欣也「川端康成の自然・女性・自我」（『アニミズムを読む』新曜社、平6・1）

橋本達彦「川端康成『みづうみ』論」（「山口国文」平6・3）

我那覇修「川端康成『みづうみ』論」（「岡大国文論稿」平6・3）

たつみ都志「川端康成『みづうみ』・銀平の身体―とらされる姿勢に着眼して―」（「武庫川国文」第45号、平7・3）

三浦和歌子「空虚としての美意識―川端康成論」（「弘前大学国語国文学」平8・3）

田村充正「川端康成『みづうみ』の基礎研究―作品『みづうみ』はいかに構築されているか」（「静岡大学人文学部人文論集」平9・1）

張月環「芭蕉の捨子に対する川端康成の心情」（「安田女子大学大学院文学研究科紀要」平11・3）

石川巧「追跡のイリュージョン―『みづうみ』論―」（田村充正・馬場重行・原善編『川端文学の世界3その深化』勉誠出版、平11・4）

金碩子「「みづうみ」論」（川端文学研究会編『世界の中の川端文学』おうふう、平11・11）

ヴィタリイ・トルストイ「「みづうみ」論」（同右）

John Michael Kuzel「“What Is Left Undrawn:” A Study of Kawabata's Techniquesand Themes in Three Novels」（「池坊短期大学紀要」平13・3）

後藤聡子「『みづうみ』における受動的自己」（『川端文学への視界』16、平13・6）

瀧田夏樹『川端康成と三島由紀夫をめぐる21章』（風間書房、平14・1）

金美延「『みづうみ』論―銀平の「幻想的世界」」（「コンパラティオ」平14・5）

兪載信「川端康成の『みづうみ』論―魔界を中心に」（「中央大学大学院論究」文学研究科篇、平15・3）

韓輝源「川端康成『みづうみ』論」（「日本文学論集」平15・3）

山中正樹「銀平の変容―『みづうみ』における〈時間〉と〈空間〉」（「桜花学園大学人文学部研究紀要」平16・3）

大久保喬樹『川端康成―美しい日本の私―』（ミネルヴァ書房、平16・4）

「ある人の生のなかに」研究史

田村嘉勝

一、作品研究史「ある人の生のなかに」発表の経緯

本作品の特異な発表経緯は川端香男里「解題」（『ある人の生のなかに』河出書房新社、昭47・9）、「覚え書き」（『ある人の生のなかに』中公文庫、昭55・10）でうかがい知ることができる。「解題」では①完結本「ある人の生のなかに」成立までの経緯、②初出（「文芸」昭30・3）第三回発表分にあった部分の削除とその理由、③削除された第三回発表部分の全文掲載、④作品の終結をどうするかに関する川端康成と編集者との話し合い、⑤主人公御木麻之介と作者川端との位置関係、⑥作品世界と世相との密着、⑦笹原三枝子の貯金額の増額などについて見解を記す。この「覚え書き」によると、本作品は、「文芸」昭和三十年一月〜三十二年三月（途中、昭31・12と昭32・2は休載）まで、二十五回にわたって連載された。以後、暫く発表がなかったものの、最終回になって「文芸」（昭39・1）に、これまで発表された全編を加除訂正の上一挙掲載されたという。そして、「覚え書き」では、「解題」同様、削除された「連載第三回」全文を掲載し、作品完結までの経緯、また、掲載誌「文芸」連載当時の編集者山川朝子の証言「作家の省察をところどころに挿入して、作家の日常の描写と文明批評的なものを織りこんだ新しいタイプの小説を書こうというプランを持っていたようである」を引用しながら削除の経緯を解説している。さらに、「本文庫収録に際し、不整合数箇所を直してある」として、例えば一章の「花婿の家も地方の財産家であったらしいが、戦後は逼塞した」の「花婿」は「花嫁」とあったのを、また一九章「御木の右半身にやよいの体のあたたかい味が伝わっていた」の「右半身」を「左半身」に書き改めたと記す。そして、最後に「この小説の主人公は、もちろんそのまま川端康成ではなく、むしろ反対のイメージ（早寝でウィスキーを飲む、など）を多用にしているが、所信、感想、主張などには康成の影が色濃く出ている」と書き加えている。

二、初出「ある人の生のなかに」発表直後の評

「ある人の生のなかに」第一回を読んだ三島由紀夫は「川端康成—百人百説」（「文芸」昭30・12）を書いている。そこで、三島は、川端が作品の中で作家としての登場人物を描き、真っ向から作家の人生をとりあげて「作者の思想が、作中の作家の口をとほして、独立して、客観的に語られるといふことである。作中の思想は、責任を軽減されて、自在にそれ自体の運動をはじめる。果然「ある人の

生のなかに」に於けるほど、氏が作中で、自由に、芸術論を開陳しえたことはなかつた」とし「野心的な作品」という。この三島の発言は後に、山川朝子や川端香男里のいう「新しいタイプの小説」を示唆することになる。その後、「文芸」三十九年一月号で作品の完結を見たわけだが、平野謙は「文芸時評」（「毎日新聞」昭38・12・23）で、同時期に完結した「片腕」との比較をしながら「「片腕」などにくらべれば、はるかに平明な家庭小説である。しかし、一個の長篇としては、この作者らしい繊細な味わいをもっていて、なかなか読みデ《ママ》があった」といい「中年の生と青年とのさまざまな対照を、中年の小説家の家庭内に集約してみせたのが、この長篇の主題」という。また、完結をみるにあたって初出の一部が削除されたが、その削除された部分に価値を見いだした中村真一郎は初出と完結「ある人の生のなかに」を読み比べ、「奇妙な事実に気がついた」として、わが国の近代文学を語るとした「近代文学への疑問」（「群像」昭39・3。後『近代文学への疑問』勁草書房、昭45・7。『中村真一郎評論集成　第一巻』岩波書店、昭59・6）と題する文章を書くヒントになったと告白した。時折作品に書き込まれる川端の「文学者としての批評」が、初出「ある人の生のなかに」においても記されていて、中村にしてみればそれはあたかも作品の「主題として提出」されているように見えたという。「主人公の内面を描いた作品で、しかも、その内面というのは、他の川端氏の作品とは異なって、その文学者の職業の内容に対する反省をも述べてあった。私の読んだプレ・オリジナルの方では、主人公の作家が、茶の間で新聞紙を拡げながら、わが国の近代文学とは一体、何なのか、という、主人公自身もしているものの本体についての疑問に、ぼんやりと思いを徨わせる、という場面があった。そして、その主人公の疑問は、自ら西欧文明と近代日本との関係という、根本問題へまで深化して行く気配を見せていた」のに、川端が改作、つまり完結「ある人の生のなかに」が発表されたときには削除され、「小説の進展からははみ出てきたらしい、その主題を抹殺してしまった」と残念がる。さらに、中村は「川端文学と西欧」（「川端康成全集月報11」。後、『近代文学への疑問』勁草書房、昭45・7）でも、初出「ある人の生のなかに」の作品本文一部を引用して「表題からしていわゆる「川端文学」的なものとは違っているが、珍しく、そうした隠者的な氏が、露骨な言葉で文明批判を試みた作品である。今まで書かれた部分からいえば、それは日本の近代小説と西欧の文学伝統との関係を論じたものである」と記している。当代の日本文学の実情を嘆いた中村は〈自己中心的〉な態度・姿勢によるのではなく、〈文学中心的〉態度の導入が必要であると強調、「ある人の生のなかに」の初出と完結は、中村の疑問を解く作品となった。

三、単行本『ある人の生のなかに』刊行直後の評―『たんぽぽ』との比較で

昭和三十九年一月に完結を見た本作品は、川端没後の昭和四十七年九月三十日、河出書房新社から単行本『ある人の生のなかに』が刊行されたが、時を同じくして新潮社から単行本『たんぽぽ』（初出は、「新潮」昭39・6、40・2～9、40・11～41・2、42・11～43・5、43・7～11。未完）が刊行された。このとき、新聞紙上に二人の見解が載った。長谷川泉「生死の境域越えて　愛憎の観念的昇華へ『ある人の生のなかに』『たんぽぽ』」（「図書新聞」昭47・11・4）、野島秀勝「宿命としての欠落感 ― 川端康成の未刊行二

長編」(「週刊読書人」昭47・11・13)である。長谷川は「両作品には、共通点がある。狂者が取り扱われていることと、愛と生と死の根本問題が、世間的な夾雑物のあいだから、他をおしのけてのぞき出ていることである。『たんぽぽ』は未完に終った作品である」という傍らで「時期的に見れば『ある人の生のなかに』は中絶後の完結がおくれたことによって『眠れる美女』や『片腕』を受ける。そして『たんぽぽ』は、手法的には『眠れる美女』『片腕』を受け、精神構造においては『ある人の生のなかに』を受けるところがある。そして『たんぽぽ』は、作品様式の特異性において傑出する。『ある人の生のなかに』が、普通の小説構成であるのに対して異常設定である」との相違点を明確にしている。そして〈愛情〉を、観念的に高め、昇華させているという点から見れば『たんぽぽ』の方が高次元の作品といえると説く。一方、野島は「たんぽほ」は「実と虚、正気と狂気、仏界と魔界が一瞬のうちに相互変容世界」であるのに対して「ある人の生のなかに」は「実の世界という普通尋常な小説的結構が保たれている」世界だという。長谷川は後年、作品紹介の文章「ある人の生のなかに」(『心象風景―川端文学へのいざない』アートプロデュース社、昭56・4)を書いている。

四、昭和五、六十年代の作品研究史

本格的な作品研究は、昭和五十年代に入って始まる。この期には四者の論考がある。それらは、佐伯彰一「解説」(『ある人の生のなかに』中公文庫、昭55・10)、岩田光子「『ある人の生のなかに』論」(川端文学研究会編『〈川端康成研究叢書8〉哀艶の雅歌』教育出版センター、昭55・11。後『川端文学の諸相―近代の幽艶―』桜楓社、昭58・10)、田口茂「川端康成『ある人の生のなかに』論一・二」(「解釈」昭56・1〜2。後『川端文学への誘い』三弥井書店、昭61・8)、今村潤子「ある人の生のなかに」(『川端康成作品論事典』「国文学」昭62・12)である。これらはいずれも当時、論考としては殆ど皆無の時期にあって、後の研究に指針を与えてくれた意味で画期的な論考であった。

佐伯は先ず「ある人の生のなかに」という作品のタイトルに注目した。「じつは中々含みがあり、ニュアンス豊かな開幕の合図ともいうべきもので、主人公の「生のなかに」一体いかなる椿事、怪物がまぎれこみ、侵入してくるのか、という問いが、さりげない形で読者の前にすえられている」といい、最初の侵入は「この中年、いや初老の作家における過去の侵入者」となる。そして、これら侵入は日常性と不安、現実と夢、理性と衝動、正気と狂気といった組み合わせが「呼吸」よく「じつに見事」に入りまじってやってくると、比較的達観的な見方といえる。この作品のタイトルに関して、田口茂は「啓一と千代子が御木麻之介の「生のなかに」侵入してくるのであり、題の「ある人」とは当然、御木を指すのである」という。

また、佐伯は、作品に描かれる〈夢〉の重要性を指摘する。「開巻早々に、「睡眠中の精神」という話が出てきて、「御木の近ごろの夢」が語られている箇所は軽々に読み流してはなるまい」という。最初の夢は「この小説の中心の主題たる過去の、そしてまた異常性と狂気の侵入が、しごくさりげない形で、いわば先取りした象徴のかたちで、早くもここに予告されていると見なすべき」との指摘があり、二番目の夢は「対照的にのびやかで明るい夢を並べてみることで、バランスをとり、夢に托された含意にいわばうすいベールをかけようとしたものではないか。微妙な均衡感覚の冴え」と評価。しかし、岩田光子は「山の音」との比較をもとに、本作品の〈夢〉について「象徴性も必然性も殆どなく、従って作品を左右するエネルギーにはなっていない」と分析もなく一蹴してしまう。一方、田口茂は五頭の子豚は好太郎、芳子、やよひ、啓一、千代子を暗示しているといい、生きかえった子豚は啓一ではないかと指摘して、過去の出来事に戻ることが出来るがゆえに啓一と千代子の過去ともつながり、作品での夢とは「便利なものでいとも簡単に時空を超越することができ、作品をより暗い方向へと導いた」という。

そして、これはすでに、佐伯によって「因縁小説ともよびたいほど」と、作中人物の「生」が、思いがけぬ過去との結びつきに着目して論じられたが、岩田光子は作品の主題ともいえそうな〈死生観・因縁観〉との関りで読みとろうとする。作品が川端文学の特色ともいえる〈死生観・因縁観〉によって貫かれているとした上で、「それは現実を描く核には対象があり、因縁は過去（死者）を現在に呼び込み、過去はまたその周辺を伴って二重写しされる」と指摘する。そして、御木夫妻の設定は川端の伊藤初代（ハツヨ）との恋愛体験を踏まえていて、啓一のやよいへの一方的な縁談破棄は「連想的発想」であり、啓一、千代子の狂気と異常性は「川端自身の青春の傷痕を解毒させている」ようだと。研究論文としては先駆的で、貴重な論考である。また、見方によっては田口の、作品の主調音となっているのは「狂気」であり、ひいては「死」というテーマにも関連性をもつという見解もこの範囲で説明可能となるか。

以上、これまでの作品『ある人の生のなかに』の研究論考を、簡潔にまとめたのが今村潤子「ある人の生のなかに」である。今村は先ず作品書誌を記し、以下「梗概」、それまでの「評価」「作品論への新しい視点」を論じる。自身の見解として川端香男里の「作家の日常の描写と文明批評的なものをないまぜにした新しいタイプの小説」や、佐伯彰一のいう「因縁小説」をふまえ、「現在をつき動かす過去、及び狂気の問題は作品の方法及び魔界の視座から把握してみる必要がある」と説く。本作品の研究史としては最初のもので、かつてなかった雑誌・新聞掲載の同時代評などが紹介されており、以後の作品研究への指針を示している。しかし、これ以後、作品研究発表は暫く休止する。

五、平成十年前後から今日までの作品研究史

数年の作品研究空白期間を経て、研究内容は新たな展開を見せる。この期の論考は総体的に昭和五、六十年代に発表された論考への見直しと新たな作品への評価といえそうである。具体的にいえば、かつて作品そのものが多くの視点から論じられて来たのに対して、どちらかといえばある一つの視点に注目し、詳細に分析し論究されている。それらの論考は、髙根沢紀子「「ある人の生のなかに」論」（川端文学研究会編『川端文学への視界11』教育出版センター、平8・6）、鈴村和成「解説　処女に流れる時間」（『ある人の生のなかに』講談社文芸文庫、平9・10）、田村嘉勝「ある人の生のなかに」（『川端康成全作品研究事典』勉誠出版、平10・6）、前田久徳「「ある人の生のなかに」論」（田村充正・馬場重行・原善編『川端文学の世界3　その深化』勉誠出版、平11・4）、細島大「川端康成「ある人の生のなかに」論」（『二松』平12・3）、羽鳥徹哉「川端康成の「ある人の生になかに」について」（『成蹊大学文学部紀

要」平16・3）である。

　髙根沢は、これまで他作品と比較してやや〈否定的〉に評価されてきた本作品に、再度否定されてきた要素・断片を見直し評価することによって、川端文学における本作品の〈位置〉を確認している。「Ⅰ　責任の所在─『山の音』と比較して─」では御木の責任が〈因縁〉によるものであるのに対して、信吾の責任は家長である本人の美へのこだわりから来ているという。〈責任〉と〈因縁〉を論じる。そして、これは「Ⅱ　運命・因縁─「古都」と比較して─」でも引き継がれ、「古都」との比較で論じ、先行研究にある、本作品が「因縁」小説であるというレッテルを払拭し、「因縁」を考える御木に注目すべきであると説く。途中、「Ⅲ　芸術家・小説家として─再び「古都」─」「Ⅳ　モデルの問題／小説家の悩み─「美しさと哀しみと」「弓浦市」─」を論じ、最終章「Ⅴ　「ある人の生のなかに」の成立／位置」で、本作品のタイトルについて「御木を通して小説家の悩みと、川端の小説を書くことに対する意欲、書くことに対する意欲、書くこととは何かという問題意識が提出され、それが不特定多数の〈ある人の〉〈なかに〉様々に関わっていくといった意味でまさに〈中々含みがあ〉るタイトル」という。そして、作品評価については「小説家である御木が因縁・運命の問題を考える、思想小説として読まれるべき」といい「「ある人の生のなかに」で描かれる小説家御木の思想は、やはり、川端の思想を写している」という。さらに、本作品は、いわゆる〈新しいタイプの小説〉といわれる「たんぽぽ」を、生み出す契機となったと記す。空白期以前に発表された先行研究を見直し、作品を再評価した好論である。

　この〈因縁〉に関しては以後、鈴村和成、前田久徳、羽鳥徹哉によりさらに論じられる。

　鈴村は「ある人の生のなかに」の成立事情や他作品との関係を述べつつ、〈因縁〉について詳述する。即ち、御木の「僕は因縁というものを尊重するからね」に注目し、御木周辺に「因縁にさわられる人」と「因縁にさわられない無害な人」がいると指摘して、前者には波川公子がいて、彼女は重要な人物ではない。後者には三枝子ややよいがいて、二人は重要な人物であるという。つまり、御木の視線がある限り、それは「さわり」となってやよいの結婚は成就しない。しかし、作品結末の「御木はそれを見送ったまま、やよいを見なかった」ことによって、やよいの「幻の結婚」が成立しているのではないかと説く。また、前田は、御木が引用した漱石の「道草」の一節〈うろ覚えの小説の文句〉に注目し、過去の〈因縁〉によって御木麻之介の許に呼び寄せられた人物たちが、彼の生活に様々な波紋を投げかけることによって展開していく本作品と「道草」との比較を試み、分析をしていく。結論としては、〈因縁〉の糸に導かれて御木の前に様々な人物がまねきよせられるものの、「道草」のように過去と現在が緊密な関係におかれているわけでもなく、過去によって現在の御木の生の根源が揺るがされることもない、いわゆる御木の立つ地盤は基本的には〈安全地帯〉であり続けるという。作者がこの作品に用意した構図に外ならず、それは作品の基調をなしていて、作品のテーマに通じる〈生の哀しみ〉を鮮明にする一要素となっているとする。

　さらに前田は、論展開の一部として新たに〈夢〉について触れ、「御木の二つの夢」を分析している。最初の〈機銃掃射の夢〉は、

「人の生も、それを包む状況もともに脆弱な危ういものであることを象徴するもので、御木の折に触れての感慨に引き継がれて作品の基調を形成」していく、その出発部分という。二つ目の〈井戸のそばの夢〉では、「小鳥の巣の番をする男は、そのまま御木自身に重なることは、後半の夢の内容がつげている」と〈五匹の子豚の夢〉の効果を語る。つまり、この夢も以後の作品展開を象徴していて、「御木は過去の因縁で彼の許へ集まった人間たちを〈庇護者〉の眼で眺める」という。ここでも、〈夢〉は、以後の展開の〈先取り〉として認識される。しかし、前田は作品を物語る語り手の〈語り〉よりさらにもう一歩入り込み、作品は「人の世の〈生の哀しみ〉を描いたのであり、それは現実や時代への関わりを一切拒否して、〈あはれ〉と〈無常〉という日本の伝統的美意識や感性に直結した世界である」という。〈死生観・因縁観〉や〈夢〉に終始する読みに一歩先んじた見解といえる。そして、もっとも〈夢〉に拘り続けた細島大は、この前田解釈に「全く同感」であるとし「家長としての御木の〈理想〉を象徴化したもの」と表現しつつ、当然岩田見解に反意を記し、作中における夢は「作品の主題とも深くかかわる」と主張する。細島は作品に出てくる四つの夢を詳細に分析し考察を加えている。〈第一の夢〉は、先行の佐伯や前田がいう「先取り」とは何処まで通じるのか不明であるが、細島は「作品終結部近くの御木の感傷を先取り」した夢であり、〈第二の夢〉は、以後の作品展開を先取りした夢で、「家長としての御木の〈理想〉と〈現実〉とを象徴的に描き出した夢」として重要であるという。さらには〈第三の夢〉〈第四の夢〉にも分析がなされ、これらの〈夢〉は後にやってくる現実を「先取り」していると説く。そして、先述のような細島の結論が出される。岩田見解とは異なり、周到に分析し、結論に至らしめたことは評価出来る。そして、細島は御木の頼まれ仲人から始まり、やよいの縁談に終わる物語であるといいつつ、「作品を支える大きな柱が，〈結婚〉と〈因縁〉とをめぐっての御木の感懐にあることは間違いない。作中における夢は、それらをさりげない象徴の形で描き出したものであり、作品の主題とも深くかかわるところのもの」と論をまとめる。羽鳥もこの〈夢〉を取り上げ、解釈を施し、「文学者と夢の決意を書いた作品」であるとし、〈夢〉の必要性を指摘する。ただ、羽鳥の論考はこの〈夢〉に終始するのではなく、羽鳥は、御木に近づくものから逃げず、それに立ち向かう彼の志という側面から論を展開する。「厄介」をかける第一に、千代子と啓一を取り上げ、啓一に焦点を絞っていく。御木のもつ「父性的原理」と順子の持つ「母性的原理」とが対立するなか、結果的に最大の被害者はやよいであると説く。また、二人はほかにも三枝子、波川公子新婚夫婦等のことが論じられ、御木が見た夢と、御木の周辺に起こる事件と共に「なまじっかの文学者的、宗教者的姿勢のために、そば杖を食って苦しむやよいのような犠牲者をひたすら哀れと見ながら、しかしなお、全ての者の救済を夢見て進まずにはいられない。「ある人の生のなかに」は、そうした文学者の夢と決意を書いた作品」という。御木に関わる人物から追求を試みた論である。

　こうした平成十年前後の論考のうち、鈴村の論考を下限にまとめたのが田村嘉勝である。田村は作品の「初出」「初刊」「全集」「分量」「モチーフ」「舞台」「登場人物名」「梗概」「作品評価」「研究展望」を書いている。今村の「ある人の生のなかに」を受けて、それ以降発表の研究文献を紹介しながら、田村は「研究展望」として作品最後のやよいの結婚話に注目し、「戦争をどう生きて来たのか、そして、敗戦をどう受け止めていたのかを探ることがたいせつである」と、従来あまり論じられることのなかった作品と戦争とのかかわりを指摘している。

「ある人の生のなかに」研究文献目録

田村嘉勝

三島由紀夫「川端康成―百人百説」（「文芸」昭30・12。後『三島由紀夫全集27』新潮社、昭50・7。『三島由紀夫全集　第28巻』新潮社、平15・3）

平野謙「文芸時評」（「毎日新聞」昭38・12・23。後『平野謙全集　第11巻』新潮社、昭50・10。『文芸時評（下）』河出書房、昭53・4）

中村真一郎「近代文学への疑問」（「群像」昭39・3。後『近代文学への疑問』勁草書房、昭45・7。『中村真一郎評論集成第一巻』岩波書店、昭59・6）

中村真一郎「川端文学と西欧」（「川端康成全集月報11」新潮社、昭36・8。後『近代文学への疑問』勁草書房、昭45・7。「川端康成全集　附録8」新潮社、昭55・9）

川端香男里「解題」（『ある人の生のなかに』河出書房新社、昭47・9）

長谷川泉「生死の境域を越えて　愛憎の観念的昇華へ　川端康成著『ある人の生のなかに』『たんぽぽ』」（「図書新聞」昭47・4・6）

野島秀勝「川端康成の未刊行長編『たんぽぽ』『ある人の生のなかに』」（「週刊読書人」昭47・11・13）

佐伯彰一「解説」（『ある人の生のなかに』中公文庫、昭55・10）

川端香男里「覚え書き」（『ある人の生のなかに』中公文庫、昭55・10）

岩田光子「『ある人の生のなかに』論」（川端文学研究会編『〈川端康成研究叢書8〉哀艶の雅歌』教育出版センター、昭55・11。後『川端文学の諸相―近代の幽艶―』桜楓社、昭58・10）

田口茂「『ある人の生のなかに』論一・二」（「解釈」昭56・1〜2。後『川端文学への誘い』三弥井書店、昭61・8）

長谷川泉「ある人の生のなかに」（『心象風景―川端文学へのいざない』アートプロデュース社、昭56・4）

今村潤子「〈作品論事典〉ある人の生のなかに」（「国文学」昭62・12）

髙根沢紀子「『ある人の生のなかに』論」（川端文学研究会編『川端文学への視界11』教育出版センター、平8・6）

鈴村和成「解説　処女に流れる時間」（『ある人の生のなかに』講談社文芸文庫、平9・10）

田村嘉勝「ある人の生のなかに」（羽鳥徹哉・原善編『川端康成全作品研究事典』勉誠出版、平10・6）

前田久徳「「ある人の生のなかに」論」（田村充正・馬場重行・原善

編『川端文学の世界3　その深化』勉誠出版、平11・4）
細島大「川端康成「ある人の生のなかに」論」（「二松」平12・3）
羽鳥徹哉「川端康成の「ある人の生のなかに」について」（「成蹊大学文学部紀要」平16・3）
森本穫「円熟と衰微」（『魔界の住人川端康成　その生涯と文学（下）』勉誠出版、平26・9）

「眠れる美女」研究史

石川則夫

「眠れる美女」研究史を振り返る上でまず繙くべきは昭和五十九年十二月に刊行された『川端康成戦後作品研究史・文献目録』（林武志編、教育出版センター）所収の近藤裕子による「「眠れる美女」研究動向」である。近藤は主として昭和四十年代後半から50年代にかけての論考を俎上に載せつつ、研究史として時系列上に振り返った際の諸論文総体について、それまでの研究論文における方法意識の薄弱、共有知の蓄積意識の欠如を鋭く批判している。その上で十三の方法的観点にジャンル分けを行い、その分類の下での諸論文の比較考察を試みている。すなわち、一　本文校異、二　主人公の分析―内的時間論、三　人間関係の分析、四　時間分析、五　空間分析、六　構成分析、七　イメージ分析、八　視点分析、九　文体分析・表現分析、十　源泉（題材）論、十一　モチーフ分析、十二　テーマ分析・構造分析、十三　作家論・比較文学論、というジャンルである。昭和60年以前の研究状況を書誌的解題としてまとめる方向ではなく、研究史を記述する研究者としての立場を積極的かつ果敢に押し出した論考として精読に値するものである。

　さて、研究以前としての同時代評はどうだろうか。まずはその幾つかを挙げ、近藤の研究史と重複するものもあるが大筋の流れは追っておこう。

「新潮」昭和三十六年十一月号で完結した「眠れる美女」の同時代評では、江藤淳の文芸時評（「朝日新聞」昭36・10・24）が早いものである。江藤は、「匂い」と「肌」の「沈黙の妖しい世界のなかで、感覚の旋律が強奏される時間がかたちをとったもの」と述べ、「反・小説的な作品」と指摘していた。また、進藤純孝「眠れる美女」（「図書新聞」昭36・12・2）は、「女の生のふしあわせなゆがみから来た、女とのみにくい夜々を、六十余年の過去に辿りながら、そのみにくい出会いを洗い清めていく。悔いているのではない、かなしさを含んださびしさを老いの感傷から引きはがして、生命の素直な波に従わせようとするのだ」と、江口老人の行為の動機を中心に言及している。また、「文学界」（昭37・2）の座談会「川端康成と吉行淳之介」では、村松剛、佐伯彰一、奥野健男の三名が「眠れる美女」について語り合っているが、ナボコフ「ロリータ」との差異などを語り合いながら、特に奥野は川端作品の「純粋に感覚だけで成り立っている文学、小説ではないが明らかに文学作品」と評価している。また村松が眠れる美女の宿の女を「現世の「悪」と「死」とを結びつけるカナメの位置に立っている」と述べているのは、「宿の女」の機能分析へ眼を向けた最初のものである。

　昭和四十年代になると、早くも研究的な分析に着手した論考が現れる。長谷川泉「「眠れる美女」と「片腕」」（『川端康成論考　増補版』明治書院、昭44・6）は、江口の相手となる「眠れる美女」たちを「精神の働きを排した物象」と規定し、「一方交通であって、反応は初めからもっとも強烈なエゴが発揮される世界」と読解する。また、世阿弥の「風姿花伝」を引き寄せつつ「花やいだ老年性」を特質と挙げ、「男というものの回想と幻想を織る世界が次々に異なる女体を媒介に現出される特異な構成を持った作品である」と指摘した。三島由紀夫は新潮文庫版の「解説」（昭42・11）と「「眠れる美女」論」（「国文学」昭45・2）の二つの言及を見せているが、前者では「雪国」に対する「裏側の傑作」と評価し、「形式的完成美」を持った「デカダンス文学の逸品」と認めて、その内実に「ネクロフィリー的肉体描写」を見ている。後者では川端のエロティシズムを「断片」への執着とし、「精神の痕跡を残さぬ美しい死体が、逆説的にも、「生」のもっともはげしい感動を惹き起こす」と読む。また、「処女崇拝」、「死と不可能性の主題」の指摘も注意されよう。村松定孝「「眠れる美女」問答」（『川端康成作品研究』八木書店、昭44・3）は、「わが国の老人文学の系譜の極北」と位置づけ、「能の世界」とのアナロジーを見出しつつキャラクター分析を展開して興味深い。特に秘密の宿の女をこそ「シテ」とし江口を「ワキ」と見る視点、小説全体の構成を「ソナタ形式」と見立てる点など見逃しがたい論考である。羽鳥徹哉（一英）の「「眠れる美女」を読む」（「解釈」昭46・10）は、作品の展開を丁寧にたどりながら「これが好色の書でも、罪の書、悪徳の書でもないのは、老人の、一人一人の少女に対するあまりの愛惜が、ほとんどエゴをのりこえているからである」と分析し、さらに、谷崎潤一郎「瘋癲老人日記」との比較、謡曲江口との関係性をも手短に指摘している。藤森重紀「「眠れる美女」の成立と背景」（『川端康成の人間と芸術』教育出版センター、昭47・4）は、作家研究の視点から「成立と背景」を発表当時の社会事象も含めつつ手際よくまとめていく作業を前提に、「回想と死と美の織りなすロマネスクの花」であると規定し、「雪国」、「みづうみ」それぞれの人物造形を系譜的に関連付けながら、「「雪国」とは、まさしく相似の位置に隆起した不気味な死火山の様相を呈する」としていた。また、藤森には初出本文と初刊本文との異同の調査「「眠れる美女」校異」（「二松学舎大学人文論集」昭47・5）がある。長谷川泉「眠れる美女」（『川端文学の味わい方』明治書院、昭48・9）は、作中の五夜の分析に加えて、能の江口との関連性と「遊女や妖婦が仏の化身だった」という記述の出典を「十訓抄」の説話に見ている。

　以上の昭和四十〜五十年代の論考に関しては、冒頭に挙げた近藤裕子の研究動向に整理の行き届いた記述があるので詳しくは記さないが、五十年代後半の二点について簡潔に言及しておきたい。『川端康成研究叢書9　魔界の彷徨』（教育出版センター、昭56・5）は「眠れる美女」論を数点掲載しているが、武田勝彦「「眠れる美女」論—現実と真実の狭間—」は、江口が眠れる美女たちとの関わりの中で過去の様々な生にまつわる体験を想起することによって、「現在世界の事実と過去世界の真実とが江口の存在証明を確かなものにして行く」という過程をテーマとして読み取っている。いわば、江口と美女との身体的な接触が喚起する特殊な認識の成立に特質を見出そうとしていて示唆的である。そして、大久保喬樹「後期川端康成作品の二相　その一「眠れる美女」」（「東京女子大学紀要論集」33、昭57・9）は、眠る娘たちが置かれている宿の部屋の「密室性」を押さえながら、そこで展開される眠る娘の描写が具体的な部分から一般化をすすめて理念的、観念的な進行をする、「密室内現実の記述」が「記号的、抽象的」な様相を有するのに対し、「密室外現実」として回想される江口の過去の記述は、具体的な、固有性をもった時空として展開される、と対比的にとらえ、さらに、江口の「夢と幻想の記述」においてはこの対比的な二系列記述自体を「混交、拡散、無化」するような記述の仕方が現れると指摘している。すなわち、江口の観念的な思考の生成プロセスを分析する通路を開いた論考として逸することはできないだろう。

　昭和六十年から平成に至るまでの約三年間では、高橋清隆「川端康成『眠れる美女』論」（「静岡近代文学」昭62・7）が、「その一」から「その五」に至る構成を、季節、眠れる美女それぞれの特徴、回想の契機、江口が回想する女、の項目で図表を作成し、各章を比較しながら「生と死の問題がこの作品の重要な位置を占めている」と考察している。その上で、三島由紀夫、森本穫の先行論を踏まえつつ、「現実」と「夢」の日常的な価値付けを反転させ、「生」も「死」も「無意味」にされてしまう「夢」の「毒」について言及している。重松泰雄「「眠れる美女」の幻視のエロス」（「国文学」昭62・10）は、三島論にある「没道徳的な虚無へ読者を連れ出す」「反人間主義の作品」という評言に抗して、物言わぬ娘たちへの虚しい働きかけのあがきを反復した江口が、最後に一人残った「白い娘のはだか」の「かがやく美しさ」に圧倒されるラストシーンにおいて、「逆転された一つの救い」を認める可能性を指摘している。鶴田欣也「「眠れる美女」」（「比較文学研究」52号、昭62・10）もまた三島論への肯定から始められるが、その視野に入らなかった論点として江口老人の内部世界と眠れる美女の宿との関わりに「禁止と侵犯のテーマ」を読み、さらに「母胎回帰」、両義的な「血のイメージ」との結びつきを分析し、「江口の根元には生との齟齬」がありそこに「江口の動機や行動」を解明する契機を読解している。さて、この三論文に特徴的なことは、そのいずれもが三島由紀夫の評言への何らかの姿勢を意識的に取っている点である。平成年間直前の「眠れる美女」研究は、あるいは三島論への評価を高める働きをも果たしたと言えるのかもしれない。

　平成に入ると、数としてはかなりな論考が生産されてくる。そして、それらの論点もこれまでに展開された諸論考のどこかに触れられた糸口であることが多い。また、作品論への志向性がより強くなる傾向が感じられる。つまり、作品という自覚において限定的な地平での分析考察が目立ってきた。すなわち、作品表現を作品内部の深さにおいて読解する姿勢が徐々に一般化してくる時代であったということであろう。その端的な表れとして、作品の基本構造をどう押さえるかという試みが展開してくる。

　上田渡「川端康成『眠れる美女』論―幻想空間のパラドックス―」（「信州豊南女子短期大学紀要」第6号、平元・3）は、宿の女の機能を作品世界の中心と見る視点を徹底させたものである。江口が眠れる美女の宿で経験する一切は宿の女の提供するものに依存しており、そこでの江口の回想や夢、幻想も「全て宿の女の策略と考えられる」とする。「宿の女と江口との関係」、江口自身の「過去の女性遍歴を回想することの意味」、「六人の「眠れる美女」の性格と役割」の三つの論点を展開しつつ、「江口の母として君臨」する宿の女が前景化してくるありようを分析している。しかし、「若々しい生命感をなりふりかまわずもとめてやまない江口の姿のあわれさ」へ読みのリアリティを移行させたとき、「全てが江口老人の幻想の産物」にも見えてくる。そこから、幻想の創始者が自らの幻想へ埋没してしまうと、当の幻想自体が消失するというパラドックスへの予感（すなわち、江口の無惨な死）を準備するという反転構造を読み取っている。辻本千鶴「『眠れる美女』考―循環と深化の様相―」（「解釈」平2・11）は、やはり「眠れる美女の家」を「異空間」、「夢幻境」ととらえ、「『眠れる美女』は江口老人の夢幻境への往還記である」とする。そして、生と性の衰退＝死への恐怖からの逃避として、眠れる美女との戯れが喚起する回想があり、さらに睡眠へと誘う「白い錠剤」という第二の逃避があり、その先には「絶対の安息」としての死への希求がある。辻本論はこの「二重の逃避行動によって原点（死―引用者注）に回帰する円環構造」を基本構造とみている。平成四年には海外からの先鋭的な川端研究の一端が示された。千種・キムラ―スティーブン、ジョリエッサ・グレイスウッドの共著となる「母性幻想を織る男―『眠れる美女』ノート―」（『女が読む日本近代文学』新曜社、平4・3）は、「ユング派の学者エーリッヒ・ノイマンがその著『グレートマザー』で分析したグッド・マザーならびにテリブル・マザーという元型的な母像」を参照し、宿の女、眠れる美女たち、江口の母を神話的、元型的女性像へと絞り込み、江口の願望や欲望の起源として分析している。ところで、同年には漸く三島由紀夫の称賛に修正を提案する論考が出た。森本穫「昭和三十年代における川端康成―「眠れる美女」を基軸として―」（『川端文学への視界7』教育出版センター、平4・6）は、三島論の評価を自らも肯ってきたこと認めつつ、戦後から川端の死までのスパンで見渡したとき、「眠れる美女」に「その文学的空間が次第に縮小してゆく様相があきらか」であると述べる。「眠れる美女」の「息づまるような密閉空間の秘密の戯れ」は「絶望的に味わう」他になく、「一夜明けてみれば寒々とした嫌悪しか残されていない」というのである。森本論は「みづうみ」との対照比較を通して「眠れる美女」における「想像力」の展開不足、自閉性を指摘し評価修正の根拠としている。岩田光子「「眠れる美女」の主題」（『川端文学への視界7』教育出版センター、平4・6）は、「性文学であり老人文学であることを、川端美学の本質に帰趨させることで証してみたい」という射程を示しつつ、江口老人がまだ眠れる美女の家に入る資格を有しない身体であり、美女への関心とここへ通う老人たちへの想いという揺れ動きを見せてもいる点で、「第三者的な探訪者の役割」を担っているとする。また構成面では、第一夜以降は反復繰り返しであるという説に対して、種子から花開き、花冠が落ちるまでの過程に比すべき「首尾整った一篇のプロット」を想定し、これを「《畸形の逸楽》」と考えている。また、美女たちの身体を契機に立ち上がる幻想のありかたを「肉体だけの娘の上に過去の想念がすっぽりと覆いかぶさる形にな」り、「連句的連想のスタイルが、ここでは連想が他の連想を生む前に娘にかえってくる」と幻想の発生形式に独自性を見出していた。野村昭子「川端康成「髪は長く」論―「眠れる美女」との比較を中心に―」（『昭和女子大学大学院日本文学紀要』4号、平5・3）は、副題の通り「眠れる美女」との比較対照を目的とする分析であるが、「髪は長く」に対して、江口老人の「〈悪〉に対する麻痺」とそれへの依存性は「黒い娘」の死によって目覚めさせられるにもかかわらず、残された「白い娘」の燦然とした輝きへと江口が再び溺れ込んでいくところに、「江口に許された安らぎはもう死よりほかに何もない」という暗示を読み取っている。既に、江口の死を予感させると読む論考は幾つかあった。しかし、その読みの根拠をさらに掘り下げる必要があるだろうと考える。鶴田欣也「川端康成の自然・女性・自我」（『アニミズムを読む』新曜社、平6・1）は、タイトルの三つの概念を川端の作品を通時的に見渡して考察したものである。江口老人の添い寝をする眠らされた美女たちは、作中に「秘仏」と比喩されることもあるように、罪の許しを乞う対象として機能している。そこに「江口の君という名の遊女に身をやつした普賢菩薩を扱った謡曲「江口」」を見出し、美女たちは「菩薩」であり、最後の「白い娘」は「死と眠りを代表する普賢菩薩」として「江口を待っているのだ」と述べている。前田久徳「康成晩年の〈場所〉―「眠れる美女」を視座として―」（「文学」平6・4）は、秘密の家が「完全に日常から切れた空間」であることを先行論と同様に確認するが、問題は「その意味である」として、江口老人の「老いの厭世と寂寞」を背景にし、またそういう江口の感覚を通して語られるとき、美や生命感の本質というような輝きを、しかも「非在の美」として発現させるという仕組みについて踏み込んだ分析をしている。これは想い出として想起される昔の女への感情も同様であり、「現実の時空から切り離され」、「長い時間の距離に隔てられ、それにまつわる人間関係の諸々の感情が洗い落とされたのち、江口の記憶の中でのみ、初めて〈あこがれの流れる真実〉となって輝きを発する」という。つまり、秘密の家が現実と完全に切れていて、娘が裸でいる〈現実の関係から遮断された状態〉からこそ、すなわち「決定的な〈距離〉」が設定されていることによって、この幻想美が生起するという基本構造を鋭く指摘している。また後半部では、この構造を「伊豆の踊子」、「雪国」その他へも展開し、作家川端の晩年の孤独の様相にまで迫ろうとしている。山中正樹「『眠れる美女』における密室の機能」（「名古屋近代文学研究」12号、平6・12）は、「眠れる美女の部屋」の「密室性」を論じた、森本、大久保の先行論に対して「密室の空間的分析」を徹底化し、「それが江口の意識とどう関わり、作品の中でどのような役割を果たしているか」を追究した論である。当の部屋の現実世界との完全な隔離、完璧な密室性を確認した後、ここを繰り返して訪れる江口老人の意識を洗い出し、そこに過去への悔恨と死への恐怖とを抱きながら、取り返しの付かない過去と、来たるべき死という未来の双方を同時に相対化するには「直線的時間の喪失」を図るしかない。つまり、密室であることは「永遠の現在」に「円環的」に回帰しつづける機能を有すると分析し、「最初の女」としての「母」の発見へ導くものとしている。高橋真理「『眠れる美女』論―眠りのことなど―」（「日本文学」44巻9号、平7・9）は、「美女」たちの機能と「眠り」の意味について論じたもの。「秘密の部屋」の入り口にあたる八畳間に川合玉堂の「複製」が、本物に対する偽物ではなく、「実物を生み出した精神」への「窓」だととらえるならば、江口にとって昔の女、母のエロスまでをも想起していく契機としての美女たちの機能と、それは同様の有り様を示す。また、『眠れる美女』と同名に翻訳されることもあるあまりにも有名はペロー童話と対照させることで、その「眠り」の質を、「永遠に古びないモノ」とするための装置であり、「時間を止めてしまうこと」でもあるとする。さらに、その美女たちが眠らせられていて「女性の視線が排除されている」ことからこそ「江口老人の悲しみの劇」が立ち上がると指摘している。「眠り」の機能と質へ問題提起を開いていく点で注目される。張石「『眠れる美女』と一休と中国禅」（「比較文学研究」67号、平7・10）は、『眠れる美女』を「深い宗教哲学の色合いを帯びる立派な宗教小説」と評価して、川端と仏教との関わり、中でも一休禅師への関心を軸として、謡曲「江口」の作者とも擬せられる一休の仏教思想その詩偈の分析から考察している。そして、視覚を持たない「眠れる美女」たちの描写には、一休晩年の愛人であり盲目の美女であった「森女」を描いた詩偈の表現に契機があったことを指摘し、両者に通底する「愛の「一方通行感」」を見出している。ホセア・ヒラタ「ことばの内面に向かって『眠れる美女』における文学の誘惑」（『うたの響き・ものがたりの欲望　アメリカから読む日本文学』関口英二編　森話社、平8・1）は、『眠れる美女』のことばが読者の読みをいかにしてその「〈内面〉」へ誘惑していこうとするのか、江口老人自身を「眠れる美女の館」と「眠る少女たち」の〈読み手〉として機能しているという視点を提出しつつ、「リテラルな意味」と「シンボリックな意味」との解釈の果てに、江口を通した読者自身がシンボリックな虚構世界「眠れる美女の館」へと誘惑される。このようにして我々は「無限へ向かうことばの流れの中に囚われる」と論じる。いわば、テクストの言語活動の動きを追跡する試みとして従来にない踏み込みを見せている。三浦和歌子「空虚としての美意識—川端康成論—」（「弘前大学国語国文学」18号、平8・3）も一休禅師の「魔界」への川端の言及を考察することから川端作品の戦前・戦後の差異を構造化しつつ、「雪国」「みづうみ」「眠れる美女」を事例に論じている。戦前作品では「見る立場」は「見られる立場（対象）」に距離をおき、彼岸の彼方へ美の憧憬を見出していたが、戦後作品では「見る立場」が積極的に「見られる立場」へ接近、接触し、そこに憧憬としての美を追究するだけでなく、同時に「醜」「悪」「罪」という局面をも見出し、かつ、体現してしまう過程を描き出すと分析している。「眠れる美女」の作品表現への具体的考察は割愛されている論であるが、川端作品を見渡して得られる視点として興味深いものがある。原善「女性性への夢—川端康成「眠れる美女」論—」（「作新学院女子短期大学紀要」20号、平8・12）は、これまでの『眠れる美女』研究史の主要な論点を簡潔に紹介しつつ、作品表現の具体的な検討を精細かつ丁寧な分析を行っている。大仰な理論に寄りかかったような派手な構えを振りかざすこともなく、表現分析からの立論に徹しようという姿勢に溢れた好論である。「美女」たちがどう描写されているかの検証から出発し、その融合性から「最初の女」としての「母」を見出すに至る江口の（かつ「眠れる美女」の）認識構造を抉り出している。そして、美女たちが喚起する「夢」による「救い」という結びまで、精読に値する必読論考である。千葉宣一「川端康成のエロチシズムの様相とその本質」（「解釈と鑑賞」平9・4）は、「エロチシズム」概念を「性愛主義」と規定した上で、「眠れる美女」を「性愛の相の下に、人間性の根源的な動態を洞察する」小説であり、「川端文学の「背徳の聖書」」と述べ、「川端の永遠の女性像の探究が「眠りの女」に昇華した時、「死と生の架橋としてのエロチシズム」が「勝利する」という。

平成十年以前の論考では、やはり三島由紀夫の評言に対してなんらかの姿勢を示す形のものが一つの流れを形成していたと思われる。また、時間、空間、回想、記憶、夢、といった視点、切り口が多様に設定されながら、しかし、そのどれもがもう一歩の踏み込みを欠いていた感も否めないが、それらの視点をほぼ相対化しえたのが平成八年の原善論文であろうか。ここからの再出発が平成十年以降の論考に期待されるところでもある。そして、漸くという思いも禁じ得ないが、平成十一年には『世界の中の川端文学』が編集・刊行され、海外の研究者による「眠れる美女」論が出されてくる。同書から2つを挙げたい。

郝素岩「「眠れる美女」論」（『世界の中の川端文学』おうふう、平11・11）は、江口老人の行為そのものは「醜い」「破廉恥」「罪悪」としか見られないが、その内面における「誘惑と理性、禁律と欲、本能と本性、人生悪と人生善といった矛盾、対立の心理を巧みにみやびやかに、抑えて、好色老人の多重心理を表現している」とし、倫理一辺倒の読みでは作品の可能性に接近できない点を見出している。マーク・ジュエル「「眠れる美女」の形式的完成美について—泉鏡花の「歌行燈」を対比に」（同書）は、海外の評価において「終結感の弱さ」を指摘される川端作品にあって、しかし、「眠れる美女」は三島由紀夫のいう「構成的完全性」をはっきり持つがゆえに「完成した芸術品」である。そして、「はっきりした構成を持つ「ナラティヴ」として読む時、その独自性が見えてくる」と述べ、分析の中心には、「出来事の反復や再現の作用によって」生まれる複合物としての「プロット」概念を適応して行く方法を採用している。「出来事」と「語り」に注目しつつ「形式」を追究する展開は問題提起に富むものである。今村潤子「『眠れる美女』—人間の根源への遡及—」（『解釈と鑑賞』平11・11）は、「山の音」の終結部の「からす瓜」の赤から「深紅のびろうどのかあてん」への重なりに焦点を置き、人間の生の根源への遡及イメージを「反橋」三部作との関連を踏まえて読解する。ニーナ・コルニエッツ「川端康成論—ホモソーシャリティと「第二の自然」の政治」（『文学』平13・2）は、川端文学を通して「近代日本の美学」を検証しようというテーマに基づいた分析である。本論では主として「雪国」が対象となっているが、「眠れる美女」が「処女性を崇拝することでよりファシズム／セクシズムに接近する」「川端のナラティヴの美学」をもっとも顕著に表現していると述べる。城殿智行「ネクロフィリア—川端康成『眠れる美女』」（『国文学』平13・2）は、このタイトルの本質について、渋澤龍彦「優雅な屍体について」を基本的な参照枠として、その典型的な作品として江戸川乱歩『虫』を挙げる。それらから「眠れる美女」はいかに逸脱しているかを簡潔に指摘し、「ネクロフィリア」を体現する作品ではない所以を述べる。高山宏「「不気味なものが……」川端幻想文学の新しさ—「片腕」「眠れる美女」にふれて」（『国文学』平13・2）は、欧米の幻想文学ジャンルというカテゴリーから把握する「眠れる美女」論を展開する。幻想文学の特質としての「マニエリスムとの繋がり」としての「組合せ術」を六人の美女たちとの遍歴に指摘し、また、「閉空間の中の記号の増殖」を同じく六人の美女たちの執拗な「描写」に見出している。同時代の幻想文学の地平に位置づける試みとも言えよう。先のニーナ・コルニエッツ論への批判検討を前提にした論が提出されている。末木文美士「川端康成とまなざしの美学—ニーナ・コルニエッツ「川端康成論」を読んで」（「文学」平13・7）がそれで、「川端の文学における感覚的でエロティックな美学とは、一種の無関心なのです」という結論と「無関心」を形成する「まなざし」の「二つの面」、「ラカン的なもの」と「ホモソーシャルなまなざし」という分析を踏まえ、その「無関心なまなざしの美学」が「禅宗」と九鬼周造の「いき」に影響されているというニーナ論に、思想史研究者としての立場から批判を加えたものである。特に戦前と戦後の作品に現れる「まなざし」の位相差について、男性優位的な安定した視点の崩壊の指摘は極めて示唆的である。

さて、平成十四年六月発刊の『川端文学への視界17』（教育出版センター）には平成十三年六月に行われたシンポジウム「ジェンダーと川端文学」の成果が発表されている。杉井和子はシンポジウムでの争点、「文化論と作品論」の読みのスタンスの差異をまとめつつ、「「眠れる美女」シンポジウムと作品論と」と題して今一度の作品精読へ向かっている。文化論的な分析が依拠する社会学的な概念とその用語によって、作品の言説が枠取られていく展開への違和感が率直に表明され、従来の作品論の論点となった数々のキーワードが再確認されている。このように広い意味での文化論を背景とした論考が平成十年代の半ばに現れてくる。なかでも先鋭的なものが、高良留美子「弱者へのサディズム―川端康成『眠れる美女』『美しさと哀しみと』」（『売買春と日本文学』東京堂出版、平14・2）であろう。薬物により自由を人工的に剥奪された少女たちに視点を置いたとき、江口老人を中心化する「眠れる美女」の舞台装置は反転し、「耐え難い傲慢さと女性への侮蔑」が前景化してくる。その視界においては、江口の少女たちへの認識、つまり少女たちの描写も、「部分へのフェティシズムやいつでも交換可能な型分類を出るものではない」として、「内在的に語ることを拒否」して、「外側から考える」論を構成している。「美しさと哀しみと」を続編と読むことを提起し、「少女殺し小説」作家川端の「弱者へのサディズム」を指弾、弾劾する展開であり、三島を筆頭にする「眠れる美女」評価の価値観を全否定する。

海外での評価として、ジョルジョ・アミトラーノ「共通の感受性を求めて―イタリアにおける日本文学」（『異文化理解の視座』東京大学出版会、平15・4）は、イタリアでの川端文学受容について、ゴッフレド・パリセ作品への『眠れる美女』の影響を指摘。林祁「川端文学にみる「死」と「美」―『眠れる美女』について」（「マテシス・ウニウェルサリス」獨協大学外国語学部、平15・11）は、「死のデカダンス」を強調し、「死に至る存在」を表現する点で評価しつつ、精神面への表現が「必ずしも説得的」でないと限界を指摘する。

論点の拡がりという点からは、市川隆一郎「文学作品にみる高齢者の性（1）」（「聖徳大学研究紀要」短期大学部、平15・12）と、丸山正人「現代小説に描かれている老人のセクシュアリティ（性の姿）」（「長野県国語国文学会研究紀要」平14・12）が共に、高齢者の性の社会的抑圧と当事者の葛藤という側面から「眠れる美女」の江口老人を考察している。ＥＤと死の恐怖、あるいは老いていく我が身の醜悪さからの逃避と回春の願望が、江口老人の心身の交錯する欲望へと駆り立てていくさまを見出している。また、「眠れる美女」と他のメディアとの関連を論点とするものはほとんど見られなかったが、田中実「虚無を超える〈新しい美女〉」（「キネマ旬報」

平7・10・下旬号）に、平成七年制作の横山博人監督・石堂淑朗脚本・原田芳雄主演（江口）の映画版「眠れる美女」への論評がある。この映画の脚本は、「眠れる美女」と『山の音』とを大胆に融合させたというかなり特異なものであり、メインは『山の音』といってもよく、「眠れる美女」論の対象とはなりにくい。Sharif MEBED（シャリフ・メベッド）「川端康成『眠れる美女』と自由間接話法―ウルフ『ダロウェイ夫人』の文体との比較研究」（「東海学園大学研究紀要」平17・3）は、話法と語り手のあり方をめぐって、ヴァージニア・ウルフ『ダロウェイ夫人』と「眠れる美女」の文章を比較分析、直接話法から間接話法、自由間接話法へと動きつつ、語り手の視点から江口の想念へと自在に動く叙述のあり方を指摘し、川端独特の手法と位置づける。福田淳子「映画「眠れる美女」二作をめぐって」（『川端文学への視界20』教育出版センター、平17・6）は、平成七年版とともに昭和四十三年制作の吉村公三郎監督・新藤兼人脚本・田村高広主演（江口）を取り上げ、二作品の特質について詳細に分析している。

「眠れる美女」研究文献目録

石川則夫

江藤淳「文芸時評」（「朝日新聞」昭36・10・24）

佐伯彰一他「座談会　川端康成と吉行淳之介」（「文学界」昭37・2）

中村光夫「『みずうみ』と『眠れる美女』」（『川端康成全集月報13』昭37・8）

川端康成他「〈座談会〉川端康成氏に聞く」（『文芸読本川端康成』河出書房、昭37・12）

山室静「『眠れる美女』」（「文芸」昭38・8）

中村光夫「解題」（『川端康成全集月報12』昭41・8。後『〈論考〉川端康成』筑摩書房、昭53・4）

三島由紀夫「解説」（『眠れる美女』新潮文庫、昭42・11）

進藤純孝「眠れる美女」（『川端康成その人・その作品』冬樹社、昭44・2）

松村定孝「「眠れる美女」問答―AとBとの対話形式によるメモランダム」（長谷川泉編『川端康成作品研究』八木書店、昭44・3）

平山城児「川端文学と古典の関係」（長谷川泉編『川端康成作品研究』八木書店、昭44・3）

エリック・サンドストローム「『眠れる美女』一考」（長谷川泉・武田勝彦編『川端文学―海外の評価―』早稲田大学出版部、昭44・4）

長谷川泉「「眠れる美女」と「片腕」」（『川端康成論考　増補版』明治書院、昭44・6）

松村定孝「川端康成・三つの疑問―江口老人は川端康成か？」（「解釈」昭44・6）

川嶋至「眠れる美女」（『川端康成の世界』講談社、昭44・10）

三島由紀夫「「眠れる美女」論」（「国文学」昭45・2）

武田勝彦「川端文学―海外の反響」（『ノーベル文学全集16』主婦の友社、昭46・1）

野島秀勝「後姿の文学」・「後姿のエロティシズム」（『「日本回帰」のドン・キホーテたち』冬樹社、昭46・4）

武田勝彦「『眠れる美女』考（その1）―改稿に見る特色―」（「教養諸学研究」昭46・6）

羽鳥一英「「眠れる美女」を読む」（「解釈」昭46・10。後、解釈学会編『川端康成の文学（その1）シリーズ文学①』教育出版センター、昭48・3）

藤森重紀「「眠れる美女」の成立と背景―「雪国」との対比のうえに―」（川端文学研究会編『川端康成の人間と芸術』教育出版セ

ンター、昭47・4）

藤森重紀「『眠れる美女』校異」（「二松学舎大学人文論集」昭47・5）

阿部良雄「作品解説」（『世界の名画4』中央公論社、昭47・5）

E・G・サイデンステッカー（「漂泊と哀愁の文学―川端康成の世界」）（「〈新潮臨時増刊号〉川端康成読本」昭47・6）

清水徹「距離のない距離」（「文芸」昭47・6）

竹内良夫「眠れる美女」（『頽廃の美学川端康成その耽美な生涯と文学』日芸出版、昭47・9）

鶴田欣也「A・キンボールの『日本現代文学における自己の探求』―『眠れる美女』論」（「解釈と鑑賞」昭48・4）

長谷川泉「「眠れる美女」」（『〈味わい方叢書〉川端文学の味わい方』明治書院、昭48・9）

嶋田重司「「眠れる美女」について」（「立教大学日本文学」昭51・7）

鶴田欣也「「眠れる美女」における色彩イメージの意義」（「川端文学研究」7、昭51・10。後「「眠れる美女」―〈のやうな〉世界―」として、『川端康成の芸術―純粋と救済』明治書院、昭56・11）

森本穫「生命への渇仰―『眠れる美女』論」（「函」昭51・12）

河野裕子「性と死の深淵《眠れる美女》」（「月刊ポエム」すばる書房、昭52・9）

中野美代子「就眠儀式の司祭《眠れる美女》」（「月刊ポエム」すばる書房、昭52・9）

津川武一「頽廃のなかでのぶざまな死―『眠れる美女』―」（『死にとりつかれた川端文学』医療図書出版、昭54・8）

上遠野幸夫「「眠れる美女」における非日常的空間設定について」（「川端文学研究」14、昭55・1）

長谷川泉「眠れる美女」（『心象幻想―川端文学へのいざない』アートプロデュース社、昭56・4）

高田瑞穂「「眠れる美女」の作品構造と主題」（川端文学研究会編『〈川端康成研究叢書9〉魔界の彷徨』教育出版センター、昭56・5）

武田勝彦「「眠れる美女」論―現実と真実の狭間―」（川端文学研究会編『〈川端康成研究叢書9〉魔界の彷徨』教育出版センター、昭56・5）

小林芳仁「『眠れる美女』と古典との関係」（川端文学研究会編『〈川端康成研究叢書9〉魔界の彷徨』教育出版センター、昭56・5。後『美と仏教と児童文学と―川端康成の世界―』双文社出版、昭60・12）

林武志「戦後作品作品論要約（二）『眠れる美女』主要文献一覧」（川端文学研究会編『〈川端康成研究叢書10〉孤影の哀愁』教育出版センター、昭56・10）

浅沼潤「ニューヨークっ子の話題をさらう―上流社会で起きた「眠れる美女事件」（特派員ノート）」（「世界週報」時事新報社、昭57・1・26）

井上靖「『眠れる美女』を読む」（「川端康成全集附録28」昭57・5）

浅野洋「『眠れる美女』私見」（『〈現代国語研究シリーズ12〉川端康成』尚学図書、昭57・5）

大久保喬樹「後期川端康成作品の二相　その一「眠れる美女」」（「東京女子大学紀要論集」昭57・9）
小林一郎「椿―『眠れる美女』―」（『花曼荼羅―川端康成の心―』アートプロデュース社、昭59・9）
近藤裕子「「眠れる美女」研究動向」（林武志編『川端康成戦後作品研究史・文献目録』教育出版センター、昭59・12）
田口茂「川端康成『眠れる美女』論―母体憧憬と人間の存在意義について」（「解釈」昭60・12）
田口茂「『眠れる美女』論」（『川端文学への誘い』三弥井書店、昭61・8）
兵藤正之助「川端康成論―「眠れる美女」「魔界」」（「関東学院大学文学部紀要」昭62・3）
高橋清隆「川端康成『眠れる美女』論」（「静岡近代文学」昭62・7）
岡庭昇「虚無を撃つ娼婦たち」（『性の歪みに映るもの』青豹書房、昭62・9）
鶴田欣也「『眠れる美女』」（「比較文学研究」昭62・10。後『〈世界の日本文学シリーズ4〉川端康成論』明治書院、昭63・3）
東郷克美「「二人で一人、一人で二人」の幻」（「国文学」昭62・12）
重松泰雄「「眠れる美女」の幻視のエロス」（「国文学」昭62・12）
森本穫「「片腕」におけるスティグマと肉体」（「国文学」昭62・12）
三好行雄「性愛の果て―『蜜のあはれ』『眠れる美女』『瘋癲老人日記』」（「日本の美学」昭62・12。後「近現代の作家たち」として『三好行雄著作集4』筑摩書房、平5・5）
木村三千代「川端康成『眠れる美女』を中心として」（「めじろ」目白学園女子短期大学、昭63・3）
兵藤正之助「昭和三十年代の川端康成『眠れる美女』論」（『川端康成論』春秋社、昭63・4）
今村潤子「『眠れる美女』論」（『川端康成研究』審美社、昭63・5）
尾形明子「川端康成『眠れる美女』の娘たち」（『現代文学の女たち』ドメス出版、昭63・10）
岩田光子「『眠れる美女』の世界」（日本文芸学会編『日本文芸学の体系』弘文堂、昭63・11）
上田渡「川端康成『眠れる美女』論―幻視空間のパラドックス」（「信州豊南女子短期大学紀要」平元・3）
森安理文「眠れる美女―死の鏡に映えるもの」（『川端康成ほろびの文学』図書刊行会、平元・10）
賀野咲恵子「川端康成「眠れる美女」論 ― その眠りの役割について」（「近代文学論叢」旭川分校日本近代文学ゼミナール、平2・3）
坂井絹代「『眠れる美女』論―江口老人と『生きた人形』としての〈眠れる美女〉―」（「近代文学論叢」旭川分校日本近代文学ゼミナール、平2・3）
辻本千鶴「『眠れる美女』考―循環と深化の様相」（「解釈」平2・11）
海野弘「『失われた時を求めて』を読む（22）眠れる美女」（「マリ・クレール」平2・12）

伊吹和子『川端康成　瞳の伝説』（ＰＨＰ研究所、平３・４）
鶴田欣也「川端文学の本質―「汚れ」と「清め」」（平川祐弘他編『日本文学の特質』明治書院、平３・７）
河村政敏「『眠れる美女』」（「解釈と鑑賞」平３・９）
栂正行「エロティシズム成立のトポス――川端康成『眠れる美女』をめぐって――」（「文化科学研究」中央大学教養部、平４・１）
千種・キムラ―スティーブン、ジョリッサ・グレイスウッド「母性幻想を織る男―『眠れる美女』ノート」（江種満子他編『女が読む日本近代文学』新曜社、平４・３）
室井充広「〈この一篇を読む〉神話の娘―「眠れる美女」」（「新潮」平４・６）
松浦寿輝「見ることの閉塞」（「新潮」平４・６）
黒津真由美「『眠れる美女』論―別世界のシンボリックエロスの美」「攖珞」実践近代文学研究会、平４・６）
森本穫「昭和三十年代における川端康成―「眠れる美女」を基軸として」（川端文学研究会編『川端文学への視界７』教育出版センター、平４・６）
岩田光子「「眠れる美女」の主題」（川端文学研究会編『川端文学への視界７』教育出版センター、平４・６。後『川端康成―後姿への独白』ゆまに書房、平４・９）
小幡瑞枝「眠れる美女」（『川端康成』勁草書房、平４・６）
野村昭子「川端康成「髪は長く」論―「眠れる美女」との比較を中心に」（「日本文学紀要」昭和女子大学大学院、平５・３）
関根英二「『蘆刈』、『瘋癲老人日記』、『眠れる美女』」（『〈他者〉の消去』勁草書房、平５・３）
阿部良雄「作品解説」（『〈アサヒグラフ別冊〉クールベ』平５・10）
鶴田欣也「川端康成の自然・女性・自我」（平川祐弘他編『アニミズムを読む』新曜社、平６・１）
関口のぞみ「「山の音」から「眠れる美女」―「老い」を中心に」（「日本文学論集」大東文化大学大学院文学研究科日本文学専攻、平６・３）
守屋駿二「近代日本文学における西欧語の影響（人称代名詞「彼」「彼女」をめぐって）（其の四）―川端康成の場合―西欧語と日本語（其の五）」「和歌山大学教育学部紀要（人文科学）」平６・３）
前田久徳「康成晩年の〈場所〉―「眠れる美女」を視座として」（「文学」平６・４）
山中正樹「『眠れる美女』における密室の機能」（「名古屋近代文学研究」平６・12）
高橋真理「『眠れる美女』論―眠りのことなど」（「日本文学」平７・９）
張石「『眠れる美女』と一休と中国禅」（「比較文学研究」平７・10）
田中実他「〈特集〉「眠れる美女」」（「キネマ旬報」平７・10・15）
野村正昭「「眠れる美女」（撮影現場訪問）」（「キネマ旬報」平７・10・15）
松浦和子「川端康成『眠れる美女』論―魔界との呼応」（「芸術至上主義文芸」平７・12）
ホセア・ヒラタ「ことばの内面に向かって―『眠れる美女』におけ

る文学の誘惑」（関口英二編『うたの響き・ものがたりの欲望　アメリカから読む日本文学』森話社、平8・1）
無著名「川端康成『眠れる美女』、三島由紀夫『美徳のよろめき』、開高健『夏の闇』ほか」（「蘇る！」平8・1）
三浦和歌子「空虚としての美意識—川端康成論」（「弘前大学国語国文学」平8・3）
原善「女性性への夢—川端康成「眠れる美女」論」（「作新学院女子短期大学紀要」平8・12。後『川端康成—その遠近法』大修館書店、平11・4）
千葉宣一「川端文学のエロチシズムの様相とその本質」（「解釈と鑑賞」平9・4）
今村潤子「『眠れる美女』—人間の根源への遡及」（「解釈と鑑賞」平9・4）
森本穫「川端康成」（上田博他編『日本近代文学を学ぶ人のために』世界思想社、平9・7）
兵藤正之助「昭和三十年代の川端康成「眠れる美女」論」（『川端康成論』春秋社、平10・4）
三田英彬「「眠れる美女」をめぐって」（「解釈と鑑賞」（別冊）、平11・11）
郝素岩「「眠れる美女」論（川端文学研究会編『世界の中の川端文学』おうふう、平11・11）
マーク・ジュエル「「眠れる美女」の形式的完成美について—泉鏡花の「歌行燈」を対比に」（川端文学研究会編『世界の中の川端文学』おうふう、平11・11）
山田等「老い、不気味なもの—『眠れる美女』にみる老いの断面」（「生活福祉論集」弘前学院短期大学、平12・3）
小田優子「川端康成『眠れる美女』論—ネクロフィリアに対する考察を中心に」（「白門国文」中央大学国文学会、平12・3）
城戸智行「ネクロフィリア—川端康成『眠れる美女』」（「国文学」平13・2）
堀真理子「「女であること」の哀しさ」（「国文学」平13・3）
高山宏「「不気味なものが……」川端幻想文学の新しさ—「片腕」「眠れる美女」にふれて」（「国文学」平13・3）
ニーナ・コルニエッツ「川端康成論—ホモソーシャリティと「第二の自然」の政治」（「文学」平13・4）
末木文美士「川端康成とまなざしの美学—ニーナ・コルニエッツ「川端康成論」を読んで」（「文学」平13・7）
瀧田夏樹「『みづうみ』と『眠れる美女』」（『川端康成と三島由紀夫をめぐる21章』風間書房、平14・1）
高良留美子「弱者へのサディズム—川端康成『眠れる美女』『美しさと哀しみと』」（岡野幸江他編『売買春と日本文学』東京堂出版、平14・2）
小谷野敦「特集　メルヴィルから始まる「いもせ」をめぐる覚書—『ピエール』と姉妹願望」（「ユリイカ」平14・4）
キム・イルド「川端康成の『眠れる美女』考察—「雪」の〈幻のホテル〉と関連して—（韓文）」（「日本研究」韓国外国語大学校日本研究所、平成14・4）
林祁「男性の欲望と女性の身体—『眠れる美女』を中心に」（川端文学研究会編『川端文学への視界17』教育出版センター、平14・6）

杉井和子「「眠れる美女」シンポジウムと作品論」（川端文学研究会編『川端文学への視界17』教育出版センター、平14・6）

丸山正人「現代小説に描かれている老人のセクシュアリティ（性の姿）」（「長野県国語国文学会研究紀要」平14・12）

ジョルジョ・アミトラーノ「共通の感受性を求めて―イタリアにおける日本文学」（小島孝之他編『異文化理解の視座』東京大学出版会、平15・4）

林祁「川端康成文学にみる「死」と「美」―『眠れる美女』について」（「マテシス・ウニウェルサリス」独協大学外国語学部、平15・11）

市川隆一郎「文学作品にみる高齢者の性（1）」（「聖徳大学研究紀要」短期大学部、平15・12）

大久保喬樹「魔界彷徨」（『川端康成―美しい日本の私』ミネルヴァ書房、平16・4）

長井苑子、泉孝英「文学にみる病と老い（24）川端康成「眠れる美女」」（「介護支援専門員」平16・11）

Sharif Mebed「川端康成の『眠れる美女』と自由間接話法―ウルフの『ダロウェイ夫人』の文体との比較研究」（「東海学園大学研究紀要」東海学園大学経営学部、平17・3）

福田淳子「映画「眠れる美女」二作をめぐって」（川端文学研究会編『川端文学への視界20』教育出版センター、平17・6）

花方寿行「ガブリエル・ガルシア＝マルケス『我が哀しき娼婦たちの思い出』と川端康成『眠れる美女』―コラージュと変奏―」（「翻訳の文化／文化の翻訳」静岡大学人文社会科学部翻訳文化研究会、平18・3）

坂田登「セクシュアリティのエリカ（2）」（「福井大学教育地域科学部紀要」平19・12）

マッタナー・チャトゥラセンパイロート「川端康成『眠れる美女』論―江口像の読み直しのために」（『タイ国日本研究国際シンポジウム２００７ 論文報告集』平20・3）

富岡幸一郎「川端康成「魔界」のエロティシズム―『眠れる美女』管見」（尾形明子・長谷川啓編『老いの愉楽―「老人文学」の魅力』東京堂出版、平20・9）

春木奈美子「〈告白〉の現代―川端康成の『眠れる美女』を通して―」（「研究開発コロキアム：平成20年度成果報告書」京都大学、平21・3）

坂口周「1963年の分脈―川端康成と大江健三郎」（「言語態」平21・8）

中嶋展子「川端康成『眠れる美女』論―祈りとなぐさめ」（「芸術至上主義文芸」平21・11）

片岡美有季「「禁制」と「まどわしの夢」―川端康成「眠れる美女」における性の〈再生〉」（「立教大学大学院日本文学論叢」平22・8）

西法太郎「ノーベル賞受賞を巡る「川端」と「三島」のエピソード川端康成と三島由紀夫（第2回）『眠れる美女』へのこだわり」（「Japanism」平23・6）

西法太郎「ノーベル賞受賞を巡る「川端」と「三島」のエピソード川端康成と三島由紀夫（第3回）川端康成『眠れる美女』代作説」（「Japanism」平23・8）

吉川佳英子「川端『眠れる美女』をめぐって―プルーストの「眠る

女」を視野におさめて―」（「年報・フランス研究」関西学院大学、平23・12）

登尾豊「川端文学の錯誤」（「中京国文学」平24・3）

金美廷「「眠れる美女」の〈空間〉論―主人公「江口」の身体と感覚世界を手がかりに―（韓文）」（「日本学報」韓国日本学会、平24・3）

米本由布子「日本近代文学に描かれた死生の相―死体描写の考察を中心に」（「ＫＧＵ比較文化論集」関東学院大学文学部人文学会比較文化学部会、平24・8）

崔允禎「『眠れる美女』に表れた魔界像の考察（韓文）」（「日語日文学研究」韓国日語日文学会、平25・2）

森本正一「〈再録〉川端康成作品のファンタジー性」（表現学会編『文学の言語表現学』言語表現学叢書第三巻、清文堂出版、平25・6）

藤尾健剛「『眠れる美女』の〈魔界〉―母性と救済」（「日本文学研究」大東文化大学、平26・2）

カヴィタ・シャルマ「川端康成作品における身体表象と自他関係の考察―『片腕』と『眠れる美女』を中心に」（「千葉大学人文公共学研究論集」平30・3）

原善「オペラ「眠れる美女」の持つ批評性―アダプテーションの意義／アダプテーション論への疑義―」（『川端文学への視界33』マイクロコンテンツ社、平30・6）

『美しさと哀しみと』研究史

杵渕由香

掲載誌「婦人公論」（昭35・12）の予告に「京都を背景にしたいとは思いますので、とにかく『古い都』と題しましたが、これも仮題です。京都の景色だけ書いて終るかもしれません」とあるように、『美しさと哀しみと』は、予告の段階では『古い都』であった。予告の通り京都を舞台とした『美しさと哀しみと』は「婦人公論」に昭和三十六年一月から昭和三十八年十月まで三十三回にわたり連載（昭和三十七年四月は休載）された。昭和三十九年三月に、中央公論社から刊行された『日本の文学第38　川端康成』に初収録され、その後、加筆訂正が入り昭和四十年二月に『美しさと哀しみと』が刊行された。同年、篠田正浩監督により松竹で映画化され、二月に公開された。昭和六十年には、フランスでジョイ・フルーリー監督により『TRISTESSE ET BEAUTE』として映画化されている。日本では昭和六十二年四月に公開された。

先行研究史に、近藤裕子「美しさと哀しみと」（三好行雄編『川端康成作品論事典』「国文学」昭62・12）、野村昭子「「美しさと哀しみと」作品評価・研究展望」（羽鳥徹哉・原善編『川端康成全作品研究事典』勉誠出版、平10・6）がある。その成果をふまえて、大まかな年代順に研究史の流れを追っていく。

『美しさと哀しみと』の同時代評価は決して高いとはいえない。林房雄「文芸時評下」（「朝日新聞」昭38・9・28）は「切抜きを送ってもらって読みはじめたら、やめられなくなった」、「美しすぎて抵抗できない」と賞賛しながら、「婦人雑誌向きのメロドラマ」だと評している。河上徹太郎「文芸時評」（「読売新聞」昭38・10・2）も「現代消費生活のトップ級の描写」だと評価しつつも、「人物はむしろ非人間的に」描かれ、『片腕』とは対照的だとの見方を示している。福永武彦「追憶の愛をえがく―川端康成『美しさと哀しみと』」（「朝日ジャーナル」昭40・4、後『福永武彦全集15』新潮社、昭62・1）は、「おそらく気楽に書かれた小説だろう」とし、「気楽に書いたから二流品であるということはない」、題名の「美しさ」と「哀しみ」は「十分すぎるほど描きあげられている」と評価する一方、「作者が終りのほうをもうすこし加筆されるか、いっそもうすこし短くされたらいかがなものか」と作品終盤が不十分であるとの見解を示している。また、奥野健男『文壇博物誌』（読売新聞社、昭42・7）の「通俗的ロマネスク」との言及が示すように、「通俗性」という評価が度々なされている。奥野は「川端康成・主要作品鑑賞事典」（瀬沼茂樹他『〈現代日本文学アルバム8〉川端康成』学習研究社、昭和48・4）では、「この小説は本格的な芸術小説、現実と空想との間の矛盾を鋭くついた小説として通俗性を認めながら評価する」と好意的な評価をしているが、あくまで「通俗性」という見方である。しかし三島由紀夫「解説」（谷崎潤一郎編『日本の文学38川端康成集』中央公論社、昭39・3、後『三島由紀夫評論全集』新潮社、昭41・8、後『決定版三島由紀夫全集32』新潮社、平15・7）のように、「作家の主題、技法、技術的特徴、方法論のすべてが、硝子張の置時計のように、つぶさに読み取れるようにできている作品」であると、川端の方法論に着目する評価もある。三枝康高「川端康成の評価・研究史」（『川端康成』有信堂、昭43・11）は「たんなる様式美に終らせないで、ふたりの女の因縁として、ぬきさしならぬ運命に結びつけ、その愛憎のはげしさをくり拡げている」と評価している。

長谷川泉「『伊豆の踊子』―『ちよ』『少年』『美しさと哀しみと』に触れて―」（『川端康成論考　増補版』明治書院、昭44・6、後『川端康成論考　増補三訂版』明治書院、昭59・5）は他の作品との関連性に言及し、「『少年』の成長した同性愛が「美しさと哀しみと」であるように、「ちよ」ものの成長した一つの展開、小説の世界での後日談が「美しさと哀しみと」である」と位置づけ、「「美しさと哀しみと」は「伊豆の踊子」を味読する場合の作家自身、川端に執しての作品としては、自伝的な破片のステロタイプがちりばめられていることで、重要な作品である」と評価している。

吉村貞司『川端康成　美と伝統』（学芸書林、昭43・12）は登場人物の音子とけい子に着目し、「すべてが血の通わない他人の中でありながら、真実の親子以上の愛情と信頼とをかわしあっている」と指摘する。後に吉村は「美しさと哀しみと」（『妖美と純愛―川端康成作品論―』東京書籍、昭54・12）で、「「美しさと哀しみと」は川端文学において、幾度となく問い重ねた罪と罰の問題、罪と美の問題を真正面から小説にしたものだ」と評価している。

登場人物の大木年雄が作家であることから、川端のセルフパロディともいえる見方も示される。例えば、小坂部元秀「「美しさと哀しみと」をめぐって」（長谷川泉編『川端康成作品研究』八木書店、昭44・3）は「たんに通俗小説と言い捨ててしまえないなにかが残る。通俗的な粉飾の底に作者の心の翳が落ちている態の作品」だと位置づけ、作家である大木年雄と川端との相似について言及している。そこで注目されるのが、作中小説「十六七の少女」である。小坂部は「十六七の少女」が大木の出世作であり、「二十幾年のち」も読まれていることから、「十六七の少女」は「伊豆の踊子」、「篝火」に置き換えることができると指摘する。同様の指摘は、田口茂「「美しさと哀しみと」試論」（『論輯』昭50・3、後『川端文学への誘い』三弥井書店、昭和61・8）や今村潤子「『美しさと哀しみと』をめぐって」（「尚絅短期大学研究紀要」昭52・12）、鈴木晴夫「『美しさと哀しみと』考」（武田勝彦・高橋新太郎編『川端康成―現代の美意識―』明治書院、昭53・5）にも見られる。鈴木は「川端は、「十六七の少女」を背徳の性愛小説でなく、美しくかなしい恋愛小説として、自作「伊豆の踊子」の位置に置く」と捉える。今村は三島由紀夫の「方法論的小説」との言及を受けて、琵琶湖でのけい子と太一郎のモーターボート事故と、『雪国』の「雪中火事」との類似も指摘している。

「古都」という枠組みで論じたものとしては、羽鳥一英（徹哉）「貫くものと超えるもの―川端康成の古都三作―」（「愛知教育大学研究報告」昭47・1）があるが、人物関係に焦点が当てられている。『虹いくたび』『古都』『美しさと哀しみと』の三作を比較し、それぞれの作品の共通点は「過去と現在との対立抗争」であるとし、『美しさと哀しみと』では「過去と現在とが激しくぶつかり合い、それは解決を生み出さずに、破局の混沌を生み出している」と指摘している。音子とけい子の同性愛的な関係性への言及は数多く見られるが、田口（前掲）は、音子とけい子は異母姉妹ではないかという仮説を示している。稲村博「死の主題」（『〈パトグラフィ双書10〉川端康成―芸術と病理』金剛出版、昭50・10）は登場人物の死を中心に論じ、「『美しさと哀しみと』における特徴は、死が因果的なこと」であり、「一つの循環を形成している」と指摘する。津川武一「殺すことと殺されることの同一性―『美しさと哀しみと』―」（『死にとりつかれた川端文学』医療図書出版、昭54・8）も作中で描かれる死に着目し、「けい子は太一郎を殺したと考えても、考えられないことはない」とし、登場人物がだれも「生きたい」等の発言をしないことから、「死への念慮はあるが、生への欲求がないのが川端康成の「美しさと哀しみと」である」と指摘している。

『美しさと哀しみと』は「通俗的ロマネスク」や「中間小説」との見方が強いことに対して、武田勝彦「戦後中間小説論」（川端文学研究会編『川端康成研究叢書3　実存の仮象』教育出版センター、昭52・12）が、「主題の設定・登場人物の性格描写などの点から見て、〈中間小説〉と断定し難い要素が濃い」との評価をしているように、さまざまな観点で論じられるようになる。その一つが魔界という観点である。武田尚子「川端康成研究―「火中の蓮華」をめぐって―」（『東洋大学短期大学論集』昭55・3）は一つの章題でもある「火中の蓮華」に着目し、「火中の蓮華」とは、「大木と音子との愛の象徴である「神聖な幻の像」に他ならないであろう」と捉える。「火中の蓮華」について、小林芳仁「川端文学と仏教」（大正大学国文学会編『文学と仏教』教育出版センター、昭和55・11）は「至純にして崇高なイメージは川端の好むところに違いない」とし、「川端の強い志向性が象徴されているようである」と指摘する。また、馬場重行「『竹の声桃の花』論」（川端文学研究会編『川端康成研究叢書9　魔界の彷彿』教育出版センター、昭56・5）は「火中の蓮華」を「音子と大木との『なにによってもよごされぬ』愛の象徴」であると指摘している。今村潤子「川端康成『美しさと哀しみと』論―『魔界』を中心に―」（『方位』昭57・11、後『川端康成研究』審美社、昭63・5）はけい子は音子の「怨霊」で「生き霊」としての行動を起こすとし、けい子の音子への「愛ゆえの復讐」に「「魔」の凄さが出ている」と評している。また『舞姫』や『みづうみ』や『たんぽぽ』では「魔」を描き切れていないが、『美しさと哀しみと』では「「魔」を書き切っている」と評価している。

金采洙『川端康成―文学作品における〈死〉の内在様式』（教育出版センター、昭59・11）はこれまでにもあったように「死」を中心に論じているのだが、物語を構造的に分析しているという点で注目に値する。作中の「出来事」が作品内世界における「事件」の構成単位と考えられるとし、六十四の出来事に分けて考察している。その上で事件の語り方に焦点を当て、「死の出来事」を明らかにしている。伝馬義澄「川端康成「美しさと哀しみと」論　序説」（『国学院雑誌』平3・9）は『美しさと哀しみと』の主題は「回想による愛の浄化作用・カタルシスである」との見解を示している。また作品の末尾が初出時から加筆されたことについて、「方法的に一層堅固な奥行きをもって結ばれたと言うべきであろう」と評価している。音子とけい子の関係性はやはり論じる上で重要な位置を占め、石井香織「川端康成「美しさと哀しみと」論」（『作新国文』平3・12）は音子とけい子の同性愛についての見解を示し、「運命、因縁」を中心に、「人の力ではどうすることも出来ない運命から来る因縁に翻弄される」物語として論じている。

『古都』と同時期に書かれた作品であることから、『古都』と比較して京都という枠組みで論じられたものも少なくない。『古都』の「あとがき」（昭37・6・14）に、「多年連用の眠り薬が、『古都』を書く前からいよいよはなはだしい濫用」となったことで、「『古都』を「私の異常な所産」と言うわけである」とあるのを受けて、山本健吉「解説」（『美しさと哀しみと』中公文庫、昭48・8）は、同時期に書かれた『美しさと哀しみと』も「私の異常な所産」といえるだろうと指摘し、「『古都』の美しいヒロインたちが、京都の風土、風物の引立て役として描かれている観があるのに引きかえて、この作品では、風景がヒロインたちの引立て役である」と京都の描き方の違いに注目する。また、河野仁昭「『美しさと哀しみと』―破滅への美」『川端康成　内なる古都』（京都新聞社、平7・6）も、「『古都』と『美しさと哀しみと』は、いってみれば京都を舞台とする姉妹編であった」と位置づけ、『古都』と『美しさと哀しみと』を比較し、京都の描き方について、『古都』では京都を主役のように描き、『美しさと哀しみと』では、「人物の心理や行為をより効果的に描き上げるための舞台装置」であると指摘している。蔵田敏明「『美しさと哀しみと』に現われた思想―川端康成の京都観を中心として―」（『愛知女子短期大学紀要』平10・3）は、「『美しさと哀しみと』がなぜ京都を背景とする小説でなければならなかったか」という観点から『古都』と比較し、京都を「時間」（『美しさと哀しみと』）と「空間」（『古都』）から描いたと指摘する。また後に蔵田は「川端康成『古都』の主題―『美しさと哀しみと』との比較を踏まえて―」（『文芸論叢』平13・3）で『古都』と『美しさと哀しみと』を同時期に執筆したからこそ、日本のふるさとが明確になったのではなかろうか」と『美しさと哀しみと』の舞台が京都である必然性は見受けられないという。杉谷健「川端康成作品論『美しさと哀しみと』・『古都』の比較分析」（『福岡大学日本語日本文学』平26・3）は『美しさと哀しみと』と『古都』を際立たせているのは、「作品の重要な要素として植物という表象を用いている点である」と指摘し、『美しさと哀しみと』では、大木の家の庭にある「梅」と、けい子が描いた「梅」に焦点を当て、「先の白梅とも紅梅ともつかぬ奇妙な「梅」」は、「物語の発端となる大木の曖昧な心象を象徴する」と「梅」の表象を明らかにしている。

『美しさと哀しみと』は古典作品との関連性にも着目されてきた。呉羽長「晩年の魔界と『源氏物語』―『美しさと哀しみと』に着目して―」（『源氏物語の受容―現代作家の場合―』新典社、平10・11）は、川端における「魔界」の概念を作中から捉え、『源氏物語』との相似を指摘し、音子を浮舟、けい子を夕顔・浮舟だと位置づける。森本穫「愛の罪と罰「美しさと哀しみと」」（『魔界の住人　川端康成　下巻』勉誠出版、平26・9）は六条御息所を踏まえていると捉え、「現代の京都を舞台に、源氏物語の主題をアレンジした、巧みな変奏曲である」と述べている。張月環「芭蕉の捨子に対する川端康成の心情」（『安田女子大学大学院文学研究科紀要』平

11・3）は川端文学における芭蕉の影響に着目し、「夏痩せ」章における音子の心情は、芭蕉が捨子を見捨てた時の心情と通じると指摘する。

石川巧「処女再生―川端康成における少女とその〈性〉」（「国文学」平11・1）は、川端文学における少女に形代の構造を見る。それは戦後の作品にも表れ、「生と死、現身と妄想、肉体性と精神性などに振り分けられた女たちの〈性〉を二重写しにし」、その典型が『美しさと哀しみと』だと位置づける。酒井英行「川端康成・『美しさと哀しみと』―「十六歳の少女」の歯車―」（「人文論集」平11・1）は「十六七の少女」こそがドラマを突き動かす動力であるとし、「主要人物たちは「十六七の少女」の歯車に巻き込まれている」と指摘する。

「婦人公論」という発表媒体や、そこから生じるジェンダーという枠組みからも注目されるようになる。久米依子「『美しさと哀しみと』論―〈語られる〉女性像―」（田村充正・馬場重行・原善編『川端文学の世界3 その深化』勉誠出版、平11・4）は初出誌『婦人公論』の言説による結婚や恋愛といった社会コードから作品を捉えなおし、未婚女性としての音子に注目する。村瀬士朗「三角関係（＋レズ／＋ゲイ）―川端康成『美しさと哀しみと』江國香織『きらきらひかる』」（「国文学」平13・2）は「表象化された三角関係がいかなる装置として機能するのかを顕在化させるテクストである」と位置づけ、「登場人物たちの作る異性愛強化の三角関係の中から、レズビアンであるけい子だけが疎外されていた」と捉え、けい子は唯一の他者であると指摘している。高良留美子「弱者へのサディズム―川端康成『眠れる美女』『美しさと哀しみと』（岡野幸江・長谷川啓・渡辺澄子編『売買春と日本文学』東京堂出版、平14・2）はけい子の復讐に着目し、『美しさと哀しみと』は『眠れる美女』の続編ではないかとの新たな仮説を示している。張月環「川端康成の『美しさと哀しみと』における音子の愛の行方」（「解釈」平16・8）は音子の愛について考察し、「音子の大木に対する愛はすべて過去に存在している」と指摘する。

竹内清己「金原ひとみ「蛇にピアス」―『刺青』と「美しさと哀しみと」の行方」（「解釈と鑑賞」平20・4）は金原ひとみの芥川賞作『蛇にピアス』の初読時に『美しさと哀しみと』が「思いもかけず胸に去来した」と述べる。それは芥川賞の選評に「哀しみ」という言及があったことを受け、『蛇にピアス』には「美しさ」と「哀しみ」が描かれていると言及し、一見関連性のない作品に、『美しさと哀しみと』を見いだしている。川端文学から影響を受けた現代作家もいることから、こうした現代小説との関連性は注目されてよいだろう。

音子とけい子の関係性をどう捉えるか、また大木と音子の関係性、「火中の蓮華」が象徴する魔界など、といった考察が多かったが、作中に数多く登場する美術品や随筆にも注目されるようになった。深澤晴美「美は消え去るものか―川端康成「美しさと哀しみと」考―」（「芸術至上主義文芸」平19・11）は、「和宮の幻のようなことを書いている」という『美は消え去るものか』の典拠を明らかにしている。さらに「麗子像」から見る川端の関心のあり方にも触れ、「大木にとって「秘密のまま永久に地中に埋もらせておくべきであった」かもしれない美とは、和宮や和宮の抱いていた写真ではなく、「十六七の少女だった音子であったろう」との見解を示している。田村充正「川端康成「美しさと哀しみと」―小説と映画のあいだ―」（川端康成学会編『川端文学への視界29』平26・6）は作中にあるトリック写真が「祇園の名妓江良加代のトリック写真」であることを明らかにしている。その上で「一人で二人」という構図は、音子とけい子にもあてはまるとし、けい子と太一郎の事故は、音子がけい子にのりうつった無理心中であると論じている。

李雅旬「挿絵から読む川端康成『美しさと哀しみと』―結末の再検討―」（「北海道大学大学院文学研究科研究論集」平28・3）は、ほとんど研究対象とされてこなかった加山又造の挿絵と作品との関連性に加え、結末を再検討する。初出の結末と加山又造の挿絵にずれがあることを指摘し、加筆によって「円環構造になっているようであるが」、「アイオーンからカイロスへと展開し、テクストに余韻が無くなった」と評し、加筆が成功していないと述べる。杵渕由香「「古都」にとらわれる芸術家たち―川端康成『美しさと哀しみと』における京都―」（川端康成学会編『川端文学への視界32』平29・7）は登場人物の美術の捉え方を考察し、作品自体が「古都」京都を描いているのではなく、登場人物のまなざしが京都を「古都」としていることを明らかにした。梶川功太郎「川端康成「美しさと哀しみと」論―雑誌婦人公論と昭和三十年代の日本美術」（「福岡教育大学国語科研究論集」平29・3）は婦人雑誌が当時の文壇状況とどう関連していたかと共に、小説家としての大木、芸術家としての音子、けい子という観点から作品を捉えることで、作中の絵画の役割を明らかにしている。中村ともえ「川端康成『美しさと哀しみと』―人体を描く」（「奏」平30・12）は「麗子像」など作中の美術品の典拠を明らかにし、人物画、すなわち「人体を描く」ということに着目し、音子が肖像画を描くことの意味を問い直す。

内田裕太「静止する時空―川端康成『美しさと哀しみと』をめぐって―」（川端康成学会編『川端文学への視界32』平29・7）は「十六七の少女」を中心に、「川端文学における通奏低音として」反復される「〈陰陽〉モティーフ」という枠組みで作品を論じている。「本作が〈小説をめぐる小説〉であるとするならば、こうした過剰なまでのドラマそれ自体が〈小説〉（大木の次回作）として機能しえてしまうという小説家の悲劇を暗に示している」と指摘する。

李聖傑「川端康成『美しさと哀しみと』論―「魔界」を視座として―」（「文芸空間」平30・12）は「魔界」を軸に、音子やけい子のありよう、「嬰児昇天」や「火中の蓮華」を検討している。「絵を描くことは、音子にとっては女の業のようなものであり、それを経ることによって、「火中の蓮華」を見出すことができ」、「作者が志向するものに繋がっている」と指摘している。

海外における『美しさと哀しみと』の評価は、ハワード・S・ヒベット「川端康成の印象―『美しさと哀しみと』のことなど」（川端文学研究会編『世界の中の川端文学』おうふう、平11・11）によると「英訳が出版されると、それは、他の川端の名作に与えられるのと同様の、おきまりの賞賛を受けた」との評価と、「中年の作家をめぐるメロドラマに過ぎない」との否定的な評価に分かれるようである。Buckstead, Richard C. による論文 "Eros, Aesthetics and Fate: Kawabata's *Beauty and Sadness*." In "Proceedings of the *International Symposium on Asian Studies*," v.2, 1982 は、武田勝彦「海外における川端康成研究」（「解釈と鑑賞」平3・9）が「川端の宇宙観を人間と自然、自我と他者の対応の仕方から解説した箇所が優れている」と高く評価している。

　映画『美しさと哀しみと』は、音子を八千草薫、けい子を加賀まりこが演じたことからも話題になり、さらにフランスでも映画化されたが、小説と映画とが論じられたものはまだ少なく、その論には、田村充正「川端康成「美しさと哀しみと」―小説と映画のあいだ―」（前掲）、徐王「篠田正浩の映画『美しさと哀しみと』におけるレズビアン表象―川場康成の原作小説との比較から―」（「言語文化共同研究プロジェクト」令元・5）がある。田村は篠田正浩版とジヨイ・フルーリー版とを比較し、さらに小津安二郎の作品に見られる構図とも関連付け、映画の手法を中心に作品を検証している。徐は映画におけるレズビアン表象を軸に、小説と映画の描き方を比較検討し、例えば、映画では「けい子の「異常」な行為をほとんど表現せず、むしろけい子をことさら美しく見せている」ことを指摘している。

　他の同時期の長編小説に比べると、決して多くの研究がなされてきたとは言いがたいが、これまで様々な観点から論じられてきた。近年注目されている作中の美術や映画など、まだまだ研究の余地はあり、さらなる発展を期待したい。

『美しさと哀しみと』研究文献目録

杵渕由香

林房雄「文芸時評下」（「朝日新聞」昭38・9・28）

河上徹太郎「文芸時評」（「読売新聞」昭38・10・2）

三島由紀夫「解説」（谷崎潤一郎編『日本の文学38川端康成集』中央公論社、昭39・3、後『三島由紀夫評論全集』新潮社、昭41・8、後『決定版三島由紀夫全集32』新潮社、平15・7）

山田信夫「美しさと哀しみと」（「映画評論」昭40・3）

内藤新「〝美しさと哀しみと〟衣裳考察」（「そめとおり」昭40・3）

無署名「本と映画　松竹映画「美しさと哀しみと」」（「新刊展望」昭40・3）

福永武彦「追憶の愛をえがく―川端康成『美しさと哀しみと』」（「朝日ジャーナル」昭40・4、後『福永武彦全集15』新潮社、昭62・1）

無署名「『美しさと哀しみと』に賭けるひと」（「映画情報」昭40・4）

小倉真美「美しさと哀しみと」（「キネマ旬報」昭40・4）

稲垣利照「『美しさと哀しみと』―ガラス板を透した映像―」（「シナリオ」昭40・5）

佐々木陽子「女のみた〝美しさと哀しみと〟」（「シナリオ」昭40・5）

長谷川泉「伊豆の踊子」（『川端康成論考』明治書院、昭40・6）

無署名「美しさと哀しみと」（「スクリーン・エロティシズム」昭40・7）

奥野健男「川端康成」（『文壇博物誌』読売新聞社、昭42・7）

京都新聞社編「二尊院　川端康成「美しさと哀しみと」より」（『京都の文学地図』文芸春秋、昭43・11）

三枝康高「川端康成の評価・研究史」（『川端康成』有信堂、昭43・11）

無署名「美しさと哀しみと―川端文学ドラマ化―」（「朝日新聞」昭43・12・10）

吉村貞司『川端康成　美と伝統』（学芸書林、昭43・12）

小坂部元秀「「美しさと哀しみと」をめぐって」（長谷川泉編『川端康成作品研究』八木書店、昭44・3）

長谷川泉「『伊豆の踊子』―『ちよ』『少年』『美しさと哀しみと』に触れて―」（『川端康成論考　増補版』明治書院、昭44・6、後『川端康成論考　増補三訂版』明治書院、昭59・5）

巌谷大四「『千羽鶴』『美しさと哀しみと』『舞姫』『日も月も』『岩に菊』『山の音』鎌倉」（『〈カラーブックス190〉名作の旅　川端

康成』保育社、昭45・3）

巌谷大四「『古都』『虹いくたび』『美しさと哀しみと』 京都」（『〈カラーブックス190〉名作の旅 川端康成』保育社、昭45・3）

羽鳥一英（徹哉）「貫くものと超えるもの―川端康成の古都三作―」（『愛知教育大学研究報告』昭47・1）

巌谷大四「一月 魔性の少女躍る『美しさと哀しみと』／京都」（『〈ベルブックス〉川端康成の旅愁―文学散歩12ヶ月』日本交通公社、昭47・8）

奥野健男「川端康成・主要作品鑑賞事典」（瀬沼茂樹他『〈現代日本文学アルバム8〉川端康成』学習研究社、昭48・4）

山本健吉「解説」（『美しさと哀しみと』中公文庫、昭48・8）

田口茂「『美しさと哀しみと』試論」（「論輯」昭50・3、後『川端文学への誘い』三弥井書店、昭和61・8）

稲村博「死の主題」（『〈パトグラフィ双書10〉川端康成―芸術と病理』金剛出版、昭50・10）

今村潤子「『美しさと哀しみと』をめぐって」（「尚絅短期大学研究紀要」昭52・12）

武田勝彦「戦後中間小説論」（川端文学研究会編『川端康成研究叢書3 実存の仮象』教育出版センター、昭52・12）

鈴木晴夫「『美しさと哀しみと』考」（武田勝彦・高橋新太郎編『川端康成―現代の美意識―』明治書院、昭53・5）

津川武一「殺すことと殺されることの同一性―『美しさと哀しみと』―」（『死にとりつかれた川端文学』医療図書出版、昭54・8）

吉村貞司「美しさと哀しみと」（『妖美と純愛―川端康成作品論―』東京書籍、昭54・12）

武田尚子「川端康成研究―「火中の蓮華」をめぐって―」（「東洋大学短期大学論集」昭55・3）

小林芳仁「川端文学と仏教」（大正大学国文学会編『文学と仏教』教育出版センター、昭和55・11）

長谷川泉「美しさと哀しみと」（『心象幻想―川端文学へのいざない―』アートプロデュース社、昭56・4）

馬場重行「『竹の声桃の花』論」（川端文学研究会編『川端康成研究叢書9 魔界の彷彿』教育出版センター、昭56・5）

今村潤子「川端康成『美しさと哀しみと』論―『魔界』を中心に―」（「方位」昭57・11、後『川端康成研究』審美社、昭63・5）

Buckstead, Richard C. “Eros, Aesthetics and Fate: Kawabata's *Beauty and Sadness*.” In “Proceedings of the *International Symposium on Asian Studies*,” v. 2, 1982

金采洙『川端康成―文学作品における〈死〉の内在様式』（教育出版センター、昭59・11）

無署名「美しさと哀しみと」（「キネマ旬報」昭62・4）

連城三紀彦「目に滲む〝水色の夕もや〟」（『美しさと哀しみと TRISTESSE ET BEAUTE』PARCO／俳優座シネマテン、昭62・4）

宮迫千鶴「石の美学をもつ女性像」（『美しさと哀しみと TRISTESSE ET BEAUTE』PARCO／俳優座シネマテン、昭62・4）

森瑤子「画面の内外に見る川端康成のあの眼」（『美しさと哀しみ

と TRISTESSE ET BEAUTE』PARCO／俳優座シネマテン、昭62・4）

近藤裕子「美しさと哀しみと」（三好行雄編『川端康成作品論事典』「国文学」昭62・12）

駒ヶ嶺泰暁「『美しさと哀しみと』」（「解釈と鑑賞」平3・9）

武田勝彦「海外における川端康成研究」（「解釈と鑑賞」平3・9）

伝馬義澄「川端康成「美しさと哀しみと」論」序説」（「国学院雑誌」平3・9）

石井香織「川端康成「美しさと哀しみと」論（「作新国文」平3・12）

進藤純孝「解説」（『没後20年川端康成展　生涯と芸術―「美しい日本の私」』日本近代文学館、平4・5）

河野仁昭「『美しさと哀しみと』―破滅への美」『川端康成　内なる古都』（京都新聞社、平7・6）

蔵田敏明「『美しさと哀しみと』に現われた思想―川端康成の京都観を中心として―」（「愛知女子短期大学紀要」平10・3）

野村昭子「「美しさと哀しみと」作品評価・研究展望」（羽鳥徹哉・原善編『川端康成全作品研究事典』勉誠出版、平10・6）

呉羽長「晩年の魔界と『源氏物語』―『美しさと哀しみと』に着目して―」（『源氏物語の受容―現代作家の場合―』新典社、平10・11）

石川巧「処女再生―川端康成における少女とその〈性〉」（「国文学」平11・1）

酒井英行「川端康成・『美しさと哀しみと』―「十六歳の少女」の歯車―」（「人文論集」平11・1）

張月環「芭蕉の捨子に対する川端康成の心情」（「安田女子大学大学院文学研究科紀要」平11・3）

久米依子「『美しさと哀しみと』論―〈語られる〉女性像―」（田村充正・馬場重行・原善編『川端文学の世界3　その深化』勉誠出版、平11・4）

森本穫「京都と川端康成―『美しさと哀しみと』を中心に―」（「解釈と鑑賞」別冊、平11・11）

ハワード・S・ヒベット「川端康成の印象―『美しさと哀しみと』のことなど」（川端文学研究会編『世界の中の川端文学』おうふう、平11・11）

村瀬士朗「三角関係（＋レズ／＋ゲイ）―川端康成『美しさと哀しみと』江國香織『きらきらひかる』」（「国文学」平13・2）

伊藤卓立「ドイツ語の接続詞〝und〟について（Ⅳ）―川端康成の『美しさと哀しみと』ドイツ語訳の場合―」（「Lynkeus」平13・3）

蔵田敏明「川端康成『古都』の主題―『美しさと哀しみと』との比較を踏まえて―」（「文芸論叢」平13・3）

山折哲雄「「源氏物語」に陶酔した川端康成」（『悲しみの精神史』ＰＨＰ研究所、平14・1）

高良留美子「弱者へのサディズム―川端康成『眠れる美女』『美しさと哀しみと』（岡野幸江・長谷川啓・渡辺澄子編『売買春と日本文学』東京堂出版、平14・2）

張月環「川端康成の『美しさと哀しみと』における音子の愛の行方」（「解釈」平16・8）

森まゆみ「婦人公論にみる昭和文芸史（20）川端康成と「美しさと

哀しみと」」（「婦人公論」平18・11）

森川亮「美しい日本の私―川端康成論その序論（上）―」（「京の発言」平18・12）

深澤晴美「『美は消え去るものか』―川端康成「美しさと哀しみと」考―」（「芸術至上主義文芸」平19・11）

竹内清己「金原ひとみ「蛇にピアス」―『刺青』と「美しさと哀しみと」の行方」（「解釈と鑑賞」平20・4）

三橋俊明「除夜の鐘　川端康成　解説」（真銅正宏監修『ふるさと文学さんぽ　京都』大和書房、平24・11）

杉谷健「川端康成作品論『美しさと哀しみと』・『古都』の比較分析」（「福岡大学日本語日本文学」平26・3）

田村充正「川端康成「美しさと哀しみと」―小説と映画のあいだ―」（川端康成学会編『川端文学への視界29』銀の鈴社、平26・6）

西堂路綾子「文豪捉えた死誘う光景」（「読売新聞」平26・8・28）

森本穫「愛の罪と罰「美しさと哀しみと」」（『魔界の住人　川端康成　下巻』勉誠出版、平26・9）

李雅旬「挿絵から読む川端康成『美しさと哀しみと』―結末の再検討―」（「北海道大学大学院文学研究科研究論集」平28・3）

杵渕由香「「古都」にとらわれる芸術家たち―川端康成『美しさと哀しみと』における京都―」（川端康成学会編『川端文学への視界32』銀の鈴社、平29・7）

内田裕太「静止する時空―川端康成『美しさと哀しみと』をめぐって―」（川端康成学会編『川端文学への視界32』銀の鈴社、平29・7）

梶川功太郎「川端康成「美しさと哀しみと」論―雑誌婦人公論と昭和三十年代の日本美術―」（「福岡教育大学国語科研究論集」平29・3）

遠藤突無也「川端康成」（『日仏映画往来』フライングボックス、平29・5）

中村ともえ「川端康成『美しさと哀しみと』―人体を描く」（「奏」平30・12）

李聖傑「川端康成『美しさと哀しみと』論―「魔界」を視座として―」（「文芸空間」平30・12）

徐王「篠田正浩の映画『美しさと哀しみと』におけるレズビアン表象―川場康成の原作小説との比較から―」（「言語文化共同研究プロジェクト」令元・5）

「古　都」研究史

杉井和子

一、風土か登場人物か

「古都」は、まず作者川端の三つの自作解説が、新聞に掲載されたこの小説の読み、もしくは批評の方向にかなり強い影響力を与えた。「「古都」作者の言葉」（昭36・10）の「京都とその周辺を書いてみます。人物や物語よりも風物が主になるかも知れません。」という予告は、新村出の「『古都』愛賞」（昭36・12）にそのまま取り込まれた。京都という土地、京言葉に重点が置かれ、「叙情とともに叙景の周密詳細」な小説としたのは、新村自身の京都への愛着に重なったものだが、この地理的、風物誌的な読みが最初に引き出されたことになる。川端はこれに応えて「古都愛賞にこたえて」（昭37・1）「「古都」を書き終えて」（昭37・1）などで、京都の四季の変化、古い都へのこだわりと関心を明確にした。この方向性は塚田満江の「観光案内小説」という評価（「『古都』うらおもて」昭44・3）や読売新聞の「「古都」の人と自然」（昭44・2）、また巌谷大四の一連の京都案内書（昭45・3、47・8）での作品紹介に繋がっていく。京都という舞台に注目した瀬沼茂樹は「美しさと哀しみと」と比較し、「風物誌という点では、京都の四季や風物や祭事の推移を描き、育ちの異なる双生児の姉妹のロマネスクをからめる「古都」の方がたち勝っている」としている。（『現代日本文学アルバム』昭55・10）同じく蔵田敏明もそれとの比較によって、作品の中に京都を融合させる「記号の力」があるとした。（「『古都』に現れた思想―川端康成の京都観を中心として」平9・4）

川端の自作解説は、一方で京都と同時に登場人物にも焦点を与えた。「なほ書き続けてゆくと、「古都」は様相を変へて必然二人の娘の悲恋、悲劇になってゆくであろう。千重子は龍助とも、真一とも、恋愛しないし、結婚もしないだろうし、また北山杉の苗子は秀男と恋愛もしないし、結婚もしないのではないかと、さういふ予感が作者にある」は、作品構造において、人物の方が主体となり、京都を背景とする関係性をあらたに提示することになる。

これを受けるように、山本健吉の「古都」解説（新潮文庫、昭43・8）は、「地理的、風土的小説」としながら、風土か、姉妹かいずれに重点を置くべきかを問いかけ、「京都の風土、風物の引き立て役としてこの二人の姉妹はある」とした。別々に生きてきた千重子と苗子を、「生命」「孤独」の語で結びつける。山本は、京の都という場の固有の価値を「壷中の天地」「別乾坤」とし、「京都の名所風俗絵、年中行事絵巻」とも名づけながら、あくまでも「二人の姉妹の引き立て役」としたのである。背景としての風俗という読みは瀬古確の「表面には京の自然や年中行事、名所案内などを記するが如くよそおいながら、その影に仄かに姉妹を描こうと努めている」（昭46・4）にも見られる。この発想は、すでに長谷川泉によって「京都の風俗、祭事、自然」は千重子と苗子を生かす「背景」と説明されていた。長谷川は後に、「現在の社会風俗と結んで、遺残する古都の情趣」を川端文学の根幹に据え、「日本の「ふるさと」を「古都」で探しながら、古く残された行事、風物、食事などを書きとめ、荒れて心なく変えられた箇所、無神経な近代化を嘆いているとすることになる。（「川端文学における風俗と社会」昭52・1）この地名が持つインパクトは後にノーベル賞受賞の対象作品となる重要な価値を有することになる。文学表現のレベルを超えて、京都の持つ固有の価値、つまり日本らしさの価値が強調されて行くようになったのである。

　人物に重点を置く読みとしては、さきの塚田満江、さらに、進藤純孝（昭44・2）羽鳥一英（昭47・1）木幡瑞枝（平4・5）の論が挙げられる。「古都」の人物描写に、実生活の感情がないとして否定的に捉えたのは川嶋至『川端康成の世界』（昭44・10）で、「いかに京都の景物が氏独自の審美的なフィルターを通して巧みに写されていても、ただ可憐なだけの人形のような姉妹の動き」として姉妹を「観念の所産である虚像」と酷評した。それとは対照的に久保田晴次は「古来の悲しみ―「古都」を中心に」（昭44・1）で、川端が戦後に語る「日本古来の悲しみ」に通じる日本民族の悲しみを姉妹の「孤独」に見出し、千重子の日本の女性のやさしさ、古都に流れる美しさ、みやびを「理性」による「観念」でなく「受肉」した「実存」「優雅な実存」と見た。

　小坂部元秀は「「古都」をめぐって」（昭53・5）で、背景の効果として「地紋に京都の名所旧跡と年中行事を置き、千重子・苗子の双生児姉妹の物語をおとなしい色調の糸で縫い取りした織物」と評し、「現実には見失われてしまった一巻の風俗絵巻・風景画を書き残し」たとしている。同じく、千葉宣一も「名所旧跡や市井の風俗模様を縦糸に、登場人物の運命や微妙な心理の陰影や波紋を横糸に、見事に編み出された古代裂れ」としてあわれの伝統を見出した。このような「織物」「古代裂れ」などの比喩は、さらに後の濱崎由紀子「川端康成『古都』論・テクストのなかの織物」（平14・6）のテクスト論に発展していくとみてよいであろう。

　姉妹の書き方を含め、京都が取り上げられる意味が考察されていくうちに、この小説が内包する戦後的な意味の言及がみられるようになる。長谷川泉はすでに「非リアリズム」という語で古都の価値を示したが、現在の京都とは異なるものを、いかなる視点から取り上げるのかが問題とされる。ここに、戦後十六年を経過してなお敗戦後の日本をあらためて書こうとする作家の意図が見えてくる。川端の町へのこだわりを敗戦後の心境を照らす鏡として受け取るのは吉村貞司である。「古都の精神構造」（昭55・1）で、古都が風物誌的な京都の町として愛されているとしながら、姉妹の美しさを通して、作者の「純潔を扱おうとした意図」が見られ、「作者が書きたかったのは、現在をこえ、悲劇をこえた町である。……純粋を実現する都市、純粋都市である。……かかる純粋化によって、古都はついに川端自身のこころのふるさと、つまりは純粋の根源の都市たろうとしている」とした。敗戦後の日本人の心境を作家の「滅び」の感覚で捉える森安理文「古都―滅びゆくものの残映」（平元・1）

では、ノーベル賞授与に際して行われたエステルリングの歓迎演説の中の「風景を川端氏は感傷的に誇張することなく、感動的な手法をもって鋭敏にまた丹念に表現しておられます」を引用して「エステルリングのことばとうらはらに、滅びゆく日本の残映の美しさが見事に描きだされている」と評価した。戦後の日本人の感覚を分かち合う国民性と、外からの評価の差異を見て取ることが出来るが、比較文学的な考察として別に述べる。

二、構想論と古典作品

作者の解説の中の「内容」にかかわる問題―「小さく愛すべき恋物語を書くつもりだったのが、まったく意外にも、ふた子の娘の話になってしまった」―は、まず「古都」の構想を考える重要なヒントを与えた。以後、作品論はおおむねこれにかかわって展開してゆく。とりわけ、千重子と苗子の姉妹の問題は、日本の古典作品との重なりという視点で論じられるようになる。

まず山崎俊介の「「古都」論―女性像を中心として」（昭46・4）で「源氏物語」との重なりが指摘される。「古都を写すことによって日本の風土と文化の伝統を写し、更に日本的な女性を描こうとした」として千重子を「官能的な情緒や肉体的風情」のないこと、「異性への愛を拒ませた仏の力」を持つ女性として「宇治十帖」の大君を思わせ、「京言葉の柔らかさの中に潜むその拒絶の姿勢の厳しさ」というものである。すでに塚田満江、瀬古確などにも古典との接点について指摘があった。が、「源氏物語」の構想との強固な結びつきを定着させたのは上坂信男『「古都」の一・二』（昭51・12）である。京都をめぐる四季折々の情緒のうえに登場人物をも重ねた。注目されるのは、「古都」の原構想から現構想への変化を「源氏物語」の「形代」に重ね、千重子は大君、苗子を浮舟と見て「身代わり＝形代になったものの不幸、悲哀」を予知させる点、あるいは千重子と苗子の偶然の出会いを光源氏と玉鬘に重ねて、「長谷の観音の引き合わせ」と同様に「神のお引き合わせ」としたことである。上坂の発想の根底に「男性中心の当代貴族の常識では考え及ばなかった悲哀・愁傷の心」というものがあり、恋・愛を禁忌として自らを抑制する登場人物の内面を両作品に繋いだのである。特に、下絵の構図を案出することができない太吉郎を「抑圧されるままに千重子に対する感情が鬱屈していたからと、作者は考えていたのかもしれない」として、「竹取の翁」の心境にも重ねている。描かれる父性愛を四章の「北山杉」以前に絞り、「父の心理とそれに感応する娘の美しさ」「情の深さ」を読み取った。「源氏物語」の中で、特に愛の抑制を指摘した点が注目されよう。

上坂の論（構想の変化を四章以降としたこと、形代のモチーフを秀男が千重子と苗子を見まちがえた祇園祭の時とするなど）を受け、さらに森本穫は「「古都」成立論」（昭55・1）で改稿のあとを丹念に追って、「執筆時の「うつつないありさま」による不備をおぎない、京言葉を正すためのものであった」とした。構想にかかわる内容的な読みとして、川端の戦後作品―「みづうみ」「眠れる美女」「片腕」などの魔界的な作品と照らしあわせ、「古都」を「そのような世界に踏み込む手前の、暗示のところで完結している」とした。「源氏物語の強烈な影響のもとに再出発した戦後の川端の、ひとつの位相を示す小さく愛すべき物語」とした。

構想論とは異なるが、古物語の人物に注目した太田鈴子は「川端康成「古都」論―継母子物語の系譜としての一考察」（平元・1）で物語の話型にあてはめた。継子いじめ、地母神の話型にはめつつ、血の繋がらない親子関係に焦点を当て、千重子が「貴い血統にうまれながら、罪を受けて辺境の地でさまざまな困難とたたかい、その結果無事都へ戻り第一人者となって人々を救済する」という貴種流離譚に重ねる。また、育ての親のしげを「地母神」のプラスとマイナスの両面を兼ね備えることを指摘して、孤児の川端の問題意識が様々に立ち表れているとした。ただし、「古都」には本来の継子いじめの話とは違っている点にも触れ、これが後に原善によって批判される点でもあった。

深澤晴美は「古都」に貴種流離譚と天神信仰との繋がりを見ている。キリシタン灯篭を取り上げ「させる定れる居所も無し。父も母も無し」と名乗る子児の化現を、北野天神絵巻に結んで考察した。（「『古都』〈天神さん〉に託されたもの」平3・9）

川端と古典との接点を、昭和十年代の川端の取り組み、受容という形で本格的に論じたのは山田吉郎である。山田はすでに「川端康成における「竹取物語」受容」（昭59・3）で、かぐや姫を「永遠の女性讃美」の対象として、浮舟を「形代」と位置づけることで、川端との重なりを見ていた。特に「竹取物語」を童話としてではなく、「さまざまな人間の型や「男女闘争史」「人間闘争史」を描いた立派な一個の小説とした」川端を論じていた。古典を受容する川端の意識を踏まえた上で「古都」を論じる。「川端康成『古都』論―遡行の構造）」（昭62・12）この中で栗原雅直『川端康成―精神医学者による作品分析』（昭57・4）を引きながら、双子姉妹のモチーフは川端自身の分身にほかならないとし、「川端の生の根源へとさかのぼろうとしている」との作品理解を示した。プロット上の問題として、双児の姉妹の出生の秘密をどう解き明かすのか、千重子と真一、秀男をめぐる恋愛関係をどのように発展させるのかの二つの問題を立てる。後者の解決策については、上坂説に沿って身代わり、形代をあげた。その上で双児の姉妹の問題に深く入り込んでゆき、千重子の太吉郎に対する「純粋すぎる心づかい」を見ることで「古都」を「作者川端の自己追求の物語」であり、姉妹は川端自身であり、「川端は双子の姉妹の物語に託して、おのれの幼年期を、あるいはまた霊界の肉親たちを追いもとめようとしている」としたのである。山田は栗原説を援用しながら、京都の神社仏閣や伝統美、「源氏物語」の形代の構想と「古都」に込められた川端の過去の時間の志向を指摘しつつ、究極的には、千重子が北山杉の霊界に誘った苗子によって出生の秘密が告げられたことを重く読んだ。「樹木に心ひかれ、安心立命を感じ、樹木を自分の身と思うほどの愛着が語られている」の指摘に、論文のタイトル通り霊界に入り未生の自己に出会う作者を見て、「うつつともない」と述べた作者の心境に重ねたのである。

遡行という考えに対立して、未来への志向を読むものが続く。田村充正は「古都」に描かれた京都の四季や文化の伝統と登場人物（特に千重子）を対立構造と位置づけた。「作品「古都」のダイナミズム」（平7・7）。この中では、四季の持つ円環性のみならず、植物の多様さ、祭礼の重視といった古いものと血の継承を示すものに比して千重子は違っていることに注目する。彼女はむしろそういった自然の流れから弾かれているかのように、過去の繋がりに拘泥せず、孤独に目の前の現実に向き合い、宗教的な終末論を迎えるかのような意識で未来を見ている。その千重子の時間を「直線的時間意識」として、循環的な時間と対立させ、結局は千重子と苗子の別れの物語に重点を置いた。風物誌か人物かの問題は山田、田村によってこのように作品が内包する時間性という観念へと発展した。

「古都」と「竹取物語」の接点については、映像からの問題提起に発展していくことになるが別項で扱う。ここでは「古都」を古典と繋ぎながら過去と未来の時間を併せ持つ小説として読み込んだ作品論として三谷憲正を挙げたい。「川端康成『古都』試論―〈衰滅〉の予兆と萌芽の予感と」（平7・11）では、まず、先行研究が作者の解説に引きずられ過ぎている弊を正すべく、疑問を提出する。当時の新聞を手がかりに、小説に書かれた祭りや天気を事実と照合し、その結果「強い偏向のフィルター」で染め上げた作者の解釈と「創作の意図」が明らかにされる。古都京都の《衰滅》の予兆を見た三谷は「古都」と王朝物語の重なりのなかで、「源氏物語」や「伊勢物語」より「竹取物語」のかぐや姫と千重子に注目する。その根拠は千重子の「神の子」「天授の子」として重視する視点と、千重子をめぐる求婚譚との重なりに示されている。その上で、古都京都の衰微のみならず、千重子の変化・楠の老木、着物の「楠のがら」の書き込みに注目して、太吉郎から千重子へと世代交代を暗示させるような、たくましい強さを感得している。「衰微していく下降線を辿りつつも、その新旧の交代の中で新しい芽が芽生えていく」という新しい読みが展開された。

三、改稿における京言葉

作者の解説にあった「京言葉」について見ておきたい。「「古都」を書き終へて」（昭37・1）で、川端は「京都弁はよく使へないので、校正の時に京都の人に訂正してもらふ。これは安心である。それで会話はもっと生きて来るだろう」とあった。この点についてはすでに多くの論考で触れられているが、校異そのものについては、髙根沢紀子の「川端康成「古都」校異」（平4・4）が完璧である。内容に関するものとして、喜多富貴子の「古都―改訂とその意義をめぐって」（昭49・5）を挙げたい。喜多は新聞小説から初版本の改稿を、特に京言葉について丹念に追いながら、結局千重子の人物像に絞った。千重子のやさしさや、つつましさに触れて「人間関係のはかなさ」、もしくは「あえかさ」を強調した。「就中、恋の不在は、人間関係の弱さ、はかなさを意味する。そして、この人事の脆さ故にこそ、京の自然が強い力を放つ」として「古都」を未完ではなくまとまった小説と断定した。

言葉の問題は、そのまま木村恭造に引き継がれた。「川端康成『古都』の表現法について」（昭54・1）木村はやはり改稿に拘って、「不整脈による表現効果」の中で「散文詩ともいえる表現であって、内在するリズムがその底流にある」として詩歌にみられる「余情、余韻的な表現効果」を指摘した。会話文での省略や話者の不明確ささらに京言葉の優雅さや不自然さを具体的に例示したうえで、「余情、余韻のある優雅で王朝的な世界」とまとめている。

また、改稿にこだわって構想を問題にした野末明を挙げておきたい。野末は「「古都」成立考―その構想と改稿について」（平9・11）で、写真資料を用いながら、改稿のあとを辿り、川端は〈「ふた子の娘の話」に変わったのを「実にふしぎ」と記すが、「北山杉」三（昭36・11・18）を執筆する内取材の記憶が甦り、双子へと構想が変化したのであって、むしろ意図的だった〉と考察した。さらに、「古都」における京都に重い価値を置き、京都語を完璧にしたこと、切支丹灯篭にみるように物語を犠牲にまでしたことなどに写生意識を見て、〈美しい京都の物語を完成させた〉としたのである。

四、映像論のなかで

「古都」が映像の面からさかんに取り上げられるようになったのは、昭和六十二年十二月に関西テレビの開局三十周年の特別番組で上映されたことが契機となったからと思われる。田村充正は、「映像化された「古都」―映画「古都」二作品」（平17・6）でそれ以前に作られた昭和の二つの映画と原作のずれという視点で考察した。各監督の力点の置き方で小説の重心がいかに異なって見えるかを考察しつつ、むしろ、川端その人の生い立ちにまつわる心情、深層心理を剔抉してみせた。

早坂版については、早い時点で原善が論じ始める。平成六年八月、杭州で行われた日中シンポジウムでの発言。「川端康成の古典受容―「千羽鶴」「古都」を中心に」は翌年「川端文学への視界」に掲載される。これをもとに、文学作品と映画の関係を論じながら、「古都」を中心に論じるようになる。文学作品と映画の関係を論じるなかで、原は「古都」について特に早坂版の「原作にない物語」を強調した。「映像―川端康成と映像」（平元・10）つづいて「川端康成と竹取物語―疑似インセストとしての「古都」」（平11・4）で集大成させた。古典と川端とのつながりを考察するために、原は、まず川端の著作、先行研究を詳細に検討し、竹取との接点として佐田太吉郎と千重子を「疑似インセスト」と明快な語で結びつけた。早坂の脚本はそれをはっきり提示していると指摘する。映画の水木龍一（竜助と真一を合成した名）が、最後に「私は古い都の美しい幻影に出会い、そして古都の幻はかぐや姫のように消えたのです」という語りに原作にはなかった一文が積極的に付け加えられて、竹取との重なりがいっそう明確になったとしている。また、「つづいていれば乱脈になっていたかもしれない」という作者の言葉を根拠にして、「〈若い男たち〉以外の男との〈乱脈〉として充分映像で脚色された方向を作品は潜在化させていた」としたのである。原はわざわざ「疑似」という言葉を使って、完全なインセストでないことを断っている。それは「血への憧れと血縁拒否という引き裂かれた思いの促す、孤独の超克としての血縁幻想」のレベルであることが強調されており、古典との関係を単純にむすんではいない。さらにこの問題をめぐって平成十六年六月、川端文学研究会　第三十一回大会（於　武蔵野大学）において、早坂暁の講演があり、翌年「「古都」をめぐって」という題、司会の原善の対談という形で翌年発表された。（『川端文学への視界20』）この中で「雷をめぐる台詞」についての原の質問に答えて「昔から雷ってのは、あの声は天の声であるとか、何かをつたえている声とされていた。……潤色して言えば、あの雷さんは「はよ帰ってこい」という、天のね、天からの声かもしれない」（早坂）などと話し合われ、幻のように消える場面に挿入された民間信仰のようなものの力があきらかにされた。

五、海外からの視点・翻訳など

「古都」がノーベル賞受賞作品の対象になったこと、また十二ヶ国語に及んで翻訳されていること（昭和六十二年の千葉宣一の論による）が象徴するように、海外での評価の方が高いが、伝統・美意識にしても、日本人の目とは異なる海外での評価を見てみよう。

まず、武田勝彦の紹介による「〈解説と批評〉ヴーテノー氏の川端論文をめぐって─「伊豆の踊子」「水月」「雪国」「千羽鶴」「古都」」（昭44・4）には、ヴーテノーの「古都」の全訳が載り「良き昔を偲ぶ無数の古式の祭」に注目したうえで、「プロットには大した意味もなく、それは唯、京都を四季のリズムの中で表現するための誘因でしかない」と評価されている。京都に強い関心があることはもちろん、双生児の姉妹のめぐり合いや運命にも関心を抱いているが、「苗子の方は、反抗の末、非凡の才能に恵まれた職匠と結ばれることになるのであろう」と予想している点はユニークである。

「古都」の翻訳を通して、日本人の意識と外国人の意識の違いを体験的に語った大久保喬樹の、「パリで川端康成の死を聞く」（昭47・6）を見よう。「京都の風土や風物の引き立て役としてこの二人の姉妹はある」という山本健吉に同意していた自分が、フランスにいる学生と話し合ううちに、京都の風土や言葉を自然に受け入れていた日本人の感覚を覆して新しい発想で捉え返してみることになる。たとえば「北山杉」といった具体的な固有名を持たない、ぶっきらぼうな翻訳の「古都」は、京都という個別な価値を持たず、「普遍的な人間の物語」に見えるという外国人の反応、また「人間に内在する他人に対する関係の不可能性、愛というものの不可能性」が読めるとする意見に動かされる。翻訳によって川端の文体上の特殊性が失われたことで、むしろ川端の原作「古都」が持っていた「巨大な危機」とも言うべきもの、奥にあるそれに気づかされたという趣旨が述べられている。大久保はフランスで川端の訃報に接して即座にこの体験を記したが、翻訳を通して「古都」の日本語が隠し持つ言葉の力を再認識したとも言えるであろう。翻訳を網羅的に整理したのは、佐川一政である。「仏訳「古都」をめぐって」（昭55・1）は、フィリップ・ポンスの翻訳（昭46）を皮きりに様々な批評も挙げている。総じて印象批評、感覚批評的なものが多いなかで、「古風な世界から受ける印象そのものに、日本の詩歌の、洗練された耽美趣味を、ゆっくりしたテンポを味うことができる」「ここには叙述がない。明白に示された心理描写も、われわれ西欧人の論理による会話もない。暗示の芸術、暗喩の芸術は、一つの稀有な調べによって、街や人々を描き出す」など、注目すべき批評が紹介された。

また、台湾の作家朱天心の翻案「古都」が平成十二年、清水賢一郎の訳で出版されたが（国書刊行会）、それについて論じた坂元さおりの「川端康成と朱天心・二つの〈古都〉は、異国の古都と日本占領下の台北を結ぶというモチーフに着眼し、アジアにおける都市の記憶を論じた点で斬新である。

六、戦後作品における生命と滅びの意味

「古都」の伝統を〈滅び〉という視点で捉えてきた流れはすでに見てきた通りであるが、新たに「生命」というキーワードで捉え返した服部康喜を挙げよう。服部は伝統という枠組みに沿って、「古都」に、生命がいかにして存続してゆけるかの問いかけを享受する。平成五年の時点で「古都」と太宰治の「葉」を対照させて、伝統を維持すること、そこに潜在する犯罪的な様相を指摘していた。「対

照読解　川端康成〈ことばの仕組み〉」（平5・2）「犯罪性」について、「『古都』論―隠された風景」（平11・4）でさらに深く考察される。この小説に描かれた「生命」に対する様々なイメージが抽出され、生命の衰退と更新と、必要な犠牲者という複雑な「生命」のいとなみを説き起こす。生命連鎖という面で千重子は「新しい犠牲を求める雌の犯罪性と生命を生み続けてゆく雌の無償性の連鎖」が説明される。また、「古都」のなかでの捨子から略奪に変化する時間に注目して「太吉郎の生命の衰退に逆比例して、かかる観念の完成があった」とし、しげの略奪については「しげの生命の衰退と逆比例して〈生命〉略奪の情念が高揚した」として架空の〈略奪物語〉という方向を打ち出した。生命奪還を願う老人の紡ぎだした夢をそこに見ている。こうして、服部は「古都」と古典を繋ぐ「理想化された女性像」を改めて問い直し、稚児の真一に〈中性的介在〉の意味を読み、千重子の、眼前の異性との同化の抑止の構造を読み取った。服部は自然の生命そのもののありようと、人為によって更新することが必然的にもっている残酷さの具体的な形象化として「古都」を読んだのである。文化・伝統の存続の問題を基底に据え、男女、親子、双子を取り上げたこの小説を、生命の複雑な営みに繋ぎ、伝統の運命といったものに到達させた斬新な論文である。

　上田渡が「古都」の今後の研究展望として、「表面的なストーリーに拘泥しているかぎり、「伝統と現代」とか「魔界的であるかないか」とか「自然と人間」とかいう既存の論点から抜けられない」としてあらたな語りの問題を示唆したのは、平成十年である。（「川端康成全作品研究事典」）構想論的な研究が、古典との接点とは異なった方向で行われるようにも思われる。

「古　都」研究文献目録

杉井和子

浅野嘉市『写真集　古都の譜』（悠々洞、昭39・9）

新村出「『古都』愛賞」（「朝日新聞ＰＲ版」昭36・12・30、昭37・1・6、後『新村出全集　第14』筑摩書房、昭47・3）

長谷川泉「古都」（『現代日本文学事典』明治書院、昭40・11）

平山城児「川端康成の作品と夢の世界」（「立教大学日本文学」21号、昭43・12。後『現代文学における古典の受容』有精堂、平・4・10）

山本健吉「解説」（『古都』新潮文庫、昭43・8）

進藤純孝「古都」（『新婦人』昭37・9。後『川端康成・その人・その作品』冬樹社、昭44・2）

塚田満江「『古都』うらおもて」（長谷川泉編『川端康成作品研究』八木書店、昭44・3）

武田勝彦・長谷川泉「〈解説と批評〉ヴーテノー氏の川端論文をめぐって―『伊豆の踊子』『水月』『雪国』『千羽鶴』『古都』―」（長谷川泉・武田勝彦編『川端文学―海外の評価―』早稲田大学出版部、昭44・4）

長谷川泉「古都」（『川端康成論考　増補版』明治書院、昭44・6。後『川端康成論考三訂版』昭59・5。後『長谷川泉著作選⑤川端康成論考』平3・11）

川嶋至『川端康成の世界』（講談社、昭44・10）

読売新聞文化部「『古都』の人と自然」（「読売新聞」、昭44・2・27。後『実録川端康成』読売新聞社、昭44・7）

久保田晴次「古来の悲しみ―「古都」を中心に」（『孤独の文学―川端康成の優雅な実存』桜楓社、昭44・11）

川嶋至「戦後文学と川端」（「国文学」昭45・2）

巌谷大四『川端康成・カラーブックス・190・名作の旅』（保育社、昭45・3）

山崎俊介「「古都」論―女性像を中心にして」（川端文学研究会編『川端康成の人間と芸術』教育出版センター、昭46・4）

瀬古確「川端文学の思想的原型　古典との接点―川端作品の底流をめぐって―」（川端文学研究会編『川端康成の人間と芸術』教育出版センター、昭46・4）

藤森重紀「摂理への反逆―川端康成論序説―」（「二松学舎大学人文論」第3輯、昭46・6）

羽鳥一英「貫くものと超えるもの―川端康成の古都三作―」（「愛知教育大学研究報告」14号、昭47・1）

山本健吉「古都」（「新潮」昭47・6）

大久保喬樹「パリで川端康成の死を聞く」（「新潮」昭47・6）

巖谷大四「四月『古都』絵巻にみる双子姉妹の行く末／京都」（『〈ベルブックス〉川端康成の旅愁―文学散歩12ヶ月』日本交通公社、昭47・8）

沢野久雄『小説　川端康成』（中央公論社、昭49・4）

後藤重郎「新聞小説と挿絵―『古都』の場合―」（「国語国文学」11号、名古屋大学、昭48・5）

喜多富貴子「古都―改訂とその意義をめぐって」（「国語国文学」13号、名古屋大学、昭49・5）

上坂信男「『古都』の（一）（二）」（「早稲田文学」昭51・12〜52・1。後『源氏物語往還』昭53・1。『川端康成―その『源氏物語』体験』右文書院、昭61・1）

長谷川泉「古都」（「解釈と鑑賞」昭52・12）

長谷川泉「川端康成における風俗と社会」（川端文学研究会編『〈川端康成研究叢書3〉実存の仮象』教育出版センター、昭52・1）

瀬古確「『古都』鑑賞―『伊豆の踊子』『春景色』との関連において」（『現代作家の表現―康成・辰雄・昇平を中心に―』明治書院、昭55・10）

森本穫「戦時下の川端康成―その古典受容を中心として」（「国語国文論集」安田女子大学、昭52・8）

小坂部元秀「『古都』をめぐって」（武田勝彦・高橋新太郎編『川端康成―現代の美意識―』明治書院、昭53・5）

木村恭造「川端康成『古都』の表現法について」（「解釈」25、昭54・1。後「川端康成『古都』にみられる表現法について」『京ことばの生活』教育出版センター、昭58・8）

吉村貞司「ふたご座の美学」（川端文学研究会編『〈川端康成研究叢書6〉風韻の相剋』教育出版センター、昭54・9）

瀬沼茂樹『現代日本文学アルバム』（新潮社、昭55・10）

森本穫「「古都」成立論」（川端文学研究会編『〈川端康成研究叢書8〉哀艶の雅歌』教育出版センター、昭55・11）

吉村貞司「『古都』の精神構造」（川端文学研究会編『〈川端康成研究叢書8〉愛艶の雅歌』教育出版センター、昭55・11）

武田勝彦「『古都』論」（川端文学研究会編『〈川端康成研究叢書8〉愛艶の雅歌』教育出版センター、昭55・1）

佐川一政「仏訳『古都』をめぐって」（川端文学研究会編『〈川端康成研究叢書8〉愛艶の雅歌』教育出版センター、昭55・1）

長谷川泉「心象幻想―川端文学へのいざない」（アートプロデュース、昭56・4）

栗原雅直『川端康成―精神医学者による作品分析』（中央公論社、昭57・4）

藤田圭雄「『古都』の家」（「川端文学研究」第22号、昭56・11）

田口茂「『古都』の作品構造と主題」（川端文学研究会編『〈川端文学研究叢書補巻〉総索引・作品論補説』教育出版センター、昭58・6。後『川端文学への誘い』三弥井書店、昭61・8）

千葉宣一「川端文学の史的動態3『古都』の美と思想」（「月刊国語教育」東京法令出版、昭62・8）

山田吉郎「川端康成『古都』論―遡行の構造」（「茨城キリスト教大学紀要」21号、昭62・12）

太田鈴子「川端康成『古都』論―継母子物語の系譜としての一考察―」（「学苑」平元・1）

森安理文「古都―滅びゆくものの残映」（『川端康成・ほろびの文学』

国書刊行会、平元・10）
原善「『映像』—川端康成と映画」（『新構想近代日本文学史（下）』国書刊行会、平3・4）
深澤晴美「『古都』〈天神さん〉に託されたもの」（「解釈と鑑賞」平3・9）
原善「佐田千重子」（「川端康成作中人物事典」「国文学　臨時増刊号」平3・9）
高根沢紀子「川端康成「古都」校異」（「文芸空間」平4・4）
木幡瑞枝『川端康成　作品論』（勁草書房、平4・6）
服部康喜「解説」（田中実・馬場重行・原善編『対照読解　川端康成〈ことばの仕組み〉』蒼丘書林、平5・2）
山下由紀子「『古都』論」（「国語国文学科研究論文集」38、北海道教育大学、平5・3）
河野仁昭『川端康成—内なる古都』（京都新聞社、平6・6）
村上林造「「古都」小論」（「国語教育孜」10、平7・3）
田村充正「作品「古都」のダイナミズム」（「人文論集」第四十六、静岡大学、平7・7。後『「雪国」は小説なのか—比較文学試論』中央公論社、平14・6）
原善「川端康成の古典受容—「千羽鶴」「古都」を中心に」（川端文学研究会編『川端文学への視界10』教育出版センター、平7・6）
高野澄「『古都』と北山杉」（『文学でめぐる京都』岩波ジュニア新書、平7・8）
三谷憲正「川端康成『古都』試論—〈衰滅〉の予兆と萌芽の予感と」（「稿本近代文学」平7・11）
蔵田敏明「『古都』に現れた思想—川端康成の京都観を中心として—」（「愛知女子短期大学国語国文」平9・3）
森安理文「「古都」—余情の美学」（「解釈と鑑賞」平9・4）
岸本久美子「川端康成と京都—小説『古都』から見る」（「月刊国語教育」東京法令出版、平9・9）
野末明「『古都』の成立考」（『康成・鷗外』審美社、平9・11）
上田渡「古都」（羽鳥徹哉・原善編『川端康成全作品研究事典』勉誠出版、平・10・6）
高橋ゼミ「川端康成「古都」を読む」（「緑聖文芸」女子聖学院短期大学国語国文、平11・3）
原善「川端康成と竹取物語—疑似インセストとしての「古都」（田村充正・馬場重行・原善編『川端文学の世界4　その背景』勉誠出版、平11・4）
服部康喜「『古都』論—隠された風景」（田村充正・馬場重行・原善編『川端文学の世界3　その深化』勉誠出版、平11・4）
崔順愛「川端康成『古都』論—「古都」の異国情緒」（川端文学研究会編『川端文学への視界14』銀の鈴社、平11・6）
羽鳥徹哉「『古都』について」（川端文学研究会編『世界の中の川端文学』おうふう、平11・11）
テルットウ・ラヤラ（吉田美紀訳）「杉と草木の描写、『古都』の〝手に入れることのできない美〟」（川端文学研究会編『世界の中の川端文学』おうふう、平11・11）
田村嘉勝「川端康成と「雪国」の世界に誘われて」（「鷗外」68、平13・1）
蔵田敏明「川端康成「古都」の主題—『美しさと哀しみと』との比

較を踏まえて」（「文芸論叢」56、大谷大学、平13・3）

濱川勝彦「私の中の私―川端康成的二重身」（「国文学」平13・3）

濱崎由紀子「川端康成『古都』論―意匠の再生力」（「国文」お茶の水女子大学、平13・12）

濱崎由紀子「川端康成『古都』論テクストのなかの織物―」（川端文学研究会編『川端文学への視界17』銀の鈴社、平14・6）

張月環「川端康成における『古都』の心」（「解釈」平14・8）

坂元さおり「川端康成と朱天心・二つの〈古都〉―暴露―隠蔽される暴力性の所在」（「日本語日本文学」29、輔仁大学外語、平16・7）

早坂暁・原善「早坂暁版映像「古都」をめぐって」（川端文学研究会編『川端文学への視界20』銀の鈴社、平17・6）

田村充正「映像化された「古都」―映画「古都」二作品―」（川端文学研究会編『川端文学への視界20』銀の鈴社、平17・6）

北川榮一「川端文学と美術・『雪国』日本画の世界」（川端文学研究会編『川端文学への視界20』銀の鈴社、平17・6）

「片　腕」研究史

森　晴雄

「片腕」は「新潮」の昭和三十八年八月号から昭和三十九年一月号に掲載された（十二月号は休載）。八月号は創刊七百号記念特大号で、志賀直哉「盲亀浮木」を冒頭に、上林暁の代表作「白い屋形船」や三島由紀夫の「雨のなかの噴水」など二十二篇の「短編小説特集」である。

連載後に東山魁夷の装画によって、作品集『片腕』の冒頭に、「女の手」「生命の樹」「生きている方に」「さとがえり」「三人目」「見ない人」「多年生」「二人」「匂う娘」「人間のなか」の短篇十篇、「秋の雨」「手紙」「隣人」「木の上」「乗馬服」「かささぎ」「不死」「月下美人」「地」「白馬」「雪」の掌篇十一篇とともに収録され、新潮社から昭和四十年十月に刊行された、川端晩年の代表作である。

初出と初刊本の主な文章の異同は、初出にあった主人公の「私」の年齢、「三十三歳の」が削除されたことである。

同時代評から現在までの論文・評論・エッセイなどに記された、主な問題点は次の通りである。

1　主人公の年齢　青年・壮年か老年かということ
2　「私」の精神状態　「孤独」の内容など
3　娘の片腕の意味　「純潔な娘」など
4　川端の他の作品との関わり
A　『眠れる美女』
B　『掌の小説』（「片腕」と同時期の掌篇小説」）
C　『ある人の生のなかに』（同時期に完結）
5　谷崎潤一郎のフェティシズムとの差異やエロティシズム
6　『聖書』との関わり
7　シャガール、クレーなどの絵画・シュールリアリズム
8　もや・泰山木・ラジオ・朱色の服の女・汚濁の血などの、象徴・比喩の意味
9　「悲劇の露」「女の露」の内容
10　作品の結末の解釈
11　母胎回帰・希求・憧憬
12　主題

同時代評―初出文

「片腕」が「新潮」に発表されると、各新聞の「文芸時評」に早速取り上げられた。山本健吉「文芸時評」（「東京新聞」昭38・7・30、12・21。後『文芸時評』河出書房、昭44・6）は、「川端康成氏の「片腕」（新潮）が、また私の目を見張らせた。……志野の茶碗を女体であるかのように描いた氏は、今また女の腕を、茶碗か何

かのようなモノとして描き出す。若い女の腕に寄せる幻想曲と言ってもよい。」と、腕に対するフェティシズムを、完結後にも「ともかくこれが、エロティシズムの一つの極致であることに、間違いはない。谷崎氏のフェティシズムも、ここまでは至っていない。極度に観念化され、抽象化されたエロティシズムが、その果てに獲得した、なまなましいばかりの即物性が、ここにはある。」と、谷崎との比較を、「……余計なもののない女体の理想を、氏はこの片腕に託したようだ。だが、そこには犯しも背徳もないということに、かえって強い背徳のにおいを、私はかぎ出してしまう。こういう妄想を生み出す孤独の心の深遠を、私はおそろしいと思う。」と作者の「孤独」の深さを指摘している。

河上徹太郎「文芸時評」（「読売新聞」昭38・7・31、12・25。後『文芸時評』垂水書房、昭40・9）は、「川端康成氏の「片腕」は、老人が若い女から腕を一本借りて自分の部屋へ持って帰り、それと語らふ話で、その不気味さが不思議な肉感的妖気を漂はせて「眠れる美女」の片鱗を偲ばせてゐる。」と「眠れる美女」との関わりを、「川端氏は近頃「眠れる美女」、「片腕」といつた一連のミスティックなエロチシズムの作品を書き、山上湖の深潭のやうな底知れぬ美しさを湛へてゐるが、私はやはり「山の音」やこの作品のやうな透徹した家庭小説の方が優れてゐると思ふ。」と、エロチシズムと「山の音」や同時期に完結した「ある人の生のなかに」と比較し、作品の評価を下している。

林房雄「文芸時評」（「朝日新聞」昭38・7・27。後『文芸時評』桃源社、昭40・4）も「全二十三《ママ》編の中で、最も「好色」な小説は、川端康成氏「片腕」であるが、これを里見氏の分類する「助平」小説だとは、豆衛門君は申さぬ。谷崎潤一郎氏は女の足のフェティシズム（崇拝）を書いたが、これは少女の腕のフェティシズムである。」とフェティシズムを、「「娘は私の好きなところから自分の腕をはづしてくれてゐた。腕のつけ根であるか、肩のはしであるか、そこにぷつくりと円みがある」／その片腕を大切に抱いてかえって、「孤独な」アパートの部屋で寝るという超現実的な発想の作品だが、その発散するエロティシズムは極めて現実的で、生々しく美しい。」と、エロティシズムの美しさを評価している。

平野謙「文芸時評」（「毎日新聞」昭38・7・30、12・23。後『文芸時評（下）』河出書房、昭44・9）は「新潮」の特集では「印象にのこった作品」として里見弴「豆衛門の独語」と共に「片腕」をあげ、「そのうち川端、石原、三島らの作は皆うすきみわるい話で、」と誌し、昭和三十九年一月号の時評でも「ある人の生のなかに」に触れ「……「眠れる美女」や「片腕」のような今日の作者の境地をうかがわせる怪奇な抽象小説とは趣を異にしている。」と、「怪奇な抽象小説」と誌している。

以上のような「文芸時評」で指摘されている点に重なりながら、より深めているのが、本多秋五・野間宏・佐々木基一の「創作合評」（「群像」昭39・2。後『群像　創作合評』講談社、昭46・7）である。ここでの主な問題は次の点である。

絵を見るような感じ（佐々木）、シュールリアリズムの絵（本多）という絵との関わり、「まあ、こんな恰好で結束をつけるより仕方がないからつけたまでのことで」（本多）という「お終いの幕切れ」について、「本多　いや、やっぱりぼくは進んでいると思うな。「眠れる美女」は人間のいない小説で、主人公の頭の中のあれこれの思いしかなかったが、それでもまだ、眠っている裸の女がいたりした。こんどはその裸の女さえもいなくなって、片腕だけになってきた。これはやっぱり一進境ですよ。」という、「眠れる美女」と異質か同一かということ、「本多　「眠れる美女」は冬の夜ということになっていたが、これはもやの濃い夜ということになっている。これは作品を形成する条件として、必然性のある条件だと思う。／佐々木　あのもやの幻想は非常に生きているな。ラジオで、もやが多いから注意するようにという警報、あれなんかは実によくできている。」という「もや」や「ラジオ」の意味について、「佐々木　ただ、ここに「私の孤独」ということが出てくるのだけれど、これは川端康成のもっている孤独をその作品を通してなり生活を通してなり知っている人でないと、この作品そのものではわからないですね。それは孤独な男が純潔な女の美にだけ何か支えを求めようとしているということはわかりますけれども、この主人公の孤独の内容というものはよくわからない。」という主人公の孤独の内容について、「本多　とても悲しい小説だな、これは。／佐々木　美のうつろいやすさ、それから女の悲しさ、つまり指の爪の裏と指さきの間からしたたり落ちるものは女の悲劇の露であるということ。」という、作品のテーマなど多彩な問題点に触れている。

進藤純孝「批評のコペルニクス的転回―〈文芸時評〉―作品は死物である」（「文学界」、昭39・3）は、平野、山本、河上の文芸時評を批判、「創作合評」の本多の考えを高く評価、同じ進藤の「母胎希求序説―川端康成論（1）―」（「文学界」昭39・6。後『川端康成　その人・その作品』冬樹社、昭44・2）は「「片腕」というイメージは、「人間であること」を追及する川端氏の、思念の根にどんな形でか強くつながっているのに違いない。／そう思って、わたくしは、氏の「人生で出合った最初の愛」というものを探り、そこに謎解きの鍵をさがしてみた。」として清野少年と結び付け、「川端氏は、美少年の温かい腕を、意識の深淵で抱きしめ、それを自身の肩につけかえて、「血が通ふのか、通はないのか」と、四十数年、執拗に問うて来たのではないのか。」と伝記的事実と結び付けるのは問題だが、「女の露」を含む作品末尾を「ここでは母胎をはなれた腕のみにくさを超えて、「無限の遠さ」の残酷をつきつけられた深い寂寥と、底知れぬ孤独が、鳴りつづける。」と理解するのは一考に値しよう。

以上の初出発表時の「文芸時評」「創作合評」「評論」を見渡せば、最初に触れた「片腕」の問題点のほぼ全てが取り上げられていることがわかる。「1」の年齢については初出では明記されているので、挙げられないのは当然である。「6」の聖書からの言葉については、「創作合評」で「銀のひも」「金の皿」（佐々木）について取り上げられている。指摘がないのは「4」の同時代の『掌の小説』との関わり（このことが主人公の「孤独」の内容と深く関わっている。）だけである。

以上が「片腕」が単行本化される以前の、初出文によっての批評である。

初刊本収録以後

『片腕』刊行後には、進藤純孝「片腕」（「東京新聞」昭40・10・21。後『川端康成　その人・その作品』（冬樹社、昭44・2）は、「なんとも奇怪な幻覚の世界だが、それが不気味なだけの物語に終ってないのは、娘の指を唇にくわえて、「のばした娘の爪と指先きとのあひだから、女の露が出るなら……」と、狂おしくも、また虚しく思う男の呼吸が、人間の憧憬とも失望ともいえるものをかなでつづけるからであろう。」「男を拒み通す女の純潔への憧憬といってもいい。遮断と拒絶があるばかりの人間存在への失望ともいえる。ともかくそれを、自身のなかよりも深いところからふき上がって来るかなしみに結晶することが、奇怪な幻覚の作業であった。いわば川端文学の主題と主調の紋様を描いてみせたとでもいうべきか。」と、川端文学のかなしみの結晶と批評した。

三島由紀夫「〈解説　『片腕』〉」（『眠れる美女』新潮文庫、昭42・11。後『蘭陵王』新潮社、昭46・5）は「「私」は腕のつけかえによって、又、女の腕を借りて来ることによって、はじめて会話と交流と、それのみか、「関係」を成就できるような人間なのである。「片腕」は、その美しい抒情的な細部の集積によって語られた、このような「関係」への憧れの物語と考えてよい。」と、他人との「「関係」への憧れの物語」と解釈。

サイデンステッカー「川端康成の世界――漂白と哀愁の文学」（「ソフィア」昭44・11。後『異形の小説』南窓社、昭和47・2）は「もう男として行動出来ぬ男が、反応することの出来ぬ娘と同衾する――切断した娘の片腕と夜を過ごす男……これ以上非人間化されたエロティシズムがあるだろうか。川端の愛の否定をこれ以上徹底することも不可能だろう。」と、愛の徹底的な否定を描いた作品ととらえた。

以上が川端のノーベル賞受賞（昭43・10）以前の評である。

河村政敏「「片腕」試論」（長谷川泉編『川端康成作品研究』八木書店、昭44・3。後、増補版、昭48・1）は、片腕が「女体の象徴」であり、「川端の内部にひそむ官能の具象化である」として、「この「片腕」の娘の手はその典型であって、「私」の空想によって純潔な女の性そのものとな」り、「純潔が美であることは、女にとっては宿命的な悲劇であ」り、「女の美は純潔によって守られ、女であるためにはそれは失われねばならない。いや、失われることによってのみ初めて女であることを証することができ、その美を守った意味が生じる。」とする。「しかし、いかに悲劇の露を吸い、狂おしく悔恨を噛みしめてみたところで、もはや娘の純潔はかえらない。……娘の片腕もまた。それは純潔を愛玩する「私の孤独」が「娘の爪にしたたつて」生じた哀れな犠牲である。純潔は触れられなければかいがない。しかし、触れられた瞬間に、それはもう純潔ではなくなる。その美は決して捉えることが出来ないのである。獲得が喪失を意味するのだ。官能の追求はこうしてむなしさの確認になってしまう。とすると、人生に於けるただ一つの確かなものであった性こそが、虚無の極致であったということになりはしないだろうか。エロチスムは、この意味に於いて生命の象徴となる。であればこそその純潔は、むなしいと知りながら、永遠に追い続けられねばならないものである。」と結論づける。

長谷川泉「「眠れる美女」と「片腕」」（『川端康成論考・増補版』明治書院、昭44・6）は、「「眠れる美女」が、きわめて前衛的な発想と手法による作品であったのに対して、「片腕」はさらに前衛的な発想と手法になる作品である。川端の文学的実験はもはや実験の域を超えて、具象の作品に見事に結晶していることを痛感させられる。」と「眠れる美女」の発展とし、「「私」はすでに女を知っている。「汚濁の血」の持ち主である。はずされた片腕は処女の純潔な女体の象徴である。片腕がつけかえられるのは、「私」と純潔な処女との交情の象徴である。朝になって娘の片腕と「私」の腕とがもと通りにすげかえられるのは官能の接触の終末が意味される。そして、いったんは投げ棄てられた女の片腕が抱きしめられ、いたわられているのは、回想に生きる官能のゆりもどしを象徴する。」と「私」と「片腕」との関わりを明確に述べる。

武田勝彦「『片腕』」（川端文学研究会編『川端康成の人間と芸術』教育出版センター、昭46・4。後『川端文学と聖書』教育出版センター、昭46・7）は、主人公を三十三歳とし、「幻想の中に性の意識を汲みとろうとした作品として「片腕」を見たい。というのは、この主人公には老いの悲しみを洩らすような老人文学の特質が見られないからである。……私は「片腕」を老人文学として扱うことには賛成しかねることを明らかにしておきたい。」として論を進める。聖書との関連を指摘しながら「銀のひもは切れ、金の皿はくだけた」は「「伝導の書」第十二章第六節」からの引用であり、「女が男に身をまかせた瞬間に味わう悲劇の心情を巧みに象徴的に表現しているのではないかと思われる。この背後には、女の美しさが純潔によって支えられるという思想がなくてはならない。」とする。そして「「片腕」は独身男性の華麗なマスターベーションではなかろうか。それ故に、ナルシズムの傾向が強い。」と結ぶ。

北杜夫「「片腕」など」（「〈新潮臨時増刊〉川端康成読本」昭47・6）は、「「片腕」という短篇もふしぎな玄妙な作品である。……そして水のように澄んだ文章がさらさらと流れるうちに、老人と若い女の生理、その息吹のようなものが、透きとおっているようでぶ厚い靄のごとく浮びでてくる。怕い小説である。」とする。

武田勝彦「片腕」（長谷川泉『川端文学の味わい方』明治書院、昭48・9）は、「作者の意図は単独者としての孤独を描きながら、連帯の真義に迫ろうとしたのではあるまいか。現代人は男と女の結合だけで簡単に孤独から解放されるほど楽天的ではあり得ない。孤立者としての孤独と、単独者としての孤独の深い谷間から連帯意識を見通さねばならないからである。」「これは孤独の克服と読みとってよいのではあるまいか。たとえ、もう一度恍惚状態に入り得る可能性を求める潜在意識があったとしても……。この主人公がこれほど優しく片腕に接することができるようになったのは片腕に触発された賜であろう。作者は必ずしも孤独を否定的には見ていない。」として、孤独からの上昇意識を見ている。

森本穫「川端康成晩年の一断面―「片腕」と同時期「掌の小説」を中心に―」（広島県立　沼南高等学校「研究紀要」昭51・3。後『孤児漂泊　川端康成の世界』林道舎、平2・4）は「……多くの点で「眠れる美女」の延長線上にあると考えられる。手法上のおいても、作品構造の面からいっても、また内包するテーマにおいてもこのことは指摘出来る。」「「片腕」には、人間性を遮断され、なかば物体と化した肉体を愛玩する主人公の自己呵責と、そのように主体性を剥奪された片腕のあわれさ、かなしみがこのように記されているのであるが、「眠れる美女」においても同様の悲劇が刻まれている。」「この作品もまた、娘の母胎から片腕を切り離して主人公の思うままの形で慰めを得るというそもそも身勝手で人工的な交流が、片腕の死という犠牲によって告発されているのである。ふたつの作品は、「畸形の逸楽」の危険な魅惑を濃密に描きながら、最後にこの世界の非人間性を主人公にも否応なく認識させるという構造になっている。」と「眠れる美女」との同一性を指摘し、「そこに描かれているのは、もはや女性との正常な交渉を遮断されたあわれな老年の、痛切きわまりない女体への憧れであり、女体を通じての、生命そのものを回復したいとのたえだえの希求なのである。しかもそれが一夜の幻想でしかあり得ないという絶望的な認識は、最後の破局に明瞭に象徴されている。」とする。そして「しかし二つの点で、「片腕」は「眠れる美女」の特質を一歩進めていると思われる。その一つは純潔の主題であり、今ひとつは幻想の強烈さである。」と「純潔」と「幻想」の強さを強調しながら、「こうした観点から見るとき、この時期の川端を支配していた深い孤絶感と、これまで見てきたような、現実を超越した時間・空間の自在な交流が「片腕」と十一篇の掌篇群とを結ぶ重要な要素であることが明らかになる。」と同時期の掌篇小説との関わりの重要性を強調する。

羽鳥徹哉「「片腕」を読む」（武田勝彦・高橋新太郎編『川端康成　現代の美意識』明治書院、昭53・5）は、「「片腕」で川端が書いたものは、はじめて身をまかせる娘の、微細な心のふるえ、宿命的悲哀といったものだが、……」「……川端においては、逆に一切の社会関係的なものを取り除き、男女の結合というものが持つ、宿命的・存在的な何かを、純粋培養的に表すのに役立っている。」として、「以上のように、「片腕」という作品は、片腕を貸すというシュールリアリステックな手法を用い、一方でその仮定から演繹される必然の規則に従いながら、一方ではそれを通じて、はじめて身をまかせる処女の、心と運命とを書き綴った作品である。」「娘は深いところで裏切られ、絶望におとし入れられ、そうして次第に女は、自分自身で生きようとする孤独を学んで行ったりするかも知れぬ。／そんな人間の心と宿命とを、宿命への深い悲しみの色の中に、えがいてみせたのが、「片腕」という作品である。」と理解する。

川村二郎「解説」（日本文芸家協会編『現代短篇名作選7』講談社、昭55・2）は「川端康成の『片腕』は、まさに独特というほかない、老いの華やぎの証明で、この作者の長い文学生涯の中でも屈指の作品と考えたい。」と「片腕」を高く評価する。

佐藤碧子「片腕」（『瀧の音　懐旧の川端康成』東京白川書院、昭55・12）もまた、「私にとってその面白さの極まりは「片腕」である。柔らかで静かな文章が、若い女性から切り離された片腕と遊ぶ老人の妖しい意識を、自然の事象のように読ませる。」と同じ高い評価。

長谷川泉「片腕」（『心象幻想—川端文学へのいざない—』アート・プロデュース社、昭56・4）は、「「眠れる美女」の、睡眠薬で眠らされている裸女の発展として、観念的に構成された作品。純潔な処女の右腕を、自分の腕と取り替えることは、交情の象徴と見ることができ、擬人化された片腕は「眠れる美女」の、もの言わぬ官能と違って、会話も行動も可能である。すなわち、片腕は完全な女体そのものを観念的に美化している。過去の回想時間ともない合わせられ、官能的行為の結末が、非情に復讐されている。」とする。

小林一郎「『片腕』」論」（川端文学研究会編『〈川端康成研究叢書9〉魔界の彷徨』教育出版センター、昭56・5。後「片腕—超脱する世界への秘儀—」『川端康成研究—東洋的な世界—』明治書院、昭57・9）は、掌の小説との関わりを指摘し、その他「すべて、『落花流水』のいだく二面性と、睡眠薬から来る「幻覚症状」と重なっていることは否めない。」と「落花流水」と睡眠薬との関わりを強調する。また、「川端康成が、パウル・クレーの画集に興味を持ったのは、新しい現代的な感覚にふれようとしていることは勿論であろうが、特に、クレーの、このヒロポンに近いエフエドリン服用から来る「幻覚症状」、そして、そうした境地から生まれた制作品に激しい関心をよせたに違いないのである。」とクレーとの関わりを、「羽鳥氏が言っているように「はじめて身をまかせる娘の心理」と、それを行う「男」の「心理」を「芸術」的に表現しようとしている作であることは間違いないし、誰も異論をとなえる者はないと思う。」「……決して、事実置き忘れているものでなく、「片腕」が動く行動を、心の動きは、そのまま「本体」、「肉体」の持っているものであり、そのあらわれである。」と片腕と娘を、『片腕』の最後は、男の汚濁の血で汚れた娘が、そうしたものに毒されることなく「永遠」に、「純潔」な姿で居つづけることを願っている姿ととっていいのではないかと思う。」と末尾を肯定的にとらえる。

鶴田欣也「片腕」（『川端康成の芸術―純粋と救済』明治書院、昭56・11）は、「いずれにしろ、『片腕』の最後で娘の片腕を抱きしめて絶望している主人公は他者からの愛を享受できず、また、愛を与えることもできない現代の疎外者の姿であることに間違いはない。／したがって、これは失意の物語である。」として、「この作品にはいろいろな形で離合のテーマが提出されている。合さるということと離れるということは愛と愛の不在ということと無関係ではない。」「腕の交換は性交に対するメタファーである。……したがって片腕を与えるという行為の意味の延長には処女性の犠牲が含まれている。」「泰山木……主人公による片腕の拒絶である。」とそれぞれの象徴を解釈し、「作品には年齢は書いてない。三十代と思われる節もあれば、なんとなく老人臭いところもある。この場合、主人公の実際の年齢はさほど問題ではなく、娘の処女喪失と主人公の若返りと関係があることに着目すればよい。」と主人公の年齢を問題視せず、「すなわち、この作品の目的は離を示すことにあった。パターンとしては離合離であるが、最後の離は最初の離より決定的な離であり、取り返しのつかない離である。なぜかというと、この離は先天的な自我の根強さによって引き起された離であるからである。他者によって救われることのない孤独を『片腕』は示したのである。」と「離合のテーマ」をもとに結論を述べる。

林武志「片腕」（『〈鑑賞日本現代文学15〉川端康成』角川書店、昭57・11）は、「片腕」の問題点を「一　前衛的・超現実主義的作品」「二　服用薬と作品との関係」「三　画業との関係」「四　作品史的観点　『みづうみ』「眠れる美女」」の四点を挙げる。

「〈片腕〉と〈母体〉」について「〈片腕〉は、「私」の心象にのみ生きる、いわば幻想の産物」であり、「それにしても〈片腕〉とはいったい何の〈象徴〉なのであろうか。物語の中で「純潔」なる言葉が繰り返され、「腕のつけ根」の「円み」に「清純で優雅」を感じている長い描写から見ても、「純潔」「清純」なるものの象徴であることは確かである。〈片腕〉が、左腕ではなく、右腕であることにも注目すべきであろう。左腕は、古来、不浄な手とされて来ているのである。」「……「私」の求めてゐるものの何たるかを語っていよう。それは、真の意味での〈自分自身〉であろう。〈片腕〉は、そこに導いてくれるはずの「純粋」「清純」な、「私」の内なる存在（?）だったのではないのだろうか。」と「片腕を」「自分自身」と解釈する。「汚濁の血」は「「私のやうな男の汚濁の血」とは、単に、すでに女を知っているゆえの謂ではあるまい。「過ぎた日の幻」「あこがれやかなしみ」を抱えて生きる「私」の業をも指し示しているのではないか。」「女の露」を「仮定形で述べられてはいるものの、もはや救いようのない絶対孤独者の運命を象徴していよう。「女の露」は、「殺人」によって、永遠にでては来ぬのではなかろうか。——老人文学であるか否かはもはや問うまでもないであろう。」と「絶対孤独者」の象徴とする。

田口茂「川端康成『片腕』論—作品構造と主題について—」（「解釈」昭58・8。後「文学・語学」昭58・9。『川端文学への誘い』三弥井書店、昭61・8）は主人公を壮年とし、「「女の露が出るなら……。」は女体としての再構成を意味する。即ち、再び私が女体と交情することを願っている様子が伺えるが、読み過ぎであろうか。」と述べ、テーマを「1　母体回帰、母体希求、母体憧憬」「2　人間のエゴ　極限状況に於ける人間の生き方、二者択一を迫られた場合の心の働き」とする。

大久保喬樹「後期川端康成作品の二相（2）「片腕」」（「紀要」東京女子大学、昭58・9）は、「現実」の世界と「我々の生きる現実世界とは交錯しない純然たる非現実世界」を、「眠れる美女」と「片腕」の基本的な異質性とし、両作品の同質性と異質性に触れ、さらに「片腕」が現実の模写の小説や寓意的な空想的小説とも異なり、「現実に対する今ひとつの現実の可能性を提示する仮説的モデル」としての、「メルヒェンないし幻想小説」であることを述べたもの。

小林一郎「泰山木—「片腕」—」（『花曼陀羅　川端康成の心』アート・プロデュース社、昭59・9）は泰山木を「清浄なもの」と「官能的な情念」を表し、その花と崩落は娘の開花と崩落を象徴しているとする。

原善「「片腕」論—そのフェティシズムの構造を中心に—」（川端文学研究会編『川端文学への視界』教育出版センター、昭60・1。後『川端康成の魔界』有精堂、昭和62・4）は「これまでの研究の流れで、対象の〈片腕〉の方に重きを置くあまりなおざりにしてきた、視点人物であり語り手である〈私〉の側の〈孤独〉の在りようへの解明につながるはずである。」と「私」の「孤独」の解明を強調する。「〈腕〉とは何か。」と問い、「女体の部分」として、「これまでの研究の流れを通覧して嘆かざるをえないのは、「片腕」を純潔喪失の物語と読むあまり、それを失わしめた〈私〉の存在を置き忘れ、ひたすら対象の《女》の美なり哀しみなりを重視偏重するか、あるいは一足飛びにそうした作品を形象した作家の純潔観なり、創作動機なりを論ずるという偏頗な歴史だった点である。……」としながら、「「片腕」はまず断片を欠いた人間が断片を嗜好する物語として読まれるべきであろう。」とする。「なお、本稿はあくまでも「片腕」を〈私〉という視点人物を中心に考察して、その〈孤独〉の内実を明らめ、フェティシズムの構造を確かめることを目的としたために、精緻な読解という意味では分析が為さねばならぬ、象徴的描写の様々な断片について触れえぬままに終わってしまった。」とあるように、象徴的描写の解明が現在でもなされているとは言えないのが現状である。

岩田光子「「片腕」の作品様式」（「日本文芸学」第22号、昭60・

11。後『川端康成―後姿への独白―』ゆまに書房、平4・9）は、「以上私の「片腕」認識は〈愛〉〈性〉への純粋な憧憬を、現世的な人間性を除去した両性の交りというかたちに昇華したものとすることで要約できようか。そこには熱いもの、生々しさ、はなく、それでいて湿り気のたっぷりした幻想世界の中で血なまぐさいアレゴリイが息づき、かえって不思議なリアリティを現出させているのである。」と読み解いている。

上田渡「川端康成『片腕』論」（「国学院雑誌」昭62・2）は、「確かに男の片腕への執着は、異常なまでのエロティシズムの高まりを感じさせてくれるが、それは愛などとは全く別のものであり、作品空間そのものの異常さに由来する。濃密なもやとあやしい光に囲まれた空間の持つエロティシズムである。」と愛ではなく空間を、「この作品は男が片腕を借りて自分の部屋に帰り、自分で片腕を付け替える物語ではなく、片腕が男をもや空間に誘い込み、男の片腕と付け替わる物語なのである。男が主体なのではなく、片腕が主体となっているのである。」と片腕を中心に、もやも「もや空間とは男の孤独な幻想によって形成された空間、川端文学特有の言葉で言えば、いわゆる〈魔界〉に相当するものだろう。」と「魔界」に、そして結論を「片腕が男をもや空間に誘い込むという基本構造の中で、もや空間の内実と意味を探って来た。そして最終的には、片腕を借りた男の死と復活のドラマとして作品を解釈し、もや空間を男の理想的な死の空間として捉えたが、男自身娘の片腕をもぎ取ることでその空間を破壊する。男は深いかなしみとともに現実空間に復活し、片腕は現実空間の中で死んでいく運命にあった。」と、それ以前の論をほとんど否定している。

森本穫「「片腕」におけるスティグマと肉体」（「国文学」昭62・12。後『作家の肖像』林道舎、平17・1。改題「閉ざされた空間―『片腕』論―」）は、「本質的には「私」は老人であると考える。」として、「川端が晩年に行きついた内面のすがたを、「片腕」はまことに如実に語っているからである。この作をつらぬく強烈な幻想性は、そのまま川端晩年の精神の、直接の反映なのである。」として、川端晩年の精神を「……晩年の川端を支配していた孤絶感であると考える。現実遮断の思想といってもいい。現実の生活空間に身を置きながら、川端の内面を支配していたのは死者であり、過去であり、要するに現実の眼には見えない世界であった。老いの現実に対する絶望がそのような境地に招いたのだと思われるが、そのような孤絶感は、作者をいっそう現実遮断の方向へ導くのである。」と解明する。掌の小説の「「白馬」「雪」に描かれた秘法は、期せずして「片腕」を産んだ作家の内面を明かしている。「片腕」もまた、もやの夜という、現実から遮断された空間で、思いのままに自己の欲する世界に没頭する主人公の物語である。」とする。作品末尾を「その人工的な世界が所詮ははかない夢想に過ぎず、老年にとって真の救済はあり得ないことを確認したところで終っているのである。」と理解する。

田久保英夫「川端康成『片腕』」（「群像」昭63・5）は「つまりこの作品は、こんな風に一個の生命体となった片腕と、「私」の体とが束の間の合一へ至る物語である」と考える。

山中正樹「「片腕」論」（「名古屋近代文学研究」6、昭63・12）は、同時期に書かれた掌の小説「地」と「片腕」は「聖母マリアの処女懐胎という同じモチーフによって書かれた、表裏をなす作品」として、「つまり生身の人間である娘との直接の情交ではなく、片腕と交合するという設定はマリアの処女懐胎のメタファーである。」と処女懐胎の重要性を、また「「私はゐなくなつた」とは母の胎内に回帰したことを意味している」と母胎回帰を示しながら「処女である娘の片腕と交合したことにより、つかのまの母のイメージを与えられたものの、結局「私」には母の記憶は無いのであり、その限りにおいては根本的な救済は成し遂げられるはずも無いのである。」とする。

森安理文「片腕—悲劇の露」（『川端康成　ほろびの文学』国書刊行会、平元・10）は、「老年」「車を運転している女」「孤独の部屋」「泰山木の花」について触れながら「片腕が娘の象徴であることは、前にも述べたが、厳密にいえば、肉体のすべてではなく、肉体にひそむ純潔の象徴である。「私」の悲願は、その純潔にそそがれているのであって、娘の全体像にあるのではない。従って、欲しいのは純粋の「片腕」にあって、それ以外の部分は腕を持つ娘の処に残っているのである。だからこそ「片腕」だけを一夜だけ借りてきたのである。だが、一夜過ぎて、純潔を失った「片腕」はもう必要ないので、残された娘のところに返さなくてはならない。」と、「片腕」を「純潔の象徴」とする。

小菅健一「「片腕」論（上）（中）—関係論から見た〈表出行為〉の問題」（「繍」2・3、平2・3、12）は、「片腕」を「ターニング・ポイント」とし「「世界とは何か」から「自分とは何か」に向かいはじめた作品」とする。そして「《作品》に対して表現論的な分析を加えることでこの問題の構図を明らかにして、新たな「片腕」論を提示していくことにする。」「今こそ、「片腕」に内在されている作品構成原理と川端康成の問題意識を、作品内部のコード〈文脈〉を優先して詳細に読み解いていくことが必要であろう。」「歴然としている両作品の位相の差（方向性・問題意識の相違）を明らかにすることから「片腕」論を始めてみたい。」「主人公の〈私〉の自己意識の絶対的な優位に基づいた作品構成原理の諸問題」など問題意識は壮大だが、「ラジオ」「窓」「泰山木」などの分析は必ずしも納得出来るものではない。

小佐井伸二「「片腕」再読」（「解釈と鑑賞」平3・9）は「作品は『片腕』。初読のときに受けた不気味という印象はもうなく、むしろ可憐、そして小説というよりはおとぎ噺のように読めた。」と記す。

馬場重行「川端康成「片腕」私考—〈関係〉の物語—」（「目白学園女子短期大学紀要」平4・12）は、「ごく大雑把に言えば、純潔喪失の物語としての「片腕」から、「私の孤独」を語った物語への変換が為された訳だ。そして、本稿では後述するような形で更にそれを乗り越えるべく〈関係〉の物語という図式の提示を試みてみたい。」として、それ以前の研究・評論をまとめて論じたもの。小説を五つの場面に分け「Ⅲ「私」と「娘」という関係／曖昧な語り」「Ⅳ「もや」空間の中の〈関係〉」「Ⅴ回想する「私」」では「「片腕」という小説の不気味さはこうした自己存在の歪んだ像としての「私」によって醸し出されている。」とし、「Ⅵ血の交流」では「先のレインの言葉に従うとするならば、〈孤独〉な「私」も、〈片腕〉という他者との「交流」により「いなくな」る「私」も、共に初めからその存在は〈関係〉内において無であった。」とし、「Ⅶ〈二人で一人〉の呪縛／「私」の〈死〉」では「「……美醜が表裏一体しているだけで、〈片腕〉と「私」の右腕とは同位相にある〈二人で一人〉の存在なのだ。本来ならその両方を同時に抱え込むことで果たされるべき理想の実現を、三本手の異形の存在とはなり得ない「私」は自ら崩壊させるしか道はなかった。」と述べながら、「「私」は「娘」の〈片腕〉を殺したのではなく、「私」自身を殺したのだ。」と主張する。

永栄啓伸「葛藤する「私」―川端康成「片腕」考―」(「解釈」平6・9)は、「……それも所詮は「はかない夢想に過ぎず、老年にとって真の救済はあり得ないことを確認した」と言い切る森本氏の末尾の解釈には、いささか疑念が残らぬでもない。むしろその根底にあるのは、自己確認と、そのため犠牲になった〈片腕〉への夢想ではないだろうか。」「〈孤独〉と同居する「私」の世界へ、他者としての〈片腕〉が侵入したことによる「私」の内部で生起する葛藤である。」「自己を再確認するなかで〈片腕〉は犠牲になったのであり、しかしそれは先に見た〈もう一つの自己〉として深く関わる存在ゆえに、まるで「愛児を抱きしめるように」悲嘆に暮れるのである。とすれば、作品内部には何よりも、悲しいまでの自己救済への願望が伏流していると見なければならない。」と主張する。

福田淳子「「片腕」論―母胎回帰幻想の物語として―」(田村充正・馬場重行・原善編『川端文学の世界3　その深化』勉誠出版、平11・4)は、「本稿は、男女の交合というフィルターを外した時に見えてくる作中の母胎性、子宮性といった問題をクローズアップさせ、〈私〉と〈片腕〉と片腕の持ち主である娘をはじめとする〈女〉との関係を明確に読みといていこうとするものである。娘から片腕を借りる場所、アパートまでの道中、アパートの部屋という三つの場で展開される物語の、それぞれの場の意味を考察しながら、〈孤独〉な〈私〉が生み出す幻想の物語としての意味を探って行くことにする。」と論の目的を明確に述べ、「二人の子供たちは、胎内にいる、まだ未分化の女の運命を暗示するものとしても考えられよう。」として「……〈孤独〉たる自分の自己確認の行為が、片腕を付け替えることでなされたのである。〈生命の冷えてゆく、いたいけな愛児を抱きしめるやうに〉〈片腕〉を抱きしめる〈私〉は、永遠に救われることのない〈孤独〉な自分自身の分身を抱きしめる姿でもあったのだ。」と結論する。

吉田知子「片腕」(「新潮」平11・6)は「「片腕」は、その「眠れる美女」の続き、というより、より純粋に原型をとりだしたというようなものかもしれない。あくまで川端美学なのである。」と記している。

高山宏「「不気味なものが……」川端幻想文学の新しさ―「片腕」「眠れる美女」にふれて」(「国文学」平13・3)は、「「片腕」の世界は畢竟私の「孤独の部屋」の物語である。」「「私」の「部屋」とは近代西欧の自我、それも言うまでもなく男の自我のメタファーなのだ。」とする。

秋山公男「『片腕』―「孤独」と幻想」(『近代文学　美の諸相』翰林書房、平13・10)は、「一　「孤独」の浄化」では「孤独の部屋」を梶井基次郎「冬の日」と重ね「いずれも、病める「孤独」な魂が生み出した自己の幻像と考えられる。」とする。「二　優しさの交感」は「優しさの交感による、両者の心の同化・融合を暗示するものと思われる。娘の「片腕」を、必ずしも女体の寓喩と捉える必要はない。その「腕」に表象される美しさは、娘の心の美しさである。娘が貸し与える「片腕」には、相互の心を結びいただき合う、〈腕〉本来の機能も寓意されていると考えられる。」として性的な寓喩を否定している。「三　「悲劇」と「かなしみ」」は「「私」の「過ぎた日の幻」「かなしみ」の消去あるいは浄化に、「片腕」に託された本質的な役割があろう。」として「「孤独」の浄化を望みながら、無残にもその「孤独」の「魔の発作」に蹂躙される「かなしみ」の表出に、この作品のモチーフがあるものと推察される。」と述べる。「四　女性美への憧憬」では「「私」の女性美に対する憧憬の念も、モチーフの一つとして軽視できない。」とする。「五　幻想への作為」では「ほかに、この小品を覆っている「強烈な幻想性」も、その美的形象性の一端として看過しえない。」と、作品の様々な問題点や主題を指摘する。

張月環「川端康成の『片腕』と絵画―特にクレーとの関係―」（『川端康成の美の性格』サン・エンター・プライズ、平13・11）は、「川端の『片腕』はクレーの遺作「無題・あるいは静物」からきた題材ではないかと思われる。」と類似性を指摘し、テーマを「川端がこの小説で言いたいのは、純粋な美というものは決して触れてはならないものだということである。」とする。

車谷長吉「恐怖小説　剃刀／片腕／出口」（『文士の魂』新潮社、平13・11）は、「これはまぎれもない傑作だった。しかも恐ろしい小説だった。」と、実作者として高く評価する。

中嶋展子「川端康成「片腕」の構造」（「国文論稿」岡山大学言語国語国文学会、平15・3）は、「『片腕』の構造を明らかにする試み」として、「私」を「孤独」な状態とし、娘と娘の「片腕」については、「あたし」に注目し「娘と娘の「片腕」の会話文から、主人公「私」を亡き者にしようとする娘と娘の「片腕」の在りようが伺える」とする。

後藤聡子「自意識の病い―川端康成『片腕』をめぐって」（『川端文学への視界18』銀の鈴社、平15・6）は、「「私」の自己性のありかたを明らかにしつつ、何ゆえに「私」が「片腕」との融合を求め、何ゆえにそれが破綻をきたしたのかを探ってゆくことが本稿の目的である。」として、「「私」の奥底に根付いた罪責感に裏打ちされた自意識は、「片腕」を〈わたし〉にふさわしくないものとして拒まざるを得ず、一体感は自らの内からくずおれていった。」とする。

韓輝源「川端康成「片腕」論」（「日本文学論集」28、大東文化大学大学院日本文学専攻院生会、平16・3）は、「娘の片腕が人格を持つ意味、「私」がアパアトへ行く道中の出来事、そして「私の孤独の部屋」という空間の意味などを考察しながら、視点人物であり語り手である孤独な「私」と片腕が行う非現実的な儀式と、そのもやという幻想空間の意味についてまとめてみたい。」として考察したもの。

なお、現在までの「片腕」研究に触れたものには、

馬場重行「「片腕」研究史瞥見」（林武志編『川端康成戦後作品研究史・文献目録』教育出版センター、昭59・12）

原善「〈川端康成作品論事典〉片腕」（「国文学」昭和62・12）

馬場重行「川端康成「片腕」私考―〈関係〉の物語―」（「目白学園女子短期大学紀要」平4・12）

福田淳子「片腕」（羽鳥徹哉・原善編『川端康成　全作品研究事典』勉誠出版、10・6）などがある。

「片腕」研究文献目録

森 晴雄

林房雄「文芸時評」(「朝日新聞」昭38・7・27。後『文芸時評』桃源社、昭40・4)

平野謙「文芸時評」(「毎日新聞」昭38・7・30、12・23。後『文芸時評(下)』河出書房、昭44・9)

山本健吉「文芸時評」(「東京新聞」昭38・7・30、12・21。後『文芸時評』河出書房、昭44・6)

河上徹太郎「文芸時評」(「読売新聞」昭38・7・31。後『文芸時評』垂水書房、昭40・9)

本多秋五・野間宏・佐々木基一「創作合評」(「群像」昭39・2。後『群像 創作合評』講談社、昭46・7)

進藤純孝「批評のコペルニクス的転回―〈文芸時評〉―作品は死物である」(「文学界」昭39・3)

進藤純孝「母胎希求序説―川端康成論(1)―」(「文学界」昭39・6。後『川端康成 その人・その作品』冬樹社、昭44・2)

進藤純孝「片腕」(「東京新聞」昭40・10・21。後『川端康成 その人・その作品』(冬樹社、昭44・2)

吉行淳之介「文芸時評」(「週刊読書人」昭40・11・3)

三島由紀夫「〈解説 『片腕』〉」(『眠れる美女』新潮文庫、昭42・11。後『蘭陵王』新潮社、昭46・5)

鈴木晴夫「〈主要作品梗概 片腕〉」(長谷川泉編『〈現代のエスプリ〉川端康成』至文堂、昭44・4)

サイデンステッカー「川端康成の世界―漂泊と哀愁の文学」(「ソフィア」昭44・11。後『異形の小説』南窓社、昭47・2)

河村政敏「「片腕」試論」(長谷川泉編『川端康成作品研究』八木書店、昭44・3。後「増補版」昭48・1)

長谷川泉「「眠れる美女」と「片腕」」(『川端康成論考・増補版』明治書院、昭44・6)

武田勝彦「『片腕』」(川端文学研究会編『川端康成の人間と芸術』教育出版センター、昭46・4。後『川端文学と聖書』教育出版センター、昭46・7)

坂戸正夫「無限と断片＝川端康成論(13)」(「文学者」昭47・2)

北杜夫「「片腕」など」(「〈新潮臨時増刊〉川端康成読本」昭47・6)

武田勝彦「片腕」(長谷川泉『川端文学の味わい方』明治書院、昭48・9)

月村敏行「川端康成『片腕』」(『批評の原理』国文社、昭49・12)

森本穫「川端康成晩年の一断面―「片腕」と同時期「掌の小説」を中心に」(広島県立 沼南高等学校「研究紀要」昭51・3。後

『孤児漂泊―川端康成の世界』林道舎、平2・4）

橋本真理「鏡のなかの喪明　《片腕》」（「ポエム」昭52・9）

羽鳥徹哉「「片腕」を読む」（武田勝彦・高橋新太郎編『川端康成　現代の美意識』明治書院、昭53・5）

羽鳥徹哉「川端康成『片腕』読解」（「会報47」日本近代文学会、昭53・8）

川村二郎「解説」（日本文芸家協会編『現代短篇名作選7』講談社、昭55・2）

佐藤碧子「片腕」（『瀧の音　懐旧の川端康成』東京白川書院、昭55・12）

長谷川泉「片腕」（『心象幻想―川端文学へのいざない―』アート・プロデュース社、昭56・4）

小林一郎「『片腕』」論」（川端文学研究会編『〈川端康成研究叢書9〉魔界の彷徨』教育出版センター、昭56・5。後「片腕―超脱する世界への秘儀―」『川端康成研究―東洋的な世界―』明治書院、昭57・9）

鶴田欣也「片腕」（『川端康成の芸術―純粋と救済』明治書院、昭56・11）

馬野寿美・敷田麻美・平口尚子・舟所武志・松井保治・矢持順子「『片腕』における「片腕」の二面性」（「国語表現研究」昭57・3）

林武志「片腕」（『〈鑑賞日本現代文学15〉川端康成』角川書店、昭57・11）

田口茂「川端康成『片腕』論―作品構造と主題について―」（「解釈」昭58・8。「文学・語学」昭58・9。後『川端文学への誘い』三弥井書店、昭61・8）

小林一郎「泰山木―『片腕』―」（『花曼陀羅―川端康成の心』アート・プロジュース社、昭59・9）

大久保喬樹「後期川端康成作品の二相（2）「片腕」」（「紀要」東京女子大学、昭58・9）

馬場重行「「片腕」研究史瞥見」（林武志編『川端康成戦後作品研究史・文献目録』教育出版センター、昭59・12）

原善「「片腕」論―そのフェティシズムの構造を中心に―」（川端文学研究会編『川端文学への視界』教育出版センター、昭60・1。後『川端康成の魔界』有精堂、昭62・4）

金井景子「〈代表作ガイド　片腕〉」（『群像日本の作家13　川端康成』小学館、平3・7）

内山正純「〈作品のあらすじ　『片腕』〉」（「解釈と鑑賞」平3・9）

岩田光子「「片腕」の作品様式」（「日本文芸学」第22号、昭60・11。後『川端康成―後姿への独白―』ゆまに書房、平4・9）

上田渡「川端康成『片腕』論」（「国学院雑誌」昭62・2）

森本穫「「片腕」におけるスティグマと肉体」（「国文学」昭62・12。後『作家の肖像』林道舎、平17・1。改題「閉ざされた空間―『片腕』論―」）

原善「〈川端康成作品論事典〉片腕」（「国文学」昭62・12）

田久保英夫「川端康成『片腕』」（「群像」昭63・5）

山中正樹「「片腕」論」（「名古屋近代文学研究」6、昭63・12）

渡辺直已「『片腕』と『富美子の足』」（『超官能』河出書房、平元・3）

森安理文「片腕―悲劇の露」（『川端康成　ほろびの文学』国書刊

行会、平元・10）
猪股泰治「「片腕」にあらわれた川端の精神の軌跡」（「近代文学論叢」北海道教育大学旭川分校日本近代文学研究室、平2・3）
吉峯浩二郎「「片腕」作品研究」（「近代文学論叢」北海道教育大学旭川分校日本近代文学研究室、平2・3）
和田千草「「片腕」論―「私」のかなしみについて―」（「近代文学論叢」北海道教育大学旭川分校日本近代文学研究室、平2・3）
小菅健一「「片腕」論（上）（中）―関係論から見た〈表出行為〉の問題」（「繍」2・3、平2・3、12）
小佐井伸二「「片腕」再読」（「解釈と鑑賞」平3・9）
杉山恵治「空位の祭壇―「片腕」」（「新潮」平4・6）
馬場重行「川端康成「片腕」私考―〈関係〉の物語―」（「目白学園女子短期大学紀要」平4・12）
永栄啓伸「「解説」―「片腕」・刺青（抄）」（田中実・馬場重行・原善編『対照読解　川端康成〈言葉の仕組み〉』平6・2）
永栄啓伸「葛藤する「私」―川端康成「片腕」考―」（「解釈」平6・9）
森下早智子「川端康成『片腕』―その愛の位相」（「文芸論叢」第33号、平9・3）
田口茂「『片腕』―新たに再読をして―」（「解釈と鑑賞」平9・4）
福田淳子「片腕」（羽鳥徹哉・原善編『川端康成全作品研究事典』勉誠出版、平10・6）
福田淳子「「片腕」論―母胎回帰幻想の物語として―」（田村充正・馬場重行・原善編『川端文学の世界3　その深化』勉誠出版、平11・4）
久世光彦「女の〈片腕〉との対話」（「読売新聞」平11・5・10。後『美の死　僕の感傷的読書』筑摩書房、平13・9）
吉田知子「片腕」（「新潮」平11・6）
表理絵「片腕」（「江古田文学」42、平11・11）
高山宏「「不気味なものが……」川端幻想文学の新しさ―「片腕」「眠れる美女」にふれて」（「国文学」平13・3）
秋山公男「『片腕』―「孤独」と幻想」（『近代文学　美の諸相』翰林書房、平13・10）
張月環「川端康成の『片腕』と絵画―特にクレーとの関係―」（『川端康成の美の性格』サン・エンター・プライズ、平13・11）
車谷長吉「恐怖小説」（『文士の魂』新潮社、平13・11）
金美廷「「片腕」の幻の世界―《距離》を手がかりにして―」（「九大日文」平15・2）
中嶋展子「川端康成「片腕」の構造」（「国文論稿」岡山大学言語国語国文学会、平15・3）
後藤聡子「自意識の病い―川端康成『片腕』をめぐって」（『川端文学への視界18』銀の鈴社、平15・6）
韓輝源「川端康成「片腕」論」（「日本文学論集」28、大東文化大学大学院日本文学専攻院生会、平16・3）

「たんぽぽ」研究史

高橋真理

一、論評のはじまり

「たんぽぽ」は昭和三十九年六月から四十三年十月まで、雑誌「新潮」に二十二回にわたって断続的に発表された。二十二回目の末尾には「つづく」とあったが、ノーベル賞受賞のこの月を最後に続きは発表されず、三年半後に川端は自殺した。没後まもなく、その中絶されたままの二十二回分が一挙掲載され（「〈新潮臨時増刊〉川端康成読本」昭47・6）、その三ヶ月後、未完の遺作『たんぽぽ』（新潮社、昭47・9）として単行本になった。「新潮臨時増刊」号にも単行本にも、解説や解題に当たる文章が付されている。これらが、この小説に最初の論評の道筋をつけたものと言えるだろう。[注1]

初めての解説とも言うべき、吉村貞司「「たんぽぽ」について」（「新潮臨時増刊」号、昭47・6）は、稲子＝純粋という式に沿って作品を読み込んだもので、川端が繰り返し描いてきた「少女の純粋さにささげた讃歌」の一つと位置づける意図を持つ。そこでは、物語の重要なモチーフである人体欠視症こそが稲子の純粋性の表れとされる。話の上では「父の惨死を目撃したときのショック」が原因になっているようだが、一方でそれは「聖少女」を完成するための方便でもあるというのだ。入院という形で稲子を「不在」にし、すべてを婚約者と母親の対話で構成する「大胆な試み」の中でこの作品が問いかけているのは、「純粋」による人間の救済は可能か、ということだと吉村は述べた。なおこの文章は後に補筆され、『妖美と純愛―川端康成作品論―』（昭54・12）に収録された。

単行本『たんぽぽ』（昭47・9）には、佐伯彰一「解説」と川端香男里「『たんぽぽ』覚書」が付された。佐伯の「解説」は、この小説の構造をつかみ出すとともに、後に継承されることになる問題点を多数提示した。たとえば小説の舞台生田町については、こう述べている。この地名は、生かし生み出すとの意味を持つようだが、癲狂院の存在が微妙な影を落としている。近松の「生玉心中」や、万葉に始まる葦屋処女の物語では、同じ生田の名を持つ土地が愛する者たちの死の場所であった。古典の参照で生死の重なりが見えてくるわけだが、二重性は地名だけの問題ではない。小説の構造そのものに関わるとして、佐伯は他の事柄を具体的に挙げた。

人体欠視症の少女稲子の語られ方も、その一つである。この重要登場人物は、他者の会話の中にのみ現れる。その生身を現前させることなく、いわば前面からは「欠落」した状態でい続ける形式をとったこの小説を、「主人公不在の欠如態のままで進行する逆説的な仕組みの小説」だと佐伯は説くのだ。こうした「新しい小説」の実験は「眠れる美女」「片腕」に続くもの、とここでは位置づけられている。

稲子の物語は「少女小説」じみているが、稲子の母が「襖の向ふ」に若い男性を意識しながら床に就く場面には、「なまなましいリアリティ」がある。佐伯はそういう指摘の一方で、死や運命についての超越的指向を持つ会話にも、川端の文学の特質を見る。「世俗的なエロスのかたちに終始かかわりながら、必ずどこかに超越の光がさしこむ」のだと。

小説の構造や読みに関する佐伯の「解説」に対し、川端香男里「『たんぽぽ』覚書」は、関係者の立場から出版や本文確定の経緯を記した、解題に当たるものである。

単行本『たんぽぽ』は、実は雑誌連載のものとはかなりの異同がある。川端康成は生前、初出誌の切り抜きに書き込みや書き換えを施していた。川端没後、それに従う形で川端香男里が修正・校訂したものが単行本本文となった。「『たんぽぽ』覚書」は、「長篇物のいわば絶筆」として全篇を雑誌再録し、引き続き単行本化した事情や、今触れた修訂の経緯などを記したものである。そこに例示されている修正は、次のように要約できる。

①「新潮」連載第十二回の切抜きに、ゴヤの絵に関する記述を削除するという書き込みがあり、その指示に従ったこと。

②連載第十五回の切り抜きに、「後の事」と指示された部分があり、稲子の髪を久野が切らせた事件の記述を削除したこと。

「創作メモ」の一部も具体的に示され、連載中の長い休載が、旅行や入院によるものであることも明かされた。

この「覚書」は単なる解題を超えて、以後の「たんぽぽ」研究の枠組みを規定したとも言える二つの大きな意味を持つ。一つは、連載中断のまま放置されていたこの作品を「長篇物のいわば絶筆」と意味づけ、川端最後の長篇小説という特別な位置を与えたこと。もう一つは、修訂の経緯や修正例を提示した上で、これを本文として定着させたことである。関係者による信頼できる「覚書」であったために、「川端康成の遺作」「最後の長編！」という帯の広告文の効果もあわせて力を持った。以後「たんぽぽ」は川端作品の集大成のように扱われ、この本文も全集や文庫本として流通していくことになるのだ。

だが一面では逆に、この「覚書」の信頼性が、この作品の生成過程を見失わせる発端を作ってしまったのも事実だろう。後述する武田勝彦以外、この問題にこだわった者はほとんどなく、おそらく通常の校訂のレベルをはるかに超えて第三者の手が入ったと思われる新しい本文で、作品が読まれることになったのだ。もちろん、この単行本を最終稿として読みながら、必要に応じて雑誌の初出稿に当たることは可能である。だが特殊な成立過程を持つこの小説の場合、本文が生み出されていくプロセスそのものを初めから動的に捉え直していくアプローチが、他の作以上に有効に働くのではないか。書き込みのある発表誌切抜きや創作メモの実物に当たっての本文研究が、「やっと布陣を終えたか終えないかのところ」で中絶し、「これからストーリイを発展させるつもりであったことがうかがえる」と「覚書」にあるこの小説の、分析の手掛かりになる可能性もあるだろうと思われる。関係資料の公開が望まれる。[注2]

川嶋至「美神の反逆―「たんぽぽ」の世界―」（昭47・7）は、作家論の枠組みの中で、最後の長編としての「たんぽぽ」に触れた最初期のものである。単行本『たんぽぽ』の二ヶ月前に発表された。他者の「対話のつみ重ね」だけで稲子を描こうという「冒険」は野心的だが、その対話から「稲子の像がいっこうに」鮮明化してこないという意味で失敗作だと川嶋は言う。あわせて、西山老人を「作者の重い分身」とすることで、「美神」に「反逆」された芸術至上主義者川端の敗北の姿を、作家的衰弱として浮かび上がらせようとした。

二、作品論

「たんぽぽ」が作品論や作家論の対象となるのは、単行本への書評（長谷川泉・野島秀勝）から数年後のことである。作品論から、いくつか特色あるものを紹介する。

武田勝彦「「たんぽぽ」論」（昭53・5）は、人間の世俗的な愛とその「対極にある絶対的な愛」の葛藤が小説の主題だとする論。武田は、稲子と久野の交際の起点を稲子の高校卒業頃か卒業後と推定した上で、初出誌切抜きの現物（先に川端香男里「覚書」のところで触れた修正②に当たる部分）を借覧し、物語内の時間に矛盾を引き起こしてしまう校訂の問題点を挙げた。さらに切抜きの中の、刊行時に削除される部分に着目。そこには久野の「サディスティックな嗜好」が記されており、これが「作品のどこかに接続されて「たんぽぽ」が完結されていれば、稲子の人体欠視症は父の死を目撃した精神的打撃と久野の烈しい愛し方による肉体的衝撃という二つの原因から生じたもの」だとわかると述べている。

長谷川泉「「たんぽぽ」の構造」（昭56・5）は、「山の音」の信吾と菊子のあり方の転移とも見られる稲子の母と久野の関係、稲子の父の「義足」や作中に頻出する「白」い色のこと、「創作メモ」のことなど、読解上のいくつかのポイントを示唆したもの。

岩田光子「たんぽぽ」（昭58・10）は、同じ問題意識を論に高めた。「恋人久野の稲子への純愛、稲子の母の久野への再生的な愛」、「西山老人の稲子への救済的愛」という三つの流れがある中で、最もリアリティを持つ母と久野との関係に岩田は注目し、ここに長谷川の言う「山の音」ではなく、「千羽鶴」からの「近親相姦の系譜」を見た。唯一固有の名を持たない稲子の母を通して、「人間の、男女の、どうしようもない性のもだえが、背徳性とか不倫とかというものの外にあるという」テーマの一つが見えてくるというのだ。「「白」という基調色」についても、詳しく分析された。

森本穫「「たんぽぽ」とバルザック」（昭58・6）は、作中で稲子の父木崎が妻に言うバルザックの言葉は、「谷間の百合」からの引用だと指摘した短文。「たんぽぽ」で「四十歳の女は」となっているところは、「谷間の百合」では「五十歳の女は」だったという。

これに続く森本の「川端康成「たんぽぽ」試論―生田伝説・三井寺伝承を中心に―」（昭59・11）は、この小説を本格的に論じたものである。年立ての解釈に、先の武田論と違うところがある。稲子と久野の交際の始まりを、稲子の高校卒業頃か卒業後と推定する武田に対し、高校二年の稲子がピンポン玉を欠視した事件の前と森本は考える。この違いは、単行本によるか初出誌によるかで出てくるものだ。「ピンポン玉事件のとき、すでに久野との交際があったことは、机のひきだしに髪の束があったというエピソードから明らか」だとする森本は、初出稿（あるいは「覚書」に再録された該当箇所）を見ているのだろう。なおこの「エピソード」は、武田論でも注目されていた刊行時に削除される部分であり、「稲子の深層心理の秘密」を示すものとして森本もここを重視した。

森本はその「深層」を、背後に隠されている古典作品の詳細な解読によって引き出している。その際ことに問題とされるのは、三井寺で鐘を撞き、仁徳陵で白鷺を見たという稲子の二つの体験である。謡曲「三井寺」とその鐘にまつわる伝承を分析することで、今の稲子が撞く病院の鐘が「亡き父を呼びもとめる声」であることが見えてくる。死者のイメージを喚起させる仁徳陵の白鷺を見たことは、稲子の亡き父との「精神上の再会」であった。さらに、謡曲「生田敦盛」と「求塚」を小説の舞台である生田に重ねてみると、父と恋人との間に引き裂かれる稲子の愛の葛藤という「たんぽぽ」の主題が立ち上がると、森本は論じていく。単行本の解説で佐伯彰一が指摘した古典との関わりが、森本の調査と分析でさらに掘り下げられたことになる。

三、作家論の中での論評

刊行時に「長篇物の」「絶筆」とされたため、作家論の中でもしばしば言及されるが、特にこの小説を重視するものをいくつか挙げる。

まず山本健吉。「たんぽぽ」に川端の仕事の帰着点を見る山本は、『〈新潮現代文学1〉川端康成集』（昭54・5）「解説」で、他の収録作品には触れずに、「たんぽぽ」一作を取り上げた。川端は「生涯を賭けて『伊豆の踊子』に辿り着こうとし、『たんぽぽ』に至って、届きそうになって生涯を終えた」という見取図で書かれたロマン的作家論とも言うべきものだが、「たんぽぽ」論としても読める。「内なる暗黒」を示す西山老人を川端その人と見る山本は、作のモチーフに「作者の魔界からの脱出意志」を想定し、それまで見過ごされていた「竹の声に道を悟り、桃の花に心を明るむ」という作中の道元の言葉に注目した。「伊豆の踊子」には、道連れになり心を癒してくれた旅芸人一行への感謝の念がある。「たんぽぽ」にも、「狂った心に快癒の時を恵んでくれる」町や寺や鐘や人々が用意されており、道元の言葉の示す「「衆縁」の不可思議の力」が描かれるはずだった。「一休の「仏界入り易く、魔界入り難し」から、道元の「竹の声に道を悟り、桃の花に心を明るむ」へ」という構想を、山本はそのように推定する。

栗原雅直「寒風の母—川端作品の血縁構造」（昭56・5）は、精神医学の立場から、川端文学における血縁の意味を考察しようとしたもの。川端は、登場人物の父の墜死場面を、初期から晩年までいくつもの作品の中で描いてきた。そこに栗原は、川端の潜在意識を読み取ろうとするのだ。「たんぽぽ」は、それが「もっとも重要なモチーフとなっている」作品で、稲子が「父の墜死を自分のせいと思う罪悪感が人体欠視症の原因だとしたら、娘の視覚喪失の形はかりているものの」、それは川端自身の「エディプス・コンプレックスに他ならぬのであろう」とある。

川端の「エディプス・コンプレックス」に視線を当てる栗原に対し、橘正典『異域からの旅人—川端康成—』（昭56・11）は、「「伊豆の踊子」から「たんぽぽ」に至る〈純潔〉への川端の異常なほどの執着」に注目する。「たんぽぽ」に触れているのは第七章と終章である。「〈異郷〉と〈故郷〉の重なりあう桃源郷」のような、しかし「〈冥界〉との二重構造」を持つ生田町を舞台に書かれたこの「絶筆」においても、「愛の交わり」への拒否に関わる稲子の人体欠視症を通して「純潔が志向され」「穢れが忌避されて」いる。それとの対比で、稲子の母が久野と過ごす宿の晩の場面のエロティシズムが描かれている、とある。

四、研究史による総括

先に触れた森本穫の論考までを視野に入れた研究史に、原善「「たんぽぽ」研究史―その批判的概括―」（昭59・12）がある。時系列に沿いながら問題を挙げ、文献を整理した精密な研究史だが、この成果を踏まえた二つの「たんぽぽ」論が、原にもある。

「川端康成「たんぽぽ」序説―言葉と生命―」（昭60・10）は、言語観的視点からこれを論じたもの。「たんぽぽ」は、「言葉によって〈仮りの姿に装はれ〉た道徳・文化といったものの仮象性を痛烈に暴くことでそれらを批判し、さらにそれらによって抑圧されているものの発現の実相を描こうとする作品」だとする。稲子自身がそれを見まいとして欠視/狂気に陥ってしまった「父恋」は、「抑圧されている」その「根元の生命」に関わるものであり、「魔界」はここにこそ立ち現れるはずのものである。作品の表面には登場しない稲子の「不可視の内部」を、「言葉」という不完全なものによる対話で幻出させようとする実験がここでは目論まれた、と原は述べている。

続く「川端康成「たんぽぽ」論―魔界の終焉―（上）（下）」（平1、2）では、「魔界」の文学の最後の試みであるという観点から、欠視・狂気・魔界という三つのモチーフの意味と関連が考察された。欠視は、魔界作品の幻視という方法を反転させたもの。その欠視を裏付ける狂気もまた、「人間存在の根源的な哀しみ」を描く魔界作品の中で必然的に選び取られた手法である、と説明された。

古典との関わりでは、稲子の父恋いの主題につながるとして、親子の情愛をテーマとする謡曲「生田」「三井寺」を重視。稲子の深層にある父恋いを、従来の解釈から一歩踏み込んで、インセスト願望的なものとし、それが欠視の原因であること、西山老人は「異界の父の分身として」稲子の罪を浄化する設定であったろうことなど、大胆な分析を施した。

原は、この小説を必ずしも高く評価しているわけではないようだ。能仕立てにしようとして時間の枠を一昼夜に設定したことと、稲子以外の人物による「会話劇」という方法からくる限界が、結果的には未完を招いた。その「作品内部での方法の破綻・実験の失敗」が主題を後退させ、稲子の物語から久野と母の物語へという転換を招いたと考えるのだ。

なお原は、作品系譜的には、「反橋」三部作や「みづうみ」「眠れる美女」「片腕」など、従来指摘されてきた「魔界」の系列のほかにも、川端の血縁コンプレックスの反映としての父の死というテーマが、「白い満月」「騎士の死」などの作品群に連なると述べている。

研究史を踏まえたこれらの仕事が一つの総括として機能して、以後の研究は新しい段階に入っていった。年立てを整理し稲子の欠視の原因を推測し、主題を導き出すというような、物語内部を対象とした従来の作品論的考察を離れ、論点そのものが更新されて、欠視や狂気をより記号的・構造的に分析するアプローチが見られるようになる。一例として、「見る」ことをめぐる論考を挙げる。

五、「見る」ことをめぐる論考

平成四年六月、「没後二十年　川端康成特集」（「新潮」）で、松浦寿輝と小川洋子がこの小説に触れた。ともに「見る」がキーワード。松浦「見ることの閉塞」は、「凝視と沈黙」によって「「美」の真摯な追求者」として特権化されてきた「川端康成」像の、神話のベールをはごうとする。「凝視」するどころかむしろ「何も見ていない」作家、「見えないものと戯れることを選んだ者への興味を中心的なモチーフ」とする作を生み続けてきた川端康成を論じた作家論で、「見ることの閉塞」の行き着くところをこの最後の長篇小説に見るのだ。

この否定的な評とは逆に、小川「見えないものを見る――「たんぽぽ」」は、「見る」ことをめぐるこの小説の味わいどころを、作家としての直感から捉えようとしたもの。小川自身、「見えないものを言葉で見ようとしている」（「小説の内側と外側」『妖精が舞い下りる夜』角川書店、平5・7）との自覚がある。「形のないものを見ようとした」稲子、「存在していないものが見えた」久野と母親のように、読者も話題にしか登場しない稲子をはじめとする「見えないものを見てしまう」が、「ふと気がつくと、それはまた見えないものに戻っていて、物語も消える」。「見えないものを見せてもらえ」るという意味で、「終わる必要のない」「本質的には十分に完結した小説」だと評価する。

川端の「凝視」については、近藤裕子も講談社文芸文庫版『たんぽぽ』（平8・1）の「作家案内」で触れているが、それを補筆した「視覚の揺らぎ――川端康成の〈目〉」（平15・2）を、ここでは取り上げる。

川端の作品にはその初期から、一方的に対象を観察し「物化」してしまう視線が認められるが、「雪国」ではそれが「対象を断片化せずには受容できない」島村の「視力の衰弱」となって表れている。そして「たんぽぽ」では、「見ることそのものを放棄するための、あるいは見られることから逃避するための最後のフィクション」として、稲子の人体欠視症が用意されていると近藤は指摘する。「〈見たいようには見えない〉」ために「視覚の一部を閉ざしている」稲子は、小説中に姿を現さないという形で「主体」を奪われていることになるが、読者もまた、稲子に対する「視覚を奪われている」。川端の「視覚をめぐる文学的営為」が「世界の視像を剥落させてゆく」さまを、身体論的視座から段階を追って捉えていく手順におもしろさがある。

松浦寿輝は、見ることの閉塞を語り、近藤裕子は、見ることの放棄・見られることからの逃避を指摘した。微妙な、しかし小さくはない差異を示しつつ、一方で二論は、見えないものを見せてくれるとする小川洋子の見解と対立している。もちろんその対立は真反対ということにはならない。むしろ同じ根から出た差異であり、似た問題の裏表であろう。

六、「魔界」論の中で

「仏界易入、魔界難入」の文字を書く作中の西山老人には多くの論者が触れるが、そうした登場人物論ではなく、この言葉の登場を手掛かりとして、川端の戦後の「「魔界」小説」の中に「たんぽぽ」を位置づけようとするものも多く書かれてきた。作品論に組み込まれたものには、すでに触れてきたものもある。ここでは「魔界」論の中で、「たんぽぽ」に触れたものの動向に焦点を当てたい。

黒崎峰孝「川端康成における「魔界」思想―「仏界易入　魔界難入」を手掛かりとして―」（昭54・9）は、「舞姫」「みづうみ」「眠れる美女」を通して川端の「魔界」思想の深化を論じ、「失敗作」である「たんぽぽ」に、「「魔界」思想の崩壊」を見ようとするもの。「川端の化身と言える」西山老人が、精神病院の中で「仏界易入　魔界難入」の文字ばかり書いているという設定の中に、川端の芸術至上主義的「創作の原動力、核」とも言うべき「魔界」の「終焉」が見えるとする。

これに対し今村潤子「川端文学における「魔界」の諸相」（昭57・3）は、戦後の川端は「「魔界」を中心思想―芸術思想―として、男女の愛の世界、及び芸術の世界における」「「魔界」の諸相」を描いてきたが、「舞姫」を起点にし、「千羽鶴」と「名人」を愛と芸術の極北とするこれらの作の最後に位置する「たんぽぽ」には、なお「川端の「魔界」への志向、執着が強烈に表現されている」とする。純粋な愛の極みで人体欠視の「魔の時間」に陥ってしまう稲子をはじめ西山老人、稲子の母の中に「魔界」を読むのだ。

山田吉郎「川端康成の〈魔界〉小説の系譜とその特徴―魔界の包摂するもの―」（平9・4）は、「魔界」を論じた中で、最も明確にその構造を示したもの。戦後の小説を、「千羽鶴」のように「現実世界自体を魔界化してしまうもの」と、「山の音」のように「可視的世界から隔たった異界を魔界化してしまうもの」の二系列に分け、「みづうみ」「眠れる美女」で前者の「魔界」を突き詰めた川端は、「たんぽぽ」で後者の系列に至りついた、と指摘する。

これら両系列の「魔界」小説に共通する構造は、「〈とってかわろうとする指向〉と、〈とってかわろうとするものを忌避し本来のものへ帰ろうとする指向〉との拮抗」であり、「たんぽぽ」の場合、「人体欠視症は稲子の中で重きを占める父の位置に恋人の久野がとってかわろうとする時それを拒むかのように起きる」、その病的なあらわれだとする。

七、平成十年以降の研究動向

『川端康成全作品研究事典』（平10・6）が出て、「たんぽぽ」にも一項目が当てられた。そこでテーマごとに主要論文を整理した羽鳥徹哉は、この後「「たんぽぽ」について」（平11・4）で、詳細にこれを解読した。

その中で注目すべきは、「一つの断定をすると、次ぎに直ぐ、「しかし」と、それとは逆な側面」が見えてそれを書き、また別の側面が見えて書き、ということを繰り返すような川端の文章の特徴が、「「たんぽぽ」全体に亘る形式」を作っているという指摘だ。曖昧で分りにくい川端の文体的特徴が、小説の構造それ自体に関わるとするもので、迂路を取りながらの対話で進行するこの小説の企みが鋭く捉えられている。

作品系譜の面では、「死体紹介人」「虹いくたび」など「死者に対する生者の責任の問題」を扱ったものと、「山の音」「みづうみ」「眠れる美女」など「生の悔恨、生の飢渇の問題」を扱ったものの、二つの系譜上にこの小説を置くことができる、と羽鳥はこれまでとは別角度からの見解を示している。

張月環『川端康成の美の性格』（平13・11）、兪載信「『たんぽぽ』考―感覚の世界を中心に―」（平16・6）など、外国の研究者による「たんぽぽ」論もこの時期に出た。張も作中の「音」に着目したが、愈は、聴覚（鐘の音、稲子の声）に加え視覚（欠視、幻視）・第六感という感覚全てを視座に作品を分析した。感覚に対しても、それを通じて解釈される現実に対しても「不信」を描き続けてきた川端が、ここでは逆に感覚を欠如させることによって直観に近づき、「純粋で根元的な感覚あるいは根元的生命を捉え」ようとしたとする。

東雲かやの「川端康成『たんぽぽ』試論―《気ちがい病院》という装置」（平15・3）は、フーコー、ソシュールを援用しながら、「《気ちがい病院》」が「稲子を《狂人》と名づけるための装置」であり、「《狂人》」という言葉もまたそれ自体、彼女を「《閉じ込め》」る制度として機能していると、「たんぽぽ」の構造を分析した論考。東雲にはこのほかにも二つの「たんぽぽ」論がある。

その一つ、「川端康成、その〝政治〟的まなざし―「たんぽぽ」を読む―」（平16・7）は、稲子を病院に「〝閉じ込め〟る側である」久野と母親の「〈正気〉・理性」も不確かで、「〝常識〟の揺らぎ」が見られることを根拠に、「〝常識〟という装置を積極的に無効化してゆこうとする構造」をこの作品が孕んでいるとするもの。その作品分析を踏まえつつ、さらに時代・作家という角度からの考察を加えたのが、「「たんぽぽ」を読み直す―時代・作品・作家―」（平16・6）だ。「たんぽぽ」の連載開始が、ライシャワー米大使刺傷事件をきっかけに精神障害と犯罪の関係が言われた時と重なることから、「〝異常者〟（＝マイノリティ）排除を正当化する」世相への「リアクション」という側面をこの作品に見る。さらに、川端の「マイノリティ」感覚のあらわれとして、これと同時期に書かれた「たまゆら」に着目。宮崎を旅しながら「古事記」を読み直すという設定の中で、「《規範》としての〈神話〉」とその裏に働く「〈権力〉」までも「〈迷信〉」としてしまう「たまゆら」の構造は、「〝常識〟という装置の解体」という意味で「たんぽぽ」に重なると述べている。

この論考中に「〝魔界〟読みの隆盛」という言葉がある。「たんぽぽ」という作品が、常に「魔界」論の流れの中で捉えられてきたことに対する批評、それを乗り越えようとする意思が、込められていよう。現代思想や作品外の同時代への目配りが、別角度からの「たんぽぽ」論を可能にした。

八、最後に―「たんぽぽ」を論ずることのむずかしさ

「たんぽぽ」は、わかりにくい小説である。そのわかりにくさは、「見えない」ということからくるようだ。見えにくさの原因の一つは、未完だからであろう。未完だから、当然結末が見えない。もちろん見えないのは結末だけではない。作品をひとかたまりのものとイメージしやすい私たちの頭に、未完は、全体の意味を不確定のままにする。全体どころか部分の意味も宙づりにする。終わりの欠如は、始まりの意味をも確定させないことがある。

だが、この小説の見えにくさは、未完という状態からだけ来るのでもないようだ。再三言われてきた通りこの小説には、初めから主要人物である稲子が直接姿を現さない。母親と婚約者の会話を通して、彼女を見せていこうという形式で進められているのだ。とはいえ実際は、その稲子の像がよくは見えてこないのである。稲子の過

去は会話の中に散りばめられているが、再構成しようとすると、欠落があり、事件の前後関係も曖昧である。

物語の重要なモチーフである人体欠視症も、わかりにくさの素、すなわち「見えにくさ」を作り出している。人体の一部が欠けて「見えない」症状を持つ稲子。稲子の視界のみならず、病気の原因もまた、簡単には辿れない捩れや混沌の中にある。その稲子が、生身を一度も現前させることなく、母と婚約者の会話の中に不完全に現れては消える。その像は、彼女の欠けた視界を、読者の側に移したような具合であろうか。比喩としての欠視があちこちにあるこの物語が、未完で終わるのは必然であったかもしれないとさえ思わせる。

ともあれ、探偵にとって、わからなさこそ謎を解く動力である。「たんぽぽ」研究の跡を辿ってみると、研究にとって一見自明のこと、つまりわからないことを明らかにするということが象徴的に示された事例である気がしてきた。つまり、「たんぽぽ」研究史は、物語自体の抱えた形や内容に従う形で、見えないものを見ようとする作業を、克明に積み重ねてきたと言えるのではないかということだ。

登場人物の関係性が検証され、表面には見えていない稲子と父親との関係がまずは注目された。人体欠視症は精神の病なので、稲子の深層が分析的に眺められる。罪悪感、父恋い、さらにインセスト願望等、その原因もみなここを軸にして考えられてきた。そして今度は反対に、初めから見えている方の母親と婚約者久野との関係にも目が向けられた。二十歳ほどの年の開きが、逆に意味を持ってくる。わざわざ襖一枚しか隔てのない危うい位置に置かれているのだから、こちらの方がはるかにリアリティがあった。

見えにくい装置の中の見えにくい関係の物語。それを解きほぐし、あたかもその謎を解こうとするかのようなアプローチ。その過程で必要に応じて、初出稿が検証されることも出てきた。物語の意味の欠落を補うために、一度は欠落させた本文を復元する作業が行われたということになろうか。見えないものを見るために、消されたものを見ようとするのは自然である。ただ、その限りにおいては、最終稿（単行本本文）を元にしながら適宜参照するというやり方でしか、初出稿本文は生かされないであろうが。

「最後の」長編という位置づけも、「たんぽぽ」研究史を支配している。それは時間的事実であることを超えて、川端という作家における行き着いたところ、すなわち、完成や破綻や衰弱でなければならないような、別な事実にまで進展していることもある。たとえば初期からのモチーフとしての美意識（純粋）や、戦後作品について言われる「魔界」観という問題と強く結び付き、何かしらの川端の終焉と関連付けられるというところに落ち着いていくようだ。この小説が刊行当初から、最後の長編として川端文学の総決算的位置を与えられてきたことを思えば当然のこととはいえ、不自由感も漂う。

「たんぽぽ」には、「魔界難入」という言葉が出てくる。揺るがしがたい出方であり、小説にとって軽くはないだろう。物語の分析を、それと密接に関係させていくことも十分できると思う。一方で、「魔界」という語に対する特に厳密な概念規定なしに、あらかじめ了解し合える川端文学の批評史・研究史があることに若干疑問もある。魔界という言葉の使用が観念的・気分的であったり、互換性がないと感じられた時などは、多少つまずく気持ちにさえなる。魔界論の約束事への異議は、先の東雲の論の底からも聞こえてきた。

魔界という言葉は、物語内容上の気分やイメージを語る上では手っ取り早いところがあると私には思われる。しかし、むしろ言説のレベルで考えていく道を、私たちは辿らねばならないのではないか。何を書いたら魔界になるのか、という問題だけなら話は簡単だろう。しかし、言うまでもなく、何をではなく、どう書いたら（語ったら）魔界は立ち上がるのかということが、川端の小説におけるこの問題の本質に近いはずだ。と言うより、そもそも何を書いたらの「何」が、どう語るの「どう」と完全には切り離せないところに私たちの表現世界はある。魔界のような抽象語は、人物や場面を一気に一つの色に染め上げることは得意だが、語られ方によってかもし出された道順を無化してしまう。逆に言えば、語りによって現れる魔界をかえって逃してしまう用語ということになりかねない。「魔界」はまさに「感覚でわかっても、どうわかったかを表現するべく論理が拒否するといった手に追えぬしろもの」（岩田光子「魔界における美意識」（『川端文学の諸相』））だと言えるだろう。

「たんぽぽ」論が「魔界」という言葉をより多く呼び込んできたのには、この小説の見えにくさ、わかりにくさが関わっているのだろう。捩れた言い方のようだが、研究史の中で、「魔界」の語を用いた論考にこの小説を読みひらく上でより多くの可能性を感じることができたのも事実である。「魔界読み」を避けようとして、「魔界」の語で読まれてきた部分を切り落としてしまうようなことを、ここで呼びかけているわけではけっしてない。

注1　これ以前には、坂戸正夫「無と存在―川端康成論序章」（「文学者」昭44・3）、「無限と断片―川端康成論（13）」（同47・2）の中に、この作品に触れた部分がある。

注2　生誕百年記念の「新潮」（平11・6）で「たんぽぽ」連載の頃のものとされる「最後の創作ノート」が公開された。断片的には「たんぽぽ」と関連する部分を含んでいるものの、これは「覚書」で言う「創作メモ」ではないようだ。

（平成20年5月稿）

「たんぽぽ」研究文献目録

高橋真理

坂戸正夫「無と存在―川端康成論序章」（「文学者」昭44・3）
坂戸正夫「無限と断片―川端康成論（13）」（「文学者」昭47・2）
吉村貞司「「たんぽぽ」について」（「〈新潮臨時増刊〉川端康成読本」昭47・6。後補筆して「たんぽぽ」と改題し『妖美と純愛―川端康成作品論―』東京書籍、昭54・12）
川嶋至「美神の反逆―「たんぽぽ」の世界―」（「新潮」昭47・7。後『美神の反逆』北洋社、昭47・10）
佐伯彰一「解説」（『たんぽぽ』新潮社、昭47・9）
川端香男里「『たんぽぽ』覚書」（『たんぽぽ』新潮社、昭47・9。後『たんぽぽ』講談社文芸文庫、平8・1）
長谷川泉「〈書評〉川端康成著『ある人の生のなかに』『たんぽぽ』」（「図書新聞」昭47・11・4）
野島秀勝「〈書評〉川端康成著『たんぽぽ』『ある人の生のなかに』」（「週刊読書人」昭47・11・13）
梅原猛「私の中の日本人―川端康成―」（「波」昭49・9。後『美と倫理の矛盾』講談社学術文庫、昭52・6）
梅原猛「川端康成」（『近代文学・作家とその世界2』朝日新聞社、昭50・10。後『美と倫理の矛盾』講談社学術文庫、昭52・6）
能沢寿彦「川端康成の「魔界」に関する一考察」（「立教大学日本文学」昭51・7）
上坂信男「川端康成『たんぽぽ』」（『源氏物語往還』笠間書院、昭53・1。後『川端康成―その「源氏物語」体験―』右文書院、昭61・1）
武田勝彦「「たんぽぽ」論」（武田勝彦・高橋新太郎編『川端康成―現代の美意識―』明治書院、昭53・5）
今村潤子「川端康成における「魔界」について」（「近代文学考」昭53・11）
岩田光子「川端文学の特相（五）―魔界の考察―」（「学苑」昭54・1。後『川端文学の諸相―近代の幽艶―』桜楓社、昭58・10）
田口茂「『たんぽぽ』考」（「解釈」昭54・4。後『川端文学への誘い』三弥井書店、昭61・8）
山本健吉「解説」（『〈新潮現代文学1〉川端康成集』新潮社、昭54・5）
黒崎峰孝「川端康成における「魔界」思想―「仏界易入 魔界難入」を手掛かりとして―」（「明治大学日本文学」昭54・9）
河村政敏「幻想質の作家たち 川端康成―その文学の幻想性をめぐる覚書―」（「解釈と鑑賞」昭54・9）
永丘智郎「川端康成の魔界論―その文化心理学的考察―」（「甲南大

学紀要〈文学編〉」昭55・3）

長谷川泉「たんぽぽ」（『心象幻想―川端文学へのいざない―』アート・プロデュース、昭56・4）

栗原雅直「寒風の母―川端作品の血縁構造」（「NAMAZU」昭56・5。後『川端康成―精神医学者による作品分析』中央公論社、昭57・4。『川端康成―精神医学者による作品分析』中公文庫、昭61・5）

長谷川泉「「たんぽぽ」の構造」（川端文学研究会編『〈川端康成研究叢書9〉魔界の彷徨』教育出版センター、昭56・5。後『川端文学の機構』教育出版センター、昭59・5）

橋正典「魔界と仏界」（『異域からの旅人―川端康成―』河出書房新社、昭56・11）

岩田光子「魔界における美意識としての川端文学」（「星座」昭57・3。後『川端文学の諸相―近代の幽艶―』桜楓社、昭58・10。羽鳥徹哉編『〈日本文学研究資料新集27〉川端康成・日本の美学』有精堂、平2・6）

今村潤子「川端文学における「魔界」の諸相」（「尚絅大学研究紀要」昭57・3）

本広三津子「川端康成「たんぽぽ」論」（「国語国文論集」安田女子大学、昭57・10）

森本穫「「たんぽぽ」とバルザック」（川端文学研究会編「川端文学研究」昭58・6）

岩田光子「たんぽぽ」（『川端文学の諸相―近代の幽艶―』桜楓社、昭58・10）

小林一郎「たんぽぽ―『たんぽぽ』―」（『花曼陀羅―川端康成の心―』アート・プロデュース、昭59・9）

森本穫「川端康成「たんぽぽ」試論―生田伝説・三井寺伝承を中心に―」（「芸術至上主義文芸」昭59・11。後『魔界遊行―川端康成の戦後―』林道舎、昭62・3。羽鳥徹哉編『〈日本文学研究資料新集27〉川端康成・日本の美学』有精堂、平2・6）

原善「「たんぽぽ」研究史―その批判的概括―」（林武志編『川端康成戦後作品研究史・文献目録』教育出版センター、昭59・12）

原善「川端康成「たんぽぽ」序説―言葉と生命―」（「日本近代文学」昭60・10。後『川端康成の魔界』有精堂、昭62・4）

堀切直人「霊界通信―「抒情歌」から「たんぽぽ」へ」（「国文学」昭62・12）

尾形明子「川端康成「たんぽぽ」の稲子」（『現代文学の女たち』ドメス出版、昭63・10）

原善「川端康成「たんぽぽ」論―魔界の終焉（上）―」（「作新学院女子短期大学紀要」平元・12）

山口綾子「「たんぽぽ」論―稲子の人体欠視症と「父恋」について―」（「日本近代文学研究室ゼミ論集近代文学論叢」北海道教育大学旭川分校、平2・3）

原善「川端康成「たんぽぽ」論―魔界の終焉（下）―」（「作新学院女子短期大学紀要」平2・11）

松浦寿輝「見ることの閉塞」（「新潮」平4・6）

小川洋子「見えないものを見る―「たんぽぽ」」（「新潮」平4・6。後『妖精が舞い下りる夜』角川書店、平5・7。『妖精が舞い下りる夜』角川文庫、平9・9）

黒津眞由美「『たんぽぽ』愛の視界の体感―言語の永遠の無尽蔵と

身体の悲哀の彼方―」（川端文学研究会編『川端文学への視界10』教育出版センター、平7・6）

秋山駿「解説　不思議な作家」（『たんぽぽ』講談社文芸文庫、平8・1）

近藤裕子「作家案内―川端康成　小説家の視力」（『たんぽぽ』講談社文芸文庫、平8・1。後補筆して「視覚の揺らぎ―川端康成の〈目〉」と改題し『臨床文学論―川端康成から吉本ばななまで』彩流社、平15・2）

山田吉郎「川端康成の〈魔界〉小説の系譜とその特徴―魔界の包摂するもの―」（「解釈と鑑賞」平9・4）

羽鳥徹哉「たんぽぽ」（『川端康成全作品研究事典』勉誠出版、平10・6）

羽鳥徹哉「「たんぽぽ」について」（田村充正・馬場重行・原善編『〈川端文学の世界3〉その深化』勉誠出版、平11・4）

川端康成「最後の創作ノート」（「新潮」平11・6）

張月環「『たんぽぽ』」「『たんぽぽ』における稲子の音」（『川端康成の美の性格』サン・エンタープライズ、平13・11）

瀧田夏樹「たんぽぽ」（『川端康成と三島由紀夫をめぐる21章』風間書房、平14・1）

東雲かやの「川端康成『たんぽぽ』試論―《気ちがい病院》という装置」（「日本文学論叢」平15・3）

山中正樹「川端文学の構造―時空間の分析を視座として―」（「桜花学園大学人文学部研究紀要」平15・3）

兪載信「『たんぽぽ』考―感覚の世界を中心に―」（川端文学研究会編『川端文学への視界19』銀の鈴社、平16・6）

東雲かやの「「たんぽぽ」を読み直す―時代・作品・作家―」（川端文学研究会編『川端文学への視界19』銀の鈴社、平16・6）

東雲かやの「川端康成、その〝政治〟的まなざし―「たんぽぽ」を読む―」（「法政大学日本文学誌要」平16・7）

高橋正雄「川端康成の『たんぽぽ』―ありうべきもう一つの可能性」（「総合リハビリテーション」平18・4）

牧野十寸穂「文学と川―水どろぼうの話から川端康成「たんぽぽ」に及ぶ―」（『河川文化　河川文化を語る会講演集〈その23〉』日本河川協会、平19・3）

池田功「神経を病む若い女性1『たんぽぽ』川端康成」（『新版　こころの病の文化史』おうふう、平20・3）

福田和也「正気と狂気の狭間の架空の病　川端康成『たんぽぽ』」（『病気と日本文学　近現代文学講義』洋泉社、平24・9）

李聖傑「『とり残されて』論―〈生〉と〈死〉の〈中間の世界〉を彷徨う―川端康成『たんぽぽ』にも触れて―」（『現代女性作家読本16　宮部みゆき』鼎書房、平25・4）

山中正樹「川端文学における〈救済〉と〈コミュニケーション〉」（『日本語日本文学』創価大学日本語日本文学会、平26・3）

富岡幸一郎「抱擁する「魔界」―『たんぽぽ』」（『川端康成　魔界の文学』岩波書店、平26・5）

森本穫「〈愛〉の相克「たんぽぽ」」、「謡曲『三井寺』『生田敦盛』『求塚』」、「養女麻紗子の結婚と伊藤初代の死」（『魔界の住人川端康成　その生涯と文学』下巻、勉誠出版、平26・9）

藤尾健剛「『たんぽぽ』の「魔界」―日本の歴史継承批判」（「大東文化大学紀要」平27・3。後『川端康成　無常と美』翰林書房、

平27・10）

多和田葉子「雪の中で踊るたんぽぽ」（「文学」平27・5、6。後、坂井セシル・紅野謙介ほか編『川端康成スタディーズ　21世紀に読み継ぐために』笠間書院、平28・12）

坂口周「一九六二年の分脈―大江健三郎と川端康成」（『意志薄弱の文学史―日本現代文学の起源』慶應義塾大学出版会、平28・10）

李聖傑「川端康成「たんぽぽ」論―「たんぽぽ」と「人体欠視症」をめぐって」（川端康成学会編『川端文学への視界33』叡知の海出版、平30・6）

（令和2年1月現在）

『美しい日本の私―その序説』研究史

谷口幸代

一、講演直後の反響

昭和四十三年十二月十二日、川端康成のノーベル文学賞受賞記念講演が行われると、各メディアが一斉に報道した。たとえば翌十三日には「毎日新聞」が「「月、雪、花」こそ　日本のもつ美しさ」、「朝日新聞」が「「月、雪、花」に日本の心」と見出しをつけ、「難解だが慎重な美しいことば」で日本の自然、伝統、芸術、宗教などを伝えたとそれぞれ第一報を報じた。講演の全文は十六日に掲載された。

これに引き続いて新聞各紙は識者の見解を掲載していった。それによって『美しい日本の私―その序説』（以下『美しい日本の私』と略する）の研究史の幕が開けられたのである。

十六日に「毎日新聞」夕刊が篠田一士、「東京新聞」夕刊が山本健吉、ついで十八日に「朝日新聞」夕刊が江藤淳の読後感を掲載した。奥野健男に「生きた文学百科辞典」と言わせた篠田一士四十一歳、長年にわたって川端文学研究を先導してきた山本健吉六十一歳、アメリカ体験を経て『成熟と喪失』等で新しい局面を迎え、『漱石とその時代』へ向かっていた江藤淳三十四歳、いずれ劣らぬ豪華な顔ぶれで、当代を代表する評論家の競演となった。

篠田の「川端康成氏の記念講演を読んで」はイギリス文学からラテンや中近東の文学まで世界の文学に精通した豊富な学識をもとに、川端が他の「ノーベル賞ずれ」した「ヨーロッパの文学大国」の作家ではないことを確認するところから始まる。アジアではインドのタゴールについで二番目、日本では初の受賞であり、「美しい日本の私」という題名が示すように日本の作家としての立場で講演されたものであるという。ちなみにこれに先立ち篠田の「ノーベル文学賞　さまざまな受賞講演」が「朝日新聞」十一日夕刊に掲載されていた。

続いて篠田は講演内容の検討へ進み、古典と自作という両方の引用を軸に解きほぐしていく。まず古典の引用では、道元と明恵の歌の引用から日本人の自然没入の精神伝統が明らかにされ、一休の引用から禅の本質にふれ、「自作のアポロギア」まで含みながら、「日本美の核心」に導いていく展開をたどり、「文意明快、起承転結のたくみさ、とくに西洋人には大変魅力的な日本美の解明」だととらえる。これらは川端が培ってきた古典理解を海外に向けてわかりやすく示したものであると篠田は述べる。

次に自作の引用では、『千羽鶴』は「今の世間に俗悪となった茶」への否定の作品であるという発言、東洋人の死生観を述べる部分での『末期の眼』への言及に注目している。後者については、スウェーデンの作家ストリンドベリを引き合いに出して、芥川の自殺には「伝統的な「虚無」とヨーロッパ伝来のニヒリズムの締め木」にかかった近代日本文学特有の体験が認められるのではないかという篠田自身の見方が提示されている。

さらに丁寧に古典文学の引用をたどって川端の発言に寄り添おうとしたのが、『古典と現代文学』等で古典という視座から現代文学の見直しを図った山本健吉の「「美しい日本の私」を読んで」である。山本はこの講演は「日本人の心の精髄」を描いたという授賞理由に素直に応えて、「美しい日本の美の伝統を負っている私」を誇りをもって欧米人の前に示したものだととらえる。様々な例を挙げてその配列のなかに自ずから「日本人の心の精髄」を暗示する構造になっているという。和歌、茶道、焼物、東洋画など諸芸術全般に日本人の宗教感情が浸透している、芸道の根本の心が「雪月花の時、最も友を思ふ」という詩語に凝縮されている、と講演の主旨をまとめている。特に一休への言及に関しては、川端自身の「文学における決意」が託されているとして、「仏界入り易く、魔界入り難し」という一休の言葉は、川端の言葉でもあり、祈りでもあるのかと推測している。

「文意明快」とする篠田、暗示的だとする山本に対して、「一輪の花」の「優雅な問い」という比喩を用いて講演の難解さを東洋の神秘として表現したのが江藤淳の「「美しい日本の私」について」である。江藤は川端が横光利一に贈った弔辞を枕にし、川端が「雪月花の時、最も友を思ふ」という時、果たしてその「友」に横光の運命を思わなかったかと問いかける。そこから歴史の中に永生を求めようとした横光と、歴史を否定し自然の中にこそ永生を求める川端、といった二人の文学者の根本的な違いを導き出す。江藤はこの講演の美学と哲学には単なるエクゾティシズム以上に歴史を奪い去られた西方の現代人への大きな挑戦が潜んでいるのだという論理づけを大胆に行ってみせた。

ほぼ一月後の昭和四十四年一月十五日に西洋中世史研究の堀米庸三は「東と西にかける橋（上）」（「毎日新聞」夕刊）で江藤の見解を卓抜な着眼として賛意を示した。講演を読んだ堀米の最初の印象は「あれが果たして理解されえたであろうか」という率直な疑問だったと明かす。堀米はこの講演は「日本文化の自然への無我没入的な美的性格」、「人間の心と無碍にとけあった自然」を説いたものだとまとめ、これが一見不可解な題名の意味するところだと推測している。川端は「はるかなる東の国からの賓客として、端的に日本の心そのものを土産としてさし出している」のであり、その際に用いられた手法は「実証的な学問とは異質な芸術の特権」とでもいうべきものだったのだと堀米は述べる。この手法が「ただ美的表象に訴えてわずかに直観的理解を可能にするだけのもの」ではあっても、川端がノーベル賞作家として選ばれた意味からしてこの土産と手法が唯一のものだと川端は考えたのだろうと慎重な理解を示した。

以上、新聞メディアにおける講演直後の反応を確かめてきた。講演の特色と意図をどのように伝えるのか各評者の腕の見せ所だった。その結果、日本の伝統美や日本人の自然観といったモチーフ、様々な引用の効果、構造的な問題、「美しい日本の私」という題名の意味、『千羽鶴』や『末期の眼』という川端の他作品との関連といった『美しい日本の私』研究史上で取り上げられてきた重要な論点が、すでにこの段階で抽出されていた。

二、川端研究の中で

こうした直後の反響がおさまると、『美しい日本の私』を取り上げた論文が現われてくる。単独の作品論としてだけではなく、広く川端研究で部分的にふれられることが多いというのがこの講演をめぐる研究状況の特色である。川端の他作品を論じる際の資料として、あるいは川端の思想を知るための貴重な発言として注目されたからだろう。

前者の例として、『美しい日本の私』の中の『千羽鶴』に関する発言が『千羽鶴』論に取り入れられていった。たとえば、吉村貞司「『千羽鶴』論」(『川端康成の人間と芸術』教育出版センター、昭46・4)は、『美しい日本の私』等を「川端文学の秘密の註釈」と呼ぶ。『千羽鶴』が茶の美しさを描いたと誤解されているという発言にふれ、作中の人間関係の奇怪さが茶室を「汚辱の密室」にしてしまっていることを分析する。「否定の作品」という発言からは、現代の茶のみならず結婚、愛情、幸福などすべての価値が否定されているという作品の構図に言及し、「否定したあげくの無」の上に成立した作品だととらえる。

後者の例に古典や仏教との関連といった観点から論じるものを挙げることができる。瀬古確「古典との接点—川端作品の底流をめぐって—」(前掲『川端康成の人間と芸術』)は『美しい日本の私』等を通して川端の古典への関心を確かめる。さらにこの講演に用いられているのは日本文学の伝統に連なる「チェーン的手法」であり、それは川端の小説の特色でもあると述べている。

いっぽう、竹西寛子「和歌的なるもの—伝統と川端康成—」(「新潮」昭46・7)のように『美しい日本の私』等を「日本についての直截の声」の集められたものだと述べつつも、直截であるだけにそのまま「川端文学を支える観念」とすることへのためらいを表明したものもあった。竹西はその上で『美しい日本の私』で川端が語ったような「雪月花」愛好も明らかではあるが、より大切なのは「モノローグ」としての和歌の特性が川端文学の母体となっていることだと主張している。

また仏教との関連では、榎克郎「文学と宗教との出合い—「美しい日本の私」に因み—」(「文学」昭44・10)、今村潤子「川端康成と仏教」(「解釈と鑑賞」平3・9)、小林芳仁「川端康成と仏典」(『〈川端文学の世界4〉その背景』勉誠出版、平11・5)等、『美しい日本の私』における発言を重視する論が少なくない。特に一休の言葉をめぐる発言は、森本穫「魔界の住人—川端康成の戦後—」(「函」昭47・9)、岩田光子「魔界における美意識」(「星座」昭57・3)、兵藤正之助「仏界入り易く、魔界入り難し」(「関東学院大学文学部紀要」昭62・12)等の「魔界」を論じるものへ組み込まれていく。

このほかにも様々な観点の論において、『美しい日本の私』は作家川端を考える際に欠くことのできない資料とされてきている。川端の思想と世界観を多角的見地から探った『〈川端文学の世界5〉その思想』(勉誠出版、平11・5)はそのことをよく示している。野村昭子「宇宙観」は川端の宇宙観を「万物一如・輪廻転生思想」の語られ方をめぐって前期・後期に区分し、その後期が『美しい日本の私』で完成期を迎えたという図式を提示している。今村潤子

「時間観」は川端の時間観が円環構造という表現様式を生み出したと分析し、それが最も顕著に現われているのが『美しい日本の私』だと述べている。同様に竹内清己「死生観」もまた川端の死生観の到達点としてこの講演をとらえ、禅や浄土をも越えた「魔界」の道をめざす芸術家としての厳しさを読み取るべきだと述べている。三田英彬「自然観」もまた、自然への没入を語る『美しい日本の私』に川端の自然観の「結句的な表現」があるとしている。それぞれの観点から『美しい日本の私』が川端の文学世界を織りなす様々な要素の集大成であるという位置づけが明らかになっている。

三、作品論としての『美しい日本の私』論

前節で取り上げたような『美しい日本の私』を部分的に取り入れて論を展開するものに対して、この講演を一つの完結した作品として読もうという立場がある。講演という性質上、小説の場合のように論文数は多くないが、以下、この立場に立つものを紹介する。

長谷川泉「美しい日本の私　美の存在と発見」（「国文学」昭45・2）は前年の川端康成展で公開された直筆原稿、新聞掲載文、単行本での異同について分析を加え、この立場の先鞭をつけた。その結果、『美しい日本の私』を「随想的に流されてゆく」ものであり、「東洋的な無を説いて、それ自体が無の具現」だととらえた。

川端の「魔界」観を中心に『美しい日本の私』論を展開した原善「「美しい日本の私―その序説―」論―その〈魔界〉をめぐって―」（『川端康成研究叢書10』教育出版センター、昭56・10）は、昭和四十三年時点の川端が自らの思想・文学をこの講演によって中世禅文化の視点から位置づけようとしたことに注目すべきだという。禅という「美しい比喩」の内実として「魔界についての所懐」があるととらえ、川端の「魔界」のさらなる内実を自己の存在の核心に関わる主題の追求に求められるとした。

続いてほぼ同時期に発表された岩田光子「「美しい日本の私―その序説―」について」（「学苑」昭62・11）と今村潤子「川端康成「美しい日本の私―その序説」論」（「尚絅大学研究紀要」昭63・2）は、川端文学は東西の文化理解に橋をかけたというスウェーデン・アカデミーのエステルリング博士の歓迎演説と『美しい日本の私』との関連において対照的な見解を示した。

岩田論文は、一休の「魔界」の引用を視野に入れながら、芸術と宗教が融合した日本の中世の伝統美を語ったこの講演は、博士の演説内容に反して、むしろ「世界文学からみたエキゾチシズム」を強く印象づけたものと結論する。これに対して、今村論文は『美しい日本の私』は博士の演説を意識したものだと推定し、川端文学の普遍性、世界性を「虚無を超えた肯定」という言葉で自ら語ったものと結論している。

小菅健一「『美しい日本の私―その序説』論―小説論としての読みをめぐって―」（「山梨英和短期大学紀要」平6・12）は、『美しい日本の私』を川端の創造行為と結び付けて考察してきた従来の論に対して、講演自体を既成の小説の概念に疑義を呈する小説理論書として読もうとするものである。表現主体と表現対象を等置する「万物一如思想」に基づいて、ことばの象徴作用に表現主体が身を委ねる創造行為の提唱をめざしたものだとする。

従来、難解なもの、あるいは連想で記述されたあいまいなものとして受け取られる傾向のあった『美しい日本の私』を、茶の湯との

関連から読み解こうとしたのが谷口幸代「『美しい日本の私―その序説―』の構図」（『〈川端文学の世界3〉その深化』勉誠出版、平11・4）である。まず作品内部の検討から、この講演の多彩な古典の引用の焦点が、茶の心と茶会の心得にあることを明らかにする。次に作品外部の検証から、川端が開いた国際ペンクラブ東京大会の茶会の意味や茶の湯を介したスウェーデンと日本との文化交流の史実などを論証する。以上から茶の湯の風雅に織り込みながら、受賞の感謝と喜びを語って一期一会の挨拶としたと推論した。

なお、以上の作品論の基礎となる注釈的作業には、助川徳是「『美しい日本の私―その序説』私注」（「香椎潟」昭44・9、45・9）、林武志『〈鑑賞日本現代文学15〉川端康成』（角川書店、昭57・11）がある。

四、『あいまいな日本の私』とその波紋

大江健三郎のノーベル文学賞受賞に伴い、彼の記念講演を通して『美しい日本の私』は再びスウェーデンから世界に発信されることになった。『あいまいな日本の私』（Japan, the Ambiguous, and Myself）と題された講演は、『美しい日本の私』を「きわめて美しく」「きわめてあいまい」（vague）なものだったといい、それに対して自分を「あいまいさ」（ambiguity）の二極に引き裂かれた現代日本の作家だと規定したものだった。川端の講演を日本的、東洋的な「独自の神秘主義」を語ったものだと述べ、川端と自分、川端が受賞した一九六八年と一九九四年当時の現代、といった対照の中で社会、国家、世界とつながるものとして自己の文学スタイルを伝えようとしたのである。この講演の反響はパロディとするもの、切実な立場表明ととらえるものと様々だった。

この大江の『あいまいな日本の私』のように川端文学の枠内にとどまらない文献に、大久保喬樹『日本文化論の系譜』（中公新書、平15・5）がある。本書は佐伯彰一・芳賀徹編『外国人による日本論の名著』（中公新書、昭62・3）に対応して日本人による日本文化論を概観することを意図したものである。英語で執筆された『武士道』や『茶の本』が日本側から西欧に理解を求めたものであるのに対して、『美しい日本の私』の場合は西欧の側から日本語で日本文化の特色を説明することを求められたという点において画期的だったというように、長い歴史的文脈のもとにこの講演をとらえ直した。また大江の批判や丸山真男の日本批判などへ前もって用意されていた回答として、デカダンスとひきかえに人間実存の極限、美の極限の追求に入っていく「魔界」の覚悟を提出したのだと述べている。なお、大久保はこの講演で宣言された日本の自然に合一するという思いが川端の生涯の軸であるという考えのもとに、評伝『川端康成』（ミネルヴァ書房、平16・4）でも「美しい日本の私」を副題に据えている。

最後に海外からの文献を紹介したい。たとえば古くはロシアのT・グリゴーリエワ（村松友次訳）「川端康成の『美しい日本の私』を読みつつ」（「東洋」昭48・4～7）があり、新しいところではスペインのM・J・デ・プラダ＝ヴィセンテ「美しい日本の私」（『日本文学の本質と運命』九州大学出版会、平16・1）がある。また文献リストは日本で刊行された文献に、Roy Starrs の『Soundings in time : The fictive art of Kawabata Yasunari』（Japan Library 、1998）等が

ある。同書は大江の『美しい日本の私』に対する批判にふれて、たとえ社会的、政治的関連性が直ちに語られることがなかったとしても、人間存在に関わるより重要な問題等を取り上げたのが川端のスタイルであったと述べている。

※

以上の研究の概観をまとめると、直後の余韻の中から重要な論点が浮かび上がり、その後、『美しい日本の私』それ自体を論じる方向と、多様な観点の中でこの講演の特質を見極めるという二つの方向から考察が深められてきた。さらに大江の講演を契機として、国際的視野のもとに見直しが図られている。

大江の講演以降も日本文学・世界文学の地図は変化し続けている。二〇〇五年は村上春樹の『海辺のカフカ』の英訳（Kafka on the Shore、Philip Gabriel 訳）が「New York Times」のベストブック十冊に選ばれ、日独両言語で創作活動を行う多和田葉子がゲーテ賞を、日本語作家のリービ英雄の『千々にくだけて』が大佛次郎賞をそれぞれ受賞した。言語、民族、国籍を越えたところから豊穣な文学が生まれてくることは、もはや単なる驚きではなくなっている。また日本のアニメーションやコミックが世界を魅了して久しく、「ジャパニーズ・クール」という「新たな国力」として日本文化をとらえる見方もある。こうした状況の中で、『美しい日本の私』が提起している問題はどのように考えるべきだろうか。それが今後の研究課題の一つとなるだろう。

『美しい日本の私―その序説』研究文献目録

谷口幸代

無署名「ノーベル文学賞受賞 川端さん記念講演「月、雪、花」こそ 日本のもつ美しさ」（『毎日新聞』昭43・12・13朝刊）

山本健吉「「美しい日本の私」を読んで 川端氏のノーベル賞受賞記念講演」（『東京新聞』昭43・12・16夕刊）

篠田一士「川端康成氏の記念講演を読んで」（『毎日新聞』昭43・12・16夕刊）

江藤淳「「美しい日本の私」について 全称的な歴史の否定」（『朝日新聞』昭43・12・18夕刊）

堀米庸三「東と西に架ける橋（上）川端氏の記念講演の「心」」（『毎日新聞』昭44・1・15夕刊）

沢野久雄「光の来る日」（『週刊読売』昭44・1。後『川端康成点描』実業之日本社、昭47・10）

山崎俊介「「美しい日本の私」について」（『解釈』昭44・5。後『川端康成の文学（その1）』教育出版センター、昭48・3）

読売新聞文化部「日本の心を語る」（『実録 川端康成』読売新聞社、昭44・7）

江藤淳「川端さんと自然と言葉」（『川端康成全集月報4』昭44・7）

榎克朗「文学と宗教との出合い―「美しい日本の私」に因み―」（『文学』昭44・10）

久保田晴次「優雅な実存―「美しい日本の私」を中心に」（『孤独の文学 川端康成の優雅な実存』桜楓社、昭44・11）

長谷川泉「美しい日本の私 美の存在と発見」（『国文学』昭45・2。後「「美しい日本の私―その序説―」をめぐって」として『川端文学への視点』明治書院、昭46・3。「「美しい日本の私―その序説」から「日本文学の美」まで」として『増訂川端康成作品研究』八木書店、昭48・1）

助川徳是「『美しい日本の私―その序説』私注」（『香椎潟』福岡女子大学国文学会、昭45・7）

助川徳是「『美しい日本の私―その序説』私注（その二）―『日も月も』と『お正月』にふれて―」（『香椎潟』昭45・9）

沢野久雄「美しい日本の人」（『主婦の友』昭45・11。後、『川端康成点描』実業之日本社、昭47・10）

高田瑞穂「「美しい日本の私」小考」（川端文学研究会編『川端康成の人間と芸術』教育出版センター、昭46・4）

山下宏「仏教との接点―翻身の術とその契機―」（川端文学研究会編『川端康成の人間と芸術』教育出版センター、昭46・4）

瀬古確「古典との接点―川端作品の底流をめぐって―」（川端文学

研究会編『川端康成の人間と芸術』教育出版センター、昭46・4）

テー・グリゴーリエワ（松村友次訳注）「川端康成の『美しい日本の私』を読みつつ（一）～（四）」（『東洋』昭48・4～7。後「『美しい日本の私』について」として川端文学研究会編『世界の中の川端文学』に抄録、おうふう、平11・11）

小林一郎「感想（二二）」（『東洋』昭48・7。後「美しい日本の私―『魔界』とは―」として『川端康成研究―東洋的な世界―』明治書院、昭57・9）

進藤純孝「ノーベル賞受賞」（『伝記川端康成』六興出版、昭51・8）

高橋新吉「川端康成のことなど」（『禅と美学』宝文館叢書、昭54・1）

吉村貞司「晩年の美と真実」（『妖美と純愛―川端康成作品論―』東京書籍、昭54・12）

長谷川泉「『美しい日本の私―その序説』」（『心象幻想―川端文学へのいざない―』アート・プロデュース、昭56・4）

原善「『美しい日本の私―その序説』論―その〈魔界〉をめぐって―」（川端文学研究会編『川端文学研究叢書　孤影の哀愁』教育出版センター、昭56・10）

山本健吉「日本人の心の精髄」（『川端康成全集附録33』新潮社、昭57・10）

林武志「美しい日本の私」（林武志編『〈鑑賞日本現代文学15〉川端康成』角川書店、昭57・11）

小林一郎「藤の花―『美しい日本の私』―」（『花曼荼羅　川端康成の心』アート・プロデュース、昭59・9）

岩田光子「『美しい日本の私―その序説』について」（『学苑』昭62・11。後『川端康成―後姿への独白―』ゆまに書房、平4・9）

今村潤子「美しい日本の私」（『国文学』昭62・12）

今村潤子「川端康成「美しい日本の私―その序説」論」（『尚絅大学研究紀要』昭63・2）

森安理文「美しい日本の私―敗戦で甦ったもの」（『川端康成　ほろびの文学』国書刊行会、平1・10）

遠藤一英「『美しい日本の私』について」（『近代文学論叢』北海道教育大学旭川分校日本近代文学ゼミナール、平2・3）

今村潤子「川端康成と仏教」（『解釈と鑑賞』平3・9）

竹西寛子「『美しい日本の私』再読」（『ユリイカ』平4・4。後『大宰府の秋』青土社、平5・11）

柏倉康夫「『美しい日本の私』」（『ノーベル文学賞　作家とその時代』丸善、平4・10）

平山三男「戦後川端文学の意味―分裂する二つの時計」（川端康成『再婚者　弓浦市』講談社文芸文庫、平6・7）

小菅健一「『美しい日本の私―その序説』論―小説論としての読みをめぐって―」（『山梨英和短期大学紀要』平6・12）

大江健三郎「あいまいな日本の私」（『あいまいな日本の私』岩波新書、平7・1）

河野仁昭「『美しい日本の私』―内なる古都」（『川端康成　内なる古都』京都新聞社、平7・6）

森本穫「川端康成における〈美〉」（川端文学研究会編『川端文学へ

の視界10』教育出版センター、平7・6）
羽鳥徹哉「大江健三郎『あいまいな日本の私』その他―研究展望'94・3～'95・2―」（『川端文学への視界10』教育出版センター、平7・6）
羽鳥徹哉「中国と川端」（「成蹊大学文学部紀要」平9・3）
羽鳥徹哉「この人に聞く　川端康成　その魂の軌跡」（聞き手　李在聖「解釈と鑑賞」平9・4）
羽鳥徹哉「川端康成のコスモロジー」（「解釈と鑑賞」平9・4）
岩田光子「美しい日本の私―その序説」（「解釈と鑑賞」平9・4）
田村充正「美しい日本の私」（羽鳥徹哉・原善編『川端康成全作品研究事典』勉誠出版、平10・6）
原善「あとがき」（『川端康成―その遠近法』大修館、平11・4）
谷口幸代「『美しい日本の私―その序説―』の構図」（田村充正・馬場重行・原善編『〈川端文学の世界3〉その深化』勉誠出版、平11・4）
小林芳仁「川端康成と仏典」（田村充正・馬場重行・原善編『〈川端文学の世界3〉その深化』勉誠出版、平11・4）
池上啓「川端文学と古典和歌との関わり」（田村充正・馬場重行・原善編『〈川端文学の世界3〉その深化』勉誠出版、平11・4）
田村充正「「源氏物語」と川端文学」（田村充正・馬場重行・原善編『〈川端文学の世界4〉その背景』勉誠出版、平11・5。後『「雪国」は小説なのか―比較文学試論』中央公論新社、平14・6）
野村昭子「宇宙観」（田村充正・馬場重行・原善編『〈川端文学の世界5〉その思想』勉誠出版、平11・5）
今村潤子「時間観」（田村充正・馬場重行・原善編『〈川端文学の世界5〉その思想』勉誠出版、平11・5）
竹内清己「死生観」（田村充正・馬場重行・原善編『〈川端文学の世界5〉その思想』勉誠出版、平11・5）
三田英彬「自然観」（田村充正・馬場重行・原善編『〈川端文学の世界5〉その思想』勉誠出版、平11・5。「川端の自然観」として『反近代の文学　泉鏡花・川端康成』おうふう、平11・5）
森本穫「京都と川端康成―「美しさと哀しみと」を中心に―」（「国文学」平11・11）
平山三男「一所不在　川端康成の欧米の旅」（「国文学」平11・11）
杉井和子「「住吉」連作における〈私〉の遍歴」（「国文学」平11・11）
座談会「ある不用意な作家の肖像」（「早稲田文学」平11・11）
高原英理「横光運命論説」（「早稲田文学」平11・11）
羽鳥徹哉「死の論理―江藤淳と川端康成」（「国文学」平13・3）
小谷野敦「少女幻想の系譜―川端康成から大林宣彦へ」（『片思いの発見』新潮社、平13・9）
瀧田夏樹「「美しい日本の私」」（『川端康成と三島由紀夫をめぐる21章』風間書房、平14・1）
周閲「川端康成自然観的発生学研究」（「愛知大学文学論叢」平14・2）
野末明「川端康成と美術」（『没後30年　川端康成―文豪が愛した美の世界』日中ビデオネットワーク、平14・10）
無署名「川端康成没後30年　作品の前衛性、今なお光」（「日本経済新聞」平14・11・30）
上田正行「川端から大江へ―伝統の継承と断絶」（「金沢大学国語国

文」平15・3）

大久保喬樹「川端康成『美しい日本の私』」（『日本文化論の系譜『武士道』から『「甘え」の構造』まで』中公新書、平15・5）

M・J・デ・プラダ＝ヴィセンテ「美しい日本の私」（『日本文学の本質と運命―古事記から川端康成まで』九州大学出版会、平16・1）

大久保喬樹「美しい日本の私―ノーベル文学賞受賞」（『美しい日本の私　川端康成』ミネルヴァ書房、平16・4）

一條孝夫「大江健三郎と川端康成」（『帝塚山学院大学研究論集文学部』平19・12）

川端研究／研究史のために――あとがきに代えて――

原　善

一、背景――本書の成り立ち

「はじめに」に記したとおり、川端康成の文学が高く評価されるべきであり、アダプテーションなどでは実際に高く評価されていることは間違いない。しかし、本書の刊行される令和二（二〇二〇）年は、前年に川端康成の生誕百二十年を終え、翌々年に川端康成没後五十年を控えた、川端康成文学に対する研究が実りを見せてもいい時期であり、その実りの一つとして本書の刊行があるのであればよかったのだが、残念ながらそうとばかりは言えない。もちろんその間の二十年間に、優れた研究の積み重ねはありつつも、たとえば生誕百二十年が生誕百年の時の華やかさに比べてあまりに静かに過ぎていってしまった、ということだけでなく、そもそも本書の成り立ちにそれは明らかである。

それは、本書が先行する『川端康成作品論集成』（おうふう、平21・11〜平25・11）の中の「研究史」と「文献目録」を再録し、増補を施したものである、ということが示している。（とりわけ国文学研究書の）出版不況の中で、全巻完結を見ることがなかったという経緯は、どんなに優れた研究が発表・刊行されても、それを受容・購入していく裾野が貧しくなってきていることを如実に語っているのだ。しかしだからこそ、これまで積み上げられてきた研究の歴史を各一冊で展望できるようにした企画の意義は（監修者としては自画自賛になってしまうが）称揚されなければならない。本書は『川端康成作品論集成』の、既に書き上げられて久しかった未刊行巻の「研究史」と「文献目録」部分を救い上げることと、既刊部分が埋もれてしまうことを避けることを期して企画・刊行するものである。

ところで『川端康成作品論集成』は、その一冊で過去の研究が展望できるように、先行論文の中で編者が意義あるものと認めた論稿を精選・採録して今後の研究者の便宜を図りながら、その採録の根拠を示す形で研究の歴史に対する編者による展望を「研究史」として巻末に掲げたものであり、後進の研究者にとっては、文献渉猟の手間が省ける利点を持っていた。しかし本来はその作業は研究者個人が自身で行なうべきものである。引用も孫引きは避けるべきであるし、再録・再刊の間の異同もつぶさに見てしかるべきものではある。その意味で、その論文集成部分を除いて、「研究史」と「文献目録」だけを収めることになった本書にも十分な意義はあるはずである。加えておうふう『川端康成作品論集成』の刊行予告では、編集途中のために内容が明示されていなかった第十二巻目の『その他の作品』についても、この際同時に項目立てすることで、より幅広く読者の便を図ることにした。この項目については、新しく立項したために、執筆には短い時間を余儀なくされたなかで、若い研究者たちの協力を得て、充実した目次立てとすることができた。新稿ゆえにそれらの対象とする研究文献の下限が令和元年末となっている一方で、既刊で刊行された項目および未刊の既に書き上げられていた項目については、脱稿時を下限としている、という不統一が起きてしまっているが、そのままでの採録となったことをお断りしておく。そこまでの展望でも十分に役立つものであり、そして前述のとおり、以降は、その作品を論じようとする者が本来は自ら渉猟すべきものだからでもある。

二、研究史の役割

　さてところで、〈研究史〉と言えば、林武志著『川端康成作品研究史』（教育出版センター、昭59・10）および林武志編『川端康成戦後作品研究史・文献目録』（教育出版センター、昭59・12）の功績は大きい。日本の近現代文学研究の中で、一作家を対象にして二冊に及ぶ研究史が纏められたような例は類を見ない。これは単に川端康成研究に資するものであったというにとどまらず、〈研究史〉という研究ジャンルに市民権を与えた、それこそ文学研究史の中で画期的な仕事であった。本書の執筆者たちも必ずやそれを雛形にしつつ、それを乗り越えるべく筆を執られたはずである。それはつまり稿者が、これぞ研究史だと自負する稿を成したということであり、それは研究史も一つの論文である以上、あらゆる論文あるいは創作でも当てはまるように、書かれ、そしてそれが世に問われるからには、それ自体の内容のみならず、そのジャンルへのあるべき姿への解答でもあるというメタ性を持つということである。加えて、研究史が他の論文一般と異なるのは、これまでの研究の歴史を通覧し批判的に総括することを通して、研究史だけでなく、研究とはどうあるべきかの解答をも強く前景化することになる、ということである。

　したがってそこでは稿者それぞれが研究の在るべき姿を念頭に稿が成されているはずで、単純な通史を避けて、あるトピックに特化するような場合もあったりしているが、それぞれのスタイルを横に通して眺め渡すことで、研究の在りようを考えうる書物にも本書はなりえているはずだ。しかしそうした横への幅とは別に、研究の在り方に対する最も共通する最大公約数的なものが、研究に必要なのはオリジナリティとプライオリティである、という理念であろう。偶然に手にした最近の論文だけを踏まえて、その見解の初出をそこに見定めてしまった誤った立論や、私情で先行評を取捨する立論などがしばしば散見されるし、先行論文を読まない・引かないということを公言した研究書なども（かつて某国立大教授が出していて腰を抜かしたことがあったが、最近でも某評論家が川端に関する評論を）出している、という、およそ学問にあるまじき姿勢を批判し、それぞれの学説のプライオリティを明かすのが研究史の役割なのである。

三、研究史／研究の在り方

　さて、そのように研究史は、今後の研究をナビゲートする研究案内としての意味を持つにとどまらないのだが、もちろん一義的には、今後新しく当該作品を論じようとする方のために、その案内役を務めようとしても成されている。ここに並べられた各研究史は、それぞれに優れたものであるがゆえに十分なナビゲートの役割を果たしてくれるであろうことを確信しているが、それと共に新しい論者によって相対化されるべきものでも本来はあるのだ。

　先に、林武志氏の研究史を乗り越えるべくそれぞれの章が書かれているであろうことを記したが、そのそれぞれもまた、読者によって乗り越えられるべきであり、それは読者に新しい「研究史」を書いてほしいということではなく、新しい作品論を展開する基礎として（各研究史を相対化した）自らの〈研究史〉を構築してほしいという意味である。

　新しい論を作り上げる人にとっては、自ら本書の「文献目録」の下限を伸ばす増補をし、遺漏を補う態度が求められることは既に記したとおりだが、加えて、文献探索のみならず、〈研究史〉の展望に関しても、本来は新しく作品を論じようとする者自身が為すべきことであり、優秀なナビゲートを受けていたにしても自ら最良の道《ルート》を探し出してほしいものである。研究にプライオリティが求められる以上、その優先性を確認するためにも立論の最初に（あるいは確認のために最後に）研究史との擦り合わせは絶対に必要なものであるからである。

　その意味で、蛇足めく形にはなるが、研究史の在り方についての私見を最後に述べておきたい。それは、「研究史」という論文であれ立論の基礎として把握する〈研究史〉であれ、研究史は可能な限り広い視野で歴史を展望すべきだということである。縦の流れとしては下限は稿の執筆（構想）時以上に伸ばせないものの、場合によっては当該作品成立以前に為された作家あるいは作品への評が当該作品にも当てはまることもあるというように、上限は作品以前にまで遡らせることもできるだろう。また、横の幅としては、（今述べたように対象を当該作品への論評に限定しないということの他に）視野に入れるべき範囲は活字になった論稿に限らず、口頭発表まで視野に入れられてしかるべきだと考える。本書でも執筆されている方だが、その方の論文（Ａ）に、出席された口頭発表（Ｂ）の場で出された質問（Ｃ）の中で言及された別の口頭発表の見解（Ｄ）をきちんと先行評として紹介されているのを見て感服したことがあるが、それこそ研究の在るべき姿だと思われる。

　読者諸氏には、そのように幅広い視野と厳しい目で本書の「研究史」を相対化するような〈研究史〉を作り上げられることを望んでいる。しかし本書がそうした相対化に値するものとして、先の林武志氏の二著に次ぐ三冊目の記念碑的なものであると評価され、今後の川端研究の実りの契機になれることを期してやまない。

　『川端康成作品論集成』の監修者の一人で、その完結を待たずに逝かれてしまった羽鳥徹哉氏の御霊に本書を捧げる。

川端康成作品研究史集成

発　行――二〇二〇年九月二〇日
編　者――羽鳥徹哉・林　武志・原　善
発行者――加曽利達孝
発行所――図書出版　鼎　書　房
〒132-0031　東京都江戸川区松島二―一七―二
TEL・FAX　〇三―三六五四―一〇六四
URL http://www.kanae-shobo.com
印刷所――イイジマ・TOP
製本所――エイワ

ISBN978-4-907282-63-9　C0095

三浦哲郎全作品研究事典
ISBN978-4-907282-65-3 定価・本体 五、〇〇〇円

円地文子事典
ISBN978-4-907846-78-7 定価・本体 七、五〇〇円

室生犀星事典（品切）
ISBN978-4-907846-56-5 定価・本体 九、五〇〇円

村上春樹作品研究事典［増補版・79～07］
ISBN978-4-907846-54-1 定価・本体 四、〇〇〇円

現代女性作家研究事典
ISBN978-4-907846-08-4 定価・本体 三、八〇〇円

日本文化文学人物事典
ISBN978-4-907846-61-9 定価・本体 四、五〇〇円

詩歌作者事典
ISBN978-4-907846-87-9 定価・本体 八、〇〇〇円

久坂葉子全集（全3巻）
ISBN978-4-907846-26-8 三冊揃・定価・本体 一五、〇〇〇円

鼎書房 http://www.kanae-shobo.com